徐重庆

——

著

徐重庆文集

龚景兴　刘荣华　徐　湖　杜文超

——

编

浙江大学出版社
ZHEJIANG UNIVERSITY PRESS

ZHEJIANG UNIVERSITY PRESS
浙江大学出版社
·杭州·

图书在版编目（CIP）数据

徐重庆文集 / 徐重庆著 ; 龚景兴等编. -- 杭州 ：
浙江大学出版社，2024.4
ISBN 978-7-308-24737-5

Ⅰ．①徐… Ⅱ．①徐… ②龚… Ⅲ．①中国文学－近
代文学－文学史研究－文集②中国文学－现代文学－文学
史研究－文集 Ⅳ．①I209-53

中国国家版本馆CIP数据核字(2024)第055494号

徐重庆文集
XU CHONGQING WENJI

徐重庆　著

龚景兴　刘荣华　徐　湖　杜文超　编

策划编辑　吴伟伟
责任编辑　陈　翮
责任校对　丁沛岚
封面设计　米　兰
出版发行　浙江大学出版社
　　　　　（杭州市天目山路148号　　邮政编码　310007）
　　　　　（网址：http://www.zjupress.com）
排　　版　杭州林智广告有限公司
印　　刷　杭州宏雅印刷有限公司
开　　本　710mm×1000mm　1/16
印　　张　40.25
彩　　插　4
字　　数　485千
版 印 次　2024年4月第1版　2024年4月第1次印刷
书　　号　ISBN 978-7-308-24737-5
定　　价　498.00元

徐重庆在书房（竹安巷）

徐重庆在书房（竹安巷）

徐重庆在书房（苏家园）

徐重庆先生在陈英士研究会年会上

徐重庆与朋友们在书房

徐重庆与章克标先生合影（2001）

徐重庆与中国毛笔文化博物馆邹农耕馆长、汤建驰先生合影（2001）

徐重庆参加湖州师范学院"两赵纪念馆"奠基仪式（2005）

徐重庆与沈左尧夫妇、湖州师范学院王绍仁副院长合影（2005）

徐重庆与赵景心夫妇、湖州师范学院图书馆王增清馆长（2006）

徐重庆与湖州师范学院王绍仁副院长、湖州师范学院图书馆王增清馆长、
湖州市文化局宋捷局长（2006）

徐重庆与日本学者铃木正夫（左四）、德国学者大春（右二）及父母、
湖州日报高级记者汤建驰先生（左二）在嘉业堂藏书楼（2009）

徐重庆去北京拜访赵景心先生（2013）

2013年，湖州市人民政府金长征市长、闵云副市长、文化局宋捷局长等人看望徐重庆先生

2016 年，湖州市人民政府陈亚明秘书长看望徐重庆先生

湖州师范学院徐重庆藏品馆，摄于 2024 年

（照片由肖二、汤建驰等人提供）

序

p r e f a c e

钟桂松

　　徐重庆兄 2017 年 1 月去世至今，已经五年多了，但是他的音容笑貌，依然留在我的脑海里，常常恍惚觉得，徐重庆兄没有走，依然生活在湖州衣裳街的那个"人间过路书斋"，仿佛还会来信似的。恍惚过后，才知道这已经是不可能的事了。

　　我是 1981 年因为业余研究茅盾而开始和徐重庆兄通信联系的。当时，茅盾先生刚刚去世，党中央举行隆重的追悼大会，追认他的中共党籍，党龄从 1921 年算起，这是名至实归的，所以，举国上下，官方、民间都在悼念这位中国文坛巨匠。此时，我才知道徐重庆兄，才知道他和茅盾先生很早就有联系，而且知道他对湖州文化有很深的研究，于是我主动向他写信求教。1981 年 5 月 5 日，徐重庆兄给我回信，这是他给我的第一封信，信中说：

桂松同志：

顷拜收到大札，感荷如之！

您太客气了，我们都是青年，可能我比您大几岁，往后如不见弃，就相互共勉，努力学习吧！

陈瑜清先生同我是莫逆忘年交，多年来我得到他老人家的帮助不少，这是无法诉之于笔端的。说也是太巧了，吉林四平师院孙中田老师的一位学生，近写信来还谈到您，她是从孙中田、张立国两位老师那里得知您的大名的。立国老师近在搞沈泽民的年表。

沈老谢世，这是世界的损失，对我们青年人来说，当然更是无法弥补的。我有幸在沈老生前得到过他老人家的教诲，近已撰一短文，杭州某刊物将用，一俟印出，当奉寄上。

来信所谈想要知道的几个问题，实在是太遗憾的事。我多年来一直在找这方面的原始资料，但均不可得，您去信给湖中支部，想必也是回答不了这几个问题，因我知道该校以前的藏书，均在"文革"中被学生拉去卖掉用来当组织的活动经费了。孙中田、张立国两位老师去年秋来湖，我想尽了办法，给他们介绍博物馆之类的单位，都是空手而返。湖州现在是来一个外宾能游玩半天的地方也没有，您当可想而知，当地的文物古迹被反革命集团破坏得何等严重！

据我向老辈了解，湖州府中学堂出过校刊名《爱山》，但至今一本也没有见到过。三十年代湖州中学出的校刊，几乎没有前身"学堂"的任何资料。有一点我想说明的是，茅公求学时，该校称"湖州府中学堂"。当时省委派张孝曾来湖任校长，学堂之校长沈谱琴不肯，故而起先一校挂两块牌。后来张无法，带了批学生另找地方开学，不久即被沈派人将他打了一顿，张也就辞职，省政府鉴于这样的情况，只有再请沈治校，但沈必要"学堂"名才肯就职，无奈，省里另派人来任校长，"学堂"随之解散。茅公读书时，提到此段史实，得称该校为"湖州府中学堂"，因改名时，茅公早已到嘉兴求学，就连茅公本人的回忆录中，称该校为湖州中学或者省立三中都是不妥的。我曾写一短文将这一情况说明，发表在江苏《群众论坛》今年第二期上。

近浙江《东方》创刊号有茅公《我的学生时代》一文，我还没有见到此书，您似可找来看一看，或有所详情。

我手边有关湖州府中学堂的资料，去年秋，全部给孙、张两位老师抄录去，他们发表的大作在《东北师大学报》上，想您早已见到？

另外几位老人回忆，沈老当年的国文成绩是全学堂第二名，这一点，孙、张两同志的大作中似没谈及。

湖州中学现任教导主任和我极好，该校所留资料我都清楚，您写信给他们求教问题，是他们无法回答您，故而迟迟没给您写信也！

收到我的信，使您失望，真是感到惭愧并要请您原谅的。总之，日后如能发现什么，我是决不会当作奇货的，会及时提供给您，这一点，您尽可以放心。学术的探讨，是为大家的，任何知识都不能占为己有，您说对吗？

您另外有何要求，只要我办得到的，请尽管写信来，尽我的力提供您写作上的方便。

　　顺便寄上拙作的散页一份，乞您审正！

　　匆此不尽，即颂

健好！

徐重庆　拜上

5月5日，下午

　　我县已改市，往后写信，地址只要写湖州市电影公司我收

即可。

　　又及。

　　这是我给他第一次写信后，徐重庆兄第一次给我的回信。也许真是缘分，冥冥之中，认定对方就是自己要交往一辈子的朋友！所以第一次写信，仿佛已是通信多年的老朋友，到了无话不说的地步。因此，我有时候想，徐重庆兄大概是上天赐给我的一个可以交往一辈子的朋友，否则怎么理解几十年的交往，无论我工作、生活到哪里，和徐重庆兄的友谊始终如初？

　　第一封信中提到的陈瑜清先生，是茅盾的表弟；提到的孙中田先生和张立国，都是东北师范大学的老师，1980年10月，两位老师在黄山开会，他们顺便先到茅盾家乡桐乡访学，然后到湖州、杭州寻访茅盾中学时代的足迹。在桐乡时，我陪同孙老师他们去乌镇访问。而在湖州时，徐重庆兄陪同他们寻找有关茅盾的资料。信中提到茅盾中学时代在湖州读书时的资料，后来他交给我，让我全部抄了下来，包括当时湖州府中学堂的教师、校长的名单等，还有茅盾当年同学的回忆文字，我都抄录在采访本上。至今，仍然放在我的抽屉里。

收到徐重庆兄的第一封信以后，我非常高兴和激动，当时我在县委宣传部工作，茅盾研究是我的业余兴趣爱好。而县委宣传部的领导，对我们这些机关年轻人的业余学习，非常支持，部领导曾经私下告诉我，县委书记听说我业余时间研究茅盾，对部领导说"很好的，让他写"，给予肯定和鼓励。但是，越是领导支持，我们对日常工作的积极性就越高。县委宣传部里的所有任务，包括下乡调研、写报告、起草文件、编印学习资料等，我们几个年轻人都是主动承担，决不会因为自己这点爱好而不管不顾。

所以，在繁忙的日常工作中，和徐重庆兄通信，慢慢成为我业余学习不可或缺的一部分。

我收到徐重庆兄的第一封信后，立刻回信，而他的第二封来信，是收到我的回信后立刻回复的。信的内容如下：

桂松同志：

您好！七日大札拜收到，至以为慰！

您太客气，往后相互共勉前进吧。

寄赠孙老师的照片，甚宝爱，谢谢您。

《东方》早在出售，桐乡新华书店想必是也有的。此书中沈老回忆文，较长，资料丰富，是应该买一本的。不过，人民文学出版社将汇集沈老回忆录出一单行本，此节似有收入其中，到时候买这一本，也较合算。

您信中所列沈老进中学的几个时间，大致是可以这么分的。孙老师出的那本"茅盾的生平和创作道路"，附有年表，基本上是正确的，因他这本书，得沈老与韦韬帮助不少。

沈老提到过的钱念劬，又叫钱恂，做过浙图馆长，又曾是湖州府中学堂的监督（校长），钱后来到北京任外交职，校长仍由沈谱琴来做。钱恂是钱玄同的嫡亲哥哥，比玄同大三十四岁。他到北京后，玄同亦到北京也。玄同亦在府学堂教过书。

您能在最近把沈老在桐乡的史实写成一篇东西吗？如能写出（史料要丰富一点），可将大作寄绍兴师专中文系谢德铣同志收，他在办绍兴师专的学报，需这方面的稿件，寄稿去时，说明由我介绍即可。

匆此不尽，即颂

健好！

重庆 拜上

5 月 11 日

这是徐重庆兄给我的第二封信，信中，他不仅关心我的业余研究，介绍发表文章，而且指点我做学问的门径。所以，无论是当时，还是现在，想起和徐重庆兄的交往，往往如坐春风！

自从认识徐重庆兄并且通信以后，凡学习现代文学中碰到的问题，不论大小，我常常通过书信，向徐重庆兄请教。几十年间，他从来没有半点厌烦，也毫无保留。从开始写信时用"同志"到后来用"兄"，读对方的来信，似乎成为我们日常生活中的一部分，有时候间隔时间长一点，就觉得很不适应，甚至立刻去信问候。这样的真诚期待，贯穿于我们交往的几十年。

真正的友情，不需要整天推杯换盏，也不需要相互吹捧。当然，这是徐重庆兄在世时的事情。现在，世上已无徐重庆，不说也罢。

和徐重庆兄开始通信的第一年，他写给我的信就有 29 封！

从写信开始，我们的友谊就深深维系着，一直到 2014 年那个愁雾笼罩的秋天——

我至今仍然清晰记得，当时，我带着一个省委巡视组，在一个地市巡视。有一天，南京的董宁文兄突然给我来电话：徐重庆兄家的电话，怎么一直打不通，没有人接？问我知不知道他的情况。

我当时觉得奇怪，告诉宁文兄，前几天通过电话，我给徐重庆兄寄过一本线装书，是我的一位朋友的印谱。他回信说很喜欢，但是他说把朋友给我的签名本给他了，他觉得不好意思。我在电话里告诉他，没有什么的，我可以再去要，这位朋友就住在杭州。所以宁文兄怎么会找不到他呢？

我连忙给湖州师范学院的龚景兴兄打电话，告诉他，南京宁文兄在找徐重庆兄，找不到，估计有什么事，让景兴兄告诉徐重庆兄，给南京宁文兄回个电话。景兴兄正在开会，开始电话没有打通，后来景兴兄给我回电话，我告诉他这个情况。景兴兄说："先生在啊，前天我们还在一起呢。"（湖州人都叫徐重庆兄为"先生"）景兴兄说他去告诉先生，让先生和南京通个电话。

就这样，原来我担心的事，也就烟消云散了。

我继续在一个地市马不停蹄地忙碌。因为徐重庆兄是知道我去哪个地方巡视的，所以，我想过几天会收到他来信的。大概过了几天，我刚刚吃过早餐，在院子里往回走，半路上突然接到龚景兴兄的电话，问我知不知道先生的事。我连忙问："不知道啊，什么事？"景兴兄说，先生中风（脑卒中）了，正在抢救。顿时，我的脑海里一片空白，把这几天有关徐重庆兄的事情联系起来，心想：怎么会是这样？仿佛是冥冥之中告诉我什么？

后来，我专门到湖州看望病中的徐重庆兄，此时他仿佛知道我去看他，睁开眼睛，看我一会，又昏迷过去，脸上尽是无言的痛苦。我握他的手，明显感觉他的手是有力量的，我心痛无比！

我和徐重庆兄几十年来的交往，历历在目：他孜孜不倦的学习精神，他对故土无限深情的眷恋，他对朋友的信诺和无私奉献……而他自己，却过着苦行僧一样的生活。我知道，凡是认识徐重庆兄的朋友，没有一个不说他好的；凡是知道他的学习研究的，没有一个不佩服他的勤奋的。1983年，我在湖州三天门嘉兴地区党校中青班学习一年，其中有一个星期天，我到湖州城里拜访徐重庆兄，我直接到他家里，见他睡在一家人过路的地方，走进走出的人，都是从他的眠榻旁边经过。我在旁边的小椅子上坐了一会儿，徐重庆兄醒来看到我，有点不好意思，告诉我昨天晚上睡晚了。实际上他晚上读书太晚，是刚刚睡下。我知道他白天大量的时间，都在工作中，电影公司当时已经走下坡路，虽然很忙，但是经济效益不好。那天他起床后，陪我去湖州总工会附近走了走，告诉我当年湖州府中学堂的大致方位，随后我就回党校了。在地委党校学习时，星期天我还去过他的办公室，和他聊天。他抽烟很多，当时我也抽烟，我们两个人一边聊天一边抽烟，办公室里有点腾云驾雾的样子，我有点吃不消，徐重庆兄却无所谓，似乎很享受的样子。我瞥见他办公桌边上已经堆了不少空火柴盒，还在不断往上堆，露出的一头，四只火柴盒上写着"永不低头"四个字，我知道徐重庆兄还是一个很有生活情趣的人。

几十年间，和徐重庆兄交往，即使不见面，朋友的情谊也永远不会改变。1981年5月25日给我的信中，他提到和前辈赵景深先生的交往，告诉我，从 1974 年到给我写信时，赵先生已经给他写了 400 多封信，但是徐重庆兄还没有和赵先生见过面！当时，徐重庆兄让我带点东西到上海给赵先生，回来时，赵景深先生写了收到的便条，我把便条寄给徐重庆兄。不久赵先生去世，徐重庆兄来信说，这是赵景深先生给他的最后一封亲笔信。因为他和赵先生通信，有编号。其实徐重庆兄和所有朋友的联系，都是非常真诚的，而且不论名气、年龄大小，都一视同仁。

所以，和徐重庆兄交往越久，敬佩之情越浓！

1985 年，徐重庆兄陪同日本朋友铃木正夫先生到富阳参加郁达夫学术会议后，专门到乌镇、石门访问，我有机会陪同徐重庆兄和铃木正夫先生参观茅盾故居和丰子恺缘缘堂。当时，乌镇刚刚通公路，我们的汽车直接从县城去乌镇，一路上，简易的公路上，都是来来往往的人，铃木先生看到农村的公路上有那么多的人，不解地问："路上有那么多的人，他们不上班吗？"我和徐重庆兄一听，都笑了，告诉他，这些人都是赶去上班的。在茅盾故居，铃木先生非常认真地听故居介绍，还拍了许多照片。对于缘缘堂，徐重庆兄也是第一次去参观。当时，缘缘堂的丰桂老师向铃木先生介绍了缘缘堂的遗物，一对焦门。听说缘缘堂是被日本的炮火炸毁的，焦门是唯一留下来的遗物时，铃木先生神情凝重。丰桂老师介绍结束，铃木先生就向焦门三鞠躬，连连说"对不起！对不起！"铃木是对中国非常友好的日本学者，他的态度让我们动容。二十多年以后，徐重庆兄有一次说起铃木正夫先生，依然充满感情。2012 年 6 月 30 日给我的信中说："铃木先生生于 1939 年，今年虚岁已 74 岁了，他每年都要来中国旅游，较有良心，此次他来湖州后先回杭州，后至富阳，再回上海后，一人特地去找到贾植芳先生的墓地祭拜，他曾在贾先生指导下，在复旦进修过半年，很念感情的。"徐重庆兄在信中还说："1985年富阳会议中，我陪他到桐乡，托兄的福，使他得以参观'茅盾故居'与'丰子恺故居'，他对茅盾很敬重，居然购置有人文版的《茅盾全集》（缺一卷，已帮他配全），光阴似箭，一瞬眼已过了二十七年矣！这（真）是仿佛如同昨日矣！"

是啊，时间过得真快，现在徐重庆兄离开我们也已经五年多了！朋友们常常想念他，想念他的为人，想念他的厚道，想念他的学问。如今这样的朋友太少了！现在，朋友们编辑徐重庆兄的文集，作深度纪念，让时光停留在徐重庆兄的文章里，让认识或者不认识徐重庆兄的朋友，都能够从这些文字中感受到徐重庆兄道德的力量。

徐重庆兄的文章，没有学院派的艰涩和玄幻，也没有炫才清高气，而是读多少书，写多少文章，踏踏实实。所以他的文章，都是自然流淌出来的。徐重庆兄读鲁迅的书很多，但是写的文章不多，可谓真正的厚积薄发。这些薄发的文章，篇篇都能够在鲁迅研究中立起来，写一篇是一篇，史料充分，思考深刻，不故作惊人之语，在鲁迅研究中让人瞩目。鲁迅研究是中国现代文学研究中最深透的作家研究，一代又一代的鲁迅研究者，成千上万的研究人员，以数十年的时间，专门研究鲁迅先生贡献的方方面面，可谓精耕细作，所以在鲁迅研究上，能够写出与众不同的文章，委实不容易。

现代作家研究，既要有眼光，也要有魄力，人云亦云、拾人牙慧，往往会沦为平庸。而徐重庆兄的郁达夫、王映霞研究，能够写出有根有据的、扎实的研究文章，还历史一个本来面目，这是需要胆识的。读过这部文集中有关郁达夫、王映霞的研究文章，对徐重庆兄的胆识的钦佩定会油然而生！所以王映霞女士晚年对徐重庆兄的感激是发自内心的。在郁达夫研究中，徐重庆兄的所作所为，也反映了他正直无私的品性。

　　徐重庆兄对于湖州地方文史研究，倾注了一生的心血；为守望湖州的文化家园，贡献了自己全部的聪明才智！在这部文集中，徐重庆兄的湖州文史研究文章占了不小的分量，这些长短不一的文章，核心的主题就是弘扬湖州悠久灿烂的文化。湖州的人，湖州的事，在徐重庆兄的笔下，都是真实的、鲜活的存在。这些史料，如果徐重庆兄不说，恐怕湖州知道的人不会多，将来的湖州人，估计更不会知道！所以从这些方面看，徐重庆兄写的湖州人与事，对湖州文化的贡献不可低估，而且随着时间的推移，会越来越显示其珍贵的历史价值。

　　至于他那些文史随笔，一篇篇短文里，藏着一颗爱国家、爱民族、爱文化的拳拳之心，一位真正的知识分子的情怀。字里行间，满满的都是正能量。

　　读徐重庆兄的文章，重温他几十年间写给我的信，百感交集，"卖花人去路还香"，写下这些，是为序。

2022 年 3 月 15 日

（作者为浙江省新闻出版局原局长）

目　录

C o n t e n t s

第一辑　湖州人文

第二辑　文坛读札

第三辑　文坛闲谈

第四辑　达夫漫谈

第五辑　文坛旧事

第六辑　鲁迅研究

第七辑 作序题跋

第一辑

湖州人文

包承善及其《半日读斋日记》

清朝光绪年间，湖州书法、篆刻家包承善名重一时，饮誉江南。可惜英年早逝，三十六岁就病死了。《广印人谱》《松邻遗集》中虽有他的传略，《中国美术家人名辞典》等辞书中也见小传，奈因作品传世稀少，现在几近无人提及。

包承善（1867—1902），字缋甫，一作赞甫，号随庵。书法克承家学，祖父包虎臣（锟）是道光、咸丰年间的著名书画、篆刻家，篆、隶宗邓石如，富收藏，尤多宋元名迹。包承善的篆、隶后又追杨沂孙（咏春），笔力愈加遒劲深厚。俞樾极为赏识，称道可与吴大澂相颉颃。包家书香薪火相传，人才辈出，在文化艺术界不乏可记人物。

包承善是画家沈迈士的启蒙老师，与吴昌硕保持亦师亦友的亲密关系。他的四女包铮拜吴昌硕为师。俗语说名师出高徒，这位女画家声誉日见。包承善的胞妹包榴仙（去日本后又取名丰子），嫁给同是湖州人、后来成为著名翻译家的钱稻孙（钱玄同侄）。当年，钱父钱恂是驻日本的外交人员，钱母单士厘思想开放，随夫赴日，观察了几个月的日本社会现象，遂回国携子女、媳、婿全家东渡，包榴仙因此成了清末第一个赴日的女留学生。包承善的堂弟包蝶仙（1876—1943），名公超，字敦善。他早年随包承善学书画，后来亦成名家，作品生机盎然。辛亥革命前在杭州浙江两级师范任图画教师。鲁迅曾托人求其作品，在1913年

2月15日的日记里有载："……前乞戴芦舲画山水一幅，今日持来，又包蝶仙作山水一枚，乃转乞所得者，晴窗披览，方佛见故乡矣。"包蝶仙还善唱梅派京剧，三个儿子小蝶、肖蝶、幼蝶，在20世纪30年代上海滩上被人称作"金融三蝶"。小蝶、幼蝶受父熏陶，也是有名的京剧票友。包承善还有一个堂侄包玉珂，编译的那本《上海——冒险家的乐园》，轰动一时。现今向上海奉贤气势不凡的龙腾阁提供京剧服装展品的著名戏剧服饰收藏家包畹蓉，也是包家后辈。近见包承善《半日读斋日记》第一册手稿，计九十二页，每页十三行，卷首钤有"随庵""半日读斋"印两方，均本人所刻。此册日记起于光绪十七年（1891）九月十八日，讫于次年正月十五日。行书蝇头小楷，柔中含刚，极显功力。他在日记的"缘起"中言："昔人谓人不可以世务妨读书，只当以读书通世务。窃谓首以理道之心应世，则世务正无妨于读书，而且有益于读书也。"乃一恪守"理道"的儒生。诚如他日记的冠名，每天必读书，并留心得。日记同时记录了人际交往外对书法、篆刻的创作，均载其详。值得介绍的，是他为金山寺书写殿额与长联。

镇江金山寺规模不大却名扬四海，凭山筑构，气势雄壮，登山巅可看滔滔长江与天俱尽。康熙南巡时，曾书"江天一览"。尤其是《白蛇传》的民间传说，使金山寺蒙上了一层神秘的色彩。十一月二十三日，包承善在日记中写道："书金山寺大殿额'慧日重光'四字，字方三尺。联曰：'一峰浮玉，十地布金，忆裴头陀江岸披缁，苏内翰山门留带，光阴嗟逝水，谁续胜缘，愿宏开宝宇琳宫，永镇苍崖翠壁；万吹烟涛，千林风籁，想焦仙人幽岩瘗鹤，陆高士中泠品泉，卜筑有芳邻，堪寻陈迹，漫孤负莲华贝叶，同听暮鼓晨钟。'联长二丈四尺，宽五尺，每字尺方，颇有笔力，尚属惬心，然手腕已不胜酸楚矣。联为船丈撰。今日余生日也，作此笔墨颇自得意，然忽忽初度已二十五年矣，噫。"以公制计量，殿额四字，每字是一米见方；联用宣纸并接，长八米，宽近一米七十，写上九十个字每个三十多厘米见方。若无功底与魄力，殊难落笔。这一天，正巧是包承善二十五周岁生日。联语描写了金山寺的风光，又记述了寺的历史掌故，可谓贴切。撰联者"船丈"，是包承善的同籍好友、诗人马船西。

据日记所载，包承善和其他诗友同时也写了关于金山寺的长联，但只有抄录。上引包承善书写的殿额与长联，不知金山寺当年是否用出，历经一百多年沧桑，即使悬挂过，如今也不存了吧。

（原刊《博古》2003 年第 1 期）

钱玄同办《湖州白话报》

　　谈起钱玄同（1887—1939），都知道他是五四新文化运动的一员猛将。鲁迅在埋头抄录古碑时，钱玄同劝他写点文章，才有《狂人日记》的面世。1917年1月《新青年》2卷5号上，刊出胡适的《文学改良刍议》，提出八条主张文学改良的准则：一、须言之有物；二、不摹仿古人；三、须讲求文法；四、不作无病之呻吟；五、务去滥调套语；六、不用典；七、不讲对仗；八、不避俗字俗语。其核心就是提倡白话文。该刊主编陈独秀称它是"今日中国文界之雷音"。钱玄同看到胡适的文章后，可以说是立刻积极响应。在次期《新青年》上就发表了他致陈独秀的公开信，高度评价胡适此文，说他"极为佩服"，认为"主张白话体文学说最精辟"。随后，他在《新青年》上发表了不少与陈独秀、胡适之间的长篇通信，表述了自己对文学改革的见解。钱玄同指出："对于那些腐臭的旧文学，应该极端驱除，淘汰净尽，才能使基础稳固。"他提出打倒"选学妖孽""桐城谬种"的口号，更是慷慨激烈。他故意化名"黄敬轩"给《新青年》写信，反对文学革命，为旧文学竭力辩护。刘半农又以该刊记者的名义写信答复，逐条批驳，痛加反击。两人精心策划的"双簧戏"，成为现代文学史上的一段佳话。

　　钱玄同是章太炎的四大弟子之一，声韵训诂学的大家。他出场公开支持文学革命，影响实在巨大。陈独秀对他是非常感激的。钱玄同在《新青年》上发表文章并不很多，却都击中旧学弊端，并提出了不少可以实际操作的建议。如他最早向陈独秀提出《新青年》要改为白话文，用横式排版，使用标点。前贤的这些改革，使后代永远受益。

钱玄同四岁读《尔雅》，五岁读《诗经》，七岁读《易经》，八岁读《尚书》《礼记》。留学日本时，师从章太炎，一生从事文字、音韵学研究，精于旧学。而他主张文学改革，提倡白话文，并非一时兴起凑热闹，自有他的思想基础。1901 年他十五岁时，老师命看《瀛环志略》《海国图志》《盛世危言》《校邠庐抗议》，"维时不肖极恶新学"。次年，长他三十四岁的哥哥钱恂（念劬）来湖州老家扫墓，送他日本人编印的《世界地理》《万国历史》《国家学》《法学通论》等新书，他还"不知何物，以为东籍也"。当时他"父母俱亡，主于他人之家，举目无亲，心大悲伤。遂拟稍阅新书"。从读《新民丛报》起，开始四处寻找新学著作。1903 年读到章太炎的《驳康有为书》及邹容的《革命军》等，"见其多民族主义之谈，甚爱之"。后来发展到典当衣服去买新学书刊。1904 年 6 月 8 日，钱玄同毅然剪去了发辫，去上海做了西服，拜访蔡元培而未遇。他于断发的同时，在湖州与友人创办出版了《湖州白话报》。

《湖州白话报》创刊于 1904 年 5 月 15 日（甲辰四月初一日）。此前，浙江省已先后出版了《杭州白话报》（1901 年创刊，杭州白话报馆编辑）、《宁波白话报》（1903 年创刊，上海宁波同乡会主办）、《绍兴白话报》（1903 年创刊，绍兴万卷书楼发行）。在《湖州白话报》出版前一个半月，陈独秀在安庆主编、上海印刷、芜湖发行的《安徽俗话报》，亦在 1904 年 3 月 31 日出版。

目前只见到《湖州白话报》第 1 期。因连保存近现代报刊最全的上海图书馆也缺藏，至今似无研究者介绍其内容。虽称为"报"，却是杂志型。封面上出版日期有意不用光绪年号，而印上中历干支的"甲辰"。内容分发刊词、社说、纪事、实业、杂俎、来稿，共二十八页（无版权页）。文章直排，凡应标点处均空一格。1910年前后钱玄同自撰的《钱德潜先生之年谱稿》，"1904年"条有记："是年四月与方青箱、张界定（孝曾）、潘贵生（澄鉴）等办一杂志，曰《湖州白话报》。"据此，"发刊词"里的"我"字应是钱玄同无疑，这篇"发刊词"亦当系钱玄同所写。兹抄录一节（添加标点）：

> 独有我们湖州，地方又偏僻，看各种报又不便当，又没有自己开的报馆，外头吵的翻天覆地，我们的湖州人，还在梦里睡觉，岂不可恨啊？不要说瓜分的事情，眼前可以不见，就是那强盗教案土匪自己已经闹的不得了。现在日本和俄国为着东三省，又打了好几仗，将来还不晓得是怎么了结。英国人看了俄国的榜样，派二千个兵，占住我们西藏地方，他们如虎如狼，一步一步的闯进来。我恐怕大局一坏，我们这一座锦绣江山，就要被他人霸占去了。将来做牛做马，为奴为隶，那些惨不可言的事情，往后想想，能够不心惊胆战吗？诸君，须要晓得天下的事，是全靠人去做来的。有句老话古语，叫做天下无难事，只怕有心人，我们要能够同心合力，各人尽各人的责任，替中国出一点力。皇天不负苦心人，外国人虽然利害，能够奈何我们呢！但是我想想，中国偌大的地方，要叫他个个人同心合力，恰是烦难得很。不如从一个小地方，先齐起心来，较为容易。想到此地，我是湖州人，只好把这个道理，先劝劝我们湖州人了。只恨没有加响的喉咙，说得个个人都听见。因

为这缘故，我和几个朋友足足商量了好几天，大家都说道：开
报馆是能够感动人的，若是把天下大事，一项一项的登下去，
使得个个人买一本去看，这些看报的人，见了那外国人欺侮中
国的情形，自然良心发现，必定要发愤起来了。但是不能够说
得明白晓畅，也是不中用的。所以我们这种报，专用白话，好
叫女人家小孩子向来不大考究文法的，也可以一目了然。这就
是《湖州白话报》的意思了。

当年钱玄同已阅读大量的新学著作和激进书报，深知中国有被列强
瓜分的危险。他指望国人团结，唤醒国人的爱国觉悟，决定用通俗易懂
的白话来进行鼓吹，扩大影响。陈独秀在《安徽俗话报》的"缘起"里也
说："第一是要把各处的事体，说给我们安徽人听听，免得大家躲在鼓
里，外边事件一件都不知道。"两者办报的宗旨不谋而同。

该期《社说》栏里，钱玄同还写了一篇《说国家思想》，通俗地叙述
凡是一个人从小到大，没有一天不与国家有关系。一个人有好处，一
国的人都有好处；如一国有好处，一个人也一定跟着有好处。因此，他
说："一国公共的事情办得好，我也跟着享福；办得不好，我也跟着受
祸。"他批判了国人中的混沌派、为我派、鸣呼派、笑骂派、暴弃派、
待时派、媚外派的"昏聩糊涂"，而媚外派更是混账东西。他最后说，
"我要叩求我们中国人，个个人把国家两个字存在心里才好"。

在《纪事》栏中，报道了杭州女学堂当月已开学的消息。湖州世有
"鱼米之乡，丝绸之府"美称，在《实业》栏里，则介绍了科学养蚕的方
法及防治蚕病的办法。在《来稿》栏里，刊登了一家尊德公司为开垦久
旷的山地，发展种植可致富的经济作物而招募股金的"章程"。编者特

别加了按语，主动建议开沟或打井保证作物所需的水源。在《杂俎》栏里，有民间故事与寓言式的民谣，启发国人团结抗御外来入侵。可以说，该期《湖州白话报》所有的文字都围绕两个主题，即自强与爱国。

当钱玄同要以《湖州白话报》一展抱负时，其兄钱恂多次来信催促他去上海读书，遂前往报考苏氏民立中学堂，后改入南洋中学。次年11月随兄东渡日本留学。由此估计，《湖州白话报》很可能仅出了这一期。

钱玄同办《湖州白话报》时，已看重推广通俗易懂的白话。13年后《新青年》大力提倡白话时，他不顾旧学大家的地位而全力投入，自在情理之中。

五四时期的《新青年》，犹如一块开阔的"战场"，打了几次很有历史影响的大仗，如"白话文学""国语文学""人的文学""平民文学"的论争。其中还有一场是"打倒孔家店"。仔细阅读《新青年》，可知当年发表打倒"孔家店"文章的，是易白沙、吴虞、杨昌济、常乃德、俞颂华、刘竞夫、傅桂馨诸人。除主编陈独秀，此战与《新青年》产生的一群新文化运动的名家实在没有什么关联，其中当然包括钱玄同。他们在学术界立身的，全是研究旧学的著作。钱玄同著有《文字学音篇》《中国文字概略》《经学史略》《音韵学》等。他只认为"旧文化之不合理者应该打倒""文章应该用白话做"，不曾全盘否定过旧学。在这些名家的身上，都体现了新旧文化的承传，应该是不争的事实。钱玄同的学生张中行称他"既有学问，又有见识，热心世事，肝胆照人"。这中肯的评价，贯穿了钱玄同的一生。

（原刊《香港文学》2007年12月号）

现代小说家施瑛

迄今为止，凡已出版的各种谈 20 世纪前五十年文学的"中国现代文学史"（或作"新文学史"）的作品，可以说，几乎都忽视了 20 世纪 40 年代的上海文学。因此文坛热炒一个张爱玲时，让读者很感新鲜。殊不知当年有一大群作家活跃在上海滩。其中以写小说而成名的，有一位叫施瑛。

近年来，20 世纪 40 年代的上海文学受到研究者们的普遍重视。上海社会科学院文学研究所陈青生兄先后出版了《抗战时期的上海文学》和《年轮——四十年代后半期的上海文学》。史料丰富，评述精到。两书合一，可称是一部完整的 40 年代上海文学史。在《年轮》中，施瑛被作为重要作家来介绍，对他的经历，可惜只有加了括号的"生平不详"四个字。同所的陈梦熊兄应邀参加柯灵主持的"上海四十年代文学作品系列"的编选工作，施瑛的小说自然要辑入。梦熊兄是被钱锺书誉为善于发掘"文墓"的学者。他最终在施瑛退休前供职的出版社找到线索。得知施瑛 1970 年退休后回故里德清新市，去世已多年。又得知他有一个女儿在湖州市中医院财务科工作。为重印作品征求亲属意见，托我就地转递信件，取得了联系。湖州地方名人的书已印了多种，均载施瑛行状，但对施瑛创作过小说的经历及其成就却不着一字。"上海四十年代文学作品系列"第一卷收施瑛的短篇小说《多余的人》，并附作者简介。

随着这套八卷本"系列"的出版，作为现代小说家的德清施瑛浮出水面。

施瑛（1912—1986），字慎之，曾用笔名"施落英"。1933 年在南京金陵大学肄业后，回母校嘉兴秀州中学任教，与翻译莎士比亚戏剧的同校教师朱生豪友谊甚深。施瑛精通英语，1935 年经校长顾惠人的推荐，到上海世界书局任英文助理编辑，参与编校《英汉字典》。施瑛最初亦以翻译文学作品走上文坛。在 1936 年至 1937 年，翻译出版了德国施笃姆的小说《茵梦湖》、意大利亚米契斯的小说《爱的教育》、俄罗斯奥斯特洛夫斯基的戏剧《雷雨》；以"施落英"的笔名，编纂出版了一套北欧、中欧、南欧、新俄、旧俄、弱国[①]、日本的小说名著。

1937 年 8 月 13 日日寇侵占上海后，施瑛蛰居新市，执教私立新市中学。这期间，翻译出版了英国勃罗尼维的《丛林中》《泰山得宝》、法国凡尔纳的《十五小豪杰》等。为鼓励坚持抗日，他从中国历史上选择出 24 个有气节的"侠士"，用通俗的文笔，编写出版了一本《侠义的故事》。其《卷头代序》说："我写这本侠义的故事，只想激励我们的读者。什么叫侠义？我不敢随便下界说，只能够这样讲：侠是舍己为人，义是正义；以正义作前提，舍己为人，不顾牺牲，称为侠义。"时在 1944 年秋天，艰苦的抗战后期，这种精神的激励，无疑起到了积极作用。

抗战胜利后两个月，施瑛应秀州中学毕业生、世界书局同事詹文浒之邀，重赴上海任《新闻报》文书课副课长。此时，他充分发挥了创作才华，在《红茶》月刊及《民国日报》文学副刊《觉悟》等有影响的刊物上，发表了大量的短篇小说和掌篇小说（今称微型小说），1947 年 11 月将部分作品结集出版了短篇小说集《抗战夫人》。他的小说题材大多

---

① 弱国：弱小的民族国家。施落英编《弱国小说名著》，其中译介了三篇"弱小民族文学"。

以抗战年代为背景，揭露了日寇的暴行、战争的残酷。他将视角伸向社会的底层，同情弱者，更对战乱中的人性提出了大胆的拷问。他在《抗战夫人》的"前记"里有言："我是一个渺小的人物，过的也是平凡的经历。因此我只能够写渺小平凡的故事。小人物也有他们的欢笑、痛苦、追求和幻灭，但只有同阶层同经历的人，才有同感。生逢乱世，悲欢离合的事情太多了……我刻划书中的人物，我想接触他们的灵魂。"《洋桥姑娘》描写一个年轻的寡妇，被日寇拉去充当"慰安妇"，她在日寇的行乐中得知日军要袭击一支中国军队的计划，冒死连夜将消息报告了中国军队。于是中国军队主动布阵出击，狠揍了日军。《雪霞怨》描写某农村为免遭日军的血洗，地方官将村里最漂亮的一个姑娘"送给"日军长官作一夜乐。村民对她非常感激和同情。姑娘因此怀孕生子，战争胜利后却大受歧视和侮辱。《狠心的丈夫》描写一对夫妻离异后，丈夫为了女儿的前途，不让妻子将女儿带回穷苦的农村。妻子为照顾女儿，宁可在他新组成的家庭里当佣人，但也被拒绝。《抗战夫人》描写两个有家庭的男女在战乱逃难中都与亲人失散，在大后方相识并同居。战争胜利后，各自又找到原来的配偶而分道扬镳。施瑛的小说思想深刻，结构谨严，文笔细腻，艺术表现手法相当圆熟。1948年，他还与钱公侠合译出版了美国赛珍珠的长篇小说《爱国者》。

1949年底，一度失业的施瑛考入上海刚解放由人民政府举办的华东新闻学院，次年被通联书店、启明书店聘为特约编辑。在1951年，全国各行各业热烈响应政府号召，捐款支援抗美援朝。中国文艺家协会上海分会（上海作家协会前身）也发动会员积极行动。手边有一份当年该协会会员的捐款清单，数字最高的一档是十五万元（旧币，下同），为巴金、冯雪峰、靳以、孙福熙。而还无固定职业的施瑛竟捐了

1294280 元，遥遥领先。通联书店等几家私营书店于 1956 年合并为上海文化出版社，施瑛到该社任编辑，第二年加入中国民主促进会。他熟悉历史，又有深厚的古文基础，1958 年调中华书局上海编辑所任二组编辑。这期间，他先后出版了《左传故事选译》《唐宋传奇选译》等古典文学普及读物。

最近，上海各路专家、学者正在编写一部《上海大辞典》，文学部分介绍著名作品的条目里，已见施瑛的短篇小说集《抗战夫人》。

施瑛为人狷介，一生不慕名利，自甘淡泊。他的亲属也传承家风，处事低调，不作张扬。所以，很少有人知道他是一位 20 世纪 40 年代上海滩上很负盛名的小说家。施瑛的小说，无论思想性还是艺术性，均具生命力，至今仍有重印出版的价值。

（原刊《湖州晚报》2005 年 10 月 6 日）

怀念赵萝蕤先生

读者都知道，我国现代史上有一位著名的哲学家、基督教神学家赵紫宸（1888—1979），他曾任世界基督教协进会主席，是六大主席中唯一的东方人。著有《耶稣传》《圣保罗传》多种。他还是著名的教育家。1910年从苏州东吴大学毕业后，赴美国梵德尔特大学攻读社会学与哲学，获硕士、神学士学位，回国后任母校教务长。1926年应北京燕京大学校长司徒雷登之邀，受聘任燕大宗教学院院长、中文系教授，桃李遍天下。冰心、雷洁琼、费孝通等著名人士都是他的学生。他又是著名的文学家，著有散文集《系狱记》、诗集《南冠集》《琉璃声》等。当年燕大的校歌就是他填的词。1980年香港《海洋文艺》第7、8期上，还连载过他描写才女苏蕙一生的越剧剧本《璇玑图》。赵紫宸一生所写的神学专著、学术论文、演讲词、回忆录、评论、诗词等多达两百余万字。2003年北京商务印书馆陆续出版了五卷本《赵紫宸文集》。

赵紫宸是浙江省湖州市德清县新市镇人。为搜集整理地方史料，在20世纪80年代，我与赵紫宸的长女赵萝蕤先生保持通信往还。赵萝蕤（1912—1998），1912年5月9日出生在德清县新市镇，1932年毕业于燕京大学西语系，同年考入清华大学外国文学研究所，毕业后执教于燕大。1944年赴美国芝加哥大学攻读英语语言文学，1948年获哲学博士学位，同年回国任燕大西语系教授兼主任。50年代后任北京大学英语系教授、博士生导师。她是我国著名的翻译家，译著甚丰，最为有名的是艾略特的长诗《荒原》、惠特曼的《草叶集》（全译本）。译文忠于原著，文笔优美流畅，真正做到了少数翻译家能够做到的"信、达、雅"。艾略特因此向她当面道过谢。她翻译上的成就有：曾获 1991 年美国芝加哥大学建校百年首次颁发的"专业成就奖"，1994 年获"中美文学交流奖"。赵先生还是著名的诗人、散文家，才貌兼具，是燕大的"校花"。她在 20 世纪三四十年代发表了不少作品，颇有影响。只是她在文学创作上的成就，一是被她翻译上的盛名所掩，二是她处事低调，从不张扬，故为治现代文学史者所忽视。她在 1996 年出版的《我的读书生涯》中，仅收了七八篇散文。据姜德明先生回忆，接下去赵先生就要编写散文集出版，可惜在生前未能如愿。直到 2009 年，湖州师范学院"赵紫宸·赵萝蕤父女纪念馆"将亲属捐赠的馆藏手稿及一些剪报加以整理，出版了《读书生活散札》。大量散见在当年报刊上的作品，还有待搜集。

1988 年，赵先生来信，希望帮她将新市镇上 50 年代初被公家征用去的老宅要回来。她父亲出生于此，她本人也是在老宅的前厅里出世的，对老宅很有感情。赵先生幼时虽随父母居杭州、苏州，但多次回故里。1937 年 8 月，为避战乱，在老宅住了三个月。她 1942 年在昆明写的《浙江故里记》中有如此的描述：

> 浙江是我的出生地，像花草树木，虽已高可摩天，倚山之阳，旁水之滨；但它的生之源，还在本土。天可拟其孤高，水可拟其扶苏，却只有黄泥黑土给它生命。因此我常常想念那默默无闻的浙江省 ×× 县 ×× 镇上的一所旧屋，便是我怀恋的情绪所寄。

那一次的回家也是晚上到的，河轮停在北栅河滩埠头。茶馆一星二星的火映在河心里是这样幽微。走进那间老厅屋，点着两盏玻璃煤油灯，照出梁上灰暗俞樾的对条，和洒金红泥的陈书凤书联对，还有春夏秋冬四轴画。然后忙乱的到楼梯间里找出一堆床架竹榻，又翻着祖母的箱柜，拉出些陈旧的夏布帐子，嘴里操着尚未完全遗忘的乡音，和隔壁邻舍亲戚们话旧，我想母亲也有点喜极而涕了。

不过数度的回家已证明人事虽然日非，而光景还是如旧。在我的记忆里更是不变不灭了。旁院的蓬蒿也许愈长愈高，天井里的芜草也许葱郁成毛，瓦片更黑一点，梁木更朽一点，那是免不了的。但西厢的一排堂窗，清早推开来，漏进缕缕的晨光，露出行灶的洁白，已足以激动我私情的感触。

我对于家乡的琐细寄以无限的感情，对于家乡的景物则只有赞美而已。

私房经过五六十年代没收、征用、改造等一系列运动，一直没有松口可以发还的政策依据。当时我在协助市里一个民主党派的工作，稍有对话的余地，于是以试试看的心态给德清县一个相关部门写了封信，说明原委。料想不到的是很快有了答复，说考虑到赵家的特殊情况（一家全是名人，除赵紫宸、赵萝蕤，长子赵景心是燕大高才生，香港"两航起义"功臣；次子赵景德是美籍华裔地质学家，冲击变质作用奠基者之一，阿波罗11—17号研究项目首席研究员；三子赵景伦是著名政论家，香港《信报》专栏作家，曾任美国《亚美时报》主笔），经讨论研究，同意发还。就是还要与房产管理部门及现用单位协调，尽快腾清移交。同意发还已定，随后只是时间问题，我马上写信将此消息告诉了赵先生。在等候的这段时间里，我与赵先生商量后计划，届时可挂"赵紫宸故居"门额，内里存放赵紫宸的遗物、手迹、照片等实物，等同纪念馆。为此，赵先生请冰心、雷洁琼寄来了故居题字。尤其是冰心，1988年纪念赵紫宸诞辰一百周年时就写过一张题词：

> 赵紫宸院长是一位
>
> 慈蔼温和的长者
>
> 博大精深的学者
>
> 热爱祖国热爱人民
>
> 我们学习他就是对他
>
> 百年诞辰的最好纪念
>
> 冰心扶病书
> 戊辰仲春

故居若按计划办成，将是当地一处文化底蕴浓厚的景点。遗憾的是，房屋正式发还时，因一直作为粮库，长年失修，楼板、楼梯、门窗等均已不存，只有一个空壳。恢复已绝无可能。赵先生觉得，姐弟均定居在北京、美国，留在故乡的这样一座空楼全无用处，于是无条件送给了生活在新市镇的堂妹赵雅言一家。拆去空壳后，在宅基地上建了一座钢筋水泥结构的三层楼房。

故居兼为"赵紫宸纪念馆"的设想已不可为之，再要建馆必须另找合适的地方。赵先生与弟弟景心先生不因变化而放弃计划，始终承诺，只要当地政府部门同意，建馆费用赵家可以筹措全部承担。我遂向赵先生建议，考虑到建馆后的影响，最好觅址在市区，并似可考虑找一些有社会知名度的人士与家族一起作为发起人。赵先生采纳了这些想法。在1990年6月3日的来信中写道：

重庆同志：

　　已好久未写信给你了，对不起。我是在联系燕京大学校友会与三自革新委员会两处关于你为纪念我父亲而在湖州建立一纪念馆的设想。我把你给我的信复制了几份。现在燕京大学校友会已热情同意你的建议，并十分愿意作为发起人之一。校友会会长雷洁琼和副会长侯仁之与张定三同志表示了热情的支持与赞同，校友会愿意作发起人。三自革新委员会我则是通过我父亲的学生刘清芬联系。他是燕京神学院董事长，他本人热烈赞同愿作发起人。又代我将情况报告了下列同志：全国三自主席丁光训主教、副主席沈德溶，全国基协副会长等，征求他们的同意，还未有回信。我想他们一定会赞助或作发起人的。这方面我还在等待。但不知你是否需要什么正式文件，例如燕京校友会的正式信函，等等，望告知，以便进行。

　　你为我父亲作了许多好事，把祖宅成功地转移给了我的堂妹雅言，现在又要成立我父亲的纪念馆，真不知怎样感谢你才好。你对同乡人真是感情深厚啊！

萝蕤

1990.6.3

信中提及的居上海的基督教全国三自爱委会副主席沈德溶先生，是茅盾先生的堂弟。他来信表示，只要建馆项目落实，三自爱委会可以立即捐一笔赞助款。1992年，赵先生与景心先生等回新市镇探亲。这是赵先生最后一次回故乡。为建馆事，她还专程来湖州商量有关事宜。因种种原因，也或许是我办事能力太差，联系多年多个部门均无结果。

1998年元旦，赵先生在北京谢世。在她生前没能见到她父亲的纪念馆。景心先生打来电话，关于建馆事仍不改初衷，但最好同时也要纪念姐姐。景心先生为人诚恳、豁达，对父母、对姐姐感情至深。直到2005年，湖州师范学院时任领导王绍仁教授独具慧眼，他深知在校内建馆的意义与影响。与其他领导统一意见后，赴北京与景心先生达成了在校内合建"赵紫宸·赵萝蕤父女纪念馆"的共识。景心先生又无偿捐出了父亲与姐姐的照片、图书、手迹（稿）、钢琴等珍贵遗物。次年，一座仿欧式的小洋楼在校区内落成开馆。从书信计划到成功，经历了整整16年。现在海内外慕名而来参观的络绎不绝。华中师范大学前校长、著名史学家、中国教会大学史研究中心主任章开沅先生参观后说，这是湖州师范学院的一张名片。

赵紫宸、赵萝蕤父女生前均受到过不公正的待遇，纪念馆的建成，可告慰两位前辈的在天之灵吧。

（本文为纪念赵萝蕤先生诞辰一百周年而作）

（原刊《香港文学》2012年11月号，有删减）

从衣裳街走出的神学家

在今年 7 月写的一篇短文中曾经说过："仅凭已见得的史料，就晚清以来而言，至少还有三四十位可入史册的湖州籍名人，到目前在故乡居然仍不识。"这些名人在其领域中都有一等的建树，材料随眼可见，却不为故乡人知或错误百出。故此，就地方上已掌握的史料来阐述湖州的一部民国文化史，请原谅直言，离题还有不短的差距。正因材料随眼可见，写这样的介绍文字，其实是在做"文抄公"，只是借题发挥所叙述的看法，全由作者负责而已。

在我国现代哲学史、宗教史上，有两位著名的湖州籍基督教神学家。一位是德清新市的赵紫宸，湖州师范学院领导独具慧眼，已与其家族在校合建了"赵紫宸·赵萝蕤父女纪念馆"，自应成为湖州在国际上交流文化教育的不可复制的平台。一位是从市区衣裳街王宅走出的王树声，故乡至今对他全然陌生。

王树声（1881—1968），字治心。乃前清副贡。最初执教于基督教监理会在湖州办的华英学校（由上海南翔悦来书塾迁湖州后改名），后又改湖郡女校（东吴大学第三附中），即湖州师专、老二中前身。后去上海神文女学、惠中女学等教会办的学校任国文教员。1911 年至 1916年在上海任基督教刊物《兴华报》（周刊）编辑。1921 年赴南京金陵神学院任国文和中国哲学教授，同时为《神学志》（季刊）主笔。1926 年至 1928 年任中华基督教文社主任，主编《文社月刊》。1928 年出任福建协和大学文学院院长兼国文系主任。王树声的好友刘湛恩是上海沪江大学第一任中国籍校长，抗日战争开始时，热心抗日，为上海各界人民救亡协会理事、上海各大学抗日联合会负责人、中国基督教难民救济委员会主席和国际救济会负责人。此时，王树声受刘湛恩之邀，1934 年回上海出任沪江大学国文系主任，从中也可见王树声坚定的抗日立场。1948 年在该校退休后，重赴南京金陵神学院教授国文及教会史，主编《金陵神学志》。1957 年定居北京，直到 1968 年去世，享年八十八岁。

王树声毕其一生研究基督教与中国哲学，最为有名的著作是《中国基督教史纲》，对基督教从唐代起至清末民初的时盛时衰作了精心考证。这是迄今为止，唯一的一本中国人写的基督教在中国的传播历史。

王树声用深厚的国学功底，在基督教的礼仪、节期、建筑、家庭等改造上，提出过不少独特的创见，被称为"本色化实践派"的代表，以区别赵紫宸为代表的"本色化学院派"。前者以中华文化为取向，后者以西洋教会为参照。不过在"本色化运动"中，两派最后殊途同归。值得一记的是，两派的领军人物都是湖州人。

王树声的《中国基督教史纲》初版于 1940 年，1948 年经过多处修订后重版。香港基督教文艺出版社在 1959 年至 1993 年据重印版本印过四版。在 2004 年，王树声的这本《中国基督教史纲》，与梁启超的《清代学术概论》、鲁迅的《中国小说史略》、胡适的《中国哲学史大纲》、章太炎的《国学概论》、王国维的《宋元戏曲史》等，一起被收入"蓬莱阁丛书"再行面世。该丛书的《出版说明》中说："从清末民初起，涌现出了一批大师级的学者。他们以渊深的国学根底，融通中西，不仅擘画了学术研究的新领域，更开创了一种圆融通博且富于个性特征的治学门径与学术风范。"用这样的定位来评价王树声，恰如其分。《中国基督教史纲》在 1940 年初版，六十四年后被学术界推出重印，说明其具有很高的学术价值。

王树声是研究基督教的神学家，除这本《中国基督教史纲》外，还有《基督徒之佛学研究》《孙文主义与耶稣主义》《耶稣基督》《评基督抹杀论》等。他还是一位国学大家，著作更丰，有《孔子哲学》《道家哲学》《墨子哲学》《孟子研究》《庄子研究及浅释》《中国宗教思想史大纲》《中国学术概论》《中国文化史类编》《中国历史上的上帝观》等数十种。

从清末到 20 世纪 40 年代终，基督教文化对中国社会的影响，是民国文化中极为重要的章节。目前，国内有不少国家级的学术机构，在从事这一课题的研究。

（原刊《湖州方志》2011 年第 4 期）

近代科学前驱张福僖

从晚清至民国，百年间在知识界涌现出大量的湖州籍精英，成就显著，创建了数十个"第一"，对社会发展起到巨大的推动作用。其中有一位被史学家称为中国近代科学前驱、近代早期科学家的张福僖。

张福僖（？—1862），字仲子，双字南坪，秀才出身，时人尊称他张茂才（秀才别称），是同乡钦天监博士数学家陈杰的得意门生。张福僖天资聪明，随陈杰学习期间，与同乡同窗丁兆庆合撰《两边夹角径求对角新法图说》，洋洋数千言，被陈杰评为"讲解明晰，戛戛独造"，收入他编印的《算法大成》上编。清褚可宝在《畴人传三编》中称他"英敏过人，研习算学，精究小轮之理"。"小轮"是指天文学家托密勒天文体系的科学概念，在明末清初之际由基督教传教士传入，说明张福僖对当年传入的西学早有接触。著有《彗星考略》《日月交食考》二书。与海宁籍数学家李善兰友情甚深，在李善兰处见到杭州籍数学家戴煦的著述，感到很有价值，特地前往杭州拜访订校，日夜抄录副本，备作参考。

咸丰三年（1853），张福僖经李善兰荐介，入上海墨海书馆任译员。墨海书馆系英国传教士麦都思在道光二十三年（1843）创办，除出版《圣经》《耶稣教略》等基督教读物外，主要编印出版西方各类科学知识的中文书刊。同是英国人的艾约瑟，毕业于伦敦大学，道光二十八年（1848）受基督教伦敦布道会委派来中国，是伦敦布道会驻上海代理人，协助麦都思在墨海书馆工作，后继麦都思任监理。中西文化初次密切相遇，中国缺乏精通西学的人才，而来中国的西人中也少有精通汉学者。要译介西方科学著作，于是都由西方学者口译大意，中国学者加以笔录润色。张福僖进馆的当年，就与艾约瑟用同样的办法合译完成了《光论》一书。这是中国第一本有系统的介绍光学的著作。全书正文六千字，插图十七幅，前有张福僖的序言，说明译书原委，概述全书内容。《光论》当年没有出版，直到光绪二十一年（1895）被苏州江标收入"灵鹣阁丛书"面世。《光论》较详细地介绍了几何光学，包括光的直线传播、反射、折射、海市蜃楼、光的照度、色散与光谱、眼睛、色盘等。科技史学者对《光论》评价极高。王冰在《明清时期西方近代光学的传入》中就说："《光论》介绍了许多几何光学基本知识：光的直线传播；平行光的概念；光的照度；介质的疏密及其均匀与否对光的传播的影响；反射定律；特别是第一次从量的关系上介绍了折射定律；首次介绍了临界角（角眼）和全反射现象；正确地解释了海市蜃楼等'幻景'形成的原因是'光差变象'，由于空气层层密度不同，光线被折射成曲线而产生虚象；等等。在我国书籍中，正确地画有光路图，亦始于《光论》一书。"张福僖还是中外科技交流的最早参与者，艾约瑟在张福僖、李善兰处见到戴煦的数学著作，大为叹服，又共同译成英文，寄送英国算学公会。

张福僖与同乡官至户部郎中的徐有壬关系密切。徐有壬亦是数学家，时人称他在算学中"因法立法，独树一帜"。咸丰八年（1858），徐有壬被命为江苏巡抚，居苏州。此时他正斥资在刻印数学家项名达的《象数原始》等书，他对张福僖十分器重，邀请张福僖、李善兰到苏州从事校勘。徐有壬对张福僖的为人与学问均极赏识，当年墨海书馆的同事王韬有诗记其事：

> 平生性质直，颇有前贤风。
> 廿年学天算，列宿横心胸。
> 书成彗星考，西法皆开通。
> 携来吴市上，倾倒抚部公。

同事对他敬慕，形象亦跃然纸上。

咸丰十年（1860），太平军攻打苏州，围城。徐有壬整理衣冠后带不足四千守军，亲自上城墙正坐交椅督战。城破，太平军卒将矛戳其额，官冠欲坠，徐有壬坦然用双手扶正，遂被杀。全家亦随之殉难，极其壮烈。张福僖闻讯，大为悲恸。而在四个月前，太平军围攻杭州时，好友戴煦已投井自尽。仅隔一年，同治元年（1862）春，太平军攻打湖州，围城之际，张福僖担忧在城内的老母亲安全，从上海赶到湖州，仓促行至织里时，被太平军所捉，太平军认为他是清军间谍，施酷刑。张福僖破口大骂，太平军以烧红之铁链捆其身再砍头。惨甚！织里百姓悲愤不已，集资买回他的头颅，与躯体合一下葬。

自鸦片战争后，中国门户开放，有识之士或著作或译书，出版了大量的介绍各学科各门类的西方科学技术著作，被史家称为晚清西学东渐时期。这影响了整个政治、经济、文化领域，彻底改变了中国闭关自守的封闭状态，引导中国社会走上了从未经历过的革故鼎新的追求民主的道路。而此中，有数十位湖州籍人士，以济世、求真为目的，作出了不懈的努力。张福僖是其中之一。

杨光泩烈士和他的子女

在抗日战争史上，有一位湖州菱湖籍的著名烈士，当地对他非常陌生，就连近年来出版的《湖州人物志》《湖州古今名人录》，也均不载他的名字。而在清华大学的"清华英烈碑"中，他的名字排在闻一多先生之前列于首位。在菲律宾的马尼拉，有一座他的纪念塔，还有一条以他名字命名的大道。他就是杨光泩先生。

杨光泩的祖辈经营丝绸，在菱湖、湖州开设杨万丰丝栈，颇具声誉。父亲杨文濂（字仲侯），曾就读于上海圣约翰大学。受新思潮影响，不顾家人反对，于 1906 年赴美国留学。1912 年回国后，举家迁移北京，就任北洋政府审计院审计官。

杨光泩于 1900 年出生于上海。随父到北京后，在崇德中学求学。十五岁考入清华学堂（清华大学前身）高等科。在校期间，他非常活跃，曾任清华校刊总编辑。1920 年毕业后，由清华庚子赔款保送留美。先入科罗拉多大学，后转入普林斯顿大学，获政治经济学硕士、国际公法哲学博士学位。1924 年，出任中国驻美公使馆三等秘书。在美期间，曾任出席华盛顿会议的学生随员、《中国学生月刊》总编辑、美国东部中国学生联合会主席、清华大学留美校友会会长等。1925 年至 1927 年，曾任日内瓦国际鸦片烟会议中国代表团专家兼秘书，同时受聘华盛顿美国大学远东历史讲师、乔治城大学中文教授。

1927 年，杨光泩应母校清华大学之聘，回国任政治学、国际公法教授。北伐胜利后，1928 年 2 月，应国民政府之召，任外交部情报司副司长兼外交委员会主任委员，接办北京《英文导报》，创办《中国法文》杂志。1929 年至 1933 年，杨光泩出任中国驻英国伦敦总领事及驻欧洲特派员，兼任中国驻国际联盟中国情报处处长、中国出席国际联盟特别会议代表团成员、驻伦敦世界经济会议中国代表团顾问。1933 年，创办世界电讯社，定名"世界社"，在日内瓦、巴黎等地均设立了分社。年末回上海设立"世界社"，任社长，并接办英文版《大陆报》，任总经理兼主笔。

1937 年春，杨光泩为中国专使团随员，赴英国参加英皇乔治六世加冕典礼。"八一三"事变后，奉命留居海外，任中国驻欧洲新闻局伦敦、巴黎总部负责人。1938 年 10 月，杨光泩受命于危难之秋，出任中国驻菲律宾马尼拉总领事。他奔走在爱国华侨之间，宣传祖国抗日形势，募集捐款，支援国内神圣的抗战事业。

1941 年 12 月 7 日，太平洋战争爆发。次日，日寇即出动百余架飞机，对菲律宾进行大轰炸，继又出动大小军舰攻打菲岛各海岸，首府马尼拉处于熊熊战火之中。美国驻远东军队，迫于力量单薄而撤退，同时宣布马尼拉为不设防城市。驻菲美军统帅麦克阿瑟将军在撤退时，特意在专机上保留座位，派人劝说杨光泩等人同机离菲。但杨光泩谢绝了他们的好意。杨光泩在这危急关头，与下属固守领事馆，销毁文件，疏散人员，他立誓："身为外交官员，应负保侨重责，未奉命之前，绝不擅离职守。"1942 年 1 月 2 日，马尼拉沦陷。当天，日本驻菲副领事木原次太郎即请瑞士领事出面，约杨光泩到瑞士领事馆面谈。双方一见面，木原便进行要挟，声称日本政府不承认重庆政府，所以也不承认杨光洤等外交官地位；又称为避免发生意外，要杨光洤将华侨领袖集中起来。这个无理要求，当即遭到杨光洤的严词斥责。事隔三天，杨光洤与领事馆另外七人，即被日寇囚禁，先关进菲律宾大学美术学院，旋又移禁在巴士河左岸的圣地亚哥炮台。日寇胁迫他们承认汪精卫的伪政权，组织新华侨协会，与日本占领军合作。在此期间，日寇又查到，中国在美国印制的一批大宗法币，在运回途中因交通阻塞而滞留在马尼拉海关，太平洋战争爆发后，杨光洤为免使祖国的经济蒙受损失，在日寇占领马尼拉前夕，将其全部焚毁；旅菲华侨在抗战三年中，捐给重庆政府一千二百万菲币。这些事，大大触怒了日本宪兵司令太田，他威胁杨光洤，要他在三个月内，让华侨拿出此数的两倍献给日本军部，否则，将查封中国人的全部财产。杨光洤等在狱中受到百般凌辱和酷刑，坚贞不屈，痛斥拒之。太田恼羞成怒，竟然不顾国际公法，于 1942 年 4 月 17日，将杨光洤等八位中国外交官，秘密枪杀在华侨义山。当日寇要给他们的眼睛蒙上黑纱布时，他们断然拒绝；将他们扭向朝背，他们都一致转过身来。面对敌人的枪口，八位中国外交官怒斥日寇的暴行。行刑时，敌人未击中要害，杨光洤用手指心，大义凛然，视死如归，牺牲时年仅四十一岁。据目击者说，八位外交官倒在血泊中后，日寇还用刺刀向各人身上猛捅数刀，残忍如此，禽兽不如。

与杨光洤一同遇害的另七位外交官，他们是：莫介恩，广东宝安人，1893 年生，领事；朱少屏，上海人，1882 年生，领事；姚修竹，江苏苏州人，1907 年生，随习领事；萧东明，福建闽侯人，1910 年生，随习领事；杨庆寿，福建厦门人，1917 年生，随习领事；卢秉枢，江苏东台人，1902 年生，主事；王慕玮，浙江奉化人，1920 年生，甲种学习员。八名英烈，为国家民族，为华侨的利益，悲壮地牺牲在日寇的屠刀之下，在海外华侨抗战史上，用生命谱写了可歌可泣的一页。

1945 年，盟军光复菲律宾。6 月 14 日，当地华侨立即组织力量发掘这八位烈士的忠骸。日本宪兵司令太田等战犯，由美国军事法庭判处绞刑。中国政府于 1947 年作出决定，将烈士遗骸运回国内安葬。菲律宾十三个华侨团体成立"杨故总领事暨殉职馆员忠骸回国安葬委员会"。1947 年 7 月 7 日，在马尼拉举行公祭。各国驻菲使节、华侨社团代表、菲律宾国家政要及各界人士一千余人参加公祭仪式。菲律宾时任总统罗哈斯也亲自送了花圈。公祭结束后，礼送烈士遗骸的侨胞五千多人，队伍长达三里多。中国政府派去的专机，当天运遗骸飞回南京。9 月 3 日，八位烈士的忠骸，与当年同样被日寇残酷杀害的中国驻北婆罗洲山打根（今马来西亚）领事卓还来的忠骸，一起公葬于南京中华门外菊花台。九位烈士冢呈扇形排列，现为国家文物保护单位。

杨光泩烈士的遗孀严幼韵是宁波人，乃宁波巨绅、著名书画家严筱舫的孙女。1929 年毕业于上海复旦大学，同年与杨光泩结婚。盟军光复菲律宾时，中国国内还在抗战，在美国驻远东军司令麦克阿瑟的安排下，严幼韵带了三个女儿去了美国。她到美国后，一直在联合国秘书长办公室工作，含辛茹苦将三个女儿培养成人。

长女杨蕾孟，1930 年出生在瑞士日内瓦。现是美国出版界叱咤风云的著名人物。杨蕾孟毕业于美国卫斯理女子学院，也就是宋庆龄女士曾经求学过的地方。她在该学院政治系毕业后，进入出版界服务，从速记员、初级秘书做起，直到布朗出版社高级编辑。1985 年起当上了全美文学书会的主编。杨蕾孟从事编辑生涯二十多年，经她之手编辑出版的书达二百五十多种，其中包括基辛格的回忆录《动乱年代》（3 册）、艾维·西戈的《爱情故事》、哈曼·毕克的《里里外外》、包柏漪的《第八个月亮》、杨小燕的《二女儿》等畅销全球的佳著。她工作态度严肃认真，即使对基辛格这样一位政坛名人，她也毫不留情，《动乱年代》就按她的建议，进行了多处删改。全美文学书会拥有两百万会员，作为书会的主编，杨蕾孟得从全国各家出版社每月出版的大量作品中，选出最佳的两本推荐给读者。经她推荐的书，有很大可能成为畅销书。因此，她在出版商的心目中是一位书评权威。

次女杨雪兰，1935 年出生在上海。她与姐姐同校求学，毕业于卫斯理女子学院经济系。她曾入选全美二十名最优秀企业家，芳名远扬。杨雪兰从学校毕业后，曾任哈佛大学教授，讲授市场经济，并应邀在世界各地讲演。踏入企业界后，长期兼任过美国企业界、教育界的主管和荣誉职务。她先后担任过普洛马斯公司董事、纽约证券交易委员会副主席、卫斯理女子学院董事、哈佛大学商学院董事、底特律艺术馆董事、底特律五十六频道教育电视台理事，密欧根大学迪尔波校区国民顾问委员会委员等。1990 年，她还被布什总统任命为总统行政首长交流委员会委员。她曾在格瑞策划市场公司任职三十年，是第一个把研究消费者心态纳入消费市场研究的人。食品一次性包装，也是她首创。她一加入该公司便脱颖而出，职位连连上升，直至总裁。她把该公司的产值扩大了五十倍。1982 年，杨雪兰受聘于美国通用汽车公司，现为该公司副总裁，还是美国百人会的理事长。美国百人会于 1991 年 5 月在纽约成立，它揽括了美国各行业最杰出的人士。1994 年 3 月 30 日，杨雪兰随著名建筑师贝聿铭率领的百人会代表团访问中国，在北京受到江泽民主席的接见。她作为在美国十三位不同职业的华裔精英之一，被美国《亚裔杂志》列入 1994 年度二十五名最具影响力的亚裔名单。

小女儿杨茜恩，1938 年出生在法国巴黎，曾是美国一所著名中学的董事和发展部顾问。她在美国还传授中国烹饪，连布什的弟媳也不时向她请教。杨茜恩又大力支持她丈夫的事业。她丈夫唐骝千是一家投资公司的总经理，又是纽约华美协进社的董事长。

杨光泩烈士的遗孀严幼韵与女儿及家属，现均居美国。

（原刊《湖州文史》1996 年第 14 期）

两位湖州籍香港作家

近半个世纪以来，在香港文化艺术界有不少湖州籍人士，他们都具成就且有影响。因地域相隔，在故土反而陌生，现简略介绍两位。

阿浓

在香港青少年中，几乎无人不知阿浓。

阿浓原名朱溥生，1934年出生于湖州。其父朱敬安，母庞瑞湘。他两岁时，日寇侵华世乱，全家迁往江苏泰兴黄桥镇。

朱敬安曾得宿儒指点，并勤于自学，对旧诗词、书法、金石均有相当造诣，故而家中藏书亦丰。阿浓在父亲的熏陶下，自幼就阅读了大量的古典文学，旁涉新文学中如鲁迅、巴金等作品，对文学产生了浓厚的兴趣。

1946年，阿浓一家移居上海。次年转往香港后，阿浓就读于铜锣湾利园山岭英中学，得国文教师余松烈等培养开始写作，常投稿各家报刊。高中毕业后入葛量洪教育学院，开始创作儿童文学，随后又用阿丹、浓浓、苏大明等笔名，发表了大量的小说、散文、诗歌。70年代中期，在《华侨日报》上以《点心集》为专栏，撰写教育随笔，大受读者欢迎。1973年起，先后主编《教联报》《教协报》《新教育杂志》。1980年，在朋友们的鼓励下，以田田出版社名义，自费出版《点心集》《点心二集》，销路极好；后又交何紫主持的山边出版社重印，成为多年不衰的畅销书。因《点心集》的畅销，阿浓约稿不断，在《大公报》《新晚报》《快报》《商报》《星岛晚报》《东方日报》《华人月刊》《突破》《松柏之声》等报刊上撰写多种专栏。

1981 年，阿浓与何紫、韦惠英等共创香港儿童文艺协会，历任理事及会长，经常与内地和台湾的儿童文学界进行交流，为推进香港儿童文学的发展作出了巨大贡献。

阿浓除写专栏文章外，还为香港电视台写电视剧本，有《大家来照镜》《鱼在水中游》《哈啰，牛仔！》《天生你材》等。尤其是《天生你材》，由单慧珠导演，荣获多项国际奖。

阿浓写作十分繁忙，但还参加大量的文化活动，常被邀请演讲，主题除文学外，还涉及青少年问题、环保问题、家庭生活教育、教师专业等。他又经常担任香港青年文学奖、香港中文文学双年奖、香港职工青年文学奖等多项征文比赛的评委。

阿浓是一位多产作家。据不完全统计，从 1980 年至今，已出版小说、散文四十种，儿童故事二十种。如《听，这蝉鸣！》《浓情集》《青春道上》《听君一席话》《心有所见》《破梦泉》《共行人生路》《也想潇洒走一回》等。他的作品，尤其受到青少年的欢迎，有多种书被列入香港电视台每年主办的好书龙虎榜。香港贸易发展局一年一度举办"深爱的书"活动，由读者选出最喜爱的十本书。1994 年，阿浓有《点心集》《纸短情长》两本被选上，1995 年又有《阿浓小小说》入选。他的儿童故事《天生你材》《汉堡包和叉烧包》被选为 80 年代最佳故事，童话《树下老人》荣获 1994 年陈伯吹儿童文学奖。

阿浓写作非常勤奋，你想不到的是，他写了这么多的书，竟都是业余所为。他的正式工作是一名教师，自 1954 年起在中小学执教三十九年。

阿浓在 1961 年与就读葛量洪教育学院时的同学邓秀芸结婚。邓秀芸亦是写作高手，以笔名"阿芸"经常发表文章。阿浓在 1993 年从教育岗位上退休，至今笔耕不断。

宋淇

大家都知道，在中国现代文学史上，有一位著名的湖州籍戏剧家宋春舫，但很少有人知道他的儿子宋淇。在近三年内地出版的辑录有关旅美女作家张爱玲生平的几种书里，大家都能看到经常出现"林以亮"这个名字和他写的文章，但很少有人知道"林以亮"就是宋淇。

宋淇是一位著名的诗人、翻译家和文学评论家，1919 年 5 月生，笔名林以亮，另外还用过宋其、宋悌芬、余怀、欧阳竟、唐文冰等笔名。

宋淇就读于北京燕京大学西语系，获文学士学位，毕业后留校任助教。他继承父志，太平洋战争爆发后，在上海法租界领导话剧运动，曾编写舞台剧《皆大欢喜》等。1948 年移居香港，先后任电懋影业公司制片部主任、邵氏影业公司编审委员会主任等。在此期间，曾编写电影剧本《南北和》等，并主编《文林》月刊。1956 年发表新诗《喷泉》，传诵一时。他为此专写了一篇谈该诗创作经过的《一首诗的成长》，被美国著名华裔学者夏志清誉为"中国新诗史料里一篇重要的文献"。1968 年出版散文集《前言与后语》。这一年他离开电影界，出任香港中文大学校长特别助理，并兼高级翻译文凭课程讲师。后又为该校创办翻译研究中心，并任主任，为香港翻译学会发起人之一。1972 年任《文林》月刊总编辑。1973 年起，主持出版"翻译研究中心"的《译丛》中译英半年刊。

　　宋淇在大学求学时就开始创作新诗，作品大部分收入《林以亮诗话》和《昨日今日》两书中。翻译作品有《美国诗选》（与梁实秋、余光中、张爱玲等六人合译）、《美国文学批评选》、《美国现代七大小说家》，《自由与文化》等；文艺评论集有《林以亮论翻译》《〈红楼梦〉西游记》《诗与情感》《更上一层楼》等。那本《〈红楼梦〉西游记》往往被读者误为是谈这两部小说，其实是一本评《红楼梦》英译本的论著。他的评论涉及范围很广，除诗歌、翻译外，还有谈电影、作家等各种文类，如论文《中国电影的前途》《私语张爱玲》等，均极有见地。

　　宋淇才高，人品亦高，受各方人士敬重。女作家张爱玲非常信赖宋淇，与宋淇夫妇保持四十余年的友谊。在 50 年代初，张爱玲刚从上海去香港，宋淇就约她翻译海明威的《老人与海》及《爱默生选集》等书。50 年代后期，宋淇任香港电懋影业公司制片部主任时，还安排远在美国的张爱玲为公司写电影剧本，如《情场如战场》《人财两得》《桃花运》《南北一家亲》等。这些剧本，都由香港当年最著名的演员主演，其中林黛主演的《情场如战场》，打破当时华语片卖座纪录。在1983 年，张爱玲的英译中国清末吴语长篇小说《海上花列传》，最初就刊登在宋淇主编的《译丛》（中国通俗小说特大号）上。张爱玲在生前写的遗嘱中，指定宋淇与夫人邝文美为她的遗嘱执行人，全权处理身后一切。

　　宋淇于 1996 年 12 月 3 日因病在香港去世，享年七十七岁。

（原刊《湖州文史》1998 年第 17 期）

赵孟頫归葬何处？

艺术大师

我国元代著名书画艺术大家赵孟頫（1254—1322），字子昂，号松雪道人、水精宫道人、鸥波。系宋太祖十一世孙，因造福被赐第于浙江湖州，始为湖州人。

赵孟頫本为宋宗室，入元后，元世祖忽必烈搜访"遗逸"，在至元二十三年（1286），经程钜夫荐举，官刑部主事；次年，授兵部郎中；三年后，升为集贤学士。为避嫌，力请补外，曾出任济南路总管府事。累官至翰林学士承旨、荣禄大夫。

赵孟頫工书法，尤精正、行书和小楷，所写碑版甚多，书法圆转遒丽，世称"赵体"。他又擅画，山水、木石、花竹无不工妙，尤善画马，传神无比。清代吴升《大观录》卷十六王穉登题赵孟頫《浴马图卷》曾记载"尝据床学马滚尘状，管夫人自窗中窥之，政见一匹滚尘马"，其绘画之用心，从中可见一斑。他变革南宋院体格调，创画上题字之先例，融诗、书、画、金石于一体，形成了别具一格的元代画风。传世之作，均被视为国宝。

妻管道升

赵孟頫妻管道升（1262—1319），字仲姬、瑶姬，乃是隶属湖州的德清茅山人，亦是一位著名的书画家。她擅画墨竹梅兰，手写的《璇玑图诗》，五色相间，笔法工绝。

管道升在延祐四年（1317）被封为魏国夫人。延祐六年（1319），赵孟頫无意仕途，且管道升患病，遂举家南归。是年四月二十五日从大都出发，五月十日行至临清时，管道升卒于舟中，终年五十八岁。后下葬于德清东衡里戏台山。赵孟頫在湖州家居三年，亦即病逝，终年六十七岁。被追封魏国公，谥文敏。

墓地记载

赵孟頫去世后归葬何处？据元代杨载《赵文敏公行状》载："其年（壬戌）六月卒已，蘉于里第正寝。""九月丙午，雍等奉公枢与魏国合葬于德清县千秋乡东衡山原。"可知当年是由他的次子赵雍等，将其灵枢运至德清，与管道升合葬。明代万历《湖州府志》及各德清方志均亦有此载。

清代德清人蔡星临有《赵魏公墓》诗云："墓碣自书元学士，居人犹说宋王孙。松杉终古青山色，羊虎依然碧鲜痕。"当年墓景仍具规模。但到了民国初年，《德清县新志》已记载："民国四年程森加土修理立墓碑，存石朝官二，石马一，余倒损。"

近年勘察

六百余年沧海桑田，至今赵孟頫墓的地面建筑已不复存在，仅遗石马一匹，首尾长二百六十五公分，背宽五十五公分，高十一公分，乃为墓道之物。距此不远的土墩，桑树竹林丛生，看来赵孟𫖯与管道升两位历史上的大艺术家，就长眠在那下面。当年这里称德清东衡里戏台山，现为德清县洛舍乡东衡村东衡山。当地政府部门对赵孟𫖯墓的清理工作极为重视，近年来，曾多次进行调查、勘察。修复后，将是德清县的一处游览名胜。

1991 年 4 月于浙江湖州

（原刊《新晚报》1991 年 5 月 13 日）

关于闵齐伋绘刻《西厢记彩图》

湖州史传书香，物产丰盛。清末太平军兴，殷实人家纷避沪上，托庇租界洋人，贸易故里丝绸，遂成富户。惜乡风吝啬，至 20 世纪 40 年代，近百年中，举慈善公益于桑梓者，仅周庆云、刘承干、章荣初三数人而已。

明万历、天启年间，雕版刻书印刷业空前繁荣，呈千岩竞秀、万壑争流景象。此时湖州晟舍闵齐伋、凌濛初等，更以大规模经营独占鳌头。受邑中织造色染启示，创分版分色套印，广为学林称道。经由书船销售，藏家涌现，再追刻书。一条书业文化产业链，极其绚烂。无论从大历史抑或地方史而言，贡献与影响，远胜丝绸一行。

闵齐伋（1580—？），字乃武，号寓五。虽为晚明文学家，成就则在雕版印书，系套版印刷技术创始人之一。出版书近三百种，内双色至八色套印约一百五十种，世称"闵刻"。

闵刻最可推崇《西厢记彩图》。成书于崇祯十三年（1640）。图二十一幅，双面连式（一图跨双页）。版式大方，高三十二厘米，宽二十厘米。绘图结构谨严，刻工奇巧烂熟。刀法圆浑有力，线条流畅，粗细变化。人物面目秀雅，衣袂临风，神态毕现。场景疏密恰当。分版套印达八色之多，叠版准确。同色由深而淡，多色相互渲染，效果氤氲。构图线条丝细，开印稍有不慎，即损伤断裂，显见各道工序皆重质量。时值版画从素朴古拙逐步转向工细精致，多色套印更属尝试。闵刻《西厢记彩图》已临完美境界，为晚明版画彩印极品。在中国文化史、出版史、版画史、印刷史上都占非常地位。

元王实甫著《西厢记》，述普救寺西厢房莺莺与张生的爱情故事。出书后，四方传诵。至明代，几乎"家置一编，人怀一箧"。闵齐伋也曾汇刻多种版本成《六幻西厢》，单刻《西厢会真传》。为助读者领会，是书坊间插图本颇多，明弘治十一年（1498）北京金台岳氏刻本，公认尤精，然作单色。若同比线描，亦难与闵刻并论也。

20 世纪初，藏书家董康集明刻《西厢记》插图七种，用珂罗版精印《千秋绝艳图》，奈董康未见闵刻而失收。

《西厢记彩图》问世已三百六十七年，迄今当地竟无一人说及，殊感诧异不解。孤本现藏德国科隆东方艺术博物馆。

（原刊《湖州晚报》2007 年 6 月 20 日）

俞氏三代颂廉吏

上海一位老教授来信，说年过八十，已作散书打算，与其日后被子女糟蹋，还不如生前分送友好，要我务必先去挑选。同函附一纸包，封纸上写道：内中之物，似可做副扑克，读书倦时，打打五贯、七贯或接接龙，聊以调节精神也。拆开见之，是俞平伯五十四张珍稀明信片书札。老先生的诙谐，不嗜钱财的豁达，常人何能企及。看着摆满桌面的俞氏手迹，不禁想到他三代人颂廉吏的一段史实。

清朝光绪年间，太湖洞庭西山巡检（相当于镇长）暴方子，治政廉正，敢为百姓说话，得罪了上司，让人告了黑状，光绪十六年（1890）十一月被撤了职。他丢了官后连搬家的钱也没有，时值严冬，困居山里，到了绝粮断炊的地步。邻近村民得知后送去柴米。消息传开，不到一个月，负米担柴去的男女老少，延蔓八十余村，七八千户人家，连和尚、尼姑都送了干栗、蔬菜。地方各级官员，几乎个个属贪，闻后大惊失色，竟用"以致人心煽惑"为由，要"从严查访、从严惩办"。但不少读书人不畏强权，仅隔三月，洞庭山诗人兼画家秦敏树，即以此感人事迹，绘了一幅《雪篷载米图》，裱成长卷，广征名流题咏，一时成为盛举。首先请的，是当时寓居苏州的俞樾（1821—1907）。暴方子亦书香门第出身，祖父暴大儒，道光三十年（1850）与俞樾为同榜进士，故常去俞宅晤叙。七十一岁的俞樾，赏识暴方子的人品，用篆字为图题端，并作长歌以颂："不媚上官媚庶人，君之失官正坐此。乃从官罢见人情，直道在人心不死……"同时，让孙子俞陛云（1868—1950）也题了长诗，"方子暴君古廉吏，须眉飒爽风神异"，表达了无比敬仰之情。

当年暴方子从西山回到河南滑县老家，三年后主动投奔吴大澂，参加抗击日本军的甲午战争。途经京城，与俞陛云不期相逢，俞陛云再次为图题诗。暴方子随吴大澂出山海关，去边塞为部队买马，往返数千里，不私用一分钱，深得吴大澂的器重，可惜第二年就病逝关外。俞樾获讯后，极其哀痛，作《暴方子传》，称他是"铁中铮铮者"。此传收入《春在堂杂文》。

又经历了漫长的五十三年，1947 年岁末，暴方子的孙子暴春霆在北京找到了还健在的俞陛云，这位年已八十、光绪二十四年（1898）的进士，第三次为图题了跋语，有"庆德门之继起，洵廉史之可为"的感叹。暴春霆旋即又请在北京大学任教的俞平伯（1900—1990）赐墨，俞平伯见到曾祖父和父亲诗文的新旧手迹，百感交集，1948 年元旦为图写了长篇题记，认为暴方子的清德，"在古之遗爱遗直间"，是官场中"坚白不磷缁之独行君子"。

"雪篷载米"已成不复出现的历史，而俞氏三代人颂廉吏的故事将流传千古。

（原刊《湖州晚报》2003 年 3 月 25 日）

同治年湖州府正堂官封

混迹读书界四十余年，无意中积存资料一批。整理后拟悉数送去与"皕宋"旧藏为伴。见清同治十二年（1873）湖州府正堂官用信封一件，类归地方文献。

封为无史纸制，高三十公分，宽十五公分。正面印有木刻蓝色常用规格文字（下用黑体），有间距，留作临时填写。

正面：

飞递速了　此系紧急公文仰沿途铺兵昼夜飞递
九十九号　内一件外试卷名榜包封
同治十二年三月十六日未时

府字第不列号
右仰菱湖镇龙湖书院监院王宸褒阅拆

中间盖有八公分见方红色湖州府官印。

背面盖有几乎与封同样大小的"浙江湖州府正堂封"木刻蓝色印，天地头骑缝处各盖红色湖州府官印一方。

当年湖州府隶属浙江省杭嘉湖道，府治乌程、归安，领乌程、归安、长兴、德清、武康、安吉、孝丰七县。官至光禄寺少卿的卞斌（叔均，1778—1850），嘉庆六年（1801）进士。晚年辞官回故里菱湖，于道光二十六年（1846）约同乡绅筹建龙湖书院，三年后正式开课。咸丰年间，太平天国起兵，一度停办。同治初年，曾国藩中兴文教，幕僚湖州人周学濬（深甫、彦深、缦云），道光二十四年（1844）榜眼，为曾氏家庭教师，深得器重。积极参与其事，在江南各省布局创办书院，原有书院亦由地方政府增加拨款。龙湖书院在周氏家乡，自然动作较早。同治四年（1865）修缮扩充后复课。同治八年（1869）正月，周学濬六十岁，从南京回湖州定居，曾前往讲学。

龙湖书院当年在江南极负盛名。同治九年（1870），俞樾（曲园）由巡抚杨石泉推荐，遥主书院至光绪二年（1876）。七年间不曾亲临，故书院另设监院一职，处理事务。先后担任山长的，还有沈祖懋（念龙）、陈其泰（静卿）、孙锵鸣（韶甫）等。

光绪三年（1877）春，已辞山长的俞樾初次到龙湖书院，作诗曰："七年讲席忝菱湖，竹杖何曾到此扶。今日论文一杯酒，小园花木亦堪娱。"诗有自注："湖郡菱湖有龙湖书院，省中自中丞方伯廉访以下，无不轮课，他处所罕见也。余自庚午岁承杨石泉中丞荐主斯席，至丙子岁凡七年，从未一至其地。丁丑春自苏至杭，绕道菱湖，亲至院中，小有石泉花木，风景颇胜。"书院虽在菱湖小镇，因教学有方，得几名巡抚视察重视。环境幽静，令俞樾赞叹，构筑绝非一般。

陵谷沧桑，菱湖龙湖书院早已茫然无存。遗世纸质物品恐怕不多，此信封去今已一百三十七年，当属稀有。

（原刊《湖州晚报》2010 年 11 月 20 日）

潜园古今谈

昔年在湖州市的东南角，有一个私人花园，称"潜园"，占地面积七千余平方米。

潜园乃是清末著名四大藏书家之一陆心源（1834—1894）所筑。他是湖州人，字刚甫，号存斋，他不单精于收藏，更是史学家、金石学家。因筑潜园，他在晚年自号潜园老人，著作汇编也名《潜园总集》。

旧时园中，有五石草堂、守先阁、四梅精舍、新雉亭等十六景。累石为山，引水为池，楼台亭阁，嘉木异卉，布置极为精当典雅。园中假山一座，石级曲折，可盘旋而上，下有洞穴，高可通人。五石草堂五石之中最大者约有一丈五尺，边侧有"莲花峰"三个篆字，为元代赵孟頫（子昂）的手笔。另四石较小，左右各二分至下方，被称为五老峰。系是赵氏莲花庄旧物。潜园与陆心源的藏书楼皕宋楼，当年天下甚负盛名。

潜园环境幽静，北伐初至抗日战争[①]前，戴传贤（季陶）先生每年回湖州休息，必包租潜园，因此，宋美龄、蒋纬国均来过潜园做客。据说，北伐初蒋介石也曾到过，与戴氏商议要事。

1937年，日寇侵占湖州，潜园遭到严重破坏，断垣颓壁，杂草丛

---

① 指全面抗战。后同，不另注。——编者

生，已不复往年的胜景。

50 年代，当地政府在潜园附近筑了青年公园，占地三十六亩。1986 年又拨款，利用旧址自然地形，挖池理水，垒石造山，筑桥建屋，将面积扩大到一百一十二亩，建成莲花庄公园。其主要建筑有松雪斋、大雅堂、鸥波亭等十余处，湖水清风碧波，亭榭楼阁，奇峰异石，展现了江南水乡的风光特色。同时，又修复了潜园，与之相通。公园每天游客不绝，成了当今湖州人民游玩休息的最好去处。

陆家后代已散居于国内外。据说陆增镛、陆增祺昆仲在美国、毛里求斯和尼日利亚等地都设有毛纺织厂，在当地纺织界堪称一擘。

（原刊《湖州乡情》1989 年 9 月）

抗战时嘉业堂幸存经过

位在浙北湖州市南浔镇的嘉业堂，是民国以来全国最大的私人藏书楼。不久前，韦力先生曾言，他"寻访过国内近百座藏书楼，所见最大者即刘承干的嘉业堂"。

嘉业堂面积近两千平方米，两层回廊式建筑，共五十二间。居中用作晒书的石板铺成的大院约有两亩。全盛时，藏书一万三千部，十八万余册，五十七万余卷。

藏书楼主刘承干（1882—1963），字贞一，号翰怡，清光绪三十一年（1905）秀才，南浔当地人。他接承经营丝绸家业致富，光绪二十七年（1901）起开始聚书，并斥巨资自行雕版印书。从 1913 年起开雕"嘉业堂丛书"，续刻"求恕斋丛书""吴兴丛书"等多种。其中有不少属清朝禁毁的明末著作，如屈大均的《安龙逸史》等，更是保留了大量的地方文化文献。鲁迅在致杨霁云的一封信里指他说过："有些书，则非傻公子如此公者，是不会刻的。"在《病后杂谈》中也还写道："对于这种刻书家，我是很感激的。因为他传授给我许多知识。"同时又觉得刘承干是个非常矛盾的人，"他对于明季的遗老很有同情，对清初的文祸也颇不满。但奇怪的是他自己的文章却满是前清遗老的口风"。其实，刘承干标准的前清遗老姿态，当年表现充分。如送钱给下台的溥仪，捐款为光绪陵植树，照用宣统干支纪年，参加溥仪婚礼并为其祝寿，刻书避讳将"儀"字刻作"儀"等。

抗日战争时，日本侵略军每到一地，烧、杀、抢无所不用其极，肆意掠夺珍贵文物、图书。而嘉业堂的建筑与藏书秋毫无损，实属异数。幸存的经过，刘承干在《八十自述》中有记："丙子（1936年）夏五月，余作大连之行，寓王君九学部家，遇日本人松崎鹤雄（字柔甫），为王壬秋太史门生，诗文兼擅，彼此曾往还酬酢。其明年丁丑（1937年），战衅突起，彼邦派遣军司令松井，为松崎之戚。松崎函松井，谓有湖州友人刘某藏书楼，需加保护。松井以此达杭嘉湖司令牧次郎，能如其言，绝不损碍。且入楼见御赐匾额及先人遗像，均行礼致敬。"在《求恕斋日记》中，刘承干有相同内容的叙述，但点穿了"为松崎之戚"的松井是松崎的"妻舅"。这个松井，就是制造南京大屠杀，日本投降后被远东国际军事法庭定为甲级战犯，判处绞刑的松井石根（1878—1948）。

刘承干在大连王季烈（君九）家中遇到的松崎鹤雄（1867—1949），号柔甫、柔父，日本熊本县人，大正、昭和时期的汉学家。早年曾任鹿儿岛师范学校英语教师等职，1908年以《大阪朝日新闻》通讯员的身份来中国。他在湖南长沙随王闿运（壬秋）学《公羊》学，随叶德辉（焕彬）学目录学，随王先谦（益吾）学《尚书》学。1920年供职大连满铁图书馆，1940年做过北平华北交通公司总裁室的委托人，1946年回日本。著有《诗经国风篇研究》《吴月楚风》《中国的文房四宝》《柔父随笔》等。刘承干与他相识时，松崎已辞满铁图书馆职，闲散在大连随王季烈习昆曲。他有很深的中国文学功底，得王闿运的器重，在《王壬秋诗钞》中，收有这位异国弟子的唱和之作。正巧是妻舅松井侵略指挥大权在握，卖了他一次面子，不然，嘉业堂绝对难逃一劫。

据刘承干的自述，那块"御赐匾额"也起了一定的作用。这块所谓

"御赐"九龙金匾，即现在还悬挂在藏书楼朝南正厅上方的"钦若嘉业"。不少人都以为这是溥仪为藏书楼所题，事实是在1914年，刘承干花钱在光绪陵上植树而得溥仪的赏赐，十年后的1924年藏书楼落成时方被移入。当年溥仪早已被赶下皇座，不敢再署御笔之类，单写名字，又显失其"皇帝"身份，于是叫人代写了干脆不落款。刘承干得匾额的前一年已开雕"嘉业堂丛书"，很可能是他疏通了溥仪的身边人物，点明赐题要含"嘉业"两字。日寇进入藏书楼，当知匾额乃"皇帝"所赐时，自然要"行礼致敬"了。

嘉业堂的幸存，完全是意外因素起的作用。藏书暂且得以保护，然日寇终究不可信。刘承干趁此机会，花费六年时间，派人陆续将最具价值的四千余部六万二千多册珍本潜运上海密藏。紧随而来的却是战争带来的生计困难，刘承干遂计划将其分批全部出售。经郑振铎等人的斡旋，由国内几家大图书馆购入，最终避免了流落异邦的结局。

2003年9月写于湖州人间过路书斋

（原刊《书友》2003年第60期）

湖州百年前的股份制公司

历来做生意有合伙、拼股的方式。以股份制称"公司"，则是清末社会转型期的一个标识。湖州股份制"公司"最早起于何年？不曾考证。但在一百零七年前已经出现，是有据可查的。

光绪三十年（1904）春，安吉县成立了一家开垦荒山种植经济作物的股份制尊德公司，公开向社会招股，其《章程》简单明了：

一、开垦久旷山地六千余亩，拟先垦一千亩为第一批，招一百股，每股一百元，以作种植之本。如在一百股以外者作为第二批。

二、种植分两项，一为木本，一为草本。木本收效迟缓，草本收效较速。木本如竹梅茶柏之类，草本如芝麻、葡萄、黄豆、巴萝、番薯、棉花、花生之类。

三、木本种植，其资本较开田为大，现拟木本、草本并种，以草本当年所收之利，补木本连年培植之费。将来拟统种木本，以图久远。

四、各股资本，拟常年一分官利，以股洋收足之日起算，年终开支。三年以后再派余利。股东各给股票一纸，息折一扣。官利凭折向经理支取。

五、此次垦务创办伊始，办事诸君，悉秉大公。事成之后，所得余利，以八成归股东，以二成归办事人作酬劳费。以股东八成内，提一成存公司，作为次年补种培植以及工食等费。

六、未开办先，所用船只人工并办公零用以及给单存粮等费，均由总理垫应。第一批酌提二百元，第二、三批仿此。

七、就地无主坟墓，开垦之际，周围离墓七尺，不得损伤。

八、此次兴办垦务，皆系同志乐从，并不招入洋股。以后股票股折，如有抵卖等事，须向总理声明，临时斟酌。

九、每批每年用款若干，进款若干，年终刊刻清册，分送各股东察阅。

公司不招洋股，资源自主开发利用；草木本经济作物同时种植，以草本当年获利来维持木本长年得益，且每年在收入中提取部分用于次年木本扩种；每年收支，年终公开账目清册；尊重、敬畏死者是中华传统文化主脉之一，不得损伤无主坟墓，开垦时四周要离墓七尺，连墓体至少保留三十平方米。

尊德公司的这份《章程》，刊登在1904年5月15日出版的由钱玄同与方青箱、张界定（孝曾）、潘贵生（澄鉴）合办的《湖州白话报》第一期（创刊号）上。在《章程》的后面，该报编辑还加了《附言》："接到这张《章程》，佩服得很。因为我们湖州荒地甚多，如果处处开垦起来，将来必定可以发财。"并提出建议："但是做报人探得尊德公司这块地方，离水有四里多远……能够赶紧想法子，多集几千资本，开一条大沟，或到东洋去办一副机器，开几个井，使得引水进来，树木就养得活了，你道这些话中听不中听。"为避免《章程》虚假欺世，编辑作了实地考察。

尊德公司是否招股成功，目前无史料可证。只是社会新思潮当年已影响到安吉山区，应是不争的事实。

钱玄同十七岁在湖州创办这份《湖州白话报》，出版后影响很大。就在当年 10 月 9 日，沈伯经（熔）、王均卿（文儒）等在南浔也跟着创办出版了《南浔白话报》（后更名《南浔通俗报》），对湖州地区引进新文化均起到巨大的推动传播作用。

（原刊《湖州晚报》2011 年 2 月 19 日）

湖笔精神赞

考古学家早就发现，河南安阳殷墟出土的甲骨文笔画周边均有红迹，可证用笔先书写在龟板上而后落刀刻成。湖南长沙出土的楚简、甘肃张掖居延出土的汉简，已是笔写的墨书。经过多少代的实践摸索，原用析木为四夹笔头的办法改良成用竹镂腔纳入，此模式一直沿用至今。东汉蔡邕《笔赋》有言："削文竹以为管，加漆丝之缠束。"到宋末元初，湖州制笔业异军突起，工艺精良，为士林所宝爱，名扬天下，毛笔也逐渐被统称湖笔。

湖笔的多产，是一个时代社会繁荣、百姓安居乐业的表象之一，因无暴力，更无战争，不必"投笔从戎"。如清乾隆年间，为颂盛世，刑部主事金德舆请人绘了一百幅通俗画，冠名《太平欢乐图》进献皇帝。其中就有"湖笔"一题，绘笔工在含笑制笔，画上方有跋："湖笔之名在元时已著，《西吴枝乘》曰：'吴兴毛颖之技甲天下，冯应科者尤擅长，至与子昂、舜举齐名。'归安善琏诸村人至今世精其艺，他邑仿为之皆莫及，俗谓'尖齐圆健，笔之四德'，惟湖人能备之。"

在清末钢笔、铅笔之类"洋笔"还没引进中国前，上至皇帝，下到乞丐，湖笔是唯一成型的书写工具。它用于著书立说、雕刻、建筑、造型、装饰、书法、绘画等各个方面，可以说，是人们用湖笔真实完整记录了中国无比辉煌的历史。它用于书画创作上，造就了世界东方独特的一种艺术，其历史极其绚烂，并在继续传承发扬。就其书写功能而言，诸如四万件左右的敦煌遗文，大部分是4—11世纪汉文、藏文、回鹘文、粟特文、龟兹文、于阗文、梵文、希伯来文等多种文字的写本，内容涉及政治、经济、军事、哲学、宗教、文学、艺术、音韵、民族、民俗、医药、历史、历法、科技等各个方面。仅国家图书馆目前已修复的，排列起来已有五公里之长；明成祖朱棣当政时编纂的《永乐大典》，一字不改抄录历史上重要典籍七八千种，总字数达3.7亿；清乾隆亲自组织编写的《四库全书》，是迄今最大的中华民族传统文化的文献集成。收录上古到清初的重要文献，几乎涵盖了传统文化的所有领域。《四库全书》的内容是《永乐大典》的三倍，若以一部字数以10亿计，当年抄写七部，共70亿！这些浩大的文化工程，都离不开湖笔。

自毛笔被统称"湖笔"后，文房四宝均将最负盛名的产地冠名，分别是湖（州）笔、徽（州）墨、宣（城）纸、歙（县）砚。统观文房四宝，终其一生，只有湖笔不留身迹。历史上有多少墨客骚人，感念湖笔忠心耿耿追随一生，到了不能再展毫时，像对待亲人一样，筑墓以葬。有人以拟人化的笔法，用一副五言对来颂扬湖笔的精神：

生前三分屐；

身后五车书。

大意为生前穿了不足一钱重的鞋子，行走一世，死后给社会留下巨大的知识财富。该五言生动而形象地展现了湖笔"先天下之忧而忧，后天下之乐而乐"也，"鞠躬尽瘁，死而后已"也，"毫不利己，专门利人"也。用当今的现代语来说，是默默无闻、全心尽力为社会服务终身。

　　中华民族是勤劳纯朴的民族，湖笔精神体现了一种民族传统基础精神。它是在长期生存和发展过程中形成的。可以说，是一个民族所认同和追求，并体现到其行动和实践上的意识形态、思想观念、思维方式、价值体系、性格品质、审美情趣及精神风貌的主脉。这是民族成员普遍尊奉的有利于社会进步和民族团结的社会信念、价值追求和道德风尚。任何一个历史时期所具有的时代特征的时代精神，都离不开这种传统基础精神。建设和谐社会，尤其不可缺。

　　我赞美湖笔精神，这是最值得称道的社会发展中永恒的不灭的精神！

（据约 2002 年后手稿）

陈英士先生二三事

溯陈君之生平，光复以前，奔走革命，垂十余载。其间慷慨持义，联缀豪俊，秘密勇进，数濒危殆。凡属同志，类能称述。辛亥之秋，鄂师既举，各省尚多迟回观望。陈君冒诸险艰辛，创义于沪上。尔时大江震动，纷纷反正者，沪军控制咽喉有以促之也。其后金陵负固，各省义师，云集环攻，而饷械所资，率取于沪军。陈君措应裕如，士无匮乏，此其于民国之功固已伟矣。（孙文、唐绍仪致各总长各议员《请国葬陈英士书》）

陈英士，名其美，号无为，别署高野英，浙江湖州人。父陈延祐在当地经商。陈英士兄弟三人，兄其业，字勤士，经商；弟其采，字蔼士，日本海军学校毕业，曾任湖南统带。陈氏家学渊源，为"圣门狷者之流""矜式乡闾"门第，在湖州颇有名望。陈英士七岁入塾读书，天资聪敏。八岁时，曾与同窗赴野地，以焚烧枯草为戏，一学生不慎火烧及衣，同窗均骇而逃，唯他速将此学生推倒在地，自己再紧伏其上，使火熄灭。这故事，民国成立后，曾被编入国文课本。

陈英士十五岁时，受人荐保，至湖州近县崇德石门镇善长典当铺为学徒，后做"寻包囝囝"，其职责是依赎取典物之当票号码，去各库房寻找赎主所当之财物，交给"朝奉"结算银两。陈英士勤慎守职，为同仁器重。在崇德做学徒期间，他反对迷信，不信菩萨，经常去城隍庙太君殿上，将一些小菩萨藏衣袖里携出投于门前湖中。经商之余，他还阅读了大量的报刊，洞悉世界大事，痛感清廷之腐败。他致书弟弟陈蔼士，劝其出国深造。后陈蔼士留学日本归来，任湖南统带，又资助他去日本留学。陈英士辛亥革命后任上海都督，旧地重游，到崇德数次，问友访故。他食不赴县衙，宿不进驿馆，而是找当年的小伙伴同睡统铺，以叙旧情。1932 年崇德县建中山公园时，在园内给他筑了纪念塔一座。

1908 年春，陈英士在日本受同盟会委派回到上海，联络党人，密谋起义。1909 年，柳亚子等发起成立南社，陈英士与于右任、宋教仁等《民主报》同仁一起加入，他是该社中的实际革命活动者之一。上海起义前数日，陈英士曾深夜到铁笔报馆访柳亚子，见座上杂人甚多，即充作商人，说了几句行商的话悄然离去；而随身带的一只装礼帽的纸匣，像是无意中遗忘在火炉架上，第二天才派人去取。起义事发后，柳亚子才知那纸匣内装的竟是烈性炸弹。陈任沪军都督时，所发电文公事，词句裔皇典丽，因手下起草者，不少是南社文人。1936 年 2 月 13 日，柳亚子在致曹聚仁的信中曾说："先生发现近十年来的中国政治，只是陈英士派的武治，南社派的文治，这话倒是很有趣味。陈英士先生也是南社的老友，那么近十年来的中国政治，可说是文经武纬，都在南社笼罩之下了。有一个时期，南京的行政院长是汪精卫，代理立法院长是邵元冲，司法院长是居觉生，考试院长是戴季陶，监察院长是于右任，中央党部秘书长是叶楚伧，我开着玩笑说：'请看今日之域中，竟是南社之天下。'"信中提到的，均是南社成员。

武术家霍元甲，当年在北京已享盛名。陈英士重其拳术，遂于

1910年邀其南下上海，商议开办精武学校。陈英士计划挑选同志中志向坚定、体格强健者五十人，由霍施教，且学习军事，六个月毕业，再由这五十人到各地去组织同类性质的学校，每人再授五十人……照此办法，一一分训下去，不到十年，就可练成数百万体力强壮并有军事知识的青年，为反清革命做准备。陈英士早年留学日本时，就曾在留学生中组织过军事体育会。此举，也可以说是他的夙愿。可叹霍元甲不久即被日本人下毒致死，陈的计划失败。但精武学校（精武体育会）后来还是由霍的徒弟刘振声等开办起来。陈英士遇难后，精武学校曾送挽额"志烈秋霜"。

辛亥三月，陈英士在长江一带为起义奔走，同盟会在东京的不少同志和黄兴、赵声决定在广州首先发难，陈英士亦从上海被邀至香港。4月27日，党人对形势估计不足，起义失败，殉难七十二人，即黄花岗七十二烈士。事后不少同志仍隐匿广州，情形危急。陈英士已闻李准、张鸣岐杀戮党人的惨情，竟冒险以上海记者名义，只身前往，营救出不少被厄同志。不料，消息走漏，李、张贴榜缉拿，在香港的同志都认为陈必将受害，然陈英士施巧计，安然返港。其时，赵声因起义失败，在香港抑郁得病。病中，陈英士朝夕看护。赵病故后，也是由他料理善后，生死靡间，同志多嘉慕之。

1911年10月10日，武昌起义爆发，消息传来，陈英士立即在上海发动军警，并联系会党、商团准备起义。11月3日，在九亩地召开起义队伍誓师大会，宣布上海独立，扯下清廷黄龙旗，升起同盟会的青天白日旗（即民国成立后的海军旗）。会后，陈英士率敢死队攻打江南制造局，相持不克。他旋即下令停火，只身入制造局，想凭宣传使驻军投降，未遂，反被扣押。光复会总干事李燮和闻讯，急令民军强攻。枪战一昼夜，于次日凌晨克敌制胜。但到处找不到被扣的陈英士。后在起义人员的报告中，才获悉他被关在厕所旁的一间储藏钢铁的小屋里。当时，陈英士手脚都戴着镣铐。坐在一张条凳上，头部紧紧贴着墙壁，丝毫不能动弹。原来，清军将他的发辫用绳扎紧，在头部上方的墙面凿了个壁孔，又将被扎的发辫穿过壁孔，缚在房外屋梁的铁钩上。民军见状，马上为他打开镣铐，解下发辫。但陈被缚一昼夜，手脚早已麻木，无法走动，好久才恢复过来。制造局攻克后，上海光复。6 日，上海绅商及会党代表一致拥戴陈英士为沪军都督。随后，陈英士与苏（州）、浙、镇（江）各都督共同组织江浙联军，攻打负隅顽抗、孤守南京的张勋部队。12 月 2 日，联军攻下南京，彻底铲除了清军在长江一带的势力，为中华民国定鼎南京创造了条件。孙中山后来在《建国方略》中指出，自武昌起义后，"响应之最有力而影响于全国最大者，厥为上海；陈英士在此积极进行，故汉口一失，英士则能取上海以抵之，由上海乃能窥取南京。后汉阳一失，吾党又得南京以抵之，革命之大局因以益振。则上海英士一木之支者，较他省尤多也"。

1912 年 3 月，袁世凯就任大总统。陈英士被任命为工商总长，未肯上任，7 月 1 日辞职。31 日，陈英士被袁世凯解去沪军都督之职。次年 3 月，袁世凯派人将宋教仁暗杀，自以为做得秘密，以党人自相残杀惑众，作嫁祸之计。然而就在第二天，陈英士即通过各种关系，查出凶手，将阴谋公布天下。如此，人心激昂，讨袁之声四起。7 月，"二次革命"爆发，陈英士被推为上海讨袁军总司令，18 日宣布上海独立。9 月，各省讨袁军相继失败，党人纷纷逃往日本。陈英士亦于 11 月亡命东京。

1914 年 7 月，孙中山领导的中华革命党在东京成立。按党规，入党者都要立誓约，打手模，以绝对服从孙中山。当时许多党人，均不愿履行此仪式，陈英士却首先赞成。他曾说："我所以服从中山先生的缘故，决不是盲从，是因为我现今已经认清楚，此刻中国有世界眼光，有建设计划，有坚忍不拔精神的，除了中山先生以外再没有第二人，所以我诚心地服从他。"陈英士担任了该党总务部长。1915 年 10 月，陈英士回国，友人送他到大森上船。临行时，陈英士立誓：癸丑之役，愧未以一死报国民。此行不杀贼，即为贼所杀耳！他潜于水手室，经香港到上海。

孙中山任陈英士为淞沪司令长官，在上海组织总机关部。上海镇守使郑汝成系袁世凯得力爪牙，11 月 10 日，陈英士命党人王晓峰、王明山将郑刺杀于外白渡桥。12 月 5 日，又与杨虎发动肇和舰起义。同时，他还辅助西南同志，使蔡锷得以回滇揭旗讨袁。

讨袁屡遭失败，党人经济异常竭蹶，行动困难。为生擒陈英士，袁世凯悬赏大洋七十万。陈英士得知，曾要友人引外国巡捕来逮捕自己，悬赏归党人作讨袁经费，自己再设法寻机逃脱。友人深感危险而不愿做。陈助孙中山反袁的决心，可见一斑。难怪他遇害之后，孙中山抚尸恸哭，有失臂之叹。

袁世凯得知陈英士为党人筹款事急，遂利用民党叛徒李海秋前往联系，假称有鸿丰煤矿公司拟把一矿地向外商典押借款，如从中介绍成功，可得借款之四成。陈英士不知是计，信以为真，允为介绍。到约定签字的 1916 年 5 月 18 日下午 5 时，袁世凯所派刺客佯装代表前往，将陈英士暗杀于萨坡赛路 4 号寓所客厅里。陈英士生于清光绪三年十二月十五日（1878 年 1 月 17 日），享年仅三十九岁。

1917 年 5 月 18 日，陈英士遇害一周年，其灵柩从上海运回故乡湖州下葬。陵墓建在城南岘山脚下，壮观雄伟。墓前花岗石碑上"陈公英士之墓"及碑楼中心匾额"成仁取义"为孙中山手书。墓碑两边的石柱上刻着陈英士的自撰对联：

> 扶颠持危，事业争光日月；
> 成仁取义，俯仰无愧天人。

这是陈英士对辛亥革命贡献的最好写照。

（原刊《人物杂志》1987 年第 5 期）

陈英士曾发起融洽汉满禁书会

清末那一场辛亥革命，始终紧随孙中山的陈英士（其美），在武昌起义枪响后，率军首先光复上海，被推为沪军都督。他再分兵两路占领江浙，光复南京。控制了长江下游重要省市后，又电致各省光复军联合成立临时政府，奠定了民国基础。综观他推翻中国封建帝制、创建共和的斗争业绩，贡献绝不小于黄兴、宋教仁。陈英士壮烈牺牲时，世界上还没有一家信仰马克思学说的政权，半个多世纪以来，他却被一些史家贬评有加，遭人冷落。究其根源，直言之，恐怕还是受了他当年的得力助手及几个亲属后来治政态度的影响。

1912年1月1日，中华民国临时政府在南京成立，孙中山当了大总统。因一些革命党人的妥协，于2月13日就被迫辞职让位给袁世凯。孙中山靠了边，陈英士也被解除了兵权。袁世凯叫他做工商总长，他坚拒出任，袁遂唆使党羽在政治、生活上对他进行造谣诽谤。奇怪的是，直到现在，不少史家竟还继续搬弄这些诬蔑言词，实在荒唐得可以。为顾全整盘局势，陈英士仍想进行改革，来完善这个名义上称"共和"的政体。他当面向袁世凯说过："凡有倾覆共和者，我必反对之；拥护共和者，我当扶助之。"为了共和，突出民众，当时有人还建议将"国"字改成"圀"。陈英士是南社社员，当过报刊记者，深知舆论利弊。该年5月，连同参议员王人文（采臣）等，发起成立融洽汉满禁书会。这段史实，至今无人道及。他先以促民族团结入手，电致袁世凯："窃民国肇基，共和初建，亟宜联络五族，协力维持，始能收美满结果。从前鼓吹排满各书，实为联络之障碍。若不禁止，终难融洽，且悖共和宗旨。特倡议发起融洽汉满禁书会，请通电各省一律禁止。已出版者，由本会筹资收毁。"袁世凯刚登台，自然要笼络人心，用"该会规划阔远，用意至可嘉"，为"昭大同之盛，治民国前途"，发了一条大总统令，通电各省执行。此时，宋教仁奔走各地，呼吁制定民主宪法，批评时政，反对专权。次年 3 月 20 日，即被袁世凯派人刺杀。陈英士要求缉拿凶手，但主张法律解决，又为激进者所讥。坚持共和制度的革命党人有所不知，一个没有监督的专权，一个一心想当皇帝的"总统"，就是有了民主宪法、各项法律，还是可以为所欲为，普天下也是难有真正的自由与平等的。

处处碰壁、次次失望后，陈英士下了决心动兵讨袁。二次革命时，他任上海讨袁总司令。多次发难失败后，再掀起三次革命。他被孙中山委任江、浙、皖、赣四省总司令，指挥全国讨袁，蔡锷在云南举起义旗，亦是他的策划。袁世凯岂肯放过他，1916 年 5 月 18 日，设计将他暗杀在上海萨坡赛路寓所，时年三十九岁。案发后，民愤汹汹，袁世凯在国人唾骂声中仅隔十九天即忧惧而死。

陈英士遇难一周年时，灵柩从上海归葬故乡浙江湖州，灵堂里遗像上方悬挂的横额是四个大字：身殉共和。陈英士为反对封建帝制复辟而死于袁世凯的谋杀，你赞赏袁世凯还是颂扬陈英士？两者必居其一，这是不可调和的历史。

（原刊《开卷》2003 年第 7 期）

陈英士与南社

由柳亚子、陈去病（佩忍）、高旭（天梅）三人发起的南社，成立于宣统元年十月初一（1909 年 11 月 13 日）。它"以文会友，声应气求"，大力提倡民族气节，运用诗文进行反清革命，是中国近代第一个民族革命旗帜下的文学社团。南社同明末清初的复社一样，名垂史册。

南社的文学活动，不单与中国近代文学有很大的关系，而且和中国近代的政治亦有很大的关系。

陈英士（其美）是辛亥革命时期一个声名显赫的人物。1906 年冬，他加入同盟会后，一直追随孙中山先生从事反清革命。其一生贡献，贯穿辛亥革命史中每个重要环节。1911 年，他在上海响应武昌起义，当年被推为沪军都督。这样一个从事革命活动的人物，却也是南社的社员，被柳亚子称颂是南社的老友。

陈英士追随孙中山革命期间，深知宣传舆论的重要，创办和参与了多种报刊。

1908 年，陈英士就准备在长江中游重镇汉口英租界筹办《大陆新闻报》，后为清廷在南京的两江总督端方得知，即电告湖北总督赵尔巽查办，说他名为办报，实为反清。陈英士获悉消息，仓皇出逃，办报一事亦因之流产。

1909 年，陈英士到上海不久，即与陈去病等创办了《中国公报》。

　　1910 年 5 月，与湖州（吴兴）同乡姚勇忱等创办《民声丛报》，大量刊登南社社员写的一些激励民族气概的诗词。隔五个月，他又参与创办《民立报》，当年社长是于右任，陈英士担任访事。该报经常撰稿者有章士钊、马君武、叶楚伧等。次年 8 月，中部同盟会成立，经陈英士、于右任等商定，遂将《民立报》作为中部同盟会的机关报。陈英士遇难后，于右任曾写了《民立七哀诗》，其中之一是《吴兴陈其美英士》："十年薪胆余亡命，百战河山吊国殇。霜气江东久零落，英雄事业自堂堂。"陈英士为《民立报》出力甚多。该报当年影响甚大，斯诺在《西行漫记》一书中，也曾引了毛泽东对他讲过的一段话："在长沙我第一次看到报纸——《民立报》。这是一种民族革命的日报"，登载着广州反对清政府的起事和七十二烈士的死难，"这件事情是在一个名叫黄兴的湖南人的领导之下发动的。我被这个故事很厉害地影响着了，觉得《民立报》充满了动人的材料。这报是由于右任主编的，他后来变成国民党一个有名的领袖"。

　　陈英士参加南社，是以《民立报》访事的身份。南社社员共有一千一百余名，陈英士加入较早，列为第一百二十五名。当时上海是全国文化的中心，大多数著名报刊都由同盟会会员，也是南社社员主持笔政。可惜当年陈英士所作诗文，均喜用笔名，至今已很难考证，但从发现的有数的几首，如刊在 1906 年《洞庭波》第 1 期上，以"无为"笔名写的《吊吴君樾》五言诗等，无不充满蓬勃的革命朝气。陈英士参加过 1911 年 9 月 17 日南社社员在上海愚园路第五次雅集，也参加过 1912 年在北京黄兴寓所举行的南社北京雅集。在任沪军都督时，还应柳亚子的请求，为江苏"淮安三杰"之一的南社著名诗人周实丹（著有《无尽庵遗集》《无尽庵札记》《无尽庵诗话》等）的被害，进行了追查凶手的工作。他是南社的实际革命活动家之一。

陈英士任沪军都督时，所发电文公事，词句矞皇典丽，因手下起草者，不少是南社文人。1911年后，担任要职的几乎都是南社社员。1936年2月13日，柳亚子在致曹聚仁的一封信中说："先生发现近十年来的中国政治，只是陈英士派的武治，南社派的文治，这话倒是很有趣味。陈英士先生也是南社的老友，那么近十年来的中国政治，可说是文经武纬，都在南社笼罩之下了……我开着玩笑说：'请看今日之域中，竟是南社之天下。'"

袁世凯窃取政权后，陈英士积极策动力量反袁，遭到袁的忌恨，1916年5月18日，设计将他暗杀于上海萨坡赛寓所，时年三十九岁。陈英士的遇难，使孙中山先生有若失臂之痛。为纪念这位革命烈士，同年11月出版的《南社丛刊》第十九集，于卷首刊登了陈英士身穿西服和军装的遗像各一帧，并附有《陈英士先生事略》及叶楚伧写的《哀陈英士先生》和《悼英士先生杂语》。次年7月出版的《南社丛刊》第二十集，又刊登了1912年他在北京黄兴寓中所摄的南社雅集的照片及柳亚子的姑夫、南社社员蔡冶民撰写的《英公被刺案情概要》。南社为有这样的革命英烈而感到自豪。

今年11月13日为南社成立八十周年纪念，在海外已成立了国际南社学会。海内外学者齐心协力，相信能发掘更多的南社史料，对它的研究也会更加细致深入。

1989年9月23日写于湖州人间过路书斋

（原刊《香港文学》1989年第59期）

陈英士归葬史事

清朝末年那场辛亥革命，陈英士（其美）率军首先光复上海，再分兵占领江、浙，光复南京后，又电致各省，建议成立临时政府，奠定了民国的基础。袁世凯窃取革命成果后，陈英士以"共图讨贼，保障共和"为己任，再度冒死奔走大江南北，联络同志，发动讨袁的第二次、第三次革命。云南蔡锷举起反袁义旗，就是他的策划之一，因此深遭袁世凯的忌恨。1916 年 5 月 18 日，陈英士不幸在上海萨坡赛寓所被袁世凯设计暗杀，时年三十九岁。孙中山抚尸恸哭，有若失臂之痛，称陈英士"功业彪炳，志行卓绝"，呼吁请为国葬。

陈英士遗体入殓时，穿戴大盖军帽、军服、白手套、黑高统皮军靴，金丝边眼镜，此乃任上海沪军都督时的装束。灵柩系阴沉木制，内铺垫炭屑，暂时寄放上海打铁浜苏州集义公所。同年 8 月，烈士的同志依家属的意见，推请烈士的老友庄崧甫、周枕琴到湖州，叫人在城南郊用风水学测位后，选定面临碧浪湖的岘山南麓为墓地，遂于冬季破土动建，并决定在烈士殉难一周年忌日归葬故土。

1917 年 5 月 12 日上午 9 时，上海各界人士在打铁浜苏州集义公所开吊，仪式隆重。灵堂中间供烈士大幅遗像，上悬"身殉共和"横额，两边放置花圈，四周挂满团体和个人送的挽联挽额近千幅，个人中几乎囊括了当年所有政要和社会名流。时任大总统的黎元洪委派胡汉民主祭，孙中山亲临现场并宣读祭文。前往者有张静江、戴季陶、章太炎、谭人凤、蒋介石、吴稚晖等数十要人。自晨至暮，中外来宾不下万人。复旦公学（复旦大学前身）校长还带领全校师生到灵堂致祭，并派留十二名童子军在灵前照料。

5月13日上午10时，归葬举殡。据次日上海《民国日报》报道，送殡执绋者逾万人，尤多平民，交通为之阻塞。"素车白马，绵亘数里，万人空巷，同哭英雄"，路人"均啧啧叹陈公之荣哀，谓与袁世凯死后遭万众唾骂者，洵有霄壤之别"。参加送殡的叶楚伧感叹："得官僚之心易，得平民之心难。官僚之心，冷暖不定。平民之心，生死不渝。碧浪湖畔，英雄不死。"队伍经霞飞路（今淮海中路）、爱多亚路（今延安中路）等闹市街区，至外滩招商局码头，灵柩由复旦童子军翼护，送上立兴局所备大号民船。船头竖起的写有"勋二位沪军都督陈"大字的白旗，高扬在黄浦江上空，甚为壮观。

5月14日上午，载着烈士灵柩的民船离上海开往湖州。道经闵行、震泽、南浔、晟舍各埠。每过一埠，地方上均设奠致祭。15日下午4时抵湖州城东门外二里桥，灵柩被移上岸，停在早已搭好的彩棚灵堂中，供湖州各界人士祭奠。

5月16日中午12时，灵柩启行，执绋护送的有一万多人。由东门进城，经东街、骆驼桥、斜桥、北街，折至局前巷、仁济善堂、白地街五昌里故居，再折至太和坊、彩凤坊、衣裳街，过仪凤桥、南街出城。上述所到之处，均设路祭，下午3时到达墓地。

5月18日上午10时，在墓地举行安葬典礼。湖州各机关、团体、学校及从上海护送灵柩来湖州的烈士的数十位同志和家属参加了仪式。烈士的英魂终于回到故土安息。

陈英士遇害后只隔了短短十九天，袁世凯在国人的唾骂声中忧惧而死。但当年政局仍动荡复杂，故乡百姓为烈士英魂不受惊动，假说遗体早被同志运往日本安葬，这里只是衣冠冢，柩内放的仅是一套烈士遇刺时的血衣，此说一直流传了整整五十年。

因限于经费，陈英士陵墓初建时墓穴四周占地不大。1934年在保留原有建筑物的基础上加以扩建，仅取消了墓道中段的一壁高大墓门，和墓穴前刻有烈士自撰联"扶颠持危，事业争光日月；成仁取义，俯仰无愧天人"的一对石柱。1984年又按扩建后的原样重新精心修复。

在中国从帝制走向共和的艰难历程中，陈英士立下的不可磨灭的功绩，贯穿辛亥革命每道重要环节，直至最后悲壮地献出了自己的生命。他得到孙中山的充分信任和重用，绝非偶然。历史学家公正地将他与宋教仁、黄兴、蔡锷合称为辛亥四大英烈，这恐怕应该是湖州的骄傲吧。

（原刊《湖州晚报》2003年5月13日）

辛亥志士陈蔼士

在辛亥革命时，陈蔼士虽无显眼事迹，但称他为志士是不容置疑的。

陈蔼士（1880—1954），名其采，别号涵庐，陈英士的胞弟。九岁读完四书五经，为光绪二十一年（1895）庠生。1896年春，经二哥陈英士介绍，赴上海就读中西书院（东吴大学前身），专攻英语。不久转入南京金陵同文馆及江南储材学堂，攻读普通科学。当时，陈英士已感到"武备之不可缓"，力劝陈蔼士去日本学习陆军。1898年，清政府选派出国留学生，陈蔼士被派赴日本学习。先进成城学校修习日文，后入陆军士官学校。陈蔼士以第一期步兵科考得第一名毕业。因成绩优异，留校任教。1902年二十三岁时回国后，即去桐乡石门看望还在善长典当行习商的陈英士，谈了不少在日本时的所见所闻，使陈英士下了"易地改业，另谋出路"的决心。同年，陈蔼士赴湖南长沙任武备学堂总教习与监督，兼湖南新军标统。他与陈英士密通声气。1905年陈英士去长沙，参观了陈蔼士所统的新军，要陈蔼士留意联络湖南革命志士，尤其要在新军中发展力量，为反清革命做准备。陈蔼士不单照做，还筹措经费给陈英士，助其去日本留学。第二年，陈英士赴日本留学，陈蔼士继续不时给予接济。此时，他调南京任陆军第九镇新军正参谋。据陈果夫回忆，1911辛亥那一年他二十岁，在南京陆军第四中学读书。留学日本已回国的陈英士到南京，让陈果夫与同学组织成立了陆军第四中学同盟会分部，经常聚会策划南京起义。第九镇的军人，因受陈蔼士的反清革命教育影响，给了他们各种帮助。后来在光复南京战役中，第九镇新军立下了汗马功劳。

就在同一年，陈蔼士被调北京，升任中枢军咨府第三厅厅长，掌理全国新军及调度，兼任保定军官学校监督。驻保定陆军第六镇的统领吴禄贞，是同一年与陈蔼士去日本入陆军士官学校留学的同学。他反清立场坚定，留学时就加入了兴中会。一直以来，他借带兵的优势，伺机将部队变成革命军为革命党人服务。陈蔼士与他意气相投，经常一起密议策反计划。10月10日武昌起义爆发，随即山西省宣布独立。清政府命吴禄贞率兵前往镇压。吴禄贞非但不受命，且认为这是支持革命党人的最好时机，在娘子关附近，与阎锡山会晤，共同组织了"燕晋联军"直攻北京，同时在石家庄扣留清军南运的军火。11月7日晚不幸被人暗杀于石家庄火车站。陈蔼士得到密报，清政府对他也要下手，于是仓促逃往上海。

军咨使良弼也是陈蔼士、吴禄贞在日本陆军士官学校时的同学。他发现吴禄贞被刺，陈蔼士即潜逃上海后，认定他是革命党。于是制造离间谣言，说是陈蔼士杀了吴禄贞而南逃。已被推为沪军都督的陈英士为消除同志的猜疑，将刚到上海的陈蔼士交都督府军法处审查。而就在此时，吴禄贞遇刺案真相被揭露，正是良弼（次年1月26日被同盟会会员彭家珍投弹炸死）派人收买了吴禄贞的卫队长马蕙田充当凶手，还陈蔼士一个清白。事后，陈氏兄弟更受同志敬重。

1912年元旦南京民国临时政府成立时，陈蔼士被孙中山委为大总统府咨议兼江苏都督府参谋厅长。孙中山辞职后，陈蔼士绝对不愿在袁世凯掌权的政府里工作，回湖州到沈谱琴创办的吴兴经武学堂任教。未几，学堂遭袁世凯封禁。后应在日本陆军士官学校的同学冯耿光之邀，任中国银行总文书。江苏南通大实业家张謇慕其为人，力邀聘任为设在江苏东台的大丰公司总经理。奈因东台地处海滨，陈蔼士周身遍发湿疹，久治不愈。回上海就医时，受中国银行行长宋汉章之邀，重返中行。初任杭州分行副行长，不久代理行务。1924年发起组织湖州旅沪同乡会，定名"湖社"，被选为理事长。

1926年北伐军兴，陈蔼士任浙江财政委员会主任委员，兼浙江政治分会委员。他化名"陈安"，往返上海及沈家门等地，与金融界巨头宋汉章、钱新之、陈光甫等积极为北伐军筹措军饷。1927年3月，北伐军抵定南京，陈蔼士先后出任浙江省政府委员兼财政厅厅长、江海关监督、江苏省政府委员兼财政厅厅长、导淮委员会副委员长等职。1930年冬，国民政府筹设超然主计制度，任筹备主任。次年4月，主计处正式成立，任首任主计长。1946年因病辞职，出任国民政府委员、总统府国策顾问。其间曾兼任中央银行常务理事、中国银行董事、交通银行常务董事暨代理董事长、中英庚子赔款保管委员会董事、中国农民银行常务董事等职。

陈蔼士因心脏衰弱，气喘病发作，于1954年8月7日在台北去世，享年七十五岁。9日大殓，蒋介石题"痛失勋旧"以悼，葬礼极其简单。9月27日发布"褒扬令"，对他在财政、金融、水利等方面的建树作了充分肯定，将其生平事绩宣付史馆。

（原刊《辛亥革命湖州记忆》2012年2月）

任鸿隽菱湖寻根

1912年1月1日上午，孙中山从上海坐火车赴南京，当晚10时将宣誓就任临时大总统并宣布中华民国成立。随车陪护人员中，有一位被总统府委为秘书，后来成了著名科学家，此人即任鸿隽（叔永）。

任鸿隽是湖州菱湖镇人。祖父在清同治二年（1863）为避太平天国战乱，举家移居四川成都，投靠兄长任秋苹。父亲任章甫当年已二十二岁。任鸿隽于1886年12月20日出生在四川垫江县（今属重庆市）。

任家移居四川后，仍念念不忘故土。任鸿隽受家人之嘱，曾来菱湖寻根。

任鸿隽1905年从重庆府中学堂师范班毕业后，做过当地中小学教员。为深造学业，1907年2月考入上海中国公学高等（大学）预科甲班。同年趁暑假，7月6日从上海坐船出发，次日到湖州高城（原泰和坊西侧，俗称高墩头），借宿同学家。第二天冒雨雇船到菱湖，先找一位卞姓同学，因在前已托他寻找唐家亲戚，任鸿隽的一个姑母嫁在唐家。由卞同学陪至唐家，得知姑夫唐镜楼的儿子唐小楼夫妇也已在三年前去世，只见到小楼的寡婶与寡嫂，可惜两人都不知往事。后来了解到小楼有一侄在菱湖经营丝业，遂托人约次日相会。见面后任鸿隽问以先祖坟墓情况，对方不清楚，只知一处在王家荡，每年唐家都代为祭扫，但此墓是任家何人亦不知。当天雨大，约定第二天去墓地。可是到了第二天雨下得更甚，因时间关系，还是雇了小船去王家荡。经小楼侄儿的指点，上岸数十步，即在桑地里见得，土封瓦覆，保护尚好，但无墓碑。任鸿隽感到，仅此墓唐家每年祭扫，自然是任家与唐家最亲近者，看来是早已去世的姑母了。他记得在四川时家人在闲谈中提及白虎荡、西洋田两处还有祖墓。陪同的卞同学说，这样的地名，在菱湖至少方圆二三里，不知确切位置，要找一墓谈何容易。只好无奈而返。要寻访祖宅，连唐家亦不知，疑是被族人瓜分了。

任家于 1863 年离开菱湖，到 1907 年任鸿隽来寻根访祖，其间已隔四十四年。加上社会不稳定，变化当然很大。他 7 月 8 日到菱湖，11 日转道杭州回上海。在菱湖逗留三天，虽收获甚微，但完成了一家人的心愿。他对故乡很是赞美："若夫市镇亦大而繁，人口三万余，业丝者居其大半。其地平畴如海，弥望皆桑，而小渠纵横，往来皆以船，地利佳矣！"一片眷恋故土之情。可是民生凋零，使他同时感伤。这是任鸿隽一生中唯一的一次故乡行，时年二十二岁。他父亲二十二岁离别菱湖入川，年岁上竟如此巧合。

任鸿隽在四川读书时，成绩非常优秀，1904 年参加科举考试，是末代秀才，但已具反清革命思想。此时就读的上海中国公学，乃是在1905 年冬，为抗议日本文部省颁发歧视中国学生的《取缔清国留日学生规则》，三千余留日学生罢课归国后，于次年众议自办的学校，于右任、马君武等都是教员，民主和反清革命的气氛极其浓厚。任鸿隽入学的第一件事就是剪去发辫。因课程浅而单薄，次年赴日本留学，参加同盟会，为四川分会会长。辛亥武昌起义爆发，即回上海参加实际革命工作。1912 年 12 月赴美国留学，入康奈尔大学攻读化学专业。自此，他将全部精力付给了传播科学的理想事业。

（原刊《湖州方志》2011 年第 2 期）

任鸿年捐躯反袁

一位辛亥志士，最终为反袁世凯而捐躯，事迹可歌可泣。故乡湖州却至今对他一无所知，令人实感诧异。他叫任鸿年，任鸿隽的胞弟。

任鸿年，字季彭，别字百一。清光绪十五年（1889）生于四川垫江。家学深厚，自小随父习古文诗词，继入学堂，攻读英文科学，后执教成都。1908年初，任鸿隽赴日本留学不久，任鸿年亦前往求学，同时立即加入同盟会，筹谋四川革命。1911年4月，革命党人策动广州黄花岗起义，生活本不宽裕的任鸿年典当衣服集资捐助。同年10月，武昌起义爆发，任鸿年随兄一同回国参加革命。在该年5月，清政府借铁路国有名义，将已由民间商办的川汉、粤汉铁路收归国有，又将筑路权出卖给英法德美四国银行财团。这卖国行为，引起湖北、湖南、广东、四川等省民众的强烈不满，各地抗议声起，罢市罢课，四川甚至组成保路同志军武装对抗。刚回国的任鸿年除参与以陈英士为首的同盟会中部总会发动起义，光复上海外，还与革命党人以"协助军政府驱除鞑虏，建立共和民国，平均人权"为宗旨，12月8日在上海发动旅沪川人组织蜀军（又称"蜀汉军"），任秘书，声援四川保路斗争。次年1月1日南京临时政府成立后，该军归临时政府直接领导。任鸿年同时还被孙中山委为总统府秘书、中国国民党评议部部长。3月，任鸿年随蜀军赴四川，对促成四川独立起到极大作用，后又主持重庆的革命报刊《新中华报》。

革命并不顺利，袁世凯篡权复辟，镇压革命党人，宋教仁等革命志士先后遇害，形势严峻，任鸿年心忧如焚。他在日本时，与川籍同盟会会员吴玉章（新中国成立后任中国人民大学校长）、雷铁崖（昭性）感情甚笃。当年雷铁崖为避清政府通缉，曾在杭州西湖白云庵为僧。南京政府成立时，吴玉章、雷铁崖亦同被孙中山委为总统府秘书。袁世凯篡权后，雷铁崖看清其本质，又从北京潜回白云庵。1913 年春，任鸿年赴天津会晤革命党人，分析形势。后到杭州与雷铁崖相叙。吴玉章此时奔走京沪间，联络党人，策动反袁。闻讯后，也至杭州。一起纵论局势，尤其是革命党人对袁氏当国看法不一，分歧很深。悲愤的任鸿年，痛感时局险恶，决心以死来唤醒国民，更希望革命党人消除分歧，一致反袁。6 月 30 日，留下绝命书，在杭州烟霞洞投井自杀，极为壮烈。年仅二十四岁。在绝命书中，任鸿年指斥袁世凯"其心侈于秦政，而才不过石敬瑭"，"无赖行径，自固禄位"，"用财如泥沙，而不顾民膏之馨；抵押尽地利，而不顾国本之倾"，"政府专为盗贼，睚眦杀人"。呼吁革命同志不再纷争，"无避艰危，发起革命"。绝命书最后有言："呜呼，天之生我，逢此不辰。上不足方屈子沉江，下不足比鲁连蹈海，余此时年二十四，少于前者，躬遇祸乱之将更长久，此则天地之不仁也。"遗体第二天即被发现，由吴玉章等料理后事，葬白云庵内。雷铁崖撰碑文，章太炎书碑碣。任鸿年投井后，多种报刊为报道及时而出版"号外"表示悼念。7 月 3 日，吴玉章写信给已在美国留学的任鸿隽，详述任鸿年去世经过，说"现在时局，早有心人无不愤恨，愿拼一死，与此当道之豺狼一决雌雄"。7 月 10 日，经吴玉章等之手的《任鸿年绝命书》见诸报端。12 日，反袁世凯的二次革命爆发。是日，李烈钧率军占领江西九江湖口炮台，宣布江西独立。孙中山知悉后，促令南京、上海等地急起响应。15 日，黄兴从上海赶赴南京，任江苏讨袁军总司令，宣布南京独立。17 日，柏文蔚任安徽讨袁军总司令，宣布安徽独立。16 日，陈英士被推为驻沪讨袁军总司令。18 日，上海、广东分别宣布独立。全国掀起了一场声势浩大的反袁武装革命。此时，吴玉章赶往南京，参加南京独立。旋又赴上海，筹措天津与上海的密电办法，深得陈英士的赞赏。此事与任鸿年 3 月赴天津打基础有关。任鸿年效仿屈原、鲁连而死，对二次革命的发生起到鼓动作用是无疑的。

任鸿年在弟兄中排行第四。大哥任鸿熙（伯光）、二哥任鸿泽（仲侠）、三哥任鸿隽（叔永）。任鸿熙、任鸿泽在两个弟弟的影响下，也积极为革命党人做了大量的实际工作。可以说，任家四兄弟为辛亥革命都做出了值得一书的贡献。1914 年 3 月，为纪念任鸿年去世一周年，任鸿隽将这位亡弟的书信、诗词加以整理，辑成《鹡鸰风雨集》，附有几位兄长及胡适、杨杏佛等人的多首悼诗。

仅凭已见得的史料，就晚清以来而言，至少还有三四十位可入史册的湖州籍名人，到目前，在故乡居然仍不识。像任鸿年这样献身共和的辛亥志士，总不能连名字也不晓得吧。

（原刊《辛亥革命湖州记忆》2012 年 2 月）

关于陈英士的夫人及长子

最近，多位《湖州晚报》的读者打来电话，都想知道一些有关陈英士的夫人姚文英及长子骍夫罹难的情况，以对烈士的生平有较全面的了解。因即便久居湖州，亦只是道听途说，见不到任何可靠的文字介绍。

姚文英是居市区北街轧巷名中医姚仁卿（见到的几种书中全都误作姚纯青）的次女。光绪二十七年（1901）与陈英士成婚，有一女（早夭）二子。姚氏对两个儿子极其宠爱，长子取名骍夫（祖华）、次子取名甘夫（祖和），乃湖州方言"心肝宝贝"的"心肝"两字的谐音。甘夫后改名惠夫。1916 年陈英士殉难时，骍夫三岁，甘夫出生才三个月，弱为待哺。当时革命党人处于非常劣势的地位，很难有财物经常资助。母子三人全靠亲友接济，备尝艰辛。直到 1927 年北伐成功后，蒋介石才有权支配一点钱来照顾姚氏母子，并承诺培养两个小孩至大学毕业。

到了 1931 年，日寇已在我国东北三省肆无忌惮，伺机发动武装占领（9 月 18 日攻占沈阳）。全国抗日救国一片呼声。这一年骍夫高中毕业，为效忠国家抗日，毅然考入蒋介石兼校长的中央航空军官学校（校址设在杭州笕桥），当了一名飞行员。经验丰富的教练石曼牛，知道骍夫是烈士遗孤后，平时备加爱护。骍夫每次驾机升空，他必自驾教练机同时升空指导。1932 年 9 月 9 日，像往常一样升空飞行，不幸骍夫的飞机螺旋桨撞上了石曼牛机座的尾部，瞬间两机同坠，一起罹难。这自然让蒋介石大为震惊，马上发电报给姚文英加以慰问，并协力治丧。1933年1月7日，骐夫的追悼会在杭州举行，在校内立了纪念雕像。蒋介石为这位侄辈送去亲写的一副挽联："陨石震吴山，鼙鼓犹闻飞将逝；御风防岛寇，风烟未熄烈魂悲。"这是蒋氏一生中唯一为小辈写的挽联。

姚文英早年丧夫，中年丧子，接连打击，痛不欲生。她捻珠诵经，开始信佛。蒋介石得知后，送给她一尊制作精美又小巧的金佛像。这佛像很珍贵，在抗日战争初期，蒋氏派吴忠信赴西藏宣传抗战形势并慰问藏界人士时，是一位活佛托吴忠信转给蒋氏的礼物。姚文英对这尊金佛很宝爱。

1949年，姚文英由陈果夫一家陪护去台湾，住台北潮州街狭小又简陋的房子，蒋介石前去探望，要给她调一处宽敞的住所。她不同意，蒋氏很失望，她只说"那不是太浪费了吗"而婉拒。姚文英因脑出血，在1957年3月被送到台大医院，病房301号。贴邻的303号住的是王宠惠。在辛亥革命时，王宠惠与陈英士就是同志且有戚谊关系。王宠惠是沪军都督府的顾问，1912年元旦南京民国临时政府成立时，他是第一任外交总长。1913年结婚，结发妻子还是陈英士的表叔杨谱笙的妹妹杨兆良（1924年去世，育有一子王大宏，著名建筑师）。在1903年陈英士陪送杨兆良去爱国女学校读书时，结识了校长蔡元培。有这一层关系，王夫人每天到医院探望丈夫，必要到邻室问候姚文英。王氏夫妇信奉基督教，于是王夫人不时向姚文英讲述基督教义。

姚文英在台大医院卧病三年，最终药物不治，于1961年10月9日下午2时去世，享年八十三岁。陈诚闻讯后，第一时间派代表钱寿恒前往致唁，慰问家属并协助治丧。连日前往吊唁的蒋经国、余井塘、万耀煌等头面人物有数百人。10日成立治丧会，按基督徒的丧仪办理，却非常隆重。15 日举行追思礼拜，蒋介石题送了挽额"盛德坚操"，陈诚送了"彤史流徽"以敬悼。

姚文英华年孀居，为陈英士抚孤守节达四十五年。直到最近，还有学者撰文说及"在那兵荒马乱、冻馁频袭的岁月，真不知她是怎样熬过来的"，很是同情，更是钦佩。

（原刊《辛亥革命湖州记忆》2012 年 2 月）

镇压辛亥武昌起义的丁士源

　　1911 年 10 月 10 日武昌起义爆发，两三天内就攻占了武昌、汉阳、汉口三大重镇。各地革命党人纷纷举兵响应，如火燎原。赶赴武昌参战的湖州籍革命党人自然不少，其中有后来成了民国要人的戴季陶、朱家骅、陈果夫。可是也出了个直接指挥清军镇压起义的败类丁士源。

　　丁士源，这个近代史上的重要人物，本地各种相关书刊均无相关信息，亦不见专家学者撰文介绍。年龄稍大一点的读者估计都能记得，现湖州第三人民医院的旧址，原是丁家花园。亭阁回廊，假山水池，其规模与布局，绝不逊于苏州私家名园。丁士源就是这丁家人。

　　丁士源（1879—1945），字问槎，号蔼翁，曾用过笔名"萝蕙草堂主人"。1895 年毕业于天津北洋水师学堂，次年任毅军步兵少尉武卫左军副军校，不久晋升协参领。后考入上海圣约翰大学，1902 年毕业，即赴英国留学，入新林肯大学攻读法律。1904 年回国，任北京崇文门关税总稽查、修订法律馆内修官、练兵处军政司法律科监督。1906 年升任陆军参领。1907 年带留学生去法国，回国后于 1911 年升为陆军大臣行营处副长官，兼陆军军法司司长、高等巡警学堂总办、修订法律委员会委员。这一年 10 月 10 日，武昌起义爆发，声势之猛烈，震惊清政府。于是下令陆军大臣荫昌率兵南下镇压。13 日清军南下时，丁士源被命为副官长兼总执法官，职务仅次于荫昌与参谋长易乃谦。

清军至湖北孝感时，荫昌就地坐镇，丁士源带兵直赴武昌。他同时起草颁布《临时军法令》《临时惩处令》等军令，指挥训练有素、装备精良的部队，屠杀革命党人，焚烧城街民居，手段极为残忍。事后连同僚也上书弹劾他。他是直接指挥者，故而在被弹劾的三人中，荫昌为首，丁士源跳过易乃谦居二。

民国政府成立后，丁士源避居天津，仍与清皇室人员往还，怀着静观时局、伺机复辟的心态。不久，丁士源靠他的人脉关系，居然仍在军政界任要职。1913 年段祺瑞任北京政府国务院总理时，丁士源被命为陆军少将参议，后升任陆军协都统副都统。1914 年任江汉关监督，兼外交部特派湖北交涉员，加中将衔，国防委员会委员、参战委员会参议。1916 年任京绥铁路管理局局长，次年正式晋升陆军中将。1918 年任京汉、京绥两家铁路管理局局长。1919 年任航空处处长，兼龙烟铁矿公司会办及大总统府侍从武官。1920 年直皖军阀战争爆发，丁士源参与的皖系失败后，他逃入日本公使馆请求保护，职务全数免去。1923 年任天津《日日新闻》报主笔。1924 年又被起用，任财政整理委员会副委员长兼国内公债局经理、中法商工银行中方理事。同年还任北京政府航空筹备处处长、安国军空军司令。1929 年任中华汇业银行经理。1933 年去东北，任伪满政府驻日本公使馆特命全权公使、驻国联（联合国前身）代表。1935 年 7 月任伪满中央银行监事，历时十年，最终沦为汉奸。

在 1942 年，丁士源经日本人镰弥助的说服，将他的回忆录取名《梅楞章京笔记》，署名"萝蕙草堂主人"，同年 10 月由日本人办的满铁大连图书馆公开发行出版。日本人看重此书，馆长北川胜夫为之作序。丁士源在书中，自 1894 年（甲午）至 1911 年（辛亥），就他所见所闻所历，详加记述。是书另一署名"黄石斋老人"的序中，称丁士源"以

耳听亲闻、目所亲睹者，笔之于书。如秦镜之悬，铸禹鼎之象"，极为
推崇。他随荫昌南下，中途同去秘密会见袁世凯，清军到武昌后采取的
防御措施，及镇压起义的军事部署记述尤为详细。因此，至今仍被史学
界定为研究辛亥革命的重要参考史料。

丁士源的一生，不是做高官，就是坐肥缺，敛财颇丰，生活极其奢
侈。他出使日本时，随行的一妾说是没有式样新颖的绣花鞋，竟在天津
天顺鞋店定做了缎鞋六十四双、红花绣鞋两双、皮鞋六双。当年就有人
在报刊上撰文指斥。

丁士源多才艺，善画工笔，仿宋元人画几可乱真。他撰有《蒙新青
藏经济上之开发最初计划》，是我国近代史上第一个重视开发内蒙古、
新疆、青海、西藏地方经济的官员。他还有《添建省治说略并区域表》
《世界海军现状》等著作。

武昌起义时，戴季陶从南洋赶回国内直奔武昌参加战斗，借居在汉
口招商局。丁士源率清军攻入汉口后，曾到戴季陶居处，见桌上有一张
汉代铜箭的拓片，他知是同乡之物后，居然"取而置之图囊"，笑说：
"此可作今日克复汉口之纪念品。"瞬间一百年过去，这张拓片，早已不
存世了吧？

(原刊《湖州方志》2011 年第 3 期)

第二辑

文坛读札

茅盾书简两题

（一）

1959 年 1 月，茅公将新中国成立以来所写的文学论文四十二篇，结集为《鼓吹集》，由作家出版社出版。1962 年 10 月，又选十二篇，结集为《鼓吹续集》。在 1963 年，我先后觅购到这两种书，且是精装，颇为欣喜。读《鼓吹续集》时，不见他刊于 1960 年 7 月 25 日《人民日报》上的《反映社会主义跃进的时代，推动社会主义时代的跃进》一文。按时间排列，此文应该收入《鼓吹续集》。深感汗颜的是，我却不知这篇万言长篇报告，早已在 1960 年 10 月由人民文学出版社出版了单行本。1963 年 4 月下旬，冒昧给他写了封信，求询这个疑问。没隔数天，即收到回信：

徐重庆同志：

　　来信读悉。您所问到的《反映社会主义跃进的时代，推动社会主义时代的跃进》一文，乃是我在第二次全国文代会上的报告，另有单行本，故未收入《鼓吹续集》中去。

　　匆匆奉覆，顺颂

健康

茅盾

四月廿九日

　　当年他担任文化部部长要职，日理万绪，而我还是个年仅十七岁的无知青年，素昧平生，更不嫌我的幼稚可笑，竟然亲笔作复。说茅公办事认真，一丝不苟，待人热情诚恳，此信亦是最好不过的说明吧。

1985 年 1 月于浙江湖州

（二）

重庆先生：

　　大札及惠赐湖笔二支拜领至感。笔杆刻字精劲，想见妙手。此两笔弟当珍藏以为纪念。五月初，发现双目皆患老年性白内障（初发期），而左目并患老年性黄斑，盘状变形，几近失明，犹本右目尚有 0.3 视力，差可看大字书、写字，然医生谆嘱少用目力，庶可保持现状，不至迅速恶化。现为治目疾，中西药并进，已五阅月，仍未见显著效果，恐至多保持现状而已。

　　您以业余时间搞"新诗史"，深佩。谨祝必有所成。惜弟衰老，记忆力减退，恐不能对大稿有贡献耳。然如有下询，当尽量贡其所知。

　　匆此，敬致

敬礼！

沈雁冰

七四年十月七日

这封茅公书简，写于 1974 年 10 月 7 日，因未公开发表过，故而没收入 1984 年 10 月浙江人民出版社的《茅盾书简（初编）》（孙中田、周明合编，该书收茅公给我的信四封）。

茅公的这封书简，用清秀的毛笔字，写在俗称的羊皮纸上。

当时的形势是大肆开展"儒法斗争"，继续搞好"批林批孔"，茅公对我这个未曾见过面者，能不顾"气候"，如此真诚相待，令人感动。他常赐示，解我疑点，还请他的表弟陈瑜清先生抄来他写于 30 年代的万言长文《徐志摩论》，供我剖析徐志摩的思想与作品。茅公因此一时曾猜度我是徐志摩的后代。

《中国新诗史》曾拟好大纲，用诗人们的作品来串为成史，后来只是不少前辈认为题材狭窄，无多大学术价值而搁置。茅公始终给予关护，至 1980 年 2 月还书写了"题'红楼梦书页·读曲'"的条幅相赠，鞭策之中寄以厚望。岁月匆匆，竟然一事无成，深感愧对这位先贤。

（原刊香港《文汇报》1985 年 1 月 12 日、

《香港文学》1988 年 7 月号）

刘延陵书简

　　时间过得真是太匆匆，一眨眼，到今年 10 月 18 日，刘延陵先生去世已整整八周年了。

　　延陵先生是我国写新诗的前驱者，新诗初创时期的开拓者之一。他是"文学研究会"的早期会员，1922 年 1 月，与叶圣陶、朱自清合编过我国第一个新诗刊物——《诗》月刊，与朱自清、叶圣陶、俞平伯、郑振铎、郭绍虞、徐玉诺、周作人八人合出过一本新诗集《雪朝》。他创作颇丰。朱自清说他"喜欢李贺的诗，以为近乎西方人之作，似乎颇受他的影响"。在 30 年代的中学国文课本里，几乎都选用他那首至今还脍炙人口的《水手》。叶圣陶曾用它来引证什么是"意境"和"神韵"，说明"诗是最精粹的语言"。

　　延陵先生在上海、江浙一带执教多年，1937 年 9 月，经邵力子先生的介绍，应聘渡海南下，到马来亚吉隆坡《马华日报》和槟城《光明日报》任编辑。1939 年回国探亲一次后，即又南下新加坡，在《星洲日报》任电讯栏编辑。从此，他在椰林蔽日、一雨成秋的南国居住了五十年，直到 1988 年 10 月 18 日以九十四岁的高龄谢世。

　　在 1981 年，我四处搜集资料，以便撰写一部《中国新诗史》。关于延陵先生，询及多位熟悉的前辈，均不知他的下落，最终在叶圣陶先生那里获知他健在新加坡的消息（圣陶先生也还是在 1979 年 4 月请新加坡友人探到他的近况，1980年1月才收到他第一封信），我按圣陶先生抄示的地址，开始与延陵先生通信。从1981年12月至1988年7月，共得他来信二十二封。从延陵先生的来信中，我深感他非常思念故国，非常怀念故友，记忆力惊人，且多史料。他谦逊，待人宽厚，绝无一点长者的架势，办事认真，一丝不苟。这种具深沉、博大、纯朴的传统美德，今世已少有矣。

与延陵先生通信的几年中，他应我之请，先后寄来诗文四篇：《湖畔忆旧》，刊中国作家协会浙江分会1982年出版的《"湖畔诗社"资料集》；长诗《教师咏》，刊1985年12月号北京《诗刊》；长诗《教师》，刊1985年12月号南京《雨花》；《〈诗〉月刊影印本序》，刊1987年上海书店出版的《诗》月刊影印合刊本卷首。国内文学界都没有忘记这位前辈，以能得到他的新作为荣。

《湖畔忆旧》被学术界公认"为研究者提供了宝贵的资料"；六十五年后重新影印《诗》月刊，有当年的主编为之写新序，乃现今文坛少有的佳话；《诗刊》发表他的《教师咏》时，编辑根据我转稿时所述，特意加了编者按语："刘延陵是我国五四时期的诗人。他的《水手》一诗，如今仍脍炙人口。1939年到新加坡，至今他已九十二岁高龄了，仍能作诗抒怀，实是一件值得欣慰的事。这是诗人离开祖国近五十年第一次寄回国的诗作，我们敬祝他健康长寿。"

今检出延陵先生来信三封，内谈及不少鲜为人知的史料，略加小注，寄刘以鬯先生供《香港文学》独家发表，以纪念这位永远使人怀念的前辈。

(一)

重庆先生:

今年一月二十一日惠书,久已接到,迟复为歉。承殷勤关注,无任铭感。

前次拙稿①,内容淡薄,不足感人;多年前为《蕙的风》所作序文②,尤觉幼稚:两者印成后见之,俱将令我汗颜。

小女刘雪琛在北京和平门师大附中(师范大学的附属中学)执教。如承赐稿酬,请寄她代收为感。

我本想于今年四月回国观光。但到香港的首段路须乘飞机;我询问数位医生,自己是否适于航空,他们的答复各异;所以只有展期回国,待上述的疑点解决之后再定了。

中国解放初期,拟说写作人所得的稿酬甚丰,有书本出版者,每年所得的版税,往往在十万元以上:后来情形有异;不知目前是如何情形。我现在脑力恢复,重新学习涂写,希望有些成绩时能在国内出版。请暇时把目前稿酬与版税方面的情形惠示一二。不胜感盼之至。

来示中说到您在一九三二年杭州出版的《白桦》③上见到拙诗《九·一八周年祭》。阅后又惊又喜。喜者,正在寻觅此篇拙作,今有觅得之可能了。惊者,此篇拙作本来是载在另一种刊物上刊出的,不知为何同时能移植到《白桦》上去。

缘一九三一年夏到一九三三年夏的这段时期,我又回到作为"杭州一师"的后身的"浙江省立高中"去教书。一九三一年的九·一八,沈阳陷落,一九三二的九·一八,省立高中举行一周年夜祭,我那篇拙作就是为夜祭写的。当时杭州有《东南日

报》，是国民党所办，它出版一种半月刊《黄钟》，拙诗是登在
《黄钟》上的；我绝不知道当时（同时）还有一个《白桦》刊物，
更不知道它里面载了拙作。这个闷葫芦很难打破。

上述的疑问姑且不管，现在我恳请先生设法把拙诗
《九·一八周年祭》影印一份或录写一份惠下，不胜盼祷之至。

在一九三二至一九三三的另一某期的《黄钟》上还有一首
拙作长诗《母亲》，也请先生替我设法找找（《母亲》篇面世的
日期较后）。(A)《黄钟》应该在杭州省立图书馆和浙江各府县
的图书馆里都有得保存的。(B) 否则也请设法在其他各期的
《白桦》里找找。(C) 也请向责友们函询有否在以前的任何刊
物上见过这篇拙作《母亲》。

我以前所写新诗，有二三十个长篇，于一九三七年一齐剪
存，放在一个皮箱中，那年八月我在上海交通大学暑期学校中
教书。忽然日军开始侵略，大概即是所谓“八·一三”之役，一
时秩序大乱，那只皮箱被人偷开房门取去，内有现币二千元与
剪存的拙稿，一齐失迹。至今回想，犹觉痛心。失去的诗稿必
须重撰，才能摸回一部分原形哩，现在有些诗连题目也都忘
记了。

“八一三”事变发动之后，我立即应南洋某报馆之聘离沪。
当时是一人独行。一九三九年回到沦陷区省亲，同年九月再经
过上海南下，过了香港才在船上碰到郁达夫夫妇与郁飞。后来
郁君在《星洲日报》编文艺副刊，我编电讯栏，因与主编关楚
璞意见不合，我半年后即辞职了。关君不久即往南京去跟随当
时汪政权，未几即以身殉，有人说被志士炸死，有人说是从飞

机上殒身的。

新加坡所出关于中国现代文学的书，我未见过。如有呢，数量与内容当亦均无可观。此间华文写作人的水准不高，文艺作品的销路很小，每种卖不到二千本。因多数人爱看的是武侠小说与鸳鸯蝴蝶派小说。如找到此间所出关于中国现代文学的书，当选取一本寄赠。

欢迎来信与惠赐玉照。来信须请邮局秤过重量，决定邮资。

汪静之兄现作何工作，似已可以退休了。我原以为《蕙的风》，所指的蕙女士定是他的鸳侣。不料今年一月此间华文报的副刊上说，她的父母曾把他俩拆散。

匆匆走笔，请恕草率。敬颂著安。并候惠教。

我的通信处仍是：

MR. Y.L.LIU, 42, LORONG PISANG EMAS, SINGAPORE 2159

一九八二年四月六日

（二）

重庆先生：

五月上旬接到四月二十七日大示与玉照和代抄拙诗④，欣喜感谢，无以复加。玉照表明左右神清气爽，年富力强，前途未可限量。代录陋作，费时不少，如何报答。前次芜函中建议影印，是为免除代笔之劳，并非偏爱影印也。

五月初旬又接到上海陈子善先生惠书，其中述及左右，并征求关于郁达夫在南洋之事迹遗闻，为编写对郁回忆录之用。弟亦于今日方才答复。

承示湖畔纪念集可于五月出书。弟尚未接到，不知是否印务上有波折，或者国内刊物出口受限制，或者此地对共产国家之刊物有限制。小女屡次从北京寄《诗刊》与《新文学资料》⑤，来时都挂号付邮尚能递到。如果湖畔纪念集尚待邮寄，亦请破费挂号，最好是所有邮资都从弟应得稿费中扣除。

《黄钟》半月刊中前述之拙诗《母亲》篇有三四十长行，另有《战士》一首，只三四十短行。左右如能觅到《黄钟》全部而发觉其中尚有其他拙诗，恳请都影印或代录惠下。唯有一点请记住：其中有题为《沿溪行》的一首，是一篇长而臭的废料，不要再见它了。上述事请烦杭州图书馆中贵友最好。万一不行，亦请另想办法。《东南日报》与《黄钟》活着之时，此报有一位二十余岁之外勤记者黄萍荪先生（萍荪或萍孙，记不清了）与弟有一面之雅。他能写新式杂文与散文。今年此间的《南洋商报》曾从国内刊物上转载了他写的一篇《回忆郁达夫先生》。可知他犹健在。他是杭州人，想近年中常有文章与读者相见。他可能尚有《黄钟》保存。请设法访求其住址或另外设法。惟请注意，上述之《沿溪行》拙诗不要。

将来新加坡如有关于现代文学之合标准的刊物，无论关于大陆或台湾或此地的，都当搜集寄奉。

弟目前尚无可出书之写作资料，将来有时，再与左右商量吧。

　　此地已用简体字，弟也认识，但写起来仍然积习难改，滑到繁体字方面去。此地报社之排字工友，对两体都能贯通。

　　《黄钟》之中的作者白桦，姓冯，忘其名，广东梅县客家人。以前弟在杭州时与他见过一面。其人通日文，写起二三千字的散文来，下笔如飞，顷刻立就，多日本文句调。今当年近八十矣。恐非目前大陆之著名作者白桦也。弟年八十七，与叶圣陶兄同庚。

　　专此敬复，余容续谈。希常惠教。即颂

时绥

弟刘延陵顿首

一九八二年六月二十九日

（三）

重庆先生：

　　八月杪接到同月十七日之大示，九月十九日接到同月八日惠寄之影印陋作一函。因事忙迟复，仅致深重之歉忱。其次应郑重致谢者，第一是因芜文《湖畔忆旧》之发表而累左右写信寄书，忙碌不停。第二是累左右费神撰文，在国内刊物上为弟介绍。第三是荷蒙鼎力，将《黄钟》半月刊上之贱稿扫数影印寄下⑥。这些破瓦残砖，弟久想收回检讨，奈访求无门，徒呼负负。今幸蒙一网捞起，俾弟能从其松质裂痕，觉悟往日搏土手艺之拙劣，这真是应该千谢万谢的。

除上述要点以外，对大函中所谈各节，仅详陈以下：

纪念"湖畔"之劣作，有《湖畔资料集》为酬，已够感激，不需另给稿酬，请勿再为此操心。本学期小女事忙，只最近有一函寄来，述她已从师大附中退休而改就别业，未言及收到左右寄伊之信与书。也许这些函件还搁在师大附中门房之中。弟明日即将去函询问，并嘱伊寄款奉还劳神获得陋作被影印之费用。

至于左右为弟在国内刊物上为弟介绍之鸿文，将来得到之稿酬，理应归属左右，请千万勿汇给小女，与弟分享。最近弟除接到上述之大示二函与贱作影印页一函外，尚未接到其他来示。惟九月中旬接到叶圣陶兄寄下《文艺报》今年八月份之《文艺情况》附刊一页，上面载有左右为弟介绍之大作一篇⑦。其中承蒙过奖，殊觉汗颜，唯对于左右之隆情厚意，古道热肠，则将永久铭感于肺腑。

新加坡之华文报共有四种。二种小型者，卑陋不足道；大型者为《南洋商报》与《星洲日报》，弟虽与后二种之编辑部中有相识者，而却不识其文艺版之编辑人。惟这些先生取舍来稿都很公正而不讲私交。左右如有佳作要在此地发表，请即寄下，弟当附函据实介绍，将来得到稿酬，亦必汇奉不误。

承下问，是否有意收集旧作，在国内出版。弟脑病痊愈不久，积稿尚嫌不足。将来粗能凑数时，再奉函商量可也。

承示杭州一中明年将举行七十五周年校庆，揣测文义，似乎昔之一师亦包括在今之一中之内。但彼中人尚未来函有所接洽，恐尚未知敝址吧。左右如在一中教职员中有朋友，请便利时告以弟与一师之关系和现今之敝址⑧。

陈子善先生已与弟通讯二次。惜弟与达夫先生认识不深，即使能回忆前尘，写出一鳞半爪，恐也难给人深刻的印象。弟觉得，无论写甚么东西，都须写成后搁在案上数月，不时屡屡修改，方可发表。否则必有后悔，看出尚有瑕疵未除也。

今年九十月间，《星洲日报》上载了王映霞写的一篇回忆文⑨，我虽曾剪存而一时未能检出。题目也不记得了。大意是叙述她和达夫同到南洋以前的一年内在国内颠沛流离的情形，用意无非是表明自己的清白，暗示达夫《毁家诗纪》中所指斥者之虚谬无据，不知该文曾先在国内登载否。但该文并未获此间读者好感。有人为文驳斥，劝她辩诬须在达夫生前，现在达夫逝世，死无对证，独白有何功用。亦趣闻也。

上文拉杂絮聒，请暂止于此，遗漏之处，容后补叙。

函外寄上《南游心影》散文集一本，是现任某中学华文教师邢君所著，文笔尚不恶。又《蕉风》月刊一册，是马来西亚华人文艺界之刊物，惜为诗专号，不知合口味否。新加坡文艺界亦出有两种定期刊（非月刊），因目前市面上无贷，故未买到，将来补寄吧。闻国内税关，检查外来之书籍。日前敝友某君寄耶教书籍往北京而被打回。不知文艺书刊之命运如何了。

专肃，敬候惠教。顺颂

健康

弟刘延陵顿首

一九八二年十一月二十日

注：

① 指延陵先生应我之请写于 1982 年 1 月的《湖畔忆旧》一文。该文是他 1937 年到南洋四十五年后寄回国内发表的第一篇作品。

② 静之先生的新诗集《蕙的风》出版于 1922 年 8 月，有胡适、刘延陵、朱自清写的序各一篇。延陵先生的序与《湖畔忆旧》一起收入我参与编辑的《"湖畔诗社"资料集》，由中国作家协会浙江省分会 1982 年出版。

③ 应为《黄钟》，因《白桦》的版式、开本、出版地、出版时间均与《黄钟》相同，致使我写信去时误记。《黄钟》，1932 年 10 月 3 日创刊，出至 1 卷 20 期（1933 年 2 月 20 日）为周刊，从 1 卷 21 期（1933 年 3 月 1 日）起改为半月刊。据我所知，延陵先生在《黄钟》上先后发表新诗十四题二十八首（其中译诗四题九首），另有《论新诗》论文一篇，小说《某个乡村的庆祝会》一篇。

④ 我存有部分《黄钟》原刊，先抄寄给延陵先生急需的其作《九·一八周年祭》，该诗刊《黄钟》1 卷 1 期（创刊号，1932 年 10 月 3 日出版）。

⑤ 系《新文学史料》之笔误。季刊，北京人民文学出版社出版。

⑥ 得杭州浙江图书馆陈毛英兄的帮助，复印到《黄钟》上延陵先生的全部诗作，共十三题二十七首，其中包括信中提到的《九·一八周年祭》《母亲》《战士》等，《沿溪行》一首遵嘱没寄。

⑦ 拙文题为《刘延陵先生怀念故旧》，最早在国内公开披露了延陵先生还健在新加坡的消息。

⑧ 后经我介绍，杭州一中董舒林先生与延陵先生取得联系。为纪念校庆，延陵先生有一长文寄去，现存该校校史室。

⑨ 指王映霞女士的《郁达夫与我婚变的经过》，原刊香港《广角镜》月刊 117 期，1982 年 6 月出版。国内报刊当时没有转载。后来延陵先生曾托我转过书信给映霞女士。映霞女士的复信，她曾作为文章同时发表，这就是刊 1983 年 7 月 14 日新加坡《联合早报》上的《阔别星洲四十年》。

（原刊《香港文学》1996 年 10 月号）

曹聚仁佚简

　　活跃在文坛五十余年，著作多达近七十种的曹聚仁，据说一生中所写的书简被保留下来的很少。手边有他在抗日战争时期从福建南平写给上海赵景深的一封：

　　景深我兄：

　　　　别后经年，每用怀想。

　　　　弟飘浮南北，靡有定所。今后生涯，依然如旧。海上故交，一时难与晤叙，怅何如之！

　　　　前闻我兄将来丽水任职，其后音讯杳寂。想瓯海多故，曲折较多，兄已一时变计矣。内地情况，与孤岛人士所幻想者不同，今年一般均有进步，可以为故人告。

　　　　拙著《文思》，战后定少销路，惟内地亦难得贵局出版品，能多量抵销，亦一适当时机。未知小峰兄亦有此意否？前兄允赠弟以《文思》十部，战中匆匆离沪，未及面取。顷托邓君代取，请即见惠为荷。此颂

　　　　著祺

　　　　　　　　　　　　　　　　　　　　　弟聚仁启

　　　　　　　　　　　　　　　　　　　　　8 月 21 日

小峰兄不另

通讯：福建南平中南旅运社转

赵景深在 1946 年出版的《文人印象》一书中谈曹聚仁的一篇里，曾引述过此信前面九句话（文字与原信有出入）。该文写于 1939 年，其中说明信是"去年收到"，时间当为 1938 年。曹聚仁的夫人邓珂云（即信中的"邓君"），在 1938 年北京出版的曹聚仁《我与我的世界》一书的后记中，记叙了她与曹聚仁在抗战期间同甘共苦的生活。有一段是：

> 1938 年初夏，我们到了洛阳。我在前线染上伤寒，几乎丧生，无法再随军行动。我只得到武汉经广州、香港、回上海租界养病，他则继续在鄂闽浙赣前线奔波。次年，我们在宁波会聚，又同去赣北战地采访。

抗战八年间，她始终与曹聚仁在前线共患难，只有 1938 年下半年，因病在上海疗养。这与赵景深说的在时间上完全吻合。参照信的内容，可以断定此信写于 1938 年 8 月 21 日。

曹聚仁与赵景深的关系甚笃。他在《三个胖子的剪影》一文中称赵景深是"圣之和者也"样的人。所著《文思》，就是在 1937 年由李小峰任经理、赵景深为总编辑的上海北新书局出版的。

抗日战争的枪声刚一打响，曹聚仁就投笔从戎，担任战地记者，奔波各战线作实地采访报道。他在《前夜》一文中说：

> 从 1937 年冬 11 月起，我走向长途，有如无父孤儿，开始要过极度飘忽的流动生活……

信中的"弟飘浮南北，靡有定所"，即此写照。而"内地情况，与孤岛人士所幻想者不同，今年一般均有进步"，更充分体现了他的坚韧不拔及抗战必胜的信念。

（原刊《香港作家报》1996 年第 2 期）

谈王瑶1957年的一封信

岁月似流水，一瞬眼，王瑶先生谢世已整整十年了。

先生于1914年出生于山西省平遥县。1934年二十岁时入清华大学攻读中文，抗日战争爆发后随校迁昆明，毕业后入清华大学研究生院，在朱自清先生的指导下研究汉魏六朝文学。后到清华大学文科研究所工作。1946年又随校返北京，在该校中文系任教。1952年调往北京大学中文系任教授，兼为中国社会科学院文学研究所研究员，直到1989年去世。

先生著述甚丰，是海内外极享声誉的文学史家。他是我国最早在大学开设中国现代文学史课的教授。成书于50年代初的《中国新文学史稿》，也是他最早将时势、作家与作品、社团、事件等进行分期评述，筑成了一座新文学发展的"构架"。可以说，随后出版的多种现代文学史，都没能脱离先生这座"构架"的基础。

俗语说，五十年内无信史。治现代文学史亦然。因涉及的人物大都还健在，受种种干扰与影响，难作客观而公正的评价。先生的一部《中国新文学史稿》，在"信"字上，以他当年所处的环境而言，是作了最大的努力的。

1957年5月至9月，一大批在现代文学史上占有地位的知名进步作家，一夜间成了反党反社会主义的右派分子。这给在大学里讲授现代文学史的教师都带来极大的困惑。当时上海复旦大学的一位老教授，就是抱着一种无所适从的心情给先生写信，探讨授课办法。先生于 10 月 4 日写了回信。

先生尊重历史，忠于科学。在信中，对那些正在受到公开猛烈批判的右派的态度非常明确：他们的"些微的贡献"要加以肯定，要"仍须讲授"。这在当年，该要有多少勇气。为了生存与自救，先生在一些政治运动中，也曾被迫作过违心的表态，诚如信中所说"始可联系实际"。而这种痛苦而无奈的心情，在"云云"两个字上已得到充分表白。

饶有兴味的是，先生这封信是书写在所得通知天安门国庆观礼的函件背面，似在向上海的友人暗示尚且平安吧。

（原刊《书窗》1999 年第 2 期）

俞平伯有关"曲社"的几封信

　　俞平伯先生最初受夫人许宝驯的影响,一生酷爱昆曲。许宝驯先生在《俞平伯先生〈重圆花烛歌〉跋》中有记:"说起昆曲,往事多矣,且系吾兄姐(按:指俞平伯与夫人许宝驯)一生中较为重要之事……吾姐幼年弹琴之外,同时又从爵龄六伯学唱昆曲","平兄之度曲,实始自1925年后在老君堂寓居之时。延聘曲师笛工,每周二次,极'妇唱夫随'之乐"。俞平伯在1928年出版的《燕知草》中就收有所作之曲。1933年9月,他从北京携家小南游杭州,在《癸酉年南归日记》中的10月1日曾写到表兄昂若(许宝驹)唱曲,俞振飞吹笛,他本人亦度折柳《寄生草》一曲,颇欢快,可见兴致所在。1935年俞平伯在清华大学执教时,发起并领导师生中的昆曲爱好者成立"谷音社",社名取"空谷足音"之意。当年还出版过一本记载五次活动的《特刊》。"谷音社"是大学中最早的一个业余昆曲爱好者的结社,到抗日战争爆发时才告体解。

　　1956年4月,浙江省苏昆剧团到北京演出昆剧《十五贯》,受到群众的热烈欢迎,盛况空前。在紫光阁召开的对该剧的座谈会上,周恩来总理对该剧予以很高的评价。同年5月18日《人民日报》为此发表社论《从"一出戏救活了一个剧种"谈起》。6月1日至15日,文化部召开第一次全国戏曲剧目工作会议,提出"破除清规戒律,扩大和丰富传统戏曲上演剧目"。7月间,文艺界对古典名剧《琵琶记》又展开了热烈的讨论。在这种环境气氛下，俞平伯积极倡议并亲拟社章，在同年 8 月 19 日成立了北京昆曲研习社（简称曲社），当选为社务委员会主任。在俞平伯主持活动的八年间，曲社整理并演出过四十余折传统剧目。通过传习，培养了一大批年轻的昆曲爱好者，还为专业剧团输送过多名出色的演员。在此期间，俞平伯还组织、主持过多次有关昆曲的研讨会，他本人还亲讲《琵琶记》的研究。曲社经常在俞平伯老君堂家中举行"同期"，笛声婉转，歌韵迭起。俞平伯倾心投入，有人描述"见他顾曲时拍板的神态，那真入画了"，说他唱曲"其情郁郁，其音苍苍，闻者有感焉"。曲社在 1964 年因形势所迫停止活动，直到 1979 年，在文化部和北京市戏剧家协会的大力支持下恢复。此时，俞平伯虽不再担任主任委员（接任者为张允和女士），但对曲社仍从各方面给予指导和关怀。曲社对昆曲的继承和发扬是作出了重大贡献的。

这四封俞平伯的书信，均涉及曲社。从中可看到当年曲社的盛况及他对昆曲的深研与爱好。

（一）

景深先生：

您在京时得多次会晤，非常欣快。曲会顷已成立，在请市文化局备案并予支持中。社章亦已通过，拟约请先生为本社联合社员，盼时赐指导。一俟局方批准后即发聘函，先此预约。余情张定和兄当面陈。

此致

敬礼

弟俞平伯启上

八月二十五日，北京

附奉社章一份。

通信址：北京朝阳门内老君堂七十九号

注：北京昆曲研习社成立于 1956 年 8 月 19 日，此信当写于该年。

（二）

□□吾兄：

前承赐以论曲新著，感谢感谢！因事羁答，尤歉。曲社友人亦多有收到者，均嘱笔致谢。此书所收论文均精辟，甚佩。其论《还魂》《琵琶》尤多卓见。如云《牡丹亭》丽娘有三次斗争：一《延师》，与杜宝；二《学堂》，与陈最良；三《兹戒》，与杜母。甚是。昔在曲社改编《牡丹亭》，以剧过长，删去《延师》《学堂》二折，盖未见及此也。如论《琵琶记》牛氏性格不甚完整，她让赵五娘居上，应在心理上有矛盾，而原书缺然。弟意旧本《伯喈》既背亲弃妻，则牛氏性格决不如此；今本牛氏部分盖全出高明之手也，亦谓然乎？知文驾返沪述京社情形，蒙沪社同人见奖，弥觉惭愧。编现代戏为六四年当前之急。昆曲若不能表现现代事，则走入死胡同一条，而以曲高和寡自我安慰，诚无谓也。沪社拟编演一独幕现代剧，此意极是。京社决意效法，现已选得两剧本：一、《悔不该》（即《两块八》），用北昆本；二、《岗旗》，拟就话剧改编，另写曲词，正在着手。此事固有意义而困难甚多，足下必了了也。三月一日曾举行同期，春节联欢，又彩串《思凡》（韦梅）、《狗洞》（陈祖东）二折，到八十余人，亦颇热闹。又唱毛主席词二首：《如梦令》《卜算子》。苏附呈《卜算子》谱两份乞正。宝驯初学制谱而词腔久亡，亦大胆尝试也。

匆上，即候

教安

弟平伯顿首

三、十二

注：信中有"编现代戏为六四年当前之急"语，此信当写于该年。另可知曲社在1964年初还有活动。

（三）

景深吾兄：

久疏笺候，时以为念。数日将交新春，惟起居康愉，潭第安吉为颂。自曲社停后，笛师李金寿先生仍在京未归，因之亦稍唱曲，曲友亦有来者。近复购一录音机，录了一些新谱又旧曲若《游园》送客，故此曲与尚未甚阑珊。敝寓均好，弟仍不免碌碌如恒，差堪告慰耳：日前陆汝明携来陆兼之先生手书，嘱内子为绘扇面（即弟前者为他所书者），其意极盛。惟内子绘事本来不工又搁置多年，实不能应命，非常抱歉。以未知陆先生住址，于晤时希为致歉感之忱。又昨得扬州郁念纯君来书，详述扬地昆曲界情况，并惠兄前者游扬时在其寓唱曲时小影一页，神态生动，仿佛晤对为欣。郁属写小词，已写就寄去矣。

匆布，即候

春厘

弟平伯顿首

一、三十一、旧正月十一日

注：按信中所书公历、农历日，对照《二百年历表简编》（南京紫金山天文台历
算组编），此信当写于 1966 年。该年 2 月 4 日（农历正月十五日）是立春
日，信中故有"数日将交新春"语。

（四）

景深吾兄：

多年未通音问，时有秋水伊人之想。昨奉朵云，藉悉起居
康胜。沪昆曲社复兴，无任快慰。弟自七五年秋患血栓，右侧
偏中，卧疾四战，稍好，迄未痊愈，勉可作字，心手每不相
应，行步摇晃，时虞蹉跌，甚少出户。此间旧友曲兴颇佳，时
有小叙，或即在敝寓，惟有一二青年稍能吹笛。鼓版小锣均乏
人，不能做同期。苏沪水调家乡，情况自当较胜。承为题书，
奖勉有加，感感，又何敢比曲园公耶。

匆覆，即颂

大安

弟俞平伯上

一九七九·五·廿九

傅鉴老师、伯炎先生，晤时乞代候。

（原刊《香港文学》1999 年 8 月号）

程千帆遗札

　　曾任国家古籍整理出版规划小组顾问、江苏省文史馆馆长等职的程千帆，是南京大学中文系教授。他去世于 2000 年 6 月 3 日，高寿 88 岁，惜未见及同年 12 月由河北教育出版社出版的十五卷本《程千帆全集》。

　　程千帆祖籍湖南宁乡，1913 年 9 月 21 日出生在长沙。原名逢会，后改名会昌，字伯昊，中年起别号闲堂，千帆是他众多的笔名之一。程家系书香世家，程千帆的曾祖父下延三代都有著作行世。他自幼得家庭熏陶，在汉口堂伯父办的"有恒斋"书塾里，受到传统的文化教育，阅读了大量的古代典籍。1928 年，程千帆从汉口到南京，插班金陵大学附中三年级。1932 年考入金陵大学直至从该校毕业，接受了八年的正规教育。在大学就读时，他已经常向各地报刊投稿，发表了大量的各类文学创作和评论。1936 年程千帆大学毕业后，执教于金陵中学。抗日战争爆发，他流转四川，经人荐介，曾去康定建设厅混饭糊口，不久到乐山中央技艺专科学校任教。1941 年起，先后在乐山的武汉大学，成都的金陵大学、四川大学任教。抗战胜利后，1946 年 3 月到 10 月，武汉大学师生员工历尽艰辛，陆续全部返回武昌珞珈山。程千帆随武汉大学东回，后任中文系主任，1951 年还参加慰问团去过朝鲜战场半年。

　　程千帆从事古代文学研究，尤工诗学。在武汉大学，他与苏雪林合教文学史。苏雪林去台湾后，由他独讲，兼授文艺学。他讲课三分钟就能进入戏剧气氛，引人入胜，大受学生欢迎。当年武汉大学有关图书资料贫乏，致使程千帆在编写讲义过程中遇到不少困难，他因此写信给上海的赵景深请求帮助。

景深先生：

十多年前，我在南京，曾为《青年界》写稿，与你通信多次，并曾为你搜集一些鼓书资料，不知你还记得起否？

解放前，我到上海去复旦看子晨先生，都不巧，没有遇着你。

我现在写信给你，是希望请求你一些帮助。

我想搜集一点现代学者讲小学戏曲的书——论文集。如像你的大作，以及阿英先生的，叶德均先生的，等等。现在此间都无买处，不知你能想到办法否？为了一本《晚清小说史》，我找了许多地方都没找着。无论新书旧书，只要有，我都想买。

其次，关于弹词、宝卷等俗文学，好像你原准备在商务出个选本，可是始终未见。你多年讲授俗文学史，卓著成绩，如果这些资料有印就的，能否寄我一份，或抄一个目录给我？

我在武大教文学史，可是非常惭愧，对这方面留心太少。现在关于这方面必须多讲一些，因此，很希望你能给以协助。

匆匆，希望得着回信！

此信未署年份，仅有日期11月8日。从出现"解放前"一语来看，估计写于 1949 年。赵景深主编《青年界》1935 年 2 月出版的第 7 卷第 2 期上，发表过程千帆谈于赓虞新诗集《世纪的脸》的书评。这封信发出不久，才有他《桑榆忆往》中的一段佳话："有一阵沈祖棻在上海开刀，我住在亲戚家里，那时我教元明清文学，想找些书看。我也不认识复旦大学的赵景深先生，就直接上门，说我是程千帆。他说我晓得你这个人。他这个人真热情，并且对自己的材料非常公开。我从他那里借了许多古书，很罕见的各种抄本。他说你拿去，什么时候用完什么时候还我。非常大方，人也很和蔼。他丝毫没有想到你会借了不还，所以我很感动。后来我想到鲁迅骂他'赵老爷'，实在有些过分。"这段叙述，亦应验曹聚仁对赵景深的印象："他是朋友之中的甘草，和各方面的人都合得来，对人真是一团和气。"

结合此信分析，程千帆陪夫人沈祖棻在上海动手术，时间约在 1949 年底至 1950 年初。他与赵景深初次见面后，书信不断，另有一信可证：

景深先生：

来示收到。尊著《弹词选》，我极希望能再借一个月到四十天（六月二十六号），因我编的《古典文学简史讲义》，才写到散曲，得再有上述那么多的时间，就可以编到弹词了。如果先生急着要，我要先摘录后即寄还，请示知。

先生的著作，我只买到（一）世界版《小说戏曲丛考》，（二）永祥版《银字集》，（三）商务版《弹词考证》，其余一概没有。除了随函附上一万元，请代购修文堂那本书（他没有寄来）赐寄外，其余各种，如蒙惠赐或代购，非常感谢。

还有，我想买下列各书，如果先生知道哪家书店有（最好能告知价目），请示知。（最近我托北京来薰阁找一部《清平山堂话本》，有抄配，还索十万元，您看是不是太贵了。）

（一）开明版《六十种曲》（洋、线装均可）

（二）商务版《孤本元明杂剧》

（三）钱南扬《宋元戏曲百一录》

（四）冯、陆《南戏拾遗》

再您上次说的阿英的《俗文学论丛》极不易得，如果遇着，请代留心为感。

我暑假还要到上海来的，希望能进一步在许多具体问题上向您请教。

热烈的握手！

此信亦仅有日期 5 月 6 日，如前面的推测成立，当写在 1950 年。程千帆与赵景深的交往，一直保持到 1985 年赵景深去世。

武汉大学中文系在新中国成立前非常守旧，不开设现代文学课，学生写作也必须用文言。新中国成立后，程千帆任第一任系主任，为使学生开拓视野，跟随形势，决心改革，聘请现代文学方面有成就的刘绶松、吴奔星、毕焕午、王西彦、丽尼等名家来系里任教，逐步打开了长期禁锢的局面。他对武汉大学中文系的构建和发展都是有贡献的。在反右斗争时，这位文学史专家，却被错划为右派，剥夺了研究与上讲台的资格。"文革"期间，又被发配到农村放牛，受尽折磨，夫人沈祖棻教授也被动员退休。接连的政治运动，使程千帆白白荒废了一生中最宝贵的二十年光阴。"文革"结束后，武汉大学无意起用他，不安排工作。

时任南京大学校长的匡亚明并不认识程千帆，但得悉他的处境后，遂委派叶子铭专程去武汉征求他的意见。调入手续做得快而利落，1978 年程千帆来到南京大学，立即恢复教授待遇。这一年他已六十五岁。

程千帆在校雠学、历史学、古代文学方面均有独到的研究，成就卓著。他的重要著作，如《校雠广义》《史通笺记》《文论十笺》《两宋文学史》《古诗考索》《唐代进士行卷与文学》《程氏汉语文学通史》《闲堂文薮》等，都是他到南京大学后完成的。他晚年在南京大学二十三年，被人称为是他"生命中最辉煌的时期"。

（原刊《山西文学》2002 年 3 月号）

从龙榆生的一封信想到红豆馆主

最近整理旧藏，见龙沐勋（榆生）书信两封，其中一封是 1952 年写给赵景深师的：

景深先生：

　　久未承教为念。红豆馆主下世两月余矣，身后萧条，遗孤稚弱，饔飧不继，弟每过其宅，辄为泫然。恨无力以济之。偶与知好商量，果得剧界倡导，联合同道为演义务戏一次，以所入赡其遗族，并为刊纪念小册。庶使艺坛尊宿魂魄稍安。知兄于馆主亦深敬佩，可否约集艺人票友，一为发起，并之梅博士相助如何。便示数行，谨当约期趋候。

　　匆颂

撰安

弟龙沐勋拜启
十月廿四日昧旦

龙沐勋（1902—1966）为词学大家，别号龙七、忍寒居士。在 30 年代主编颇有影响的《词学季刊》（上海书店 1985 年曾影印重版），与音乐家黄自等合作过歌曲如《玫瑰三愿》；先后在上海暨南大学、国立音乐院、广州中山大学、苏州章（太炎）氏国学讲习所执教；50 年代后在上海音乐学院民族系任古典文学教授，著有《唐宋词格律》《词曲概论》等。他称红豆馆主为"艺坛尊宿"，当非泛泛之语。

龙沐勋在信中说的红豆馆主，就是溥侗（1870—1952），爱新觉罗氏，一个同情光绪的近支皇族。溥侗字西园，艺号厚斋、红豆馆主，人称侗贝勒。因排行五，又被称为侗五爷。他是戏曲家，精通表演的名票，又会吹笛，昆曲、皮黄、生、丑、净、旦，无一不工。尤精京剧谭派艺术，造诣极深，唱《打渔杀家》最为擅长，言菊朋曾拜其为师。溥侗还能书善画，可与沈尹默等同书联屏，其字肯定不恶。与他结交的人，都认为他见多识广，有真才实学。溥侗与康有为极友善，康有为居上海辛家花园时，他是常客。据说，能不花钱而可得康有为字的仅两人，溥侗是两者之一。康有为有《赠侗公》诗：

落花流水带平芜，天上人间春尽无。

国土华严犹可致，家居撞坏抑何愚。

每怀先帝惭衣诏，哀念王孙泣路隅。

郁郁五陵佳气在，五娘画好且堪娱。

溥侗曾在清华大学及北京美术学校等学校任教，读者可能有所不信，现代文学大家朱自清与陈竹隐的婚姻还是他撮合的。他在《商报》《半月戏剧》等刊物上发表过不少文章。他曾做过国民党南京政府的监察委员，晚年一度在荣宝斋卖字。

龙沐勋信中提及的义演，不知是否成功，想刊印的纪念小册，也不知是否面世。溥侗是现今鲜有人谈论的"艺坛尊宿"，也不知他是否在我国近现代戏曲发展史上有一席之位。

（原刊《书窗》1999 年第 4 期）

朱自清致《立报》的一封信

记者先生：

（前略）近来的北平，先生是知道的。北平秋天本来最有意思，今年却乌烟瘴气。乌烟瘴气还不如风声鹤唳的好；今年和前年五月那一回简直不同，固然可以说一般人"见惯不惊"，但怕的还是"心死"吧。这回知识分子最为苦闷。他们眼看这座中国文化的重镇，就要沉沦下去，却没有充足的力量挽救它。他们更气愤的，满城都让些魑魅魍魉白昼捣鬼，几乎不存一分人气。他们愿意玉碎，不愿意瓦全。但书呆子的话，怕只有书呆子来理会吧。

罗罗嗦嗦，不觉写了许多。

十二月六日，寄自北平

说明：朱自清的这封信，以《北平消息》为题，发表在 1935 年 12 月 14 日上海出版的《立报》副刊《言林》上。这封信，未见收入《朱自清著译系年目录》。朱自清在这封信里，以鲜明的政治立场，阐明了自己对当年时局的看法。此信是一份值得重视的关于他的思想发展的史料。

朱自清这封信写于闻名中外的"一二·九"运动前三天。1935 年，日本侵略者多次蓄意制造事端，调军入关，严重威胁北平及华北的安全，国民党反动派屈膝卖国，丧权辱国的《何梅协定》的签订，使中国在冀、察两省大部分主权丧失，把整个华北置于日本侵略军的控制之下。11月，日本侵略军策动汉奸进行"华北五省自治运动"，国民党反动派为迎合日方"华北政权特殊化"，指使宋哲元在北平成立"冀东政务委员会"。国民党反动派在北平的投降活动，激起了朱自清极大的愤懑，信中所说的整个北平"乌烟瘴气"，"满城都让这些魑魅魍魉白昼捣鬼，几乎不存一分人气"，是朱自清对这些卖国贼的揭露。"愿意玉碎，不愿意瓦全"，表达了朱自清坚定的抗战立场。

信中所说的"今年和前年五月那一回简直不同"，是指1933年5月签订的《塘沽协定》。当时，国民党反动派的卖国嘴脸还没有像签订《何梅协定》暴露的那么彻底。

朱自清写信后的第三天，就爆发了由中国共产党领导的"一二·九"爱国学生运动。12月16日，"冀东政务委员会"准备宣布成立，北平学生和市民三万余人冲破反动军警的包围和袭击，在前门外召开了大会，坚决反对华北自治。这一天，朱自清与清华大学学生一起进城参加了游行示威，以实际行动，证实了他"愿意玉碎，不愿意瓦全"的誓言。

《立报》是1935年9月20日在上海创刊的日报。当时谢六逸任编辑。他曾写信向鲁迅约稿。鲁迅于同年10月4日回信说："《立报》见过，以为很好。"该报1937年11月24日停刊，1938年4月1日迁香港继续出版，1945年10月1日迁回上海，到1949年4月30日停刊。

（原刊《文教资料简报》1983年第3期）

现代作家叶鼎洛遗札

（一）

景深兄：

　　别久矣，昔日康宁之世，已成梦境。弟于抗战后入西北，先后随军任天水行营政治部宣传职及干训团教职。此后抗战将毕，复漫游西北各地，随地举行画展。辗转抵成都，即拟东归。时内战将起，未敢即行。今暂在乐山教图画。国事日非，经济崩溃，而东归心急，旅行更艰。吾兄情况，时亦有知，沪上情形，当亦艰苦。今弟发已斑白，兄当亦渐老矣。各方如有机会，乞代谋一职位（弟于文学、美术诸科，均能胜任）。俾全还乡之愿。弟非不能以画乞讨而归，惟今日之情形大异，不敢冒昧从事耳，闻王进珊兄是《春秋》编者，兄当相熟，便中亦乞代候。工作之暇，尚乞时赐好音，以慰老友，无任感盼。

　　即颂

健康

弟鼎洛顿首

（二）

景深兄：

　　弟已于十日前由蜀返苏。今在首都举行画展，看来甚不景气，有赔本之希望。事毕即将来沪访诸老友。前自渝寄上邮件一包，内是书物及稿纸，请代保存，无任感祷。晤面日近，而故乡生活如此，实苦乐交并，不知如何是好也。工作事尚希为弟留意。沪上诸友，亦乞代候。

　　专此上达，并颂

文祺

　　　　　　　　　　　　弟鼎洛顿首

　　回示：南京三牌楼校门口中大附中吴人文转。

（三）

景深兄：

　　手示敬悉。因此次画展成绩甚不佳，匆匆间未作人事与宣传之准备，一面时局慌乱，首都人卖（买）不起画并看不起画。上海金条之说早在意中，故暂歇于此，不敢即行。

　　《红豆》数十册，弟拟托北新代售，是不可行，乞与小峰兄一谈。一切成折依北新规矩，其价亦由北新临时定，兄其玉成之。

　　存于皮篑中已发表之短篇小说可集一册，不悉沪上需此物件否？弟拟出售版权，尚希老兄拉皮条，亦可救眉急也。

　　此处故友均已作老状，看兄函中小字，精于从前，想精神甚健，不悉鬓边亦有华发否？小峰兄久不见，乞道候。

即颂

撰安

弟鼎洛顿首

回示：南京中山路《中国时报》社席文炯经理转。

（四）

景深兄：

大札悉。帮忙之处甚感。小峰兄对于发之秃与白之研究甚恰当，弟亦有感于如此。兄主编之《青年界》久不读，昨自镇江返，游街市，索《青年界》于数书店，未得。购《论语》一卷，见兄大作，倚枕读之，大有味也。

《红豆》是想骗青年读者之作。其实弟久已不宜写此等文字矣。到处闹饥荒，一切书物之销路当窄，何况文艺乎。惟吾等只能做一点是一点，写一点是一点而已。前在蜀所写《艺术讲话》，本想作为青年读物，今奉上，乞审正。觉其可用则登上，否，则亦存兄处。小峰兄处乞代道候。

即颂

撰安

弟鼎洛顿首

（五）

景深兄：

弟刻已返里多日，暂栖焚余之破屋中。产业均已一空，翻不若不回乡之佳也。沪地温度当亦甚高，想见兄等亦在流汗中生活而发愁也。执笔者之苦，至今日可已至极度矣。前手示一封，已由京中友人转到。弟稿一任兄处理之。本拟续写稿，又被乡中故旧拉去作画。虽有酒饭可吃，实在多系揩油，又误事不少。哑子吃黄连，只想向外逃走。而天奇热，经济末活动，可恨之极。乡中人俱系小商人、小公教人员，无话可谈，闷极不堪。希时赐消息。沪上文文（人）亦乞代道候。

并颂

文安

弟鼎洛顿首

（六）

景深兄：

《青年界》与惠款俱接到，并眷念提携之情，无任铭感。一夏中生活乏善足陈，思作文，迄未能动笔。为故旧作义务画数十帧，虽有酒饭可吃，亦复误事不少。万曼兄亦恒念及。惟黄河流域，时内已非佳土，不想去矣。顷成画一幅，似可作书斋悬品，用以赠兄，藉作神见耳。

即颂

文安

弟鼎洛

九、十二

小峰兄均此道候。

（七）

景深兄：

　　承便中交下书物等均接到。因匆忙中未及即覆，希谅之。秋间弟本拟大写长篇小说，今为报事所羁，不克即动笔矣。近日秋高气爽，海上生活当较夏间好。想见老兄不必扇扇而执笔也。心中老想到沪上看看许多故友。至今不能如意，其实俱被经济所缚。尚希时惠音信，以解沉闷。弟处故乡实无异他乡，有如昔日见上海中国地界状况，一片灰暗。不悉兄对近日社会有此同感否？

　　即颂

文祺

弟鼎洛顿首

十、十二

　　这篇文章的题目里，要在叶鼎洛的名字前加上"现代作家"四个字，实在是今天的读者对这位活跃于中国 20 年代末文坛的多才多艺的作家太陌生之故。

　　在 1936 年出版的《中国新文学大系（1917—1927）》中，阿英（钱杏邨）编的《史料索引集》里，收此十年间在文学评论、小说、散文、诗歌、戏剧上有成就的作家"小传"一百四十二篇，其中就有叶鼎洛：

　　叶鼎洛，小说作者，江苏江阴人。创作集已印行者，有《乌鸦》《白痴》《前梦》《男友》《未亡人》《双影》《他乡人语》。1930 年后，甚少写作。

　　同年出版的赵景深著《文人剪影》一书中，也有谈叶鼎洛的一篇，亦说："近来鼎洛很少创作。这寂寞的文坛，恐怕接应他的声音的人太少了吧？"正因叶鼎洛在 30 年代初就已很少再写作，逐渐在文坛上消失了他的踪影，所以，半个多世纪以来，在已出版的所有中国现代文学（新文学）史中，都没有他的位置。一些应该提到他的地方，如他在1928 年与郁达夫合编过著名的文学期刊《大众文艺》，也因不知他是什么样的人，凡提及此事的，就干脆略其名而只提郁达夫。就连 1990 年上海辞书出版社出版的，由三十八位专家学者撰稿的，厚厚近一千页的《中国现代文学辞典》，也没有叶鼎洛的条目。据我所能见到的，只有司马长风（胡若谷），在他 1975 年由香港昭明出版社出版的《中国新文学史》中，将叶鼎洛与沈从文、陈衡哲（新文学史上第一位女作家）、丁玲、胡也频、蒋光慈、章衣萍一并列名，对《中国新文学大系》（1917—1927）没有收入他们的作品表示过不平。

　　到了 1989 年，在北京出版的《中国现代文学研究丛刊》第 4 期上，刊登了梁永的《叶鼎洛其人其事》。该刊 1991 年第 2 期又刊登了柯文溥的《也谈叶鼎洛》。这两篇是六十年来最早注意并重视这位被遗忘了的作家的研究文章，提供了不少宝贵的材料。在 1993 年，北京出版的《新文学史料》第 3 期刊登了艾以的《叶鼎洛的生平和创作》和杨义的《关于叶鼎洛——赵景深致杨义函》（以下简称艾文、杨文），披露了大量鲜为人知的珍贵史料，基本上理清了叶鼎洛的生平脉络，并对他的坎坷一生与创作成就作出了积极、中肯的评价，还叶鼎洛在文坛上应有的地位。（杨义在 1986 年出版的《中国现代小说史》（第一卷）中对叶鼎洛的作品另有九百字的评述。）

　　在这些研究文章中，对叶鼎洛生平的一些史实，还有各持己说、参差不一的地方。综合起来，再加上我目前所知的，对叶鼎洛的生平，也只能是如下大致的一个简介：

叶鼎洛，笔名骆鼎、鼎洛、尤庭王。著名现代小说家、画家。1897年出生于江苏省江阴县一个破落的书香之家。因家庭穷困，读了几年私塾即到绸布店去当学徒。叶鼎洛天资聪敏，自幼喜爱绘画，在当学徒期间，刻苦自学，以优异成绩考取杭州艺术专科学校。母亲典当首饰送他到杭州。校长刘海粟知他家贫，破例准其免费入学。在艺专求学时，叶鼎洛阅读了大量的中外文学名著，并开始文学创作，经常向报刊投稿。毕业后，经刘海粟介绍，在杭州任中学美术教师。不久，东渡日本深造美术。回国后，到湖南长沙第一师范任图画教员。1924年，赵景深从天津到该校任教，因有共同爱好，遂成好友，成立"绿波社长沙分社"，自费出版《潇湘绿波》。次年，田汉从日本回国，亦至该校任教，参加了他们的活动。

1925年夏，三人先后离开长沙到上海，积极从事文学创作。1927年，叶鼎洛参加过田汉组织的"南国社"活动。1928年，与郁达夫合编《大众文艺》。这期间，叶鼎洛不单创作了多种长、短篇小说，还为不少著名作家的书籍绘制插图、设计装帧，其画作被人评为有日本画家蕗谷虹儿（1898—1979）的风格。叶鼎洛多才多艺，当年他与叶灵凤被上海文坛称誉为"二叶"，极有名声。

1930年，经赵景深介绍，叶鼎洛到河南开封省立高中和洛阳师范学校任教。当时，在开封任教的还有孙席珍、于赓虞、万曼等一批有名的作家和诗人，一时开封新文学之风大盛。叶鼎洛离开上海这个文坛中心后，创作渐少。抗战初期，他曾在西南联大当过短期美术教授，后又在郭沫若领导的总政治部第三厅戏剧科工作，与田汉、欧阳予倩等积

极投入抗日救亡运动。随后，在西安天水行营政治部搞宣传，并兼干
训团教职。1938 年 7 月，由刘盛亚等主编的《文艺后防》旬刊在成都创
刊，他是主要撰稿人。1939 年 2 月，"文协"成都分会会刊《笔阵》（月
刊）创刊，他是编委之一。40 年代初，在西安主编《西北文化月刊》和
《文艺月报》，并在西北各地举办个人画展。抗战胜利前，叶鼎洛到四川
成都，后在乐山任教。1947 年春回江苏江阴老家，并在南京举办个人
画展。同年秋天，任江阴《江声日报》总编辑。后因体弱，辞去报社工
作，在江阴县中学任教。新中国成立后，叶鼎洛因"政历问题"被审查。
1956 年被定为"内控"人员，但仍继续留在该校图书馆工作。1958 年冬
因病去世。

叶鼎洛的创作，结集出版的有：《脱离》（短篇小说集，1925）、《前
梦》（长篇小说，1926）、《男友》（短篇小说集，1927）、《双影》（长
篇小说，1928）、《白痴》（短篇小说集，1928）、《乌鸦》（长篇小说，
1928）、《未亡人》（长篇小说，1928）、《他乡人语》（小说、散文集，
1929）、《红豆》（中篇小说，1944）。另有与他人的合集《归家及其他》。
散见在报刊上的未结集作品，现在一时已很难统计。

评论界一直以来称叶鼎洛的作品风格受郁达夫的影响。这一观
点，最早是赵景深在 1929 年 7 月编选《现代中国小说选》时，在该书的
《序》中提出的，沿袭至今。

叶鼎洛的这七封信，是写给在上海的赵景深的，前后基本连贯。现
按内容，初步作了顺序排列。与七封信同时保留下来的，仅有第三信的
半截信封（邮票与邮戳已被剪去）。信封背盖有一枚很模糊的上海邮局
戳，细辨为"三十六年五月三十日"，可证此信写于 1947 年 5 月下旬。
七封信均未具年份，连日期也只在第六、七两封信上具有，分别为"九

月十二日”，“十月十二日”。第六封信记及收到《青年界》并稿酬事。叶鼎洛在《青年界》刊出第一篇文章《怎样学习音乐》，是在1947年9月1日发行的新4卷第1号上。与他12日收到样书与稿酬在时间上完全吻合。照以上依据，可以断定这七封信均写于1947年。第一封信发于四川乐山，估计是在该年春季；第二封至第五封信发于南京；第六、七封信发于江阴。这七封信的发现，使有关叶鼎洛的一些重要史实得到证实与澄清：

一、关于叶鼎洛在抗战期间的历史问题。艾文有如下一段话：“据说，叶于1933年参加复兴社，1939年参加国民党，并先后在西安国民党委员长天水行营政治部任中校艺术员和战干第四团中校教官，并与军统特务戴涯、何一平以及三青团中央秘书长涂公遂关系甚密。这些罪状，乍听起来，确会吓人一跳。但是又据说，目前（指1956年）尚难认定叶鼎洛系特务分子，对其与特务戴某、何某的关系问题，目前（指1956年）一时难以搞清。经过这番‘事出有因，查无实据’的折腾之后，就只好把叶鼎洛作为‘内控人员’长期挂了起来，直至一命归西。”从第一封信看，他任天水行营政治部宣传职及干训团教职是事实。时在抗战，第二次国共携手合作时期，充其量也只是一般“政历问题”。至于与军统特务的关系等，从这七封信的内容看，叶鼎洛在抗战未结束前，就离开西安到四川乐山任教，后回江阴老家。还乡无路费，曾考虑“以画乞讨”。回到老家后，几封信中都提到经济非常困难。在南京办个人画展，也无非是为了钱。最后是卖书卖文，贴补家用，就连江阴到上海探望朋友的路费也没有。他没有参加什么政治活动，若有这些军统“贵友”，也决不会落到如此穷愁潦倒的地步。艾以要叶鼎洛的亲人出面提出申诉，要求为叶鼎洛平反，落实悬案。我完全赞同此举，这七封信也是叶鼎洛当年无罪的证据之一。

二、第一封信中说的"弟于战后入西北"。叶鼎洛在西安逗留过数年。我现在已查到的，他 1941 年至 1944 年在西安主编过《西北文化月刊》（西安西北文化出版社出版）、1942 年至 1943 年主编过《文艺月报》（西安文艺月报社出版）。他的一本写于 20 年代末的中篇小说《红豆》，初版也是 1944 年由西安建新书店出版的。

三、第二封信用的是四川乐山"长江出版社"的信笺，有可能他在乐山任教时还与该出版社有联系。

四、第三封信中要赵景深转托北新书局代售他的中篇小说《红豆》。据杨文中引用 1983 年 6 月 25 日赵景深给他的信中写明"我没有见过《红豆》"。可见当年叶鼎洛要北新打折扣代售此书的计划并没有成功。

五、第四封信中说"前在蜀所写《艺术讲话》"。此稿寄赵景深后，连载在赵景深主编的《青年界》上。《青年界》创刊于 1931 年，后因抗战而停刊。在 1946 年 1 月复刊出版新 1 卷新 1 号，每卷五期。从 1947 年 9 月新 4 卷第 1 号起，至 1948 年 9 月新 6 卷第 1 号，共十一期。每期刊登叶鼎洛的文章一篇，共十一篇。顺序是：《怎样学习音乐》、《怎样学习图画》、《怎样学习图案》、《怎样学习雕刻》、《怎样学习戏剧》、《艺术的原理》、《艺术的法则》（艺术讲话）、《关于建筑》、《关于跳舞》（艺术讲话）、《关于电影》、《徐悲鸿》。之后直到 1949 年 1 月的新 6 卷第 5 号终刊，已无叶鼎洛的任何文字。

六、第七封信用《江声日报》信笺。9 月 12 日写的第六封信，还在答复赵景深不想应他的建议去河南开封万曼处工作。可以肯定，他任《江声日报》总编辑的时间，是在 1947 年 9 月 12 日到 10 月 12 日。

七、杨文中引用的那封赵景深给他的信里说叶鼎洛"好像没有看到解放。约死于 1949 年前不久"。这说明叶鼎洛在任《江声日报》总编辑后，再也没有与赵景深联系过。

八、艾文中说赵景深与叶鼎洛相处的时间不算短，"然而，令人困惑的是，据上海社科院文学研究所的一位同志告知，他在六十年代（'文革'前）曾就叶鼎洛的一些情况请教过赵先生，不料在谈到叶时，竟流露出似曾相识的冷漠感，对叶的过去，一概不置可否。"原因其实是很简单的，新中国成立后政治运动接连不断，正因赵景深与叶鼎洛相熟，他还知道叶鼎洛在抗战期间的历史，为避惹麻烦，自然是"一概不置可否"了。而到了 80 年代，政治宽松，知识分子已不再忌讳而敢讲真话。1983 年 6 月 25 日赵景深在给杨义的信中，就答复了有关叶鼎洛的不少情况，杨义称"提供的材料多是鲜为人知的"。经历了不少政治运动，尤其是"文化大革命"，他还将叶鼎洛的信札精心保存着，也说明他对故友的一片眷情。

叶鼎洛一生所写的信札，据目前已能见到的，恐怕传世的不会超过二十封。这七封遗札，提供了他一生中一段时间里的重要经历的证据，弥足珍贵。在整理时，两个明显错写的字，用括号作了补正；原信的标点比较滥用，尽量使之规范。其他均全部保持原信原样。现寄刘以鬯前辈，供《香港文学》独家发表。

（原刊《香港文学》1995 年 12 月号）

汪静之五十年前的一封信

在 10 月 9 日，我接到香港李远荣兄的来信，告及香港著名企业家、诗人施学慨先生，正在组稿编印一本具有历史意义的《诗词迎回归》，郑子瑜教授和他已向汪静之先生写了征求诗作函。此事我自应要尽力促成，当晚写信给静之先生，说明这部诗集的意义与价值，于第二天的午后寄出。我知他住院已多时，但始终相信能逢凶化吉，相信他亲口说过的可以活过一百岁。可是在 14 日的上午，我吃惊地收到治丧小组寄的讣告。这位我国新诗的拓荒者，一代大诗人，湖畔诗社的仅存硕果，已于 10 日下午 1 时 40 分去世，享年九十五岁。若无迷信，又何以有如此心灵相通的安排？我投信之际，正是静之先生告别这世界，乘着"蕙的风"，去仙游"寂寞的国"的时间！

静之先生一生饱尝人间冷暖，历尽坎坷。而他乐观处世，心怀坦荡，宽厚待人，故能享如此之高寿。他在文坛上享有盛名，又积极提携后进，近年所写书信，传世必多，我得到的也有一二十封。手边另外保存的一封，是他于 1946 年写给一位上海友人的。他五十年前写的信，流传下来的恐怕不会多。信中谈及抗日战争期间他的生活和对时事的评述，颇具史料价值。现抄录如下：

弟于"八一三"后避难至粤，由铁民介绍入中央军校第四分校任普通学（指国、英、算）主任，后兼图书馆长，待遇倍于教授，数年前有拟聘为教授者，皆却之。去夏，各军分校结束，乃入先修班任课。现先修班又已结束，不久即可东归。弟在军校八年之久，教育界相识尽失联络，暑后工作苦无人荐引，拟请吾兄介绍在京沪杭一带大学任教，能在上海最佳。陈子展任复旦中文系主任，弟素未谋面，务恳吾兄鼎力绍介为感！弟民二十之秋至安大，中文系学生古文诗皆有根底，程度较他处大学生为高，教授皆姚鼐嫡传桐城谬种。弟与大杰兄除授文学概论等新课程外，亦授古文诗，颇受学生欢迎，桐城谬种非我敌也。二十八年，军校与浙大均在广西宜山，浙大学生文学团体曾邀往作文学讲演，听者无倦容，皆相谓曰："在浙大四年，从未闻如此满意之讲演。"故弟有句云："讲书不让时贤辈，用武其如无地何！"弟为此言，并非意在夸大，尽有感于抗战八年之后，大学尽为各学阀、各党派所占，已非纯粹讲学之地。弟既不属于任何学阀，又不属于任何党派，故毫无门路。弟在军校八年，仅负责国、英、算课程之分配及管理图书，性质似技术人员，亦似客卿，思想方面依然故我，仍为一超然的无党无派之自由主义者。军校负责思想训练者为政治教官，负责军事训练者为军事教官，普通学教官所授国、英、算，不过补习性质，与思想训练无关，故军校唯有普通学教官可无党无派。弟素不喜欢加入团体，文学研究会、创造社、文艺协会亦从未加入，虽因此而陷于孤独无援，因此而绝少朋友之交游，亦无悔意也。

铁民兄于三十二年夏请假至湖南岳家，后衡阳、桂林失守，无法回校，音信亦断。

六口之家，生活威胁严重，请多方设法为荷。

　　专此，并颂

暑安

弟汪静之顿首

七月十五

　　1937 年"八一三"，日寇进攻上海，静之先生只身怀一部《爱国文选》书稿，举家七口仓皇出逃，经杭州回安徽绩溪老家。在第二年的春天，他长途跋涉赶到武汉，原想在郭沫若主持的军事委员会政治部第三厅里找工作，可是已人满为患。最后由章铁民的介绍，带了郭沫若的亲笔信，连家人一起南下广州。这期间，因战局的变化，军校几度迁址，先迁广东肇庆，又迁广西宜山，再迁贵州独山，后又迁到贵阳。静之先生带了一家老小，随校颠沛于大西南。他为维持一家人的生活，还做过酿酒生意，在重庆开过小饭店，自做堂倌。信中所说的"先修班"全称是"教育部特设大学先修班"，当时校址在四川白沙。静之先生是 1946 年上半年在该处执教了一个学期。他发出这封信不久，复员回到了杭州。随后，又北上去徐州学院教书。到 1948 年，才如信中所愿，回到上海进了复旦大学中文系。那位受信的友人，从中花了很大的心力。

　　在 80 年代初，为纪念湖畔诗社成立六十周年，在静之先生的主持与指导下，我同杭州市文联董校昌兄一起搜集史料，编印过一本《"湖畔诗社"资料集》。从搜集到的史料看，从 20 年代到 80 年代的六十年间，评论静之先生的作品、介绍他生平的文章，多得完全可以另编一本专集。如有人能将他的书信辑印成书，则绝对是一本研究我国现代文学的好资料。

（原刊《香港文学》1997 年 2 月号）

关于包天笑的一封长信

景深先生：

弟于前年赴台湾，今春来香港，本拟于秋后回沪，卒以人事牵率，又以年老畏寒，乃遂中止。或以明春阳和，方作归计也。

忆自弟去台前一日，尚蒙吾兄惠赐某昆剧客串之戏票，惜已未能往观。近日吾人民政府提倡戏改，未知对于昆剧发生若何观感？一般人以为此响已成《广陵散》，弟未敢以为是也。

在台北有一曲集，常邀往听唱，人数有二三十人，而太太们占多数，间亦有女记者、女学生们。近来风气，女界中人不喜唱旦而喜唱生，弟笑语彼等不甘雌伏。最初见解，以为昆曲乃江浙两省人的擅长，及观于台北曲集，则普遍全国，如赵守钰（监察委员），陕西人，年七十余矣，唱净角，如"刀会""训子"之类，实大声宏，远非江南人的嗓子所及。尚有一位李宗黄太太，年已近六十矣，唱闺旦，隔墙听之，正是十七八宛妙女郎，渠亦云南人也。此外有浦薛凤太太、朱虚白太太等，亦每朝必至。听曲者，除弟外，有狄君武、齐如山等诸人，政界中人不与焉。

到香港后，即不闻有此种曲会。但自刘斌奎来此演"活捉"后，弟偶写小文，登小型报上，而响应投稿者甚多，都对于此剧在昆戏中的内行话。可见在香港谙昆剧者亦甚多。今职业演昆剧者虽极寥落，而潜藏在民间的势力甚巨。吾兄素热心于此，能不肩负此中兴事业欤？

现在戏改诸巨子中，如梅畹华、阿英、田汉、欧阳予倩诸君，我知均非菲薄昆剧者。尤其是畹华，乃祖即是昆剧出身，彼亦曾表示昆剧未可轻废。不过在昆剧中亦须有所抉择，如《蝴蝶梦》等不应再演唱，而最要者是编新曲本（注入新血），此等人材，现代尚有之（最老者，如如皋冒先生辈），以后恐将渐少矣。

弟伏处南荒，百无聊赖，亦常怀念海上友朋之乐。久拟通讯致候，忘却尊址，旋于旧手册获得，因询蝶衣兄，知仍在原址。拉杂书此，以博一哂。倘蒙惠我好音，尤所至盼。

此致

敬礼。

弟天笑拜上

十二月十一日

阿英天津地址，能示及否？

这一封用毛笔书写的八百字长信，是包天笑在香港写给上海赵景深的。有幸此信的信封也一起被保存下来，辨认邮戳日期，知是写于1950年，包天笑当年住在香港开平道二号二楼。

信的主要内容，是谈昆剧。包天笑与赵景深都是昆剧研究与爱好者。在信中，可见包天笑当时在台湾、香港均继续在接触昆剧，且乐此不疲。他发现并记述了昆剧艺术在台湾、香港民间的潜在力量。

难能可贵的是，包天笑对新中国戏剧改革事业寄予莫大的希望。早在 1915 年，梅畹华（兰芳）从北京南下到上海舞台开创时装新剧的演出。第一部传颂一时的《一缕麻》，其剧本，就是根据包天笑写的同名纪实小说改编的。包天笑一直参与旧剧的革新，可以说，他也是一位戏剧改革的积极倡导者。

1949 年 7 月 2 日，在新中国成立前夕，全国第一次文代会在已解放的北京正式开幕，不久就成立了由田汉任主席的"中华全国戏剧工作者协会"。同年 8 月，"中国戏曲改进委员会"成立。10 月，成立了以欧阳予倩为院长的"国立戏剧学院"；该月 7 日，"中国戏剧改进委员会"为传达全国政协会议精神及研究如何在戏剧界贯彻毛泽东提出的"推陈出新"的文艺方针，邀请了在京戏剧界的著名人物六十人举行了座谈会，梅兰芳是出席者之一。11 月 7 日，文化部的"戏曲改进局"邀请戏曲文学工作者座谈戏曲改革的中心问题剧本问题。1950 年 4 月 1 日，全国剧协办的《人民戏剧》（月刊）在上海创刊，田汉任主编。在创刊号上，他发表了《怎样做戏改工作？》。同年 7 月 11 日，文化部在"戏曲改进局"的基础上，成立了"戏曲改进委员会"；同月 24 日，上海市文代会开幕。在会上，伊兵作了《一年来戏曲改革工作的总结》的发言。8 月 15 日，华东戏曲改革工作干部会议在上海召开，学习了有关戏改工作的方针。11 月 27 日，文化部主持召开了全国戏曲工作会议。在包天笑写此信前短短的一年多时间里，对于内地对戏剧改革工作的重视及一系列重要举措，通过新闻传媒，居住在香港的包天笑是随时可以获悉的。在信中，他对昆剧的改革非常关注，提出的见解也是合乎当年的形势的。他涉及戏改的中心问题，也就是剧本问题，担心编写新剧本的工作后继无人，所举江苏如皋的冒广生（1873—1959，名鹤亭，号疚斋，著名诗人、学者。在戏曲方面著有《疚斋杂剧》《疚斋散曲》等），当年已七十七岁。昆剧自元末明初发展以来，经历了五个世纪多的风风雨雨，在包天笑写此信四十多年后的今天，昆剧艺术虽有国家竭力保护和发展，但青年一代将它看成"古董"或"化石"，感兴趣者越来越少。读包天笑"一般人以为此响已成《广陵散》，弟未敢以为是也"等语，读者大约均无不感慨系之。

从这封信的发现同时可知，包天笑是在1948年从上海去台湾，1950年春从台湾到香港，本想第二年春返回上海。这段史实，不为人所道及。他后来定居香港，于1973年癸丑10月30日去世。他生于1876年丙子2月2日，享年九十八岁（讣告称积润享寿一百零一岁）。

包天笑是清末革命文学团体南社的中坚，著作等身。据不完全统计，著译达一百余种。多少年来，文学史家都把他归为"鸳鸯蝴蝶派"，称他是该派的首领。但又不得不称他在清末初入小说界时，"颇有一点启蒙热情"，"他的小说观在同派中还算得是稍为严肃的"，"他的小说格调的起点显然比林纾高"（杨义《中国现代小说史》）；也称他的作品"文字流畅，描绘当时的世态人情，比较生动"（《中国现代文学词典》）。"鸳鸯蝴蝶派"被纳入旧通俗文学，在笔者看来，无论是新旧通俗文学，或严肃（雅）文学，只是作品形式和表现手法的不同而已，按现在时髦话来说，只是"包装"不同而已。同是一块能解饥的面包，我们不必苛求是圆是方。况且通俗文学在社会上的流传，事实上要比严肃（雅）文学为广泛。在商品社会的今天，深有危机的严肃（雅）文学，是否可从通俗文学的流行现象中去寻找一些出路呢？

是否具有进步意义才是衡量文学作品的唯一尺码，将通俗文学排斥在文学史之外，是一个背离历史现实的错误。由此又想到，近半个世纪中，不知出了多少种《中国现代文学史》和《中国当代文学史》，但都将港台文学排除在外。香港、台湾均是中国的领土，只有把港台文学的发展，一起编写进现代文学史或当代文学史之中，才算得上是一部完整的、名副其实的《中国现代文学史》或《中国当代文学史》！我不知读者与治文学史的专家是否有同样的感受。

包天笑的创作生涯七十余年，在各个历史转折点上，他基本上能跟随时代的步伐，这应该得到肯定。

（原刊《香港文学》1995 年 5 月号）

谈张允和的一封信

时间过得真快，昆曲研究家张允和谢世已十年。

读过张先生的《多情人未老》《最后的闺秀》《张家旧事》《昆曲日记》。她受家庭熏陶，童年时就接触昆曲。十二岁时从名旦尤彩云学曲，1932 年毕业于上海光华大学，抗日战争时参加重庆曲社，1953 年从昆旦张传芳学六旦演唱及身段表现，1956 年与俞平伯等发起成立北京昆曲研习社，为联络组长。"文化大革命"时曲社被迫停止活动，1979 年复社，次年张先生接替俞平伯任主任委员。可以说，张先生的一生，全部付给了昆曲的研究与传承事业。在同时代中，除去专业工作者，对昆曲的发扬有如此重大贡献的，在张先生外似无第二人。康同璧被誉为"最后的贵族"，张允和则是"最后的闺秀"。往后不会再有康同璧，不会再有张允和，因已无孕育这样的文化种子的土壤。

《昆曲日记》收张先生 1956—1959 年和 1978—1985 年的日记，详细记录了北京昆曲研习社的兴衰，极具史料价值。该社成立于 1956 年 8 月 19 日，中断于"文化大革命"。到 1979 年 7 月，才由五十八名曲友签名致信俞平伯，恳请领导恢复曲社活动。俞平伯因年迈有病无法胜任，经张先生等组织成立的复社小组多处联络，于次年 2 月 3 日举行了复社大会。手边有一叠张先生在 1976 年 3 月起至 1977 年 8 月致上海一位师友的信，无不谈及昆曲。可知 1977 年起，她已在仔细做昆曲的研究，奔波四处，联络曲友，为复社做准备工作了。这叠信如整理发表，可补《昆曲日记》的缺憾。

这里介绍张先生写于 1977 年 6 月 15 日（原信误作 5 月 15 日）的一封信：

> 我们在上月廿二日（一九七七、五、廿二）到了北京。我因身体不好，一直到六月八日才出门看亲友，所以没有给您去信。
>
> 本星期日（一九七七、六、十二）去看俞平伯老，俞老比前消瘦，步履时需要支持。宝驯大姐则晕坐靠椅上，听我们谈话。当然，我谈的都是大家高兴听的话。俞老家一定要留我们（周铨庵、朱复、崇光起、我四人）吃饭。
>
> 在我一碗饭吃得还剩一口时，谈到我在苏州陆同声送我一张戏单（您也见过）有我大弟宗和和充和的"琴挑"。我说宗和大弟只上过昆曲一次台，居然还留下了戏单。周铨庵说"您大弟不是过去了"，我说："您错了，是二弟前年过世的。"她说："是最近的事，您不知道？华粹深告诉我的。"我想，有可能。不过我在上海时，知道大弟有信给窦祖麟，难道就是我到北京后的事。回来一问，果然是宗和。想您已经得到他去世的消息，几家人都瞒着我。当我五月廿一动身前一天，苏州就得到了消息。到北京时兆和赶到车站，叫我儿媳回家藏过了讣文。周铨庵十分懊悔，可是也好，周有光正愁着如何告诉我。今天（五、十五）才能提起笔跟您写几句，怕提笔，一提笔必然要提到宗弟。曾有哭二弟寅和诗附呈。一时还无法写点东西

悼念大弟宗和。

允和

一九七七、五、十五

这是张先生南下苏州、上海联络曲友回北京后写的信。其中提及的周铨庵（女），工昆曲，精唱念；朱复，机械工程师，工官生、老生；崇光起，善昆笛、工诗词；华粹深，俞平伯弟子，南开大学教授，精曲谱。都是昆曲研习社的社员。张家姐弟共十人，张先生排行第二。每人的名字最后都是"和"字。姐弟感情至深，这个大家庭诚如张先生所言，和美、和谐、和平、和睦，为世上所罕有。张先生晚年回忆她十岁时的情景，"大弟宗和那时五岁，小圆脸，小高鼻，居然有点'坎脑袋'，可是一对甜甜的小酒涡最讨人喜欢。因为我们父母有了四个女儿后，才有第一个儿子，拘管得紧，所以十分腼腆，羞人答答的像个女孩子"。又说："大弟是兄弟姐妹中最最老实厚道的，他考大学时先考取了东吴大学，但他不甘心，第二年终于考取了清华大学。学历史，教历史。"张宗和曾是云南大学、贵阳师院的历史系教授。

那首《哭二弟寅和》诗，收入张先生的《最后的闺秀》一书中，改题为《哭二弟》。用手稿对照，除改题外，写诗的日期后漏了一个"晨"字，删去了六条脚注。其实，这六条脚注对理解这首诗很有用。北京三联书店最近又重印了《最后的闺秀》（1999 年 6 月初版），不知是否补上了这六条脚注。

（原刊《梧桐影》2013 年第 1 期）

沈苇窗遗札

　　香港沈苇窗先生主编的《大成》略有所知。今年《开卷》第2期刊登了黄岳年先生的《世间再无沈苇窗》，当即细读一过。去年钟桂松兄在上海《书城》第11期发表《一个人编辑的杂志》，从挖掘苇窗先生的史料入手，找到了不少湮没多年的文字，梳理有序。是至今能见到的谈苇窗先生与《大成》的最详尽文章。黄岳年先生从介绍《大成》的内容特色及当今在社会上的影响入手，为学术界提供了一个不可再忽视的信息，就是应重视《大成》的曾经存在。

　　一直感到，港台有两种最具史料价值的文史刊物，一是台湾刘绍唐先生创办并主编的《传记文学》（现已出至第611期）；一是香港苇窗先生创办并主编的《大成》（前身名《大人》）。两者均系月刊，前者偏政治，后者重文艺。绍唐先生在世时，曾慷慨赠送从创刊号起到那一年的全套《传记文学》。谢世后，夫人刘王爱生女士又将绍唐先生生前保存的全套《大人》与《大成》再送，感激铭心。两次受赠，因册数较多，入关时很费了些周折。

　　迁居已四年，诸如《大成》等还尚待整理。记得此刊后来几年改用重磅道林纸印刷，有一段时间，还每期夹有一张折叠的与原画一样大小的名家画作，几可乱真。刊登的文稿，稿酬亦不菲。这都说明《大成》自始至终销路甚佳。苇窗先生毕竟文化功底深厚，单就每期编排的目录而言，采用不同型号的不同字体，前后穿插，美观而舒心。在前，曾与一些有条件编印书的机构谈及，可以无条件提供全套原刊，由他们去组织人员，先可搞一本《大成》总目录（包括《大人》），做个"作者索引"就可以。随后可按人物、事件、掌故、书画、戏剧等专题编一套《大成》丛书，必受读者欢迎。因在香港到目前为止，似乎还无人在做此项工作。只是对方都连《大成》的刊名也不曾听到过，自然没有结果。于是想到桂松兄与黄岳年先生的文章发表非常及时（不会使用电脑，网上情况不知道。在内地纸质刊物上第一位介绍《大成》的，似是北京学者谢其章先生）。

乞请见过《大成》的专家学者赐告，内地有哪一本刊物能出其右者？

刘王爱生女士在寄送全套《大人》《大成》的同时，又赠两封苇窗先生致绍唐先生的书信。为使读者能一睹苇窗先生的手迹，选刊一封：

绍唐吾兄俪鉴，内子已在三十一日返港。承蒙宠邀，未能为卜大嫂晋一觞，甚为歉仄。台寓之合订本未知到何期为止，其余请关兄来弟处检取奉寄。蒙赐菊部全套十四册，业已拜收。王映霞女士来台，兄嫂必然力尽招待，弟虽与之通信，却并一面之缘而无之也。即请双安。

弟苇窗拜奉

一月一日

此信写于1991年元旦。1990年王映霞老人赴台湾，是台湾几位著名文化人联名所邀。其中绍唐先生夫妇最为热心。《传记文学》还连载

《王映霞自传》并出版单行本。信的字里行间，可知苇窗先生与绍唐先生关系甚笃。因这深厚友情，《传记文学》还出过香港版。

最后要说的是，苇窗先生一人创办并编辑《大成》，《传记文学》亦是绍唐先生一人创办并编辑。苇窗先生谢世后，无人接替。绍唐先生谢世后，由成舍我先生的女儿成露茜女士接办。

2012 年 7 月 24 日写于湖州人间过路书斋

（原刊《开卷》2012 年第 12 期）

再谈沈苇窗的一封遗札

几位学者发表了比较详细地谈香港文史月刊《大成》（前身《大人》）与主编沈苇窗先生的文章。凑热闹，在去年《开卷》12月号上登了一篇《沈苇窗遗札》，介绍了手边沈苇窗先生给台湾文史月刊《传记文学》主编刘绍唐先生两封信中的一封。学友夏春锦在桐乡主编《梧桐影》，他虽非当地人，却希望另一封信给他在刊物上发表，以保存这位桐乡乡贤的史料，这自然不能不答应。兹抄录如下：

绍唐吾兄道席：

接奉大函及贵刊，谢谢。

徐讦兄一稿两投，弟处稿费早已在上月十五日付出。渠五日动身作欧游。顷又发现其贵刊预告《悼徐诚斌主教》一文，徐主教之死，港人都不谅解，亦已在本月一日出版之《中华月刊》（《祖国》改名）刊载。此书弟可带来，特此奉告。弟因幼椿先生游法，他还要带十本书到法国去，特选摘《学钝室回忆录》一小节，以贺此书之出版，并为贵社登一义务广告，见一〇四页。而幼老一再声明，决不受酬。唯有明日恭赴机场送行，以示崇敬。弟约二十日前后来台，抵台后将以电话相抵。戏剧书籍亦将带来，此为弟之一件心愿，得兄合作，成功可必。

　　专请

编绥

弟沈苇窗顿首

七月十三日

　　此信没具年份。徐訏去世在1980年，从信面看，当时他还健在，应写于1980年前；用的是《大人》笺纸，好在《大人》只出了四十八期，信写在7月，有"弟处稿费早已在上月十五日付出"语，逐查历年6月号《大人》，果然，在1973年6月15日出版的第38期上，有徐訏的《悼念张雪门先生》一文，又在同年7月1日出版的《传记文学》7月号（第23卷第1期）上，亦见此文，故被说为"一稿两投"。

　　沈苇窗先生写信时见到《传记文学》预告，将刊出徐訏的《悼念徐诚斌主教》。此文登在同年8月1日出版的《传记文学》8月号（第23卷第2期）。与登在7月号《中华月刊》上的又是重复。

　　信中提到的《学钝室回忆录》，李璜著，1973年7月由传记文学社出版。沈苇窗先生选摘是书一小节，即同年8月1日出版的《大人》第39期上，李璜的《四十年前胡适之与我的一段友情》。此为《学钝室回忆录》第十一章"翁照垣与长城抗日之役"中"胡适之助我逃离北平"一节的改题，只在文首加了一段缘起说明文字：天主教香港教区主教徐诚斌是在1973年5月23日与友人共进午餐时心脏病突发去世。

　　如此，这信写于1973年7月13日无疑。

　　沈苇窗先生酷爱京剧，最近才知，大名鼎鼎的昆剧大家徐凌云（1885—1965）原来是他的舅父，故而他结识了诸如程砚秋、马连良等京剧名家，获得大量罕见书刊。信中说的"戏剧书籍亦将带来，此为弟之一件心愿，得兄合作，成功可必"。这就是次年5月传记文学社出版的由他写序并与刘绍唐先生合编，集海内外极为珍贵的孤本，原版影印的《京剧二百年历史》《清代燕都梨园史料》等十二种的"平剧史料丛刊"。

徐讦（1908—1980）常为《传记文学》撰文，传记文学社还出版过他的随笔集《思与感》和一本思想论著《个人的觉醒与民主自由》，后者系他在香港出版的《回到个人主义与自由主义》的改名重印。沈苇窗先生信中提到的他的两篇悼念文章，未见结集。后来作为佚文，收入2003年7月出版的香港岭南大学编的"岭南大学人文学科丛书"中的《念人忆事——徐讦佚文选》。

《学钝室回忆录》的作者李璜（1895—1991），字幼椿，号学钝。1923年在法国巴黎发起成立中国青年党，次年回国创办《醒狮》周刊，鼓吹国家主义，是著名的社会学家和历史学家。1950年定居香港，从事学术研究，著作颇丰。一直坚持反对"台独"。《学钝室回忆录》1973年7月出版时，只是上卷十二章。后来的再版本，亦无增补。大陆重印的不曾见过，恐怕也只有上卷吧。

沈苇窗先生主编《大人》四十二期，《大成》两百六十二期，前后二十五年。虽还没览阅过全部，但他留意故乡桐乡史料不必质疑。《大成》曾不惜篇幅，连载一页一幅沈伯尘画、张丹斧配诗的一百幅《新新百美图》，应是明显的例证。

附：徐重庆先生书简

春锦学友：

　　新春好！

　　贵刊第三期两册，并沈苇窗资料一束早拜收到。身体不甚佳，将信写迟，千万原谅！承蒙不弃，第三期上刊出拙文，感荷不尽。只是文尾的作者介绍说是民间学者、藏书家，全不是的，只能称读书人。所购置的书，亦是凭个人爱好而取，普通百姓中是绝无藏书家的，只能称爱书人。试想，如以万册书计，每册平均算它两公分厚，紧贴排列要两百公尺。现在的住房室内，顶天立地估计只能做八档书架，这就需要二十五公尺的八档书架，普通百姓哪有这样的条件！藏书家也并非都是读书人，一是有钱的买来当摆设的。二是只讲究版本，对内容是并不感兴趣的。三是类似玩古董，等其升值而已。

　　前次在电话里与您说到办刊物的经费问题，资助者不论数字多少，我辈读者都要向他鞠躬道谢的。但毕竟这样的让人敬佩的人太少，免使您为每期的出刊经费发愁，是否可一试如下办法，即以自愿为本，每人支付一千元到您指定的账号上。此钱是"借"，还是他本人的，仅是集中起来用其利息，支付者也只是用存在银行中的一千元的利息换得一年四期的刊物（单独一千元存在银行的利息有多少？换四期刊物绝不吃亏吧）。您如认为刊物办得不好，或是一千元要派另外用处，则退还给出资者，刊物无论你有多大名声则停送。如此联络四至五百读者，参与此举，一年的利息基本上可解决出四期的经费了。出资者的姓名与数额在刊物上公开，当然要取信于读者。账号最好由贵市文联或什么单位监管，每次支出费用也可在刊物上公布。按现在无论在职或退休的有固定收入的（打工者除外），借出一千元，估计不会影响到他的生活吧。这办法您不妨在网上与诸多网友商量一下，是否可行。别小看向他借一千元，这是他是否真正喜欢贵刊的尺码。您如实施，我虽每月只有二千七百四十元退休工资（单位平时福利连一张贺年片也没有的），当即汇奉。如有人认为我出歪点子，因要露出他的真相，在所不计也。

　　祝

编安

徐重庆

二〇一三年二月廿八日

（原刊《梧桐影》2013 年第 2 期）

赵慧深遗札

八年前就读过唐瑜先生的《二流堂纪事》，最近新出图文增订本，还是购来重温一遍。唐老与他周围的友人都随时代节拍进步，境遇岂料却全是此等坎坷，不禁抚卷长叹。唐老文笔率真洒脱，所记因均系亲历、很有鲜为人知的珍贵史料，图片自然亦属难得一见。

唐老在书中忆及赵慧深，称她是"我们的好友才女"。这位 20 世纪 30 年代就极享盛名的表演艺术家兼作家，现在不少读者恐怕已大感陌生。细看那帧具自信而风韵十分的照片，殊难想象会在"文化大革命"中自戕弃世。

赵慧深本名瑰，谱名慧深。1911 年生于四川宜宾。她有赵瑗、赵琼两妹，一弟毅深，还有个小妹。赵慧深自祖父辈起以五行取名，祖父辈带"土"，父辈带"金"，轮到她一代带"水"。见到多种辞书和文章，有称她慧深，有称她慧琛，是否她踏入文艺界后自改了一字？她用过"杜若"作笔名。

因父亲官职走动，赵慧深的童年与少年在天津和南京度过。居南京时，她对演唱已有浓厚兴趣，不等在一所教会学校毕业，就去上海加入了梅花少女歌舞团。为增学养，同时在南方大学攻读文科。1932 年去山东济南省立实验剧院任干事，始在田汉《湖上的悲剧》《父归》等名剧中担当角色。

赵慧深一举成名为天下知，是在1934年：她加入了唐槐秋在北平创办的中国旅行剧团，剧团到天津首演曹禺的《雷雨》，她饰繁漪，演活了这个性格极其复杂的叛逆女性，轰动平津。不久剧团载誉南下，到上海续演该剧，盛况空前。赵慧深精湛的表演，受到电影界注意，被特邀参加《马路天使》的拍摄。她扮演片中命运悲惨的小芸，让观众落泪湿襟。她的演技，在赵丹的《地狱之门》、田禽的《中国戏剧运动》等书中均有极高的评述。当年中国旅行剧团的宣传文字，大多系她所撰。她还写过不少小说、散文、剧本与评论，如《乡下姑娘的春天》《夜百合》《生命的喜剧》等。《青年界》《戏剧艺术》等刊物上常见其作。唐老称她"才女"，确实不虚。

抗日战争爆发后，赵慧深参加由陈鲤庭领导的上海救亡演剧四队，在江浙一带演剧鼓动民众抗战。不久，众多表演艺术家汇聚汉口，成立上海业余剧人协会，赵慧深、赵丹、魏鹤龄、陶金、陈鲤庭、沈西苓、宋之的等都是该协会剧团的骨干。1938年1月，赵慧深随团抵达重庆后，演出《民族万岁》等剧。她除演出外，在应云卫任社长的中华剧艺社做组织与宣传工作。她根据廖抗夫的《夜未央》改编的抗战剧《自由魂》是公演剧目之一，上海杂志公司还出版过单行本。在抗战期间的大后方，她对话剧普及与发展甚具贡献。

抗战胜利后，1946年3月，赵慧深回到阔别八年的上海。她向往革命，大约也是为抚平感情生活的创伤，作短时逗留后即潜往苏北解放区的淮阴市，在李亚农任校长、夏征农任副校长的华中建设大学工作。东北解放后，她先后担任过旅大文艺家协会艺术指导委员会副主任、东北戏剧改进处编审科科长、东北戏曲学校校长等职。这期间，她曾编剧并导演过宣传新婚姻法的京剧《三不愿意》，发表过反映抗美援朝的小说《父子争先》等。全国行政大区撤销后，赵慧深调往北京，先后担任过中国戏剧研究院编剧、文化部电影局剧本创作所编剧、北京电影制片厂编辑部副主任等职，写过《不怕鬼的故事》等电影剧本。她避过了接连不断的政治运动，最终没逃过"文化大革命"的浩劫。她受尽折磨，弃世于 1967 年 12 月 4 日。

十二年后的 1979 年 3 月 15 日，北京电影制片厂曾发过如下一张《通知》：

> 我厂原编导室编剧王莹、赵慧深同志、编辑徐清扬同志、原置景车间工人梁万福同志，因受林彪、"四人帮"反党集团迫害，不幸先后于 1968 年至 1974 年逝世。现定于 3 月 22 日上午十时在八宝山革命公墓礼堂举行追悼会。
>
> 特此通告。

无一人有确切的去世日期，四人中如赵慧深去世最早，也至少被记错一年。不知当时追悼会的场面如何，徒增亲友的唏嘘吧。

赵慧深的感情生活很不如意。她前后与袁牧之、陈鲤庭相爱过，可是都无圆满结果。她无子嗣，亲友中还保存着她的遗物否？1939 年她在成都写给上海堂哥的一封信竟还存世：

> 哥：
>
> 这封信你得到一定异常诧异，自从战后，我们的消息即隔绝了。战事初起时你搬了家没有通知我，我到处打听都打听不到你的地址，及至出发，更无从通讯了。去年就想写信给你，

一直一年多也未写成。因为离别太久，经过的事太多，情绪太复杂，不知从何处说起，结果便是不写了。现在我也只能简单告诉你：父亲死了，在去年五月七日。家庭大半已由我负担，瑗瑗嫁了一个军校毕业生，叫郭震，现在宝鸡。最近已升为营长，而且生了一个儿子，才满月不几天。我已于去年同陈鲤庭同居，现在陈在山西作戏剧指导。我本拟同去，因为西北影片公司迁来成都，一个朋友（沈浮）硬把我留下拍一部片子。战争期间没有钱，说不上酬劳，只为的人情。现在因材料未到，尚未开拍。我现住七表叔家。

这两年来，我算经过了千变万化，心绪精神都较前差多。不过积习未改，还是爱动，爱闹。

你别后的情况也望尽可能的详细告诉我。

上海我有一个很好的朋友殷扬，请你代我探听一下，我甚为记念他，还有阿英。

我有一个皮箱（上面写的有赵字），一个藤编的方箱子（不是藤包），一网篮书。以前听说张善琨还在"业余"旧址代我们租了一间房子，存着一个铺盖卷，里面有你上次拿给我的被褥。现在不知怎样了？我全部财产都在其中，望能代探听一下。最好到共舞台找到毕志萍。他在那儿担任灯光，他同我也很好，得想法托他找到。存在你那里我就放心了。

我出来时只带三件单衫，几本书，一床棉被。一直钱方面又很窘，因为战争后收入顿减（书店都不出书了，杂志又很少有稿费），又加了负担，添东西简直添不起。四川的东西奇贵，比上海贵十倍还不止。上海那种赠送品的热水瓶，这里都要卖上五六元，作一件顶粗的布单衣起码六七元，线袜卖到一块五一双，毛巾卖到七八角一条，你想要命不要命。书要加三还要加六，稿纸道林纸的简直没有，中国纸要卖六七角五十张。瓦特曼墨水一元半一瓶，信纸起码一元一本，信封起码五角二十个。而且四川人作生意比如你欠他债一样，常常买不成东西还受一肚子气。

四川一点儿也不好，就是本地出产的东西也是奇货可居，大抬高价。天气总是阴天时多，成都还较好，重庆到处都是烟雾，人人来都长湿气。四川人大半是又野又刁，好的也有，不过少。阔的太阔，穷的太穷，热闹的街道，常常有抢东西的。成都到重庆的路上都有匪劫车子，你看这是什么地方？

夜太深了，我也困了，下次再细细同你谈，托你的事，不要忘了。

祝

好！

慧深

四月二十七夜

此信不曾披露过。她很勤奋，战乱中仍在继续写作。她为贫穷所困，满纸忧郁。

赵慧深弃世已三十九年，她的名字已留在中国现代电影与戏剧史上，却没有人称她是作家。她发表过的作品，所知者数量已很可观，却也没有人去发掘整理，不无遗憾。

现刊出这封她写于六十七年前的家信，以纪念这位不幸的文艺界前辈。

2006 年 5 月 20 日写于湖州人间过路书斋

（原刊《香港文学》2006 年 9 月号）

由陈从周的一封信谈起

被誉为"中国园林之父"的陈从周谢世已八年。

日前，李传新仁弟从北京布衣书局觅得台湾商务版陈从周的《书边人语》相赠，虽已出版十六年，却同刚上架的新书，装帧、印刷俱佳。陈从周博识能文，《徐志摩年谱》《梓室遗墨》《说园》等，都是传世之作。他也谙熟昆曲，20世纪50年代初还将其引入课堂。《书边人语》中，就有《画梁软语 梅谷清音——谈昆剧表演家梁谷音》《老去情亲旧日师》《园林美与昆曲美》涉及昆曲。因孤陋寡闻，不知是否已出版过他的书信集。近见得他写给赵景深的一封不曾披露过的信：

景深先生：

十日晚上我正与朋友在谈上次听你们播音的盛况，不料你便在这晚上受了伤。昨晨阅报知道这消息后，心中顿时不安，就想马上去探望你，可是转思你在病中不宜过劳，所以临时又中止了。

现在希望你好好的静养，早日恢复健康，过一时再到府探候。

此祝

康健

陈从周启

十三日

陈从周与赵景深关系甚笃，都是昆曲行家。信尾仅记日期，要断定写于何年何月，只能从"十日晚上我正与朋友在谈上次听你们播音的盛况，不料你便在这晚上受了伤"去找线索。

在1951年，上海举办新中国成立后第二次春节戏曲演唱竞赛，各剧种积极登台表演，盛况非常。赵景深是评奖委员会第三组（沪剧）的组长。2月10日（农历正月初五）晚上在新都戏院观评《凤还巢》时，中途去厕所，间有两步石级，误为一级少跨了一步而跌倒，致使左臂骨折，遂被送往仁济医院救治。院方很重视，经X光透视后，即由该院特约骨科医师、圣约翰大学医学院骨科教授叶衍庆（石季），骨科主治医师毛文贤动手术。上海文化局戏改处周信芳处长、刘厚生副处长及洪荒、华东局文化部陶雄等闻讯后及时赶往医院慰问。上海《大公报》《新民报》《文汇报》《大报》《亦报》《戏曲报》《沪剧周刊》《海上书坛》等报道了消息。前往医院慰问的，先后有于伶、陈白尘、许杰、郭绍虞、孔另境、陈子展、李青崖、余上沅、周煦良、严独鹤、平襟亚、汪静之、陈左高……上海市京剧改进协会、甬剧改进协会、苏剧卷词改进协会、常锡戏剧改进协会、通俗话剧改进协会、魔术歌舞改进协会、苏北评话鼓书改进协会、沪书改进协会、故事改进协会筹备处、淮剧改进协会、滑稽戏剧改进协会、戏剧电影工作者协会、中央文化部京剧研究院旅行演出工作团、玉兰剧团、中艺沪剧团、上艺沪剧团，几乎当年上海戏曲界的所有剧种组织，都派代表到医院探望问候。胡山源、孙席珍、徐扶明、陈汝衡、杨荫深等友人也都致函问候。

赵景深跌伤的消息，12 日的《大报》最早登出记者孙式正的报道。在南京的曲学大家卢冀野（前）见报后立即写了《寄慰景深》，刊于 26 日该报。卢冀野如今少有人提及，文字不长，抄录如下：

在本报见到赵景深兄为了尽评判春节戏曲竞赛的职务，在戏院里跌了一跤，受了一些伤，已入医院诊治的消息，我非常挂念。这时要想写封信去慰问，怕他未必看到。宁沪遥隔，又不能自己去看他，且借本报一些儿篇幅，以寄我慰问之怀。上一次我在上海，正值他在中华学艺社试演昆曲，承惠兄转来的戏票，我收到时迟了一点，未及一观老友在氍毹上显身手。当时，我想到他那一双近视眼，演戏时一定要除掉眼镜的。他除了眼镜，不知是个什么样儿？因为没有去看戏，当然没有得到答案。这一回跌了一跤，我又联想到他的近视眼上去了，怕还是吃了眼睛的亏？还有一层，这是我两人情形相同的，就是身体旺了一点。好在他的血压不像我这么高。要是这一跤给我一跌，那事情怕就严重到不知道什么地步了。我平日对第四版剧艺消息没有多注意，因景深兄这一跌，我倒天天要看一看。我知道他伤势一天天好转，可不知还要几天就可康复？我在这里祝福他早日痊愈。

卢冀野与赵景深一样体胖，张允和曾戏说他"面如满月，身体也相当的'发福'"。不幸的是，这位"江南才子"不久即病逝，年仅四十六岁。

赵景深的跌伤，纯属偶然发生的意外事，而有这么多传媒关注报道，文艺界上下有这么多人给予至诚的慰问，体现了当年上海文艺界团结互爱的风气，那种亲和力，足以令人怀念。上述罗列了这么多剧种组织，仅想说明当年活跃在大上海的剧种何等之多，现在可能不少已失传了吧？

　　陈从周写给赵景深的这封信，可以断定，他也与卢冀野一样，是见到 12 日《大报》上的消息后，于次日所写，即 1951 年 2 月 13 日无疑。

2008 年 8 月 23 日写于湖州人间过路书斋

（原刊《开卷》2009 年第 1 期）

七十年前的一份读者批评调查表

现在六十岁以上年龄的读者，想必都知道上海的开明书店。

1928 年 11 月，该店出版过一册沈雁冰（茅盾）的《欧洲大战与文学》。在书的封底内，附有一张按打孔线可随意撕下的《读者批评调查表》：

启者：

敝店创设以来，出版各种书籍，对于形式内容，竭力研求，不敢稍怠。承国内外读书界交口称誉，欣感莫名。敝店受宠之余，益当奋勉精进，以求克副期望。用特创制此项批评调查表，夹于书中，敬求台端于读毕此书之后，对于书中瑕瑜尽情指摘，填写赐寄，俾便参酌与论，于再版时改善订正。倘蒙赐寄长篇批评（如本表不敷缮写，可另用他纸写成夹入），并当在敝店不定期刊《开明》上发表，借为读书界指南针。如蒙将书中误字改正，填入后附勘误表中，尤所欢迎。想台端为促进文化，改善出版物起见，定当乐予赞助也。

专此奉恳，敬颂

台祺

上海开明书店谨启

下接一张有条格的勘误表供读者填写外，背面是一份调查表，分内容、纸张、印刷、封面、装订等方面，请读者提意见。饶有兴味的是，在读者签名处，印上"批评者"三个字。

如果说书籍是"商品"，生产这种"商品"的出版社应该对消费者（读者）负责。开明书店的这份"批评调查表"，始终站在为读者服务的位置，对成书的所有组合材料及工序，都希望读者提供意见，难能可贵。

开明书店是 1926 年由章锡琛创办，叶圣陶、夏丏尊主持编辑业务的民营出版社。该店正因将读者尊为"上帝"，作风踏实，团结了一大批著名作家，出版了一大批优秀作品，从而拥有了一大批忠实读者，使它最后能成为我国现代出版史上的一块丰碑。

（原刊《世纪》1999 年第 4 期）

钱君匋的订婚柬

在中国现代作家中，像钱君匋先生这样多才多艺的，实在难举出几位来。君匋先生对书籍装帧、书画、篆刻无所不精，且均有极大的成就，被称为艺术家、书法篆刻家。新中国成立后出版的作品就有《君匋书籍装帧艺术选》《长征印谱》《鲁迅印谱》《钱刻鲁迅笔名印集》《君匋印选》、巨型画集《钱君匋作品选》，艺术评论集《钱君匋论艺》等。他也是写散文的高手，出版过《素描》《战地行脚》《书衣集》；他还是音乐家，出版过抒情曲集《摘花》《金梦》《夜曲》。或许你有所不知，他还是一个诗人。早在 20 年代，君匋先生就是诗坛的中坚。1929 年，结集出版《水晶座》，传诵一时。戴望舒、汪静之等都撰文，给予很高的评价。他懂音乐、善绘画，也将这方面的灵感触入诗中。赵景深曾说："他的《水晶座》能够写得有'声'有'色'，提起了这，我带着几分妒意。"君匋先生的诗作，以抒情见长，在韵节方面，更显悠扬：

> 这水晶座是以我的热泪冰成的，我将把它献给你。
> 你去细看，
> 在座的四周，
> 满雕着以往的欢情。

每首诗几乎都可以谱曲为歌。几年前，他还出版了一本诗集《冰壶韵墨》。

今年九十一高龄的君匋先生，是在1933年1月1日与白头偕老的夫人陈学馨订婚的。我有幸藏有他们当年分发给亲友的一张订婚柬，订婚的四位介绍人，陈彬和当时是《申报》的主笔，据说后来不知所终；王礼锡是著名的诗人、散文家，著有诗集《市声草》《去国集》，散文集《海外杂笔》等。周斐成当时是上海市教育局的学务处处长；潘公展当时已辞去上海市社会局局长等职，做他创办的《晨报》社社长兼总经理，同时又在创办《新夜报》《儿童晨报》《儿童画报》。

君匋先生的夫人陈学馨，毕业于在苏州的江苏省第二女子师范，与美籍华人科学家吴健雄女士是同学。她是一位长期从事音乐教学的工作者，亦善绘画。

经过六十多年的沧桑，就这张米黄色布纹卡纸印红字的订婚柬，我曾询问过君匋先生，连他自己也没有保存，恐怕已成绝世孤品了。

(原刊《澳门日报》1998年8月31日)

李健吾给赵景深的新婚贺礼

赵景深与李健吾相识于 1922 年。

当年，赵景深因喜欢写作，在天津棉业专门学校毕业后，毛遂自荐，编辑天津《新民意报》的《文学副刊》。这时北京师范大学附中也有一个文学团体曦社，在编辑北京《国风日报》文学副刊《爝火》。李健吾是该社成员二人相互通信投稿，探讨写作心得，遂成为文友。这些新文学的爱好者，后来几乎都成了著名的学者、教授。

李健吾（1906—1982），山西运城人。常用笔名刘西渭，是著名的现代作家、戏剧家、文学评论家、文艺翻译家。1921 年考入北京师范大学附中，常在《晨报副刊》《语丝》等刊物上发表作品。1928 年出版短篇小说集《西山之云》，次年出版中篇小说《一个兵和他的老婆》，风靡文坛。他一生创作的小说、散文、话剧、评论有四十余种，译著近五十种。所译法国福楼拜的长篇小说《包法利夫人》，至今难有人超越。美国作家斯诺曾说他与曹禺为 30 年代中国最重要的作家。

1923 年，赵景深经郑振铎、黎锦晖的介绍，去湖南长沙岳云中学执教，但生活并不稳定。其间又先后在上海、绍兴、广东海丰等地任教。直至 1927 年下半年回上海任开明书店第一任总编辑后，方定居上海。

1930 年，赵景深任复旦大学教授，兼任北新书局总编辑。他是文坛上有名的忠厚老实人，办事极为认真，平时生活也安排得井井有序。据陈伯吹回忆："他律己严格，公事公办，认真负责。每天夹着书册进办公室，除非在工作上与人有必要的联系，绝不浪费时间。只有在午休时，他才和同事们谈笑风生。"又说："赵景深的书桌上，工具书与参考书，分别列队成行，两行崭齐。稿纸、钢笔、墨水瓶、吸水器等，都摆得端正，望过去十分舒服顺眼。"赵景深曾于 1926 年在绍兴与马宝芝结婚，育有一子赵易林。1929 年马宝芝不幸病故。北新书局老板李小峰的发妻蔡漱六性格开朗，很看重赵景深的为人，有意想要将李小峰的妹妹李希同许配给他。经章衣萍的从中撮合，最终赵景深与李希同于 1930 年 4 月 19 日结婚。文人结婚，尤其是像赵景深这样的文学编辑，自然是热闹非凡。鲁迅、徐志摩都参加了他们的婚宴。鲁迅在当天的日记有记："下午雨。李小峰之妹希同与赵景深结婚，因往贺，留晚饭，同席七人。夜回寓。"据郁达夫的前妻王映霞回忆，这"同席七人"中有郁达夫和她。举办婚宴的地点是当年四马路（今福州路）的振华旅馆。

还在清华大学求学的李健吾得知赵景深新婚后非常高兴，便寄了一份贺礼给他。赵景深在《李健吾》一文中还写到"我结婚的时候，他曾送我一张罗丹的接吻雕像"。这张罗丹作品的雕像，其实是一张法国巴黎印制的美术明信片。正面是罗丹接吻的雕像，背面李健吾写了几行字：

景深兄、希同女士新婚之喜！

敬祝你俩新婚快乐！

弟健吾谨贺

四月十五日

　　没有贴过邮票的痕迹，想来是夹于信中或其他礼物中所寄。李健吾有意挑选了这张接吻的明信片，寓意含蓄而恰到好处。

　　第二年，李健吾赴法国巴黎现代语言专修学校，攻读法语，开始从事福楼拜的研究，在创作上亦转向话剧。1933 年回国，任上海暨南大学文学院教授。他与赵景深在上海，曾为中国话剧的健康发展作出了不同寻常的努力。

　　世上有多少可称道的新婚贺礼，随着时间的推移，能作为纪念而流传下来的又有几何？大多已不存世了吧。李健吾"秀才人情纸半张"，一张明信片，经历了八十四年，竟保存完整如初。这不单是与赵景深诚挚友谊的见证，也成了一件现代文学史上的珍贵史料。

（原刊《香港文学》2014 年 6 月号）

王映霞的一方印和《遗嘱》

　　平心而论，说及王映霞（1908—2000），称她是散文作家应该无可厚非。1956年，她在周恩来总理的关护下担任教师工作（直到退休），1986年被聘为上海文史馆馆员，1990年以大陆知名人士身份赴台湾交流，传颂一时。映霞老人写有《半生自述》《我与郁达夫》《王映霞自传》等著作多种，不少回忆性的文章尚未结集出版，如《我与陆小曼》《谈〈郁达夫日记选〉》《我与女作家陆晶清》等。文笔清新流畅，而且都是研究中国现代文学不可缺的第一手参考史料。她亦能作旧体诗，甚具功力，惜流传不多。

　　映霞老人生前赠过我几件纪念物，其中有一方她的姓名印。青冻石，11毫米见方，30毫米高。因钤用了整整六十年，印边已有缺损，边款虽经磨损，但文字还是清晰可辨：丙子三月七十老人叶舟作。叶舟即叶为铭（1867—1948），著名篆刻家。他又名叶铭，字品三，浙江杭州人。治印宗浙派，尤精刻石拓碑。他在1903年与丁辅之（1879—1949）、吴石潜（1867—1922）、王福庵（1880—1960）在杭州西湖孤山同创西泠印社，被尊称为四创始人之一，著有《松石庐印汇》《广人印传》《列仙印玩》《叶氏印谱存目》等。

　　叶舟为映霞老人刻此印的时间在1936年（丙子）。无独有偶，该年5月底，书画家谭建丞（1898—1995）在杭州商会会长朱惠清的一次晚宴上巧遇郁达夫。朱惠清又名渊明、逸民，笔名余子，著有《余子随笔》两厚册。郁达夫在杭州时与他颇多往还，在日记及游记《国道飞车记》中均有载。朱惠清的夫人若兰，又是映霞老人的闺中密友。席间宾主倾谈甚欢，郁达夫知谭建丞是篆刻高手后，遂将随身携带的一方姓名章给他鉴赏。散席时，郁达夫已大醉，突然将印丢给谭建丞，说着你是行家，拿去玩吧，转身跟跄而去。事后，郁达夫急返福建、远走南洋，谭建丞一直找寻机会送物归主而不可得。原印失于 20 世记 60 年代，当年录有边款文字的印拓一纸居然意外地保存下来。其边款为"丙子立夏后十日古稀老人叶舟作"。丙子年"立夏"在闰三月十六日，公历 5 月6 日。与映霞老人这方边款"丙子三月"互证，可以断定两方印是在同一时间所刻。郁达夫于 1936 年 2 月初应福建省政府主席陈仪（公洽）之邀去福州，被委任参议。其时，映霞老人留杭州督造"风雨茅庐"。4 月底竣工，郁达夫赶回，逗留了整个 5 月，在该月底再赴福州。叶舟送给他们这一对印章，很可能就是为了庆贺"风雨茅庐"的落成。据映霞老人回忆，郁达夫交给她这方印时，说是一位七十岁的朋友刻的，要她好好保存。她后来去新加坡，回国后到重庆，新中国成立后定居上海，这方印章都带在身边，"我走到哪里随身带到哪里，也算是一个有心人了"。郁达夫的这方印，确切刻成的时间是在该年 5 月 16 日，就算他当天得到，至月底交给谭建丞，在他手里只有十余天。不过，他当年经常应酬书法，世上或许还能发现他钤有此印的作品。

映霞老人赠我的一份遗嘱，也堪可一记：

我的遗嘱

人活百岁，终须一死。死是人生的规律，不足为奇，不必伤心。

我没有不了的事情，让我平平安安，高高兴兴地走，不必送医院，不必抢救。

不登讣告，不开追悼会，一切从简。

我的骨灰，洒在大海里，我原来早有灰墓做好，和我的丈夫钟贤道同穴，现在想来，可以不必再去惊动他。

我无遗产，但我在身旁伴随我的人，是应该重谢他的。

1989 年 3 月王映霞立

字似其人，极为洒脱。此件写于 1989 年 3 月，当年她身体还非常硬朗，何以会想到写遗嘱？原来此时她刚刚整理完成"自传"的书稿，她饱经做一个女人的风霜，对生死看得很淡。甜、酸、苦、辣，要说的该说的话已都在"自传"中说尽了，即便离世，也不留任何遗憾了。第二年，她女儿嘉利陪同赴台湾交流，《王映霞自传》在台湾《传记文学》月刊上连载后，也在同年 10 月出版了单行本。

映霞老人的后半生是幸福的，嘉陵、嘉利兄妹至为孝顺，事事依她，郁飞也不时去看望，母子情深。她或住深圳，或住杭州，2000 年 2 月 6 日在她的出生地杭州无疾而终，享年九十三岁。这份送人的简单遗嘱，虽可作"遗嘱"观，但更可说是她晚年绚烂生活中心平如镜的记录。

（原刊《博古》2004 年第 4 期）

读陆小曼《临黄鹤山樵山水图》

　　2001 年上海敬华拍卖行春季书画拍卖会预展时，一幅陆小曼的《临黄鹤山樵山水》，吸引了众多观者。伟兄细读题识，见上款姓名，不禁怦然心跳，志在必得。开拍那天，拍卖师叫价此图时，场上却出乎预料的平静，济济百多人无有举动，仅一位大腕影视明星竞争了一次，让伟兄轻易到手。

　　陆小曼（1903—1965）是名声盖世的新月派诗人徐志摩的爱妻，出身殷实的书香门第。少年居北京时就学得一口流利的英、法语言，会弹钢琴，还能作油画。为了显示大家闺秀的文化涵养，二十岁时随贺天健学国画。她天资聪颖，不久即入佳境，与上海女画家唐瑛有"南唐北陆"之称。作品多山水，气韵清雅飘逸。陆小曼自己也想不到，这并不当正事的绘画，晚年会成了维持生计的保障。

　　这幅《临黄鹤山樵山水》的题识是：

　　　　元四家皆宗北苑而面目各不相同，黄鹤山樵笔力雄奇别具一种风韵，尤为可喜。暇日偶临之，惟腕力不逮，故仅能得其仿佛耳。壬申十一月冬至后一日为赓虞先生雅属。蛮姑陆小曼并记。

　　按落款可断定，此画作于 1932 年 12 月 23 日。上一年 11 月 19 日，徐志摩因飞机失事遇难，陆小曼大为悲痛，本来就纤弱的身体，遭这没顶打击，雪上加霜，从此长年与卧榻为伴。二十九岁就说"腕力不逮"，虽是谦辞，亦属事实。

让伟兄怦然心跳的上款"赓虞先生"，就是有中国的"恶魔诗人"之称的于赓虞，现代文学史上著名的诗人兼翻译家。早在 1923 年，于赓虞在天津与赵景深、焦菊隐等人发起成立文学团体绿波社，1924 年考入燕京大学国文系，次年秋结识徐志摩。1926 年与徐志摩、闻一多等创办北京《晨报》副刊《诗镌》。1935 年赴英国剑桥大学留学，1937 年因抗日战争爆发而弃学回国。他是河南省西平县人，长年在河南、山西、北京、河北、甘肃等地执教，在河南大学任教授最久。从 1926 年起，他陆续出版诗集《晨曦之前》《骷髅上的蔷薇》《魔鬼的舞蹈》《孤灵》《世纪的脸》等。赵景深说他的诗"充满阴森的鬼气"。他译有但丁的《神曲》等，还有《诗论》《英国文学史》等多种论著。20 世纪 50 年代初，于赓虞消失了影踪。二十多年来，无论任何流派的现代作家的作品，都以不同形式几乎全被重印，唯独没有一本于赓虞的著作。"文化大革命"后期，就曾四处打听他的下落，当时传说是因历史问题被镇压。一些在河南大学读书和执教的前辈，也都只记得 1953 年后学校里已不再见"长长的背头，黑黑的长发，依然有几分绅士气"的于教授。直到今年9 月，河南大学出版社出版了解志熙、王文京两先生编校的《于赓虞诗文辑存》，才解开心头的疑惑。原来在 1940 年，于赓虞募款在家乡创办一所中学，打井工程由一位亲戚督工，因发生事故，一农民掉入井中致死。十三年后的 1953 年，老家有人告发这有关人命的事，在河南大学执教的于赓虞立即被逮捕，次年判刑十年。他不服上诉，改判为六年，后又提前一年释放。他获释后继续不断上诉，无以应。1963 年 8 月

14 日病逝开封家中。

于赓虞的诗歌当年极有影响，朱自清编《中国新文学大系诗集》时，收他作品五首，如今恐怕连不少读书人也不知他是何人。伟兄在大学读的是中文，平时又博览群书，自然对这个名字深有印象。拍卖会上百多人因缺少对于赓虞的认识而都走漏了眼。

于赓虞与徐志摩关系密切。徐志摩 19 日遇难，21 日于赓虞就与梁思成、张奚若等赶赴出事地济南向遗体告别。他 23 日写给《晨报》的信中说："现在，再读志摩的诗，那种轻盈灵活的情调，无论如何敌不过心头的悲哀。"两周后写了长文《志摩的诗》，在寄托哀思中，对这位朋友作了中肯的评价："志摩在诗的艺术的气氛之提倡上，固然有着不灭的功绩，即在他的诗作的品质上，亦有不朽的价值。"鉴于这种友情，他与陆小曼当然相熟。1932 年 8 月，于赓虞已从北京到开封河南省立第一师范任教，12 月 23 日陆小曼在上海画就的这幅《临黄鹤山樵山水》，很可能没有传到于赓虞手里而让本地人所获。新中国成立后，陆小曼被聘为上海文史馆馆员，因又是上海画院的画师，作品大部分需交公，流入于市的绝少，早年的更加难得，上款是名人的就更罕见了。

黄鹤山樵即元朝大书画家王蒙（1308—1385），赵孟𫖯的外孙。他最初随赵孟𫖯学画，后追王维、董源、巨然等唐宋名家。识者评其山水"纵远多势""烟霭微茫，苍茫深秀"，笔法"皴用解索，点苔用渴墨，别创一格"，在元已被称为四大家之一。陆小曼欣赏王蒙而敢临其画，无论怎么说也是一种自信吧。王蒙是湖州人，这幅陆小曼的《临黄鹤山樵山水》今又归湖州伟兄收藏，应属有缘了。

2004 年 12 月 20 日写于湖州人间过路书斋

（原刊《博古》2005 年 1 月号）

第三辑
文坛闲谈

我所知道的诗人刘延陵

月在天上，

船在海上，

他两双手捧住面孔，

躲在摆舵的黑暗地方。

他怕见月儿眨眼，

海儿微笑，

引他看水天接处的故乡。

但他却终归想到，

石榴花开得鲜明的井旁，

那人儿正架竹子，

晒他的青布衣裳。

这首题名为《水手》的诗，在 1922 年 1 月 15 日出版的《诗》月刊创刊号上登出后，立即轰动了诗坛，传诵一时。

这首在我国新诗开拓时期的名诗，与沈尹默的《三弦》一样脍炙人口，至今不能使人忘怀。在 30 年代的中学国文课本里，几乎都选用了这《水手》来作范文。叶圣陶在《文章例话》一书里，还专向青少年作了介绍，用它来引证什么是"意境"与"神韵"，说明"诗是最精粹的语言"。

这首诗的作者就是刘延陵，一位我国新诗坛上的前驱者。

刘延陵在五四时期就从事新诗的创作活动，不单数量多，而且质量亦高，他是"文学研究会"的早期会员之一。

1922 年初，他在浙江杭州第一师范任教时，就同叶圣陶、朱自清主编过我国第一个新诗刊物——《诗》月刊。此刊当年影响之大，就连"小皇帝"溥仪亦一册执手。同年，刘延陵与朱自清、叶圣陶、俞平伯、郑振铎、郭绍虞、徐玉诺、周作人八人合出了诗集《雪朝》。后来，朱自清在编辑《中国新文学大系·诗集》时，选录了刘延陵的诗作，评说他"喜欢李贺诗，以为近乎西方人之作，似乎颇受他的影响"。

在 1923 年，文学批评家孙俍工写过一篇《最近的中国诗歌》，刊登在次年文学研究会的会刊《星海》（上册）中，在文中，孙俍工有如下一段文字：

> 新兴的白话诗歌，以时间论，还不过六七年光景，但是中间的变迁，看起来便有好几个时期。在《尝试集》出版的前后是一个时期。这个时期，是一种由旧诗词底腔调变来的白话诗，以胡适、俞平伯（前期的诗）、康白情诸人在《新青年》和《新潮》上面所发表的诗为代表。在《女神》出版的前后是一个时期。这个时期，是极端的解放的诗歌最盛的时代，以郭沫若、俞平伯（后期的诗）、徐玉诺、刘延陵、朱自清诸人为代表。往后在冰心从事做《春水》《繁星》的时候为一个时期。这个时期是模仿日本俳句和泰戈尔《飞鸟集》一种小诗的体裁，

以冰心、刘大白、郑振铎、宗白华、湖畔诗社诸人，在《晨报》副刊《觉悟》《学灯》及《诗》上面所发的诗为代表。

这段评述所写年代较早，论之我国新诗初创时期的状态，是中肯的，科学而有说服力的。由此也可窥知，刘延陵当年在诗坛上的影响是很大的。1922 年 8 月，汪静之的"惊世之作"《蕙的风》出版时，为之写序的有三位大名家，除胡适、朱自清，另一位就是刘延陵。

刘延陵在新诗坛上活跃了十五年左右，随后在文坛上"失踪"了近半个世纪。在已出版的各种现代文学史上，每一本都提到他的大名，而且已出版的各种现代作家小传中，却又每一本都没有他的小传。他被人遗忘但又不能遗忘。刘延陵在杭一师时的学生曹聚仁，70 年代初在《我与我的世界》一书的"后四金刚"一节中曾略微透露出过一点他那位老师的踪迹："刘师本来是诗人，他的诗，经朱自清师收入《新文学大系》诗歌选中，我手边无此书，无从引述。我只知道那些诗，都是抒情诗，跟刘大白师的抒情诗又不同。延陵师教我们英文，他的诗颇受莎士比亚的影响，他的诗是新诗。且说，刘延陵师毕业于上海复旦大学，翩翩年少；他是江苏南通人，曾缔姻于张謇（张季直的哥哥）之门，那知，刘师二十岁出了天花，变成一脸麻子，张女提出解约，情场上受了挫折。他离开一师后，曾在金华中学教书，和一位女生结婚，变成金华女婿了。我虽是金华人，不曾和刘师再见面。到抗战后期，旅居赣州，忽接到一位姓刘学生从皖南屯溪寄来的信，自称是刘师的儿子，为了刘师要他读古书问题，征求我的意见。我也回了信，其后又不曾通过信。十多年前，我在《热风》上谈到刘师的事。一位读者告诉我，刘师在马来亚教书，不知近况如何了。"遗憾的是，这条消息当年并未有引起国内文坛的重视。

到了 1981 年，我在着重搜集湖畔诗社的资料，计划在 1982 年该社成立六十周年时印行一本小书，以资纪念。当时发现，湖畔诗社的活动，与刘延陵的指导分不开，诗社的中坚汪静之、冯雪峰、潘漠华、应修人，前三位都是他的学生。诗社当年扩大为晨光社时，刘延陵还是他们的顾问。为了搞清这一段史实，我在给叶圣陶先生的信中提到了刘延陵，问问他是否知道这位诗人后来的下落。叶老马上寄来了回信，告及刘延陵现健在于新加坡，并抄示了地址，要我快快去信联系。啊，真是望尽天涯路，"众里寻他千百度，蓦然回首，那人却在灯火阑珊处"。自此，我与刘延陵先生保持了长达八年的通信关系，直到他老人家病逝。

刘老接到我的去信时是很激动的，因为他明白国内文坛还在寻找他。他不单寄来了长信，还亲笔几易其稿，撰写了一篇《湖畔忆旧》。这篇文章是刘老离开祖国约半个世纪第一篇寄回国内的文稿，弥足珍贵。他回忆了当年与湖畔诗人交往的情况。六十年沧桑，有关人大多作古谢世。他在我寄去的信中得知，那一群诗人现在仅汪静之先生在世——"我初读此信而疑在梦中，然而笺白字黑，手摩目察而无误，就终得承认此情是真实无疑的了。唉！""最近六十年中的中国局势，风云激荡，陵谷沧桑，而湖畔诸友，在这样伟大的时代之中，竟大都未能永年，抚今思昔，真不胜哀悼感叹之至。"刘老写的这篇《湖畔忆旧》是寄寓了以慰死去了的诗友们的"在天之灵"的。他还在文后特意写了一则《附启》，略述他近半个世纪以来的经历与行踪。1937 年"八·一三"事变后，他应马来亚某华文报之聘，前往办报，以团结侨胞，协助抗战。1939 年曾回国一次，安置幼小。同年 9 月，途经上海南下香港时，与郁达夫夫妇同船到新加坡，在《星洲日报》编电讯专栏。后与主编关楚璞意见不合，半年后即辞职，过执教生活。他回顾往昔，不胜感慨，"屈指至今，已在长年似夏，一雨成秋，蕉风送爽，椰林蔽日的异乡住了四十五年了"。他无比思念故旧，很想知道他们更多的近况。《附启》中，他写明了现在的通信地址，希望能见到的故旧与他联系，以叙情怀。他还很想回国观光，但从新加坡到国内的香港需乘飞机。他那样的高龄能否适应，医生回答各异，也就暂缓了。《湖畔忆旧》连同《附启》编入了浙江省作家协会 1982 年 4 月为纪念（湖畔诗社）成立六十周年而印行的《"湖畔诗社"资料集》中。为扩大刘老这篇文章的影响，我又在北京《文艺报》同年出版的《文艺情况》第 12 期上写了一篇《老诗人刘延陵怀念故旧》，作了一些介绍。诗人还健在！文坛上终于亮出了这条喜讯。《湖畔忆旧》后来又被收入华东师范大学出版社出版的《湖畔诗社评论资料选》，编者在前言中称颂该文"为研究者提供了宝贵的资料"。

在与刘老八年的通信交往中，他每次均赐我长信，寄我《新加坡文艺》等书刊，为使我了解那里的情况。我也为他查找复印过他当年刊登在《白桦》等刊物上的数十首诗作，代买过国内出版的《诗人玉屑》等书刊。他需要旧作，是我怂恿他自编一本诗集到国内来出版而委托我办的。有几件值得一记的事是，我去信给他，希望他老人家再以诗人的身份在国内"露露相"。为此，在 1985 年，他曾仔细推敲后写了《教师》与《教师咏》两首长诗寄来。我大喜过望，立即将《教师咏》转给了北京的《诗刊》，将《教师》转寄给诗人的故乡所在省份江苏南京的《雨花》。两首诗，在当年这两家刊物的 12 月号上同时发表。《诗刊》将《教师咏》印在该期《海外汉诗》栏的首篇，编者并加了按语：

　　刘延陵是我国五四时期的诗人，他的《水手》一诗，如今仍脍炙人口。1939 年到新加坡至今，他已九十二岁高龄了，仍能作诗抒怀，实是一件值得欣慰的事。这是诗人离开祖国近五十年第一次寄回国的诗作。我们敬祝他健康长寿。

　　《诗刊》是国内级别最高的诗杂志，祖国文坛对他老人家的敬重，使他深感快慰。同一年，上海书店刘华庭兄知我与刘老有联系，来信告诉我，他们准备影印 1922 年出版的《诗》月刊，该刊最初编辑兼发行署名"中国新诗社"。5 月 15 日出版的第 5 期，改为"文学研究会定期刊物之一"，编辑兼发行亦改署"文学研究会"。要将总共七期合为一册出版，很希望能得到该刊六十多年前的主编刘延陵的序。这实在是一件文坛佳话。我将华庭兄的信转去，不久就收到刘老写的《〈诗〉月刊影印本序》，文中回顾了当年编辑此刊的情况及对刊物作了评述。这是一篇不可多得的当事人亲笔撰写的史料。《诗》月刊影印合订本于 1987 年 1 月出版，精装一厚册，刘老的序印在卷首，为书增辉不少。刚巧，他在北京的女儿刘雪琛女士在该书出版时来信，说有计划去新加坡探望老父，问我有什么事要办。样书是雪琛女士带去交到刘老手中的。

　　1988 年 8 月 3 日，我收到刘老来信。在前我告诉他叶圣陶老人去世时，新加坡作家周颖南先生曾有一追悼文章，发表在 3 月 12 日北京出版的《团结报》上，在文中，周先生提到他老人家。他来信要我将周先生的文章复印一份寄去。5 日，我即回了信并寄去了复印件，一直盼他再来信。但是，突然收到雪琛女士从北京寄来的快件，告诉我："家父刘延陵于 1988 年 10 月 18 日下午 2 时在新加坡寓所逝世。特此敬告（国内诸亲友未发讣告）。"我怎么也想不到，来信的笔迹还是那么硬朗，寄来的近照还是那么健康的老人，会突然谢世！雪琛女士在信中还说，今春去新加坡探望老父时，他询问国内情况，曾一再谈起我。我不禁潸然泪下，尽管我未曾见到过这位慈祥、办事认真的长者。他8月3日的来信竟成绝笔。

屈指算来，他老人家享年九十四岁！

我与刘老虽通信往还八年，他老人家很少提及往事。我几次请他写一篇自传在国内发表，可省去不少研究者去"发掘"，他老人家总是答应，但一生坎坷吧，使他无从写起。最近在雪琛女士的多次来信及附来的资料中，知道了这位诗人一生的大概：

刘延陵先生于1894年农历十二月二十六日出生于江苏泰兴县。家境贫穷，在本县小学毕业后，考入了当时江苏三大师范之一的南通师范。他在学校勤奋好学，成绩一贯优异，总考占了首名。因此，在南通师范毕业考入上海复旦大学的几年中，生活费用均是由南通师范的奖学金供给。在复旦毕业后，两年间先后在杭州师范、白马湖春晖中学等处执教。他一面积极准备考官费留学，一面拼命攒钱寄回老家，因家中父母和一个妹妹需要他负担。为此，他每天要工作十六小时。1923年，他终于考取了官费的美国西雅图州立大学，攻读经济，但因脑病发作而辍学回国，随后就教于上海暨南大学。1937年，他应邵力子先生之邀，到吉隆坡主编《马华日报》，后又转槟城《光明日报》任主笔一年。半年后，曾回国探亲，1939年回到新加坡，任职《星洲日报》；又半年，去马来亚过执教生活。日本军队侵占星马时，他栖身在新加坡做小生意谋生，度过了三年又八个月艰难的岁月。光复后，先后在《中兴日报》《华侨日报》及英国广播公司（BBC）远东中文部任职。其后，他又担任了义安学院的兼职讲师，在中文系讲授"新文艺习作"，他还在南洋大学担任过兼职讲师。60年代，新加坡的商务、中华、南洋、上海、世界及联营六家中文书店，联合成立了教育供应出版社，专门出版华文教科书。他被聘为编辑，并在这个职位上退休。

一份刘老亲笔写于40年代末的《大半生之痛史》，足证他坎坷的经历：

二十五岁开始做事，月薪仅四十元，一身外须养三口。

二十八岁，月薪七十元，一身以外，须养五口。

三十一岁春得脑病，不能用心用力走路。吃各种西药无效。只休息半年。至夏天钱已用完，如暑假后不做事，则全家均无饭吃。故从这一年秋天起，至四十五岁夏到南洋止，皆教书不止。但愈工作，病愈深。往往休息一暑假之后，精神即大好。明知此病须长期休息，但要养活全家，就不得不牺牲健康。三十一岁那年秋天，就觉得病有变化，就是右半脑涨痛，左半身无力，本来生理书上说，有两大枝神经是左右交叉，即左半脑之神经通右半身，右半脑之神经通左半身。再过些时，左足常麻痹，走路过二里，左半身即失力，右半个头顶之头骨，则变软，变低平，落发亦以右半顶为多，左手左足常冷，左手之脉弱而细。除上课教书以外，不能走路、读书。病状如此，明知即使不死，一生的幸福也已完了，但为了全家的生活，仍然只有拼命死干。

三十一岁下半年起养六口，因为雪生（雪琛）有一奶妈。

三十三岁起养四口。

三十六岁，连城出世，养五口。

三十八岁娶杭儿之母，养六口，因为在杭州寓中有一女仆。

三十九岁杭儿出世，其母去世，养五口。

以后雪生（雪琛）回家，人口最多时养七口。而病状照旧。所有进款，皆是牺牲自己的健康与幸福得来的，拼性命得来的。

四十三岁吃中药见效，病状稍好，但药贵，不能常吃，吃至四十五岁夏，来南洋，因工作多，无暇煮药，竟未服中药，说起来可说是荒唐，为何有了见效之药又不吃呢？实在一半是惜钱，一半是无暇，而惜钱之故，又是因为家累重。

五十岁时南洋沦陷，中药系自中国来的，沦陷之后，药少价贵，更无从吃起。但是家累还在心上身上，四年之中，摆书摊，做小贩，沿街卖纸花，在路口卖香烟，都做过的。因买卖争执，被人打过三次。因为日本银行接受汇款，起初每月汇百元日币往沪，以后每月汇五百元。自己从早晨七点，忙到夜半十二点，每月没有余款。书是一个字也无暇读。

光复之后，仍要养家，第一年仍摆书摊，第二年起，才改做报馆。仍然因惜钱，没有吃药，今年阳历九月起才发愤吃药。现在我的一生只余了一个尾巴，须要活到百岁，从此刻起重新读书做事，才能恢复过去二十七年的时间的损失。过去三十年最好的光阴，都是用在拼死做工，养家活口之上。这就是我一生的功名事业。现在右半边头顶之胃，虽然已经不软，仍旧是低平的。现在用心之后，右半脑仍痛，左半身仍有些绷紧，惟已比前强壮耳。

读后，无不为之鼻酸，一代诗人，为生活所迫，竟然如此凄苦，"文人多穷，自古皆然"，此乃真言乎？！

刘老在新加坡悄然安居，静心养病，渐渐战胜病魔，宿疾已痊愈了百分之九十五，他很有信心完全驱走这附在身上几十年的阴影。他自信能活到一百二十岁。

1981年，我在叶圣陶老人处获得刘延陵先生的地址。叶老知他在新加坡，这消息来自雪琛女士处。"文革"十年，雪琛女士与其寡嫂李碧依都受到无端的冲击，与刘老失去了联系，但又不敢写信。1978年，她们去探望叶老谈了这个情况，叶老马上叫她们留下刘老的地址，由他写信给新加坡的周颖南先生，请周先生直接去探望一次。在此，恭录三封信，以明经过：

雪琛同志：

今日得新加坡友人回信，钞其语于此。"今日（四月三日）清晨，遵嘱按址拜会刘延陵先生。闻刘先生与翁同年，身体健康，精神充沛，良可告慰。祈转告其家人，请立即恢复通讯为要。"此是绝好音信，请即告知碧依，并从速修禀上尊大人。即问近佳。

叶圣陶

四月十一日上午

写信时请把我的情况大略告知尊大人。又及。

叶老此信写于1979年。雪琛女士她们写信去，刘老却没有回信，其原因是怕亲人有"海外关系"受牵连。1980年1月20日，叶老又给雪琛女士一信：

雪琛同志惠鉴：

　　昨接令尊大人来信，知尚未复信与你和碧依，深感其"余悸"之甚。我此刻已写就复信，告以近年情形转变，通信必无问题，勿令女儿媳妇遥盼失望，常怀思念。今将来信附寄，请你和碧依一观。你们久未通信，见此信亦可稍解远念。信不必寄还我，就留在你处，亦可以作为纪念件保存之。即问近佳。

　　　　　　　　　　　　　　　　　　　　　叶圣陶

　　　　　　　　　　　　　　　　一九八〇年一月廿日

　　刘老给叶老写信，因他知道叶老有威望，不致会遇到什么牵连的事情发生。他给叶老的信是：

圣陶兄：

　　今年四月初，承托周颖南先生探问，久当修书致谢。但因多种原因，迄未动笔。即小女与寡媳处，至今亦未与通讯。主要是由于传闻说，国内人如与华侨书信联络，将受政治的歧视，故弟遂不愿连累他人矣。

　　"七七事变"前夕，弟在上海某暑期学校供役，兵慌马乱中曾屡访贵寓而未得。事变发生后数日，预料江浙学校将不能开课，适马来亚有号召抗战之报馆兴起，遂应介绍而南来，旋又与郁达夫在《星洲日报》同事。沦陷期中苦捱了三年八个月的地狱生活。光复初期曾遇见胡愈之兄。如今回首前尘，已有三四十年之流光飞逝，真可慨叹。

抗战期中，知兄在渝掌教，解放后知台驾北上，百花齐放期内曾命亡儿瑞芳齐书问候，想达记室。以后知老友春风得意，合府安吉，均为之十分欣慰。

弟在南国数十年中，均在报界与教育界打滚，表面上健康，实则五十多年前已患严重之神经衰弱症。南来前因家累甚重，不得休息。南来后又自造家累，仍不得休息。故逐日之精神只够应付职业方面之工作，而无暇读书与练习写作。

今同居者有继室一人与子女各一。子在陆军中任职，女毕业于南洋大学，供役于政府机关，均无过人之处。弟退休已逾十年。二年前曾患胸部微痛，医者诊断为冠心病，是因缺乏运动而致心脏上面血管之内壁累积了粥状沉淀物，遂因此妨碍血液血管。此症在南方甚猖獗，只有吃素节食多运动可以根治。

居南邦者均关怀大陆之消息。丙尊、佩弦、振铎先后作古，令人坠泪。十年之"文化大革命"是一场大灾难。……子恺先生生前闻亦曾受斗争。周予同兄闻酷被折磨，今患瘫痪，未知今居何所，遇见时请叱名代致慰问。现代四化，天经地义，谨祝其进行顺利，早日完成。

专此，顺颂俪安，并贺岁喜。

弟延陵

一九七九年除夕

经叶老等人去信解释，刘老消除了传言所添的余悸。1980年，他在给叶老及胡愈之先生的信中，就询问了回国探亲观光的事宜。他是多么想再看一看离开了五十年的祖国，多么想再会一会别了半个世纪的众多亲友。

　　刘延陵先生初娶顾逸岑，逸岑学的是美术，后因性格不合离异，生子湖深、女雪琛。在浙江任教时，续娶金华某氏，生女蓉芳后两个月患猩红热病故。1950 年，在新加坡又再娶，生一子一女，子在陆军中任教官，女在一国家剧场当主任。雪琛女士在北师大附中职上退休，她丈夫在北京《金融时报》任职；蓉芳女士在石家庄做会计工作，丈夫是军械工程学院的教授。长子刘湖深在抗战胜利后任《文汇报》编辑，当时未婚妻李碧侬是暨南大学的学生，报社调他往香港《文汇报》工作。1949年后，他经统战部安排回国，任第一机械工业部俄文翻译，业余曾翻过一部苏联文学作品《阿里杰的末路》。兄妹中他被刘老看作是最有出息的，可叹在 1957 年被打成右派，下放到黑龙江劳动，1960 年饿死在北大荒。湖深的不幸遭遇，给刘老的刺激很大。

　　刘延陵先生去世后，新加坡《联合早报》及时在新闻版发了消息，并出了特辑，整版刊登了刘老的遗照及追忆、悼念诗文，说"新加坡有这样的一位人物，是我们的光荣"。该报同时将消息发给国内的新闻社及报界。

　　他一生中，发表作品除用本名及延陵外，还用过雨霖、金季子、夏逢、金正、秋石等笔名。写过大量的诗歌、散文、杂感、文艺评论，还有译作，惜均无结集。

　　人天永隔，如果人有灵魂的话，刘老，您是否能在几千里的海外，听到国内亲友和文坛后辈悲泣的呼唤？我不时取出您托雪琛女士探亲回国时捎给我的那柄加工成短剑式样的裁纸刀来抚摸，遥望南天，我仿佛看到您在蔽日的椰林中，在习习的蕉风里漫步、漫步……

（原刊《香港文学》1989 年 9 月号）

翻译家赵箩蕤

"我可算湖州人吗？"翻译家赵箩蕤写信来这样问我。她祖籍杭州，1912 年 5 月 9 日出生在湖州市德清县的新市镇，刚满三个月时即随父母迁住苏州。浙江省文学学会在要编印的《浙江现代文学百家》一书的计划中，却分明又是将她列入湖州区籍内的。

赵箩蕤的父亲赵紫宸，是苏州东吴大学的教授（后又兼教务长）。家学渊源，赵箩蕤天资聪颖，四岁时进了靠近圣约翰教堂的培本幼稚园，七岁入景海女子师范学校小学部。因国文学得特别好，两年后就跳入四年级。当年她的国文老师，是现在仍在台湾大学执教的著名女作家苏雪林（绿漪），她给赵箩蕤改卷时，经常是用双排的密圈圈加以赞赏。初中一年级时，赵箩蕤夺得全校国文成绩第一名。

1926 年春，赵紫宸应聘到燕京大学新成立的神学院任教授，遂携家迁居北京。秋季，赵箩蕤考入仅设高二、三两级的燕大附属女中。按成绩论，她应编入高三班，但父亲觉得她年龄小，且又有好多功课都未学过，要求校方入座高二班。在课堂里，冯友兰教"人生哲学"，她至今记忆犹深。1928 年，赵箩蕤入燕大攻读国文，那时燕大国文系的名教授济济，她先跟冰心学语文，后跟马鉴学先秦诸子，跟周作人学散文，跟徐祖正学文艺引论……两年中，她打下了扎实的中文基础。1930年春，英文系的美籍教师包贵思找她的一次谈话，竟使她的学业来了个大转折。包贵思认为，中文可以自学，而学习西方文学，更能开阔对于文学的视野，包贵思因此建议她专心改学英语。同年秋，赵箩蕤从国文系转到了英语系。毕业后，又考入清华大学外国文学研究所，攻读了三年。1935 年结业后，燕大英语系主任、英籍教授谢迪克（涵如）聘她为助教，使她成了该校英语系多年来唯一的专任中国教师。次年，赵箩蕤又在该校国文系研究以沈约"四声八病"为重点的中国诗韵律。说亦巧合，沈约也是南北朝时德清县人。

"七七"卢沟桥事变，抗战烽火起，赵箩蕤跟丈夫即诗人、考古学家陈梦家随清华大学辗转到昆明。当时西南联大仍因袭清华大学夫妇不能同校执教的规定，她在云南大学任讲师六年。1944 年秋，陈梦家应聘往美国芝加哥大学教授中国文字学。正在此时，赵箩蕤得到美国费城女子学院布林茅奖学金，可前往攻读英国文学。奈因住在芝加哥，且芝加哥大学又为男女同校，因此决定留在芝加哥大学英语系学习。赵箩蕤是幸运的，她求学的各个阶段里，都遇到了功力深厚的好教师，40 年代的芝加哥大学英语系，也云集了第一流的教授。他们具有创新精神，与哈佛、耶鲁等大学不一样。如文艺理论家 R．S．克莱恩、E．奥尔森，17 世纪专家 G．威廉森，19 世纪专家 E．K．布朗、M．隆布尔，美国文学专家 N．威尔特、W．勃莱厄等。他们各有特点的讲授法，使赵箩蕤得益良多，并深深影响了赵箩蕤此后所选择的学者道路。她学习了大量的必修与选修课程，在 1946 年获硕士学位，1948 年以题为《美国小说家亨利·詹姆斯的后期小说〈鸽翼〉》的论文获得博士学位。

1948 年 12 月，赵箩蕤在获得博士学位后启程回国。在上船的那天，她从无线电的广播中得悉北京郊外已经解放。这一年岁末，船到上海，她急切想北上，但当时通往北京的各种交通路线均告断绝。经多方联系，终于乘上了国民党给傅作义运粮的运输飞机抵达北京。两周后，迎来了北京的和平解放。

新中国成立后，赵萝蕤一直在北京大学任教，为西语系一级教授。去年 7 月退休。为培养四化建设人才，赵萝蕤不顾年迈，仍承担指导 19 世纪英美文学博士生的任务。几十年的执教生涯，桃李满天下。

早在 30 年代，赵萝蕤应住上海的著名诗人戴望舒之约，翻译了英国诗人艾略特的长诗《荒原》。单行本于 1937 年由上海新诗社出版，叶公超写的序。《荒原》是艾略特 1922 年的作品，是写寻找圣杯的神话故事，作者广征博引了五种语言，五十六部前人著作，描写一个渔王因患病和衰老，致使他的肥沃的国土变成了"荒原"。一个少年英雄，身带利剑，历尽艰险，终于找到了能治愈渔王疾病的圣杯，使"荒原"重新复苏。作者以不拘一格的形式，描写了西方现代社会的精神危机。《荒原》被视为象征主义诗歌中继法国波特莱尔《恶之花》后又一个里程碑。《荒原》极难翻译，赵萝蕤的译本不单忠于原著，译笔也极为流畅，1980年经过详细修订后又再刊于同年《外国文艺》第三期。

她还译有《外国现代派作品选》（第一册·上）、《诺贝尔文学奖获得者诗选》、朗弗罗的《哈依瓦撒之歌》、亨利·詹姆斯的《黛茜·密勒》、惠特曼的《我自己的歌》等。她与杨周翰、吴达元合写的《欧洲文学史》，更是多次再版，多少年来，一直是大学文科的必读书。

抗战期间，赵萝蕤写过不少新诗与散文，大多发表在重庆《大公报》的《文艺》副刊及《时事新报》的《学灯》副刊上。《文艺》当年的主编是新中国成立后任周总理秘书的杨刚，她是赵萝蕤的同班好友，特别欣赏赵萝蕤的文笔。

现在，赵萝蕤在指导博士研究生的同时，还完成了惠特曼全部三百余首《草叶集》的翻译工作。中国在 1955 年，出版过楚图南译的《草叶集选》，仅收译诗五十八首。赵箩蕤的全译本，不久即可出版，定然会受到广大读者的欢迎。

（原刊香港《读者良友》1987 年 8 月号）

久违孙福熙

熟悉中国现代文学史的读者，一定都知道 20 年代在北京主编过著名的《晨报》《京报》副刊的孙伏园，而对他的胞弟孙福熙，恐怕非常的陌生了。文坛已久违孙福熙。

孙福熙字春苔，笔名丁一、寿明斋、明斋，是一位散文家兼美术家。著有散文集《山野缀拾》(1925)、《归航》(1926)、《大西洋之滨》(1926)、《庐山避暑》(1933)、《三湖游记》(1927，与孙伏园、曾仲鸣合集)，小说集《春城》(1927)，杂文集《北京乎》(1927)，还有特写集《早看西北》，译文集《越南民间故事》等。他散文中的名篇，如《红海上的一幕》《夏天的生活》《清华园之菊》等，在三四十年代，均被选入中小学的《国文》课本里作教材。

孙福熙的重要著作，大都出版于 1927 年以前。他是美术家，用画家的眼光来审视这个色彩斑斓的世界，所以他的散文具有一种他人无可比拟的特色。当他的《山野缀拾》刚出版时，朱自清就热情洋溢地给予评价："他的文几乎全是画，他的作文便是以文字作画！他叙事、抒情、写景，固然是画；就是说理，也还是画。人家说'诗中有画'，孙先生是文中有画；不但文中有画，画中还有诗，诗中还有哲学。"赵景深当年也曾说过："游记集出得最多而又最早的，恐怕要算是孙福熙了。"唐弢直接用《图文并茂》为题，撰文赞赏孙福熙自配插图的《山野缀拾》，称他

"是郁达夫之外的一个擅写游记的人"。1933 年出版的王哲甫写的《中国新文学运动史》，是我国第一本搭构现代文学史框架的专著。作者在该书《新文学创作第一期》的"散文"一节里，对孙福熙就有如下的评述："在游记方面如孙福熙的《山野缀拾》《大西洋之滨》《归航》《北京乎》，都是很美丽的文章，当《大西洋之滨》在《晨报》副刊上发表的时候，很引起一般读者的注意。"在《中国新文学大系》（1917—1927）的"散文"一集中，周作人编选了孙福熙的作品；《大系》的《史料·索引》集里，阿英（钱杏邨）编写了孙福熙的小传。孙福熙是我国现代文学史上重要的散文家之一，不容置疑。

孙福熙于 1898 年 9 月出生在浙江绍兴府城内会稽县鱼化桥孙家台门。九岁丧父，家境贫寒。1915 年从绍兴浙江省立第五师范学校毕业后，在乡里的小学任教。1919 年随兄孙伏园一起去北京，经鲁迅的介绍，到北京大学图书馆工作，并旁听北大文科。1920 年，经校长蔡元培的推荐，去法国勤工俭学。先在里昂中法大学任秘书，后考入法国国立美术专科学校，习绘画与雕塑，同时开始文学创作。1925 年回国，在北京协助孙伏园编辑《京报》副刊，在《语丝》等刊物上发表大量的散文。1928 年到杭州西湖艺术学院任教授。1930 年再度去法国，在巴黎大学选修文学和艺术理论。次年回国，仍回杭州原校任教。抗日战争爆发后，到武汉参加中华全国文艺界抗敌协会，创作绘画进行抗日鼓动宣传。后回故乡绍兴，任稽山中学代理校长。抗战胜利后，一度在上海卖画为生。1948 年后曾任浙江大学、中山大学教授。1949 年 8 月，经当时任上海市市长的陈毅介绍，到上海中学任校长。孙福熙虽漂泊不定，但不改乐于助人的性格，他关心新时代的大学课程，也很想再回大学过执教生活。在我手边，有一封他在上海中学时写给友人的信，未曾发表过。他的书法，在现代作家中是属第一流的：

> 屡欲趋访，并听你的地方剧精彩表演，忙碌为憾！承介绍
> 张君甚喜，可能有一位旧教员不来，当提请政府去聘。浙大欲
> 聘新文学且有声望之教授一位，请介绍。又闻兄等拟为高校联
> 编大一国文选，弟颇有意见提供，如蒙采纳，当抽暇写奉。
>
> 　此祝
>
> 康乐
>
> 　　　　　　　　　　　　　　　　弟孙福熙
> 　　　　　　　　　　　　　　　一九四九、九、四

然而孙福熙后来并未如信中所愿，在 1951 年被调往北京，到人民教育出版社从事中小学教材的装饰和插画工作。1962 年 6 月 2 日，在北京伏案创作时，因突发脑出血而去世，终年六十四岁。屈指算来，已整整三十五年了。

孙福熙一生中，他不单协助孙伏园编过《京报》副刊，还在上海主编过《北新周刊》《贡献》《文艺茶话》，在杭州主编过《艺风》等文学、美术刊物。

孙福熙有幸在 1919 年就结识了鲁迅，得到过鲁迅的不少帮助。他的作品，大都经过鲁迅的阅读和审定后才出版、发表。鲁迅也请孙福熙为自己的《野草》《小约翰》《思想·人物·山水》等译著设计封面。两人之间的感情是很深的。为鲁迅的作品设计过封面的还有陶元庆、钱君匋等，但最早与鲁迅相处的孙福熙反而被人遗忘了。鲁迅在他的《日记》中，称孙福熙为"春台"的记次应该算是多的吧？或许是我所见有限，

至今还见不到一篇能详细叙述他们两人交往的文章。

半个世纪以来，前三十年不说也罢，近二十年来，海峡两岸暨香港、澳门出版、重印现代作家的作品，多得已难以统计，但却见不到一本孙福熙的作品，抑或是薄薄的选本。是否可以说，当今的文坛太亏待他了？！

（原刊《香港文学》1997 年 6 月号）

悼念吴似鸿

在中国现代文学史上，夫妇同享盛名的，我想可以列举出很多的吧？诸如鲁迅与许广平、郁达夫与王映霞、陈源与凌叔华、胡也频与丁玲、萧军与萧红、陆侃如与冯沅君，等等，其中蒋光慈与吴似鸿也是可称上一对的。

吴似鸿，她也是一位女作家。

记得在 1980 年 6 月，文坛春风飘拂，新中国成立后的浙江省第二次文学艺术工作者代表大会在杭州召开，我是湖州市七名代表之一。说也正巧，与绍兴市的代表同住米市巷招待所。经该市两位鲁迅研究的同好介绍，有幸认识了吴似鸿，她亦是代表之一。说实在，当我第一面见到她时，真不敢想象她就是当年活跃在南国社、众多文艺家追求过的吴似鸿。她这一年七十四岁，虽然发鬓斑白，但谈吐轻快，性格爽朗，仍不脱年轻时活泼的性格。而给我印象最深的，是她的"不修边幅"。我抽烟厉害，而她也可以陪我一支接一支地抽。她说，抽烟对她来说是没有瘾的，要抽可以不断，但也可以一支不抽。她穿的是一双旧的塑料凉鞋，一条西装短裤，洗得裤边已挂出了线头。这种穿着，在一个全省性的大会上似乎很不相称，但她却不以为意。事后，我听绍兴的两位朋友说，她一直住在乡下，生活是很艰苦的。

她同我谈夏衍、谈戴平万、谈洪灵菲、谈田汉，当然，最主要的还是谈蒋光慈。她说她学过西洋画，为不少人画过素描头像。在 50 年代，北京人民文学出版社出版《蒋光慈诗文选》时，因找不到作者的照片，就是把她在蒋光慈去世前一年画的一张素描给印在书首插页上的。

是由田汉的介绍，吴似鸿结识了蒋光慈。当年蒋光慈，自他的妻子宋若瑜去世后，一度非常苦闷。一些朋友都为他介绍过对象，就连郁达夫也曾为他活动过一时。当时，郁达夫虽有妻子与小孩，但还苦苦纠缠着王映霞。王映霞每到上海，借宿的地方都在坤范女校，因她在杭一师读书时的同学陈锡贤在该校任教。郁达夫因此也认识了陈锡贤。他就把陈锡贤介绍给蒋光慈，但事情后来并没有成功。这在郁达夫 1927 年初几个月里所写的日记与书信中均有所叙述。蒋光慈后来又去追求过话剧演员胡珊，恋爱了一阵后也分了手。吴似鸿是在 1929 年的冬天与蒋光慈结合的。

吴似鸿 1907 年出生于绍兴的州山。父亲是一个当铺里的小朝奉，家境比较贫苦。她九岁入私塾，十一岁进小学，后就读于绍兴女子师范。她受新文化潮流的激荡，成了一个当地颇出名的新派人物。她能歌善舞，在学校里就曾在郭沫若《棠棣之花》一剧中扮演过刺客的角色。1926 年冬，国民北伐军开到绍兴，她带了学生前往迎接，并出任绍兴女子师范的自治会会长和绍兴妇女协进会的会长。1928 年春，吴似鸿来到了十里洋场的上海，并开始向开明书店出版、章锡琛主编的《新女性》投稿。她的处女作，就是发表在这个刊物上的《忆同学章文璋》。同年秋天，她考入新华艺术大学，攻读美术。到了冬天，加入了由田汉主持的南国社。后来因经济困难，停止了学业，在田汉家里帮干家务。她在田汉的帮助与指导下，以自身的经历为题材，写了《吉卜赛女日记》，发表在《南国》月刊上。随后，她又发表了第一篇小说《毛姑娘》。在小说里，她塑造了一个天真单纯，富于牺牲和反叛精神的农村姑娘的形象，歌颂了劳动妇女的优秀品质，在社会上引起过较大的反响。同时，她在《申报》的副刊《学生栏》《社会栏》《妇女栏》上，发表了不少针砭时弊、力主妇女解放的杂感、散文和画图。

吴似鸿与蒋光慈结合后，写了一本小说集《流浪少女日记》。蒋光慈病故后，经叶灵凤的帮助，1933 年由现代书局出版。她以卖文为生，还曾为沈兹九编辑《申报》副刊《妇女园地》，做些看稿等工作，以此维持生计。她的小说《丁先生》发表后，得到过文坛前辈鲁迅等人的好评。

1937 年抗日战争开始后，吴似鸿从上海流亡到敌后，继续参加进步的文化活动，先后到过香港、桂林、重庆等地，发表了不少宣传抗战的作品。

新中国成立后，吴似鸿从重庆调到杭州，在浙江省文学艺术界联合会工作，到了 1954 年，因与文联一些领导的意见不合，决定回绍兴州山老家体验生活。自此，她再也没有返回杭州。她在老家期间，创作并发表了《开荒歌》等作品。"文革"期间，她虽在农村，但也受到歧视和迫害。直到 80 年代，吴似鸿以她勤快的笔，发表了大量的珍贵的回忆录，如《萧红印象记》《忆念郁达夫先生》《记许地山先生》《怀念南国社导师田汉》等。1984 年，浙江人民出版社出版了她的长篇回忆录《浪迹文坛艺海间》（费淑芬整理），上海《中国现代文艺资料丛刊》亦刊登了她撰写的《蒋光慈回忆录》。她为今人和后人提供了不可多得的第一手研究资料。

晚年的吴似鸿还是幸运的。1983 年，被州山乡选为人民代表，又是绍兴县的政协委员，她以她的名望得到了社会承认和应有的社会地位。

自从 1980 年在省文代会上认识了吴似鸿，在后，我虽去过绍兴参加过浙江省鲁迅研究学会成立大会等会议，但吴似鸿住在乡下，会议日程内容安排又紧，始终未能去同她晤上一面。只是断断续续保持着通信，她回答了我在研究鲁迅、郁达夫、蒋光慈等方面遇到的不少问题。

香港李远荣兄以他的声誉与为人，得到内地和台湾众多文学艺术家馈赠的书法，我自当也要为他搞几幅我所熟悉的作家的墨宝，吴似鸿也是我想到的其中的一位。我写信向她提出这个要求时，她毫不迟疑，立即给我写了回信并寄来了手迹。在信中说，有人要收藏她的字，使她很高兴，就是自己以前只学过西洋画，毛笔字却从来没有写过，因我的请求，她是专门去买来了毛笔与宣纸的。她除了为远荣兄写了一幅外，还同时写了一幅送我，字句是："少年不习字，八十二起步，重新学起。"又过了一个月，她特地到柯桥镇照相馆去拍了一张照片寄来送我，在照片的背面注明："一九八八年十月中国第一个老人节前五天所摄。"老人节是农历九月九日重阳节这一天，按此计算，这张照片是在 10 月 3 日拍的。她在照片上精神抖擞，写来的信的字也很有劲，我想她是还能安度多年的。可是，她终于在今年 4 月 26 日在家中静静地告别了这个冷暖自知的人世间，享年八十四岁。近几年来，她一直在撰写一部长篇《田汉回忆录》，应该是完成了的。没能印成书，她一定很感遗憾吧？

在现在海峡两岸出版的各种现代文学史中，是没有吴似鸿的位置的，今后再有出版的，也未必会考虑她的成就。然而我说，吴似鸿，她也是一位女作家。

（原刊《香港文学》1990 年 11 月号）

翻译家钱稻孙

60年代初，曾在湖州的一家旧书店里，购得一册1959年日本出版的《汉译万叶集选》，译者是钱稻孙。书中有多处译者红笔的校改，想必是他送给湖州的亲友后流落本市的。

钱稻孙是湖州人，本地读者却对其陌生。连新近出的《湖州人物志》亦不载其名。但他是一位极有声望的翻译家。他的译文，达到了信、达、雅完美和谐的统一，在日本学术界备受敬重。一位日本汉学权威说过，中国"对日本文学真正的关心与尊敬，始于本世纪"，而"钱稻孙先生与其僚友周作人先生开了先河"。单就这一册《汉译万叶集选》而言，就称他"兼备中国、日本和西洋三方面的教养。惟其出自先生之手，这译本即便作为中国的诗来看，也是最美的"。钱稻孙译过木下顺二的剧本《待月之夜》、山代巴的小说《板车之歌》及电影剧本《罗生门》等，一部三十余万字艰深难懂的日本林谦三著的《东亚乐器考》，亦出自他的译笔。中国的日文译者很多，但能译日本古典文学名著的，只有钱稻孙、周作人、丰子恺屈指可数的几位。钱稻孙译的近松门左卫门的剧本及井原西鹤的小说，现已被人民文学出版社收入三十卷的"日本文学丛书"中，填补了我国对日本江户时代文学介绍的空白。

钱稻孙不单精通日文，还谙熟德、意、法文。他知识极其渊博，懂音乐、美术、戏剧、医学。在30年代，他就用离骚体从意大利文译过但丁的《神曲》。

钱稻孙 1887 年出生于湖州。钱家世代书香，祖父钱振伦注释过鲍照、李商隐的作品，父亲钱恂也有《史目表》等著作传世。钱恂曾任清政府驻日留日学生的监督，作为长子的钱稻孙，9 岁就随父赴日，毕业于高等师范。后又随担任公使的父亲到意大利、比利时，进大学攻读医学，并自修美术。回国后，民国初年在北京任教育部视学。钱玄同是钱念劬的弟弟，但两人相差三十四岁，所以钱稻孙与这位叔父年龄相同。当年他们与鲁迅的交往非常密切。钱稻孙后来任北京大学医学院教授，讲人体解剖；任北京大学教授，讲日本和日本史，兼任国立北京图书馆馆长；任清华大学教授，讲东洋史。抗日战争前夕，北京各大学纷纷南迁，钱稻孙受清华大学校方委托，留下保管校产。北京沦陷后，做了北京大学校长兼文学院院长。

新中国成立后，钱稻孙在山东齐鲁大学教授医学，后调回北京在人民卫生出版社任职。1956 年退休后，任人民文学出版社特约编辑。在 1966 年 8 月去世。

（原刊《湖州日报》1991 年 4 月 13 日）

诗人陆志韦

　　从近年来出版的各种我国现代文学家辞典或小传之类的书中，都找不到湖州籍诗人陆志韦的名字。这位新诗运动的前驱，似乎已是被人们久久遗忘了。

　　陆志韦，1894 年生，东吴大学文科毕业，后留学美国，得芝加哥大学哲学博士学位。早在 1919 年，陆志韦就开始创作新诗。曾积诗六十四首，以《不值钱的花果》为书名自费印行出版。因系非卖品，流传甚少。到 1923 年 7 月，诗人又将《不值钱的花果》加上新作，计九十一首，出版了《渡河》。这是五四时期自胡适《尝试集》起公开出版的第七本新诗专集。

　　在我国新诗草创时期，诗人们苦苦摸索着新诗的表现形式。但大多不脱古典诗词的窠臼，或在文法上过分追求洋化。难能可贵的是，陆志韦对新诗的表现形式，进行了多种尝试。他主张写诗"节奏万不可少，押韵不是可怕的罪恶"，同时又介绍无韵体，相信这种诗体最合中国之用，认为用它来创作记事诗尤为适宜。《渡河》的一篇自序，详尽地表达了他的主张。为了传播这些诗歌理论，他特意选定了上海亚东图书馆来出版《渡河》。因该馆已在前出版了几种新诗集，在读者中已有一定影响。据该馆主人汪孟邹的日记所载，远在北京的陆志韦委托在上海的陶行知接洽诗集的出版事宜，最初还表明，只要能出书，无须稿酬。

《渡河》出版后，传颂一时。朱自清在《中国新文学大系·诗集导言》里，曾对陆志韦的诗及其在诗坛上的地位，作过如下评价："第一个有意实验种种体制，想创新格律的，是陆志韦氏。他的《渡河》问世在1923 年 12 月 7 日，他相信长短句是最能表情的做诗的利器；他主张舍平仄而采抑扬，主张'有节奏的自由诗'和'无韵体'。那时《国音新诗韵》还没出，他根据王璞氏的《京音字汇》，将北平音并为二十三韵。这种努力其实值得钦敬，他的诗也别有一种清淡风味。"这对陆志韦的评价是很高的。我们从下面这首诗《又见一种青的野花》中也能看到这些特点。

> 我把你们当做相思子，
>
> 在你们中间划一个圆寿字，
>
> 愿我心爱的人，
>
> 永永远远青春。
>
> 我把你们当做莫忘我，
>
> 对你们唱一百个定情歌，
>
> 愿我心爱的人，
>
> 听见一声两声。
>
> 我又把你们当做著草，
>
> 活不了的时候向你们拜寿，
>
> 我情愿丢了灵魂，
>
> 我一个心爱的人。

除有朱自清所评述的特式外，这类诗还具有较工整的格律，难怪朱自清又说他"实在是徐志摩氏等新格律运动的前驱"。陆志韦却又写过不少"无韵体",有些诗题至今看来也颇为奇特,如《墙边白梅早开,红梅来时,白梅都已谢去》等。但这在当年为突破旧诗格律的束缚,不能说不是一种大胆的创新。

所憾的是,诗人陆志韦后来专攻心理学与语言学,诗坛从此消失了他的踪影。

陆志韦是一位爱国的知识分子。1926 年后,历任燕京大学心理系主任、文学院院长、代理校长等职务。在抗战期间,因同情和支持学生爱国运动,曾被日寇逮捕入狱,他坚持斗争,始终拒绝为日伪服务。1948 年 8 月 19 日,国民党反动派在北京进行大搜捕,出动军警包围燕京大学,主持校务的陆志韦大义凛然,与反动派展开了面对面的斗争,保护和营救了一批地下党员和进步学生。新中国成立后,在党的领导下努力工作,为教育和科学事业作出了重要贡献。这位著名的心理学家、语言学家、教育家、诗人,由于反革命集团迫害,身心受到极大的摧残,于 1970 年 11 月 21 日逝世,终年七十六岁。到 1979 年 12 月 11 日,才在北京八宝山革命公墓为他举行了追悼会,胡乔木同志主持了仪式,邓小平、方毅等同志都送了花圈,终于给了他应有的历史地位。

(原刊《教育与进修》1984 年第 8 期)

"寻常百姓"刘大白

现在的青年读者中，知道刘大白名字的，恐怕不太多吧。这位1880年出生于浙江绍兴平水镇的前清举人，却是我国五四时期写新诗的现实主义诗人之一。

刘大白，原名金庆棪，字伯贞。辛亥革命后，改换姓名刘靖裔，字大白。发表文章时，也还用过"汉胄"的笔名。刘大白是一个具有多方面才能的人，出版过旧诗集《白屋遗诗》，诗话《白屋诗说》《旧诗新话》及《中诗外形律评论》等。他旧学根底极深，然而在反对旧传统的影响方面，倒是非常的激烈。五四运动时，刘大白在杭州的浙江省立第一师范当教员，与陈望道、李次九等，皆为当时的铮铮者。他曾镌过一枚图章，用来钤在藏书上，叫做"寻常百姓"，确是具有叛逆封建制度性格。刘大白受"五四"新思潮的影响，1919年就开始创作新诗。其中《卖布谣》流行于世。其中一节是：

> 嫂嫂织布，
>
> 哥哥卖布，
>
> 是谁买布，
>
> 前村财主与地主。
>
> 土布粗，

> 洋布细，
>
> 洋布便宜，
>
> 财主欢喜。
>
> 土布没人要，
>
> 饿倒哥哥嫂嫂！

诗中反映出当时中国社会经济中的一个重大问题，深刻揭露了帝国主义经济侵略给中国农村手工业带来的无比严重的危害。诗人对劳苦人民的遭遇极表同情之心。在诗中发出了反帝反封建的呼声。刘大白另有名篇《田主来》，控诉了地主阶级对农民的剥削，表现了农民的愤懑与反抗情绪：

> 贼是暗地偷；狗是背地咬，
>
> 都是乘人不见到。
>
> 怎像田主凶得很，
>
> 明吞面抢真强盗！

诗人在当时能写出这样的诗句，实在是难能可贵。刘大白的新诗，思想激进，内容新颖，形式通俗，语言也朴素明快。他早期的创作中，有较多的好作品。他写过以劳动工人为题材的《劳动节歌》《五一运动歌》。在《红色的新年》里，他歌颂苏联十月社会主义革命的胜利，是"突然地透出一线儿红"，看到了"那潮头上涌着无数的锤儿锄儿，直要锤匀锄平了世间底不平不公"。感情强烈，动人心曲。这一切都反映了诗人面向现实、面向人生的进步倾向。

刘大白在五四时，确称得上是一员向封建势力作战的猛将。他称文言为"鬼话文"，白话为"人话文"。刘半农当时曾创造了一个"她"字，来替代被人用过的女性第三人称"伊"字。刘大白亦不甘示弱，也创造了个"驰"字作为男性的他称，并在《邮吻》等新诗集中自己首先尝试排印，只是后来未被公认而淘汰。

1924 年，刘大白出版了新诗集《旧梦》，印刷粗糙，错误百出，遂于 1930 年起，分作《丁宁》《再造》《秋之泪》《卖布谣》四册重新出版。他曾在《〈旧梦〉付印自记》中说："因为沉溺于旧诗词中差不多有三十年的历史，所以我底诗，传统的气味太重"，又说"我底诗用笔太重，爱说尽，少含蓄"，道尽了他诗歌的特色。

刘大白毕竟摆脱不了本阶级的局限，后期的作品，描写风景和爱情占了重要位置。只图个人感情的抒发，内容显得非常贫乏，在形式上也开始雕琢做作起来。在 1926 年出版的《邮吻》里的一首诗中，他吟叹"聚集了无数的落花，堆成了一座香冢，这里边埋着一颗明珠也似的心儿"，正是他自己的写照。自称"寻常百姓"的为刘大白，1927 年后，弃教从政，由教育部次长而到代理部务，地位的"高升"与思想的"低落"成了一个鲜明的对比。于 1932 年得病逝世。

（原刊《包头函授》1980 年第 4 期）

"恶魔诗人"于赓虞

一般喜欢读点文学作品的人，都知道法国有个写过一本《恶之花》诗集的波德莱尔，他被世界文坛称为"恶魔诗人"。而在我国现代文学史上，也曾出过一位"恶魔诗人"，他的名字现在的读者却已知之不多。你问他是谁？他就是于赓虞。

有关于赓虞的史料，至今能见到的甚少。他的生平大致是：1902年生，河南省西平人。早年在天津汇文、南开中学求学，后入北京燕京大学。约在1935年，赴英国留学，在伦敦大学攻读文学。回国后在北京一带中学任教。抗日战争期间，任西北大学、西北师范学院、兰州大学、河南大学教授，还做过河南省印书馆的总编辑。新中国成立后，任河南师范学院教授，在1963年去世。于赓虞20年代初就开始创作新诗，结集出版的有《晨曦之前》(1925)、《落花梦》(1927)、《骷髅上的蔷薇》(1925)、《魔鬼的舞蹈》(1928)、《孤灵》(1930)、《世纪的脸》(1935)，均为北新书局出版。

在1923年的天津，由赵景深、于赓虞、焦菊隐发起，成立了一个文学社团绿波社。他们以赵景深主编的《新民意报》文学副刊为阵地，积极从事反帝反封建的新文学活动。出版过《绿波旬报》《绿波周报》，不定期出版《诗坛》。这一年，绿波社中的十一名善写新诗的社员，出版过一本新诗合集《春云》，意为"春云初展"，其中就有于赓虞的作品。

绿波社的文学活动相当活跃，到 1925 年已发展社员五六十人，直到 1928 年后停止活动。

于赓虞参加过绿波社外，后来似乎再也没有加入过任何文学团体。1924 年他在天津时，曾主编过河南同学所办的《中州文艺》半月刊。他当年的诗作，还散见在北京的《文学周刊》（1923 年北京星星文学社与绿波社共同编辑）、《晨报·诗刊》《每周评论》《文学》（1926 年北京无须社编，附于《世界日报》的周刊）、《华严》（月刊，1929 年创刊）等刊物上。

赵景深说过，于赓虞的作品最初写的并没有韵，颇受他的同乡徐玉诺的影响。后来才改变诗风，成为波德莱尔式的，"充满阴森的鬼气"。这在于赓虞诗里所表现的，是家乡遭兵匪蹂躏后的凄凉，流浪异乡的痛苦，失去了爱人的悲哀。这都是作者从心底深处发出的呼声。他的作品充满忧伤的情调，他的诗集的命名选择就可见一斑。

他在诗的外形上喜用长句，有的多达二十余字。他非常讲究用韵，大部分的作品配上曲后即可成歌。他在修辞上极留意用心，形容词很丰富。兹摘录《晨曦之前》一首的前两节，似可代表作者的创作特色：

> 凄迷的走去，凄迷的过来，看——野岸边寒林的黄叶飘旋在空中，低落在面前；我的魂，随它去罢，任你沉沦沙河底，飘流东海间。
>
> 这颗辗转于罪恶的不自由之心将即炸裂此渺无踪影的晨曦前。
>
> 夜宿荒山古寺间，这是毒冷，椎心的不自然的留恋，何时呀才能欢浴在那一轮烛天的红日，你流水与青天？

> 凄迷的走去，凄迷的过来，看——
>
> 野岸边寒林的黄叶飘旋在空中，低落在面前；
>
> 在夜莺的凄韵中我踟蹰墓畔低向枯骨死的怀念。
>
> 这无人扫吊的白骨间生着一朵恶花
>
> 芬芳、幽丽、桃色的颊面迷诱万眼。
>
> 万籁死寂的墓野我做着白骨前尘的幻梦，疯迷哀颤，苦思
>
> 的泪汩汩汩流于青衫，何处呀我的好梦，我的心愿？

于赓虞初期的作品具有反帝反封建的思想，后来改变诗风，是不是他找不到知识分子的光明而颓唐，开始对生命产生疑问和厌倦？波德莱尔认为著名的诗人们已将诗歌领域中的最繁华、最美好的地盘瓜分了，故而决定发掘"恶中之美"，于赓虞是否也因此而受其影响？我不知道。我只知他在20年代就被人称为"恶魔诗人"。

因为于赓虞很少参加文学活动，虽曾负盛名，却不大被治现代文学史者注意。在当年，要找他的作品已颇不容易。如在1935年，朱自清为《中国新文学大系》编选诗集时，为找他的诗集《骷髅上的蔷薇》，就费尽心思。50年代，他更是默默无闻，到70年代末，学术界还流传他因是"恶霸地主"在土改时被镇压的谣言。

文坛冷落于赓虞已六十年矣！

在1933年，于赓虞曾摄有一张照片送其友人，前几年辗转到了我手里。他的照片，可以说流传极少，现借这篇短文刊出的机会一并印出，让读者一睹我国这位"恶魔诗人"年青时的形象。

（原刊《香港作家报》1997年第10期）

翻译家魏易

　　清末民初，有识之士积极引进西方文化，林纾（琴南）翻译的欧美小说也应运而生，风靡一时。林纾不懂外文，翻译全靠他人口述，再由自己用文言书成。他一生译了世界名著一百七十一种，先后共事者十五人，其中合译最多的是魏易。

　　杭州人魏易（聪叔），生于 1880 年 6 月 22 日。他三岁丧母，九岁丧父，家境清贫，由一老家人养大。十七岁从杭州去上海，入梵王渡大学（圣约翰大学前身），苦读四年毕业后，往京师大学任教（北京大学前身），又兼京师译书局译事。时林纾因译《巴黎茶花女遗事》正享盛名，被户部尚书张百熙召入京师译书局，魏易始与他共事。林纾的第二个译本，就是他与魏易合译的美国女作家斯士活（通译师陀或斯托）的名著《黑奴吁天录》（即《汤姆叔叔的小屋》）。小说对美国废奴运动的发展与南北战争的发生起过巨大的推动作用。小说出版后，畅销全美，是当时《圣经》之外再版最多的一本书。林魏的译本在 1901 年发行后，竟也销售了三十万册。魏易与林纾在合译《黑奴吁天录》后的十年中，两人共译狄更斯、司各特、柯南道尔等人的外国名著达四十四种。魏易虽未出国深造，但对英文极其精通，且对英国文学有很深的研究。他后来曾担任过顺直水利委员会督办熊希龄的秘书长，中英文文件一手抓，被人誉为"会讲话的大英百科全书"。林纾不懂外文，选择作品要由合作者提供，同时又要顾及出版书店出书后的销路。魏易能在这种情况下，争取翻译出版了 16 种西方文学名著，真是用心良苦。诸如《黑奴吁天录》等，对反清革命起到了一定的鼓动作用。这是他对时代的贡献。他与林纾合译作品外，还独译过大仲马的《苏后马丽惨史》等三种，撰写了一本《泰西名小说家略传》。

近年，魏易在台湾的女儿魏惟仪，经四十年的努力，搜集到魏易与林纾合译的作品三十六种，魏易独译的四种，共四十种，校订出版。这是一件值得庆贺的事。

（原刊《联谊报》1990 年 9 月 14 日）

关于许绍棣

读过鲁迅、郁达夫一些作品的人，都知道他们均牵扯到一个叫许绍棣的人。

许绍棣，字尊如，1898年12月2日出生于浙江临海。他在本县中学毕业后，负笈上海，入私立复旦大学。学校学膳费倍于官校，他课余在校兼做图书馆、义务小学、合作银行等工作，在校外兼上海大学讲师、上海《民国日报》编辑，以工读济其不足。1924年夏毕业后，他经薛仙舟介绍，至香港工商银行供职。逾年他又到广州，参加国民党，北伐后回浙江，任浙江高级商业学校校长、国民党浙江省党部宣传部部长、杭州《国民日报》社社长等职。后赴欧洲考察，回国后任浙江省教育厅厅长，创私立树范中学。

抗战时，在金华创办英士大学，兼任校长。1945年，他被选为国民党中央委员。抗战胜利后，主持杭州《东南日报》。

1949年他偕眷去台湾，开始信奉基督教，不大与外界接触。他每月薪金，除家用外，几乎全部捐给教会，并在家内设读经班。1980年10月24日，因肠梗阻在台北去世，终年八十二岁。遗体火化后，与夫人即艺术家孙多慈的骨灰合葬在阳明山。

许绍棣中年后学写诗词，时人评其作品"古风出入陶韦，长律含蕴杜苏，峻拔脱俗，朴茂沉潜"，称他是"超轶绝尘的诗人"，"今日台湾诗坛中鲜出其右者"。

许氏去世时，友人在他枕边发现《踏莎行》一阕，乃为绝笔：

> 重九芳辰，朱萸含笑，瘦筇偏无随行意。
> 行装未料去何处，殊知触目人憔悴。
> 一室羁栖，孤零滋味，伤心触景情先醉。
> 人生安乐总无方，凭栏不觉洒清泪。

许绍棣初娶方志培，生女二。

方氏病故后，继娶孙多慈，生子二。孙多慈是徐悲鸿的学生，当年曾发生师生恋。后经郁达夫的妻子王映霞的介绍，与许绍棣结婚。王映霞为他们撮合，引起郁达夫猜疑自己的妻子与许绍棣有染，最后导致家庭破裂。

了解这段内情的胡健中（簧子），前几年在台湾发表《郁达夫王映霞的悲剧》一文。其中有一段亲历记述：

> 许、王两家儿女亲属同居者之多，及他们每次相见都有别的朋友在场。在十目所视之下，我确信他们的关系仅止于爱慕和别后的通信，一般悠悠之口和达夫的猜疑，导因于其中尚夹杂着一个神秘的第三者。

这是现今唯一能见到的知情者公之于世的文字，足资研究这段史实的同志参考。那个"神秘的第三者"是谁？还无人点出。

（原刊《世纪》1996 年第 4 期）

作家、建筑师林徽因

这是一位几乎被人遗忘了的女作家。

林徽因，原名林徽音，福建闽侯人，1903 年生于杭州。其父林长民是民国初年立宪派的著名人物，曾任司法总长。1919 年，林徽因随父到英国就读中学两年，回国后旋即从事文艺创作。后又赴美攻读建筑，又学戏剧舞台的布景设计。1924 年印度诗人泰戈尔来华，她和徐志摩陪伴左右。与朱维基等人创办过文艺刊物《绿》。1923 年同梁启超的儿子、著名建筑学家梁思成结婚。30 年代初，同往沈阳东北大学教授建筑。在九一八事变后，迁居北京，共同开始对我国古代建筑的研究，到华北各省从事古建筑的考察。抗战爆发，转入内地，胜利后返北京。新中国成立后，林徽因任清华大学建筑系教授，参加过国旗、国徽和天安门广场人民英雄纪念碑的设计工作。1955 年 4 月，因肺结核病不治，在北京逝世。

林徽因活跃在当年的北京文艺界，被文坛誉为才貌双全的女作家。其父曾说过，论中西文学及品貌，当世女子舍其女莫属。她是建筑师，但在新诗、小说、散文、戏剧、雕塑等方面都有造诣，表现了多方面的才能。她的诗与小说，大多发表在《晨报副刊》《新月》《学文》等刊物上。她诗作颇多，受英国唯美派的影响，为新月派诗人之一，惜作品未结集。她作有小说《吉公》、多幕剧《梅真和他们》等。小说中最为人称道的是 1934 年发表在《学文》创刊号上的《九十九度中》。这篇一万五千字的作品，描写的是在华氏九十九度酷热中的北京的一天，一个饭店送货人眼里所见到的形形色色。他看到热恋、失恋、祝寿、成亲、享乐、死亡、索债……小说一问世，就得到李健吾的赏识，称它"在我们过去短篇小说的制作中，尽有气质更伟大的，材料更真实的，然而却只有这一篇最富有现代性"，因为小说将多种故事糅合在一起，展现了"一个人生的横切面"。

林徽因的作品产量虽不多，但都精当，现今的读者不应该将她忘却。

（原刊《西湖》1983 年第 4 期）

谁还记得叶德均

人文领域中因八九十岁的老前辈陆续归隐道山，不少人发出感叹，界内精英，尤其是从史料入手作"微观"研究的，已明显断层。我等普通读书人，自然不敢妄加断语，或附和，或有所异议。只是觉得这方面的新著，很少见非备不可的。于是往往要想到前人，其中有一位现在难得被说及的叶德均。

说起这位著名的戏曲理论家、古典小说、民间文学研究专家，可能有读者依他的姓名会联想到大名鼎鼎的叶德辉。其实两人毫无干系，叶德辉是湖南湘潭人，1927 年因极力反对农民运动被处决。叶德均是江苏淮安人，1911 年出生。他从淮安中学考入上海复旦大学，1934 年毕业后，潜心研究中国古典小说戏曲与民间文学，颇有成就，得扶掖后进不遗余力的赵景深先生器重。1944 年，赵先生通过当年湖州中学的国文教师朱渭深，介绍叶德均来校任教。朱渭深是诗人，早在 20 世纪 30 年代就与赵先生交往，第一本新诗集《期待》，就是经赵先生之手 1930 年由上海开明书店出版。叶德均第二年去上海，供职青年中学，1947 年赴长沙湖南大学任副教授，1948 年再远走昆明任云南大学教授。1956 年 7 月 6 日弃世，年仅四十五岁。

抗日战争胜利后，叶德均研究成果频出。在上海赵先生主编的《俗文学》《通俗文学》，香港戴望舒主编的《俗文学》，北平傅惜华主编的《俗文学》等刊物上，发表了数量不少的学术论文。结集出版的《戏曲论丛》《宋元明讲唱文学》，考证论述精到，为世所重。

在湖州中学教书课余，叶德均留意当地历代著名作家的史料，查阅了《湖州府志》《乌程县志》《凌氏宗谱》等，写成《凌濛初事迹系年》，在学术界最早梳理了这位创作《拍案惊奇》两集的作家生平。从陆心源刻印的《湖州丛书》中杨凤苞的《秋室集》及汪曰桢的《南浔镇志》里，找到了还无人提及的《水浒后传》作者陈忱的记载。对编写《平妖全传》的沈会极行状也有新的发现。

叶德均在中年自我了断尘缘，赵先生很惋惜。为怀念这位同道学生，次年在助手李平的协力下，将他已发表过和尚未面世的一批遗稿进行了整理，冠名《戏曲小说丛考》。中华书局迅速打好纸型，但说不清是什么原因，这部五十四万字的极具学术价值的著作，直到1979年才得出版，距作者弃世已整整二十四年了。

叶德均重考证，因此在一些名家的作品中能检出诸多疏漏。是书收入的《关于〈新曲苑〉》，对任讷（二北）《新曲苑》的得失作了学术商讨。他肯定"近人治戏曲而有所成就者，首推王国维，其次便是吴梅"。但也发现吴梅（瞿安）《霜崖曲跋》里许多违失与错误，"其原因当为吴氏写跋文时，亦与往日传统文人作序跋相同，是漫不经心随意一挥而就的"。

搜集到叶德均写于40年代末的几封书信，落笔规矩，有如他的治学，一丝不苟。曾打听他的亲属现在是否尚健，又在何处，拟将原信送还，见故人手迹，一定会非常惊喜吧。询之数位师辈，无奈岁月淌走五十年，都已茫然无所知了。

2004年2月8日写于湖州人间过路书斋

（原刊《开卷》2009年第1期）

书斋里的知识分子

以问答形式著书立说、先秦已有之，最早恐怕算那部《论语》。随后这种体例也颇流行，南朝梁肖统编的《昭明文选》辑录多篇即可证。只是内容表达的大都是对于天地及生命的探索与思考。因孤陋寡闻，近来很少见到这种体例的专著。年前见到一本某名人的"访谈录"，畅述中华传统文化，见解极精。然对这个书名却不以为意，因问者与答者不曾见过一面。

由张阿泉问、谷林答的《答客问》的出版，十分欣喜读后耳目为之一新。阿泉兄问得较全面，谷老答得很真诚，可称谷老的简略自传，别具一格。

谷老业余作文，文章简约含蓄。他曾应约整理过晚清历史文献资料。对两百余万字的《郑孝胥日记》手稿进行辨字断句，若无深厚的国学根底不能为之，他的文章非常人所能企及，原因即此。很钦佩谷老的德行，他记着"百万买宅千万买邻"，后句所包容的内涵，是够人学一辈子的。

按当今时髦的话来说，谷老属"书斋里的知识分子"。唯有这样的知识分子，远离尘嚣，自甘淡泊，不慕名利；也唯有这样的知识分子，心怀"忧生悯乱"，作品让读者击节叹赏，必传后世。

京剧会成绝响吗?

谈起传统京剧，仿佛隔世。

当舞台上出现足蹬高靴，身穿宽大龙袍，悬举一根木棒的演员，随着铿锵的锣鼓声高唱："我手执钢鞭将你打，哪怕你皇亲国戚，哪怕你铜墙铁壁……"这在当今大部分青年看来，实在是节奏太慢，离现实生活太远了。因看惯了现代影视，若出现这种故事情节，只要一张逮捕证和一副手铐就可以解决了事，况且打人也是犯法。但"吃酒吃空杯，骑马敝大腿"这种真实中的荒诞、虚假中的真实的京剧艺术，懂行的都觉得非常形象，是一种艺术享受，虽然也有人或许觉得可笑得不得了。什么是艺术？有本领的为此可写洋洋数十万言。在我看来，仅仅只是一句话：艺术就是生活的夸张。无论传统的古代艺术或现代的新潮艺术都是如此，只是人们欣赏的角度不同而已。身材修长的时装女模特儿，在 T 型台上走轻盈步势，大家都觉得很美，照湖州人说法，"格两步路真讲走得好得魂脱"，也是一种艺术享受。如果某一天清早，大家走出家门，眼见满街的女性都像模特儿那样大摆其臀，迈着猫步，一边抛手向熟人"哈嗳！哈嗳！"打招呼时，恐怕你不能说这是个艺术世界吧？京剧同此。

我不懂京剧艺术，不可置评一字。只知它曾风靡大江南北，不知倾倒过多少观众。梅兰芳能上纪念邮票，说明京剧艺术影响的广泛深远。戏剧改革从京剧着手，也同样说明了这个问题。国家非常重视京剧，竭力给予扶植，而观众面越来越小毕竟亦是事实。个中原因，其中之一乃是当今观众对历史的陌生，古典文学知识汲取太少。连剧情也不甚了了，唱词也不能辨解，岂能入其艺术堂奥！读者诸君都知道京剧演员吊嗓练功的艰苦，况且还要旁通各类艺术，陶冶自己的情操，使自己扮演的角色更加传神。梅兰芳的书画清秀典雅，如其舞台艺术形象。北派著名武生李万春（1911—1985），常饰《武松打虎》《战马超》《长坂坡》《九江口》等剧主角。其字铁画银钩，也展现了他扮演的刚强角色的性格。如不谈他们是京剧艺术家，在书法上按目前的标准称为"家"也是无疑的。一个京剧演员要取得出色的成就，不知要付出多少汗水和心血，到头来观众甚少。而只靠脸蛋拍了一两部影视的演员，并无多少艺术修养，写字同曲蟮，签名靠人设计，在某些电视广告中一个不自然的嗲笑，却能卖得几十万甚至上百万钱，天下这种不平事，只好用一句"看勿懂"来作心态平衡。

随着时代科学的不断发展，京剧会同《广陵散》一样成为绝响吗？这种中华民族传统的精华艺术，在国家的保护下是绝对不会的。最终它也会同奥地利、瑞典等国一样，筑起类似皇家音乐厅、歌剧院一样的舒适剧场，供高层次的观众尽情享受。而以现在世界电脑科技迅猛发展的速度来看，不要多少年，影视导演和编剧倒是完全可以联手躲进电脑创作室，按观众的审美要求，制造出十全十美的俊男俏女充当角色，像目前的卡通一样，编个故事来换你口袋里的钱。届时，影视将不需要演员，无论款哥富姐再卖噱头，也不会有人理睬。而在京剧舞台上，永远会有京剧演员，你信否？

1998 年 3 月

（原刊《电影与文化·秉烛闲谈》第 3 期）

花花花

如果有人问花是植物的什么器官，回答出来当会使众人掩嘴而笑。植物倘有思维，一定感受人类是绝顶开放的。

花是真善美的象征，因此自古到今，鲜花无处不在点缀人间，而且大有越来越猛之势。近年来我们引进了西方的情人节，又多了一个用花的机会。只是不明白，这一天为何一定也要效仿西方人送玫瑰。如认为它的颜色美丽，现代女性的穿着及住宅的装饰，几乎很少袭用此色；如认为它的香味诱人，比它更为幽香的大有花在；如认为它的有刺，寓意爱情的浪漫，仙人球花岂不更多刺！中国历来用亭亭玉立的荷花比喻女性的体态与纯洁，若在情人节哪位男同胞送给女情人一束荷花，对方肯定反而要气得昏倒。习俗殊难改变。

人们赞颂花，就连灵感丰富的诗人用意用词恐怕都已到了极点。法国"恶魔诗人"波特莱尔才感到，诗人们已将诗歌领域中最繁华、最美好的地盘瓜分了，故而决定发掘"恶中之美"。他绞尽脑汁写了一本《恶之花》。我国也有"恶魔诗人"头冠的于赓虞，亦出版过《落花梦》《骷髅上的蔷薇》等诗集。其实他们仅是采取了反证手法，用"恶"来衬托花，终归还是承认它的美丽。可以下个定论，世上所有的正常人，没有一个不爱花，同时还相信在天国定居的亡灵也还爱花。

想要得到鲜花，必须有阳光、空气、水、土地和它生存的环境。可是你听说过在海滩上种花吗？早在1925年，新月诗人徐志摩就用这个题材印制过一张自用拜年卡。手边保存着一张，经过七十多年陵谷沧桑，已成绝世孤品。画面是在海边的沙滩上，一个赤脚穿草鞋的小孩右手提着一枝花，使劲把它往沙里栽，左手拿着一把滴着水的水壶，离小孩不远的海里翻动着波澜。当年徐氏为此还写过一篇散文《海滩上种花》，收在他的《落叶集》里。徐氏说："在海沙里种花，那小孩的一番种花的热心怕是白费的了，沙碛是养不活鲜花的，这几点淡水是不能帮忙的。也许等不到小孩转身，这一朵小花已经支不住阳光的逼迫，就得交卸它有限的生命，枯萎下去。况且那海水的浪花也快打过来了，海浪冲来时不说这朵小小的花，就是大根的树也怕站不住。"当然，在海滩上是无法种活鲜花的，因为没有它可以生存的条件。诗人赞赏它，是这种单纯的思想、单纯的信仰。那种不可动摇的信心，是最为可贵的。他用画与文章，宣扬了这种坚韧不拔、牺牲自我去追求真善美的精神，而唯有这种精神，永远不会凋谢，寄意深远。

我不知世上有多少人，明知奋斗难有结果，但仍在一如既往地为真善美而拼搏。

1998年4月

（原刊《电影与文化·秉烛闲谈》第4期）

能否传名一百年

一百年后的湖州人，会如何看待今天的湖州人，谁也无法预测。不过，历史的延伸毕竟有它一定的规律，在某些现象上，我们今天看待一百年前的湖州人，与一百年后的湖州人看待今天的我们，是大致无异的。

读者诸君，你能列举出多少个一百年前湖州当地有名的官员或文化人？就是熟悉地方文史的，恐怕也数不出十个吧。难道当年湖州没有名人吗？不，湖州历来自称"文化之邦"，当年的墨客骚人，舞文弄笔、吟诗作画的是绝不会少的。他们也刻印过书，也为众店家题过匾额，也作画供人收藏……他们也曾在骆驼桥昂首阔步，也曾在四时春酒楼纵论古今……然而，又有多少个在一百年后让我们谈起？例如，画家沈迈士的启蒙师，二十五岁就为著名镇江金山寺撰书九十字长联的包赞甫（1867—1902），书画饮誉江南，其不足半厘米见方的蝇头行楷。功力之深厚，一百年后的我们也难追越，但又有多少人知道他。再退一步说，电视剧《慈禧西行》收视率很高，那位张国立扮演的怀来县知县吴永，湖州人看了又有多少人知道他是湖州人。啊，抚桌一声长叹，历史就是这般无情，"大江东去，浪淘尽，千古风流人物"也！"尔曹身与名俱灭，不废江河万古流"也！

当今"名家"林立，目不暇接。夜幕中，一个年青女性，用低沉而哀怨的声调，唱着《爱上一个不回家的人》。这个不归家的人，也很可能是什么"家"。一是他不归家，还可以让一位年青女性死死爱恋，自有他的某种魅力；二是有家而可以不归，又有几个人能做到。他的这种本领，在这种本领的评定时，应可称他为"家"的，只是还未加考察而已。"家"与另外的东西一样，一多也就不值钱了。说实在，在小地方，得到了一个什么"家"的头衔，只能是一种安慰，大可不必自以为是。不在政治、经济、文化聚集的中心，不可能将你传名一百年。吴昌硕、俞平伯等大名家，如在老家安吉、德清度其一生，充其量也只够被人称作"乡贤"罢了。湖州人杰地灵，一百年前且不说，一百年来，在这块宝地上，孕育了不知多少后来到了外地能取得成就，成了全国乃至世界上享有盛誉的名家，但在本地又产生了几个？盲而问于道，有谁能指点？

山外有山，天外有天，不断充实自己才有长进。林立之中，出类拔萃，方可供后人装饰河山。世以作品传人，或以人传作品，评定作品与人的好恶，最终的拍板权是在勾勒历史的民众。声望可遇不可求，或许你靠手段与某种机缘攀得，到处炫耀，潇洒一时，恰似三月碧空间的断线纸鸢。你能否传名一百年，不妨先问一问公正无比的历史。

1998 年 5 月

（原刊《电影与文化·秉烛闲谈》第 5 期）

"青春"是心态

天上飘着些微云，

地上吹着些微风，

微风吹动了我的头发，

叫我如何不想她。

……

这首《叫我如何不想她》诗，作者刘半农。他是五四时期的重要作家，著名的语言学家，我国新诗的拓荒者，现代文学史上最具影响的《新青年》杂志编辑之一。该诗写于 20 年代初，发表后不久，赵元任将它谱曲为歌，风靡全国，青年男女几乎个个会唱，成了一首不衰的流行歌曲。现在不少读者，想必也还欣赏过这首七十年前的作品。有一次，刘半农在上海参加一位朋友的聚会，一个旗袍衩开到大腿根的年轻女郎，闭着眼睛像醉酒一样唱着这首歌。接着主人宣布歌词的作者今天在座，引起全场雀跃。于是，照刘氏所说，被主人像牵猢狲般带到台前。在走过一群名媛淑女的身边时，听到一个妙龄少女惊呼：啊，原来是个老头！事后，刘氏万分感慨。在这个少女的眼里，这样的情歌，是不配老头来写的。当年，刘氏也不过四十岁左右。这个少女不会知道，女性特别拥有的"她"字，也还是这个"老头"为她们所创造。

赵元任（1892—1982），著名的语言学家、音乐家。在1925年，清华学校成立国学研究院时，他与梁启超、王国维、吴宓、陈寅恪被聘为仅有的五位导师。其一生著作甚丰，在国际上享有盛名。1938年定居美国。他在晚年，写字因年老手颤而难以辨识。八十二岁时，他回国探亲访友，受到周恩来总理的亲切接见。九十岁时，他还同年轻人一样，为促进中美文化学术交流，再次远渡重洋，回国讲学，被北京大学聘为名誉教授。

人生短暂，青春更是一瞬间。那个称刘半农为老头的少女，在她看来，"青春"只是人生中的一个跨度。因此见到刘氏不是青年，当惊奇他怎么可能写"教我如何不想她"。然而，"青春"应该是人的一种心态。以赵元任而言，即使到了八九十岁，也还充满青春活力。英国作家王尔德写过一本《格雷的肖像》。格雷常感青春将逝而恍惚。画家给他绘了幅肖像，告诉他，你把肖像当作你这个人，而把你这个人去当作今后生活里的肖像，你是永远年轻的。王尔德侧面用小说寓意，"青春"应该是人的一种心态。

现在科学发达，社会政通人和，人的寿命也越来越长。步入中年后的人，不必叹息青春已逝，青春其实永远在你心里，看你如何保持而已。心态永具青春，不单有益健康，更能为社会多多造福。通读一部《二十五史》，仅知各行各业，包括管理社会，用人的标准只有一个——德才兼备（历史上的任何悲剧，均产生于用人者与被用者的无德无才），并无年龄界限。赵元任三十三岁就成了全国最有名的高等学府的国学导师，而到九十岁时，仍然在为社会效力，不知从中我们能领悟些什么。

1998年6月

（原刊《电影与文化·秉烛闲谈》第6期）

秀才人情

秀才属贫困的布衣阶层，其人情自然是非常微薄。"秀才人情"一词，在某种场合，也就成了"寒酸"的代用语。纵观秀才要脱贫，唯一的办法是走仕途。但一入仕途，大多开始结交权贵，渐忘来路而失其本色，均为布衣所不齿。

1930 年 4 月 19 日，著名文学家赵景深在上海新婚。鲁迅与许广平夫妇、郁达夫与王映霞夫妇都前去吃喜酒。老舍不是有要事临时北上，还自告奋勇要做婚礼的司仪。远在北京的戏剧家李健吾知悉后，寄赠了一张罗丹的雕刻《吻》的法国明信片，背面写了祝词，以表庆贺。李健吾（1906—1982），十六岁时就编辑北京《国风日报》文学副刊《熔火》，当时已出版小说《西山之云》《一个兵和他的老婆》等，为清华大学清华戏剧社的社长。赵师的新婚，亲临祝贺和送礼的，可以说都是当年全国文坛上第一流的布衣"秀才"。李健吾仅仅送了一张普通的明信片，真可谓"秀才人情"。赵师即不嫌"寒酸"，反而觉得恰到好处异常珍视。他在六年后写《文人剪影》谈李健吾时，还特别提到这件"不起眼"的礼品。

这些"秀才"在当时还不致穷尽，要送高档一点的礼品，也完全可以承受的。正因大家都是讲究文明的"秀才"，表达了人情已足够，无论贺者与被贺者都极感快慰。

现在谈起这桩六十多年前的逸事，尤其是年轻人，恐怕会感到吃惊可笑。社会越文明，人们就越鄙视钱财，在具有高度文明的人的眼里，炫耀财富者属无知、浅薄一类，拿流行的话来说，是"不上档次"者。曾几何时，录放机刚进入市场，一些小青年穿着喇叭裤，在大街上迈着八字方步，手提一只"四喇叭"，将邓丽君的歌唱放得乱响，路人均侧目视之。今天如果有人照样在闹市区蟹墩子上兜一转，大约要被当成"痴子毒头"吧？羡慕的眼光也不会再有。文明在进步，当然还会出现诸如在大街上歪了个头打打"大哥大"的。

财富的多少，并不能表示你自身的价值。真正的价值在于一个人所拥有的精神。这是文明社会里没有阶级性的公理。结婚是人的一生中的大事，热闹而排场大一点无可厚非。只是过分摆阔气，则失其意义，倒是显得非常可笑。况且连累亲友为送重礼而犯愁，又是何苦。奢侈无底，若新娘想到全家的动产与不动产，加起来还抵不上外国一些名女人胸口的一粒绿豆大钻石，岂不要跺断九公分高、一分头铅角子粗细的皮鞋跟！不如省下三二桌酒饭钱，选一些相片与贺词，精印一本小小的纪念册分送亲友。三百年后，那时府庙里如果还有古董地摊的话，谁拿出来在摊上亮一亮相，围观者必定像争看斗蟋蟀那样一睹你的尊容。

1998 年 7 月

（原刊《电影与文化·秉烛闲谈》第 7 期）

幸运的阿炳

这次克林顿访华，在人民大会堂的欢迎晚会上，聆听了二胡演奏伴以萨克斯管的《二泉映月》，悠扬醉人的旋律，让宾客一饱东方神韵的耳福。世界著名日本指挥家小征泽尔说过，听《二泉映月》，人必须下跪才能临其境界。这是一种身心俱入的"知音"感受。五十年来，多少人感叹此曲应属天上有。

《二泉映月》的作者阿炳，自小跟做道士的父亲学音乐，是一个流浪盲艺人。擅长二胡与琵琶，另作有《昭君出塞》《大浪淘沙》《寒春风》等名曲。著名音乐家，后为中央音乐学院教授、中国音乐研究所所长的杨荫浏，与阿炳是无锡同乡，曾听过他的弹奏。无锡一解放，杨教授马上赶过去为阿炳录音。《二泉映月》阿炳原称《依心曲》，以道教意识寄托、体现心愿。全曲表达了一个"生"字，即人之求生、爱生、养生、争生。但杨教授认为，曲子反映不出道教音乐阴阳强烈的对比，而无锡惠山有个闻名于世的"天下第二泉"，就干脆叫《二泉映月》吧。曲子愉悦怡然，成千古绝响。这次录音后没几天，阿炳即患病去世。

如果说阿炳是音乐界的"千里马"，杨教授当然是"伯乐"。世人常叹千里马常有而伯乐不常有，此乃是"千里马"与"伯乐"之外的人言。因"伯乐"绝对不会说自己不常有，而"千里马"心胸无比豁达，认为生不逢辰，不为"伯乐"所赏识，本身就不是"千里马"。"伯乐"原应自是

"千里马"，不过后来逐步演变成了一种有权势的职位。这种"伯乐"为保身价，还得听主子的旨意。如指定在某个马圈里寻找"千里马"。而这个马圈里，不少又是在旷野中靠自己的本领无法生存的劣马，却摆出各种姿势冒充"千里马"。历来又无一本标准的"相马经"，也实在使这种"伯乐"非常之为难，于是把最近身的牵出了事。

阿炳是幸运的，跨进新中国才遇到了真正的"伯乐"。一个盲人，一个没有小学文凭的道士的儿子，因此作品传之千古，其墓与"天下第二泉"共存。倘若阿炳不遇杨教授而又不过早去世，恐怕也会受到对盲人的照顾，而安排去煤球厂捏煤弹子吧。

一则也是谈音乐的故事，说为寻找善歌的"千里马"举办选拔会，主裁判是一位穿着时髦的年轻女郎，坐在真皮沙发里架着少爷腿，一副"伯乐"的样子。一曲男女声二重唱后，其评曰：唱是唱得好，就是唱得不齐。读者诸君，在前已写明，这仅是一则故事也。

1998 年 8 月

（原刊《电影与文化·秉烛闲谈》第 8 期）

读书与藏书

高尔基有句名言：书是人类进步的阶梯。高氏是红色作家，但这句话却并无阶级性。书，对人类该是多么重要。

历代关于书与人的故事，多得俯拾即是。而新发生的，又是使人感动的，估计要算著名学者、藏书家孙楷第。他著有《日本东京所见中国小说书目提要》《中国通俗小说书目》《元曲家考略》等。孙氏爱书如命，藏书数万，"文化大革命"中被抄尽。1986年他临终前，没有一句遗言，仅用颤抖的手指在家人的手掌心上写了个"书"字。

湖州自六朝沈约以来，私人读书藏书一直蔚然成一域之风。藏书家不知凡几，被近代大学者王国维称为"藏书之乡"。只举近世例，陆心源的皕宋楼，是清末全国藏书四大巨擘之一。民国初年崛起，声势直逼四大的，又有张石铭的适园、蒋汝藻的传书堂、刘承干的嘉业堂。可惜这种书香气，并不为当地官僚所看重。君不见，光绪之后，官府就无人主持修撰过府志，皕宋楼藏书欲出售给日本人时，张元济立即请当地官员阻拦，同时筹措资金，由商务印书馆悉数购下。然而最终仍被日本佬得手，成为我国近代文化史上最惨痛的一页。消息传出，举国上下学子无不失声痛哭。当年董康长叹：古籍流入异域，反不如遭水火兵灾，至少其魂魄还能长守故土。比起那些当官的，何等爱国！

上述这些湖州藏书家，都是读书人，不是举人就是贡生。他们经商办企业致富，倾其积蓄购置书籍，并与全国各地学者名流交往，探讨学术，著书立说，堪称一方"儒商"。他们为弘扬地方文化，扩大地方知名度，作出过不可磨灭的贡献。历史延伸至今仅百年左右，试问目下有"儒商"吗？谁能应一声而不脸红？

藏书与普通百姓无缘。一是书价太贵，不敢奢望；二是居室狭小，何有空间？但书在有钱有势者的眼里，却是一钱不值的东西。君不见，谁为了办事用书去"铺路"？谁又受贿、贪污书？此足以说明，书在彼辈眼里非但不值钱，而且都是些不看书的"食客"吧。

世界卫生组织日前公布健康城市的十条标准，其中之一是看保护这个城市的文化遗产如何。不读书者就根本不懂保护什么文化遗产。一个不重视历史与现代文化的地方，单靠一部老府志"鼠牛比"来发展经济是不可能的。因为想要与你真诚合作的，并不同你一样是不读书的。素质悬殊，层次不同，谈什么生意经头。世界潮流不可逆。可以预言，今天勤读书藏万卷的青年，必是下世纪的主宰。

1998 年 9 月

（原刊《电影与文化·秉烛闲谈》第 9 期）

应当编一部《海外华文文学编年大事记》

当今世界的各地区，几乎都有华文作家与学者。他们为了繁荣和发展华文文学，在彷徨、在徘徊、在挣扎、在支撑、在奋斗。他们所做的不懈努力，使人由衷敬佩。然而，深以为憾的是，他们的生平和成就，无法写入大陆与台湾的现代文学史中，而他们所在地区的文学史，也因文字等多种原因被排斥在外（至今能出版的恐怕只有方修先生的一种《马华文学史》）。海外华文文学在自生自灭，可是绝不能自生自灭。为纪录海外华文文学的历史与业绩，我们应当编一部《海外华文文学编年大事记》。

近年来，《香港文学》的坚持出版，已远远超出了它刊名的范围，成功地成了现今唯一的世界性的华文文学刊物。它联系世界各地区的华文作家、学者与社团之广，是没有一个其他可以替代的。发动各地区的华文作家、学者来联合编写一部《海外华文文学编年大事记》，《香港文学》定有召唤力。但此项工程浩大，考虑到《香港文学》的人力和财力，始终未敢怂恿前辈刘以鬯先生。

近在《香港文学》第 56 期（8 月号）上，欣喜地读到了郭枫、许达然、叶寄民三位先生，正在筹组国际华文文学协会。待这个协会正式成立后，如果条件成熟的话，拟可将这部大事记的编写工作列为协会的一项任务。发动世界各地区的华文作家、学者和文学社团，分工合作，以世纪初或 50 年来为限，用同一体例，按年逐月顺日来编写自己本地区的华文文学大事记，内容可容作家生平、有影响作品的发表和出版日期、文学社团的成立、文学刊物（包括报纸副刊）的创办、文学的活动等。然后再设人组合。编成的大事记，无疑为研究和推动发展世界华文文学奠定一个坚实的基础。它更是能作为一部史册流传于世，而这部历史是极其光辉的。

我估计，海外华文文学的同好者，都会有这个共同的想法，共同的愿望。若真如此，那么，大家来齐心协力，不分门户之见，为这部皇皇巨著的早日面世而尽绵薄！

1989 年 8 月 18 日写于湖州人间过路书斋

（原刊《香港文学》1989 年 10 月号）

九十年代值得为海外华文文学做的几件事

近几年来，海外华文文学在世界各地区的华文作家、学者的努力下，已呈现了一个涌势。可以断定，随之而来的是澎湃的潮流。

唯一的世界性的华文文学刊物《香港文学》，在以鬯前辈的主持下，艰辛地度过了五个年头。她是海外华文文学的桥梁与纽带。在海外华文文学史上，《香港文学》的地位，已绝对不会比中国现代文学史上的《新青年》《小说月报》《新月》《现代》《语丝》等来得逊色。

日前，郭枫先生从台北来示，国际华文文学协会的筹备工作已基本就绪，拟在 1990 年的秋天，在香港召开成立大会。

前辈们的不懈的努力，让人感到由衷的敬佩！当世界跨入 90 年代之时，海外华文文学在向前迅猛发展的路上，必将树起一块瞩目的供历史记载的丰碑。

为国际华文文学协会的筹备与成立，我写过一篇《应当编一部〈海外华文文学编年大事记〉》，拟将海外华文文学作为一个整体来推动。蒙以鬯前辈的首肯，刊登于《香港文学》第 58 期（1989 年 10 月号）。郭枫先生在来示中亦说，待协会成立后，该书的编写可列为重要工作之一。《大事记》的编写，可展现海外华文文学的发展与历史，颂扬世界各地区的华文作家、学者的辉煌业绩。同时为了增进世界各地区的华文文学相互之间的了解，在编写《大事记》的同时，似可值得与此配套地再做两件事。

编一套《海外华文文学大系》

早在 30 年代，一些有心的出版家与作家、学者，为了保存中国新文学的业绩，曾经编辑出版过一部十卷本的《中国新文学大系》。这部《大系》，事隔半个世纪后，仍然不失其价值，而且会永远保持其价值。海外华文文学，遍及面之广（当然，香港是中心），历史之久，是大家共睹的事实。世界各地区虽出版过不少专集和选集，但体例与侧重面均有所不同，各自为之，既不系统，交流面也就自然狭小。这不利于研究海外华文文学的历史与现状，就是从欣赏、阅读、了解海外华文文学作品的角度而言，亦感困难。我们应该有一部《海外华文文学大系》，从文学理论、文学评论与研究、小说、诗歌、散文、剧本、儿童文学、古体诗词、史料等多方面着手，分卷出版。国际华文文学协会成立后，也可组成一个编委，分工合作，由各地区的华文文学团体、作家与学者负责荐介作品，由编委作最后定稿。若以时间划分，也可以五年或十年为一辑，可编出多辑。不少前辈，在三四十年代，在国内就有成就，如曹聚仁、徐訏、叶灵凤、李辉英等，选择他们的作品，就以到海外后发表的为准。《大系》的辑印，将成为海外华文文学的一部"百科全书"。

编一本《海外华文文学作家、学者小传》

本世纪初至今，散布在世界各地区，从事华文写作的作家与学者，位数之多，恐怕至今无人能作出统计。正因在这方面的工作做得不够，不少的成了知其名、读其文，而不知其人。编一本《海外华文文学作家、学者小传》，大可弥补这个缺憾。

记得几年前，江苏省徐州师范学院曾编印过一部《中国现代作家传略》，其特色就是约请作家自写，也就是写自传；已谢世的，则邀请其亲属或最了解他的为之。因此，《传略》的内容真实可靠。我们不妨也可效仿。在每位作家、学者的自传前面再加上一张照片、一个签名，成书后的《小传》，将更具风采。

如果能在几年内完成《海外华文文学编年大事记》《海外华文文学大系》《海外华文文学作家、学者小传》这三部巨书的编印工作，海外华文文学的历史与现状，就被浓缩其中，使人一目了然。而这三部巨书的历史与现实价值，是不可估量的。同时，有了这个基础的话，今后就可坚持继续这项工作，每年可编印一本《大事记》，隔数年，可续出《大系》，增补《小传》，持之以恒，一代传一代。

在幼时，曾听老辈讲过一个故事，因为幽默，至今未能忘怀。大致说的是，中国的文字是世界上最古老的。祖先们在写情诗的时候，洋人还没有文字，因此，千里迢迢来到中国找孔夫子，请他传授文字。而孔老夫子对这些绿眼高鼻的洋人非常看不起，几次下逐客令，而洋人就是赖着不走。孔老夫子陪坐多时，尿急异常，也就步入后院。因年老之故，尿柱颤抖，洒在稻草灰堆里尿迹弯弯曲曲，大有"跌宕起伏"之势。待他进屋，洋人还没离去。孔老夫子恼怒起来，将宽袖一抛，喊了声："你们去吧！"洋人误以为传授他们的文字在后院，赶忙跑去，找来找去，见到稻草灰堆上的尿迹，就当作孔老夫子为他们书写的文字，即趴在地上，仔细辨形分段而描在纸上，后来演变成了洋文。这个故事，虽无端地奚落了外国人，格调不高，但中国文字的历史悠久是事实，华文所产生的文学作品，其魅力特点，则无须我在此多言。略懂古诗词的人都明白，那种可会意而不能言传的美妙，恐怕即是一例吧。

弘扬海外华文文学，是中国人的责任，这不单是海外华文作家与学者的事，海峡两岸更应给予全力的支持。而我们现在的努力，将功德无量，世世代代将会永远铭记。

1989 年 11 月 18 日写于湖州人间过路书斋

（原刊《香港文学》1990 年 2 月号）

第四辑

达夫漫谈

新发现的一封郁达夫未刊书简

今年 1 月，在杭州出版的《经济生活报》副刊《花市》上，见到础民先生在一次全国邮展中获银奖的消息，真是欣喜不已。我与础民先生是忘年交。"十年动乱"后又寻找了他十年，尚不见踪迹，屈指算来，失去音讯已二十余载。以这条消息为线索，经报社周荣新、陈幸德两兄的帮助，终于又与他取得了联系。暑间，础民先生远道来访我，互诉怀念之情，甚是欢畅。他暇余仍是爱他的集邮，乐此不疲，且对此道研究颇深，近年来，已陆续发表了不少有价值的研究文章。话题也自然谈到他的藏品，原来他收藏过不少珍贵的名人信札，三十多年来，几经折腾，大都散失殆尽。在残存的"余灰"中，却还有一封著名作家郁达夫的书简。我这几年来，一直在搞现代文学研究，一封郁达夫的未刊书简，自然使我大感兴趣。豁达无比的础民先生返回故里后，立即寄来了这封书简的复印件，随我处置。

郁达夫的这封未刊书简，系在 1929 年 4 月 11 日写于上海。全信内容抄录如下：

钱公侠先生及光华大学文学会诸先生：

从鲁迅先生那里接到召达夫去讲演的信一封，感谢得很。

不过我因为伤风之后，呼吸器病又发了。近来症状变更，一步也移动不来，照现在的样子下去，似乎非静养一两个月不可。所以只好请诸先生原谅，许我暂时休息，等病体复原之后，再来和诸先生相见。等到那时候我再写信来通知你们好了。

郁达夫敬上

一九二九年四月十一日

信封上收件人的地址与姓名是：沪西大西路直底光华大学钱公侠先生转光华文学会。

目前能见到的郁达夫日记，1929 年间只有 9 月 8 日至 10 月 6 日的，不见 4 月的。当年他是否有记，现在是否尚存于世，不得而知，无从获得第一手佐证。可喜的是，在《鲁迅日记》中，找到了此信的来龙去脉。1928 年与 1929 年是郁达夫和鲁迅接触最多的两年，他们当时合编《奔流》月刊，郁达夫又主编《大众文艺》，常向鲁迅拉稿，一同定夺稿件。1929 年 8 月，为调解北新书局拖欠鲁迅版税事，郁达夫也费时不少。

检《鲁迅日记》：

1929 年 4 月 9 日：下午文华大学学生沈祖牟、钱公侠来邀讲演。

4 月 10 日：午后寄达夫信。

4 月 11 日：夜达夫来。

所记"文华大学"，系鲁迅笔误，人民文学出版社 1981 年版十六卷本《鲁迅全集》对此已加小注：应作"光华大学"。9 日那天下午，鲁迅同柔石、崔真吾、许广平去六三公园看樱花，后又去吃点心，再至内山书店看书。钱公侠他们去造访，没能见到。照这封郁达夫书简来看，他们去见鲁迅，不单邀请鲁迅去讲演，同时还邀请了郁达夫，并留下了分别致两人的书函。给郁达夫的，则请鲁迅转交。第二天，鲁迅即写信通知了郁达夫。次日夜，郁达夫去鲁迅家后读到邀请函，这封郁达夫书简，就是对邀请函的回复。

《鲁迅日记》1929 年 4 月 13 日还有记：下午得光华大学文学会信，夜复之。

郁达夫这封书简的发现，已可断定，此条日记即与前四日钱公侠造访邀请讲演是同一回事。9 日那天，他们留给鲁迅的邀请讲演的函未见回复，又收到郁达夫推迟讲演的信，故而他们再次写信向鲁迅提出邀请。可惜鲁迅的回信至今未能发现。新版《鲁迅全集》在钱公侠的简介中，说他是光华大学学生，曾以该校学生会名义邀请鲁迅讲演。郁达夫这封书简的发现，证明钱公侠用的是光华大学文学会的名义而非学生会。

当年有事找郁达夫，通过鲁迅转递信函，也并非仅此一次。如同年 6 月 11 日，鲁迅转郁达夫文学青年周阆风的来信；6 月 19 日，内山完造邀请鲁迅、郁达夫出席次日在陶乐春的晚宴，给郁达夫的请柬，亦由鲁迅转寄。

鲁迅与郁达夫接到光华大学文学会邀请讲演的信后，都没有赴约。这段史实，谈及他们友谊最翔实的，如姜德明先生的《鲁迅与郁达夫》（刊《新文学史料》1980 年第 4 期），陈子善、王自立先生编的《郁达夫忆鲁迅》（花城出版社 1982 年版）一书中的附录《郁达夫与鲁迅交往年表》，均无记载。郁达夫这封书简的发现，对研究他与鲁迅之间的关系不无小补。

　　础民先生是集邮家，五十年前，日寇侵略战火烧到江南嘉兴时，在市上觅得此信。因钱公侠（1907—1977，后又名工侠）就是当地嘉兴人。他就读光华大学时，课余从事写作，常为《北新》半月刊撰稿。础民先生因这封信的信封上盖有"淞沪警备司令部邮政检查委员会（第四十六号）"的椭形验讫章，存之可备那时代实际封邮品之一格。信笺夹在其中，偶然被保存下来，不能不说是一件幸事。1929 年 2 月 7 日，国民党查封了创造社出版部，作为出版部负责人的郁达夫的往来信函受到检查，自不在预料之外，但盖有这样验讫章的信函，恐怕当年是不多的吧？世间搜集实际封的藏家大有人在，想必有不少作家信札保存在各位的手中，也殷切期望能像础民先生这样大度，来公之于世。

（原刊《香港文学》1987 年 1 月号）

有关"风雨茅庐"的一点史实

在浙江富阳，郁达夫有他出生并度过童年时代的故居；在上海，有他长年生活与工作的嘉禾里住宅；1936 年，他在杭州筹款建筑了"风雨茅庐"。这三处居住地，郁达夫在"风雨茅庐"住的时间最为短暂，然而，唯有"风雨茅庐"却同他的身世一样，蒙披着一层神秘莫测的色彩，至今让人谈论不衰。

郁达夫在他的《住所的话》（收入《闲书》）一文中有一段文字："地皮不必太大，只教有半亩之宫，一亩之隙，就可以满足。房子亦不必太讲究，只须有一处可以登高望远的高楼，三间平房就对。但是图书室、浴室、猫狗小舍、儿童游嬉之处、灶房，却不得不备。房子的四周，一定要有阔一点的回廊；房子的内部，更需要亮一点的光线。此外是四周的树木和院子里的草地了，草地中间的走路，总要用白砂来铺才好。四面若有邻舍的高墙，当然要种些爬山虎以掩去墙头。若系旷地，只须植一道矮矮的木栅，用黑色一涂就可以将就。门窗当一列以厚玻璃来做，屋瓦应先钉上铅皮，然后再覆以茅草。"他后来造"风雨茅庐"时，基本上是按他的这个设想规划的。因为资金短缺，其中原想取名为"夕阳楼"的"可以登高望远的高楼"取消了。房屋取名"风雨茅庐"，"风雨"当与他的生活不安定及种种遭遇有关；"茅庐"之出处，当是设想中的"屋瓦应先钉上铅皮，然后再覆以茅草"。只是房屋落成时，瓦上并没有盖以茅草而已。

从 1935 年夏开始筹措，以开始交换地皮起，直到 1936 年 4 月"风雨茅庐"全部竣工，费时将近一年。对于造屋，郁达夫似乎不是很感兴趣，尽管他对居住的地方，有《住所的话》中那样的美好设想。因在他的日记中，对于造屋的前前后后，仅只有《梅雨日记》中 1935 年 6 月 29 日的一条记载："午后，邻地之居户出屋，将门锁上，从今后又多了一累，总算有一块地了。"或许是郁达夫有意不将载有情况的日记公开，理由是《梅雨日记》只从 1935 年 6 月 24 日记起，前面的日记，均付阙如。至今无人知道他如有所记的话，是记些什么了。

现在凡涉及"风雨茅庐"的文章，几乎都说建造所花费的钱，是郁达夫卖文的稿费。其实，当年王映霞善于治家而略有一点积蓄外，在所费的总数中，大约有一半的钱是向一个有钱的同乡所借，而且始终不曾归还。这在郁达夫的日记中，是可以查到一些线索的。在《秋霖日记》中：

> 1935 年 9 月 3 日："接上海丁氏信，即以快信复之。"
>
> 9 月 7 日："午后学生丁女士来访，赠送八月半礼品衣料多件，我以《张黑女志》两拓本回赠了她。"
>
> 9 月 9 日："丁小姐须来，午后恐又不能写作。"
>
> 9 月 10 日："丁小姐去上海，中午与共饮于天香楼，两点正送她上车。"

他在日记中记的"丁氏"，是叫丁梦星，是富阳出生的一个大富商，在沪、杭拥有大量资产。而他发迹所做的生意，是极不光彩的。日记中所记的"丁女士""丁小姐",即是丁梦星的女儿。郁达夫在日记中破例不记丁梦星与他女儿的名字,想必这与丁梦星做那不光彩的生意的名声有关。《秋霖日记》从1935年9月1日记起,第三天就有"接上海丁氏信,即以快信复之"。9月1日前的日记,郁达夫是有意没有披露,是他先给丁梦星写信,还是通过其他渠道传言过去而得来信,同样也无从知晓了。但是,丁梦星的女儿从上海赶到杭州,是负有借款给郁达夫的使命的。只是郁达夫在日记中避而不愿下笔罢了。

在《冬余日记》中的1935年11月19日,离前述日记后的两个多月,郁达夫在当天的日记中有一段文字:"场官弄,大约要变成我的永住之地了,因为一所避风雨的茅庐,刚在盖屋栋,不出两月,油漆干后,是要搬进去定住的……现在好了,造也造得差不多了,应该付的钱,也付到了百分之七八十,大约明年三月,总可以如愿地迁入自己的屋里去居住。所最关心的,就是因造这屋而负在身上的那一笔大债。虽则利息可以不出,而偿还的期限,也可以随我,但要想还出这四千块的大债,却非得同巴尔札克或司考得一样,日夜的来作苦工不可。"这"四千元的大债",就是向丁梦星借的。《秋霖日记》从1935年9月1日记到9月20日,《冬余日记》从1935年11月19日记到12月8日,当中断了五十九天。郁达夫在日记中是有意不使前后连贯,而让人摸不清究竟是谁借给他这么一笔大数字的钱,而且利息可以不出,偿还的期限也可以随他。在《冬余日记》的12月6日,郁达夫在前一天从杭州到上海,这天日记有载:"饭后上丁家,候了好久,他们没有回来,留一刺而别。"第二天即7日郁达夫返回杭州,8日,他的日记中又有"致上海丁氏"一信的记载。自此,在随后的现今所能见到的他的日记中,再也没提到过这个"丁氏"丁梦星。

1937 年，"风雨茅庐"筑成的第二年，"八一三"战事爆发。9 月，郁达夫全家逃离"风雨茅庐"，从此再也没有回来。抗日战争时期，杭州沦陷，日寇在"风雨茅庐"驻过兵，还做过马厩。抗战胜利后，易手他人。

在造"风雨茅庐"时，郁达夫随俗，也叫几个人看过风水。有人说，此屋造后，门临两边是街，太冲而不宜；更有人说，造屋的这块地，原是义冢地，绝对不能造屋住人，不然要惹灾祸。而郁达夫有时很迷信，诸如算命、看相、求签之类，在《毁家诗纪》里，他就照搬过庙里求签而得的签诗。但在造"风雨茅庐"时，却又毫不理会。他后来家破人亡，不少人就用造"风雨茅庐"本不吉利来印证了。这是巧合，还是有当今科学尚不能解答的原因？《周易》能推测吗？自然科学家们能驳斥吗？有人说，地球只是宇宙中的一粒小尘埃，地球上的天文科学家也只能用当今最先进的天文望远镜看到所能看到的。然而，天有底吗？没有底的底又在哪里呢？在"没有底的底"的地方，是否有比人类更具有头脑的生灵在主宰着这个宇宙？现在世界上是没有一个人能够回答的。人类用现在的已掌握的科学所无法解释的现象，都将其归入"迷信"吧？！

1949 年，杭州解放，"风雨茅庐"遂被接管，作为杭州市公安局上城区分局横河派出所的办公地直到现在。1985 年 9 月，在富阳举行的纪念著名作家郁达夫烈士殉难四十周年学术讨论会上，诗人汪静之先生在发言中有如下一段话："我早想'风雨茅庐'应该作为郁达夫纪念馆，但没有办法。1983 年春，我写信给市委宣传部，提出这一请求，后来杭州市委宣传部报请省委宣传部同意，发文把'风雨茅庐'作为纪念馆。"只是至今尚未落实。同年，在杭州市的文物普查中，"风雨茅庐"是被列为文物保护单位的。

　　"风雨茅庐"虽经几度战乱，但其结构却不曾遭受破坏，大致还保持了原来的风貌。鉴于它至今仍是派出所的办公地，也就很少有人有幸去一睹它的面目。我请杭州市的一位记者朋友，特地拍摄了其中的部分屋景，随此短文交以鬯先生在《香港文学》上印出，使没有到过"风雨茅庐"的读者知道，名传海内外的"风雨茅庐"就是这个样子。

（原刊《香港文学》1991 年 4 月号）

郁达夫远走南洋的原因

研究现代著名作家郁达夫的工作，多少年来，香港这个弹丸之地要比内地做得仔细而又活跃。为理清脉络，解释疑团，刊物的编辑抱着实事求是的态度，容各家之说，颇不简单。

1938 年底，郁达夫携妻小从福州决定远走南洋，这是他一生中可记的大事之一。其原因何在？有必要进行探讨。

早在 40 年代，报章上就有人撰文，指明是他与王映霞感情破裂，家庭不和而"一气走南洋"。直到近年，诸如张白山在《我所知道的郁达夫》中，还在继续说郁达夫"只身下南洋"。更甚的是，还有将"家破人亡"的罪过推在王映霞这个弱女子身上。这不单是在制造假象，混淆史实，同时贬低了郁达夫是爱国主义者的形象。确实，家庭的纠纷使郁达夫情绪低落，在他当时写的一些诗文中，亦有提及因此而走南洋的。如《毁家诗纪》第十六首："此身已分炎荒老，远道多愁驿递迟。万死干君唯一语，为侬清白抚诸儿。"所附的"纪事"谓："建阳道中，写此二十八字寄映霞，实亦已决心去国，上南洋去作海外宣传。若能终老炎荒，更系本愿。"似乎是他在回福州的路上立定了主意。其实不然，他在比《毁家诗纪》写在前的《槟城三宿记》中写的是："回想起半年来，退出武汉，漫游湘西赣北，复转长沙，再至福州而住下。其后忽得胡氏兆祥招来南洋之电，匆促买舟，偷渡厦门海角，由香港而星洲。"文中的"住下""其后忽得""匆促"几个词，充分言明他远走南洋的决定是在回到福州以后的事，更是匆忙承应。上引"纪事"，完全是为了凑合整组《毁家诗纪》内容而采取了故弄虚假的手法，实不足信。"远道多愁驿递迟"，仅是指福州到王映霞当时歇脚的湖南汉寿，而非意为将走南洋。他是在知道王映霞携子到福州来会他的路上决定了主意，并在他们到福州前夕办好了三人合用的护照。郁达夫是有计划带妻小南渡的，根本不存在王映霞赶到福州"说将痛改前非，随我南渡"。

诚然，郁达夫决定远走南洋，家庭争吵是一个因素，但总的来说，极为次要。武汉沦陷后，文艺界曾呼吁能赴敌后者，能随军队者，能走海外者，各尽其力投奔，为抗日而贡献自己的力量。郁达夫在福州之际，正好胡文虎驻福州的代表胡兆祥邀他去新加坡任《星洲日报》编辑，经福建省政府主席陈仪的同意，办好离职手续而携妻小南下。他选择了"能走海外者"的这一条抗日道路。促使他远走南洋进行抗日宣传的，目前而言，当有以下四种原因。

向往南洋

早在 1929 年，当时马来亚作家温梓川在上海暨南大学读书，一次去拜访湖畔诗人汪静之，在汪家遇到郁达夫。温梓川就抄了几首描写南洋明媚风光的旧诗向郁达夫请教。郁达夫读了诗后，大感兴趣地说："啊！南洋这地方，有意思极了，真是有机会非去走走不可。"汪静之朝他泼冷水："像我们这种人老远跑到南洋去发不了财，实在没有意思。"郁达夫却不以为然，说写过《金银岛》的"司提文生的晚年就在太平洋的一个小岛上度过的，他在那里就写了不少非常有意义的作品"。郁达夫见到几首描写南洋风光的诗就对那个地方如此神往，在他的想象中，南洋的风土人情一定是非常美的。十年之后，他远走南洋，不能不说，脑中美好的想象，是最先考虑决定的因素之一。

复兴创造社的计划

创造社的一段历史，对郁达夫来说，是最可回忆的一段愉快的往事，他与郭沫若、成仿吾、张资平等通力合作，同甘共苦，为我国现代文学史写下了光辉的一页。创造社解散后，郁达夫始终有复兴的计划。他去南洋，与此也不无关系。姚楠在《缅怀郁达夫》中说："但我认为他还有一个目的，那是因为他在 1938 年曾与郭沫若先生定下了复兴创造社的计划，初步打算出一个文艺杂志。达夫先生希望这个计划能在星洲实现。后来果然在 1939 年 6 月 1 日创办了《星洲文艺》，同《星洲日报半月刊》合在一起。他在《发刊旨趣》中明确地提出了这一点。这个刊物请郭老题字，也含有两人合作复兴创造社之意。"姚楠之说，可与郁达夫在《关于沟通文化的通信——答柯灵先生》中说的相吻印。他写道："我更打算于三月中出一个文艺半月刊，内容形式，大抵同以前的创造周报差不多，每期约可容两万字以上的样子。"编印这个刊物的目的，郁达夫是"想把南洋侨众的文化，和祖国的文化来一个有计划的沟通"。1939 年 3 月 5 日，他在《星洲日报星期副刊》的《文艺》上登出了出版预告。为筹划这个刊物，他曾分别给当时在重庆政治部工作的郭沫若等同事，延安的成仿吾、丁玲，迪化（即乌鲁木齐）的茅盾，上海的戴平万，香港的戴望舒、楼适夷写了约稿信，然终因组稿困难，后只好在《星洲日报半月刊》中增加篇幅，开辟《星洲文艺》专栏，于 1939 年 6 月 1 日面世。郁达夫要在南洋复兴创造社，完全是为了避开国内当局的压迫。

当局难容

1940 年 6 月 6 日，在《星洲日报》副刊《晨星》上，郁达夫发表了《嘉陵江传书》，是一封答林语堂来鸿的长信。在这封信中知道，林语堂邀郁达夫回重庆，而被郁达夫婉言谢绝。原因之一是"因弟平日之友人，主张行动，似有不为当局谅察处；旧同事如雪艇骝光（指王世杰、朱家骅）等，'白首相知犹按剑'，至如立夫先生辈，更不必说矣"。郁达夫恐惧重庆当局会不顾情面而可能采取的政治高压手段，以远而避之为上策。当局容不得他，不然，他也可以同政治部其他人一样撤到大后方。在新加坡沦陷前夕，他仅让儿子单身回国，自己留了下来，若无此顾虑，是可以一同返回中国的。那时王映霞已在两年前同他协议离婚。这里也说明了一点，即他的远走南洋，与王映霞并无多大关系。

为闽政辩解

陈仪当年是福建省政府主席，主持闽政。郁达夫在其麾下供职。他对陈仪极为信任，胡愈之在《郁达夫的流亡和失踪》里提到过，为了陈仪的问题，有时和他几乎吵嘴。郁达夫将儿子送回国，托付给陈仪抚养，足见他与陈仪的关系非同一般。他对国内的政治深怀不满，但他不满意的是人而不是制度。陈仪为他所信任，为之效力也自在情理之中。新加坡的侨领陈嘉庚、胡文虎等，都是福建人。他们对当时的闽政深为不满，郁达夫远走南洋，其中就有为陈仪作辩解的原因。福建在经济上必须得到这些华侨巨富的支持。黎烈文早在 1947 年写的《关于郁达夫》中就提到这件事："那时南洋侨领陈嘉庚先生对闽政深表不满，达夫兄到南洋去，似乎得着陈主席的支援，负有替陈主席做点辩解和宣传工作的使命。"此说在许钦文的《回忆郁达夫》中也得到证实："我将离开福州内迁永安的前夕，达夫轻声对我说：'侨居在南洋的福建同胞，对于家乡的情况有点隔膜，有些行政的方针不了解，我想到南洋去做些宣传工作，把有些事情解释一下'。"为此，郁达夫没有同许钦文一起去永安。郁达夫远走南洋，有这一原因在，当然得到陈仪的赞同。临行之日，陈仪还在省政府为郁达夫"祖饯"，祝愿郁达夫夫妇在新的环境里愉快工作，胜利归来时为他们"洗尘"。郁达夫为这个使命做过多少事，也还望知情者提供珍贵的回忆。

综上所说，郁达夫的远走南洋，是多方面促成的，想必不带偏见的读者会有相同的领会。

（原刊《香港文学》1987 年 7 月号）

郁达夫一段鲜为人知的情史

　　槟城的傍晚，灯光如水，列树如云。阵阵微风吹来，就好像是美人在梦里呼出的气嘘，郁达夫沉醉在这静谧、安闲、整齐、舒适的被人称为"东方花园"的小岛上。

　　1938年底，郁达夫偕妻王映霞、带了长子从福州启程，前往南洋办报。在这一年的12月28日抵达新加坡。两天后，他奉《星洲日报》老板胡文虎之命，北上槟城。新加坡在马来亚的南端，槟城是北端靠西岸的一个岛屿。该地《星槟日报》将在1939年元旦开始发行，它是"星"系的兄弟报，胡文虎请郁达夫去祝贺，目的是以壮声势，因为郁达夫这个大作家的名字，当年在南洋已很有影响。

　　这次郁达夫北上槟城，不带家眷，仅与《星洲日报》的主笔关楚璞同往，1939年1月2日来到槟城。郁达夫的光临，自然受到当地文化新闻界人士的欢迎。这天晚上，在新世界游艺场内的槟城酒家设宴招待他。

　　歌台上传来了婉转、清甜的歌声。在演唱的歌女叫玉娇，在本地颇红。她祖籍福建，喜欢阅读文艺小说，亦懂古典诗词。郁达夫一行十多人到来时，她正唱着《桃花江》，继后又连唱了《西湖春》《夜来香》。郁达夫听得似痴如醉。在座的朋友会意，即叫茶房将玉娇唤来陪坐。当年槟城各大酒家，女招待不是酒女，毋须陪客饮酒，倒是驻唱的歌女，有陪客饮酒的习惯。玉娇款步而至。她身材修长，亭亭玉立。因是职业的关系，毫无羞涩之感，即坐在郁达夫的身边，开始频频给他斟酒。在前郁达夫只闻其声，远见其人，一到玉娇偎在身边。这美艳绝伦的年轻女子，尤其是脸上一对大酒窝，更是可爱无比，使郁达夫为之倾倒。酒宴上朋友们要郁达夫谈谈国内抗日的形势，话题转到日寇步步进逼中原。郁达夫在来槟城的车上已闻汪精卫在河南发出电报，主张与日军罢战言和，他气上心来，一掌拍在桌上，盛满酒杯的汕头酿造的红高粱溅湿了玉娇一大片衣裙。玉娇对郁达夫非常钦佩，连敬他三杯酒，郁达夫豪饮而干。时至午夜，已有七分醉意的郁达夫由玉娇陪护着回旅社休息。

第二天晚上，朋友们又陪郁达夫在另一家名叫紫罗兰的酒家里喝酒。几个歌女虽年轻美貌，但都不及玉娇那样有迷人的风姿。因此郁达夫喝酒的兴致亦大大降低。于是善于辨色的朋友，提议去乘三轮车逛街，几圈一转，又去槟城酒家吃夜餐。他们又唤玉娇来陪他。郁达夫吃了玉娇的敬酒后，当众不无醉意地说：“汉武帝有阿娇，我郁达夫有玉娇，汉武帝有金屋藏娇，我是一个落魄天涯的穷文人，却没有一间茅屋来藏我的玉娇，天呀！你太亏待我了！”说后又连干三大杯。朋友们戏说，今晚就在旅社内藏娇好了。他喝得酩酊大醉时，竟搂着玉娇连声唤着“映霞”。随后，又是玉娇陪他回旅社。事后玉娇对人说，他是个很热情的人，在旅社内还要我陪他喝酒，我发觉他的身体不怎样健康，睡熟了还做噩梦。她还说，郁达夫说她像一个人，像谁，没有说出来。闻者都清楚，无疑他是在指王映霞。直至次日，郁达夫仍不让玉娇回酒家。

郁达夫在槟城共宿了三晚，写有《槟城三宿记》，但在文中，却隐去了与玉娇的这段情史。第四天，郁达夫回新加坡时，玉娇还到渡海的码头来送别，两人依依不舍，不忍分离。

当年王映霞年近三十，尚属年轻，但已是三个孩子的母亲，又加上颠沛流离，生活中又蒙遭丈夫的不白之冤，忧患余生，模样憔悴万分。而玉娇绮形玉貌，艳丽多姿，仿佛是郁达夫初恋时的十八九岁时的王映霞。她的形象，点燃了郁达夫对王映霞行将熄灭的爱情火焰。郁达夫从槟城回新加坡后没有几天，即凑合旧作诗19首，词一阕，加上"新注"，写成了一组《毁家诗纪》，用不堪入目的言语，杜造出种种"证据"，公开了妻子王映霞的所谓"红杏出墙"，其用意是让女方无法忍受而先提出离婚。只是后来，他没有机会再见到玉娇，也恐朋辈引起非议。直到比王映霞年轻而更具风韵的李筱英（晓音）闯入他的生活后，他与王映霞的恩恩怨怨始告了结。

郁达夫牺牲在日寇屠刀下一年之后，有人去采访了玉娇。当她知道郁达夫去世已一年时，不禁伤心地痛哭起来，梨花带春雨，使人为之鼻酸。她告诉记者："这样的好人竟被日本人杀害了，东洋鬼子真可恶。"风尘丽人，竟如此珍惜这短暂的一段情，使记者亦深为感动。记者对玉娇的访问，后来写成《槟城歌女谈郁达夫》，发表在1946年9月当地出版的《槟榔屿》创刊号上，为世人留下了一段鲜为人知的郁达夫史料。在该刊同一期上，还刊登了一篇当年在新加坡与郁达夫有交往的许白野写的《怀念郁达夫先生》，文中对郁达夫与玉娇的交往也记述颇详。

近年来，新加坡好多位学者为研究郁达夫，发掘郁达夫在新加坡时的史料，做了大量的工作，成绩惊人，但似乎尚未谈及过郁达夫的这一段情史。1984年台湾出版的由王润华先生编的《郁达夫卷》，搜罗郁达夫在南洋的史料极为精当而详尽，可是对此也不载一字。查天津人民出版社1982年出版的王自立、陈子善先生编的《郁达夫研究资料》，在较完备的"资料目录"中，亦未见列此两文。同时，我曾通过关系询问过现还健在的王映霞女士，当年她也一点不知道郁达夫与玉娇间的这段情。但我以为，这段史料相当重要，这是郁达夫"毁家"的前奏曲。为什么郁达夫到了新加坡不到一个月，就迫不及待地发表《毁家诗纪》，这就是明确的答案。也竟与郁达夫发表《毁家诗纪》后，王映霞在驳斥的《一封长信的开始》中说的不谋而合："他断绝他旧女人唯一的方法，也是骂她某日与某人在何处开旅馆。乡下人火气大，这样一来，竟成功了不离自离。他今又想以同样的含血喷人的方法来对付我。"《毁家诗纪》也就是这样的产物。

　　玉娇如还健在于世，想必已是年过七十的老太太了吧？

（原刊新加坡《联合晚报》1989 年 7 月 22 日）

郁达夫的情人李晓音

在拙文《郁达夫一段鲜为人知的情史》中，我以史实为依据，证明1939 年元旦，郁达夫到槟城逗留的几天里，深深迷恋着歌女玉娇，厮混了几夜后，以致返回新加坡后没有几天，即凑旧作组成了《毁家诗记》，凭文学家的想象力臆造出种种"证据"，暴露妻子王映霞的所谓"不贞"，用此种方法来逼女方先提出离婚。郁达夫采用这种精神折磨法，自然使王映霞不堪忍受。她对郁达夫来说，是问心无愧的，终于在1940 年 3 月，双方协议离婚。在当时的处境里，郁达夫不可能与玉娇结合。这使得他失此而不能得彼。这期间的郁达夫是孤寂的。同事、朋友们为帮他散散心，常带他到"名女人"梁赛珍、赛珠、赛珊家中去消遣。苦闷之际，郁达夫竟然会左右各搂抱一个女人供人拍照，沉醉在温柔乡中。他也常去报社同仁办的小俱乐部"白燕社"或作方城之战，或混于舞女群中。不久，李晓音闯入了他的生活。46 岁的郁达夫，爱上了 26 岁的李晓音，由恋爱到同居。一个是漂亮的太太离他而去，一个是刚闹过桃色纠纷，一般人说他们是"物以类聚，不足为奇"；英国人则说"同一样羽毛的鸟儿一处飞，不必大惊小怪"。但有情人终难成眷属，太平洋战争爆发，残酷的战争使他们劳燕分飞。李晓音随英国情报部撤退到爪哇岛，郁达夫逃亡苏门答腊。他经常收听李晓音的播音，可听而不可即，回想双双热恋时的情景，引出了情意深切，缠绵悱恻的千古绝唱《离乱杂诗》。

李晓音是福州人。上海暨南大学文科毕业生，能说一口流利的英语、华语与上海话，声音似同银铃般悦耳。郁达夫曾对人说过："想不到女性美好的声音，竟是如此的迷人！"李晓音因此能担任新加坡电台的华语播音员。她的名字，现在出现在一些文章中的有李晓音、李筱英、李小瑛。当年艺术大师刘海粟曾为她画过一幅《芦雁图》，郁达夫在画上题过一首七绝。此诗发表在 1941 年 7 月 22 日《星洲日报晚版·繁星》上，题目是《为晓音女士题海粟画〈芦雁〉》。由此可以断定，她应名李晓音，而筱英、小瑛则是人闻其名而猜度的谐音。

李晓音年轻漂亮，皮肤白皙，体态丰满。郁达夫喜爱的就是这种长相的女人，王映霞如此，就连他 20 岁在日本学习时，第一次去妓院嫖妓所选中的，也是一个"肥白高壮的花魁卖女"（见《雪夜——自传之一章》，刊 1936 年 2 月 16 日上海《宇宙风》第 11 期）。郁达夫与李晓音相识，有一段趣话可述，据郁达夫的同事胡浪漫先生回忆说，他认识李晓音后，发现她是一位才华横溢，而且极具魅力的女子。当时"星"系报刊集团正需人才，于是向林霭民作了推荐，几经商讨，约定会见。郁达夫知悉后，表示要同去。后来，胡先生约了李晓音、林霭民、郁达夫，乘了《星洲日报》的汽车，至巴丝班让九曲十三湾山上的西山茶室作闲谈。这是郁达夫与李晓音相识之始。席间，胡先生曾口占一绝："芳泽偶亲亦凤缘，十三湾曲草芊芊。千锤明月钩锤就，谁向银河下钓船。"事后林霭民觉得李晓音确是干才，报社正需这样的人员，但其媚入骨，不动心的男子恐怕少有。为工作计，打消了聘她的计划。然而此后，郁达夫下了"钓船"，直至相差二十岁的"契父女"同居。

李晓音后来加入新加坡英国情报部（Ministry of Information）为

职员，又为新加坡电台的华语播音员。经李晓音的推荐，郁达夫担任了英国情报部出版的中文《华侨周刊》主编，李晓音自己充任编辑助理。该部负责人汤逊，是被人们称为负有特殊使命的人物。《华侨周刊》内容如何，共出了多少期？因战火之灾，至今已荡然无存。现在如能有所发现，在该刊上可能还会找到郁达夫的佚文。

报社同仁的小俱乐部白燕社，出入的大都为上海人，暨南大学的毕业生尤多。而常到场的，还有当年号称"四大金刚"的苏、黄、金、胡四个红舞女，个个皮肤白皙，雍容华贵。郁达夫周旋其中，他还常带李晓音出入舞场，他本人不会跳舞，坐边饱赏她们优美无比的舞姿。在白燕社中热衷于跳舞的，曾办过一本《舞经》杂志，由胡狄甫（仑）主编，郁达夫也参与其事。现在如能找到这本十六开本的半月刊，恐怕也会找到郁达夫的佚文吧。

至今已面世的谈及郁达夫与李晓音的文章，都是从他们在新加坡认识时谈起，李晓音如何从上海到了新加坡的，这段史实从来无人提及。不久前，马来西亚著名史学家刘子政先生寄我一份手写材料。这是他的亲戚刘邦光老人的回忆。原来李晓音在上海暨南大学读书时，与马来亚沙捞越诗巫侨生黄增安是同班同学。在学校里，他们在学生会里均是很活跃的人物。两人接触频繁，继而开始密恋。黄增安后来回诗巫时，同时也为李晓音申请了护照一起南来。1938年，黄增安为诗巫敦化中学校长，李晓音任教务长，刘邦光老人的小姨张玉仙在该校担任英文主任。两年间，黄增安与李晓音在感情上发生冲突，以致最后离异，随后李晓音与张玉仙同赴新加坡谋发展。黄增安后来参加了当地的反政府组织，1970年11月饮政府军枪弹而亡。

当年李晓音在新加坡随同英国情报部撤退到爪哇岛，后又到印度，在印度和一位"自由泰"的泰国青年播音员结婚。婚后在曼谷逗留了一段时间，后又赴英国伦敦，可叹丈夫在一次车祸中丧生。李晓音战后又回到新加坡，在"丽的呼声"电台任华文部主任，随后又再嫁。她当时读到郁达夫的"离乱杂诗"，为之唏嘘不已。再读到谢云声的和诗"知汝九泉难自慰，桃花已向别人娇"时，竟自责良久。1955 年李晓音返中国内地定居，几年前又定居香港。因女儿在澳大利亚，现已移居澳大利亚。

屈指算来，李晓音至今也是七十多岁了，她的一生在婚姻上的坎坷不平，使人同情。若她在有生之年，能亲自撰写出与郁达夫的那段"可待成追忆"的未了情，将为研究郁达夫的生平填补一段空白。

（原刊马来西亚《诗华日报》1989 年 8 月 2 日）

郁达夫在新加坡的几个问题

对著名作家郁达夫的研究，不用讳言，内地的场面赶不上海外那么活跃。尽管作了种种呼吁和努力，在 1985 年 9 月，郁达夫殉难四十周年之际，才在他的故乡浙江富阳县成立了郁达夫研究会。多少年来，国内的香港及国外的新加坡、日本等对这位作家的研究，干得相当出色。但也得承认，不少史实因为没有进行仔细考证，以讹传讹，出现的差错也为数不少。现今在研究中国现代作家的领域中，只有对鲁迅先生，做了相当到家的工作。研究《红楼梦》可称为"红学"，则研究鲁迅先生，理应已可称为"鲁学"，专家们对他的作品、思想和生平，几乎是一句双字，一日一事，都进行了详细科学的考证，树立了一位活生生的中华伟大人物的形象。而对郁达夫的研究要达到这样的水平，恐怕还要有一段时间。

郁达夫的一生，其中有三年是在新加坡度过的。他在这三年中的一切，接触过他的，先后有所回忆文章面世，研究者们又做了大量的整理鉴别工作。其中有些问题，似可作进一步的考索，还其历史的真正面目，以利研究工作的深入开展。

建阳道中根本没有考虑去南洋

我在《香港文学》1987 年 7 月号（31 期）上《郁达夫远走南洋的

原因》一文中，曾对郁达夫远走南洋的原因，作了一些探讨。其中涉及郁达夫《毁家诗纪》第十六首："此身已分炎荒老，远道多愁驿递迟。万死干君唯一语，为侬清白抚诸儿。"该诗所附"纪事"："建阳道中，写此二十八字寄映霞，实亦已决心去国，上南洋去作海外宣传。若能终老炎荒，更系本愿"。似乎是他在回福州的建阳道中立定了投荒南洋的主意。我用他在《槟城三宿记》中的一段话，让他自己否定了自己来证实这"纪事"的虚假。现在可更确切地用来同证的是他1938年10月1日在福州写给陆丹林的信："闲居汉寿湖乡，将及两月，现已双身来闽海，打算上闽南前线去一看，再转粤赴中央。政治部一部分人现移衡山，大约返湘时，当上祝融峰小住。"这封信他已是过了"建阳道中"回到福州后所写，他当时注意的是政治部人员的动向，以便去会合，上祝融峰小住。根本就没有考虑到要去南洋。读者都清楚，作家的书信，最能流露真实感情，写实记事，毫无掩饰。而《毁家诗纪》是经过苦心铺排，自然为达目的，作者进行了有心的设计。故而《诗纪》所涉，全盘不足为信。郁达夫当年为什么突然改变了去会合政治部人员的主意而决定远走南洋，至今尚无人有所提及。然而这里可以肯定的是，他在建阳道中，根本没有考虑到要去南洋。

在槟城应是四宿

1938年岁末，郁达夫与夫人王映霞携子郁飞抵达新加坡。没过几天，郁达夫即为庆贺《星槟日报》于1939年元旦正式发行，应胡文虎之命前往槟城。他在槟城的活动，曾写了《槟城三宿记》。一直来，大家都以他这篇散文为依据，均认为他在槟城是住了三宿。郁达夫去槟城，是与关楚璞同车。在从新加坡发槟城的火车上，郁达夫写有《廿八年元旦因公赴槟榔屿,闻有汪电主和之谣,车中赋示关楚璞兄》七律一首。诗尾注明写于"一九三九年一月一日",即诗题中的"廿八年元旦"。从诗句"草驿灯昏似梦中"来看,他到达槟城时已是这天晚上。这与《槟城三宿记》"我们就在微风与夕照的交响乐中间,西渡到了槟城"一语,在时间上完全吻合。同时,他到达目的地槟城后,还写有《槟城杂感》诗四首,第一首写有"抵槟城后,见有饭店名杭州者,乡思萦怀,夜不成寐,窗外歌舞不绝。用谢枋得〈武夷山中〉诗韵,吟成一绝",说明他已到了槟城,看到有取名"杭州"的饭店而思乡,在一派歌舞景象中而写。而诗尾亦注明了"一九三九年一月一日,槟榔屿"。如作者所记无误,则可断定一月一日这一天,他已在槟城过夜。郁达夫从槟城回新加坡,路遇翻车事件。为此,他后来写了一篇《覆车小记》。文中记道:"槟城三宿之后,五日夜渡北海,刚巧是旧历的十五晚上,月光照耀海空,凉风绝似水晶帘底吹来……"指明了是1月5日夜渡北海而归。文中所记"旧历十五",因这一天还是农历戊寅年十一月十五日。郁达夫在这里说的也就决不会错记。故而由此可证,他1日晚上到槟城,5日晚上离开,在槟城应是从1日至4日共住宿了四宵,有2日至5日白天的活动。

其实,他写《槟城三宿记》时,还尚未过三宿。该文发表在1月4日《星槟日报》上,是第二天(即2日)游了升旗山后,晚上在下榻处"夜半挑灯"所写,也就是在3日凌晨所写。文中有记"明天再玩一天,再宿一宵,就须附车南下,去做剪刀浆糊、油墨米笔的消费人"。原定下的回程应是4日。该文4日刊出,他延长一天至5日返回,自然来不及更改。《覆车小记》中说的槟城三宿,当系顺《槟城三宿记》一文而没更动。

郁达夫在槟城的著述,现能见到的,除上述的两首诗,《槟城三宿

记》（内有七绝两首）外，还有一篇《抗战以来中国文艺的动态》，写于
1月3日。

在槟城下榻何处

郁达夫抵达槟城后下榻何处？他本人在《槟城三宿记》中没有提及。
据王润华先生在《郁达夫在新加坡与马来亚》一文中说，他"住在《星槟
日报》对面之杭州饭店"，"第二天不知何故，他换了旅社，住在现代旅
店"。另见胡浪漫先生《缅怀郁达夫先生》一文，其中说"当时的槟城并
没有什么叫做旅游业，只好安排郁、关两先生寄寓于《星槟日报》对面
的国际饭店"。胡浪漫先生当年主持《星槟日报》的筹备事务，且是接待
郁达夫的人之一，其说较可信。至于郁达夫在第二天迁入现代旅店，不
知润华先生引用的是谁说。

郁达夫在《槟城三宿记》中说，他抵达槟城的第一天（1月1日）
晚上，"上北海岸春波别业（Spring Tide Hotel）里去吃了一顿晚餐"；
第二天吃晚饭是在"春满园"。王润华先生说："4日晚上，槟城文艺界
在'醉林居'餐馆公宴郁达夫。"当年在槟城与郁达夫有交往的许白野先
生，1946年在《怀念郁达夫先生》一文中说："我清楚地记得，我和他订
交是在七年前的一个晚上。他从新加坡乘火车北来，当晚由北海渡海来
到槟城。槟城的新闻文化界人士林连登、许生理、王景成、萧遥天等，
在庇能路新世界游艺场内的槟城酒家设宴欢迎他。我被应邀作陪。"又
说，"第二天我因事，没有陪郁先生游升旗山，但晚间又和他在槟城
头条路的紫梦兰酒家喝酒……我提议饭后乘槟城特有的三故逛街，然后
再到槟城酒家吃宵夜"。郁达夫在槟城一共到过几家酒店？现在槟城的
文化界同好，若有兴趣实地考证一下，排一个过程，想必也是非常有趣

味的吧。

当年郁达夫兼编过《星槟日报·文艺双周刊》，他在 1936 年 2 月 16 日发表在该刊上的《看稿的结果》中曾说："我正在希望今后的南洋，尤其是槟城能够渐渐发展开来，成一个中国文坛已经四散后的海外方面的文化中心地。"现在国内与槟城侨界的文化沟通实在太少了。

王映霞并没有编过副刊

郁达夫《毁家诗纪》的发表，因所涉全是无中生有，捕风捉影，凭空想象，王映霞被激怒，自在情理之中。一直来，不少研究者的文章，写到因《毁家诗纪》的发表，王映霞与郁达夫曾在新加坡的报刊上开过笔战。因王映霞当时也在编辑副刊，有她的阵地。如刘心皇先生在《郁达夫与王映霞》一书中说："王映霞则主编了当时《星洲日报》的《妇女版》，文笔也很清新。"珊珊（吴继岳）在《郁达夫与王映霞》一文中说得更详细，"最好笑的是两人互相攻击的文章，都出现在《星洲日报》上。郁先生骂王映霞的文章，在他编的《繁星》副刊发表；而王映霞的文章，则刊在《星洲日报》的《妇女周刊》上。原来《星洲日报》之《妇女周刊》的编者李葆珍女士是同情王映霞的，她不管郁先生满意不满意，站在王映霞一边，和郁先生作对"。珊珊的文章，因作者是郁达夫的故旧，故被人称为是第一手资料。李冰人先生也在《永忆诗人郁达夫》一文中说："郁先生除任《星洲日报》副刊《晨星》，还兼主编《华侨周报》，王女士则主编了当时《星洲日报》的《妇女版》，文笔也很清丽。夫唱妇随，不明内幕的人，谁都会啧啧称赞，誉为作家中的'梁鸿孟光'。"最可笑的是 1987 年 2 月，有一家出版社还出版了一本荒谬透顶的《郁达夫之恋》，作者据说还是一个专业研究者，就这本书中所用的资料而言，可看出作者连起码的鉴别水平也没有，处处混淆是非。单说王映霞主编过《妇女周刊》一事，作者也像煞有介事地描绘一番。在该书的后记中，作者竟说"在写作过程中也参考了国内外出版的有关资料"，读者见了也觉脸红。我曾通过关系询问过王映霞女士。她表示在新加坡绝对没有编过什么副刊，当年驳斥郁达夫《毁家诗纪》的文章，也仅仅是写了《答辩书简》（两封）、《一封长信的开始》及《请看事实》四种，同样发表在香港出版的刊登《毁家诗纪》的《大风》上。我函请新加坡的友人代查当年的报刊，证实王映霞女士所说完全确实。王映霞女士在新加坡时，确也在《星中日报》《星洲日报》的妇女版发表过文章，但都没有牵扯到一句与郁达夫争论的文字。她当年第一篇文章《忆池田幸子》，发表在 1939 年 1 月 8 日的《星中日报》的妇女版。该报编辑在刊出这篇文章时，于正文前加了一则启事："《忆池田幸子》作者王映霞女士，不必介绍，读者大约已经知道，便是最近南来文学家郁达夫先生的夫人。她跟郁达夫结婚以来，足迹踏遍中国南北，而抗战一年来，辗转逃亡的地方甚多，无疑地她具有极丰富的生活经验。这次承蒙在行装甫卸的不定心情下，给我们写了一篇文章，我们觉得极其感激。尤其值得向读者报告的，便是此后王女士将主持本报妇女栏，毫无疑义，读者请拭目及待可也。"该刊想借王映霞之名提高号召力，然而虽有设想却未付诸实现。说王映霞编过《妇女周刊》之误说，想必乃是未加细察而为这则启事所蒙骗。

有离别诗而无饯别事

王映霞与郁达夫协议离婚后，1940 年 5 月，离开新加坡经中国香港回内地。郁达夫在 5 月 23 日写有《五月廿三日别王氏于星洲，夜饮南天酒楼，是初来投宿处》七律一首：

> 自剔银灯照酒卮，旗亭风月惹相思。
>
> 忍抛白首盟山约，来谱黄衫小玉词。
>
> 南国固多红豆子，沈园差似习家池。
>
> 山公大醉高阳夜，可是伤春为柳枝？

郁达夫在这首诗里，将依依不舍之情，写得真切感人。后来，这首诗被认为是在临别时赠送王映霞的。早在1982年，有人访问了王映霞女士，事后写成的《忍抛白首盟山约——王映霞五十年心声的倾吐》中，访问者对此诗提出问题，而王映霞面容严肃地说："我离开星洲的时候，他并没有在南天酒楼为我饯别，也没有写过两首诗。"又说："最近有位当年在《星洲日报》工作的胡浪漫先生从新加坡来信说，他也记得没有南天酒楼饯别这件事。那两首诗肯定是他后来写的。"诚如王润华先生在《走出郁达夫传奇的人物》一文中说的，"想不到王映霞把流传四十多年的美丽而哀怨的故事给拆破了"。"原来这个广泛流传的故事及其诗是出自幻想，后面原来是这番无情。"如果说，王映霞女士的话还不足信，那么，还有一位郁达夫当年的同事，在回忆中又进行了证实。黄葆芳先生在《回忆郁达夫先生二三事》一文中说："《南天酒楼饯别王映霞》的律诗两首（按：其实仅一首），如果我的记忆没有错，达夫并没有在映霞离新前夕饯别过她。那晚达夫先生约了胡浪漫、冯列山两兄和我到白燕社作方城戏。他拟通宵达旦继续下去，不肯回家，避免与映霞分别时的痛苦。可是我们翌日各有工作，不能奉陪，他在无可奈何之下买瓶白兰地酒，午夜时分到南天酒楼开房，喝得酩酊大醉。到第二天午后才起床，映霞登船时，他可能还在睡梦之中。"文中所指的"白燕社"，系是报社同仁组织的打牌玩乐、供消遣的一个小俱乐部。

这里应该指出的是，郁达夫在王映霞离新返国的前一天，确是写了这首离别诗，但无饯别事。看这首诗的诗题《五月廿三日别王氏于星洲，夜饮南天酒楼，是初来时投宿处》也得不出王映霞在场的感受。再仔细推敲诗句"自剔银灯照酒卮"，分明写明了是诗人独自在挑灯饮酒，"山公大醉高阳夜，可是伤春为柳枝"也形象地描绘了诗人喝得酩酊大醉，完全是为了不愿折柳送别。问题出在是谁将其诗题改成了《南天酒楼饯别王映霞》，从而引出了这个哀怨的故事，此乃多事之徒之举。

办了回国手续而未成行

1941 年 12 月，日本侵略军在马来亚东海岸登陆，并出动飞机频频轰炸新加坡。这月 12 日，日军又经泰国南下，突破吉打州的日得拉防线。1 月 11 日，马来亚首府吉隆坡陷于敌人之手，致使新加坡被包围在熊熊战火之中。此时，郁达夫曾有回国之举。当时英国政府颁布了公务人员离境条例，又将报界人士也划入公务人员一类中。因此，在新加坡的华籍报界人员要办离境手续，必须先出钱向驻新加坡总领事馆申请护照，在获得护照的同时，附带还有一封印好的由总领事高凌伯签署的致新加坡移民厅的介绍信。这种介绍信有两种格式。一种是大意说来人因有要事，必须离境，希予批准云云；另一种是用当地的文字所写，则请阻止持护照者离境。郁达夫拿到的就是后一种。当年报社同事胡浪漫先生在《缅怀郁达夫先生》一文中说："忽见郁先生手持护照，兴高采烈地跑了进来，告诉我们他已获得护照，到紧急时期，也打算回中国参加抗战行列了。"殊不知他所持的介绍信是要遭到新加坡移民厅的拒绝签证的。这使郁达夫失去了唯一可回国的机会。胡浪漫先生当年见到郁达夫的那份护照及介绍信，在文章中记述这段史实颇详。

当年郁达夫归国无望，后来只好逃亡苏门答腊，最后牺牲在那块异国的土地上。是谁逼他走上了这条死亡之路，答案是非常明确的。可叹多年来，竟有不少人将他的死归咎于与王映霞的婚变，此亦可称为文坛上一大悲剧。

（原刊《香港文学》1988 年 1 月号）

郁达夫南洋诗词中的两位人物

半个多世纪以来，对郁达夫的诗词全面作注释的，至今为止仅见到过两种：一本是蒋祖怡的《郁达夫旧体组诗笺注》（1993 年杭州大学出版社出版）；另一本是朱少璋的《郁达夫诗注》（1995 年香港获益出版社出版）。这两种注本各有特色，对阅读用典较多的郁达夫诗词极有帮助，颇具价值。稍觉为憾的，是这两种注本对郁达夫诗词中牵扯的人物，尤其是受赠人，均未加说明。这对理解这些诗词的含义多少打了折扣。郁达夫所写的诗词涉及的人物较多，因多年来一直无人重视，现在考证已不易。从 1938 年 12 月 28 日郁达夫南下抵达新加坡，到 1942 年 2 月 4 日为避日寇侵略战火仓皇逃亡苏门答腊，他在新加坡实足生活了三年。在此期间，他所写的诗、词、对联等，已能见到的约八十题，现提供两位诗词受赠人的生平，聊供研究和爱好郁达夫诗词者参考：

曾广勋

郁达夫作有《和广勋先生赐赠之作四首》，诗题又作《和曾广勋先生赐赠之作四首》，刊 1940 年 4 月 30 日新加坡《星洲日报·繁星》，在同一版上，一起刊出曾氏《赠呈达夫先生》原诗七律四首。王映霞当年与郁达夫协议离婚后回国，曾氏也曾写《闻郁夫人北返赋呈达夫先生》七律一首，刊同年 6 月 6 日《繁星》版。

曾广勋（1903—1967），字铁忱，1903 年 11 月 12 日出生于湖南省益阳县。两岁丧母，寄居在外祖父家。在本县小学毕业后，以优异成绩考入宿膳费全免的省办长群中学，在该校毕业后，考入上海沪江大学。读书期间，已开始写作赚钱补贴生活费用。20 年代末，他在上海与郁达夫就有交往。郁达夫在和他的诗中有"十载春申忆昔游"句，曾氏在赠郁达夫诗四首的题句中则写得更清楚："达夫先生为不佞十数年前旧交，偶一相见，几不复识，日昨晤于林领事客座，把酒健谈，不亚当年。"在那段时间里，曾氏曾去美国以里诺大学深造。30 年代初，应北京民国大学之聘，任经济学教授。1935 年出版专著《世界经济合理化》；同年，受委派出任中国驻土耳其公使馆主事，因盲肠炎两次动手术，体弱回国。1936 年奉调中国驻朝鲜总领事馆，任随习领事，驻仁川办事处。抗日战争爆发后回国，1939 年奉外交部令，调派驻新加坡总领事馆任副领事，其时总领事为高凌百。郁达夫南来，他俩在新加坡再度相见。1941 年 12 月 8 日太平洋战争爆发，曾氏于次年 1 月经苏门答腊乘船抵印度，升调为中国驻印度加尔各答总领事馆领事，直到 1945 年抗日战争胜利后回国。1946 年，调任驻美国芝加哥总领事馆领事。他在芝加哥大学半工半读，研究国际问题，得文学硕士学位。1947 年在南京任外交部美洲司司长。因时局动荡，曾氏内弟李能梗在马来亚槟城任领事，促他南来。后经友人介绍，1949 年起任新加坡《南洋商报》社撰述兼编辑，并为南洋印刷社主编《南洋商报丛书》。他又担任过《南洋商报》的姐妹报《南方晚报》总编辑多年，直到 1964 年退休。随后又在《新生日报》工作过，又为《民报》主编过文史副刊《狮子城》，并兼写社论。1967 年 6 月 2 日病逝于新加坡中央医院。

曾广勋是作家、外交家、新闻界的资深编辑。他用过阿难、二难、三难、洁寸、阿洁、螺村、司徒无咎、李珊瑚等笔名。出版《红色的半个地球在转动》《萧伯纳》《马来亚搜奇录》《新加坡史话》《国际间谍史话》等近二十种译著，预定编写的《南洋华族先贤评传》因去世而未完成。

韩槐准

郁达夫在 1939 年作有《槐准先生深居郊外，有裴真学风，悲鸿画鸡以申贺，嘱达夫题之，时己卯秋也》七律一首，诗题又作《题徐悲鸿赠韩槐准〈鸡竹图〉》；次年又作《槐准先生于暇日邀孟奎先生及报社同人游愚趣园，时红毛丹正熟，主人嘱书楹帖，先得首联，归后缀成全篇》七律一首，诗题又作《赠韩槐准》，刊 1940 年 6 月 18 日新加坡《星洲日报·繁星》。同年郁达夫还作有《游愚趣园赠韩槐准》对联一副。1941 年又作有《为槐准先生题悲鸿画〈喜马拉雅山远眺〉》七律一首，诗题又作《题徐悲鸿为韩槐准作〈喜马拉雅山远眺图〉》，刊 1941 年 5 月 12 日新加坡《星洲日报·繁星》。

韩槐准（1892—1970），字位三，世居海南文昌，十四岁入宝敦学堂，十七岁升入蔚文学堂。二十一岁毕业后，曾与人合资开设染坊。1915 年南下新加坡谋生，先做树胶园里的胶工兼书记，生活异常清苦。后稍有积蓄，投入德国设在新加坡的神农药房股份，并在药房工作，生活方才安定。郁达夫在赠他的诗中故有"卖药庐中始识韩"句。他在药房工作的业余，阅读了大量的化学书籍，在 1934 年，他又读到中国与南洋关系方面的史籍，开始留意中国古代贸易用的瓷器。他采用化学角度来研究瓷器，从中国瓷器所用无机性陶瓷彩料，经加热后的化学变化和风化程度，以及外国陶瓷彩料传入中国的先后等方面入手鉴别瓷器，首创一家学说，破格成为英国东方陶瓷学会会员。他又是南洋学会的最早会员。1940 年 3 月 17 日，学会在新加坡南天酒楼举行成立仪式，到会共六人，其中就有郁达夫与韩槐准。韩氏后来为该会第三届（1946年）、第四届（1947 年）理事，第六届（1958—1959 年）副主席，在该会办的《南洋学报》上发表过多篇论著。

1936 年，韩氏在新加坡郊外购得两英亩半山坡荒地，筑"愚趣园"。园内种植一种美味水果红毛丹树四百余棵，用科学方法嫁接新种，改良品质。屋内存放多年来搜集到的古物与书籍，园额为徐悲鸿所题。韩氏秉性惠祥，处世忠厚，和蔼可亲，故结交知名人物不少。这在郁达夫赠他的诗中可见一斑。他自谦为愚，自得其趣，郁达夫赠他的对联是"其愚不可及，斯趣有所为"。徐悲鸿送他的《红毛丹图》上，也曾题"日啖红毛丹百颗，不妨长作炎方人"。抗日战争时，他与人合办"华夏化学用品社"维持生计。新中国成立后，早在 50 年代，韩氏就已作回国打算，将搜集到的古物陆续装箱寄往北京，捐给故宫博物院，又将两个儿子先后送回国内读书。

1962 年，他忍痛出让了苦心经营二十六年的"愚趣园"，告别生活了近半个世纪的新加坡，携妻带子回国。这一年韩氏已七十一岁。但他求知的欲望丝毫未改，他决心要到各地著名的窑址去考察，鉴赏在南洋见不到的古瓷器，还要去各地拜访研究陶瓷的专家。韩氏回国后，受到政府的欢迎，定居北京，聘他为故宫博物院瓷器部顾问，还安排了住房。1970 年 10 月 2 日，因胃癌病逝于北京肿瘤医院，享年七十九岁。胡愈之、庄希泉等均参加了追悼会。

韩槐准并无高学历，靠他的自学奋斗，成为一名陶瓷器的考古专家。他著有《南洋遗留的中国古外销陶瓷》（1960 年新加坡青年书局出版），散见在《南洋学报》上有《旧柔佛出土之明代瓷器研究》《中国古陶瓷在婆罗洲》《紫矿的研究》《大伯公考》《儿茶考》《流连史话》《龙脑香考》等数十篇未结集论文。他研究的范围很广，包括考古学、生物学、化学、历史学和园艺学，世人评说他均"颇多创见"。

（承蒙马来西亚史学家刘子政先生提供部分资料，谨此致谢）

（原刊《香港文学》1996 年 12 月号）

关于郁达夫《乱离杂诗》的一份手写件

在 1942 年春，为避日寇战火从新加坡逃亡到印尼苏门答腊的郁达夫，曾作不少诗词，其中有冠题《乱离杂诗》十一首①。1992 年浙江文艺出版社出版的《郁达夫全集》，可称是郁氏作品的定本。在第 9 卷《诗词集》中，编者对这组诗加有一条脚注：这组诗系胡愈之保存并带回国的。

《乱离杂诗》十一首，是胡愈之作为他写的《郁达夫的流亡和失踪》一书的附录，于 1964 年 9 月由香港咫园书屋出版而面世的。当年胡愈之在这组诗的诗尾写有一条附识：

> 按：一九四二年春间，达夫避难保东村，日成一诗以自遣。今存者仅十一首。右诗一至七首为怀远忆旧之作。达夫有女友，于新加坡陷时，撤退至爪哇，任联军广播电台广播员。达夫在保东村，隔二三日必赴附近市镇，听巴城广播。故有"却喜长空播玉音"之句。第八、第九首留别保东居停主人陈君，陈为闽金门人。第十首成于彭鹤岭，则以言志。第十一首系去卜干峇鲁途中口占，末旦为中途停舟处。达夫后居巴爷公务时，亦间有所作，作风复有不同，似意气较豪放，惟已尽散佚，惜哉。

然而，郁达夫这十一首《乱离杂诗》是否有他的手稿无论是《郁达夫全集》编者的脚注，还是胡愈之写在这组诗后的附识，都说得模糊不清。迄今为止，就我所能见到的，只有日本学者铃木正夫在他的《苏门答腊的郁达夫》一书中提出过疑问：

> 《郁达夫全集》对这组诗按了脚注："这组诗是由胡愈之保存携带回国的"，但是否是郁达夫的原作则不甚明了。如果是原作，说不定会有照片等公之于众，但这方面的迹象一点也没有，也许带回来的是抄写本吧？此外《乱离杂诗》的标题，到底是郁达夫本人所加还是胡愈之等别的人所加，也不甚明了。

另外，我至今仍未搞清的是，这十一首诗是在 1946 年 9 月随胡愈之的《郁达夫的流亡和失踪》一起印出（该书在《民主》上连载亦在同年 9 月 14 日、21 日、28 日出版的第 48—50 期）的，但在此前半年，即同年的 3 月 23 日上海出版的由柯灵、唐弢主编的《周报》第 29 期上，却早已用《乱离杂诗钞》为题刊出过这十一首诗。这又是谁向《周报》提供了稿源？胡愈之书中的诗歌题作《乱离杂诗》，《周报》上的则题作《乱离诗钞》。在诗的前后排列上，"犹记高楼诀别词"一首，《周报》上排在第十首，胡愈之书中则排在第七首。文字有两处互异：胡书中第四首"谣诼纷纭语迭新"中的"从知邘上终儿戏"一句，《周报》为"从知灞上终儿戏"（此异字《郁达夫全集》中已加注）；第五首"久客愁看燕子飞"《周报》为"久客愁看燕燕飞"。诗题与一些文字的不同，完全可以说明，当年至少有不同的抄本流传，但仍无法断定这组诗作者是否有手稿。

我存有郁达夫这组诗的一份手写件，诗题则为《达夫乱离诗草》

（七律十一首）共两页，用黄河书店竖格稿纸钢笔黑墨水横写，字迹工整。第一页右上角有五格原已被剪去（估计是一个署名），纸已黄脆，系 40 年代之物无疑。这两页手写件，乃是著名学者赵景深教授生前所馈赠。赵师送过我不少资料，当时不曾留意询问这份手写件是何人所录，及第一页右上角剪去五格的可能原因。至今想来，深以为大憾事。

这份手写件十一首诗的排列顺序，与《周报》上刊出的相同。现有数位学者疑为是郁达夫的手稿，理由有：

一、酷似郁达夫当年的工整钢笔字笔迹（比较他的毛笔字笔迹）。

二、在诗题中仅用"达夫"而不加姓，非作者本人，他人不大可能这么冠题。

三、与胡愈之书中印出的及《周报》上刊出的相对照，除诗题不同外，文字差异有十五处之多（不包括标点）。因此可以肯定非抄于两者。

四、不少词句下画有多处线杠和圈点，如是抄件，不必多此一举。

五、第一页右上角被剪去的五格，疑是郁达夫的署名，很可能当年的保存者怕检查而故意除去，或是后来被剪去用于制版或其他之用。

当然，要说明的是，这都是一些揣测，仅备一说。因至少还没有搞清手写者与用黄河书店稿纸之间的关系。

郁达夫在苏门答腊殉难的消息传到国内后，当年任上海北新书局总编辑的赵景深，在 1946 年就计划编印出版《达夫全集》（郁达夫生前在北新出版的多种作品，都自定冠一总题《达夫全集》，名字前不加姓），成立了由郭沫若、刘大杰、李小峰、郑振铎、赵景深、郁飞六人组成的全集编纂委员会，引起海内外的广泛重视，征求到大量的郁氏未结集的作品。其中诗词部分，则是以陆丹林耗去两年光阴编订的百余首为基础。陆丹林所编，亦曾得到过赵景深的帮助。全集的全部校样，赵景深曾交唐弢过目并加增补。赵景深是《达夫全集》的具体编辑者，这份《达夫乱离诗草》的手写件，如是郁达夫的手稿，转传到他的手里也是极有可能的。

我以为，这份手写件即便不是郁达夫的手稿，也是一份最接近原作的抄件。郁达夫当年在逃亡中，诗句的推敲不可能有过多仔细的余地，而在发表时，自然就经人作了一些改动吧，但是否被改动得不失原意又更切贴？这份手写件与现在的定本在文字上差异多而且大，有值得介绍的必要。

现将这份《达夫乱离诗草》（七律十一首）手写件与《郁达夫全集》"诗词卷"的定本作比较，按定本顺序排列，全诗无一异处的不列入。手写件中的不同用字，加括号插在定本该字之后，以供读者参考辨识：

> 望断天南尺素书，巴城消息近何如？
> 乱离鱼雁双藏影，道阻河梁再卜居。
> 镇日临流怀祖逖，中宵舞剑学专诸。
> 终期舸载夷光去，鬓（鬓）影烟波共一庐。
>
> 夜雨江村草木欣，端居无事又思君
> 似闻岛（海）上烽烟急，只恐城门玉石焚。
> 誓记钗环（镮）当日语，香余绣被隔年薰。
> 蓬山咫尺南溟路，哀乐都因一水分。
>
> 谣诼纷纭语迭新，南荒末劫事疑真。
> 从（纵）知邡（灞）上终儿戏，坐使咸阳失要津。

月正圆时伤破镜，雨淋铃（淋）夜忆归（收）秦。

兼旬别似三秋隔，频掷金钱卜远人。

久客愁看燕子（燕）飞，呢喃语软泄春机。

明知世（事）乱天难问，终觉离多会渐稀。

简礼浮沉殷羡（羡殷）使，泪痕斑驳谢庄衣。

解尤纵有兰陵酒，浅醉何由梦洛妃？

犹记高楼诀别词，叮咛别后少相思。

酒能损肺休多饮，事决临机莫过（当）迟。

漫学东方耽戏谑，好呼（将）南八是男儿。

此情可待成追忆，愁绝萧郎鬓渐丝。

多谢陈蕃扫榻迎，欲留无计又西征。

偶攀红豆来南国，为访云英上玉京。

细雨蒲帆游子泪，春风杨柳故园情。

河山两戒（度）重光日，约取金门海上盟。

草木风声势未安，孤舟惶恐再经滩。

地名末旦埋踪（纵）易，楫指中流转道难。

天意似将颁（钦）大任，微躯何厌忍饥寒？

长歌正气重来读，我比前贤路已宽。

此文交前辈刘以鬯先生供《香港文学》发表，以纪念郁达夫殉难五十二周年。

注：

在 1984 年又新发现一首，1992 年浙江文艺出版社出版的《郁达夫全集》第
9 卷"诗词集"中此题变为十二首。为行文方便，仍以原十一首论。

（原刊《香港文学》1997 年 9 月号）

也谈郁达夫之死与王任叔

流传了三十五年的传说

《联合晚报》（龙门阵版）1988 年 9 月 8 日至 10 日，连载了包先生的大作《王任叔害死郁达夫？——一种传说的辨正》。包先生在按语中说："今年四、五月份，港台有两家刊物（台北《传记文学》4 月号，香港《大成》174 期）先后发表了两篇文章，'不约而同'地提出了一个闻所未闻的传说——郁达夫之死与王任叔（即巴人）有直接关系，也就是说，郁达夫是被王任叔出卖或害死的。"读罢，对"闻所未闻"实在大惑不解，因为这个传说早已流传了三十五年。

包先生指的那两篇文章，一是胡健中发表在台湾《传记文学》4 月号上的《郁达夫王映霞的悲剧》；二是李迪文发表在香港《大成》174 期上的《郁达夫在南洋最后的日子》（《大成》同一期上转载胡健中的文章）。认为王任叔害死郁达夫是这两位作者的"空穴来风"。略对郁达夫有些注意的人，不难知道，这个传说早在三十五年前出于郑学稼之口。1953 年，他在台北出版的《由文学革命到革命文学》一书中说："棉兰一侨领亲告本书作者：杀他（指郁达夫）的人，不是皇军，而是出卖他的王任叔。"随后几十年中，这条传闻被不少学者引证过或辨证过。如刘心皇在他那本粗制滥造的《郁达夫与王映霞》的书中就引证过；美国学者梅其瑞在他的《郁达夫遇害之谜》一文中也加以辨证过。故而，这段传闻早已是旧闻，更非胡健中、李迪文两人的创造。至于这个传闻当年对郑学稼亲口说的那位"侨领"是谁，又有什么证据？只能请郑先生来回答吧。

郁达夫确死于日军之手

事实证明，郁达夫之死与王任叔并无任何关系，他是死在日本宪兵屠刀之下的。1985 年夏，日本学者铃木正夫先生获悉郁达夫的故乡浙江省富阳县要召开纪念郁达夫烈士殉难四十周年学术讨论会，他给我写信，说很想自费参加这次会议，并希望能得到邀请书，以便及时签证。信中还对我透露，会议最好能安排他发言，因有重要史料公布。我立即写信给浙江省文联副主席、浙江省作家协会主席黄源老人，请他为此事给予斡旋。后来，铃木正夫先生如愿参加了会议。我在会上聆听了他关于郁达夫之死的真相的报告，亦读到他为此所写的文章的原稿，更有幸看到了有关证据。铃木正夫治学谨严，为我所敬佩。他花了多年精力进行调查，搞清了郁达夫确死于日本人的屠刀下，证据确凿，无可置疑。但是，到目前为止，我们至少还不明白，1945 年 8 月 29 日晚上，郁达夫被一个二三十岁的青年叫出去失踪后，他是否如胡愈之说的遇害于9 月 17 日？如这日期可靠，那么郁达夫在这二十天中又被关在何处？如是当晚就被杀害，胡愈之说的日期又得之于何种证言？那个二三十岁的青年与日本人又是什么关系？这段史料，恐怕将成为千古之谜。

（原刊新加坡《联合晚报》1989 年 11 月 15 日）

《郁达夫遗嘱》真伪谈

现代著名作家郁达夫在印度尼西亚被日寇残酷杀害前，自知危在旦夕，曾写过遗嘱。现今已流传了五十年的，是他写于 1945 年元旦的一份：

余年已五十四岁，即今死去，亦享中寿。天有不测风云，每年岁首，例作遗言，以防万一。

自改业经商以来，时将八载，所得盈余，尽施之友人亲属之贫困者，故积贮无多。统计目前现金，约存二万余盾；家中财产，约值三万余盾。"丹戎宝"有住宅草舍一及地一方，长百二十五米达，宽二十五米达，共一万四千余盾。凡此等产业及现款金银器具等，当统由妻何丽有及子大雅与其弟或妹（尚未出生）分掌。纸厂及"齐家坡"股款等，因未定，故不算。

国内财产，有杭州官场弄住宅一所，藏书五百万卷，经此大乱，殊不知其存否。国内尚有三子：飞、云、均。虽无遗产，料已长大成人。地隔数千里，欲问讯亦未由及也。余以笔名录之著作，凡十余种，迄今十余年来，版税一文未取，若有人代为向出版该书之上海北新书局交涉，则三子之在国内者，犹可得数万元。然此乃未知之数，非确定财产，故不必书。

乙酉年元旦

　　这份遗嘱，最早由了娜（张紫薇）在《郁达夫流亡外记》一文中披露，该文发表在 1947 年 8 月 1 日上海出版的《文潮》月刊三卷四期上。了娜在文中还说，她见到过的郁达夫遗嘱有两种，此乃其中之一。另一种内容如何？因一直未见流传，恐怕已永远无从知晓。50 年代，这份《郁达夫遗嘱》被专家学者及传记作家广泛引用。1990 年北京的三联书店出版的"经过仔细核正"的《郁达夫海外文集》亦照样收入，说明它的真实可靠。

　　然而，细读这份《郁达夫遗嘱》，却能发现几处为人所无法解释的疑惑。

　　其一，是郁达夫的年龄问题。众所周知，他出生于 1896 年，到写此遗嘱的 1945 年，按虚岁计，亦仅五十岁，而非"余年已五十四岁"。或会有人说，这是郁达夫有意避敌人耳目的设假。确实，郁达夫为隐蔽身份，曾虚造过年龄。如在 1943 年，他同何丽有结婚时，在结婚证书上写的是四十岁。因新娘只有二十岁，若差距过分大，难免受人猜疑。但在 1944 年初，日寇已得知当时化名"赵廉"的酒厂老板就是著名文学家郁达夫，郁达夫本人也感到身份已暴露而随时可能被害而写了遗嘱。作为著名文学家郁达夫的真实年龄，日寇是可以轻而易举查到的。并不公开，死后才留给别人看的遗嘱，已没有必要再在年龄上继续作假。

　　其二，是国内藏书的数量问题。郁达夫本人写的，发表在 1939 年 5 月 11 日《星中日报》上的《图书的惨劫》一文中，说到过自己在国内的藏书数量："所藏之中国书籍，当有八九千卷以上"，"除中国线装书外，英德法日文书更有两万余册"。这批藏书，就是遗嘱中说的"杭州官场弄住宅一所"（即风雨茅庐）里的藏书。另外，他到南洋前在福州供职时，所购的一批书籍，当年存放在永安福建省府图书馆内，数量为两千余册。两处总数，在三万两千册（卷）左右。计算宽裕一点，算它是五万册（卷）。而遗嘱中说的却是"藏书五百万卷"，差距竟为一百倍！我参观过官场弄的风雨茅庐，整个住宅，即使不住一人，也放不下五百万卷书。写入遗嘱的财产，怎么可能如此过分的虚假？

其三，也是最为重要的，在遗嘱中，竟一字不提结发妻子和同她所生的三个子女。郁达夫和王映霞结合后，仅只与结发妻子分居，并没有办过合法的离婚手续。在 1940 年 3 月，王映霞与郁达夫在新加坡已协议离婚。在遗嘱中列名的国内三子，也都是王映霞所生。离了婚的妻子所生的子女，被写入遗嘱，而没有离婚的妻子所生的子女却一字不提，好像他们根本不存在，这是按常情所不能理解的。因为这毕竟是遗嘱。

鉴于以上的分析来看，这份流传至今的《郁达夫遗嘱》，我怀疑是他人的伪作。作伪者对郁达夫在国内的家庭情况并不清楚，故而出现了这些令人无法解释的问题。

这份《郁达夫遗嘱》，不同郁达夫其他的佚文，或有署名，或有据可查，它仅仅是了娜在他的文章中引录披露。同时，也始终没有人见到过遗嘱的原手迹，即便是照片。判断它的真伪就尤显困难。

希望这篇小文能引起研究专家们的兴趣，提出合乎情理的证据或辨析，以释《郁达夫遗嘱》中的这些疑团，确定其真伪。

（原刊《香港作家报》1995 年第 10 期）

《毁家诗纪》的余音

　　五四以来的新文学作家中，擅写古典诗词的不乏其人。此中，无论从数量和质量上来说，郁达夫可列位于首。他的作品，神韵俱佳，在同时代的作家中，是很难找出可与他相媲美的。

　　1939 年 3 月 5 日，香港出版的《大风》旬刊第三十期上，郁达夫凑集旧作再加上"新注"，发表了一组《毁家诗纪》，收诗十九首，词一首。这是郁达夫诗词中颇为人所重视的一组作品。

　　众所周知，《毁家诗纪》用不堪入目的"诗注"，全盘公开了妻子王映霞的"红杏出墙"，写得似乎是很有证据，真实得使人不容置疑。然而，随着新史料的发现与推出，不难看出，《毁家诗纪》所涉，全属子虚乌有，实在冤枉了王映霞。避开事实来说，诚如郭沫若在《论郁达夫》一文中说的："那一些诗词有好些可以称为绝唱"，而若以史相论，则是一个作家凭借了丰富的想象力虚构出来的艺术作品，因此绝不是作者传记和了解作者生平的资料。

　　《毁家诗纪》是郁达夫 1938 年底携妻小到新加坡后的次年发表的。诗作刊出后，随郁达夫同往新加坡的王映霞见到，自然愤怒无比，连续写了《答辩书简》《一封长信的开始》《请看事实》等，也分别登在《大风》第 34 期、36 期上，据理进行了驳斥。近年来，沉默了四十余年的王映霞，又在 1982 年 10 月杭州出版的《东方》第 3 期，1983 年 6 月香港出版的《广角镜》117期上，发表了《半生自述》《郁达夫与我婚变的经过》，用心平气和的文笔，披露了当年的事实真相。在不少当事人还健在之际，王映霞能如此坦然倾吐，单凭这一点，回忆的真实性也就不容怀疑。应该说，郁达夫与王映霞婚变的真相已大白于天下，是郁达夫生性多疑，误流言蜚语为真，导致"毁家"。

有人说，王映霞的话不足为训。但要相信，任何事实都是不因人的意志所改变得了的。有些事虽然长时间地像雾里看花，朦胧不清，更有完全是假象的，但随着时间的推移，真相总有一天会显露廓清，这是历史的常识。1982年5月，天津人民出版社出版了《郁达夫致王映霞书简》，收信九十四封，同年1月《广角镜》112期上，刊登了德国马汉茂（Helmut Martin）辑录的二十三封《给郁达夫的信》，这些早已被人们认为不在人世的"出土文物"，均系当年所写，令人谁也伪造不得。这些书信，用以证之《毁家诗纪》，可明王映霞回忆的真实。平心而论，王映霞在扶老携幼的战火逃命中，仅有的几件行李里，却精心完好地保存着郁达夫给她的全部书信，时间又是在家庭纠纷闹得尽人皆知的事后，她对郁达夫的感情显然是专一的。1938年7月5日，郁达夫在汉口《大公报》上，登出《寻人启事》，谓王映霞"乱世男女离合，本属寻常，汝与某君之关系……"很清楚，他在"寻找"跟情人"潜逃"的王映霞，况且，他当时已发现了情人给王映霞的所谓"情书"。理应说，证据确凿。而已出版的他当年给王映霞的九十四封书信中，有三封写于该年9月28日。这三封信中，均写有相同的一首诗："此身已分炎荒老，远道多愁驿递迟。万死千君唯一事，为侬和顺抚诸儿。"但后来编入《毁家诗纪》时，却有意将"和顺"改为"清白"。两字之改，分明可看出，当年郁达夫怀疑王映霞的"不贞"是毫无根据的。不然，用词煞费苦心的郁达夫，决不会放弃挖苦而三称"和顺"。《毁家诗纪》第十九首的原注中，郁达夫说他已决定了只身去国之计，王映霞在临行前"又从浙江赶到福州，说将痛改前非，随我南渡"。事实是，在马汉茂辑录的书信中，一封王映霞写于1938年9月22日致郁达夫的信中有言："你有没有决心实行你答应我的条件，那只有天知道，我如今是鞭长莫及的了。"这里完全可以肯定，是郁达夫在去国前，对王映霞下过"保证"，而至今谁也见不到王映霞对郁达夫下过什么"保证"要"痛改前非"。有心的读者，在读过马汉茂辑录的，后经王映霞认定是她当年所写的书信后，都会有感受。在书信中，王映霞历经携幼逃难的艰辛生活，对郁达夫的猜疑表示了极大的愤懑并给予驳斥，而没有表示什么"非"要"痛改"。

常为人所引说的，郁达夫获得王映霞与情人间的"情书"，但至今谁看见过一封？写的是什么内容？

以上略作引证，即可清楚《毁家诗纪》所涉，毫无事实根据。不必讳言，郁达夫在婚姻恋爱问题上，确实有些被人称为"变态心理"的地方，为了达到目的，更不惜谎言。他的原配夫人孙荃，是位极厚道的善良妇女。郁达夫在文章中，曾几次提到她受的困苦而落泪。她与郁达夫分居后，一直长素念经到去世，享年八十二岁。"仁者多寿"一词，可合孙荃的一生。而郁达夫在追求王映霞时，在那已出版的九十四封信中，可数次见到他咒骂孙荃是"泼妇"，更不能容忍的是，竟然说"因为我对她，早已无感情可言，而她去弄一个年轻男子陪陪，也是应有的事情"。有谁能相信他的话！《毁家诗纪》也只不过是郁达夫重复了这种办法而已。一个作家的复杂的性格，在这里得到了充分显示。

其实，《毁家诗纪》发表时，不少人都表示了异议。就连经手处理发表这组诗的《大风》编者陆丹林，1973年3月在香港上海书局出版的

《郁达夫诗词钞》的前言中就指出："这些本事注，多有不尽不实的地方，如把它照原稿附入，不特对死者无益，且对生者有损。"郭沫若在郁达夫遇难一年后写的《论郁达夫》中也说过"别人是'家丑不可外扬'，而他偏偏要外扬，说不定还要发挥他的文学家的想像力，构造出一些莫须有的'家丑'。公平地说，他实在超越了限度"。郭沫若与郁达夫交往颇深，自知郁达夫的性格，况且在 1938 年夏，郁达夫与王映霞在武汉发生争吵时，他还是调解他们规劝于好的当事人之一。

《毁家诗纪》发表后，就郁达夫本人来说，一手造成家庭的彻底破裂，也是深感后悔的，有诗"愁听灯前谈笑语，阿娘真个几时归"为证。

研究者探讨问题，应该重史料，更不能抱偏见，渗溶个人之好恶，即便是权威，凭空臆断，亦为人所弃。郁达夫与王映霞婚变的新史料面世后，不少研究者已明真相，是"人言可畏"的一个悲剧。但奇怪的是，有几位还不以为然，例如台湾《传记文学》第 45 卷第 4 期上张文奇写的《一个文坛悲剧的落幕》及第 6 期上刘心皇的《郁达夫与王映霞的悲剧》。前者大出洋相，将不是王映霞写的信（见马汉茂辑录的），张冠李戴，硬说是王映霞给人的"情书"，这连略有常识的读者都可从笔迹上区分得出；另所引一份所谓王映霞的"悔过书"，没有影件，不足为真。王映霞也矢口否定写过这份"悔过书"。后者拿不出一件证据，却洋洋长文，荒谬之至，缺少一个研究者起码的谨严治学的态度，不值一驳。

"对死者无益，对生者有损"，郁达夫的面目原本清白，却给后人涂抹了一道难看的油彩，这是研究者，包括他的朋友所不应该做的。

与郁达夫协议离婚后的王映霞，两年后，即 1942 年，在重庆经前驻美大使王正廷的介绍，与钟贤道相识并结婚。据王映霞 1983 年 7 月 13 日、14 日发表在新加坡《联合早报》上的《阔别星洲四十年》所记，他们的婚礼是在这一年 4 月 4 日在重庆百龄餐厅举行的。中国电影制片厂得知消息，赶了一批人到场拍摄了三十余张照片，而这些照片，可惜在十年前遭失。不久前一个偶然的机会，使笔者发现了这些照片的已经大多发霉的原底片，这恐怕使现还健在的王映霞也会表示惊奇。得感谢这位保存了四十余年的 H 先生。他当年是临场者之一，不单将其中四张较清晰的照片同意我交《香港文学》独家发表，且还提供了婚礼场面的部分回忆。

中国电影制片厂获悉消息，是由著名演员王莹见告的。王莹还特地送去一个扎满电灯的外圈为鸡心形的大"喜"字，被挂在礼堂正中。她本人同时亲临祝贺。王莹与郁达夫也是相当熟悉的，她还是十四五岁的姑娘时，在上海就与郁达夫相识。1938 年在武汉时，又经常相聚。1939 年秋至 1940 年夏，王莹在新加坡演出，与郁达夫亦不时见面。故而，郁达夫与王映霞发生争吵的那段时间里，无论在武汉还是新加坡，王莹都是同他们有密切的往来，至少了解内情。王映霞的婚礼，她前往祝贺并送了耀眼礼品，说明她对王映霞的同情和信任。

婚礼的主婚人是前商会会长王晓籁，证婚人是王正廷，介绍人是担任过驻俄公使的朱绍阳和重庆四明银行董事长吴启鼎。

场面庄重而又热闹。宴宾延续了三天。据 H 先生说，以王莹的介绍，钟贤道还是一个没有谈过恋爱的处子。当笔者询及有人撰文说婚礼那天有人假冒郁达夫去祝贺的扫兴事时，H 先生大笑起来，说这完全是无聊文人玩弄的把戏。因那天他为着看到场的宾客是些什么人，有多少人，曾仔细翻阅过签名簿，为拍摄照片，自始至终没离开过现场，当时亦从不曾听说有这件事。H 先生说，当年四行总裁徐柏园的夫人陆翰琴也突然到场祝贺。她是王映霞在杭州女师时的同学，据说现还健在台湾。H 先生说，中国虽经历了五四运动，但封建大男子主义还占着不少文人的脑袋，男人可三妻四妾，而女子却不能越雷池一步，尤其是名人，被"多多包涵"，吃苦头的自然是女方。试问王映霞现在如是极有声望的要人，又有谁敢说她一句不是？听说王映霞与郁达夫养的一个儿子，对生母采取"大大的批判"的态度，不知其德行何在？笔者听之，唯叹息而已。

郁达夫与王映霞婚变，绝不是无聊文人的风流韵事。彻底澄清事实，从中以小见大，可窥知郁达夫这位大作家的思想、性格的复杂性，对他的形象的认识可更全面些，对研究他的作品和为人无疑是有价值的。

（原刊《香港文学》1987 年 4 月号）

郁达夫与徐志摩

1896 年，郁达夫诞生于浙江富阳，徐志摩诞生在浙江硖石，同一条钱江清水，哺育了中国文坛两位同龄的巨匠。在五四时期，前者成了创造社的中坚，后者成了新月社的骨干。

郁达夫与徐志摩，中学时代又是杭州贡院杭州府中学堂的同班同学，又同住在大方伯图书馆对面的学生宿舍里。杭州府中学堂，那时是浙江省较有名望的一所学校。郁达夫与徐志摩在校内，又都喜欢阅读中国古典文学；同样，又都聪明过人，是学生中的出类拔萃者。当年校长胡传先，常常称赞郁达夫文章写得好，两个钟点可有七八百字好写；徐志摩也因班内成绩第一，而连连当上级长。后来，两人又都出国留学，只是郁达夫到了东洋日本，徐志摩去了西洋英、美。在留学期间，他们又都攻读过经济、政治，在课余，又都爱文学写作。郁达夫的旧诗与徐志摩的新诗，又都为人所传颂，绚烂晶莹。两人回国后，又都放弃所学专业，从事文学创作。两人又几乎在同时，徐志摩在北京，与陆小曼恋爱；郁达夫在上海，与王映霞恋爱。又都遭社会一时非议。而他们又同时将各自的恋爱经过，撰书刊行。徐志摩出版了《爱眉小札》，郁达夫出版了《日记九种》，又都风靡一时。一南一北，互相辉映。当时的青年，差不多人手一册，读得如痴似醉。1927 年，上海暨南大学改组，由郑洪年任校长。梁实秋与叶公超，当时均在该校任教，曾联名荐介徐志摩来校，而郑洪年闻知，谩之曰：徐志摩？此人品行不端。为之拒绝。也同是这家暨南大学，要聘郁达夫执教，上报教育部，部长王世杰批曰：生活浪漫，不足为师。也被拒之校门外。追根溯源，无非是他们当年恋爱的风波，轰动过社会。两人的命运竟会是如此相仿佛。

徐志摩与陆小曼结婚后，有翁瑞午者，插足其间。此人家庭富有，又擅长于昆曲小生及京剧青衣，且又会一套推拿医道。陆小曼体弱多病，翁瑞午劝她服鸦片，虽然奏效，却因此侵至成瘾。翁又经常为之推拿，两人一榻横陈，隔灯相对，以至形影难分难舍。而徐志摩豁达无比，从不干涉，以为男女情爱，既有区别，丈夫绝不应禁止妻子有朋友。直到后来，家庭终生裂痕，陆小曼借故挑起无端纠纷，使徐志摩苦恼不已。直到他飞机出事遇难前一日，朋友陈小蝶见其痛苦不堪，劝其离婚，而徐志摩仍不为动摇，说翁瑞午为人太坏，陆小曼要吃亏，应该保护她。郁达夫在夫妻的情感上，看法与徐志摩截然相反。他平时不大带王映霞出门应酬，更阻止她同人来往。最后，当听到并非事实的流言蜚语时，就信以为真，还凭借文学家的想象力，虚构出了《毁家诗纪》。这是郁达夫与徐志摩在性格上不同的地方。

1926年底，郭沫若、田汉等均从上海至广州，随军北伐。而郁达夫反负创造社的重任，辞掉了中山大学的职务，从广州赶回上海主持社务。他一到上海，就去探望了徐志摩与陆小曼夫妇。仅隔数天，郁达夫听到上海当局要查封创造社出版部。危急中，他想到的，也只有徐志摩可以帮忙。郁达夫马上请他写了一封给丁文江的信。丁文江是地质学家，当年却是孙传芳旗下的淞沪商埠总办。次日，郁达夫就及时收到丁文江的回信，"谓事可安全，当不至有意外惨剧也"。又仅隔数天，郁达夫接到徐志摩送来的消息，说当局要通缉150人，但摸不清郁达夫是否也在其内，请他小心。从中，不难看出，郁达夫与徐志摩有共患难的密切情谊，绝非泛泛之交。到了 1930 年，有人向左联反映，说郁达夫对徐志摩讲过，我是个作家，不是战士。指出这是郁达夫向敌人妥协，等于自己取消了战斗的左联成员的资格。为此，郁达夫被开除出左联。郁达夫是否讲过这句话，尚需作进一步考证，但观郁达夫与徐志摩的友谊，从郁达夫错综复杂的性格而言，是完全可能的。他们交往频繁，诗人邵洵美新生小孩满月，在家设宴待友，郁达夫与徐志摩都是座上客。

1931 年 11 月 19 日，徐志摩搭"济南号"邮政飞机，免费从南京去北京。在离济南 25 公里处，因遇大雾，撞山机毁人亡。郁达夫得知后，悲痛不已，写了《志摩在回忆里》《怀四十岁的志摩》两篇追念文章，感情缠绵，情意真切。文中有挽联一副：

三卷新诗，廿年旧友，与君同是天涯，只为佳人难再得。

一声何满，九点齐烟，化鹤重归华表，应愁高处不胜寒。

在徐志摩的追悼会上，郁达夫另送去的一副挽联是：

新诗传宇宙，竟尔乘风归去，同志同庚，老友如君先宿草。

华表托精灵，何当化鹤重来，一生一死，深闺有妇赋招魂。

八年后，郁达夫流亡在新加坡，一天晚上，看到一颗亮星拖着闪光的尾巴，陨落在远远的树梢后时，又引起了他对亡友的怀念，这不就是英年早陨的徐志摩吗？

　　郁达夫与徐志摩的友谊，在他们各自写的著作中，涉及不是很多；在旁人的回忆文章里，至今也很少谈及。这还有待了解，也有待给予正确、公正的评价。

　　　　　　　　　　（原刊新加坡《联合早报》1986 年 12 月 14 日）

展现了郁达夫生的形象

前几年，受竞出武侠、言情之类小说的浪潮冲击，且图书发行的渠道不畅通，在国内要出版一本学术研究或有关参考资料，真有些像李白叹蜀道"难于上青天"一般。陈子善、王自立兄主编的《回忆郁达夫》，编定于 1984 年，原期望在 1985 年纪念郁达夫遇害四十周年时面世，但几经周折，直到最近才由湖南文艺出版社，以两千九百册的微小印数出版。抚卷之余，叹息而又欣喜。

郁达夫是五四以来最有争议的作家之一。对他深入研究，作出公允的评价，无疑需要全面了解他的生活、思想和创作历程。为此，同时代人对他的回忆就尤感重要。在 1958 年 7 月，倒是新加坡南洋热带出版社，曾出过一本《郁达夫纪念集》，收文三十一篇。这恐怕是一本最早回忆、纪念郁达夫的专集。而限于种种原因，四十多年来，在国内这项极有意义的工作却无人去做，现在《回忆郁达夫》的出版，填补了这个空白，值得庆祝。

郁达夫早年东渡日本留学，而后从事文学活动、创办创造社、执教北京大学、南下广州、大革命前后在上海、移家杭州、执事福州、抗战军兴赴武汉、远走南洋，最后在苏门答腊遇害身亡。这是郁达夫一生活动的主线。《回忆郁达夫》的编者也是大致按这条主线来进行组稿、编排的。此书足以称道的是，文章的作者都与郁达夫有过交往。其中有他在日本留学时的同学，如郭沫若、范寿康、钱潮、郑伯奇等；有他在文艺界的朋友和受过他指导帮助的文学青年，如赵景深、孙席珍、钟敬文、许杰、钱君匋、赵家璧、黄源、唐弢、周全平、叶灵凤等；有他在福建和新加坡工作时的同事，如蒋受谦、胡迈等；有他流亡在印尼时的朋友，如刘尊棋、金丁、张楚琨等。还有他的子女与昔日的亲人郁飞、王映霞等。书收文章七十三篇，洋洋四十万言，大都首次公开发表。其中仅十余篇是在编入前见诸报刊的，但也都是现今不易见到的，而且均有一定的代表性，如谢冰莹、易君左、黎烈文、叶灵凤，日本的小田岳夫等写的。

文章作者都凭自己同郁达夫接触的感受，各自回忆了郁达夫的形象，好比这些熟悉郁达夫的人围坐在一起，娓娓谈他的作品、谈他的思想、谈他的生活、谈他的个性、谈他的为人……在读者面前展现了一个郁达夫生的形象，亲切而又感人。《回忆郁达夫》是一本研究郁达夫和中国现代文学必不可少的参考资料。又因文章都出于名家之手，也不失为一本优秀的散文集。

《回忆郁达夫》中的不少文章，披露了不少鲜为人知的史料。这在以往出版的各种郁达夫传记中为所未道及或语焉不详的。如范寿康在《忆达夫学兄》中写到郁达夫夫妇在武汉因家庭纠纷发生争吵，是他与郭沫若曾赴其寓所作过调停；朱渊明在《怀念郁达夫》中回忆了郁达夫在杭州与马一浮、马君武的一段交往；刘海粟在《回忆诗人郁达夫》中记叙了李筱英（晓音）的形象；李俊民在《落花如雨拌春泥——郁达夫先生殉国四十周年祭》中，谈到了郁达夫在武昌师大执教时的情况；乔冠华在《缅怀郁达夫》中提供了1941年他在新加坡与郁达夫等人一张合影的具体经过；凌叔华在《回忆郁达夫一些小事情》中叙述了当年郁达夫在北京时与徐志摩的友谊。最值得一提的是，陈仪的女儿陈文瑛的《郁达夫先生与先父陈仪》与陈仪的秘书蒋受谦的《我与达夫共事》，两文详细地谈到 1936 年夏秋之交，福建省主席陈仪接到南京行政院政务处长何廉的电报，奉蒋介石之命，要郭沫若从日本回国，请陈仪就近征询郁达夫意见的经过。以前不少文章的猜测，从此得到冰释。钱潮是郁达夫在日本名古屋的同学，现还健在的当年的中国同学，恐怕仅他一人。他在《我与郁达夫同学》一文中回忆了郁达夫在名古屋时的生活起居，有两处很值得介绍，一是："有一次我发现他母亲的来信竟是用英文写的，十分诧异，达夫对我说，他母亲根本不识英文，中文字也识得很少，为了能经常通信，他教母亲用英文字母拼写富阳话。"另一处是："达夫在名古屋时生活很浪漫，常去妓院。有时回来还向我介绍他的见闻，如日本妓院的妓女都坐在那里，头上挂有介绍姓名、年龄的牌子，供来客挑选等等。达夫早期的小说大都以妓女生活为题材，恐怕与此不无关系。"这与郁达夫自传的一章《雪夜》里的自述是完全吻合的。每篇文章都有一些新鲜的材料，一本六百余页的书，大有一口气非读完不可之感。

编辑这本《回忆郁达夫》颇不容易，编者花了几年的心力，四处约稿，书中的作者有远在新加坡、英国、泰国、印尼的。作者大多年事已高，不少还是在病榻上撰写或口授，深深体现了对这本书的支持。如赵景深、孙席珍，在写了文章后不久就谢世。这些文章的价值不言而喻，同时，也说明出版这本书的确刻不容缓。郁达夫的生前友好沈从文和侨居在新加坡的刘延陵，因病一时无法撰稿，实是憾事。刘先生与我通信多年，今年已九十三高龄。他是五四时期新诗的倡导者之一。当年他与郁达夫同一条船到新加坡，在《星洲日报》共事一时。都询及此书的出版情况，关切之情，溢于言表。

《回忆郁达夫》由刘海粟题签，钱君匋设计封面，为书增辉不少。

因年代事隔太久，有些回忆有差错，是在所难免的，一些文章在付印前已进行了修正。

读完《回忆郁达夫》，就个人来说，尚有一丝遗憾，就是还有健在的郁达夫的友好，似乎应该有文编入。如汪静之、严北溟、章克标等先生。严北溟先生曾任浙江省政府秘书及《浙江潮》主编。1938年春在浙东丽水与郁达夫有相识之缘。他曾怂恿省主席黄绍竑留下郁达夫在浙江共事。他写有《与郁达夫的交往》，发表在《浙江文史资料选辑》第二十九辑上。严先生治学谨严，不了解的决不肯轻易下断语，如他对郁达夫牵涉在丽水这段时间的《毁家诗纪》，他赞颂郁达夫诗中所表现的崇高的爱国主义思想境界，但对诗所拉扯的事情，则说明"也可能是他轻信流言，纯属一种误会"（见《书林》1986年第4期《〈郁达夫诗词钞〉读后感》）。这样的前辈所写的回忆文章，不会有主观猜度的失实。章克标先生写过有关于回忆郁达夫的文稿，原稿我都读过，如谈到他常去老友孙伯刚家，孙因反对郁达夫追求王映霞，要把王介绍给他，郁达夫知道后，硬要他不去接近王，把人让给自己。就这一段郁、王恋爱的"前奏"，恐怕连王映霞本人亦不知。再者，《回忆郁达夫》中，收录了王映霞的《忆郁达夫与鲁迅的交往——从〈鲁迅日记〉想起的几件事》。王映霞与郁达夫一起生活了十二年，了解的情况无疑是最多的，仅收她这一篇文章显然是不够的。如她写的《我与郁达夫婚变的经过》，对了解郁达夫的思想与性格及生活都极为重要，编者们不应放过。要全面认识一个人，有必要从各个角度来进行观察。回避矛盾，写不成完整的历史。

随着新史料的不断推出，研究郁达夫的工作将会越来越深入、越做越细，像《回忆郁达夫》这样的书，也就越来越需要，希望有它的续篇问世。

（原刊香港《读者良友》1987 年 9 月号）

《风雨茅庐外纪》读后记

著名作家郁达夫被冷落了多时，近几年来，研究他的文章才纷纷面世。黄萍荪先生的《风雨茅庐外纪》，用亲身之经历，来叙述郁达夫在杭州时期的思想境界和生活起居情况，引起研究者们的注意；同时，活泼的文字，也使一般读者当故事去传阅。两者兼之，故而初稿在《飞天》杂志上连载时，就受到各界的欢迎。

1933 年 4 月 25 日，郁达夫举家由沪迁杭定居。这是他一生中可记的几件大事之一。郁达夫移家原因何在？一直来不少文章，包括黄先生这本"外纪"，都也提到一些，但最主要的原因却均无涉及。现借此机会勾稽部分史实，相信在阅读"外纪"时不无小补。

当年，郁达夫移家杭州后没几天，即写了一首七律诗：

冷雨埋春四月初，归来饱食故乡鱼。

范睢书术成奇辱，王霸妻儿爱索居。

伤乱久嫌文字狱，偷安新学武陵渔。

商量柴米分排定，缓向湖胜试鹿车。

此诗题为《迁杭有感》，在诗中郁达夫分明道出移家杭州的原因有三个。

　　研究者们都说他移家杭州，是为了躲避上海国民党当局制造的白色恐怖；同时是为了生活，迫于经济，想静下心来搞点创作，以求弥补。这就是郁达夫在诗中说的"伤乱久嫌文字狱""王霸妻儿爱索居"。可是，移家杭州后的郁达夫是否就脱离了上海文化界的斗争呢？答曰：非。事实是在这一年：

　　5月15日，领衔发表了《为横死之小林遗族募捐启》，一同签名的有鲁迅、茅盾、丁玲等。文中说："现在听得了小林因为反对本国的军阀而遭毒手，想亦同深愤慨。小林故后遗族生活艰难，我们因此发起募捐慰恤小林君家族，表示中国著作界对小林君的敬意。"在同年5月1日出版的《现代》月刊第3卷第1期上，也发表了他的《为小林的被杀害檄日本警视厅》，抗议日本反动当局杀害共产党作家小林多喜二。

　　5月23日，与蔡元培、杨杏佛等联名致电南京国民党当局，抗议逮捕革命作家丁玲、潘梓年。

　　6月2日，为抗议国民党十九路军杀害福建龙溪抗日会常委林惠元，在文化界人士《为林惠元惨案呼冤宣言》上签名。

　　7月1日，《文学》月刊在上海创刊，与鲁迅、茅盾等同任编辑委员。

　　8月16日，为欢迎远东反战会议的外国代表，在《中国著作家欢迎巴比塞代表团启事》上签名。

　　9月1日，在《文学》第1卷第3号上发表杂文《暴力与倾向》，指出古今中外，不管是谁，"想用暴力来统一思想"，使百姓"臣服归顺"，都是办不到的。

　　上述种种，资证移家杭州后的郁达夫仍然关心着社会动向，并没解械弃战。"伤乱久嫌文字狱""王霸妻儿爱索居"，是移家原因，却非主要原因。

其实，促使郁达夫移家杭州的最主要原因，是左联部分领导同志对待他的错误态度。

1930年3月，中国左翼作家联盟成立，郁达夫做了大量的工作。诚如他在《回忆鲁迅》一文中所说的："左翼作家联盟和鲁迅的结合，实际上是我做的媒介。"鲁迅在左联成立时，也亲自提名郁达夫为发起人。待到组织成立后，郁达夫倒并不愿意参加实际活动，"因为我的个性是不适合于这些工作的，我对于我自己，认识得很清，决不愿担负一个空名，而不去做实际的事务；所以，左联成立后，我就在一月之内，对他们公然宣布了辞职。"这里郁达夫的回忆在时间上似有出入。1930年12月1日上海出版的《读书月刊》第1卷第2期登有《郁达夫脱离"左联"》，说"近来"，"达夫写信给左联，说他自己因为不能过斗争生活，要求脱离关系云"。以此推断，郁达夫致书左联负责人要求辞职，大致在该年11月左右。这件事，冯雪峰在回忆中也曾提及："'左联'也受到'左'倾机会主义的影响，不讲策略，不会团结人。这里举一个例子。郁达夫参加左联，是鲁迅介绍的，他参加后不大积极，写信给左联说他不能常来开会。'文总'开会决定开除郁达夫。我不赞成，于是投票表决。结果只有我、柔石等四票反对，其他人都赞成。事后我对鲁迅讲了，他也不同意文总的决定，认为人手多一个好一个。"在郑伯奇的回忆里亦提到，一次在上海北四川路横浜桥附近一所小学里，临时召集了一个左联成员会议，"会上有人提出这样的意见：郁达夫对新月社的徐志摩说：'我是作家，不是战士。'向左联的敌人公然这样表示，等于自己取消资格，应该请他退出。一时群情激动，纷纷表示赞成。我主持会议，未经深思，遂付表决。达夫因此和左联一时疏远，并对我深致不满"。两位回忆，在事端的起因上有出入，但郁达夫被左联开除是肯定的。在这种处境下，郁达夫决计移家杭州，也是完全可以理解的。他刚到杭州，即有人登门访问他。1933 年 5 月，在杭州出版的《文学新闻》第 3 期上，发表了署名许雪雪的《郁达夫访问记》，文中记述郁达夫对他说："左翼作家大联盟，不错，我是发起人中的一个。可是，共产党方面对我很不满意，说我的作品是个人主义的。这话我是承认的。因为我是一个小资产阶级出身的人，当然免不了。可是社会这样东西，究竟是不是由无数'个人'组织而成的？假定确实也是这么一回事，那我相信暴露个人的生活，也就是代表暴露这社会中某一阶级的生活。……后来，共产党方面要派我去做实际工作，我对他们说，分传单一类的事我是不能做的，于是他们对我更不满意起来了。所以左翼作家联盟中，最近我已经自动的把'郁达夫'这个名字除掉了。"他当时脱离左联虽已一年余，但仍不能忘怀于此。郁达夫是位性格极其复杂的作家，说的与做的并不一致。随着研究的深入，已知晓他的不少诗文并非事实，而不少事实也并非他所说。他声称不愿参与左联的实际活动，事实却是："暗中站在超然的地位，为左联及各工作者的帮忙，也着实不少。除来不及营救，已被他们（指国民党当局）杀死的许多青年不计外，在龙华、在租界捕房被拘去的许多作家，或则减刑，或则拒绝引渡，或则当时释放等案件，我现在还记得起来的，当不只十件八件的少数。"郁达夫是作家，同样也是战士，这是无可辩驳的事实。

移家杭州后的郁达夫，他受到两面夹攻。陈翔鹤就听到当年在杭州艺专执教的郁达夫的学生、雕塑家刘开渠说过："就在杭州的时候，达夫因为种种原因，同左右两派的关系都弄得很不好。左派的人说他同官僚往来，生活腐化；右派的人，则又视他为非我族类，其心必异，只可与诗酒流连，尊而远之，决不肯给与他一点生活上的帮助。所以他自己也感觉得很苦，愈加颓唐。"这是郁达夫移家杭州后的真实写照。"范雎书术成奇辱"，这是郁达夫对左联一些同志待他不公正而发出的叹息。对这句诗，黄先生在《外纪》中理解不同，在此就姑且并存吧。

郁达夫是一位爱国主义者。在杭州时期，他与国民党官僚逢场作戏时内心的苦楚，对汉奸的愤懑，对日本人的鄙视，黄先生在这本《外纪》中也有不少叙述。他最后在印尼牺牲在日寇的屠刀下，绝非偶然。

黄先生以亲身经历来写这本书，间有目睹，亦有耳闻，因而也难免会有不尽实的地方，想必健在的当事人会出来善意纠正。

郁达夫有他不少短处，如斗争的态度不够坚定、不够勇敢，感情往往不大健康，尤其是在生活上不谨严。但对他的评价，郭沫若曾经说过："我们应该抱着望远镜去看，把他的优点引近到我们身边来。"黄先生的这本《外纪》，可以说是这么做的。

（原文收入《风雨茅庐外纪》，香港三联书店 1985 年版）

《风雨茅庐外纪》中的朱惠清

黄萍荪先生的《风雨茅庐外纪》，最近已由香港三联书店出版。这本以当事者来叙述郁达夫 30 年代在杭州生活的著作，势必会引起海内外广大读者的兴趣。《外纪》的初稿，曾在 1982 年 10 月、11 月号；1983 年 1 月、2 月号兰州出版的《飞天》文艺月刊上连载。此次出版，作者做了大量的改写和补充工作，可以说，几乎是重写。当年初稿在《飞天》上连载时，黄先生每期均及时赐寄，让我先睹为快，香港三联书店接受出书时，又要我写了《读后记》。

在《外纪》的《周旋于"周兴""来俊臣"之间》一章中，黄先生提到了朱惠清。初稿中仅只提到名字而没有这些议论。现在书中有一段："商会的朱秘书，就其行业来说，政治色彩是不浓的，只是他的交游之广，和'军统'对立面的'中统'中人往还也相当频仍，然而能否以此即臆断其为核心中人？抑系外围？"就笔者所知，朱惠清早年从军，参加北伐。在杭州时，郁达夫与他熟悉后，感情非同一般，将与王映霞所生的次子过继给他，孩子呼他为"寄父"。抗战胜利后，王映霞将失散多年的次子从富阳召到上海，暂先安排他住的地方，就是朱惠清家。王一边又托熟人为孩子介绍工作，随后住进供职机构的宿舍。这期间郭沫若夫妇到上海，曾去看望过朱惠清，对他关心郁达夫的孩子表示感谢。最近湖南人民出版社出版的《回忆郁达夫》，朱惠清也撰写了文章，用笔名"余子"出版过《掌故漫谈》。

确实，朱惠清交游甚广，因本人既善写作，又懂艺术，熟悉了不少知名人士，如章士钊、马一浮、熊十力等。抗战时，与沈尹默等同任马一浮创办的复性书院理事。1949年冬，朱惠清在北京与章士钊应邀参加了周恩来总理招待的一次宴会。朱惠清回忆，"那天主人招待周至，意气风发"，在宴席上，周总理向席上的包惠僧打听张国焘的下落，包回答不出，是朱惠清向周总理汇报了张国焘在九龙的近况，因他与张亦有往来。朱惠清与章士钊交往过从，就是上述时间他们同在北京时。章士钊同朱惠清谈起，一次毛主席问他，《新民主主义论》在香港的反应如何。章回答说，反应甚为复杂，不过有两个人的看法却很深入，都极欣赏那文章的气势与魄力，而且赞成大部分内容，只是怀疑"一面倒"这一点。所举两人中之一就是朱惠清。毛主席原本想接见朱惠清畅叙，只是不久去苏联而未果。

在70年代，学者徐复观著文对朱惠清有如下一段评价："通达平易，才优量宏，故能经历各方，皆得造其堂奥，在事业上已斐然有成。且好善成性，举凡当代宏儒彦士，乃至仅有一技之长的人，皆谒候延纳如不及。"现在略述数语，以供《外纪》的读者参考。

（原刊香港《读者良友》1986年6月号，
题为《有关〈风雨茅庐外纪〉的两件事》）

柳亚子与郁达夫的交往

柳亚子生于 1887 年，郁达夫生于 1896 年，两人年龄相差仅九岁，而郁达夫却戏称柳亚子为"老先生"，此乃柳亚子的为人与学识深得世人尊敬之故。

柳亚子与郁达夫在各自的著作中，包括书信、日记及回忆录，很少有提到对方的文字。有些记载，如 1935 年秋，郁达夫为陆丹林所藏的诸真长（宗元）的《病起楼图》题诗四首，在诗的原注中郁达夫写明他认识诸真长，是在一次柳亚子设于上海新雅酒楼的宴会上。但这是在什么时间，已无可考。他们相识在何年？根据现有材料来看，大约是在 30 年代初。尽管两人有文字记载的交往不多，但他们是非常要好的朋友是可以肯定的。

1927 年 4 月 12 日，蒋介石在上海发动政变。同年 5 月，柳亚子遭通缉，不得不躲入黎里镇老家中的隔墙里，而后潜逃上海。于 5 月 15 日亡命日本。他避居在日本期间，不单关注国内政治形势的动向，而且还阅读了大量的国内新文学作家诸如鲁迅、蒋光慈等人的作品，以及新文学社团出版的期刊。在他当年写的《乘桴日记》中就可得知，10 月间，柳亚子就阅读了郁达夫著的《寒灰集》与《日记九种》。当时他正在编辑亡友苏曼殊的全集。11 月，他抄录了郁达夫写的《杂评曼殊的作品》。此文郁达夫于当年 5 月所作，刊登在《洪水》半月刊第 3 卷 31 期，经柳亚子之手编辑，后收入上海北新书局出版的《曼殊全集》。1928 年 3 月，在短短的几天里，柳亚子又重读郁达夫的《寒灰集》，后又阅读了他著的《鸡肋集》和《过去集》，还阅读了郁达夫编辑的《创造月刊》。这是有文字记载的柳亚子接触郁达夫作品之始。

到了 1931 年，柳亚子与郁达夫在上海相识。在上一年的 12 月，郁达夫出版了《薇蕨集》。柳亚子得到一册，即题诗一首："妇人醇酒近如何，十载狂名换苧萝。最是惊心文字狱，流传一序已无多。"诗有小注："集有序，极隽永。刻成后遭书局毁弃，盖惧其贾祸也。"因郁达夫在该书自序中有言："财聚关中，百姓是官家的鱼肉。威加海内，天皇乃明圣的至尊"，"腹诽者诛，偶语者弃市，不腹腓不偶语者，也一概格杀勿论"，"所以现世的逆民，终只能够写点无聊的文字来权当薇蕨"……难怪书店的老板不敢将印成的书在市上销售，以免惹祸上身了。柳亚子对郁达夫的文才是很佩服的，这有"极隽永"评语为证。在题《薇蕨集》诗中首句"妇人醇酒近如何"，是柳亚子对郁达夫的实际写照。郁达夫的这种生活现象，给柳亚子的印象是颇深的。所以到了 1934 年 1 月 27 日柳亚子偕夫子郑佩宜、友人朱少屏等到杭州时，他曾去访问郁达夫夫妇，因记不清其寓址而不果。当时柳亚子在所作《杭州杂诗五十八首》中，有一诗以记："欲访诗人郁达夫，云封仙境恨模糊。卓家窈窕应无恙，近日西湖烂醉无？"同年，在他写的《北行杂诗》的其中一首里，还为郁达夫书上了"达夫醇酒最关情"一句。1938 年 12 月，郁达夫之兄、南社社员郁曼陀（华）遭人狙击身亡，柳亚子在悼诗中写上了"难弟频年负酒殇"。

1932 年 10 月 24 日，在杭州养病写作的郁达夫，收到了留在上海的妻子王映霞转到的柳亚子的一封信。第二天，郁达夫去杭州郊区游玩山水，至留下，从石人坞上山，越过两三个山坡，然后沿九曲岭下山，经西木坞，参观了风木庵、伴凤居等别业，沿途见到不少灵官庙。回寓后遂发诗兴，写了两首七绝，其中一首为："一带溪山曲又弯，秦亭回望更清闲。沿途都是灵官殿，合共君来隐此间。"他当天将两首诗寄给王映霞，"合共君来隐此间"，虽是郁达夫与妻子开的玩笑，但是也流露出了他想逃避现实的心情。同日，他给柳亚子复信，亦抄附去这两首诗以请教正。这天的日记郁达夫有记，说柳亚子见到这两首诗时"想他老先生，又要莞尔而笑了"。确实，以柳亚子这样具有刚烈性格的人，是绝不会苟同郁达夫在诗中表现的这种要做隐士的情绪的。

1933 年 11 月，郁达夫应杭州铁路局之邀，作浙东之行。游览沿途名胜，"将耳闻目见之景物写成游记"，由铁路局印成旅游指南式的册子，以招徕游客。该月 11 日，郁达夫来到诸暨苎萝村。此村相传是越国美女西施的出生地，筑有西施庙。他应管庙的请求，写了一副对联，上联取龚定庵（自珍）的"百年心事归平淡"，下联则取柳亚子题《薇蕨集》诗中的一句"十载狂名换苎萝。"郁达夫深知柳亚子的性格，说过"亚子一生，唯慕龚定庵的诡奇豪逸"。因此他将龚定庵与柳亚子的诗句集成一联，并很切贴，心里是颇为得意的。

柳亚子与郁达夫两人的性格截然不同，以他们各自给对方的写照，郁达夫在柳亚子眼中，是"妇人醇酒"，柳亚子在郁达夫眼中，是龚定庵式的"诡奇豪逸"。但是两人在大是大非的问题上，立场是保持一致的。如 1932 年 7 月 10 日，郁达夫在上海发起举行部分著作家茶话会，讨论如何营救被关在南京狱中绝食的泛太平洋产业同盟上海办事处秘书牛兰夫妇。柳亚子应邀参加，两人同在抗议南京政府的通电上签名，要求当局释放这对夫妇；同年 12 月 15 日，又同在致苏联的电报上签名，祝中苏复交，"从事文化工作的我们，更热烈地盼望中苏两国的作家以及一切文化工作者在反对帝国主义文化的战线上亲密地携手"；1933年5月23日，两人又同蔡元培、杨杏佛等人联合签名，以中国民权保障同盟的名义致电南京政府，要求释放被逮捕的著名作家丁玲和潘汉年。在30年代，上海文化界发生的不少重大事件中，柳亚子与郁达夫的名字是连在一起的。

柳亚子与鲁迅接近并建立友谊，也还是郁达夫牵的线。柳亚子在1950年写的《北长集》诗集卷二中，有一首《十二月二十日，访王重民于北京图书馆，嘱追和鲁迅先生赠诗，漫成一绝》，在诗尾有自注："一九二八年，余在上海，始识鲁迅先生，曾共宴饮二度，一为北新书局老板李小峰作东道主；一则迅翁赠余诗，所谓'达夫赏饭，闲人打油，偷得半联，凑成一律'者是也"。所说前者，系指柳亚子编辑出版了五大卷《曼殊全集》。出版该书的北新书局老板李小峰，在最后一卷出书时，于1928年8月19日做东，邀鲁迅与柳亚子见面共餐，作陪的还有与柳亚子和苏曼殊均有深交的刘三（季平）。但事后柳亚子与鲁迅并没有什么往来，仅仅是相识而已。至于所说后者，是在九年后，即1932年10月5日，郁达夫为其兄郁曼陀从北平调任上海江苏高等法院第二分院刑庭庭长，与夫人王映霞在聚丰园设宴，招待了鲁迅、柳亚子夫妇等朋友。这次相叙，才是鲁迅与柳亚子相互了解之始，后建立了深厚的友情。在席上，柳亚子向鲁迅要字。一周后，鲁迅即书写了那首"达夫赏饭，闲人打油，偷得半联，凑成一律"，有名句"横眉冷对千夫指，俯首甘为孺子牛"的脍炙人口的《自嘲》诗，以赠柳亚子。

事后，他们尽管见面的机会不多，然鲁迅对柳亚子是颇为信任，也极其敬佩的。鲁迅不轻易向人索字，其一生中，主动向人要求的例子极少。但在 1933 年 1 月 10 日，鲁迅给郁达夫写信，"乞于便中代请亚子先生为写一篇诗"，同时附去了写字的宣纸。信隔九天，郁达夫就完成了鲁迅所托，将柳亚子书赠鲁迅的条幅亲自送到了鲁迅家里。

郁达夫以其文人的性格，且受人挑唆，竟以文学家的想象力，无端怀疑妻子王映霞"红杏出墙"。他不顾这是他构造出来的"莫须有的家羞"（郭沫若语），用不堪入目的文字，在 1939 年 3 月 5 日香港出版的《大风》旬刊第 30 期上，发表了将旧作二十首诗词改写而成的《毁家诗纪》，向世人公开了家事纠纷。

《大风》旬刊系柳亚子的好友陆丹林主编。当柳亚子读到《毁家诗纪》后，在同年 4 月 20 日致陆丹林的信中就说："达夫发表《毁家诗纪》，鄙见初不谓然。因渠既与映霞复合，偕赴星洲，即不应再提旧案，以伤弱者之心，宜映霞之不平也。且达夫指映霞为下堂妾，亦有侮辱女性之嫌，感情用事，贤者不免，窃为痛惜。"字里行间，极其同情王映霞，并毫不掩饰地批评了郁达夫处事不当。

王映霞读到《毁家诗纪》，自然愤怒万分。她也连续给陆丹林写了两封答辩书简，以《一封长信的开始》及《请看事实》为题，也先后在《大风》第 34 期、36 期刊出，"好让世人不受此无赖所蒙蔽"，言辞显得非常激烈。

柳亚子在前引陆丹林的那封信后的第四天，就读到了王映霞的这两篇驳文。24 日，他又给陆丹林一信："弟前函论达夫映霞事，完全根据达夫《毁家诗纪》所言，认为映霞确对不起达夫，但达夫既与（她）重修旧好，相偕南行，即不应再提旧事，因此颇不值达夫。今读映霞之文，所言如果属实，即并非映霞对不起达夫，而实为达夫对不起映霞矣！"

多少年来，郁达夫与王映霞的婚变，众说纷纭。然而，综合各方史料来分析，《毁家诗纪》所涉，全盘子虚乌有。最可以比较的是，郁达夫的原配夫人孙荃，是位极守妇道的典型的中国妇女。她与郁达夫分居后，信佛食素以终。但是，在郁达夫的笔下，说同她的婚姻是"到如今将满六载，而我和她同住的时候，积起来还不上半年"（1927年3月4日致王映霞信）。任何人都知事实并非如此。更厉害的是，他竟将孙荃称之为"泼妇"，且加以污蔑："在路上忽而遇着泼妇孙氏，和一不识之少年男子及熊儿三人"（1932年10月24日致王映霞信）；"富阳之事，就照那么办去，我一点儿也没有气，因为我对她（按：指孙荃）早已无感情之可言，而她去弄一个年轻男子陪陪，也是应有的事情"（1932年10月26日致王映霞信）。对"我一点儿也没有气"的孙荃，尚且如此信口造谣，对王映霞来说，则自然要加倍的了。《毁家诗纪》只不过是郁达夫又一次采用了对孙荃的造谣中伤的办法而已。自从近年来王映霞的回忆录面世后，事实真相就更加清楚了。探讨郁达夫与王映霞的婚变，并不是一般小事，可认为不必去感兴趣。因事情至少给研究者们一个带有普遍性的现象，即一个作家具有的多重性格，往往在他们的文字中所表现的，并非事情的真相。不为贤者讳，柳亚子是第一个对郁达夫与王映霞婚变表态的人。至今看来，他的评判是公正的，而且完全符合事实，从中也见到了柳亚子为人正直的可贵品格。

1945年9月，郁达夫在印度尼西亚被日寇杀害，消息传到国内，在已能见到的柳亚子诗文中，其没有什么表示。

因郁达夫的牵线，柳亚子得到的那幅鲁迅书写的《自嘲》诗，一直珍藏，"悬诸座右"。在1954年2月，柳亚子将这幅诗捐献给了中国国民党革命委员会。该会随后又将它赠送给了毛泽东和朱德。

（原刊香港《国际南社学会丛刊》1992年第3辑）

陆丹林和他的《郁达夫诗词钞》

郁达夫的诗词，因其生活动荡，最后被日寇残酷杀害，在生前自己未能辑印成书。将其作品最早搜录编选出版的，是陆丹林的《郁达夫诗词钞》。

提起陆丹林（1896—1972），读者不会陌生，他是广东台山人，字自在，号非素，用过长老、凤侣、甘霖、淞南吊梦客等二十多个笔名。幼时就读于达立学堂，后进广州培英学校。1911 年广州黄花岗起义前夕参加同盟会。不久到上海，入南社。擅长美术评论，书法造诣很深，平时喜爱搜集书画文物，精于文史掌故，是旧上海文坛上颇为活跃的人物。抗日战争期间，在香港从事文化活动，胜利后返回上海。先后主编过《道路月刊》《国画月刊》《逸经》《大风》《蜜蜂画刊》《永安》等刊物，著有《革命史谈》《新文化运动与基督教》《艺术讨论文集》《美术史话》《孙中山在香港》《基督教文化侵略下的广东教育》等。大量散篇文章，未结集出版。他编辑刊物的名声，要比他的作品影响大。

陆丹林和郁达夫的感情甚笃。郁达夫牺牲后，陆丹林就开始搜集他的诗词作品。先从遗著中辑录，同时向郁达夫的亲友采集，查阅大量报刊抄存，又在报刊上刊登启事公开征求，连同郁达夫写给他本人的，花十余年心力，共得两百首。后用编年体形式编成《郁达夫诗词钞》，请沈尹默题签，于 1962 年 8 月由香港上海书局出版。出书的当月，他曾写信给赵景深：

景深先生：

许久未晤，至念。

我所编集的《郁达夫诗词钞》，最近由香港上海书局出版（这家书店是进步的），样书顷已寄到。因为大样不是我亲自校阅，错了十多个字，有一首诗，题目也弄错了。而且也漏掉几首诗，没有印入。虽然如此，而十多年的心愿，总算得偿。当年曾承兄的鼓励与协助，特先告诉你一声，待过十天左右，出版社有书十册送我寄到时，当送您一册。十册书的分配，也够令人难以安排的。

最近出版的《书话》作者晦庵，他的真实名字，您如知道，请告诉我好吗？

以前北新印行的达夫全集（？），兄处如存有，希望借我一阅，我需要在书里得到一些东西，而苦无借处。除全集之外，其他的小说集，我也想看一看，时间两星期即可奉还，决不会污损与失落。

倘承许可，请先复我一音，我当前来取阅。万一您因事出外，最好把书包好，放在家内，那我来时，虽不相晤，也不至白跑一趟了。

琐事渎神，至为不安。

再会。

陆丹林

八月廿八日

顺便告诉您，达夫在印尼的妻子陈莲有和一子一女，据不久以前星加坡的报纸披露，经于前年撤侨时，母子三人回到广东的台山了。

抗日战争胜利后，赵景深师就着手计划编印《达夫全集》，成立了郭沫若、刘大杰、李小峰、郑振铎、赵景深、郁飞六人组成的编纂委员会。全集首次收录了郁达夫的诗词。在1949年1月的全集出版预告中专为提及："末附陆丹林先生耗去两年光阴编订之达夫旧诗百余首，尤为珍贵。"出版全集的北新书局后来并入四联出版社，再合并为上海文化出版社，《达夫全集》未能面世。不过可以说明，陆丹林是郁达夫诗词的最早搜集者，其功不可没。

陆丹林文学功底深厚，对郁达夫的诗词作过仔细的研究。他在《郁达夫诗词钞》的序中说："文艺家的作品风格，各人不同，达夫的诗，自然也有他的独特风格。我们从他的作品中，可以看到他是钦佩李义山（商隐）、杜牧之（牧），喜欢王渔洋（士禛）、黄仲则（景仁）等的诗篇。无疑地，他写诗的技巧，受了这些人的影响很深。他的绝句，与杜牧之、龚定庵（自珍）的风格，更为接近。也有人指出达夫的诗，气息最近黄仲则。这个批评，也很切合，而且还可以进一步地说，达夫阅世之深，意境之远，往往有黄仲则所不及的地方。"评价是中肯的。

《郁达夫诗词钞》的最大特点，是删去了《毁家诗纪》二十首诗词的全部"本事注"。陆丹林在序中道明原委："这些本事注，多有不尽不实的地方，如把它照原稿附入，不特对死者无益，且对生者有损。"众所周知，《毁家诗纪》连同"本事注"，正是经陆丹林之手公布于世的。1937年6月，在上海主持出版《逸经》的简又文（大华烈士）因病去香港休养。不久抗日战争爆发，简又文滞留香港。任《逸经》主编的陆丹林，该年 8 月与《宇宙风》《西风》联合出版了七期非常时期联合旬刊后，带了一大木箱《逸经》的积存稿前往香港。适值在上海主编《宇宙风》的陶亢德亦到了香港。彼此商量后决定，两刊联合创办《大风》旬刊，由简又文与林语堂（当时在美国）同任社长，陆丹林与陶亢德负责编辑发行。该刊于 1938 年 3 月 5 日创刊。1939 年初，已在新加坡的郁达夫将《毁家诗纪》连同各首的"本事注"寄给陆丹林，由陆丹林安排，发表于 1939 年 3 月 5 日出版的《大风》旬刊第 30 期周年纪念特大号上。《诗纪》将达夫与妻子王映霞之间的隐私矛盾详尽地公之于众，在社会上引起极大的轰动。陆丹林又以不袒护一方为由，在第 34 期、36 期上分别发表了王映霞的驳文《一封长信的开始》《请看事实》。陆丹林如此处理两者的稿件，当年曾遭到双方亲友的指责。关于《毁家诗纪》的"本事注"，陆丹林在《郁达夫诗词钞》序中承认，当初发表时，已被他删去一部分。后来上海《古今》半月刊转载时，又被删削得七零八落。1946 年他在《永安》月刊上发表的《郁达夫毁家前后》一文里曾作增补，"但是还说不到是'全豹'"。因此，1982 年花城出版社出版的《郁达夫文集》和 1992 年浙江文艺出版社出版的《郁达夫全集》所收《毁家诗纪》的"本事注"，也只是原稿的一部分。

（原刊《世纪书窗》2000 年第 2 期）

记述都不可靠

——关于曹聚仁谈郁达夫与王映霞

近年来，曹聚仁的著作已出版多种，三联书店还在陆续出版他的系列。曹聚仁阅历广，接触人物多，一生写了不下四千万字。

他的《听涛室人物谭》里，有一篇《谈郁达夫与王映霞》。文章一开始就说在某刊物上，见到署名"余子"的《郁达夫王映霞的离合》，其中有言，郁达夫移家杭州，是多少受了暨南大学要聘他为教授，当时的教育部以"生活浪漫，不足为师"而予以否决的影响。曹聚仁指出，自己在暨大任教十年，也曾兼任秘书，可以肯定绝无此事，斥余子"胡说八道，瞎造谣言"。

这位"余子"，就是朱惠清。1933年至1936年郁达夫夫妇居杭州时，他是杭州商会的会长，与郁达夫夫妇交往甚密，可称朋友。郁达夫在《国道飞车记》中写的即是与朱惠清一起，从杭州到江苏宜兴游玩的经过。当年朱惠清的夫人、胡健中的夫人，与王映霞是"闺中密友"。郁达夫还将同王映霞所生的次子过继给朱惠清夫妇。论交情，恐怕比与曹聚仁更深一层。朱惠清晚年定居香港九龙，著有《余子随笔》，曹聚仁所见一文，收入其中。

余子所言，无能力去考证是否事实，也不知他是否肇始者。按曹聚仁的说法，是谣言，记述不可靠。只是这件事流传颇广，不少谈郁达夫的专著或文章都有提及。就连简单如附在浙江人民出版社出版的《郁达夫诗词钞》中的《郁达夫行年简谱》，在 1935 年即记有"其间，曾应郑振铎推荐，拟就教职于上海暨南大学，遭教育部长王世杰诬以'颓废文人'被驳复"。与郁达夫相识，远在马来西亚的温梓川，在他的《郁达夫别传》里，误作发生在杭州的之江大学。依曹聚仁而言，都是在"胡说八道，瞎造谣言"。

曹聚仁也是郁达夫的朋友。他写的关于郁达夫的文字，在《我与我的世界》里，有《也谈郁达夫》一章；在《听涛室人物谭》里，除这篇《谈郁达夫与王映霞》外，还有《郁达夫的苦酒》《诗人郁达夫——他的戏剧性生活》。1938 年初夏，郁达夫夫妇在武汉发生最激烈的一次争吵，前后经过，据曹聚仁说，是直接亲听郁达夫所言，应该十分真实可靠。他在《也谈郁达夫》一章里说及当年他与郁达夫在徐州相会，郁达夫邀他到一家小酒店喝酒畅谈。谈到与王映霞的矛盾，"感愤流泪"。曹聚仁记述："原来，他俩住在汉口的法国酒店。那一房间，恰巧是许绍棣住过的。痰盂里留着几封撕破的信，郁兄捞起来一看，正是映霞写给许的情书，于是夫妻大闹一场，映霞便忿然出走了。"在《郁达夫的苦酒》里，曹聚仁同样记述了这件事："达夫回到汉口时，映霞也正和她的爱人许兄打得火热。有一天，映霞正在看信，达夫进入房中，她就草草撕了几下搓成一团，丢到痰盂中去。达夫也老实不客气地从痰盂中捡起那封信，那封信正是许某的信，这就闹翻了。"两处都言之确凿。只是让人非常的不明白，那些前后不一的细节不谈，痰盂里的信，究竟是许绍棣给王映霞的情书，还是王映霞给许绍棣的情书？

还有，曹聚仁在《也谈郁达夫》中随后还记述："后来，我和他又在福州相遇，那时，他还没到南洋去。"在《郁达夫的苦酒》中，也同样记述此事："我到福州时，达夫和映霞都到香港去了，他们闹得更厉害；达夫远走南洋，映霞则西归重庆……后来和一位年轻银行职员结了婚。"1938年12月，王映霞与郁达夫带了所生长子一起离开福州，途经香港去了新加坡。这又让人非常的不明白，曹聚仁在福州究竟遇没遇到郁达夫呢？在香港也没发生"达夫远走南洋，映霞则西归重庆"的事。是到了1940年3月，王映霞才与郁达夫在新加坡协议离婚；8月回国。两年后的1942年4月在重庆与钟贤道结婚。而当时钟贤道是重庆华中航业局的经理，也并非银行职员。

再有，曹聚仁无论在《也谈郁达夫》还是在《郁达夫的苦酒》里，行文都说是郁达夫夫妇这一次争吵使王映霞愤而出走后，于是才有郁达夫的登报"寻人启事"。而郁达夫自己在那组《毁家诗纪》第八首的原注中却写道："自东战场回武汉，映霞时时求去。至四日晨，竟席卷所有，匿居不见。我于登报找寻之后，始在屋角捡得遗落之许君寄来的情书三封……"这又让人非常的不明白，究竟是郁达夫见到情书（不论是谁写的）夫妇大吵一场，王映霞愤而出走，郁达夫再登报寻人，还是王映霞先已"匿居不见"，郁达夫登报寻人之后"始在屋角"捡得情书？如是郁达夫写的是事实，则曹聚仁的记述又不可靠；如是曹聚仁写的是事实，则郁达夫为了自圆其有理，在原注中将事情发生的顺序上做了颠倒，说明《毁家诗纪》的不可靠。

显而易见，尽管曹聚仁是郁达夫的朋友，一些事情还是亲听郁达夫所言，但记述竟会如此不一致，如此有悖史实，或许有人也会说他在"胡说八道，瞎造谣言"，未免火气太大。人的回忆总不可能没有差误，说记述不可靠应该是可以的吧。

前面提及的胡健中（1902—1993），亦是郁达夫的朋友，笔名"蘅子"。郁达夫夫妇居杭州时，他是杭州《东南日报》的社长。郁达夫1934年写的那首"当年同是天涯客"的《采桑子》，就是答他的唱和之作。胡健中1949年去台湾，晚年同样写过关于郁达夫的文章。1990年王映霞由女儿陪同赴台湾看望故旧，与胡健中相隔四十余年后见面。为回答传媒提问力求简单明确，胡健中以王映霞的口气写了几行字交她应付，其中有言，胡先生除写过一篇《郁达夫和王映霞的悲剧》外，还应《联合报》之请，又写了一篇郁王故事，"胡先生两篇文章除一小部分与事实略有出入外，十九均为信史"。不作全部肯定。

郁达夫与王映霞的婚变并非大事，七十年后的今天更不必纠缠，故如当事人王映霞的说法也不予引录互证。仅仅说明，单就此事，多少振振有词的记述都是这样的不可靠。

2007年11月中旬写于湖州人间过路书斋

（据2007年11月手稿）

郁达夫遇难前后

　　1942 年 2 月 4 日，郁达夫与一批国内的流亡文化人，匆匆驾舟西行，离开即将被日寇占领的新加坡，逃亡苏门答腊。不久，苏门答腊亦为日寇占领，郁达夫不得不化名赵廉，在该地巴爷公务隐蔽下来。在当地几位爱国华侨的支持下，凑资开了一家赵豫记酒厂，郁达夫装成商人，当了头人（老板）。酒厂土法酿酒，生意鼎盛，维持了与他一起流亡的文化人的必需支出。驻地的日本宪兵调查后，发现赵廉是那里唯一精通日语的人，强迫他作翻译，他衔恨茹痛与日本人周旋，保护了不少侨界和印尼的爱国人士。数月后，郁达夫千方百计买通了一个日本军医，给开具了一张肺病证明，才获准辞去翻译的实际职务，但日本宪兵仍不让他离开巴爷公务。郁达夫有时时暴露身份的危险。为了装扮得更像印尼华侨商人，免除敌人的猜疑，在 1943 年 9 月 15 日，四十八岁的郁达夫经当地几位华侨的介绍，在"战时一切从简"的托词下，草草与一位年仅二十岁的华侨姑娘结了婚。这姑娘叫何丽有，相貌平常，原籍广东台山，在苏门答腊长大，没有受过教育，只会说印尼话和台山方言，而郁达夫的印尼话又说得不好，就连语言亦较难沟通。郁达夫对此很满意，因隐蔽的身份不会由她而暴露。洞房花烛之夜，郁达夫写了四首《无题》七律诗，有一首为：

洞房花烛礼张仙，碧玉风情胜小怜。

惜别文通犹有限，哀时庚信岂忘年？

催妆何必题中馈，编集还应列外篇。

一自苏卿羁海上，鸾胶原易续心弦。

从来成婚之夕的催妆诗，没有《无题》的，"编集还应列外篇"，分明是指这件婚事是逢场作戏。

何丽有对丈夫非常忠爱，第二年生了个男孩，郁达夫取其名为"大亚"（后又名大雅），讽刺日本军国主义推行的"大东亚共荣圈"。婚后郁达夫对何丽有也慢慢产生了真正的感情。在何丽有的眼里，只见赵廉有许多书，不像商人，倒像个读书人。

郁达夫的身份终于有人告密而泄露。他艰难小心谨慎地生活，到"八一三"日本宣布无条件投降，他才大大松了口气，也准备回国。但岂能料到，日本宪兵怕他到盟军法庭上揭露罪行，1945 年 8 月 29 日夜，郁达夫与几位友人正在家里商量结束厂务时，一个少年来找他，他跟随去后就从此没有回来。后来才知，9 月 17 日被日本宪兵秘密杀害。郁达夫失踪的那天，正值何丽有临产，第二天生下了一个女孩，名叫美兰。这时才有人告诉何丽有，她的丈夫是中国文化界的名人郁达夫。

（原刊《文化娱乐》1984 年第 3 期）

第五辑

文坛旧事

章克标的《文坛登龙术》

在文坛上隐迹了多年的章克标先生，近几年来，又见到他用笔名"辛古木"撰写的回忆录及散文。章克标虽年已八旬，但仍然文思敏捷，文笔精彩。一提到这位 30 年代的老作家，都知道他写过一部《文坛登龙术》。该书写于 30 年代初，于 1933 年 5 月，由上海绿杨堂用线装形式，分上下两册出版。随后一年之内，再版了三次，可见销路甚广。

《文坛登龙术》这个书名，实在很费解。作者在书的《题解》中说过："当汉之末代，天下大乱，有所谓党锢之祸，是一种禁止言论自由，压迫民众呼声的大狱。因为当时的文人，崇尚气节，指摘朝政，不稍假借，清议的力量很大，遭当局者之忌，而要被捕杀，不是偶然的。但天下舆论都尊崇那些文人，其中李膺最为有名，凡人得着他的接见，便为人所欣羡，当时人称为登龙门。登龙倘使作为登龙门的略语，则文坛登龙术可以说就是文人扬名的法术了。"书的内容所述，也正是这个范围。

当年十里洋场的上海文坛，甚多鲁迅先生称为洋场恶少和才子加流氓的人物。《文坛登龙术》的作者，就是集了这些人的形象与心理之大成。在绪论中，作者说"文人又尊贵，又有财，又有美的异性"，够众人欣羡，因此是"著者对于青年作家的幸福，抱着十二万分的热心，只能不顾一切来写这本书"，"本书是为应付那种必要而产生"。书分"资格""气质""生活""社交""著作""出版""宣传""守成""应变"等九章。从每章的章题来看，就知作者对一个人怎样才能当文人，当了文人后又要如何，直到编订全集，装修自己的墓碑与纪念雕像为止，从中的一切经过，作者都一一给予"指导"，笔墨淋漓尽致。

如说做文人要有所谓"修养"，而这修养也就是"什么话都要说得出，这也须打倒了羞耻方可"，这才算是文人的"修养"。书中列举说，如去拜访一位名人，被门房挡驾，但仍可回去写一篇某名人的访问记，虽然没有见到，却可写成谈得如何投机。文人要有文人的"气质"。这"气质"，作者说是要摆出文人的架子：议古论今，要摇头摆尾；讲到美男美女，则眉开眼笑；提到今人著作，要不值一瞥地冷笑。又称懒惰是文人的"第一美德"，"横在安乐椅上抽香烟，是文人顶得体的举动"。做文人又要有丰富的"感情"，秋风吹落枯叶，要下泪；江水滚滚东去，要悲哀；等等。

书中谈到，要做文人，定然得先投稿，"你只要能设法把编辑人的手打软了，你的稿子就可以刊登"，办法是假冒家贫，要用稿费维持生计，求得编辑的同情，或拿出自己的身份，以压制编辑，或假充女性，来迷惑编辑的心眼，或托熟人荐介，最好是与编辑攀朋友……成了文人后，就要与名人拉圈子，馈赠礼物，请名人写序，自我吹嘘，等等，不一而足。这类现象，在当年文坛上均有出现，诚如作者在"结论"中写到的，"书中没有什么发明发现，只是将那些文坛上的'先进之士'的做法，把其中原理揭剔出来而已。著者也得向那几位先进之士道谢而且告罪，因为并未请求他们的许可而把这些经路公表了。"作者还说："大概读完了这本书的诸君，一定懂得本书在这地方已经如何有重大的贡献了，只要不是十分愚鲁的，或者福分太薄的，总可以有法子成为文人。"凡读过这部书的，都不难感到，作者是在用讽喻的手法勾画当年文坛的众生相。这倒是刺痛了那帮所谓"文人"的。但作者似乎是站在"超然"的立场，笔调是幽然，有些地方却不免流于油滑。

《文坛登龙术》还曾对当年文坛的各种流派进行了剖析与比较，观点虽不尽正确，但当年文坛的基本情状，大致已予列述。且"语丝派""现代评论派"等用词，恐怕是最早提出的。

《文坛登龙术》的题解和后记及出书广告，曾在1933年6月16日出版的《论语》半月刊上刊登过。鲁迅先生读后，用笔名"苇索"，写过一篇《登龙术拾遗》，发表在1933年9月1日出版的《申报·自由谈》上，文中对有人靠妻子的富裕家产创办书店，提倡唯美主义文学，及吹捧买办的孙女为"女诗人"等，加以讽刺揭露，并说这也是当年文坛的"畸胎"。其立场之鲜明《文坛登龙术》是无法企及的。

《文坛登龙术》作为一部《论语》派的代表作之一，至今恐怕仍可供现代文学研究者作参考之用的。

章克标的附注：

《文坛登龙术》是作者自费出版的，所用绿杨堂的名称是"客里空"，实际并无此堂。所以用这个名字，是想到了"纸贵洛阳"的典故，而借用了洛阳这个地名的谐音。心里是想出版之后销行畅旺一些。但也不敢大胆比拟于左思的花十年岁月来写《三都赋》的勤奋严正，因而避开直截使用"洛阳"的字样。

此书发行时有两种本子，其一是普及本，也是线装的，只订成一册，封面用色纸，正文用连史纸，定价一元。看看样书似乎太厚了，有点胖敦敦笨头笨脑样子。另一种可以叫精装本，分订了上下二册，用柿青纸作封面，正文用较好的江南连

史纸，定价一元六角。有点古色古香，以冒充古籍的文雅清

淡，这书定价比当时的一般书价稍贵了些。

（原刊《古旧书讯》1986 年第 5 期）

刘延陵的《杨柳》

时间过得真快，一瞬眼，刘延陵先生在新加坡去世已二十一年。

这位五四时期新诗运动的前驱者，是文学研究会的早期会员，对中国新诗的倡导，作出过很大的贡献。当今很少有人提及，是与他后半生侨居海外有关。

刘延陵祖籍安徽旌德，光绪二十年农历十二月二十六日（1895 年 1 月 21 日）出生在江苏泰兴。本名延福，乳名福官。家境贫困，在本县小学毕业后，考入当时江苏三大师范之一的南通师范。在校勤奋好学，成绩优异，总考获得首名。因此，毕业后考入复旦大学，生活费用均由南通师范供给。1922 年 1 月，同叶圣陶、朱自清创办了我国第一本新诗刊物《诗》月刊。朱自清说："几个人里最热心的是延陵，他费的心思和工夫最多。"刘延陵的《水手》在该刊创刊号上发表后，轰动诗坛，传诵一时。在 20 世纪二三十年代的中学国文课本里，几乎都是用它作为范文。叶圣陶的《文章例话》里，向青少年作介绍时，就用《水手》来引证什么是"意境"与"神韵"，说明"诗是最精彩的语言"。当年刘延陵在杭州第一师范任教，指导湖畔诗社的年轻学生汪静之、冯雪峰、潘漠华等写诗，1922 年 8 月，汪静之的"惊世之作"《蕙的风》出版时，为之写序的除了胡适、朱自清，另一位就是刘延陵。

在 1923 年，刘延陵考取官费的美国西雅图州立大学，攻读经济学。

因脑病发作而辍学回国，执教上海暨南大学。他笔耕不断，发表了大量诗文与译作。曾用过雨霖、金季子、夏逢、金正、秋石等笔名。

1937 年，他应邵力子的邀请，南下吉隆坡主编《马华日报》，在侨界宣传抗日。半年后，曾匆匆回国探亲一次。1939 年到新加坡，任职《星洲日报》。日军占领新马时，他栖身做小生意，甚至沿街叫卖纸花，路口卖香烟。抗战胜利后，先后在《中兴日报》《华侨日报》及英国广播公司（BBC）远东中文部任职。其后，又担任义安学院、南洋大学兼职教授。他一直为生活所累，此时方趋稳定。60 年代，新加坡的商务、中华、南洋、上海、世界及联合六家中文书店，联合成立教育供应出版社，专门出版华文教科书，他被聘为编辑直到退休。

远离故土，刘延陵又处世低调，从不张扬，致使新加坡当地不知这位在中国新诗界很有影响的老诗人。直到 80 年代方被认知，文坛极为震动。刘延陵在晚年仍创作不断。1985 年，他推敲多时，写了《教师咏》《教师》两首长诗。寄来后分别转给北京的《诗刊》与南京的《雨花》。两刊在同年 12 月号上同时发表。1988 年，他还写了长诗《杨柳》，发表在同年 3 月 20 日新加坡《联合早报星期刊》。

刘延陵早负诗名。文学评论家孙良工在 1923 年写的《最近中国诗歌》一文中就说过，新兴的白话诗，以时间论，还不过六七年光景，胡适《尝试集》出版前后是一个时期。"在《女神》出版的前后是一个时期。这个时期，是极端的解放的诗歌最盛的时代，以郭沫若、俞平伯（后期的诗）、徐玉诺、刘延陵、朱自清诸人为代表。"可惜的是，刘延陵为生活疲于奔命，散见在报刊上的大量诗作，始终未曾结集出版。收入集子的，仅有 1922 年 6 月上海商务印书馆出版的《雪朝》，系朱自清、周作人、俞平伯、徐玉诺、郭绍虞、叶绍钧、刘延陵、郑振铎八人合集，内收刘延陵《河边》《悲哀》《新月》《姐弟之歌》等十三首。1935年良友图书公司出版的《中国新文学大系·诗集》，内收《海客的故事》《水手》两首。编选者朱自清评说他"喜欢李贺的诗，以为近乎西方人之作，似乎颇受他的影响"。早在1933年，赵景深在《现代中国诗歌》一文中不无感叹地说："像刘延陵、程鹤西这样好的诗人至今不曾出诗集，真是一件极大的憾事。"

刘延陵晚年很想在国内出版一本诗集，询问过出版界情况。我曾帮他在《黄钟》等刊物上找到不少旧作。他记忆力极强，对五十多年前的作品均有印象，如来信中明确指出，有一首《沿溪行》，"是一篇长而臭的废料，不要再见他了"。1985年10月，他为上海书店影印的《诗》月刊合订本写序，叮嘱修改其中某字某句。他对作品如此认真负责，是他生前未能及时整理出诗作结集出版的最大原因。

直到2002年12月，复旦大学出版社出版了葛乃福编的《刘延陵诗文集》，此时距作者去世已十四年。葛乃福花多年心力，搜集刘延陵作品，为文坛填补了一项空白。严格地说，是个选本。可能限于篇幅，不少诗文未见收入。最可惜的，不知何故失收极为重要的《杨柳》。这是刘延陵九十四岁写的诗，寓意深远。《杨柳》是随潘正镭的《折柳南来的诗人——"五四"遗老刘延陵访问记》一起发表的。潘先生在文中谈及《杨柳》时说："关于诗作的灵感，刘老说：'南来新加坡，不曾见有杨柳，苦无处寻。云南园有两排相思树，便取相思树叶为比。相思树叶弯而长，柳叶则直而像眉。新加坡之有杨柳，应是近二十年来的事，现在多处可见。至于柳之由来，便想像有一女子，在江南折了柳，移到南洋来，世代繁衍。'"潘先生接着又说："诗的花苗，何曾在老诗人的心中枯萎。这株杨柳，原来已在诗人的心中摇摆了半个世纪。折柳南来，不正是刘先生文学生涯的象征；柳枝依依，也不正是刘老落籍柳岛，躬耕文教，作育英才的写照？"《杨柳》不单是刘延陵最后的诗，也是他晚年所写最有价值的一首诗。

《杨柳》在 1988 年 3 月 20 日《联合早报星期刊》发表后，刘延陵又作了修改，将末节三行删去改写成九行，属作者的最后定本。为纪念刘延陵逝世二十一周年，将修改后的《杨柳》刊出，供读者诸君赏析。

2009 年 8 月 7 日写于湖州人间过路书斋

附：

杨 柳

(1)"昔我往矣，杨柳依依"

——《诗经·采薇篇》

(2)"今宵酒醒何处？杨柳岸、晓风残月"

——柳永著《雨霖铃》

(3)"亲爱的朋友们！将来我死了，

请在坟上植杨柳一株。

我爱那些柔情依依的枝叶

令我感觉亲切的浸在月光中的淡白色，

和树影的时常轻轻抚摩那

伴我长眠的黄土。"

——中国台湾版《法国十九世纪诗选》中 151 页

杨柳是多情树。

杨柳的情多情多。

它们终日依依恋恋，颤颤簌簌，

象有千言万语，欲说还休。

这是为什么？这是为什么？

它们见广识多，思潮涌银波。

遂借摇摆与俯仰，

表示爱与怨，喜与忧。

遂用急旋与慢舞，

作为短吟与长歌。

它们又如高竹凌霄，迎风顾盼，

显现飘逸出尘的丰神。

半世纪前本岛的风景

与今日同样秀丽。

但"多情树"还未登场，

遂致处处园地里

莺燕无声，众花如睡。

后来北方有一位佳人，

象一只白鹤般飞来定居。

她从老家里折了一条柳枝，

珍重地植在新居的窗前，

叮嘱它多生儿孙来装点本岛，
如明珠钻石之繁星点缀绿袍。

以后两年过去了，
窗前出现了一株新柳亭亭。
它披起青衫来蹁跹软舞，
她觉得依旧住在
杏花春雨的江南。

又过了两年，
新柳上吐出小花点点，
都象谷皮上辐射出了绒毛。
它们都白如棉絮，轻于蝉翅，
乘风飘荡，到处留连；
游倦了落地生根，
再变成风流树摇曳着出土，
为本岛添韵而增采。

现在它们与它们的孩子，
有站在公园里的，
都会张开枝叶如张臂
含笑而迎往游的老幼。

有成群结队，
立在学校门外的，

早晚都纷纷鞠躬点头，

招呼进进出出的青年。

有与桥与亭与路边的石凳结伴，

各自构成一片

似乎与尘世隔绝的小园地的，

都喜欢人随时访问，

与它们聚会片刻，

在静默中交流情意。

丰姿潇洒的杨柳，

会使得百鸟讴歌，众树侧目。

但与它为伍的石碑，草屋，

也都有画意诗情。

唉，平常风景里的一株杨柳

真是红紫纷披花丛外边的一棵

朴素奇香的芝兰；

寒夜客到时，

紫檀木桌面上的一壶

热气腾腾的酽茶；

深山寂寂中

佛寺里清脆荡漾的

一下两下钟声。

注：

　　诗的末节发表时原为三句：

　　唉，风景里面的杨柳

　　不象菜汤里的味精，

　　空山里的佛寺钟声吗？

（原刊《温州图书馆学刊》2009 年第 2 期）

刘延陵与《诗》月刊

在我国新诗草创时期，曾出现过一本专登新诗和谈论新诗的刊物《诗》月刊。

《诗》月刊创于 1922 年 1 月 15 日（不少人误为 1 月 1 日），由上海中华书局印刷发行，编辑署名为"中国新诗社"。到 5 月 15 日出版 1 卷第 5 号时，编辑署名改作"文学研究会"，封页上也注明为"文学研究会定期刊物之一"。随后隔了 11 个月，于 1923 年 4 月 15 日出版 2 卷第 1 号，5 月 15 日出版 2 卷第 2 号，封页上虽仍注明为"文学研究会定期刊物之一"，但版权页上编辑署名又改回"中国新诗社"。《诗》月刊出至 2 卷第 2 号停刊，前后共出版了七期。

其实，该刊编辑无论署名"中国新诗社"或"文学研究会"，却只是刘延陵、叶圣陶、朱自清三人创办并主编的。在该刊 1 卷第 3 号上，有署名"记者"写的一篇《投稿诸君鉴》，道明"本刊系我们三数同志所办"，要求投稿者的稿件寄往苏州角直的叶圣陶和杭州第一师范的刘延陵。他们三个都是"文学研究会"的早期会员（会员编号叶圣陶 6 号、刘延陵 49 号、朱自清 59 号），因此，后三期被定作"文学研究会定期刊物之一"。

《诗》月刊是我国新文学运动史上第一本新诗刊物。隔了四年之后的 1926 年 4 月，才有闻一多、徐志摩、朱湘、饶孟侃、刘梦苇、于赓虞等人主办的北京《晨报诗刊》面世。我国的新诗，随着1918年新文化运动的爆发应运而生，《诗》月刊在这时期创办，也就网罗了驰骋文坛的第一代新诗人。在它上面发表作品的，除主编三人外，还有俞平伯、刘半农、徐玉诺、王统照、汪静之、周作人、沈雁冰、郑振铎、胡适、冯雪峰、冯文炳（废名）、康白情等，阵容强大，影响深远。

十多年来，上海书店为向研究者提供原始的参考资料，更是为了保存一批将被湮没的珍贵史料，影印出版了不少新文学罕见书刊。在1985年秋，老编辑刘华庭兄知我与刘延陵先生有通信往还，遂将决定影印七期《诗》月刊的计划告诉我，希望能请延陵先生为影印本写篇序文。当年《诗》月刊的三位主编，朱自清先生早已在1948年去世，叶圣陶先生因病住院疗养，不能打扰，尽管延陵先生远在新加坡，却是最合适的写序人。在1936年，朱自清在《中国新文学大系·诗集》的《选诗杂记》中提到《诗》月刊时，也曾说过"几个人里最热心是延陵，他费的心思和功夫最多"。延陵先生自1937年南来新加坡，此时已九十一岁高龄了。为考虑更有把握，我请华庭兄同时也写信去，说明书店影印《诗》月刊的意义和请求。现在检读延陵先生给我的信，其中有几封谈及写序的事：

> 以前诗月刊内容贫乏，故作序不易下笔，惟既承尊嘱，自当勉为其难。后再四搜索枯肠，三易其稿，终于十月十五日寄出。并于致刘华庭先生信中言明，如不合用，弃之勿理。今寄上该文影印稿一份，以博一笑。(1985年10月20日信)

> 九月中旬接到同月三日大札后，决定遵命为诗月刊影印本

写序。但资料贫乏，恐难写出堪看之文字，几经经营，方于十月十五日写就寄给刘华庭先生。（1985 年 10 月 30 日信）

延陵先生非常谦逊，看过序文的读者都能体会到，他在这么大的年龄，在远隔数千里的南国，在没有参考资料的情况下以惊人的记忆力，回忆了当年他与朱自清、叶圣陶合办《诗》月刊的经过并论及了其中重要的诗文，无不令人起敬叹服。序文为研究我国新文学史提供了一份极有价值的资料。

《诗》月刊七期影印合订为精装本，书印成时，适值延陵先生在北京的女儿刘雪琛女士将要赴新加坡探亲，样书就由上海书店寄给她随身带交延陵先生。在 1988 年 4 月 6 日延陵先生的来信中记有："小女雪琛，去年十二月十四日到此地探亲，侨居三个月后，于今年三月十二日乘飞机返华。伊曾携影印版《诗》月刊一册交我。此事烦劳尊神，也当志谢。"延陵先生在他生前见到了年青时精心编辑的刊物重新影印出版，堪可告慰。而影印本《诗》月刊，在六十三年后，又有当年且远在新加坡的主编人作序，成一完璧，也是一件可流传后世的文坛佳事。

延陵先生以九十四岁高龄，于 1988 年 10 月 18 日谢世。岁月匆匆，转眼已到八周年的忌日，为纪念这位永远值得缅怀的前辈，谨献此短文。

（原刊《书窗》1997 年第 2 期）

赵景深的一首七律诗

提起赵景深先生，大家都知道他是一位享誉国内外的著名学者。赵先生在文学领域中，几乎无所不精。早年从事诗歌、小说、散文、歌剧的创作，又翻译了不少世界名著。其丰硕的创作成果，对社会产生过广泛、深远的影响。现在香港等地的中学语文课本书中，还收有他《一片槐叶》等百读不厌的散文。赵先生中年后，从事编辑、教育工作，又在民间文艺、戏曲、小说、儿童文学等方面均具独到见解，撰写了数百万字的研究论述，培养了大量有用之才。他在 30 年代，不单努力创作，又兼任与现代文学关系密切的上海北新书局编辑，团结并扶植了一群优秀作家。几十年来，研究现代文学的人士，不知有多少得到过他提供的无私帮助。1985 年 1 月 7 日，赵先生不幸因脑出血，抢救无效，病逝在上海华东医院，享年八十二岁。他生前是上海复旦大学中文系教授、中国俗文学会名誉会长、中国戏曲研究会会长、中国民间文艺研究会上海分会主席、上海市文学艺术联合会会员，上海市政协委员。

我业余研究近现代文学，得赵先生指导十余年。赵先生为人温和敦厚，与夫人李希同待我如子。公子易林，至今同我保持着兄弟一样的感情。在 1982 年（壬戌）3 月，赵先生用整张大宣纸，写了一副七律诗送我：

　　盛年徐子拥书城，下笔万言如有神。

　　全力钻研周鲁迅，细心寻访浙诗人。

　　秦淮灯影我们社，白马奔腾夏丏尊。

　　浩森烟波文艺海，此中乐趣味清醇。

　　平时我喜购图书，所藏在"文革"中遭劫。事后难改习性，不几年，又积册数逾万。赵先生说我"拥书城"倒是事实，然"下笔万言如有神"，却完全是对我的溢美之言。

　　70 年代初，我从研究鲁迅起步，最初发表在 1977 年山东大学《文史哲》上的谈鲁迅与美国名记者斯诺的友谊的文章，就得赵先生的指点。随后撰写了数十篇有关鲁迅的研究论文，大部分在发表前，就经赵先生的审阅。因居住在浙江，我很注意搜集浙江新诗人的史料。1982年，曾在"湖畔诗人"汪静之先生的指导下，与董校昌兄编印过一本《"湖畔诗社"资料集》。而与国内文坛隔绝音讯半个世纪之久的著名新诗诗人刘延陵，当时，也是我最早向国内文坛披露他仍健在新加坡的这一惊人消息，并"引进"了他离国五十年后第一篇寄到国内的文稿。故而赵先生有"全力钻研周鲁迅，细心寻访浙诗人"两句。

　　朱自清与俞平伯，都是浙江人。他们同用《桨声灯影里的秦淮河》为题，各自写过一篇散文，均是现代文学史上的屈指佳作。他俩与刘延陵、叶圣陶、刘大白、丰子恺、顾颉刚、金溟若等，在 1924 年出版过《我们的七月》，署名为"O·M 同人编辑"（O·M 是"我们"两字拉丁拼音的首字母），次年又出版了《我们的六月》。赵先生诗中的"我们社"就是指他们。在 20 年代初，浙江上虞有一所闻名全国的春晖中学，当年在该校执教的，有夏丏尊、朱自清、俞平伯、丰子恺等新文学健将。

　　这所春晖中学，是设在白马湖畔。夏丏尊在湖光潋滟，山色宜人的湖畔，筑有几间小屋，名曰"平屋"。他的一本文集，就取名《平屋杂文》。这群白马湖畔的教师，后来都成了文学研究会的中坚。

　　我自甘淡泊，只顾读书，凡有心得，则撰文发表。从不去参加什么一级一级的作品评奖，亦不去求什么所谓"职称"。因我不相信它们有丝毫符合这些名称的真正价值。赵先生知我为人，在诗的最后也就添上了这句"此中乐趣味清醇"了。

　　一瞬眼，赵先生赠我此诗已有十余年，而他逝世也将近九年。疏懒的我，一直写不出像样的东西，每每想起他的教诲，汗颜浃背。今撰此小文，算是对赵先生一点小小的纪念。

（原刊《香港文学》1994 年 4 月号）

李长之与《鲁迅批判》

李长之谢世已二十年。

这位著名的文学史家、文学批评家，生于 1910 年，山东利津县人。原名李长治、长植，用过失言、何逢、张芝、迫迁、梁直、棱振等多种笔名。李长之 1929 年入北京大学预科，编辑天津《益世报》文学副刊《前夜》。在此期间，开始文学创作活动。1931 年转入清华大学生物系，后又改读哲学系。1933 年任《文学季刊》编委。1934 年主编《清华周刊》文艺栏，创办《文学评论》双月刊。1936 年毕业后，留校任侨生导师及蒙古族、藏族学生导师。抗日战争时，先后在云南大学、中央大学执教，为教育部研究员，重庆北碚编译馆编审。1946 年任北京师范大学教授，主编《北平时报》副刊《文园》。新中国成立后，任北师大教授、北京市文联文艺理论组组长，曾参加《红楼梦》的首次注释工作。

李长之长期从事中国文学的教学与研究工作，有《中国文学史略稿》传世，论著甚丰，其中以作家的评论与研究最为称道，如《道教徒诗人李白及其痛苦》《司马迁之人格与风格》《陶渊明传论》等。

1941 年出版的《道教徒诗人李白及其痛苦》，最近已被辽宁教育出版社编入"新世纪万有文库"，重新印行。这说明李长之的论述有他的生命力，不因时代的前进而淘汰。但说来奇怪，见到书名就会想到作者是谁的那本有名的《鲁迅批判》，现在几乎已无人提及，就连 1991 年出版的，近四十名高手撰写的《中国现代文学词典》，在介绍他的重要著译里也不记此书。

《鲁迅批判》出版于 1935 年，恐怕是唯一的一本在鲁迅生前出版的较全面评价鲁迅生活及其作品、思想的专著。该书的部分内容曾在《益世报》副刊上发表过，作者在成书时，写信告诉过鲁迅这个计划。鲁迅应作者的要求，同意并寄去需印在书上的照片。该书出版后，读者很多，因此多次再版。抗日战争期间，在成都还印过土纸本。

手边存有李长之写的关于《鲁迅批判》的两封信。一封在 1946 年 2 月 15 日写自南京：

景深兄：

久不通信，时以为念。今者抗战胜利，一切一切，当可将中断八九年者之线索又重新提起矣。弟初在滇，后入川，先后在云南大学、中央大学执教。最近来京。居川时亦曾行印小书若干，恐沪上不及见，无以请正，但陆续有白报纸本印出，印出时当再寄奉，以博一哂。今见报载《青年界》复刊，仍由兄主编，可慰可贺！今修此书，一以道念，一以奉诹数事：（一）《鲁迅批判》后来有无版税？（按弟前次只得到一次清算，五十余元而已！）（二）当《鲁迅批判》问世时，全集本犹未出版，且其中主要论点，虽仍持之，但十年时光不谓不久，颇拟重写一过，而将标页悉从全集本。此一代宗师，为之系统论评者迄今固仍缺如也。兄意以为如何？（三）振铎兄、蛰存兄之地址，盼便中示及，见面时并望道念为感！

手请

近安不一

> 弟长之
>
> 二月十五

通讯：南京天山路 127 号

又，《青年界》倘蒙仍继续赠阅，亦请寄此间即妥。

另一封在 1947 年 7 月 27 日写自北京：

景深吾兄：

久未通信，念念。去岁过沪，亟思趋访，因需日日问船，遂少自由时间。现唯时在刊物中得读大著，知精勤如昔也。弟《鲁迅批判》一书，现平市仍销行，版税请便中再询小峰先生一结如何？复示寄北平和平门外师范学院或北平东四魏家胡同乙二十二号均可。刊物亦可寄此二地。

不一一，请

近安

> 弟李长之手上
>
> 七月廿七

这两封信可以说明的是，一是《鲁迅批判》行销不衰，二是李长之对鲁迅非常敬重，称他为"一代宗师"，并想按已出版的《鲁迅全集》将书进行更系统、更完备的改写。可能是为了醒目之故吧，作者取书名时用了易遭误解的"批判"两字，其实这"批判"的含义仅仅是分析评论的意思。《鲁迅批判》分析了鲁迅思想性格的形成与社会环境，划分了鲁迅生活及精神进展上的几个阶段，对鲁迅作品艺术作考察，评价他不朽的杂文，但也提出了一些作者认为在艺术上的失败之作。整本书的论述，作者对鲁迅是给予充分肯定的，颂扬他是诗人也是战士。《鲁迅批判》出版时，李长之年仅二十五岁，且在 30 年代中期，观点有别，即使有疵，亦无可厚非。但在 50 年代却难逃厄运。1950 年 10 月 31 日在北京《光明日报》上，发表了李长之的《〈鲁迅批判〉的自我批判》，进行了自我检讨。当天该报同一版面上，也刊登了李蕤的《保卫鲁迅先生——李长之的〈"鲁迅批判"的自我批判〉读后感》，对李蕤的批评。李长之 11 月 14 日于《光明日报》上又发表了《关于保卫鲁迅先生——答李蕤先生》再作辩解。批评虽未延续，而《鲁迅批判》一书，当年学术界畏读忌谈，则从此列入异类。

将近半个世纪后的今天，政治宽松，学术民主空气大盛，似有必要来重新审视这本鲁迅生前关注过的《鲁迅批判》。

李长之也是一位诗人，在 30 年代出版过新诗集《梦雨集》《夜宴》，1942 年还出版了一本诗与散文的合集《苦雾集》。他的译著也有《歌德童话集》、席勒的剧本《强盗》及《德国的古典精神》《文艺史学与文艺科学》等多种。

（原刊《书窗》1998 年第 4 期）

胡适佚诗

胡适在 1923 年写过一首题杭州烟霞洞诗，因是写成条幅送人，故未见收入其任何著作中，已出版的几种年谱里亦未见提及。见过这首诗的人说是旧体诗，而胡适却自认为是一首新诗。该诗写的是烟霞洞梅雨季节云雾急骤的山景：

> 我来正值黄梅雨，日日楼头看山雾。
>
> 才看遮尽玉皇山，回头又失楼前树。

烟霞洞位在杭州西湖南高峰的半山腰，烟霞岭岭脊上，面对玉皇山。南高峰可从因郁达夫的小说《迟桂花》而闻名的满觉陇循山路盘旋而上，峰高二百五十七米，被游客们称为"山势峭拔，怪石兀立，岩壁峥嵘，神奇而又秀丽飘逸"。烟霞洞是西湖四周最古老的山洞之一，据史载，在五代后晋开运元年（944）就被人发现，景色幽雅，为西湖诸多石洞之冠。

这首诗是胡适在 1923 年在烟霞洞休养时书写了送给该洞居士金复三的。当年胡适曾两度到烟霞洞，第一次是 4 月 21 日离开北京到南方，月底至杭州烟霞洞，但逗留时间很短，仅数天就转去上海。第二次是同年 6 月，一直住到 10 月 4 日才赴上海。江南梅雨季节均在 6 月，所以此诗写于他当年第二次到烟霞洞时无疑。

胡适这一年离开烟霞洞后，多年没再到过杭州。这首诗的手迹金复三居士在抗日战争期间精心保存，没遭日寇侵吞，得以无损。1947年，他曾请人写信给在北京的胡适，说自己年已八十，希望胡适有机会南来，再图一叙。居士以善烧素菜名扬杭州，胡适也最爱吃素菜。因年逾已久不掌勺，信中说若胡适南来，他必亲自为之。胡适曾回他一封长信，答应第二年到杭州叙晤。只是不久，金复三居士便去世。第二年10月胡适到杭州时，已人去楼空，这卷诗轴也不知落入谁人之手了。

（原刊《澳门日报》1996年10月11日）

关于徐志摩的佚文《阿樱》

徐志摩的散文《阿樱》，刊 1929 年 8 月 22 日上海出版的《美周》第 4 期 "人体专号"。

在徐志摩生前，《阿樱》未见收入他任何集子。1931 年 11 月 19 日他飞机失事遇难至今，先后有多种他的全集面世，搜集其著作较完备的，如 1969 年台湾传记文学出版社出版的蒋复璁、梁实秋主编的《徐志摩全集》，1983 年香港商务印书馆出版的陆小曼主编的《徐志摩文集》，均没收入《阿樱》。1980 年台湾时报文化出版事业有限公司出版的梁锡华编的《徐志摩诗文补遗》，搜辑徐志摩集外遗文较全，但亦没收入《阿樱》。1988 年陕西人民出版社出版的邵华强编的《徐志摩研究资料》，其中编录现今最完整的《徐志摩著译系年》，也遗漏了《阿樱》。

《阿樱》是到目前尚无人道及的一篇徐志摩的佚文。

《美周》主编是杨清磬，系浙江湖州人，画家，作品俊秀，且兼长国乐，曾任上海美专教授。他热心美术事业，创天马会。他主编《美周》时，同任上海《新闻报》美术编辑。徐志摩与杨清磬相当熟。1929 年 1 月，南京政府教育部决定举办第一届全国美术展览会，美展筹备处于该月 14 日召开总务会议，徐志摩与杨清磬均当选为常委。会议还决定他们两人合编《美展汇刊》（出版时名《美展三日刊》）。同年 4 月 10 日，展览会在上海开幕，同日《美展三日刊》创刊。在创刊号上，徐志摩发表序文《美展弁言》。随后，在 12 日出版的第 2 期上发表论文《想像的舆论》；22 日、25 日出版的第 5、6 期上连载发表论文《我也惑》；5 月 7 日出版的第 10 期上发表散文《静物》。

关于《美展三日刊》，徐志摩在 1929 年 4 月 25 日致在法国巴黎的刘海粟的信中曾提及："《美展三日刊》已出六期，我嘱每期寄十份，想早见。文字甚杂，皆清磬在张罗，我实无暇兼顾。"刊物托大使馆转交，刘海粟未能收到。徐志摩在 7 月 8 日致刘海粟的信中说明寄转情况外，又提"《美展》几乎完全是清磬主持，我绝少顾问"。在同一信中，徐志摩有一段话，却为研究者们所忽略，这就是："兄如有暇，何不写些文章来？最好能按期寄通讯，随意谈巴黎之所闻见。《美周》正缺好稿，有来极欢迎。"因见不到《美周》完整的原刊，不知是《美展三日刊》随美术展览会结束而结束后续出《美周》，还是《美周》是另起炉灶的一份刊物。但徐志摩的这段话可以肯定，他亦参与了《美周》的编辑工作。

现将徐志摩的佚文《阿璎》，交刘以鬯先生在《香港文学》上重刊。

那天放在一只麻线扎口的蒲包里带回家的时候，阿璎简直像是一只小刺猬，毛松松的拳成一堆，眼不敢向上望，也不敢叫。一天也没有听她叫，不见她跑动，你放她在什么地方她就耽着，沙发上，床上，木橙上，老是那可怜相儿的偎着，满不敢挪窝儿。结果是谁也没有夸她的。弄这么一个破猫来，又瘦，又脏，又不活动，从厨房到闺房，阿璎初到时结不到一点人缘。尖嘴猫就会偷食，厨房说。大热天来了这脏猫满身是跳蚤的多可厌，闺房说。但老太太最耽心的是楼下客厅里窗台上放着的那只竹丝笼子里老何的小芙，她立刻吩咐说，明儿赶快得买一根长长的铁丝，把那笼子给吊了起来。吃了我的小鸟我可不答应！小芙最近就有老太太疼他。因为在楼下，老太太每天一醒过来就听得他在朝阳中发狂似的欢唱。给鸟加食换水了没有，每天她第一声开口就顾到鸟。有白菜没有，给他点儿。小芙就爱白菜在他的笼丝上嵌着。他侧着他的小脑袋，尖着嘴，亮着眼，单这望望就够快活心的。有时他撕着一块一口吞不下的菜叶，小嘴使劲的往上抬。脖子压得都没有了，倒像是他以为菜是滴溜得可以直着嗓子咽的。你小芙是可爱：自从那天在马路边乡下人担子上亮开嗓子逗我们带他回家以来，已经整整有六个月。谁也不如他那样的知足，啄一点清水，咬几颗小米，见到光亮就制止不住似倾泻地狂欢，直唱得听的人都愁他的小嗓子别叫炸了。他初来时最得太太的疼惜，每天管着他的吃喝洗澡晒太阳。阿秀一天捱了骂为的是忘了把他从阳台上收进来叫阵头雨给淋着了，可怜的小芙，叫雨浇得半根毛都直不起来，动着小翅膀直抖索。太太疼他且比疼人还疼得多，一点儿小鸟有什么好，倒害我捱骂，准有一天来个黄鼠狼或是野猫把他一口给吃了去的！阿秀捱了骂到厨房去不服气，就咒小芙。

近来小芙是老太太的了。所以阿嘤一进门，老太太一端详她的嘴脸就替小芙发生恐慌。这小猫是新停的奶，又是这怕事相，也许不至闹乱子吧。我当然回护阿嘤。

但到了第二天阿秀的报告来时，我也有点不放心了。原来她下楼去，一见鸟笼就跳脱了阿秀的手，跑去到笼子边蹲着。小芙一见就着了慌，豁开了好久不活动的小翅膀满笼子乱扑。

阿嘤更觉得好玩了，她伸出一只前脚到笼丝上去拨着玩儿，这来阿秀吓得一把抱了她直跑上楼。噢——吓得我，阿秀说。

这新闻一传到厨房，那小天井里自来水管脚边成天卖弄着步法的三个小鸭子也起了恐慌。嚇、嚇，他们摇着稍尾挤做一团，表示他们是弱小民族。但这话当然过于夸张阿嘤的威风。实际上她一辈子就没有发作过她的帝国主义的根性。

她第二天就大大的换了样是真的。勒粟尔的一洗把她洁白的一身毛从灰黑中救了出来，这使她增了不少的美观。嘴都不像昨儿那样尖了似的。模样儿一俊，行动也爽荡了：跳上沙发，伸一个懒腰，拱一个背，打一个呵欠，猛然一凝神，忽的又窜下了地，一溜烟不见了。再见她是在挂帘上玩把戏，一个苍蝇在她的尾尖上掠过。她舍了窗帘急转身追那小光棍，蝇子没追着，倒啃住了自个儿的尾巴。回头一玩儿倦，她就慢腾腾地漫步过来偎着太太躺下了，手一摸她的脖子她就用不放爪的前脚捧住了舔。这不由人不爱。"我也喜欢她了。"太太，本来不爱猫的，也叫阿嘤可爱的淘气给软化了。

她晚上陪着太太睡。绵似的一团窝在人的脚边。昨晚我去睡的时候，见她睡在小房间的床上，小脑袋枕着一条丝绒的围巾，匀匀的打着呼。一切都是安静的。

但今天早上发生了绝大的悲惨。老何手提着小芙的笼子，直说"完了，完了"。笼子放在楼梯边一只小桌上，笼丝上挂着三片淡金色的羽毛。笼丝也折断了两根，什么都完了，可是一点儿血迹都没有。"我说猫一进门鸟笼子就该悬中吊着不是？"老何咕哝着，仿佛有人反对过那个主意。老太太不是打前儿个就吩咐要买铁丝吊起笼子的吗？老何是太忙了，也许是太爱闲躺着，铁丝儿三天没有买，再买也来不及了。得，玩儿完！

"阿呀"，厨房里又响起一阵惊叫的声音。"我那三只鸭儿呢，怎么的不见了？"厨娘到天井去洗菜才发现那弱小民族的灾难。"好，一个芙蓉，外加三个鸭子，好大胃口，别瞧她个儿小，真可以的！"老何手捻着小芙的遗毛，嗓子都哑了。"我早知道尖嘴的一定是贼"，厨娘气红了脸心里盘算着她无端遭受的损失：买来时花了四毛半小洋，还费了多少话才讲下的价。再过两个月每只准有二斤吧，一块钱卖不到，八角钱一只总值的，三八二圆四，这损失问谁算去。况且那三条小性命，黄葱葱的一天肥似一天，生生的叫那贼猫给吃得脬肝都不剩一个，多造孽！下次再也不上当了。厨娘下回再也不上当了。

老太太听见了闹声也起床出房来问是什么事。可是这还用得着问吗？单看了老何手掌心里托着的三片黄油油的毛就够叫软心的老太太掉眼泪，还有什么问的？完了，早上醒过来他那欢迎光明的歌声，直唱得满屋子都是快活，谁听了都觉得爽气，觉得这日子是有意思的，还有他那机灵的小跳动，从这边笼丝飞扑到那边笼丝，毛彩那样美，眼珠那样亮，尤其开口唱的时候小脖下一鼓一鼓的就像是有无数精圆珠子往外流着——得，全没了，玩儿完！老太太怎样能不眼红？鸭子倒是小事养肥了也是让人吃，到猫肚子去与到人肚子去显不了多少分别，老太太不明白厨娘为什么也要眼红，可是小芙——那多惨多美的一条小性命叫一个贪心的贼强盗给劫了去，早上的太阳都显得暗些似的。"阿秀呢？"老太太问。阿秀还睡着没有起，她昨晚睡得迟。阿秀也昏，不该把小芙放在这地方正方便贼。可怜的小芙！

老太太为公理起见，再也不说话就上楼去捉贼。贼！她进小房间见阿嘤在床上睡得美美的，一发火就骂。阿嘤从甜梦中惊醒了仰头一看神情不对，眼睛里也露着慌张。"一看就知道你是贼！倒有你的，我饶了你才怪哪！"慈悲的老太太一伸手就抓住了阿嘤的领毛就带了她下楼，从老何手里要过那三片毛来给放在笼边，拿阿嘤脑袋抵笼丝叫她闻着那毛片的美味，然后腾出一支手来结实地收拾那逮着了的刑事犯。你吃，你吃！还我的小芙来！贼猫，看你小心眼倒不小，叫得多美的一只鸟被你毁了。

阿嘤急得直叫，可是她的叫实在比不上小芙的。也许是讨饶，也许是喊冤，小爪子在笼边直抓。脑袋都让打昏了。

这一闹阿秀也给惊醒了，昨晚最迟的那一个。她一下来直说"不对不对，不是她！"原来昨晚半夜里她见一只大黑猫在楼梯边亮着灯笼似的两只大眼，吓得她往屋子里躲。害命的准是那大贼，这小猫哪吃得了许多。昨儿给她一根小鸡骨头她都咬不烂哪！老太太放了手，阿嘤飞也似地逃了去。"怪不得，我说这点儿小猫会有那胃口，三个鸭子，一只鸟，又吃得那干净"，老何还是咕哝着。

回头太太给阿嘤的脖子上围上一根美美的红绒，算是给她披红的意思。小芙的破笼子还在楼下放着。

注：

　　此文发表时，文名目录上为"阿瑛"，内文题头为"阿嘤"，行文中，排"阿嘤"者多，故定名"阿嘤"。又对文中十一处明显的误植作了改正。原刊1929年8月22日《美周》第4期。

（原刊《香港文学》1993年6月号）

徐志摩的《海滩上种花》

　　我有幸得赵景深先生私教十年，获益良多。别的不说，单是他给我的书信就有四百余封。1985 年 1 月 7 日，赵师不幸谢世后，师母李希同，公子赵易林，至今仍与我保持着通信往还。最近，易林兄赠我一些纪念品，其中有一张是诗人徐志摩的拜年片。这张拜年片，画面系黑线条，边框与"徐志摩拜年"一行字套印红色，是印在多层土纸外裱宣纸的卡片上的。这一行字，当为徐志摩的手笔，而这张画是谁所绘，因徐志摩交往的画家极多，已不可考。这张祝贺新年的拜年片徐志摩在何年所用？拜年片上没有注出，但在他写的散文《海滩上种花》里找到了答案："这张画，是我的拜年片，一个朋友替我制的。你们看这个小孩子在海边沙滩上独自的玩，赤脚穿着草鞋，右手提着一枝花，使劲把它往沙里栽，左手提着一把浇花的水壶，壶里水点一滴滴的往下掉着。离着小孩不远看得见海里翻动着的波澜。"《海滩上种花》发表在 1925 年的《晨报副刊》上，后收入作者第一本散文集《落叶》中。屈指算来，这张拜年片如是当年所用，保存到今天已有六十六个年头了。

　　徐志摩对这张"海滩上种花"的画是极为欣赏的，除用作拜年片，他的这篇散文也套用了这个名称。《海滩上种花》是徐志摩对学生的一篇讲演稿，虽属散文，但不失为一篇精彩的艺术论著。他用这张小画加以引申，表达了作者的理想观与艺术观。"在海砂里种花。在海砂里种花！那小孩这一番种花的热心怕是白费的了。砂碛是养不活鲜花的，这几点淡水是不能帮忙的；也许等不到小孩转身，这一朵小花已经支不住阳光的逼迫，就得交卸他有限的生命，枯萎了去。况且那海水的浪头也快打过来了，海浪冲来时不说这朵小小的花，就是大根的树也怕站不住——所以这花落在海边上是绝望的了，小孩这番力量准是白花的了。"小孩天真地在做着没有希望的傻事，显得傻气和可笑。但徐志摩认为，这种单纯的思想，单纯的信仰，那种不可动摇的信心，是最为可贵的。这张画的意思并非一种讽刺，更深的含义是在于说明在海滩边种花的这种精神是不烂的。他在文中列举了弥尔顿、贝多芬、米开朗基罗等作家、音乐家。画家为追求真、善、美而作出的自我牺牲，才有世界今天的文化。他说："你们看这个象征不仅美，并且有力量；因为它告诉我们单纯的信心是创作的泉源——这单纯的烂漫的天真是最永久最有力量的东西，阳光烧不焦他，狂风吹不倒他，海水冲不了他，黑暗掩不了他——地面上的花朵有被摧残有消灭的时候，但小孩爱花种花这一点：'真'却有的是永久的生命。"

一张诗一样的小画，引申出了一篇诗一样的散文；一篇诗一样的散文，又宣扬了一种诗一样的人生哲理。徐志摩的一生，也是始终信仰、追求着这"海滩上种花"的精神的。

谨以此短文，纪念这位大诗人逝世六十周年。

（原刊《香港文学》1991 年 11 月号）

徐志摩译过《死城》

《陕西师大学报（哲社版）》1981 年第 3 期刊有王炘同志写的《〈卞昆冈〉和〈死城〉是徐志摩的译作吗？》（后收入重庆出版社 1982 年版《诗人徐志摩》一书），文中写道："经多方核实，徐志摩根本没有译过《死城》。上海复旦大学中文系的贾植芳先生对于徐志摩有一定的研究，对其夫人陆小曼也比较了解，他就曾回忆说：《死城》不是徐志摩译的。"

其实，徐志摩确译过并译完了《死城》，时在 1925 年。

最近见到一部分零散的《晨报副刊》和《文学旬刊》，发现上面刊有《死城》，署丹农雪乌著，徐志摩译。译文首段登在何期还没见到，在 1925 年 9 月 5 日的《文学旬刊》第 80 期上，登了译文的第二幕，前有"续七月副刊第 151 页"字一行，据此可断定，徐志摩所译的《死城》在 1925 年 7 月的《晨报副刊》上起登，随后在《文学旬刊》上交叉连载。这部五幕剧本，译文分十七节，最后在 1925 年 9 月 26 日《晨报副刊》第 1280 上登完。

当时《晨报副刊》主编是刘勉己，登完《死城》译文的全文后的第三天，即 1925 年 9 月 29 日由徐志摩接编。《文学旬刊》是文学研究会北京会员在 1923 年 6 月创办，最初推举孙伏园与王统照担任编辑，1924 年 10 月起由王统照一人负责。1925 年 6 月至 9 月，王统照因事离京，编稿委托了旁人，因而《文学旬刊》该年 9 月登的部分《死城》译文，不是王统照编发。

　　《死城》的作者是意大利的 Gabriele　D'Annunzio（1863—1938），通译邓南遮，他的作品大多宣扬享乐至上，19 世纪末到 20 世纪初所写作品鼓吹军国主义。因其文字艳丽，曾风靡一时。徐志摩这样信仰唯美主义的人物，翻译他的作品是一点也不奇怪的。

　　　　　（原刊《重庆师范学院学报（哲学社会科学版)》1984 年第 1 期）

谈三篇《徐志摩论》

　　诗人徐志摩在 1931 年 11 月 19 日因飞机失事罹难后，第二年 12 月，茅盾曾写过一篇《徐志摩论》；1936 年 6 月，诗人穆木天亦写过一篇《徐志摩论》。这两篇题名相同的文章，后来都收入 1934 年 4 月上海生活书店出版的《作家论》中。

　　茅公的《徐志摩论》，刊 1933 年 2 月出版的《现代》2 卷 4 期。他说徐志摩"是中国文坛上杰出的代表者，志摩以后的继起者未见有能并驾齐驱，我称他为'末代的诗人'，就是指这一点而说"。对徐志摩诗作的看法，茅公也指出："是悲痛地认明了自己一阶级的运命的诗人，一方面忍俊不住在诗篇里流露了颓唐和悲观，一方面，却也更胆小地见着革命的'影子'就怕起来；这是一个心情的两面。也就在这一点，我们不能不说志摩的作品是中国最忠实的反映。"茅公对徐志摩的思想及其作品的评述在评论中是很全面的。茅公承认徐志摩诗作技巧的成熟，但"圆熟的外形，配着淡到几乎没有的内容"。他说，诗人如果独居荒岛，接触不到复杂万变的社会生活，诗情自然会枯窘。可是"志摩近年来并没躲在荒岛上过隐士的生活，而他所在的社会却又掀起了惊天动地的大风浪，生活实在供给了志摩很多材料，然而志摩却以诗情枯窘自悲了"。茅公为他找到了原因："我以为志摩诗情的枯窘和生活有关系，但决不是因为生活平凡，而是因为他对于眼前的大变动不能了解且不愿去了解。"这是诗人徐志摩成不了时代鼓手的根本所在。

诗人徐志摩毕竟是我国现代文学上有代表性的人物之一,尤其是在新诗发展史上。茅公当年在论中就指明过:"我觉得新诗人中间的志摩最可以注意,因为他的作品足供我们研究。"1935年,任职上海良友图书公司编辑的赵家璧先生计划编辑《徐志摩全集》,就得到了茅公的赞成与支持。赵家璧先生在1983年写的《商务版〈徐志摩全集〉序》中,曾回忆说:"他认为徐志摩的思想既颓唐悲观,又想革命,但看到革命的影子又害怕,正代表了当时一部分知识分子的心情。徐志摩写的诗,在当时的新诗作者中还没有人能与他相比的。据茅盾估计,今后几代人会研究他,现在出版他的全集具有一定的意义。"

穆木天的《徐志摩论》刊于1934年7月出版的《文学》3卷1号。副题为《他的思想与艺术》。全文分上下两部分,上篇论述徐志摩的思想,下篇谈他作品的艺术。在论中有这样一段评述:"如果说'五四'时代的代表的诗人是郭沫若、王独清和徐志摩的话,那么代表初期的狂飙时代的,是小市民的流浪人的浪漫主义者郭沫若,代表末期的颓废的空气的是落难公子王独清,而代表中期的,则是新月诗派的最大的诗人徐志摩了。"这里,穆木天的看法显然颇偏,且欠公允,如创造社诗人王独清,虽著有《圣母像前》《埃及人》《死前》《威尼市》《11 Dec.》等诗集,只是无论如何在诗坛上排不上这么前的座位的。他又说徐志摩"是现代中国的一位尼采",并将徐志摩的创作生活划分为三个时期:写《志摩的诗》和《落叶》时为"浪漫期",诗人"面对着冥盲的前程,无有止境地奔那远在白云环拱处的山岭,没有止息地望着他那最理想的高峰";写《翡冷翠的一夜》和《自剖》时为"自剖期",诗人的作品"大部分已是半生不死的了。这个时代,为了解自己,为说明自己创作生活之贫困，他作'自剖'工作"；写《猛虎集》和《云游》时为"云游期"，这已是诗人创作生涯的后期。穆木天说这期间，徐志摩"要求着'云游'"，"他的创作的源泉枯干了"，"在形式上是特别地纯正了，内容方面，只是'残破的思潮'。是那'黑暗与空虚'之追求了"。穆木天指出徐志摩深受英国唯美主义、印象主义文学的影响，又受英国浪漫派诗人的熏陶，"如有人对英国十九世纪末的文学与徐的作品对照起来作一比较研究，一定是很有趣味的"。这见解，恐怕现在已有研究者在着手做了吧。

茅公的《徐志摩论》虽属于 30 年代，因评述精当，至今仍为世人所珍视。在 1975 年，我为编写《中国新诗史》，甚需此文，以作论述徐志摩的依据。当年出于众所周知的原因，要搞到这篇万言论，困难是可想而知的。茅公知我所求后，不嫌麻烦，更不怕承担政治风险，热情嘱他在杭州的表弟、翻译家陈瑜清老人代为寻找并抄录。在这过程中，又见到了题名相同的第三篇《徐志摩论》。茅公在给我的两封信中记及此事。这两封信尚未在公开刊物上发表过，亦不曾收入浙江文艺出版社 1984 年出版的由周明、孙中田编的《茅盾书简（初编)》。现将两信录出如下：

（一）

重庆先生：

上月廿八日大函敬悉。舍表弟为足下稍效微劳，何敢当厚谢也。但有一疑问：舍表弟说《徐志摩论》及抄自《小说月报》第四十期，署名为高穆，但我记得当时此文发表于一九三三年二月出版之《现代》二卷四期，署名仍是茅盾，且我似未用过"高穆"笔名。此间没有《小说月报》第四十期，无从校对该文；特此函请将该文抄本寄示，挂号寄来，一看后当再挂号寄还。至于《关于文学研究会》一文，俟觅得原本后仍当抄副寄奉，但须稍缓以时日耳。

匆忙，顺颂

新年快乐！

沈雁冰

七五年元月十日

（二）

重庆先生：

十七日来示及高穆的《徐志摩论》抄本均读悉。

高穆不知何许人，但决非我的又一笔名；高文与拙作同登于《现代》月刊的，内容完全不同。此间图书馆有《现代》，但不出借，而拙作甚长，如请人在图书馆阅览室抄写，因其非一二日可能完事，亦属不便。舍表弟来信说杭州浙江图书馆有代人复制文稿的办法，收成本费，价钱不高，您如要得拙文副本可托舍表弟代办复制一份，请尊酌。舍表弟是编外文日、英、法文书目的，日来从库中取出大批日文书，"文革"时红卫兵从各处抄来，后来省方交给浙馆保存的，要他编目，因此抽不出时间再抄写别的东西了。

现将高文挂号奉上，匆匆恕不多谈。

即致

敬礼，并预祝春禧。

沈雁冰

元月廿七日

我新搬了家，通讯址为：北京、交道口、南三条、十三号

以前来信寄政协，每次都由政协转送敝寓，现如仍寄政协，照样可以收到，惟不如直接寄敝寓之快一日或半日也。

两信分别写于 1975 年 1 月 10 日和 1 月 27 日。

高穆的《徐志摩论》刊 1944 年第 40 期（4 月号）《小说月报》，因篇名相同，致使陈瑜老误抄。

三篇《徐志摩论》，高穆的这篇发表最迟，仔细核对，大都取义于茅公与穆木天的。他的论文稿首写道："假如欲评定，中国今日的诗坛，徐志摩似已获极大的成功，新诗虽为胡适等人肇建道路，但直至徐氏努力振臂一呼，才充实了诗的奔流，展示了光芒万丈，比之为诗圣，也无不可。"这显然有点过分地拔高徐志摩了。在论中，高穆说徐志摩是个"沉湎理想的人，不绝地要求着自我实现"，又说他的思想"沾染了极浓厚的人道主义的色彩"。高穆认为，徐志摩被人称为诗哲，以哲理诗传颂于时，"然而，精微的解剖，他的哲理诗不足百分之十，远不及情诗的完美。他的情诗不论在形式内容与节奏上，都有一种无上的微妙与优美。他著作时定耽于享乐，以迷离地陶醉的态度出之，咏读的人，谁能不被他同化而陶醉？"高穆在论中，对徐志摩的受贬作过一番解释："他毕竟是忠于艺术者，虽然说到他在社会层上面，非是进步的前锋、不合时代需要的话，不免失之苛刻。他内心已经过长期交战，充分使用了勇气，我们正不必从成功外再求全盘的成功。"

天下也竟有这么凑巧的事，就在我接到茅公第二封信的下一天，收到了起景深教授在 2 月 1 日寄赠我的一大包书刊，其中有一本 1948 年 7 月杭州现代社出版的史美钧著的《衍华集》，收作者论现代诗人文十

篇，首篇为《记徐志摩》，读来熟悉，与高穆的《徐志摩论》一对照，竟是改了题的同一文。作者在收入集中时，除改了题名外，仅删去了副题《中国现代诗人评述之一》及最后的引注，文字上稍作了改动而已。高穆即史美钧，也就把这个发现连忙驰函告诉了茅公。

随着对诗人徐志摩研究的深入，想必还会有第四篇或更多的《徐志摩论》面世吧。

（原刊《艺谭》1985 年第 4 期）

谈陈梦家和他的《梦家诗集》

　　时间过得真快，诗人陈梦家含冤去世已二十二年了。这位被人称为 30 年代最活跃的年青诗人，由于种种原因，一般读者对他是陌生的。前几年，上海书店影印出版了他编于 1931 年的《新月诗选》。诗人似如埋在泥土中多年的文物，被挖掘面世。最近该书店又影印出版了他的第一本诗集《梦家诗集》。

　　陈梦家，浙江上虞人，1911 年 4 月 20 日生。他 1931 年毕业于南京中央大学法律系。他学的虽是法律，却与新诗结下不解的缘分。他与老师闻一多关系甚笃，是闻一多特别宠爱的弟子。1932 年闻一多在青岛任山东大学文学院院长时，特地将陈梦家招去当助教。梁实秋在《谈闻一多》一书中，曾载其事："陈梦家是很有才气而不修边幅的年青诗人。一多约他到国文系做助教，两个人颇为相得。"同年年底，陈梦家到北京，再就读燕京大学宗教学院；次年，至安徽芜湖中学任过短期国文教员。1934 年至 1936 年，在燕大做研究生，攻读古文字学，致使他后来成了著名的考古学家和古文字研究专家。

　　1928 年 3 月，《新月》杂志创刊。它使酣睡一时的中国诗坛苏醒，恢复了新诗的活力。因在当时，没有一个文艺社团或一家刊物，能聚集起如此坚实的诗人群。陈梦家是公推"新月派"新秀诗人中最有成就者。

　　陈梦家十六岁开始写诗，1931 年由新月书店出版了《梦家诗集》，在诗坛上顷刻声名鹊起。继后他又出版了《铁马集》《梦家诗存》及《不开花的春天》。陈梦家在诗坛上活跃了七八年时间，1936 年后就很少写诗。但以他诗的质量和数量来评定，说他是有成就的，并不过分。

《梦家诗集》初版于 1931 年 1 月，由诗人徐志摩题签，共四卷，收1929—1930 年的作品四十首。同年 6 月再版时，又补一卷，收该年上半年所作十二首。此次上海书店影印所用的底本是 1933 年 3 月的第三版。

有人将陈梦家比作初唐四杰之一的王勃，认为他们相似在少年能诗，诗中特具中国人的蕴藉风度。

陈梦家的诗，格律整齐，音调悠扬，形式完美技巧纯熟，使《梦家诗集》一出版，就立刻受到读者的欢迎与重视。他兼得闻一多、徐志摩风格的长处，加以提炼，熔入诗人自己的思想，故而他的诗风是别具一格的。他似乎虔诚于宗教，《梦家诗集》五十二首诗中，就有近十首写到"耶稣""上帝""天上的神"，弥漫着一种神的朦胧气息。这恐怕与他就读过燕大宗教学院有关，与他周围家庭的人员有关。因为他的不少亲属是有名的牧师或在教会主办的学校任职，他的岳父赵紫宸就是苏州东吴大学的教授（后兼教务长），1926 年春又应聘到北京新成立的燕京大学任教授。

诗人方玮德评析陈梦家的诗时说过："梦家写诗的好处，全在他运用形式的美丽。如《那一晚》《一朵野花》《雁子的歌》《露子晨》《磷火》和《寄万里洞的亲人》，这些小诗是美到无一点瑕疵。你能说这是中国古诗歌中可寻取的光彩？"然而陈梦家亦能驾驭长诗，《梦家诗集》第四卷，即取名"长歌"，每首诗均在六十行以上，《悔与回》竟达一百行。戴望舒以《雨巷》闻名，读其全诗，音节就好像一个人默默地撑着雨伞，在沥沥的细雨中徘徊。陈梦家的《雁子》，宗白华说它的音节就像一只雁子在飞翔：

> 我爱秋天的雁子
> 终夜不知疲倦：
> （像是嘱咐，像是答应，）
> 一边叫，一边飞远。
>
> 从来不问他的歌
> 留在那片云上？
> 只管唱过，只管飞扬，
> 黑的天，轻的翅膀。
>
> 我情愿是只雁子
> 一切都使忘记——
> 当我提起，当我想到：
> 不是恨，不是欢喜。

也有人说他的《一朵野花》，就像是一朵花在欢笑。这说明诗的音节若能与这首诗所表现的诗人的情调相吻合，才是成功的。

陈梦家晚年致力于考古与古文字的研究，著作多种，成绩斐然，他秉性正直，疾恶如仇，"文革"时，遭到残酷的迫害，于1966年9月3日含冤去世，享年仅55岁。去年，我为写一篇他夫人赵罗蕤教授的小传，与赵教授有通信之缘。我希望她能提供旧时的照片，以便配文，她竟连一张与陈梦家的合影也找不到，当年抄家的惨状，可想而知。

　　1978 年 12 月 28 日，中国社会科学院考古研究所为陈梦家举行了追悼会，为他平反，为他昭雪。陈家梦在《梦家诗集》的《再版自序》中这样写道："这诗集就算作二十年的不可清算的糊涂，让它渐渐在人的记忆中忘掉吧。"但是人们又怎能忘记这位在中国新诗史上作出过贡献的诗人！

（原刊《古旧书讯》1988 年第 2 期）

诗人白采及其著作

我国五四以来的新诗坛上，群星闪耀，竞相辉映。其中有一颗像是夏夜里的流星，展现了他金色的光亮后，刹那间便消失在黑暗之中了。当今所有的现代文学史上都不提到他；所有的现代文学家集传中也没有他的名字。这位被人们久已遗忘了的诗人，叫白采。

翻开《中国新文学大系·诗集》，可以看见白采写的一首长诗《羸疾者的爱》很使人注目。此"诗集"的编者朱自清在导言里也还有一段较长的评价："白采的《羸疾者的爱》一首长诗，是这一路诗的押阵大将。他不靠复沓来维持它的结构，却用了一个故事的形式。是取巧的地方，也是聪明的地方。虽然没有持续的想象，虽然没有奇丽的比喻，但那质朴，那单纯，教它有力量。只可惜他那'优生'的理性在诗里出现，还嫌太早，一般社会总看得淡淡的远远的，与自己水米无干似的。他读了尼采的翻译，多少受了他一点影响。"在这里可以看出，朱自清对白采作品的赞赏。当然，白采的作品数量少，且又生命短暂，不像其他在诗坛上活跃多时的诗人那么有影响，但白采毕竟是一位有才华的诗人，是应该让他在现代文学史上露一露面的。

白采被人们遗忘了多年，有关他的生平事迹，很少为人提及。1926年8月27日，他病故后，上海开明书店出版的《一般》杂志刊登过朱自清、夏丏尊、刘薰宇等人的怀念和评论文章。关于白采的生平，刘薰宇的文章中有如下一段记载："白采生于 1894 年（清光绪二十年正月十七日）。有人说他是四川人，也有人说他是湖南人，但从种种迹象来看，白采是生长于江西高安。他大概到过四川和湖南。在他的作品中，他曾称'四川'为'吾蜀'，看来他可能是四川人。白采本姓童，名汉章，字国华，又字爱智或瘦吟。同时也自号吐风或受之。他是五兄弟中之老五，白采是他创作用的笔名。"（《一般》第 1 卷）

1927 年 2 月，上海开明书店出版了白采遗著《绝俗楼我辈语》，其中他自己谈到平时用的印章有"生逢甲午""与梅畹华同年"，又说"姓字章最少，仅'吐虹'二字"。甲午即 1894 年，梅畹华就是著名京剧表演艺术家梅兰芳。他生于 1894 年，"吐虹"二字，是"童"的切音。

在 1935 年，白采的挚友陈南士，以"独学斋"名义，在江西南昌出版了白采遗著《绝俗楼诗》。陈南士在书的题记中写有："君姓童，名汉章，字国华，籍江西高安。客沪后，变姓名为白采，自称瞿圹（瞿圹指四川）。"陈南士与白采交往颇深，所记当为正确。这样也就可证：白采，原名童汉章，字国华，江西高安人，生于 1894 年。若刘薰宇所说是确切的话，白采则生于 1894 年的 2 月 22 日（旧历正月十七日）。逝世于 1926 年 8 月 27 日，仅活了三十二岁。他写作用笔名白采，也可能是受了尼采这个名字的启示。

白采的生活道路是坎坷的。十九岁时，同早在十岁时就相识的王百蕴结婚，曾生有一女，但不幸夭折。母亲早逝，家庭又不和。他曾在江西高安女校任过教。他学写诗，又习过绘画。1921 年父亲去世，第二年春即离家出走，过漂泊的流浪生活。他到上海后，考入上海美术专科学校。1923 年 6 月，与王百蕴终于离婚。他当时的心情是极为苦闷的。他努力写作，想从中得到安慰。1925 年暑后，在上海江湾立达学院任国文教授。第 2 年 3 月，又只身到厦门，在陈嘉庚投资创办的集美学校任教。同年 7 月到广州，8 月在香港卧病，这才从香港乘海轮回上海，当月 27 日死在途中。

白采的死，与他早年就得的病有关。他的病，一到天气转凉，就要时时发作，致使不能走动。但也有人怀疑他是自杀。白采有厌世的观念，就在他写作的案头，也放着一个骷髅，经常抚摸、把玩。

《白采的诗》于 1925 年 4 月由作者自费出版，全书仅一首长诗《羸疾者的爱》。这是白采公开发表的唯一的一首诗。

全诗写的是主角"羸疾者"与一位慈祥的老人。这老人的美丽的孤女及他的父亲和他的伙伴四个人的对话，来构成一首抒情的叙事长诗。故事说的是"羸疾者"因为"采得的只有嘲笑的果子"，他对这个本来很爱的世界感到失望。他漂泊到一个快乐的村庄，在庄上遇见一个慈祥的老人和这个老人的美丽的孤女。他们都把爱给他，但他认为自己是"心灵的被创者；体力的受病者"，不配得到老人的关怀，更不敢接受少女愿为他献出的恋心，他回绝了他们的爱。尽管老人多次劝慰，少女也表达对他的倾慕，但是他仍然离别而去。"羸疾者"回家把他遇到的告诉了自己的母亲和伙伴。后来那少女还又痴心赶来，他觉得她是人间最可爱的，也就不愿她为他而消逝可贵的青春，"我不敢用我残碎的爱爱你了！""我将求得'毁灭'的完成，偿足我羸疾者的缺憾。"以悲剧结束了这个传奇般的故事。

白采写新诗的功力是深厚的，技巧并不逊色于同时代的诗人。在《羸疾者的爱》中，"羸疾者"回绝了少女的爱情，但她仍然鼓励他努力向前，要他接受她的爱：

你莫故意摧伤我的心！

我是一路上踏着自己的眼泪来的；

你若肯挽着我的手一路回去，

我便将含笑着一步步再踏上我那来时的泪迹。

我如果还能得着我所寻求的，

　　——这最后胜利的凯歌，

便不负了我所损失的。

当牧儿再见他所失去的小羊时，

顿然忘了才被主人鞭挞的痛苦。

一个痴心深恋的少女的形象，能跃在读者的眼前。"羸疾者"对四个人的谈话，以各人的身份不同而各异，尤其是对那少女的回话，婉转而多情，描写是颇为细腻的。

"羸疾者"是白采的自我形象。白采四处漂泊，尤其是在和爱人离婚后，他更不指望能再重建幸福的家庭。他与异性有过交往，虽不能忘怀，但他在诗中所表达的那种感伤的意志，确是坚持到最后的。白采死后，在他的仅有的几件遗物中，就有保存得很好的几束女人的头发，然而并没有听说过关于他浪漫的事情。

白采对人生充满悲观，对时代感到失望，对新的一代却又寄予信心，但他认为必先"毁灭"才有"新生"。同时受尼采"超人"哲学观的影响，他在诗中就借"羸疾者"之口说过："我只是狂人哲学者的弟子。"《羸疾者的爱》的基调是低沉的。这首长诗，白采是选了优生学的角度取材的。这种优生学在他所处的时代来说，当然是无法使社会接受。

《绝俗楼诗》是白采的旧诗词遗著。白采死后的第二年，挚友陈南士到上海为他下葬，同时也见到了白采生前在上海的一些朋友。陈南士在白采生前任过教的上海江湾立达学院得到了白采的遗物——新旧日记数十册，经过整理，以"独学斋"名义，将白采的旧诗词用该书名，于1935年在江西南昌出版。书系铅印，白纸线装，诗行间夹有栏线，印制也精良。陈南士存有白采新旧日记数十册，收入《绝俗楼诗》中的仅是旧诗词部分，故作为"白采遗集之一"出版，大约是抗战烽烟云起，时局动荡，致使陈南士没有实现完白采全部遗著的夙愿。

《绝俗楼诗》收诗二卷，分"自课草""跋珠草"，共五百二十五首；词一卷，辑为"高卧集"和"旅怀集"，共四十六首。据陈南士说，这些旧诗均系白采生前手定，就连标点，付排时亦没作任何改动。

陈南士在书前写有题记，对白采的旧诗词作过这样的评价："观其所作，固未能脱去古人畦畛，而天才逸发，意境独绝，中情郁勃，故多真声，其隶事遣辞，尤能自出新意。"《古意——作于李白墓下》，计三十首，康有为曾评赞"如见嗣宗之渊放，太白之奇旷"（嗣宗即晋代诗人阮籍）。《高邱行》一首，白采曾自评为："自唐李白以来九百年无此诗，迨后三百年亦当无知者。"白采文才超卓，以李贺自况，其性格高傲，孤芳自赏，内心又满充了极深的矛盾。他有些旧诗词，写得也很有情致，如一首《诉衷情》："樱花时节记芳名，众里暗呼卿，犹忆香车初卸。妖艳动全城。人已远，乱难平，记前情，仓皇一别，无限哀怜，红袖飘零。"这样的内容的诗词，在见也不少，而以《羸疾者的爱》来印证，白采确是始终在克制着自己的情感的。对他的诗，他自己说过："余诗不欲浅人读，不欲妄人评，当世若无知者则已耳，古人不可见，留待后人耳。"孤傲固不足取，但白采留给后人的著作，对当今研究现代文学的同志来说，是不应该拒绝的。

白采因《赢疾者的爱》而被称为诗人，但他亦写过小说，1925 年，上海中华书局出版过《白采的小说第一集》。全书收《作诗的儿子》《被摈弃者》《目的达了》《一个白瓷大士像》《乞食》《绝望》《友隙》等七篇。其他还有散见在《创造周报》《东方杂志》《小说月报》等刊物上面的几篇，未见结集。30 年代，一些编选的现代小说集里，大多选录白采的那篇刊在《小说月报》第十五卷第二号上的《一个白瓷大士像》。小说情节安排妥帖，写梦亦很自然，以作品中表现的人物个性来说，似可称为白采的代表作。

白采的小说同他的诗歌一样，感情流于悲观，但在悲观中对未来的光明也是甚为渴望的。白采在文学研究会主办的《小说月报》《文学周报》上发表小说，一些朋友和称道他的人都是文学研究会的成员，他也在创造社主办的《创造周报》上发表小说，但与创造社的成员交往却少。可是尽管如此，人们还是把白采当成创造社的小说家。创造社的郑伯奇在编选《中国新文学大系·小说三集》时，就收录了白采的小说。在该集的导言里，他还对白采的小说特色进行了评价："白采在《创造周报》只发表过三篇小说，可是他有他的特色。他精于心理描写，更好描写变态心理，而性的变态心理，他更大胆地做深刻的描写。他的主人公都是变态的人物：不是偏执狂，就是被虐狂。《病狂者》不仅是他的一个短篇的题目，简直可作他的一切人物的总称。《被摈弃者》是一篇失恋的故事，主人公的病态的心理描写，在当时已算够深刻的了。"

白采的小说有自己的特色，分明是有创作才能的。白采憎恶他所处的时代，却无力去改造；他不为社会所重视，却性格自傲；再加上他生活上的种种不幸遭遇，尽管憧憬于未来世界，然忧郁沉闷，终使他的诗和小说，成为 20 年代一个失意的知识分子的心曲。

　　大约也是上海开明书店同仁为了纪念这位短命的诗人，白采死后四个月即由该书店付印，第二年2月出版了他的遗著《绝俗楼我辈语》。这是白采用简单的文言写成的随笔式的段片。全书共分四卷，主要是作者叙述昔年他与同辈朋友间一些赠答诗歌及有关琐记。白采亦善绘画，书的封面就是一幅自画像，题为"仰看一空虚的我"。诗人仰看天空，觉得四周这一半感到无限空虚，反过来理解，他俯视大地的这一半的话，仍然是认为充实的，只是使他感到无限失望罢了。

　　《绝俗楼我辈语》所记是真事，故而能了解到一些白采的性格和生活。白采四处漂泊，到过长江、珠江沿省不少地方，却常有知音难觅的悲哀。他说："余癸亥（指1923年，下引同）望江州曲十六首，乙丑（1925）嬉春词廿七首。语多骚艳，调亦激楚，颇自珍之！惜不生六朝三唐两宋之前；茫茫千载下，赏音者谁耶？"

　　白采年青时就好学，颇勤奋，写诗作画，表现了他多方面的才能。在《绝俗楼我辈语》中，他还有如下一些记载："壬子（1912）有苏格兰人授余新约书，属依原书章节，各系小诗。已脱稿数十首，旅弃去不复为。"又记有："往年撰恩怨记，皆载古人事。"可惜这些作品均没有保存下来。书中还记有："余选万花绝句，抄辑隋唐以来至于今世凡咏花之佳者。始甲寅，率率至今将十年，未辍槁。夙昔自亦爱咏花，咏花尤喜绝句，又诗中往往书花名。其初写生题画而已，寝以成癖……"十年如一日，读诗摘抄，"寝以成癖"，学习的精神也是难能可贵的。书中另记他在甲寅年冬为两位女士作诗题画，其中一首为"清绝百窗韵事同，灵心销向彩毫中。旧摹一百春风面，特较眉圈恐未工"，并说"余幼有铅素仿古仕女百幅"。白采自小就喜习画，这是可以肯定的。

　　"万种想思对谁说，一生爱好是天然"，白采爱好天然，不论是他的早有的习性，还是遭到生活的不幸后的消沉所致，他的足迹确是到过不少地方，而且常住一些山村寺庙，但书中亦讲到他因病常发而止步。身体有病，却喜欢走游，这种苦痛的矛盾一直到他死时也没有得到解除，成为他终生的憾事之一。

《绝俗楼我辈语》中，白采多处提到自己为人题诗作画，他常用"绝俗楼书生"，"绝俗楼设色"等印章。他为了不使别人知道他的生平史实，就连这样的写实的纪录，也有意隐去了交往者的真名实姓。白采去世已半个多世纪，不知他留下的墨迹还有幸存在世上的否，如有发现的话，不单可见白采的绘画造诣，对研究白采的思想和生平，亦将是很有用处的吧。

白采不应被遗忘，也不该被人遗忘。

（原刊《文科教学》1983 年第 1 期）

谢旦如和他的《苜蓿花》

湖畔诗社的两本诗集《湖畔》和《春的歌集》，历经了六十年漫长的岁月，近由上海书店依原版重新影印出版，受到了各界的重视和欢迎。

一般人都只知道湖畔诗社就印行过这两本诗集。可是，我们在编辑《湖畔诗社资料集》的过程中，发现该社还出版过另一本诗集，这就是谢旦如的《苜蓿花》。

谢旦如（晚年改名澹如），曾用过笔名元功。这位新文学运动的积极参加者，尔后因默默无闻地献身于党的文化事业，所以一般的读者对他比较陌生。

谢旦如，上海人，1904 年出生在一个富商家中。他喜欢文学，尤其爱好诗歌。在青年时代受五四新思潮的影响，努力创作新诗。20 年代初，天津的《新民意报》文学副刊《诗坛》《朝霞》等刊物上，都刊登过他的作品。

谢旦如与同样爱好新诗的应修人是朋友。1921 年 5 月 1 日，应修人团结了一部分进步的青年职工（主要是钱庄的），自费创办了后来定名的上海通信图书馆。谢旦如是执行委员之一。他们广泛地联络同好。公开向全国广大读者通信借书，为传播新文化知识和进步思想，起了积极的作用。

那时，杭州浙江第一师范学校学生汪静之，在报刊上发表新诗，有了点小名气。出于共同的爱好，应修人于 1922 年 1 月开始与汪静之通信。同年 3 月底应修人去杭州会晤诗友，由汪静之介绍，又结识了潘漠华和冯雪峰。他们结伴畅游西湖，尽情歌吟，在相聚一周之中，成了亲密的朋友。他们为了切磋诗艺，出版诗集，又成立了湖畔诗社，并以此作为聚会的成果和友谊的象征。同年 5 月上旬，由于应修人的努力，自费出版了四人的诗合集《湖畔》。翌年年底，随之又出版了除汪静之外的三人合集《春的歌集》。这在社会上引起了很大反响，为新诗的发展作出了贡献。这时湖畔诗社的队伍也有所扩大，爱好新诗的谢旦如，在应修人的介绍下，在 1925 年春也加入了湖畔诗社，并在该社出版的文学月刊《支那二月》上发表新诗。谢旦如还将原已在 1924 年 11 月 1 日编定的诗集《苜蓿花》，以湖畔诗社的名义，于 1925 年 3 月 25 日自费出版，作为《湖畔诗集》第四集（第三集为另一湖畔诗人魏金枝的诗集《过客》，因经费缺乏，没有出版）。只是因《苜蓿花》印数不多，流传不广，鲜为人知，就是现在谈及湖畔诗社的文章，也极少有提及《苜蓿花》和它的作者。

《苜蓿花》为六十四开的狭长横排本，与《湖畔》《春的歌集》书型大小相同，用粉连史纸绿字折页印刷，封面为酱红色，右上方线框内排宋体铅字。装帧小巧玲珑，别致可爱。书首有作者自序一篇，诗集共收三句式小诗三十五首，是作者十九岁时的作品，内容多系追悼他的亡妻的。但因都是三句式的小诗，所表达的大多是作者零碎的片断忆念和刹那间的情感抒发，然而读来却情真意切。如："一间灰暗的房里，只有一只没有做完的小袜，还是妻子的手迹。""苹果绿的水晶钟，一年多些也坏了，凄凉的一间新房呀！"等等。这是他丧偶之后，因物在人去，触景生情的思念之作。有的诗虽直抒胸臆，似同白话，但也写得情致缠绵，哀婉动人："不要再想起琴的情意吧，免得夜风吹开我衣襟，免得星月沉沉孤灯晕。"这真是"为了忘却的纪念"。又如"梦到漫山遍野的坟堆，心头起了微微一颤。琴，我听到了你的哭声了！""破了的绒衫还没有补上，寒冷飞近单衣的身上了，啊！但她是远了呀！"读来感人肺腑，催人泪下！难怪赵景深先生在读了谢旦如赠给他的《苜蓿花》以后，想起了"纳兰的悼亡词"和元微之的《遣悲怀》，认为旦如的《苜蓿花》也有类似这样的诗句和思妇情怀。

《苜蓿花》中也不乏谢旦如抒发爱国热忱的篇章。他在梦寐中"做着祖国重兴的佳梦"，然而当"张开了眼睛"回到现实中时，"偏看见一面三色的旗在窗外飞扬！"作者在半殖民地半封建社会的重压下，极度悲愤，发出了"我底祖国呀，我底中华！"的心灵呼喊。

湖畔诗社还有一件更为人不知的事是，曾经翻印出版过南社诗僧苏曼殊的《潮音》。为此事我曾经请教过湖畔诗社现今硕果仅存的汪静之同志，汪老虽年过八旬，但记忆力仍极好。但是，对翻印出版过《潮音》一事，表示了否定。然而《潮音》确有以湖畔诗社翻印的版本，柳亚子在谈及苏曼殊的几篇文章中，也都引用过这个版本。后来汪老仔细回忆，才记起确有其事，只是此书因谢旦如在上海个人独资经办，以致印象不深，几乎完全忘记了。谢旦如为扩大自己诗社的影响，从中也可见一斑。

谢旦如不满于帝国主义和反动派的黑暗统治，所以他虽然出身富豪之家，却无纨绔习气。他追求真理，向往革命。他在地下党的领导下，站在文化战线上，以鲁迅为榜样，积极投身到祖国人民解放事业的革命洪流中。1930年，他参加了宋庆龄领导的自由运动大同盟；他主持编辑《出版月刊》，成为左联的一个外围刊物；他还开办西门书店和公道书店，发售革命文艺刊物，掩护与联络革命同志。

谢旦如与冯雪峰，不但是"湖畔诗社"的诗友，而且是革命的战友，因此感情非常深厚。1931年5月初，冯雪峰送刚印出的《前哨》第一期到茅盾家，和正避居在茅盾家中的瞿秋白初次见面。当时，瞿秋白需要一个安全可靠又能长居的住处。冯雪峰马上去找谢旦如，说明了这一情况。谢旦如毫无踌躇地答应，让出一部分自己的住房给瞿秋白夫妇居住。为了安全起见，谢旦如特意先在报上刊登一则余屋招住的小广告。尔后，瞿秋白用林复的假名，称说从乡下来上海需要租房，带了杨之华住进了南市紫霞路六十八号谢家的两间小楼房。谢旦如又为了瞿秋白夫妇的安全起见，从此借辞谢绝了文艺界的朋友到他家去做客，就是对他母亲和妻子也严守着这个秘密。

瞿秋白在谢旦如家这一安静环境里，安全地住了近两年时间。在这里，瞿秋白和鲁迅会见，从而建立了深厚的革命友谊；在这里，瞿秋白领导了左联的工作，比较系统地介绍了马列主义理论与苏联的文学作品，写出了不少光辉的战斗篇章，为我们留下了一份宝贵的革命遗产。这都是与谢旦如对瞿秋白同志的有力掩护分不开的。

上海地下党的文艺界同志对谢旦如是非常信任的。谢旦如在家里不单保藏了党的秘密文件，收藏了不少极为珍贵的革命文艺刊物，更保存了大量的瞿秋白的亲笔文稿和方志敏的从牢中带出的亲笔手稿。1935年6月18日，瞿秋白牺牲后，鲁迅为了编辑瞿秋白的遗文，还写了一张书单，托周建人找谢旦如借阅有关书刊。抗日战争爆发后，谢旦如担心他所精心保存的革命先烈的文稿毁于战火，或有可能被日寇所查抄而造成不可弥补的损失，为此，谢旦如出于高度的革命责任感，又默默地苦心经营，1938年5月5日，将他保存的瞿秋白的遗稿进行整理，用霞社出版部的名义，出版了《乱弹及其他》。不久，又用同一名义，将方志敏的手稿《清贫》和《可爱的中国》合在一起，以《方志敏自传》印行出版。而谢旦如以霞社名义，其中一部分原因，也就是瞿秋白寄居过紫霞路。

谢旦如为保存瞿秋白、方志敏烈士文稿，收藏革命文献等方面做出的功绩，是不能泯灭的。

新中国成立后，谢旦如任上海鲁迅纪念馆副馆长。60 年代初，谢旦如为帮助上海有关出版单位影印《中国现代文学史资料丛书》作出了贡献。如影印左联机关刊物《前哨·文学导报》的合订本等，提供了不少珍贵的罕见原本。

1962 年 9 月 26 日，谢旦如因病逝世，终年五十八岁。为了表彰他从事革命文化工作的贡献，同年 9 月 29 日，由上海文化、出版系统举行了公祭。谢旦如为了党的事业，在当时不能公开身份进行文艺活动，但我们认为，像这样一位具有自我牺牲精神的同志，以他的贡献来说，在现代文学史和出版史上是应该占有光辉的一页的。

（本文与董校昌合署；原刊《古旧书讯》1984 年第 1 期）

姚蓬子与"文协"

已有多年无人说起过姚蓬子。

姚蓬子（1905—1969），现代作家、文学翻译家。原名姚尊彬，用过蓬子、方仁、丁爱、姚梦生、彬芷、慕容梓等笔名，浙江诸暨人。姚蓬子青年时代受五四新文化运动影响，早在1927年就曾参加共产党，积极从事新文学的创作与翻译。1929年出版新诗集《银铃》，在《奔流》《萌芽》等著名左翼刊物上发表作品。1930年参加左联。1932年6月主编过左联机关刊物《文学月报》，在此期间出版小说集《浮世画》《剪影集》等。姚蓬子除创作外，也还翻译过大量的文学作品，如高尔基《我的童年》，罗曼诺夫《没有樱花》，安特列夫《小天使》，索洛古勃《饥饿的光芒》，巴比塞《不能克服的人》，果尔蒙《妇女之梦》《处女的心》，等等。

姚蓬子写的新诗，很早就有一定的影响。1935年朱自清在《中国新文学大系（1917—1927）》的《诗集·导言》里，称他是新诗坛上写自由诗体的"象征派"诗人之一，评说"在感觉的敏锐和情调的朦胧上，他有时超过别的几个人"。朱自清编选的这本诗集，录选诗人五十九家，收姚蓬子诗作十首。是五十九家中被选上十首和十首以上的十六家之一。80年代后，新编选的《中国新文学大系（1927—1937）》《中国新文学大系（1937—1949）》，均收录他的作品。在1933年出版的王哲甫的

《中国新文学运动史》中，作者称姚蓬子是"近几年在翻译界渐露锋芒的作家"之一。

抗日战争时期，姚蓬子积极参加中华全国文艺界抗敌协会（简称文协）的工作，创办作家书屋。50 年代后在上海师范学院执教，直至去世。

当年抗击日本侵略军的枪声打响后，为了一致抗日，全国文艺界空前团结。文协在 1938 年 2 月 24 日召开了筹备大会，仅一个月左右的准备，于同年 4 月 27 日在汉口正式成立，有五百余名文艺界人士参加了成立大会。周恩来、邵力子、冯玉祥等政要均参加大会并作讲话。大会召开时，正有日本飞机来轰炸，街上已空无一人，但大会仍继续召开直至结束。在大会上，姚蓬子被选为四十五名理事之一。文协成立后不久，昆明、桂林、香港、广州、延安等地相继成立了文协分会。

1938 年 4 月 4 日，冯玉祥主持文协第一次理事会，姚蓬子被选为十五名常务理事之一。

5 月 4 日，姚蓬子协助老舍编印文协机关刊物《抗战文艺》，在汉口创刊出版（第 2 卷第 5 期起迁重庆出版）。

7 月 30 日，负责文协日常工作的老舍等携带文协印鉴迁往重庆，8 月 14 日到重庆后，立即开展文协总会的会务活动。姚蓬子亦抵重庆。

10 月 2 日，姚蓬子出席由文协参与发起的题为"抗战文化之检讨"的文化座谈会。

12 月，姚蓬子主持的文协出版部开始进行抗战文艺的出国运动，文协决定成立国际宣传委员会专事这项工作。

1939 年 2 月，姚蓬子参加文协举办的第一次小说座谈会，会议总结了抗战以来小说的创作成绩。

4月15日，改选后的文协理事会举行第一次会议，姚蓬子被选为十五名常务理事之一，为出版部主任。

6月，全国慰劳总会组织南北慰劳团，函请文协派人参加，文协理事会决定姚蓬子、陆晶清参加南团，老舍参加北团。南北两团同时出发，历时六个月，到年底才返回重庆。

1940年1月1日，姚蓬子主编的《新蜀报》副刊《蜀道》创刊，声称该刊"篇幅不大，不用长文。文章虽好，倘与抗战无关，决不刊登。倘与抗战有关，无论说酒谈梦，均极欢迎"。

4月21日，姚蓬子参加《文学月报》召开的"文艺的民族形式问题"座谈会。

6月9日，姚蓬子参加潘梓年以《新华日报》社名义召开的"民族形式"座谈会。

10月8日，姚蓬子主持以《蜀道》名义召开的文艺座谈会，就抗战三年来的文艺创作情况进行评述。

11月17日，姚蓬子参加文协举办的有七十余人出席的小说座谈会，会上听取了欧阳山作的《抗战三年来的中国小说》的报告。

11月23日，姚蓬子参加《抗战文艺》编辑部举办的"1941年文学趋向的展望"座谈会。

1941年3月15日，文协改选第三届理事会，姚蓬子被选为在重庆的二十五名理事之一。

1943年3月27日，文协举行成立五周年纪念会，大会选出邵力子、张道藩、老舍、茅盾、郭沫若、曹禺、夏衍、姚蓬子等二十一人为重庆理事。

4月1日，文协召开理事会，姚蓬子被选为五名常务理事之一，任出版组组长。

1945 年 5 月 7 日，文协改选理事，选出郭沫若、茅盾、老舍、胡风、姚蓬子等十三名理事。

在此期间，姚蓬子在重庆创办了作家书屋。一些传世名作，均是经他之手出版，如郭沫若《棠棣之花》、老舍《归去来兮》、茅盾《耶稣之死》、冯雪峰《真实之歌》《乡风与市风》、胡风《在混乱里面》、张天翼《谈人物描写》、陈白尘《结婚进行曲》、周而复《子弟兵》、陈子展《宋代文学史》等。在 1942 年，他还与老舍、徐霞村共同编辑《文坛》（初为报刊型，后改杂志型），亦由作家书屋出版发行。

抗日战争胜利后，中华全国文艺界抗敌协会于 1945 年 10 月 10 日改名为中华全国文艺界协会，简称仍为文协。姚蓬子受文协委派，从重庆赴上海筹备文协上海分会（筹备人选有巴金、夏丏尊、李健吾、柯灵、唐弢、张骏祥、叶以群、葛一虹、许广平），文协上海分会借上海金城银行六楼，于 1945 年 12 月 17 日召开成立大会。在会上，姚蓬子作了文协总会抗战八年间活动情况的长篇报告。在大会上，他被选为文协上海分会十五名理事之一。

姚蓬子创办的作家书屋，当时亦由重庆迁到上海。在 1946 年 4 月，出版发行过由文协编辑的不定期刊物《抗战文艺选刊》。

以上我仅是钩稽了姚蓬子在抗战期间与文协有关的一部分活动史料，只是说明，他在现代作家中乃是一个有一定影响的人物。如何评价他的一生与作品，应该是当今研究现代文学的学者的课题之一。

（原刊《香港文学》1996 年 6 月号）

潘汉年和他的小说

　　潘汉年，这是一个在我国现代文学史上被人为地钩划了的名字。

　　1906 年，潘汉年诞生在江苏省宜兴县陆平村的一家书香门第。父亲是清光绪年间的秀才，家境清寒，在乡里以塾师为业。潘汉年渊源家学，秉性又聪敏，中学读书时，是学堂的高才生。他受十月革命与五四运动的影响，不久中途辍学到上海参加进步文艺运动。1924 年十八岁，在中华书局做《小朋友》的编辑工作，同年加入著名的创造社，编辑《洪水》。1925 年参加中国共产党，时年十九岁。1926 年，他与叶灵凤合编《幻洲》半月刊。叶灵凤编上半部的《象牙之塔》；潘汉年编下半部的《十字街头》，专登杂感。早在 1933 年出版的王哲甫的《中国新文学运动史》中，评述《幻洲》时就说过，"他们的文字不避权势，曾造成一时直言的风气"，终为反动当局所禁。潘汉年后又与叶灵凤合编《现代小说》，自己同时主编《战线》周刊，不久亦同样遭禁。第一次国共合作时期，潘汉年在南昌、武汉等地任《革命军日报》总编辑，国民革命军总政治部宣传科科长。大革命失败后，回上海继续从事革命文艺运动，担任党中央宣传部文化工作委员会书记。

　　1929 年 10 月，潘汉年开始筹备左联，他代表党与鲁迅建立了联系，增进了文艺界的团结。左联筹备会的每次会议，均由他主持。次年 3 月 2 日，在左联成立大会上，潘汉年代表党讲了话，随后由鲁迅作了著名的《对于左翼作家联盟的意见》的讲演。

1931 年,潘汉年到了中央苏区,任江西省苏区党的中央宣传部部长,赣南省委宣传部部长等职。1934 年参加长征,任总政治部宣传部部长。遵义会议后,为向共产国际报告遵义会议情况,他经上海去苏联,1935 年 7 月回国,赴陕北。1936 年西安事变后,党中央任命他为谈判代表,到南京谈判第二次国共合作。1937 年,被任命为八路军驻上海办事处主任,与一大批著名爱国民主人士结成了亲密的友谊。抗战时,潘汉年大部分时间在上海、香港等地开展海外侨胞的统战工作,同时建立了一条从上海到淮南、苏北解放区的地下交通线。

1948 年后,解放战争迅猛发展,经潘汉年的精心安排,大批民主党派领导人、工商业家、文化界知名人士,从西南、西北、华中、上海等地转道香港,从香港租船把他们分批安全护送到华北解放区。新中国成立后,潘汉年任上海市副市长、市委统战部部长。1955 年,被诬为"内奸",入狱判刑。1977 年在劳改农场病故。1983 年 9 月 1 日,党中央发出通知,为他彻底恢复名誉。

由于上述这个历史的原因,三十多年来,潘汉年的政治活动功绩被湮没,他在我国现代文学史上的贡献,更无人敢涉笔。

纵观潘汉年革命的一生,他参加文学活动前后的七八年时间,用亚灵、泼皮、水番三郎等笔名,写过不少评论、杂文和小说。他的评论、杂文作品都不曾结集,小说也只出版了一本,创作成就与同时代的作家相比并不很大。他在自己编选的短篇小说集《离婚》卷首作为序的《先看完这篇》中说过:"我虽爱好文学,但我没有工夫研究文学;我喜欢写作,但我不想成什么家。"他把精力都用在党的实际工作上,甘愿放弃自己个人的爱好,仅此一点,也足使后人感动和钦佩。

　　潘汉年的短篇小说集《离婚》，为"幻洲丛书"之一，由上海光华书局在 1928 年 6 月出版。他出版这本小说时，还只二十二岁。

　　其作品大都反映了当时的社会现实，有的直接揭露了国民党反动派的丑恶嘴脸。在《离婚》一篇中，作者描写了一个受时代潮流影响的少妇，她的婚姻是父母包办的，与丈夫丝毫没有感情。尽管她的丈夫很"爱"她，但她仍向法院提出要求离婚。这在当年鼓动妇女觉醒，无疑是有现实意义的。在《她和她》中，受骗的婢女敢于指责主人，骂他一个男人不应当爱了这个又去骗那个，勾描了一个天真幼稚的善良少女的纯洁心灵。那个时代的青年对革命和恋爱的苦闷与动摇，在潘汉年笔下的小说中得到反映。在《白皮鞋》和《混沌中》中，作者塑造了两个青年在大革命失败后不甘屈服于恶劣的环境，坚持斗争的形象。在《白皮鞋》中，作者就借角色之口说道："假如我可以不走入那般衣冠禽兽、吸血鬼的上等社会，我尽管与那些朝无饭食，夜无宿处的乞丐混在一起，我丝毫也不会觉得苦痛！未来的光明世界，一天不能实现，我们就一天没有抬头的希望！"矛头直指反动统治者。《混沌中》作者写的是某省城司令部军法处搜捕"乱党"的故事。因乱抓乱杀，拘留所人满为患，后来连该部的一个一等秘书也被关入监牢。他的一个上司，声称可以向总司令说情保他恢复自由，但要那个秘书将其妹妹嫁给总司令做姨太太为条件，为秘书所拒绝，他在上司面前直言："我们还是青年，虽然目下革命的环境不很好，但无论如何，我们总不能像那些腐化分子，上媚下吹，跟着人家做升官发财的梦！"还说："朋友，X 党所以能够与我们捣乱，就是因为他们的工作，能够得到民众的信仰，声势当然一天天的超过我们。"公开颂扬了共产党，故而《离婚》一出版，就立即遭到禁止。

　　潘汉年还有不少散见在刊物上的小说，如《浮尸》，就直接描绘了工人阶级的形象，写了参加罢工斗争的工人们的命运。《例外》描写了一个革命者在白色恐怖中宁肯抛弃爱情，在残酷的环境里坚持革命斗争的高尚情操。在《离婚》出版后，潘汉年还想结集出一本《苦杯》，后来未能如愿。他还计划写一部题为《曼瑛的秘密》的长篇小说，在《先看完这篇》中，作者已提到写了近四万字。当年的新书预告亦已载有目录，也列为"幻洲丛书"之一。但此书作者是否写完并出版，还有待查证。

潘汉年的文学创作，是他一生革命活动不可分割的一部分。党在召开十二大的前夕，对潘汉年的一生，做了认真的复审，否定了所谓"内奸"的结论，为他平反昭雪，恢复名誉，并充分肯定了他的功绩，他在我国现代文学史上所作出的贡献，同样需要载入史册。

（原刊《文科教学》1988 年第 3、4 期合刊）

朱湘和他的诗

1933 年 12 月 5 日清晨，在上海到南京的吉和轮船上，诗人朱湘边喝酒，边捧读着海涅的诗。船刚过采石矶，他即纵身跳入了滔滔长江。事后连遗体也没能找见，正如他写的诗所说，到"与落花一同飘去，无人知道的地方"去了。

朱湘原籍安徽太湖人，1904 年生于湖南沅陵。他的名及字子沅，都表明了这一点。朱湘自幼好读，1921 年考入清华大学，随亦开始创作和翻译，并参加了文学研究会。1927 年赴美入劳伦斯大学，后又转芝加哥大学，攻读外国文学。1929 年回国任安徽大学外国文学系主任，仅三年，因与校长意见不合而辞职，从此失业，过流浪漂泊的生活。

陈梦家在 1931 年编《新月诗选》时，朱湘被视为同派诗人列于其中。其实，早在 1926 年 4 月 22 日出版的《晨报副刊·诗刊》第 4 期上，朱湘就不满徐志摩的油滑而登过启事宣布决裂。同时，他诗作的凄苦与幽愤，也为该派诗人所不及。在 1925 年他出版了第一部诗集《夏天》，题名"取青春已过，入了成人期的意思"。1927 年和 1934 年，先后出版了《草莽集》与遗著《石门集》。1936 年又出版了赵景深代编的遗作《永言集》。

他的诗，文辞清婉纤细，善用排比，形式的完整与音调的柔和，使诗韵也更感美丽。著名的《采莲曲》，音节轻快，连用的一个"呀"字，就像采莲的小船缓缓荡过读者的心扉。他功力深厚，不少古旧词汇在他诗中获得新生。他还善写长诗，作有《王娇》《还乡》等。陈梦家说他的诗"经过刻苦磨炼"，绝非过誉。他还著有《文学闲读》《中书集》《海外寄霓君》《朱湘书信集》及译著《番石榴集》《英国近代短篇小说集》等。朱湘为人善良，愤世嫉俗，性格又乖僻孤傲，因写文章得罪了国民党，还受到追捕。他穷愁潦倒了一生，自杀时年仅二十九岁。

在《夏天》自序中，朱湘说过："我的诗，你们去吧，站得住自然的风雨，你们就存在；站不住，死了也罢。"诗人朱湘无论他的为人和作品都是值得令人怀念的，但他的诗却不应"死"，至少该有一本诗选可出版的吧。

（原刊《西湖》1983 年 3 月号）

朱自清和他的散文

在朱自清逝世时，叶圣陶先生在一篇题为《朱佩弦先生》的哀悼文章中说："现在大学里如果开现代本国文学的课程，或者有人编写现代本国文学史，谈到文体的完美，文字的全写口语，朱先生该是首先被提及的。"①半个世纪以来，朱自清的散文，比他的出色的诗歌，流传得更为广泛，是那么深深地扣动着每个读者的心弦。他的散文，犹如一丛无比绚烂的花朵，争艳于我国现代文学的百花园中。

朱自清，原名自华，号实秋，取义"春华秋实"。1916 年考入北京大学后，改名自清，字佩弦。早年曾用过柏香、知白、白晖、白水等笔名。朱自清原籍浙江绍兴，他自己说："我从进小学就填的这个籍贯。"②因祖、父两代均在江苏省东海县做官，朱自清于 1898 年 11 月 22 日出生在那里。又因祖、父两代定居扬州，朱自清后来也就自称"我是扬州人"了。③1920 年，朱自清用三年时间读完了北京大学哲学系四年的课程，提前毕业。同年暑假后到 1925 年暑假前，先后在江苏、浙江等地的中学教书。1925 年暑假后，自浙江白马湖春晖中学到北京，任清华大学中文系教授。1931 年至 1932 年曾游学英法等国。

抗日战争时期，朱自清在昆明西南联大任教。当时他虽为教授，但物价飞涨，生活异常清苦。为了维持家庭生活，他不惜典卖家用器物，到后来甚至把从英国带回来的一架平时极喜爱的唱机和一套唱片，也忍痛卖去。④在党领导的抗日民主运动的影响下，朱自清逐渐认清了知识分子所应走的道路，走出书斋，积极投入民主运动。尤其是在1946年7月11日、15日，国民党反动派用卑鄙无耻的手段，暗杀了"民盟"的李公朴、闻一多，使他受到了深刻的教育，思想意识起了更大的变化。他用搁了二十年写新诗的笔，疾书了一首诗《挽闻一多先生》，深情地喊道："你是一团火，照见了魔鬼，烧毁了自己！遗烬里爆出个新中国！"

抗战胜利后，学校迁返北京，朱自清继续在清华大学任教。他更加积极地参加各种争取民主的活动，并写了不少具有革命观点的杂论。这期间，朱自清非常关注在延安文艺座谈会后产生的革命文艺作品，写作更为勤奋。在贫病交加的情况下，丝毫不动摇坚定的革命立场。在病危弥留之际，还谆谆嘱告家人，说他已签名拒绝美援，不要买政府配售的面粉。1948年，终因胃病开刀，转发为肾脏炎，医治无效，8月11日逝世于北京。毛泽东曾高度赞扬他有骨气："一身重病，宁可饿死，不领美国的救济粮"，"表现了我们民族的英雄气概"。⑤

革命的民主战士朱自清，是我国著名的诗人之一。早在北京大学求学时，受五四新思潮的启发与鼓舞，就开始创作新诗。他参加过新潮社的活动，是文学研究会的早期会员之一。1922年与叶圣陶、俞平伯、郑振铎、郭绍虞等八人，合集出版过《雪朝》。这本诗集的第一集就是朱自清的作品。1924年出版诗集《踪迹》。他在1923年写的长诗《毁灭》，被人们称誉为白话文中的《离骚》。朱自清的诗歌纯正朴实，风格清新。他的作品表现了当时一部分小资产阶级知识分子对现实的不满与反抗，对革命的同情与向往。他在1924年发表于《中国青年》上的《赠友》中，就塑造并歌颂了一个为共产主义事业奋斗的革命战士的形象；在《送韩伯画往俄国》中，还体现出诗人对十月革命后的苏联的热切的向往。朱自清也擅长写旧体诗词，著有《犹贤博弈斋诗钞》（未刊）。

朱自清又是一位著名的学者。在中国文学史和中国文学批评史方面，有独到的研究和创见。他精熟典籍，治学谨严，一丝不苟，著有《诗言志辨》《经典常谈》《语文零拾》等，对学术界作出了很大的贡献。

朱自清在1924年12月出版了诗集《踪迹》后，创作转向散文，是五四以来我国优秀的散文家之一。朱自清的散文，先后结集出版的有《背影》（1928年）、《你我》（1936年）、《欧游杂记》（1934年）、《伦敦杂记》（1943年）等。《踪迹》的第二辑亦是散文，其他散见在报刊上的也不少。1952年朱自清全集编辑委员会作了种种努力，搜集到一部分，编印入"文集"第三卷。

郁达夫在《中国新文学大系·现代散文·导论》中说："朱自清虽则是一个诗人，可是他的散文仍能够贮满着那一种诗意，文学研究会的散文作家中，除冰心外，文章之美，要算他了。"朱自清的散文，写作时非常用力于文字的表现，语句洗练，工笔勾勒，"许多的语句都那么活生生地捉到纸上去，使你感到文章的生动、自然与亲切"⑥。加上他那诚恳、谦虚、温厚、朴素的情致与风采，形成了一种真挚朴质、委婉致密的独特风格。

1927年10月，朱自清写成了《背影》。这篇仅一千五百字的脍炙人口的散文发表后，轰动了整个社会，当即被选进中学语文书。像《背影》这样能历久传诵而感人如此至深的散文，五四以来为数是不多的。

散文《背影》，通篇白描。作者以极其深切的怀念之情，用动人的文笔，叙述了两次印在记忆中的在火车上见到的父亲的背影：

可是他穿过铁道，要爬上那边月台，就不容易了。他用手攀着上面，两脚再向上缩；他肥胖的身子向左微倾，显出努力的样子。这时我看见他的背影，我的泪很快地流下来了……

等他的背影混入来来往往的人里，再找不着了，我便进来坐下，我的眼泪又来了……

作者忘记不掉的，是父亲那"肥胖的，深青布棉袍，黑布大马褂的背影"。

文章从一个侧面反映了知识分子在旧社会中颠沛流离的艰苦生活。《背影》能如此强烈地感人，引起读者内心的共鸣，正如李广田所说的"当然并不是凭借了什么宏伟的结构和华赡的文字，而只是凭了他的老实，凭了其中所表达的感情"⑦。的确，作者在文中倾注了自己一股真挚的感情。朱自清后来自己在回答《文学知识》编者关于散文写作的八个问题时也说过："我写《背影》，就因为文中所引的父亲的来信里那句话，当时读了父亲的信，真是泪如泉涌。我父亲待我的许多好处，特别是《背影》里所叙的那一回，想起来跟在眼前一般无二。我这篇文只是写实，似乎说不到意境上去。"朱自清正是用这种对劳碌奔波的父亲的爱，吸引了广大的读者。《背影》文字朴素而细腻，精练无比。叶圣陶指出过："这篇文章通体干净，没有多余的话，也没有多余的字眼，即使一个'的'字，一个'了'字，也是必须用才用。"⑧《背影》的发表，使朱自清的名字同它凝成了不可分割的一体。他逝世时，亲友同事所送的挽联，大都联系《背影》和他另一篇杰作《荷塘月色》来写。报纸刊登他逝世的消息时，也用了《长向文坛瞻"背影"》《一代文宗溘然长逝——朱自清〈背影〉去矣》等标题。《背影》像一块烙印，烫在读者的心上。

朱自清在《背影·序》中坦白，写作散文"意在表现自己"。所以他前期的作品，题材显得比较狭窄。诸如《儿女》《一封信》等，就连《荷塘月色》《桨声灯影里的秦淮河》等名作，也是如此。

但毕竟是诗人的朱自清，他对事物的观察是认真精确的。他用细腻的笔墨抒发了内心的各种感受，尤其是对大自然的景色，描写更是得天独厚，如《绿》《春》等。《桨声灯影里的秦淮河》描写了作者游玩南京秦淮河时所见的风情，通篇文章称得上"诗情画意"，当时就被人称作是"白话美术文的模范"⑨。《荷塘月色》描写荷塘景色，"月光如流水一般，静静地泻在这一片叶子和花上。薄薄的青雾浮起在荷塘里，叶子和花仿佛在牛乳中洗过一样；又像笼着轻纱的梦"，使人神往。1978年8月清华大学在纪念朱自清逝世三十周年时，还把文中提到的荷塘即"水木清华"池东侧的一个前称"荷塘月色"亭修饰一新，命名"自清亭"，与纪念闻一多的"闻亭"比邻而立，作永久的纪念。

朱自清早期的散文，对音与色的描写有着强烈的感受。他善于一连串地用诗一般的引人入胜的比喻和深广的联想，将形象描写得极为生动。例如：

> 岸上原有三株两株的垂杨树，淡淡的影子，在水里摇曳着。它们那柔细的枝条浴着月光，就像一支支美人的臂膊，交互的缠着，挽着；又像是月儿披着的发……
>
> 我们明知那些歌声，只是些因袭的言词，从生涩的歌喉里机械的发出来的；但它们经了夏夜的微风的吹漾和水波的摇拂，袅娜着到我们耳边的时候，已经不单是她们的歌声，而混

着微风和河水的蜜语了……

———《桨声灯影里的秦淮河》

那平铺着，厚积着的绿，着实可爱。她松松的皱缬着，像少妇拖着的裙幅；她轻轻的摆弄着，像跳动的初恋的处女的心；她滑滑的明亮着，像涂了"明油"一般，有鸡蛋清那样软，那样嫩，令人想着所曾触过的最嫩的皮肤；她又不杂些儿尘滓，宛然一块温润的碧玉，只清清的一色——但你却看不透她！

———《绿》

诸如这样清新的比喻和联想，在朱自清的散文中，俯拾皆是。不满九百字的一篇《春》，几乎整篇全是描写声、色，运用连续的比喻和联想。朱自清用的比喻，最注重一个"动"字，尽力将描写的形象变成活的，跃在纸上。如《春》对遍地野花的描写："散在草丛里像眼睛，像星星，还眨呀眨的。"读后谁不为之叫绝。

朱自清在写他的散文时，每当他把自己感情的色彩，一起溶文字中表现出来时，文章就愈加使人寻味了。

1928年，朱自清说过："但就散文论散文，这三四年的发展，确是绚烂极了：有种种的样式，种种的流派，表现着，批评着，解释着人生的各面，迁流曼衍，日新月异；有中国名士风，有外国绅士风，有隐士，有叛徒，在思想上如此。或描写，或讽刺，或委曲，或缜密，或劲健，或绮丽，或洗炼，或流动，或含蓄，在表现上如此。"⑩朱自清早期的散文，有时过于注重修辞，不大自然；文字绮丽，但不同于徐志摩式的雕琢，更不同于林语堂、周作人式的一味卖弄"灵性""幽默"和"清淡"。在思想形态上，则更是不可类比。

朱自清的形式崭新、风格鲜明的富有民族特色的散文，诚如鲁迅所说："写法也有漂亮和缜密的，这是为了对于旧文学的示威，在表示旧文学之自以为特长者，白话文学也并非做不到。"⑪ 在白话文创建时代，朱自清的散文，写尽了"对于旧文学的示威"，是我国现代散文道路的开拓者之一。

朱自清曾在 1931 年 8 月，取道苏联到欧洲游学；于 1932 年 7 月，从威尼斯回国，历时十一个月。回国后，他把他在欧洲的所见所闻，先后写成了《欧游杂记》和《伦敦杂记》两部散文游记。前者出版于 1934 年；后者因抗日战争爆发，直到 1943 年才结集出版。这几年中，另外还结集出版了《你我》（1936 年）。

30 年代后，朱自清的这两本散文游记仍然保持着往昔的文风，但文句比之要更加成熟、凝练。他写这两本散文游记，目的之一是希望以此来帮助青年读者提高写作的能力。《伦敦杂记》中的九篇作品，除《公园》《房东太太》《加尔东尼市场》等三篇外，其他都曾经发表在《中学生》杂志上。朱自清自己说过："记述时可也费了一些心在文字上，觉得'是'字句，'有'字句，'在'字句安排最难。显示景物间的关系，短不了这三样句法，可是老用这一套，谁耐烦！再说这三种句子都显示静态，也够沉闷的。"⑫ 用心极为良苦。各篇散文几乎写的全是口语，平直铺排，周密妥帖。尽管有时亦带一点文言的成分，但是读起来却具有现代口语的韵味，风采逼人。朱自清又将他固有的亲切而又诚挚的感情渗透在字里行间。读着他这一时期的散文，就像作者对坐在你面前，娓娓地同你说话。他的语言提炼称得上到了炉火纯青的地步。

在《欧游杂记·序》中，朱自清说："书中各篇以记述景物为主，极少说到自己的地方，这是有意避免的。"在《伦敦杂记·序》中同样说："写这些篇杂记时，我还是抱着写《欧游杂记》的态度，就是避免'我'的出现。"因此，朱自清30年代后期的散文，缺少他前期的情致，往往偏于说理，文章显得有点干枯板滞。然而朱自清用坚实的脚步探索创作道路，思想渐趋成熟，境界也越来越高，更鲜明地展示了可贵的民族风格。

当时林语堂、周作人等在《论语》《人世间》等刊物上提倡幽默小品文的时候，朱自清从不去沾边；而当鲁迅支持的散文刊物《太白》出版时，他参加了编辑委员会。他对人生严肃认真，对自己的作品同样是那么严肃认真。

朱自清是一位具有强烈正义感的爱国知识分子。他同情劳苦的人民，痛恨黑暗的社会。虽然他在五四运动后，并没有掌握好崭新的思想武器，但他并不脱离现实，而是站在浩浩荡荡的新文艺大军中，勇敢地战斗过来的。在他写的散文中，就有不少具有社会现实意义的作品。这些作品，一样保持着他的艺术特色。

在《旅行杂记》中，暴露了当时我国教育界的落后状况，对统治军阀作了尖刻的讽刺；在《海行杂记》中，诅咒了帝国主义的罪行。

更还有几篇思想突出的作品。有《温州的踪迹》之四《生命的价格——七毛钱》一文，通过一个仅用了七毛钱被人买去的小姑娘的遭遇，充分揭示了在反动派统治下的旧社会的黑暗与罪恶。作者对人生买卖的现象表示了极大的愤慨，对被奴役者的悲惨境遇，表示了深切的关怀和同情。在文尾，朱自清万分愤慨地说："想到自己的孩子的命运，真有些胆寒！钱世界里的生命市场存在一日，都是我们孩子的危险！都是我们孩子的侮辱！您有孩子的人呀，想想看，这是谁之罪呢？这是谁之责呢？"

在《航船中的文明》一文中，作者对封建守旧势力所维护的"精神文明"作了辛辣的讽嘲。

写于"五卅"惨案后没有几天的《白种人——上帝的骄子》，朱自清勾描出了一个傲慢的"小西洋人"的身脸，对帝国主义侵略者表示了万分憎恶，又显示了他急切的"国家之念"和反对帝国主义压迫欺凌的感情。

1926 年 3 月 18 日，李大钊、陈延年、赵世炎等共产党人，为抗议段祺瑞军阀政府出卖中国主权，在北京发起了一场声势浩大的爱国群众示威运动。段祺瑞卖国死心塌地，下令卫队开枪镇压，制造了震惊中外的"三·一八"惨案。朱自清当时已在清华大学任教。他与学生们一起参加了这次示威运动，游行、请愿，亲身目睹了这一惨剧，仅幸免于难。事后，他不顾个人的安危，以极其愤怒的心情，写了《执政府大屠杀记》一文，以见证人的身份，详细叙述了惨案的发生经过，深刻揭露了军阀政府的丑恶嘴脸和法西斯血腥暴行。矛头所向，直指段祺瑞。文中写道："光天化日之下，屠杀之不足，继之以抢劫、剥尸，这种兽行，段祺瑞等固可行之而不恤，但我们国民有此无脸的政府，又何以自容于世界！——这正是世界的耻辱呀！"充分表现了不畏强暴的民主战士的姿态。这篇战斗檄文，与鲁迅的《无花的蔷薇之二》一同刊登在 1926 年 3 月 29 日出版的《语丝》七十二期。没隔几天，朱自清还撰文《哀韦杰三君》，以诚挚的感情，悲悼在这一惨案中牺牲的清华大学的学生。

抗日战争胜利后，朱自清写了一些杂感性的散文，思想性很强。他深知，腐朽的旧社会行将崩溃。在《论气节》中，朱自清批判了封建的

气节观念，对新时代的气节，他强调正义感与实际的行动，并肯定了
五四运动以来青年知识分子为正义而英勇战斗的行动；在《论吃饭》中，
朱自清肯定了吃饭是人民大众的基本权利，坚信人民群众通过自己的力
量进行斗争，一定可以达到目的。针对当时的形势，朱自清的这些作
品，朝着"近于人民的立场"讲话⑬，对唤起广大人民群众起来争取民
主，反抗国民党反动派的压迫与剥削，具有深广的积极意义。

朱自清在他的晚年，已注意到语言朝人民大众化方向发展的问题。
当他读到赵树理的《李有才板话》后，感到作家应与人民群众共同生活，
打成一片，才能获得新的写作语言。"这里说的'新的语言'，因为快板
和那些故事的语言或文体都尽量扬弃了民族形式的封建气氛，而采取
了改变中的农民的活的口语。自己正在觉醒的人民，特别宝爱自己的语
言。"⑭ 叶圣陶说得好："朱先生写的只是知识分子的口语，念给劳苦大
众听未必了然。但是，像朱先生那样切于求知，乐意亲近他人，对于语
言又有敏锐的感觉，他如果生活在劳苦大众中间，我们料想他必然也能
写劳苦大众的口语。"⑮ 可惜朱自清未及看到劳苦大众翻身做了主人的
一天，未及写出他那些用觉醒了的人民所宝爱的自己的语言的文章，被
贫病过早地夺去了生命。这无疑是一个很大的损失。

> 我谨慎着我双双的脚步，
> 我要一步步踏在土泥上，
> 打上深深的脚印！⑯

朱自清的一生，贯串着这种可贵的精神。他的散文创作，在我国现
代文学史上占有重要的一页；他的人格，将永远鼓舞着我国知识分子向
革命的道路迈进。朱自清留给我们近两百万字的创作和研究成果，它已

成为我国民族文化遗产中不朽的一部分。在他的创作中，散文占了相当大的比例。在向四个现代化进军的新时期里，我们阅读朱自清的散文，不单可从中获得学习创作的借鉴，更可以从他的作品中看到他的人格和他的形象。而这一切，都是那样地鼓励着我们为新的时代作出应有的贡献！

注：

① ⑮ 刊《中学生》203 页。

② ③ 《我是扬州人》。

④ 朱采芷:《寄给爸爸》(《文潮》5 卷 6 期)。

⑤ 《别了，司徒雷登》。

⑥ 杨振声:《朱自清先生与现代散文》(《文讯》9 卷 3 期)。

⑦ 《最完整的人格》(《观察》2 卷 5 期)。

⑧ 《文章例话》中评《背影》一节。

⑨ 浦江清:《朱自清先生传略》(《国文月刊》37 期)。

⑩ 《背影·序》。

⑪ 《小品文的危机》。

⑫ 《欧游杂记·序》。

⑬ 《论雅俗共赏·序》。

⑭ 《论通俗化》。

⑯ 《毁灭》(长诗)。

1979 年 3 月

(原刊扬州师范学院南通分院中文系编:

《现代作家和作品》，1979 年)

胡怀琛与新诗

胡怀琛是清末革命文学社团南社的著名诗人。

胡怀琛，字季仁，又字季尘，号寄尘，别署有怀、秋山，安徽省泾县人。他幼年时，跟兄胡朴安读书，后就读于上海育才中学。胡怀琛少年时期就喜欢阅读徐光启、利玛窦等人的译撰作品，思想激进。辛亥年间，爆发武昌起义，他协助柳亚子编辑出版《警报》，后在《神州日报》主持笔政。因该报思想保守，反应迟钝，胡朴安愤而嘱他退出，一起到蹿厉风发的《太平洋报》工作。胡怀琛后来在多处报馆书局任职。1937年"八·一三"战事起，胡怀琛居处离战火甚近，颇受惊悸，同时虑念国事，于1938年1月18日去世。他生于1885年，年仅五十三岁。

胡怀琛一生著译甚丰，可称著作等身。据不完全统计，有一百七十余种之多。他新旧文章无所不通，所作旧诗新奇、含蓄，柳亚子评价他的作品"味在酸咸外，功参新旧中"。姚鹓雏也将他比作著有《两当轩集》的黄仲则。胡怀琛经历了新旧文学猛力交战的时期，赵景深在悼念他的《纪念一个文艺工作者》一文中曾说："胡先生似乎是苦闷而且彷徨于新旧文学之间的人，因此旧文人方面既感到他不够旧，新文人方面又感到他不够新。"大约也就是这个原因，多年来，已出版的各种《中国文学史》《中国现代文学史》中，都没有提到他，这显然是不公正的。

1920年3月，胡适出版了白话诗集《尝试集》，开响了我国新诗出

专集的第一炮。《尝试集》的出版，褒贬自在情理之中，首先发难的，
要数胡怀琛。就在《尝试集》出版的次月，他就在《神州日报》上发表了
《〈尝试集〉批评》。他在文中指出，他对《尝试集》的批评，不是文言与
白话、新体诗与旧体诗的问题，而纯属讨论这些诗做得好与坏的问题。
因此，胡怀琛以做旧诗的规格，对胡适诗中的用字、造句、押韵等方面
给予评析。对胡适的那首较有名气的《蝴蝶》：

> 两个黄蝴蝶，双双飞上天，
>
> 不知为什么，一个复飞还，
>
> 剩下那一个，孤单怪可怜，
>
> 也无心上天，天上太孤单。

胡怀琛指出，诗的第七句应改成"无心再上天"，读起来才觉得音节和
谐。又如胡适的《小诗》：

> 也想不相思，
>
> 可免相思苦，
>
> 几次细思量，
>
> 情愿相思苦。

胡怀琛将他改为：

> 也要不相思，
>
> 可免相思恼，
>
> 几度细思量，

还是相思好。

他的理由是，原诗第一句里的"想""相"为一平一上同一声，读起来很不顺口；第三句里的"次""思"音相近，读不上口；第二句与第四句末同用了两个"苦"字，所以都要改去。胡怀琛如此推敲来评析胡适的诗，可谓煞费苦心。胡怀琛佩服胡适对写诗的见解，但他认为胡适作诗的功夫是比较差的。《〈尝试集〉批评》的发表，自然激怒了胡适，他立即写了一封致《时事新报·学灯》编辑张东荪的信，进行了回驳，声言胡怀琛"不但批评，还替我大大的改削了好几首诗。这种不收学费的改诗先生，我自然很感谢"。胡适同时指出，胡怀琛把他的诗都改坏了，说"想""相""思"是双声，"几""次""细""思"是叠韵，所以诗中没有用错，而是胡怀琛不细心。胡怀琛随即也给张东荪写了信，指出双声字多半是形容词两字相连，如"丁东""玲珑"等，没有像胡适这样的双法；叠韵也只有"苍茫""迷离"一类叠法，而没有像胡适那样的叠法。他又发表了《〈尝试集〉正谬》一文，再次阐发了自己的观点。两人的论争，引来了刘大白、朱执信等十多人参战。这场大论战，历时十个月，各自的文章分别刊登在《时事新报》《神州日报》《星期评论》等全国较有影响的报刊上，又有好几家报刊加以转载，确实热闹了一阵。这场论战，也使胡适的《尝试集》销路大增，两年之内，连接印了四版一万五千册。这在当年来说，不可不说是一个相当惊人的数字。后来，胡怀琛将这批论争文字，而且大多是反对他的观点的，汇编成《〈尝试集〉批评与讨论》，于1921年3月出版，一年后也再版了一次。这是我国现代文学史上第一部讨论新诗的论文集。胡怀琛在该书的"序"中说："我打开这本册子一看，仿佛有许多的好朋友聚首一堂，高谈阔论的样子，我觉得非常快乐，想各位朋友也都有同情。"这种论争的态度至今仍可称述。这期间，胡怀琛还写过《新诗研究》《小诗研究》两本书，只是影响不大。

胡怀琛在批评《尝试集》的同时，自己也同样在尝试写作新诗。为顺应新文学的滚滚潮流，保守的《小说月报》从1920年1月第11卷第1期起，开始刊登一些白话作品，被称为"半革新"。同年五月出版的第5期的《小说新潮栏》里，曾发表过胡怀琛的新诗《燕子》。这也正是他批评《尝试集》与人激烈论争的时候。《燕子》诗为：

> 一丝丝的雨儿，一阵阵的风，
> 一个两个燕子，飞到西，飞到东。
> 我怎不能变个燕子，自由自在的飞去？
> 燕子说：你自己束缚自己，怎能望人家解放你？

在诗尾，胡怀琛还加了长段的按语："新体诗我本来怀疑，我早做过好几篇文章说明了，但是我也要亲自做过，方知道他的内容是怎样，原不敢毫无研究，一味乱说，这一首便是我试做的成绩了。我做过之后，知道新体诗决不易做，不是脱不了词曲的旧套，便是变了白话文，都不能叫新体诗，像我上面一首，第一行里的一个'儿'字，似乎可以不要，岂知不要他便不谐。因为'儿'字上面的'雨'字和'儿'字下的'一'字，同是一声，读快了便分不清，读慢些又觉得吃力，所以用个'儿'字分开，读了'雨'字之后，稍停的时候，顺便读个'儿'字，毫不费力，且觉得自然好听，这也是天然音节的一斑，不懂这个，新体诗便做不好。"他这豁达的自我剖析，实在难能可贵。

作者在诗中含有寓意，他是将新诗人比喻为自由自在飞翔的"燕子"。文学巨匠茅盾称他这段话很有积极意义，认为他对新诗问题提出了三条意见；一是承认如要反对新诗，必须自己做过新诗；二是自己做过新诗之后，方才知道新诗绝不是容易做的，不是脱不了词曲的旧套，便是成了白话文，都不可能称为新诗；三是提出了天然音节问题，承认要把握"很难"。茅盾说这三条意见，"不但是当年新诗人所要解决的问题，甚至在往后六十年的今天，也仍然是没有完全彻底解决"（见《我所走过的道路·革新〈小说月报〉的前后》）。胡怀琛从先否定新诗，而后承认它，其中经过了"苦闷"和"彷徨"，最终放下了旧文人的架子，投入这一滚滚洪流。

胡怀琛在《〈尝试集〉批评与讨论》的序中说："要知道我所主张的新诗是这样，请看我的《大江集》。"《大江集》所收作品，均系五言、七言，与旧诗并无两样，只是在用字、造句、押韵等方面，较为谨严。这集中的作品，诚如他在上述按语中说的"脱不了词曲的旧套"。而他后来写的《春怨词》《诗意》《放歌》等集子，所收作品，却是真正的新诗，如《春怨》一首：

关着窗子睡觉，
打着春梦的草稿，
怕被灯知道，
索性把灯吹灭了。

作品清新，也耐人寻味。他写的不少小诗，类同日本的俳句。当然，胡怀琛新诗的内容较贫乏。这与题材的狭窄有关，但这是当年学写新诗者的通病。他在新诗创作上的自我否定后，向前的跨越，不论怎样，我们现在应该给予充分的肯定。

（原刊《古旧书讯》1986 年第 4 期）

刘子政和他的《福州音南洋诗·民间歌谣》

在国内，砂拉越历史学家刘子政先生的声誉愈来愈大。去年中国华侨历史学会（全国）理事、浙江师范大学华侨华人研究中心主任周望森先生，《浙江华侨志》副主编毛策先生等来湖州叙晤时，也都不约而同谈到刘子政先生，无不表示敬佩之情。

子政先生业余从事砂拉越历史研究近五十年，著作等身，成就斐然。他搜罗了大量的第一手资料，并进行往返各地的实际考察，充实材料，去芜存真，严谨下笔，撰写成书。诚如著名作家曹聚仁所说："刘氏搜沉钩秘，今之有心人也。"他的研究，涉及砂拉越历史政治、经济、文化各个领域，极为细致，几乎都是前人没有做过的拓荒工作。司马迁的一部《史记》，奠定了中国两千多年宏伟而又漫长的历史。我们完全可以确信，子政先生的著述，也将是记录砂拉越历史丰碑的一块基石。

人类越发展，就越尊重历史。只有在历史中吸取经验与教训，才能应对未来的挑战，才能建设成高度文明的社会。砂拉越华族文化协会非常重视历史，出版"刘子政文史系列"二十种。

这不单是子政先生著述的一次系统汇集，更主要的是保存了砂拉越的历史。砂拉越华族文化协会做了一件功德无量的工作。"系列"陆续出版，国内外和当地好评如潮，也使子政先生获得应享的荣誉。

各地学者评价子政先生的著述，大多从宏观历史着眼，似乎忽略了"系列"中的一本很重要的作品，那就是子政先生搜集整理并加注释的《福州音南洋诗·民间歌谣》。

早在 20 世纪 70 年代，子政先生就开始注意搜集福州音的南洋诗和民间歌谣。此属民间说唱文学，由劳动人民口头创作，口头流传。即使有心人用文字记录保存传递，亦因年代已久，沧海桑田，荡然无存。这项工作是无比艰辛的。

因清政府的腐败，民不聊生，黄乃裳于 1901 年带福州的移民来到砂拉越从事垦殖。这些移民远离家乡，在新的陌生环境里，勤苦劳动。工作之繁重，生活之穷困，可想而知。于是，对南来的苦境，思乡之情，口编成诗。在流传中，又经过众人的修饰与加工，形成了一种具有民族形式和民族风格的诗体。这些诗都很押韵，朗朗上口。如《南洋诗本》中的：

> 奴到诗巫换水土，发毒病痛苦万般。
> 寄回书信拜双亲，讲起亲人尽恻心。
> 也讲平安到南地，现在诗巫正时兴。
> 寄回此信转唐山，番边地道毛相干。
> 发毒可象生高道，又加脚气成堆山。

又如：

> 心中信写倍心酸，劝你朋友莫来番。
> 唐山诸代都好做，何以南来苦万般？

卖八何日回家转，会着朋友心会安。

语言质朴，如实描绘了当年南来的境地和心情。像《南洋十怨》，一看诗题，就明白诗中写的是什么。若有人写《砂拉越文学史》的话，这些诗歌都是最早、最真实的作品。

子政先生搜集的民间歌谣，不是砂拉越的产物，而是在砂拉越广泛流传相当一段时间的福州民间歌谣。当年移民南来，先是为了赚点钱，再回家乡置田造屋，能安居乐业。但一些移民回到家乡后，感到家乡的生活反不如南洋，又再次南来。这样来来去去，将福州的民间歌谣，大部分是情歌，带来砂拉越。这些歌谣表达了少年男女的相思感情，追求婚姻自由。形象生动，形式活泼，语言清新，节奏非常强烈。歌谣从现实生活中吸取素材，因此具有浓厚的乡土气息。为了可以接连说唱，这些歌谣大多以十首相连，如《十粒手指记》《十别妹》《十劝酒》等。有的更以三十首相连，如《三十把白扇诗》等。这些说唱的歌谣，当时恐怕是移民唯一的生活消遣和乐趣。据我所知，国内各县市，都组织人员搜集整理当地的民间文学，歌谣自在其中。子政先生所搜集的，不少在福州当地已失传。他及时抢救传统文化，为研究福州风土人情提供了宝贵的资料，功不可没。

既是福州音的南洋诗与歌谣，内中都是福州的乡土俗语。进行整理，乡土俗语首先要找到合适的近音文字来表示，同时还要对这些乡土俗语的含义作解释。这要比翻译别国文字还要难几倍。因国与国之间的文字翻译都有字典，而子政先生做的，却是前人没有做过的首创事。

我与子政先生从 1987 年开始通信，神交已十多年。最初的联系，还是著名作家郁达夫的前妻王映霞老人引的线。映霞老人待我如子，子政先生当年写信同映霞老人探讨有关史实。由此，我有幸与子政先生结成忘年交。映霞老人已于今年 2 月 6 日（农历庚辰初二日）凌晨在杭州谢世，享年九十三岁。在缅怀她老人家时，我珍惜与子政先生相隔千里的友情。

我业余专治中国近现代文学，因此更看重子政先生的《福州音南洋诗·民间歌谣》，认为这是一本极有价值的书，想必所有的读者均有同感。

2000 年 2 月 15 日写于浙江湖州人间过路书斋

（原刊《国际时报》2002 年 11 月 14 日）

苏曼殊译《悲惨世界》

苏曼殊（1884—1918），名元瑛，字子谷，广东中山人。因家庭变故，十二岁就入广州长寿寺为僧，取法名博经，法号曼殊，用过"燕子山僧"等二十多个笔名。十三岁时东渡日本，与革命党人广泛交游，积极参加反清活动，为南社成员，曾一度为孙中山秘书，是同盟会中有影响的人物。

苏曼殊早年的诗，具有强烈的爱国主义感情，作品散见于《南社丛刻》《民国杂志》等报刊。郁达夫说他的诗"用词很纤巧，择韵很清谐"。后人为他结集印过《燕子龛诗》。他的文言小说有《断鸿零雁记》《绛纱记》等六篇，均取青年男女爱情为题材，写争取婚姻自由，触及反封建礼教的问题，名重一时。可是限于作者的世界观，小说都是悲剧。但文句清丽自然，情节曲折生动，为后来盛行的鸳鸯蝴蝶派的创作，最初树立了楷模。

苏曼殊也是清末最早从事文学翻译的人。他译过拜伦、雪莱等人诗作，收在《文学因缘》等书中。他为鼓吹反清革命而译诗，在当年作用很大。

在 1903 年，苏曼殊以《惨社会》为名，用白话翻译了雨果的《悲惨世界》，在《国民日报》上连载，署名苏子谷。译时因受陈独秀的指点和润色，次年改名《惨世界》出版单行本时，署名加上了陈由己（独秀）。

其实，名为翻译，实是两人的创作。全书十四回，仅采用了原著中冉阿让出狱，遇米里哀主教这一情节，其他均系杜撰。书中人物取用谐音，故事联系当年现实，矛头直指清政府，同时对保皇势力作了无情的批判。难怪，书一印出即遭禁止。此书直到今天，大家都为它是译著而受蒙骗吧，所以一直无人注意。应该说，这是我国最早的一部革命的反清白话小说。

（原刊《西湖》1983 年第 1 期）

郑振铎没有编过《新中国》月刊

高君箴先生的《郑振铎与〈小说月报〉的变迁》（刊《新文学史料》1980 年第 3 期），提到郑振铎与瞿秋白、耿济之合编过《新中国》月刊，此似为高先生的误记。据笔者所知，郑振铎与瞿秋白、耿济之、瞿世英、许地山合编过《新社会》旬刊。该刊于 1919 年 11 月 1 日创刊，先为小报型，一期四版，从 1920 年 1 月 1 日第 7 期起，改为十六开本，每期十二至十四页，遇到专号则增加篇幅，出到第 19 期即被禁止。刊物用"北京社会实进会"名义发行。郑振铎在《新社会》旬刊上，每期几乎都有两三篇文章。估计高梦旦先生是在《新社会》上经常见到郑振铎的文章而赏识他。君箴先生文中另提到的《人道》月刊，说停刊年月不详。此刊是在《新社会》旬刊被禁后，照旧是郑振铎与上述几位他的朋友合编，仍用"北京社会实进会"名义发行，1920 年 8 月仅出一期即停刊。

至于《新中国》月刊，郑振铎在《记瞿秋白早年的二三事》（《新观察》1955 年第 12 期）一文中说过："我们（指瞿秋白、耿济之、瞿世英、许地山等）译的东西，其初是短篇小说，由耿济之介绍到《新中国》杂志去发表。这杂志由一位叶某（已忘其名）主编，印刷得很漂亮。"《新中国》月刊为 1919 年 9 月创刊（君箴先生文误为 5 月）；1920 年 8 月出至第 2 卷第 8 号停刊。郑振铎仅在该刊第 1 卷第 8 号（1919 年 12 月）

发表译文《俄罗斯之政党》，第 2 卷第 7 号、第 8 号（1920 年 7 月、8 月）
发表了《写实主义时代之俄罗斯文学》。

　　《新中国》月刊第 1 卷第 7 号（1919 年 11 月）也曾发表了郭沫若的
处女作小说《牧羊哀话》。这杂志的编辑是谁，至今还没有搞清楚。

（原刊《新文学史料》1981 年第 1 期）

《新中国》杂志的编辑是谁

　　1919 年 2—3 月，在日本福冈九州帝国大学学医的郭沫若写出了第二篇创作小说《牧羊哀话》。在完成这篇小说的时候，他见到上海出版的《时事新报》的副刊《学灯》的《介绍新刊》栏中，报道北京有一种叫《新中国》的杂志在出版发行。"看那广告上也登载着托尔斯泰的短篇小说的翻译，我也就大着胆子投寄了去"（以下郭语均引自《创造十年》）。稿寄去后，郭沫若曾收到过该刊编辑的一封回信，称赞《牧羊哀话》"笔酣墨饱，情节动人"。小说后来发表在 1919 年 11 月 15 日出版的第 1 卷第 7 号上。可是，时间过了很久，郭沫若却再也得不到下文，写信去诘问，"才得了两本杂志的报酬"，始终不知其编辑是谁。

　　《新中国》杂志于 1919 年 5 月在北京创刊，系月刊，每卷八期；1920 年 9 月出完第 2 卷第 8 期停刊。它自称"应新世界潮流而起"，经常撰稿的有当时北京有名的记者和教授，如邵飘萍（振青）、胡适、高一涵等。耿济之也曾用"耿匡"的本名在该刊发表过不少译著。郑振铎、蔡元培也为它写过文章。1919 年 9 月出版的第 1 卷第 5 号上，还刊登过瞿秋白翻译的托尔斯泰的小说《闲谈》。

　　《新中国》杂志的编辑是谁？至今还是无人清楚。郑振铎在《记瞿秋白早年的二三事》一文中曾回忆说："我们（指瞿秋白、耿济之、瞿世英、许地山等）译的东西，其初是短篇小说，由耿济之介绍到《新中国》杂志去发表。这杂志由一位叶某（已忘其名）主编，印刷得很漂亮。"（《新观察》1955 年第 12 期）。

近在中华书局 1979 年出版的《胡适来往书信选》（上）中，发现三条可信的线索：

一、1919 年 3 月 12 日陶行知致胡适信："《新中国》杂志发现很是件好事，看来信的笔气似乎是由老兄主持的。若是果然如此，那我就勉力去做一篇《杜威的教育学说》以副厚意。不过四月一号以前就要交卷，却没有十分把握，万一第一期赶不上，第二期一定寄来。"

二、1919 年 4 月 6 日杨杏佛致胡适信："闻叔永云，足下现方代人办一《新中国杂志》，今已进行如何，甚念。"

三、1919 年 4 月 23 日汪孟邹致胡适信："昨阅《新申报》，知《新中国》杂志将要出版，甚以为喜。"

这样可以确信，胡适编辑过《新中国》杂志，至少前几期是由他所编。陶行知在信中说的要写的那篇文章，后用题《介绍杜威先生的教育学说》发表在 1919 年 7 月 15 日出版的《新中国》杂志第 1 卷第 3 号上。郭沫若的《牧羊哀话》发表在第 1 卷第 7 号上，他所收到的那封编辑的回信，很有可能就是胡适写的。

1920 年 1 月 15 日出版的《新中国》第 2 卷第 1 号上有《本志启事》一则，说明："本志的编辑部，现在虽还没有能按照商定的计划组织完备，但是编辑、翻译、撰述，却已有同志分任；从前发表的投稿酬例取消。"郭沫若的《牧羊哀话》虽发表在前，但受到的却是此则启事定下的待遇，颇不公允。

（原刊《郭沫若研究专刊》1982 年第 3 集）

郭沫若与内山完造

鲁迅与内山完造的诚挚友谊，是人所共知的佳话，但郭沫若与内山完造的交往，却很少有人知晓。

鲁迅于 1927 年 10 月从广州迁移到上海定居后，开始与内山完造相识，而郭沫若与内山完造的交往，则还要早一些。许广平曾在她的《鲁迅回忆录》中，有过一段记叙："记得到过魏盛里几次之后的某一天，内山先生说到郭沫若先生曾住过他的店内。到后来日子一久，了解的更多了，郭先生住在日本，每有写作寄回中国，都是内山先生代理。内山先生这种为避难的中国朋友尽其一臂之力的高贵友谊，我们很早就知道，而在 1930 年 3 月，鲁迅因参加左翼作家联盟成立大会之后，被人追踪，空气极度紧张时，内山先生对郭先生的这种友谊，也同样用到鲁迅的身上，同样地给予避难场所达一个多月之久。"内山完造在他写的《上海霖语》一书的《文学家的灵魂》中说"我和郭沫若的交往颇厚"，并指出郭沫若"具有政治家的气质"。郭沫若在《O.E 索引》一文中对内山完造给予的友谊深表感激："内山和我很熟，北伐前后，住在上海，有一段时期很得到他的帮助。"他在《革命春秋》一书中就记述过一些和内山完造交往的情况。

1926 年 3 月，郭沫若投笔从戎，从上海到了革命的策源地广州。5 月中旬，又接去留在上海的妻儿。7 月，只身参加了北伐。两地遥隔，使在上海的内山完造非常惦念郭留在广州的家小，只要一有便人到广州去，内山完造总是要捎带一些食品及图书送给他们。蒋介石的反革命面目暴露后，1927 年 3 月，郭沫若愤笔写出了《请看今日之蒋介石》，揭露了蒋介石的丑恶嘴脸。随后不久，又参加了八一南昌起义。因此受到蒋介石的通缉。当他一到上海，就立即前往内山书店。内山完造怀着惊奇的心情，热情地接待了这位"不速之客"。当郭沫若毫无隐讳地把自己的政治观点和目前处境向他说明后，内山完造夫妇立即把郭带上楼室，给予"十分殷勤的款待"。内山完造还特别注意书店顾客的形迹，只要有中国人在买书，他就跑上楼叫郭不要下去。当地下联络的同志按计划来接郭沫若时，内山完造夫妇还再三挽留。

郭沫若到上海后的几个月里，行动完全处于地下状态，除几个少数同志外，唯有同内山完造接触。1928 年 2 月 2 日，郭把刚出版的他翻译的《浮士德》送到内山完造家里，内山完造在下一天亲自到郭的住处，送去葡萄酒两瓶，作为庆贺《浮士德》出版的礼物。就在同一月，国民党反动派又发出了追捕郭沫若的通缉令，使他不得不亡命日本，定于 24 日乘船离沪东去。但临上船的前一天，突然有朋友赶来相告，说国民党龙华警备司令部已探听到他的地址，要来抓他。在这万分紧急的关头，郭沫若便又匆忙赶到内山书店。由内山完造精心安排，把他带到一家日本人开的旅馆里躲过了这一夜。第二天才得以安全上船。在码头上送行的，也仅有内山完造一人。

郭沫若与内山完造的友谊，自然引起了反动派的嫉恨。1933 年 7 月 6 日出版的反动刊物《社会新闻》第 4 卷第 2 期，即曾刊登过署名"新皖"的《内山书店与左联》一文，公开告密："记得郭沫若由汉逃沪，即匿内山书店楼上，后又代为买船票渡日……"还说"该书店之作用究何在者？盖中国之有共匪，日本之利也……"尽管形势紧张，可是内山完造不但继续帮助郭沫若，更为鲁迅等从事革命活动提供方便。

1956 年，在庆祝内山完造建店三十周年时，郭沫若热情写了《贺日本内山书店成立三十周年纪念》七绝一首：

> 东海频教一苇航，鉴真寂照有余光。
>
> 如何垄断居奇者，尾逐妖星惯阋墙。

（原刊《书林》1981 年第 6 期）

溥仪当年邀见胡适

时下内地的影视掀起一股"清末皇室热",拍了电影《末代皇帝》,又摄了电视剧《末代皇帝》。在电视剧《末代皇帝》中,有一组溥仪见胡适的镜头,将胡适描写得很低下,其实并非如此。

1922年5月17日,胡适接到这位"皇上"打来的电话,邀他第二天到宫中聊谈。胡适因不得闲,改约在5月28日(农历五月初二),宫中逢二为休息天。当时胡适是从美国得哲学博士回来的北大教授,是新文化运动中的显赫人物。为了解溥仪和宫中的情况,5月24日,他专门去访问了溥仪的先生庄士敦。庄士敦对他谈起,近来溥仪颇能独立,自行其意,不受一班上辈老太婆的牵制,他剪去辫子即是一例。

约定见面的时间后来改在5月30日上午,约见地点是在养心殿的东厢。胡适见到溥仪时,他自己曾有一段记述:"太监们掀起帘子,我进去。清帝已起立,我对他行鞠躬礼,他先在面前放了一张蓝缎垫子的大方凳子,请我坐,我就坐了。我称他'皇上',他称我'先生'。"这是胡适的如实笔记。

胡适在前已听庄士敦说过,溥仪读过他的《尝试集》,胡适因此还让庄士敦转送溥仪一部他的《胡适文存》。眼前他所见到的,靠窗放着不少书籍,有当天的《晨报》等十余种报刊,也有康白情的新诗集《草儿》及亚东版的新式标点本《西游记》等。溥仪对胡适说:"我们做错了许多事，到这个地位，还要靡费民国许多钱，我心里很感不安。我本想谋独立生活，故曾要办皇室财产清理处，但许多老辈的人反对我，因为我一独立，他们就没有依靠了。"溥仪谈得最多的，还是关于新诗的问题。他向胡适打听了新诗人俞平伯、康白情的情况，还问及创刊仅三个月的新诗刊物《诗》月刊。溥仪还说他最近也在试作新诗。那一年溥仪十七岁，胡适三十二岁。这次邀见，历时仅二十分钟。

（原刊香港《新晚报》1988 年 11 月 8 日）

"旒其"即许寿裳

《辛亥革命前十年间时论选集》第三卷（张枬、王忍之编，生活·读书·新知三联书店出版），收有 1907 年在日本东京创刊的《河南》月刊的文章十二篇，其中有"旒其"的一篇《兴国精神之史曜》（录一章）。这"旒其"是谁呢？编者不知道，所以没有注明。

兹查周遐寿（作人）在他的《鲁迅的故家》（1953 年上海出版公司出版）的"《河南》杂志"这一节里说过这样的话："许寿裳也写有文章，是关于历史的吧，也未写完。……他写好文章，想不出用什么笔名，经鲁迅提示，用了'旒其'二字。那时正在读俄文，这乃是人民的意义云。"由此可知，"旒其"就是许寿裳。

许寿裳（生于 1883 年），是浙江绍兴人，也是一位进步的作家。1948 年 2 月 18 日被曾是他的佣人晚间入室偷盗，杀害于台北寓所。当时他担任台湾编译馆馆长、台湾大学的中文系文任。

（原刊《读书》1980 年 4 月号）

关于在上海召开的朱自清逝世追悼会

朱自清被贫病过早地夺走了生命。

朱自清患的是胃病。1948 年 8 月 6 日上午 4 时，他胃部突然剧痛，10 点进北大医院，下午 2 点开刀，当时情况尚好。8 日，朱自清还神志清楚，能和前来探望的亲友、学生谈话。到了 10 日，病转为肾脏炎，形势严重。在病榻上却还谆谆嘱告家人，说已签名拒绝美援，不要去买政府配售的美国面粉。11 日，胃又出血，肺部也有发炎症状，气喘。12 日上午 8 时昏迷，11 时 40 分停止了呼吸。

朱自清的逝世，震动了社会。上海一家报刊，在报道他逝世的消息时，就用了这样一个醒目的题头：

维护正义揭示光明

一代文宗溘然长逝

朱自清《背影》去矣

上海各进步报刊在报道朱自清逝世的同时，还评价了他为人正直的一生和脍炙人口的作品。

1948 年 8 月 30 日，上海全国文协和清华同学会联合举行了朱自清先生逝世追悼会。这天下午 4 时，借花旗银行大楼举行。参加追悼会的有朱自清生前友好、学生、敬仰朱自清的文学青年及亲属共一百多人。

朱自清的遗像安放在一个黄色花圈中间。四侧挂着挽联，挽词等。

全国文协送的挽联是：

> 言行惟经典常谈，师表真堪垂后世。
>
> 文章则雅俗共赏，才名自合冠群伦。

开明书店以同仁名义送的是：

> 长向文坛瞻背影，从教黉宇缀弦声。

面对朱自清遗像的，是郭绍虞的挽词：

> 作白话文、传白话神，令普天下读者如亲謦欬。
>
> 为青年师、向青年学，愿吾辈中志士共守仪型。

郑振铎送的是：

> 呜呼！君虽死于病、实死于贫与愁，一代学人竟贫愁以
> 死。君不负所学，国实负君，呜呼！

陈望道送的是：

> 当今主持文学教育而不诱引青年进迷宫的究竟有几个人？
> 这几个人都可以作为文学大师，而朱佩弦先生就是这几个人中

极为青年所尊敬的。他的死实在是文化教育上极大的损失！

诗人臧克家送的是：

许多不成话的"生命"，都在无耻地活着，阴险的活着，一个个肥头肥脑。像你这样一个好人，刻苦努力、严肃的工作，结果是贫病以死。

下午 5 时整，由叶圣陶向朱自清遗像献上鲜花后，即致悼词。说："前两年文协为闻一多先生在这儿开追悼会；隔了两年多几天，我们又在这儿追悼朱自清先生了。朱先生是清华大学的教授，对于中国文学极有贡献。因为他们两位对于文学贡献大，所以值得我们永远追念。我常想，追悼的事情与死人是完全不相干的。未死的友人因为死了忘记不了的朋友，心里难过，要想解除发泄，为了想念死者，要想一个发抒哀感的方法，对于死者实是无关的，人生只有一个机会，死者已经将机会放手，永远不能追回。我们与死者生时能聚在一起，可说是有缘。夫妻、父母、子女、朋友、师生与死者聚在一起，心中难忘，无非聚友追念之意。祭祀追悼，不外孔子所说的两个字——'如在'。祭祀不说灵魂、永生、来生，无非用'如在'的意思追念。我现在不说颓丧伤感的话，只记得一位朋友的来信，可以说给未死者听听：'倒下去的一个一个倒下去了。没有倒下去的，应该赶紧做一点事。'我愿我们大家保持这种心情做下去。"（据赵景深先生当时记录）

叶圣陶和朱自清在 1921 年在吴淞中国公学同事相识。诤友逝世，那天，叶圣陶特别沉默，无限哀切。

接叶圣陶致词的，是代表清华同学会的孙瑞璜，指出："佩弦逝世，损失很大。"

继续致词的，顺序分别为顾一樵、胡风、李健吾、杨晦、许广平、熊佛西、陈望道等人。最后由朱自清的弟弟，当时任交通大学电机系主任的朱物华及朱自清的女儿朱采芷致谢词。朱采芷那天在会上说："从我有记忆力起，就不曾看见父亲休息过。除了因胃病四次停止工作外，他是永远工作的。偶然休假，也还写作……"

追悼会上十一人的发言，曾由赵景深作记录，后刊在1948年10月1日出版的《文潮》第5卷第6期上。

同年9月15日在上海出版的《文讯》第9卷第3期专门出了"朱自清先生追念特辑"，收郭绍虞、郑振铎、叶圣陶、许杰、王瑶、王统照、李长之、徐中玉、朱乔森等二十二篇追念诗文。迄今为止，这本特辑所辑录的文章，为我们研究朱自清的生平和作品，提供了不少可贵的史料。

(原刊《新文学史料》1980年第1期)

关于张爱玲的一则史料

似乎是发掘到了一座古坟，展现了耀眼瞩目的一大堆文物。目下在中国内地被遗忘了近四十年的张爱玲的著作，已从研究者们的书桌上，流到各阶层的记者手中。这位侨居海外的女作家的名字，已渐为大家所熟悉。张爱玲的作品，文笔清新流畅，自成一格。尤其是读她的《流言》，其中插有作者自绘的二十余幅铁线素描速写，传神无比。在中国现代文学史上，可以说，没有第二位女作家能有如此多才多艺。上海书店出版的"中国现代文学史参考资料"丛书，编者们难能可贵，在其他出版社已重排出版的情况下，还依当年版本，影印出版了张爱玲的《流言》（散文集）、《传奇》（短篇小说集），长篇小说《十八春》亦在计划之内。丛书辑集中国现代文学史上各社团、流派、著名作家的较为稀少的著作，以及作家传记、作品评论、文学论争集等。在一百种书中，张爱玲的作品竟收入三种。这不能不说，她在中国现代文学史上的地位，已得到充分公认的肯定。

中国出现过"琼瑶热"，但这股"热"，仅在青年中产生温度，而对张爱玲的"热"，温度虽没像前者那般高，可是其读者范围之广，却是"琼瑶热"所不能相比的。

夏志清先生在《中国现代小说史》中说，张爱玲是在 1952 年离开上海移居香港的。她 1949 年后在上海生活了三年。这期间，张爱玲笔耕不息，在 1950 年 3 月 25 日至 1951 年 2 月 11 日的《亦报》上，发表长篇小说《十八春》。该报继后又在 1951 年 11 月 4 日至 1952 年 1 月 24 日，刊登了她的中篇小说《小艾》。而她当年的生活，诚如夏志清先生说的"所知不详"。日前，我整理赵易林兄寄赠我的一包材料，乃是已故赵景深师的遗物。其中有一张上海市第一届文代会文学界第四小组的名单，张爱玲用的笔名"梁京"亦赫然在内！这张印在上海文协用纸背面的蜡纸刻印的名单，顺序如下：

组长：赵景深

副组长：陆万美、赵家璧。

组员：周而复、潘汉年、孙福熙、沈起予、叶籁士、姚蓬子、程造之、谷斯范、刘北汜、平襟亚、梁京、余空我、张一苹、邓散木、陈灵犀、陈汉夷、张慧剑、柯蓝、王若望、哈华、姚苏凤、严独鹤（后来补上）。

当年组长赵景深师在"梁京"的名字前画了个等号，再加上"张爱玲"三字。这里可以确信，张爱玲当年已公开了她的笔名"梁京"，并用这个笔名参加了文学界的社会活动。

上海第一届文代大会于 1950 年 7 月 24 日上午在解放剧场开幕，到 29 日闭幕，历时六天。当时，张爱玲正初用笔名"梁京"在《亦报》上连载长篇小说《十八春》。说来也巧，大会的第二天，7 月 25 日是《亦报》创刊一周年纪念，当天的该报，刊登了张爱玲写的《〈亦报〉的好文章》，借以祝贺。赵景深师在 1985 年 1 月 7 日下午 1 时 5 分去世，直到最近，师母李希同还以我没能去做赵师的研究生为憾。她说，不然你可以了解到更多的东西。张爱玲当年是否出席了这次大会的小组讨论，我无从查考，不知与她同组的今还健在的前辈有记否？我查了手边 1950

年 9 月 16 日至 1951 年 3 月 21 日全国文协上海分会出版的第 1 期至第 4 期《文协通讯》，这通讯对文协会员的活动报道颇详，但找不到有关张爱玲的只字记录，恐怕是她没有参加文协的缘故。据一些文章披露，当年对张爱玲不隐讳爱才之心的，唯夏衍和柯灵两位先生。夏衍先生想聘张爱玲为电影编剧，遭某些人的反对而未果。柯灵先生对后来出版的各种中国现代文学史不提张爱玲而多次表示不平。张爱玲成为上海市第一届文代大会的代表，与当年主管文艺界的夏衍先生的关护估计不无关系。

闻悉张爱玲女士现居美国加利福尼亚州，躲避与外界的来往。这期《香港文学》若有机缘传到她的手中，想必也会勾起一段回忆吧？

（原刊《香港文学》1987 年 9 月号）

陈独秀与苏曼殊

陈独秀是中国共产党早期创始人之一，苏曼殊是"南社"中颇有点玩世不恭的"诗僧"。可是他们在年青时，却是非常亲密的朋友。苏曼殊在他 1908 年出版的《文学因缘》自序中，就称陈独秀为"畏友仲子"。

陈独秀与苏曼殊相识于 1903 年，时值章士钊在上海主办《国民日日报》，三人一起共事，过从甚繁。章士钊在他用"烂柯山人"笔名写的小说《双枰记》中有言："后靡施复来自闽，余方经营某新闻社，即约与同居。……独秀山民性伉爽。得靡施恨晚。吾三人同居一室，夜抵足眠，日促膝谈，意气至相得。时更有燕子山僧喜作画，亦靡施剧谭之友。"文中所说某新闻社，即《国民日日报》社，靡施即何梅士。不久他东渡日本蹈海而死；独秀山民即陈独秀；燕子山僧即苏曼殊。当年苏曼殊 20 岁，陈独秀大他 4 岁。

苏曼殊在学问方面深得陈独秀的帮助。苏曼殊的旧诗，评论家谓其"清新"。他在学作诗时，就经陈独秀的指点。1926 年 9 月 6 日，柳亚子在上海见到陈独秀，当时陈独秀曾谈起"曼殊是一个绝顶聪明的人，真是所谓天才。他从小没有好好儿读过中国书，初到上海的时候，汉文的程度实在不甚高明。他忽然要学作诗，但平仄和押韵都不懂，常常要我教他。他做了诗要我改，改了几次，便渐渐的能做了"。而其中最值得一书的是，他们两人合译了法国雨果的名著《悲惨世界》。当年，陈独秀与苏曼殊在思想上，都是反清革命运动积极的鼓吹者和实际活动者。1903 年，苏曼殊着手翻译《悲惨世界》，最初以《惨社会》为名，在当年《国民日日报》10 月 8 日至 12 月 1 日连载，署"法国大文豪嚣俄著，中国苏子谷译"。后因报社被清政府封闭，第十一回未登完即中止。次年，陈竞全在办镜今书局，觉得小说未登完很可惜，与陈独秀商量后，印行出版了共十四回的单行本。苏曼殊在译此书时，得陈独秀的润色加工，故而在单行本印行出版时，署名改为苏子谷、陈由已同译。书名亦改作《惨世界》。

没有读过苏曼殊、陈独秀合译的《惨世界》的人，恐怕都不会知道两人竟是借翻译的招牌，干的却是鼓吹反清革命活动。名为翻译，实是创作，用心颇为良苦。全书十四回，一至六回及第十四回，情节系是原著所有，七至十三回，完全是两人的杜撰。他们仅译了原书中主角冉·阿让因偷一块面包被判刑十九年，释放出狱遇到主教米里哀感化他这一情节，几乎只是原著小说的开首。他们从第七回起，即离题伸发，而这些与原著毫不相关的文字，却是该书的最精彩部分。例如他们编造了一个叫"男德"的青年，是书中的主角，血气方刚，好打不平；一个范财主的儿子叫"范桶"，信奉孔教；一个叫"吴齿"字"小人"的，依附范桶。三人在一起读报上的一条新闻，新闻记载的是一个工人叫"金华贱"，偷了一块面包被铺主打得鲜血淋漓，还被送进了衙门治罪。

他们的对白，以假乱真，译者借男德之口，把孔子痛骂得淋漓尽致，言论之激烈，无与伦比。时在 1903 年，早同盟会成立一年，比五四时提出"打倒孔家店"的口号早十余年，不能不说是难能可贵的了。同时，译者在用名上亦颇尽苦心，男德，"难得"之谐音；范桶，"饭桶"之谐音；吴齿，"无耻"之谐音，又说他字"小人"，真是恰到好处；而那工人姓金名华贱，深深寄沉痛于寓意之中了。

在书中，描述这三人的一番争论后，范桶的父亲范财主又来与男德说理：

> 那范财主道："世界上总有个贫富，你有什么不平呢？"
>
> 男德道："世界上有了为富不仁的财主，才有贫无立锥的穷汉。"
>
> 范财主道："无论怎地，他做了贼，你总不应该帮着他。"
>
> 男德道："世界上物件，应为世界人公用，那注定应该是那一人的私产吗？那金华贱不过拿了世界上一块面包吃了，怎么算是贼呢？"
>
> 范财主道："怎样才算是贼呢？"
>
> 男德道："我看世界上的人，除了能作工的，仗着自己本领生活；其余不能做工，靠着欺诈别人手段发财的，哪一个不是抢夺他人财产的蠹贼呢？这班蠹贼的妻室儿女，别说穿吃二字不缺，还要尽性儿的奢侈淫逸。可怜那穷人，稍取世界上一些东西活命，倒说他是贼，这还算公平吗？况且像你做外国人的奴隶，天天巴结外国人，就把我们全国人民的体面都玷辱了。照这样看起来，你的人品比着金华贱还要下贱哩。"

男德的这一番议论，将清朝统治者的丑恶嘴脸暴露无遗，但其中也看出译者深受当时从日本传入的社会主义思想的影响。这对研究陈独秀、苏曼殊的思想发展，都是绝好的佐证。

书中还有一些情节，写了对不参加实际反清革命、空说大话者的批判;还有对保皇分子进行了讽刺。总之,苏曼殊与陈独秀以这本所谓翻译的《惨世界》,用通俗的白话笔调宣扬了反清革命思想,深刻揭露了清末时代的黑暗与腐朽。正因如此,清朝统治者见到此书,惊恐不已,指名查禁。

可以说,这本《惨世界》是我国清末第一本创作的反清革命的白话小说。八十多年来,不少人仍认为这是一部翻译作品,至今仍不为文学史家们所重视。五四新文化运动是一个运动,《惨世界》无论如何,也是这个运动的"源流"之一。

据周作人在《鲁迅在东京时的文学修养》一文中回忆:"苏曼殊又同陈独秀在《国民日日新闻》(应为《国民日日报》)上译登《惨世界》,于是一时嚣俄成为我们爱读的书,搜来些英日文译本来看。"其实,鲁迅在见到《惨世界》前,已对雨果发生了浓厚的兴趣,在1903年6月出版的第5期《浙江潮》上,就用笔名"庚辰"发表了翻译的雨果的短篇小说《哀尘》。

苏曼殊在《国民日日报》被封后,即南走香港,后又削发为僧,半僧半俗在各地浪游,足迹到过不少地方。他与陈独秀的友谊非常深厚。1905年在杭州时,曾在作的画上题款"乙巳泛舟西湖寄怀仲子"寄给陈独秀。次年,他们在上海重逢。夏季,他们同船去日本,苏曼殊在船上翻译了拜伦的《哀希腊》《赞大海》等名诗,文句上就得到陈独秀的润色。1907年,陈独秀、苏曼殊、章太炎等还一起建议过成立梵文藏书馆,后因响应人寡而作罢。

1907年,苏曼殊著《梵文典》,陈独秀以"熙州仲子"为之题诗:

千年绝学从今起,愿罄全功利有情。

> 罗典文章曾再生，悉昙天语竟销声。
>
> 众生茧缚乌难白，人性泥涂马不鸣。
>
> 本愿不随春梦去，雪山深处见先生。

他还写有《曼殊赴江户余适皖城写此志别》：

> 春申浦上离歌急，扬子江头春色长。
>
> 此去凭君珍重看，海中又见几株桑。

现在可以看到的苏曼殊写给陈独秀的诗有《过若松町有感示仲兄》及《东行别仲兄》两首。《过若松町有感示仲兄》为：

> 契阔死生君莫问，行云流水一孤僧。
>
> 无端狂笑无端哭，纵有欢肠已似冰。

陈独秀与苏曼殊的友谊，一直维持到辛亥革命之后。1912 年到 1913 年，陈独秀在安徽安庆任高等学校教务长，曾约苏曼殊去该校执教。1915 年，苏曼殊在章士钊主编的《甲寅》杂志第 1 卷第 7 号上，发表了小说《绛纱记》，以四对青年的爱情为题材，展现了辛亥革命前"山雨欲来风满楼"的革命形势，批判了以金钱财富为主轴的婚姻。1915 年 9 月，陈独秀在上海主编的《青年杂志》创刊；1916 年 9 月第 2 卷第 1 期起，改名《新青年》；同年 11 月、12 月出版的第 3、4 期上，连载发表了苏曼殊的小说《碎簪记》，陈独秀也为之写了序文。

苏曼殊性格孤傲，旁人以为他佯狂，这是他看不到革命的前途的悲观表现诚如陈独秀在他死后所说："他眼见举世污浊，厌世的心肠很热烈，但又找不到其他的出路，于是便乱吃乱喝起来，以求速死；到底由乱吃乱喝的结果，成功了不可救药的肠胃病而死去。在许多旧朋友中，像曼殊这样清白的人，真是不可多得的了！"

陈独秀称苏曼殊"实在是一个天才的文学家"。

1918 年 5 月 2 日，苏曼殊因肠胃病不治，病死在上海广慈医院，而这期间，陈独秀已改革了《新青年》，扛起了"文学革命"的大旗，投入了我国现代史上的一场伟大的思想革命运动中去了。

（原刊《香港文学》1990 年 10 月号）

《磨剑室诗词集》中两首重复收入的诗

　　由上海人民出版社于 1985 年 1 月出版的《柳亚子文集·磨剑室诗词集》，为中国革命博物馆所编，这是一部至今辑录最全的柳亚子诗词作品集。在卷首《编者的话》里，说明"收辑诗词五千余首，主要是根据我馆保存的亚子先生手订稿整理而成"，"这本诗词集基本上将目前已收集到的诗词都编了进去。编排的体例也按照亚子先生生前手订的顺序排列，原来各卷的名称都加以保留"。

　　阅读这部诗词集，发现有两首诗前后重复收入。

　　一、《将归故里，留别海上诸子》，分别见诗词集第 57 页、250 页。前者编入《磨剑室诗初集卷五》（1907），后者编入《磨剑室诗二集卷四》（1916），诗题改为《将归留别海上诸子》，诗句同。

　　据柳亚子《自撰年谱》，1906 年春他到上海，入上海健行公学任教，行后参加中国同盟会和光复会，编辑《复报》。该年 10 月回黎里，与郑佩宜女士结婚。到第二年，即 1907 年岁晚，柳亚子才又到上海，偕高天梅、陈巢南、朱少屏等"有结社之约"，是为发起南社之始。该诗有"一年不到春申浦"句，与上述时间相符；另有"梦里荒唐新甲子"句，乃是指 1906 年 10 月（农历甲子月）回黎里结婚一事。而在 1915 年至 1916 年，柳亚子经常往返上海，不可能"一年不到春申浦"，更不必提十年前的"荒唐新甲子"。故可断定，此诗写于 1907 年"有结社之约"

后将回黎里，后者显系重复。

二、《海上赠季平》，分别见诗词集第 66 页、250 页。前者编入《磨剑室诗初集卷六》（1908 年），后者编入《磨剑室诗二集卷四》（1916 年），诗题改为《海上赠刘三》，诗句同。

柳亚子与刘三（季平）相识于 1905 年。在 1906 年，为刘三营葬邹容墓纪念碑落成，柳亚子曾率健行公学同学数十人前往参加仪式，当与刘三晤面。在 1908 年写"几年辛苦念刘三，握手重逢酒半酣"，时间上相吻合。刘三在民国初年被北京大学聘为教授后举家居住在北京，于 1916 年不可能与柳亚子会面。故可断定此诗写于 1908 年，后者亦系重复。

（原刊《南社研究》1999 年第 7 辑）

柳亚子《赠鲁潼平》写作年月

柳亚子的《赠鲁潼平》诗："海阔天空握手期，蜻蜓岛畔睹丰仪。归来三载钱塘住，倘遭沉吟岘首碑。"有小注："君为咏安主席介弟。"《磨剑室诗词集》（中国革命博物馆编，上海人民出版社 1985 年 1 月版），将其收入 1935 年卷的《沧桑集》。

近见香港《大成》月刊第 127 期（1991 年 12 月号）刊有鲁潼平先生新作《张学良先生二三事》，文中提到柳亚子写诗赠他的前后经过："我第二次和张学良见面，为 1934 年初。我于 1932 年由英伦中国使馆辞职返国，就在杭州国立浙江大学任教。当时省主席为我的堂兄涤平（咏安）先生。"时值张学良赴欧考察军政回国不久，这次到杭州有顾问端纳陪同。"涤平主席的欢宴，为了谈话便利计，除张、端两人外，只有我作陪，因为端纳顾问不讲华语，所以由我传译。"作者接着说的是："记得汉卿先生莅杭后不久，南社词人柳亚子先生也到了那里叙旧。他的哲嗣无忌，是我在清华的级友。我初次遇见亚子先生，还是 1927 年，在日本横滨。他很念旧，写了一首诗送我。"这首诗，就是上引那首《赠鲁潼平》。柳亚子于 1934 年 1 月 27 日偕夫人郑佩宜及友人朱少屏专从南京到杭州，31 日返上海。这首诗，当为这几日内所作，故应编入 1934 年卷的《萧艾集》。

但鲁潼平文中也有误记："大概写此诗后不久，柳先生与张氏在南京有过应酬，也作诗为赠："汉卿好客似孟尝，家国沉沦百感伤。欧陆倦游初返棹，梦中倘复忆辽阳"。"这首诗，照诗句看，也确写于张学良赴欧考察回国后。不过不是写在《赠鲁潼平》诗后，而是当年 1 月 24 日柳亚子先到南京，在南京遇见张学良而作，为《秣陵续赠三十首》之一。1 月 27 日他再从南京到杭州，才有《赠鲁潼平》诗。

（原刊《南社研究》1992 年第 2 辑）

郑孝胥与陈英士的一面缘

论及清朝末年的保皇人物，当首推郑孝胥（字苏戡，1860—1938）。他一生效忠清廷，直至1931年九一八事变后，唆使并随同溥仪潜行出关；次年伪满洲国成立，郑出任"国务总理"。

陈英士（即陈其美，1878—1916），是著名的辛亥革命志士，孙中山的得力助手，设在上海的同盟会中部总会的负责人。1911年，他在上海率先响应武昌起义，上海光复后，被推为沪军都督。

辛亥年间，郑孝胥在上海表面上作寓公，投资印刷、养殖等行业，暗中却积极同日本人联络，谋求稳定清皇室的统治。武昌起义后没隔几天，他就认为，"如能挟外交之力，抱尊王之义，诚今日之正论也。"他将江南的革命党人称作"贼子"，将北方袁世凯等辈称为"乱臣"。他敌视民国，悬单卖字，凡要书上民国字样的皆一律不应，所谓"宁使世人讥我之不达，不能使后世指我为不义"。因他写的字颇有声誉，在上海也结交了一批书画家，故与陈英士的湖州同乡熟人如吴昌硕（吉卿）、王一亭（震）、朱古微（祖谋）等也交往过从。陈英士的胞弟陈蔼士（其采），同他也是接触频频。担任沪军都督的陈英士，他自然是了解的。

在1912年初，郑孝胥一次得知陈英士在打听他是否还在上海，有人说他同议和人物有往来时，怕遭革命党人的清算，曾计划避居日本人势力较强的大连或青岛。

郑孝胥与陈英士曾见过一次面，时在 1913 年 6 月 30 日，陈英士通过黄秀伯相约，在黄宅。陈英士和李石曾同郑孝胥共进午餐，谈论些什么，现已无从知晓。当时陈英士已辞去职务，正在积极领导反袁世凯的斗争。

1916 年 5 月 18 日，陈英士在上海萨坡赛路十四号日本人山田寓所被袁世凯设计派人暗杀。郑孝胥在次日的日记中记道："陈其美被刺，立死，昨午后五时也，其党颇胁人取货，故仇家甚众。"萨坡赛路十四号其实是中华革命党上海总部的秘密工作地，由陈英士委托日本人山田纯三郎出面租用。底楼为会客室，二楼为山田住用，三楼为总部机关。郑孝胥不甘寂寞，要探听陈英士被刺真相底细。在事发后十天，他经黄秀伯串线，在黄宅与山田纯三郎晤面。

陈英士的灵柩，是在 1917 年 5 月遇难周年时，才从上海运抵故乡浙江湖州南郊碧浪湖畔下葬。该年 3 月 31 日，陈蔼士曾向郑孝胥索要"百折不回"四个大字，拟刻在将要竣工的陵墓上。郑孝胥当即写了字，但在这一天的日记里，却大发了一通议论："其美虽狂贼不识道理，然仇视袁世凯，卒为所杀，尝诘袁世凯'如郑君（指郑孝胥）者何以不用？袁曰'大才盘盘，难以请教'，陈固不识余，后乃于黄秀伯宅中见之。余今从其兄（系弟之误）之请，亦以愧卖主求荣之士大夫耳，所谓'乱臣之罪浮于贼子'也。使复辟事济，陈其美或反先降，盖惟理足以折服之耳。"郑孝胥写此四字，其心境相当复杂，但已道明，他为伺机复辟成功，采用了一次"或反先降"的手段罢了。

烈士的陵墓上后来并没有用上他写的字。

（原刊《澳门日报》1996 年 9 月 12 日）

诗怪林庚白死难于香港

海峡两岸暨香港出版的各种《中国现代文学史》，都忽略了清末民初这一个时期，不无遗憾。其实，单就当年"南社"的文学活动，就足可以写一部厚厚的历史。林庚白是南社的重要诗人之一。他在南社中，按梁山泊一百零八将座位的排列，属第八把交椅"天猛星霹雳火"。林庚白的为人，有人评价说："庚白一生，以人间为戏，殆如龚定庵所谓亦痴亦黠者也。"柳亚子称他为"并世之振奇人"。他可算是现代文学史上的"诗怪"之一。

林庚白（1897—1941），原名学衡，字浚南，号愚公，别署庚白、众难、孑楼主人、摩登和尚，福建闽侯人。少年时即有神童之称。十六七岁就做了北京参议院的秘书长。辛亥年间加入同盟会，次年到上海，与人组织"黄花碧血社"，专以暗杀帝制余孽为目的。烈士陈勒生（子范）亦参与其事。1913 年，陈勒生制炸弹失慎殉难，林庚白对时局前途感到渺茫，遂浮沉议员官僚间，以诗文自遣。他著有《丽白楼自选诗》《丽白楼诗话》《急就集》《吞日集》《林庚白集外诗》《孑楼随笔》《赤裸裸的我》等二十余种书。林庚白自谓："吾侪处今之世，意境广而见闻新。但论读书，亦已视古人为多，奈何摹仿古人。"故而常发怪论，且喜以新事物入诗，诸如舞场中的霓虹灯、扫街人的红衣制服等，都是他作诗的题材。他的诗，用词绮丽，堪称风华。但较少慷慨激昂，情调闲适，寄沉痛于悠闲者是。林庚白曾想创办中国诗学会，自充会长，后未结果。他论诗，实在有些近乎迂狂。他曾评述前人及同时代的诗人，认为郑孝胥是第一，他居第二；过了不久，又认为自己的诗到了顶峰，综古合今，他是第一，而唐代大诗人杜甫，也只可是第二了。

林庚白亡妻后，还一度发怪论废止婚姻。巧得很的是，秋瑾女弟子徐小淑（蕴华，徐自华妹）与林奇亮（寒碧）所生之女林北丽也有这种主张。林奇亮与林庚白是同乡，林庚白与林北丽两人相遇，即坠入情网，虽然年龄相差过半，却情投意合，于1937年结婚。林北丽也善作诗吟唱，著有《博丽轩诗草》。她曾有一首古风，"昔日曾同废婚论，于今循俗竟背之"，记述了当年夫妇的这则趣事。

林庚白又精研命相奥理，著有《人鉴》一书，当年蜚声朝野。他自认为命中不得善终。又有野史记载，袁世凯登位，攀附者兴高采烈，据说林庚白推算袁世凯其命将止，叫那些人不要高兴过早，并想将推算结果撰一文披露报端。朋友们怕惹事上身，力劝之。他遂写成文后藏于箧内。袁世凯死时，他拿出所写的示众，年月日竟完全相同。但新闻界巨子成舍我，林庚白亦为其算过命，断其年不过五十，可是成舍我却年逾九十尚健。

抗战军兴，林庚白夫妇从南京到武汉，继至四川重庆，生怕不安全，住家几度迁移，城市乡村奔走个不停。后见各党各派的领袖均在香港，他们千方百计搞到了飞机票，于1941年12月1日飞抵香港，居住九龙。可是仅隔七天，太平洋战争爆发，港九相继沦陷。他们从雅兰亭饭店迁至客来门饭店，后又住进金巴利道的月仙楼。此宅乃是诗画家杨云史的旧居。杨云史著有《江山万里楼诗集》，在香港颇有声誉。这时，林庚白被人向日寇告密，说他是国民党的中央委员，要他出来做汉奸。

具有民族气节的庚白，即行躲避。他因此又想寻找适宜避居的房屋。12 月 19 日，他刚出门即在天文台道遇上了日寇，中弹身受重伤，不救而亡。妻子林北丽亦右臂中枪。后由黄定慧的朋友料理，将林庚白埋葬在天文台道旁的菜园中。

柳亚子与林庚白是莫逆之交，1928 年后过从最密，虽然他们之间曾几度闹翻，但每次最后仍言归于好。如有一次林庚白在柳亚子家做客，因两人论诗意见不合，遂起争闹。柳亚子操杖追赶，林庚白在前溜逃，环回室中，煞是有趣。当时两人年龄都近半百，林庚白因有诗云："故人五十尚童心。"

柳亚子在桂林得到林庚白惨死的噩耗，极为悲痛，作《哭林庚白》诗：

> 万里匆匆赴难来，祢衡黄祖发深哀。
> 赤明龙汉三千劫，典册高文一代才。
> 不信生死关运命，终于躯干委尘埃。
> 友情卅载浑难忘，善怒能狂只自悲。

他对林庚白的评价是很高的。林庚白和女作家萧红先后死于香港，两位都是柳亚子的好友，后来诚如柳亚子所说的，"这两个消息，都曾给我以相当的打击"。挚友遇害，柳亚子对林北丽的安全很为担心。林北丽后经友人帮助，回到上海，直到 1943 年 4 月 4 日，携子女应抗、应月到达桂林。大难不死，异地重逢，使柳亚子悲喜交集。柳亚子非常欣赏林北丽的诗集《博丽轩诗草》，认为"有意境，有格局，有神韵，有见解，凡是旧诗的三昧，所谓美具难并，无一不备，而又非唐非宋、非明非清，的确是二十世纪四十年代中国抗战已达后期的作品"。

（原刊香港《新晚报》1990 年 4 月 28 日）

叶德辉仇视农民协会的一副对联

随着"双梅景暗丛书"的翻印出版，叶德辉这个名字开始被一般读者所谈论。

叶德辉的一生，间跨近、现两代，因此也可以说他是现代藏书家、版本目录学家。

叶德辉字焕彬、奂彬，号直山、直水、直心、郋园、丽廔主人等。因满脸麻子，绰号"叶麻子"，简呼"叶麻"。原籍江苏吴县，宋代诗人叶梦得后人，祖辈移居湘潭，清同治三年（1864）正月十四日生。光绪十一年（1885）中举人，七年后为进士，任史部文选司主事。三十岁时辞官回故里，广泛搜罗古籍专从治学。除经史外，涉及碑刻、占卜、星相、摹印等多种学科，颇具成就。叶德辉思想极为顽固，以封建卫道士自居，鼓吹"尊礼教""辟异端""端士习"。在他所经历的几个历史环节里，均行逆向，对抗社会变革。1897年，谭嗣同与黄遵宪、熊希龄等维新志士，设时务学堂于湖南长沙，约请梁启超主讲，倡导民权，推行变法。此时，叶德辉却四处收集康有为、梁启超以及《时务报》《湘报》《湘学报》上的有关新论，著《异教丛编》数十万言，逐条加以批驳。1910年湖南遭受严重水灾，叶德辉乘机囤积粮谷，引起饥民抢米风潮。清廷为平民心，将其削籍。辛亥革命时湖南省独立，省都督府参谋长唐蟒以叶德辉一贯反对革命，将其拘捕。唐蟒之父唐才常是湖南浏阳才子，与康有为、梁启超志同道合。他秘密组织反清自立军进行革命活动。1900 年自立军起义失败后被清廷杀害，有"浏阳义杰"之称。唐蟒又闻唐才常遇害与叶德辉有关，必要置他于死地。经章太炎、王闿运等人说情相救，始得获释。民国建立后，叶德辉曾任湖南省教育会会长。1916 年袁世凯密谋复辟称帝，叶德辉又在湖南摇旗呼应，组织"筹安会"湖南分会，积极活动劝进。晚年，任长沙总商会会长。

1927 年，国民革命军北伐步步推进，湖南省各地农民也纷纷成立农民协会，掀起打土豪劣绅高潮。这自然更加引起叶德辉的对抗。

他曾撰写了一副对联给农民协会：

农运宏开，稻粱菽麦黍稷，尽皆杂种。

斌卡尖傀

会场广阔，马牛羊鸡犬豕，都是畜生。

横批"斌卡尖傀"，意为不文不武、不上不下、不小不大、不人不鬼，仇视绝顶，激怒了当地农民。4 月 11 日，农民协会在长沙召开公审大会，判其死刑后杀头示众。叶德辉反对的是当年整个农民运动，这副对联仅仅是一种表露罢了。

叶德辉著述甚丰，有《汉律疏证》《〈长兴学记〉驳义》《隋书经籍志考证》《说文解字故训》《经学通诰》《六书古微》《四库全书总目版本考》《孝经述义》《南阳碑传集》《周礼郑注改字考》《古泉杂咏》《郋园诗文集》……不复列举。一部《书林清话》在版本学、目录学上就极享声名。叶德辉死后，其子将他的著作搜集刻印成《郋园丛书》，共一百二十六种，凡三百七十卷。叶德辉的藏书有二十余万卷，且多稀珍。在抗日战争期间，其观古堂藏书悉数被日本人买走，现均在日本。

（原刊《书窗》1998 年第 1 期）

卫聚贤其人其书

在 20 世纪 30 年代，上海商务印书馆曾约请一批著名学者，分别撰写文化方面各类专史四十种，出版了一套《中国文化史》。因都出自专家之手，成书严谨，内容充实，多少年来，一直受到学术界的重视。为读者需要，五十年后的 1984 年，上海书店重又影印出版；1991 年该店将周谷城主编的"民国丛书"，几乎按分类也将其全部收入。这套文化史丛书中有一本《中国考古学史》，作者卫聚贤。

卫聚贤是著名的历史学家。他就读清华大学国学研究院时，是王国维的学生。清华国学研究院前后招收四届学生七十二名，当年有人戏喻可与孔子七十二贤人相媲美。而卫聚贤现在却鲜有人提及。他的同学周传儒，在 1980 年写的《王静安传略》里（刊 1982 年山西人民出版社《中国现代社会科学家传略》第一辑），有一节"王门弟子录"，将卫聚贤列入"物故者"。但卫聚贤在 1984 年 6 月 3 日台湾《中国时报》上还发表《王国维先生的死因，我知道一些》，文首就自述："现年八十六岁，仍在台北新庄辅仁大学授课。"他另一位后来去了台湾的同学蓝文徵，写过一篇《清华大学国学研究院始末》（刊 1970 年 4 月台北《清华校友通讯》新 32 期），说卫聚贤、陆侃如、刘节受到无情的斗争。但卫聚贤自己说，他早已在 1951 年 1 月从重庆经武汉到了香港，何有被斗之事！就连 1996 年台北编印的"现藏民国人物传记史料汇编"资料，1993 年浙江古籍出版社出版的陈玉堂的《中国近现代人物名号大辞典》，都将卫聚贤的生年及出生地搞错，后者还缺卒年。

卫聚贤于清光绪二十五年（1899）农历三月十二日出生在甘肃省庆阳县西峰镇姓安的家里，名双考。因外祖母是蒙古人，所以他自称有蒙古族的血统。三岁时父亲病故，家庭陷入绝境。其母无奈，带了他与一个哥哥改嫁山西省万泉县北吴村的卫世隆，他便被改姓名为卫聚贤。卫家本不富裕，卫世隆受人所诱，一夜间赌博将家产输光，只好逃到甘肃去经商。逃走时，在村南一座破烂的小庙里躲了一夜。他许愿，有朝一日攒钱回家，必要新建此庙。果然第二年回来后就拆旧建新，并在门脊写上"卫世隆建"几个字。村人见了把他的名字刮去，改写成"北吴村建"。卫世隆为报"刮名"之辱，发誓要将卫聚贤培养成材。卫聚贤幼时入私塾，天资聪颖，遇事喜追根究底，已现敬学精神。15岁时去甘肃西峰镇当学徒，卫世隆让他弃商学文。他在当地读到高小，后回山西续读高小，再考入在太原的山西省立商业学校并在该校毕业。在商专读书时，常去隔邻的省立图书馆博览群书，对历史发生浓厚的兴趣。在学期间，他就写出了《齐桓公西伐大夏考》《介子推隐地考》《汾水南流西流考》及《中国人种西来南来说》，结集自费出版了《一得录》，又石印红黑套印出版了自著《春秋图考》。

1925年卫聚贤在商专毕业后，到北京准备报考北京师范大学研究所，因当年不招校外生，只好做旁听生。第二年考入清华大学国学研究院，成了王国维的学生，与王力、陆侃如、谢国桢等为同届。他专攻《说文》《左传》，着重研究中国古代商业史。当时他的一篇考证《左传》的作者是子夏的论文，深得梁启超的首肯，梁在燕京大学一次演讲时，给予很高的评价。据他几篇谈王国维的文章来看，他是最早发现王国维失踪和投湖的人。在研究院毕业后，经山西同乡孔祥熙的荐介，任南京古物保存所所长、国民政府教育部编审等职，后到上海，在中央银行经济研究处、秘书处工作，兼为上海暨南大学、持志学院、中国公学等学校教授。在南京时，他曾组织吴越史地研究会，亲自带人到江浙一带挖掘考古，发现了多处新石器时代的遗址，从而推翻了古代江浙为大海，无人居住的传统旧说，名声大振。1939 年卫聚贤在上海创办并主编《说文月刊》，在 2 月 1 日创刊号上有他的一篇《〈说文月刊〉发刊词》：

> 自"八一三"以来，海上关于研究学术的刊物都停办了，在这苦闷的空气中，各种学术研究，无处发展以致没有讨论的机会。国学当然不能例外。
>
> 当此抗战建设时间，我因职务关系，不能到前线上去抗战，在公余作些学术的研究。此是建设之一。是以现在我用我私人名义，出版一种刊物，拟月出一册，暂以十万字以内为一期。
>
> 近来出版的刊物，多以古书作名称。我这种杂志，内容为文字、训诂、语言、历史、考古、古钱、文艺等，其中以研究文字稿件较多，故取名《说文月刊》。
>
> 长短不论，言文不拘，新旧兼收，正反对照，只要言之成理，持之有故，以研究讨论的态度，不是谩骂玩笑的，均所欢迎。

为《说文月刊》写稿的，多为学者名流，如商承祚、徐中舒、傅斯年、常任侠、谢六逸、丁福保、马叙伦、郭沫若、金祖同、胡朴安、胡道静等。不久，汉奸以为他在上海替南京政府联络文化人，有人寄他一本书，书中夹了一封信和一粒手枪子弹，限他三天离开上海。卫聚贤只好向已迁重庆的中央银行总行打报告，绕道香港，经越南到昆明，后至重庆。在重庆他又创办了说文出版社，继续出版《说文月刊》并编印丛书。卫聚贤夫妇又是理财高手，不单从事文化活动，还自办印刷厂。在朝天门附近，又修建了一座临街面对嘉陵江的楼房，充作文化人的聚集处。楼房门首由吴稚晖题写"聚贤楼"大匾额一块，两边是商承祚书写的嵌字门联——"有师能卫大法，非贤莫聚斯楼"，传颂一时。

卫聚贤在1951年1月31日到香港，历任香港珠海、光夏、联合、远东、华夏等书院教授，又是香港大学东方语言研究所的研究员。1975年3月5日到台湾定居，任辅仁大学教授。这时他已年近八十岁，除执教勤奋著述外，还考察历史遗迹，考证民俗，赴山区为高山族寻根。他于1989年11月16日去世，享年九十一岁。

卫聚贤字怀彬，别号介山，又号卫大法师，有时还署"卫大发痴"，曾用过"魏京伯""班汉道"等笔名。他有不少哲理性的名言，如"处处留心皆学问，事事如意非丈夫""研究学问主张传统，传统是懒惰的代名词"等。他身体高大魁伟，有人评价他："外貌粗鲁，文章精细。"曹聚仁说"卫大法师勇于下结论，也和郭沫若先生那么大胆；有时见识过人，有时也漏洞百出。"卫聚贤一生著作甚丰，有《古史研究》《中国考古学史》《山西票号史》《古钱年号索引》《中国社会史》《古今货币》《古器物学》《文字学》《七国年号索引》《历史统计学》《中国人发现美洲》等数十种。尤其是他到了台湾后，经过实地考察，结合史料成书出版的《台湾山胞与越闽关系》《台湾山胞由华西迁来》等，应称得上是第一个有系统地考证台湾高山族是由大陆迁去的历史学家，仅此一点，我们就不该将他忘记。

附记：

据曹聚仁《文坛三忆》里《可杀的张凤》一文叙说，当年卫聚贤的子女并没有随父而去，乃是"共产党的重要干部"，不知均还健在否？

（原刊《世界书窗》2001 年第 1 期）

简又文办《逸经》

30 年代的上海文坛，有一位非常活跃的作家，他又是太平天国史的研究专家。在 1936 年 6 月 7 日成立的中国文艺家协会上，被选为主席兼常务理事。他叫简又文，常用笔名"大华烈士"，乃取俄语"同志"的谐音。

简又文字永贞，号驭繁，别署工爻、兴汉剑生郎、谛牟、佟智等，1896 年出生于广东新会的一个富商之家。其父简寅初系同盟会会员，曾被孙中山任为"南洋筹饷专员"。简又文毕业于广州岭南学堂（岭南大学前身），后去美国入芝加哥大学、哥伦比亚大学深造。回国后曾在上海"中华基督教青年协会"任编辑干事。1923 年任燕京大学教授，在1925 年因帮助潜伏在京的国民军人员，策划反击，遭奉系军阀通缉，逃亡广州。次年，经孙科推荐，被国民革命政府派赴西北军冯玉祥处任政治工作委员。1928 年秋，经孔祥熙推荐，到济南任山东盐运使半年。简又文与孙科是世交，他还当过孙科的家庭教师，友情甚深。1931年孙科任行政院铁道部长时，又委任简又文为该部参事。后又至广州任国府秘书、广东省府委员、广州市社会局局长。1932 年 1 月定居上海，次年一月任立法委员（孙科时任立法院院长），任期达十三年之久。

立法委员是个闲差，除每周一天会议外，无任何具体工作。这使简又文有大量的空余时间来从事写作与研究。时值林语堂、邵洵美在编印主张幽默小品文的《论语》半月刊，邀简又文写稿。他就将在西北军中的所见所闻，以《西北风》等为篇名，发表了大量的故事逸闻。当年画家汪子美将《论语》上撰文最多的八位，拟"八仙过海图"画过一幅"论语八仙"，分别是林语堂（吕洞宾）、老舍（李铁拐）、周作人（张果老）、俞平伯（蓝采和）、丰子恺（汉钟离）、郁达夫（韩湘子）、姚颖（何仙姑）、简又文（曹国舅），传颂一时。

在 1934 年，简又文与良友图书公司商议另创同类刊物《人间世》半月刊，提倡抒发灵性的小品文。《人间世》将停刊时，林语堂与陶亢德另起炉灶创办了《宇宙风》半月刊。简又文又不甘示弱，并决意独树一帜，于 1936 年再创文史半月刊《逸经》，自办发行。编辑、发行两部均设在他沪西的私宅"斑园"（简妻名玉仙，长女名玉华，取两"玉"字再加简名中一"文"而成）。简又文自任社长，从北京请来谢兴尧（北大毕业）任总编辑（二十二期起由陆丹林接编），另邀编辑老手陆丹林、李应林（美国奥伯林大学毕业，后曾任岭南大学校长）、胡肇春（燕大毕业，后曾任上海博物馆馆长）、明耀五（当时《良友画报》助理编辑）组成编辑班子，各自分工负责专栏。

《逸经》一名，意谓：汉时，经书之出自屋壁，未置博士肄习者，称《逸经》。封面刊名，取自《石门颂》碑。《逸经》标榜"文史"，简又文曾作解释："所谓'文'不仅是文学而是文化，范围广阔，包括典籍、小说、艺术、音乐、戏剧、散文、诗词歌赋等等部门。而'史'则包括掌故、考古、逸闻、秘史、野乘、趣话（幽默故事）、历史考证等等。"他要求文章"不尚空谈，不发空论，必求言中有物，华而且实"，做到每期能"开卷有益，掩卷有味"。《逸经》于 1936 年 3 月 5 日出版，马上吸引了大量的读者，创刊号初印一万册立即售完，竟再版了四五次。以后各期零售销数两万余，长期订户六千余，预约合订本两千余。这个发行量，在当年不能不说是一个惊人的数字。《逸经》云集各地名家作品，有郁达夫、老舍、许钦文、俞平伯、谢冰莹、周作人、林语堂等人的小说及散文，也有简又文、冯玉祥、冯自由、刘成禹、李季谷等人的笔记、回忆录及考订文章。尤其是发表了大量的有关太平天国的极具参考价值的史料。因稿源丰足，《逸经》还常出"特辑"，如"送林语堂先生赴美讲学""苏曼殊""孙中山诞辰""纪念鲁迅""光绪皇帝"等。堪可一记的是，上海圣公会牧师董健吾，当年被人称为"赤色牧师"。他曾到冯玉祥的西北军中传道，得与简又文相识。美国记者斯诺秘密进入陕甘宁边区采访，就是经董健吾的帮助而成功。简又文定居上海后，两人交往过从，当时董健吾抚养着毛泽东的两个幼子，他曾经要简又文冒作家长送他们入学。他当时所担的是可以满门被杀的风险，是非第二个可以承受得了的。董健吾知识渊博，曾在《逸经》上发表《李太白——中国人乎？突厥人乎？》等考证文章。他经简又文的怂恿，假托从"剿共"和共产党两方的朋友中采访而得的消息，以"幽谷"为笔名，在1937年7月5日、20日出版的《逸经》第33期、34期上，连载发表长文《红军二万五千里西行记》（为免妨碍发表，不用"长征"二字），为红军的长征胜利作了间接的宣传。另外也可一提的是，有一个叫杨幸之的，曾在福建国民党的军队里混过，以"柳云"笔名为《逸经》写稿多篇，立场反动。他又署名"雪华"，将他所得瞿秋白烈士在狱中就义前所写的《多余的话》抄件，供《逸经》在第25期至27期刊出。此稿先交《宇宙风》，陶亢德怕惹事不敢登。

为《逸经》写稿的不少名家用的笔名，有的少为人知，如五知（谢兴尧）、谢刚主（谢国桢）、璧树（冯玉祥）、味橄（钱歌川）、老向（王向宸）、大厂居士（易儒）、自在（陆丹林）、廖苹庵（廖平子）、建华（冯自由）、尊颖（张西曼），憾庐则是林语堂之兄。

在主持《逸经》期间，简又文还设想创办五经书店，除出版《逸经》外，再出《不经》（有关幽默消遣的）、《女儿经》（有关妇女的）、《生意经》（有关商业、经济的）、《正经》（有关哲学、宗教的），后因抗日战争爆发而未果。

1937年8月5日《逸经》出版第35期时，"八一三"淞沪抗战爆发，在20日又出版了第36期，到出第37期"秋季特大号"时，仅装订了几册样本，已来不及印刷。当时简又文在香港休假，难以北返。不久陆丹林带了仅有的几册第37期样本和一大木箱《逸经》余稿到香港。办《宇宙风》的陶亢德稍后亦至。彼此商量，以逸经社与宇宙风社联合，由简又文、林语堂（时在美国）同任社长，陶亢德、陆丹林负责编辑发行，于1938年3月5日创刊了《大风》旬刊。

严格地说，《逸经》的终刊号应是第37期，虽未发行，但世上有存。陆丹林保留的一本，新中国成立后献给了北京图书馆，台湾的传记文学社亦藏有一本。除此之外，恐难找到第三本了。创办《逸经》，是简又文一生中最为得意的事。

简又文滞留在香港直到日寇占领该岛时，才化装到内地辗转到重庆，后又去桂林任广东省政府顾问。他一直从事太平天国史的研究，早在燕大执教时，已在《晨报》《京报》的副刊及《语丝》上发表《太平天国文学之鳞爪》等文。在广西，他有机会到金田等地作实地考察。抗日战争胜利后，简又文回广州筹备广东文献馆，后任该馆主任兼广东文献委员会委员。1949年定居香港，曾任香港大学研究员等职。1978年去世。著有《西北东南风》《太平天国革命运动史》《太平天国杂记》《太平天国全史》《金田之游及其他》《冯玉祥传》《西北从军记》等。

《论语》《人间世》《宇宙风》《逸经》《大风》都是 30 年代有名的刊物。如将这几种刊物影印出版，读者是决不会少的。

（原刊《文汇读书周报》1998 年 4 月 4 日）

王国维为何自沉

　　1927 年 6 月 2 日王国维自沉昆明湖。七十年来，如将各家分析他死因的文章加以集中，定有一巨册。《文汇读书周报》于去年 10 月 8 日、11 月 7 日分别发表了蔡仲德先生的《也谈王国维之死》与邓云乡先生的《静安先生死因之谜》，死灰重拨复燃，又引起读者的兴趣。恕我直言，无论说他的死因是生活不幸，或是与罗振玉的矛盾，或是殉清（朝），或是殉文化，或是殉清殉文化二者兼而有之，众说纷纭，仍让人如在雾里看花。其实，王国维自沉的原因，他自沉前所写《遗书》中的"经此世变，义无再辱"八个字，夫子自道，是已说得很明白了。

　　蔡仲德先生确准了这个主点，可惜撰文所射一箭却未中的。蔡先生说："1924 年'甲子之变'（指冯玉祥"逼宫"，溥仪被逐出紫禁城，相对于 1927 年的"再辱"，此可称为"一辱"）时便几次欲投神武门御河自尽，1927 年北伐节节胜利，他唯恐溥仪遭遇'再辱'便投昆明湖自沉了。所以唯有殉清之说才足以说明王国维为何死于 1927 年，又为何遗书有'再辱'之语。"应该说，王国维说的"再辱"（前有"一辱"），并非是指溥仪，而是指他自己。蔡先生在文中也写道："王国维 1923 年才应溥仪召任'南书房行走'，所以 1911 年无自沉事。"其实，正因他当年是"南书房行走"，1924 年 11 月 5 日溥仪被逐出宫，他这个头衔亦随之被取消。这才是他所受的"一辱"，因此几次要投御河。也正因此，所以

1911 年溥仪退位时"才无自沉事"。

1927 年北伐军节节胜利，王国维唯恐溥仪遭受"再辱"，这也是不成立的。1927 年 1 月，国民政府已定都武汉，北伐军长驱直上攻打北京，其目的是摧毁奉系军阀求统一。这和已被逐出宫外的溥仪的存在与否毫无关系，何必忧其"再辱"？这个"再辱"，还是王国维自指。在 1924 年秋，清华大学拟创办研究院，经胡适推荐，校长曹云祥亲往敦请王国维，被婉拒。到次年 2 月，王国维才又奉溥仪诏，就任该校国学研究院教授，并于同年 4 月 17 日举家迁入清华园。他是怕北伐军攻下北京，"经此世变"，又要丢掉国学研究院教授的头衔，于是"义无再辱"而自沉。和王国维同执教研究院的梁启超，在 1927 年写过多件《给孩子们书》，其中如 3 月 21 日，"我总感觉着全个北京将有大劫临头"；3 月 29 日，"暑假后大概不能再安居清华了"；3 月 30 日，"我大约必须亡命"；5 月 31 日，"这两天北方局势骤变，昨今两日连接城里电话，催促急行，乃仓皇而遁"……当时连梁启超也成惊弓之鸟，更何况是受溥仪诏才肯当教授的王国维。事实上，当时北京确是风声鹤唳，在王国维自沉的次日，北京公使团以所谓保护使馆及侨民为由，决定在京、津间驻兵两万来抵挡北伐军了。

以王国维的自尊，因失掉"南书房行走"而深感受辱，若遭再辱，他是无法承受的。所以，他才一死了之。

王国维信奉"中庸"。无论任"南书房行走"和任清华国学院教授时，都不愿介入派系斗争，标榜"绝无党派之人"，"不欲与任何方面有所接近"（1924 年 4 月 6 日致蒋孟蘋信）。在"南书房行走"任上，他 1924 年 6 月 6 日给罗振玉的信中写到，为避宫内钩心斗角而想请长假，

"拟仍居辇毂，闭门授徒以自给"。说明他对溥仪并非死心效忠，又岂会因溥仪"受辱"而不要自己的命呢？

（原刊《文汇读书周报》1999 年 2 月 6 日）

王国维"丢饭碗"说

最近《文汇读书周报》又刊登了几篇探讨王国维死因的文章。我写的《王国维为何自沉》（刊于今年 2 月 6 日），认为 1924 年 11 月溥仪被逐出宫时，王国维同时失掉"南书房行走"的头衔是他所受的"一辱"；1927 年北伐军攻打北京，他怕丢掉"国学研究院教授"一职受"再辱"而自沉。这看法被称作"丢饭碗"说，几位专家撰文表示异议，因此再作些补述。

1923 年 5 月，王国维从上海北上入宫任"南书房行走"，不是去效忠溥仪而是为了饭碗。他入宫不久，发现宫内钩心斗角现象相当严重，就想请长假，"拟仍居辇毂，闭门授徒以自给"可证（1924 年 6 月 6 日致罗振玉信）；1924 年 11 月溥仪被逐出宫，王国维随之失掉了这只饭碗，故几次欲投神武门御河自尽。他很看重这只维持生计的饭碗。当时政局动荡，政客相互倾轧，王国维以侥幸之心在静观反复。溥仪被逐出宫，是黄郛摄政内阁修正清室优待条件后而实行的，同月 24 日黄郛内阁集体解职；到 12 月 12 日，段祺瑞向北京公使团声明，黄郛摄政内阁所下命令仍一概有效后，王国维才感到无望。即在次日写信给马衡，要求清室善后委员会检查南书房时，将留在那里的朝冠、朝裙、披肩、如意等，交太监李义方带还给他。这亦说明王国维无意"殉清"，因连穿着（其中部分是北上时向蒋孟𬞟"久假不归"的）也不肯与清室共存亡；

1924 年春，北京大学国学研究所欲聘王国维为主任，他坚决拒绝（宁可考虑"闭门授徒以自给"）。在 4 月 6 日致蒋孟蘋信中道明缘故："东人所办文化事业，彼邦友人颇欲弟为之帮助，此间大学诸人，亦希其意……但弟以绝无党派之人，与此事则可不愿有所濡染，故一切置诸不问……弟不欲与任何方面有所接近。"但到次年 2 月，居然到清华国学研究院做了教授，此举无非还是为了饭碗。"绝无党派之人""不欲与任何方面有所接近"，为了饭碗可以改变其衷。因此，论及王国维的立身行事，并不是他说的几句话所能定的。"事到艰危誓致身"同样也就不足以信。溥仪被逐出宫时，既是"誓"，又何会存活？他遗书中的"五十之年，只欠一死，经此世变，义无再辱"，这个"欠"字，乃是向亲属交代之言，下接原因，再接谈身后事，非常顺理，实在看不出与溥仪有什么关联。

众多的读者希望持"殉清"说的专家能给予明快解释的是：（一）1912 年 2 月 12 日溥仪下诏退位，清王朝的帝政从此告终，熟悉历史的王国维当年为何不殉身；（二）1924 年 11 月溥仪被逐出宫，如相对于 1927 年的"再辱"，此可称为"一辱"，那么溥仪退位理应是最大的"辱"，为何王国维不加算计；（三）王国维自沉时，溥仪在天津受到日本人的保护，毫无"再辱"迹象，王国维有什么依据估计溥仪会受"再辱"而先行殉身；（四）王国维非清王朝大官，且已做了十六年的国民政府的公民，他何以要过了十六年之久再殉前朝，这中间他效忠溥仪又表现在何处？

说来称奇，"殉清"说连当事人溥仪也断然否认。三十多年后，溥仪写其忏悔性的回忆录《我的前半生》时，按理说，既是忏悔，当年的一切"荣幸"他都会往自己脸上抹，王国维这样有名的大学者，在他下台十六年后还能再为他殉身，应该是他值得夸耀的事。但他却说王国维是被罗振玉讨债逼死的，和他没有任何牵连。他忏悔的仅是当年上了罗振玉假造王国维"遗折"的当，不分真假"加恩谥予忠悫"而已。这又该如何解释？

本世纪 20 年代的中国，正处于一个历史转型期。在这个历史转型期中，知识分子如叶德辉对抗革命被杀是一个典型；无权无势、贫穷而又要脸颜的王国维，难以维持生计而自沉则又是一个典型。"殉清""殉文化"说，看似抬举王国维，实质上却贬低了他一生为学者的清白形象。

补记：

蔡仲德先生引"事到艰危誓致身"为王国维的表白来证他的立身行事（见 7 月 3 日《"殉清"说难以否定》）。我始终不相信王国维对自身会有这样的豪言壮语。此稿寄出后，再查该诗出处，原来是 1925 年 8 月。王国维为祝罗振玉六十大寿，赶到天津去献给他的贺诗两首中的一句，是恭维罗振玉之语。该诗中的"惭愧同为侍从臣"才是王国维相对自己的表白。

（原刊《文汇读书周报》1999 年 8 月 7 日）

诗人邵洵美的婚姻

被著名学者、教授赵景深称为"面白鼻高，希腊典型的美男子"的新月诗人邵洵美，1968 年 5 月 6 日因肺源性心脏病，痛苦地离开人间，至今算来已整整二十年了。诗人有一首名作《昨日的园子》，其中有两句："披着灰色的衣裳，怀抱着忧郁与悲伤"，他也就是穿着一身灰布衫，"怀抱着忧郁与悲伤"而去的。他的生、死日同是旧、新历的 5 月 6 日，一种令人费解的巧合。

邵洵美原名云龙，祖籍浙江余姚，但上几代已迁居上海。曾祖父邵灿，曾任漕河总督。祖父邵友濂（字筱春），曾出使俄国；回国后，又先后任过河南巡抚、上海道台。邵友濂生有两子，长子邵颐，娶李鸿章的女儿；幼子邵恒，字月如，娶盛宣怀的四女儿。1906 年 6 月 27 日（光绪三十二年五月六日），邵恒得了长子邵洵美。邵颐的妻子李氏因病早故，续弦史氏，不幸邵颐亦中年病故，史氏守节。邵友濂立有遗嘱，将邵恒生下的第一个男孩，过继给史氏为子。因此，邵洵美便嗣给史氏。邵洵美后娶盛佩玉为妻。盛佩玉是盛宣怀长子的女儿，邵洵美的生母是她的四姑母。故而邵洵美与盛佩玉是一对嫡亲表姐弟。盛佩玉大邵洵美一岁，她生于 11 月，正值茶花盛开之际，祖父盛宣怀给她取了小名"茶"字，邵洵美呼她为"茶姐"。

邵洵美六岁上私塾，年少聪敏，八岁就能续答外公盛宣怀出的上联，十岁前已受到良好的传统古典文学的教学。生父邵恒精通英文，因而他的英文根底自小就坚固。1923 年，邵洵美在上海南洋路矿学校毕业。此校是上海交通大学的前身，乃盛宣怀所创办。史氏对邵洵美视同己出，备加爱护，专一培养他成才，同年冬安排他出国留学。

邵洵美在出国留学前，让生母向盛佩玉的母亲（即他的舅母）求亲，后来征得了一张订婚照，以为纪念。邵洵美从盛佩玉的名字，想到《诗经·郑风·有女同车》中的"佩玉锵锵，洵美且都"，遂将原名"云龙"改为"洵美"。"洵美且都"，用现在的白话来说，是"实在美丽又漂亮"的意思。在订婚时，盛佩玉亲手编织了一件白毛线背心赠给邵洵美，诗人接手，顿然诗兴大发，当即写了一首《白绒线马甲》，发表在当年的《申报》上。

是年冬天，邵洵美赴英国留学，入剑桥大学攻读英国文学。他广泛交游，徐志摩、刘海粟、徐悲鸿、张道藩、谢寿康等，都是在海外几年中结交的朋友。

1927 年，邵洵美回国。同年 12 月 2 日，在上海南京路大光明舞厅与盛佩玉举行了隆重而又热闹的婚礼。证婚人是马相伯。诗人写过一首爱情诗《我是只小羊》：

> 我是只小羊，
>
> 你是片牧场。
>
> 我吃了你睡了你，
>
> 我又将我交给了你。

鲜明而又形象地表达了他与盛佩玉的爱情。随后四十年，夫妻相敬相爱，同甘苦，共患难，有着甜蜜的爱情，有着甜蜜的家庭。

邵洵美对中国的新诗是作出了贡献的，这有他的《天堂与五月》、《花一般的罪恶》、《诗二十五首》、《一个人的谈话》（散文诗）等成绩在，大可说明问题。他被文坛冷落了几十年，在近几年报刊上，方才有对他的回忆录面世。内地几家出版社又相继重新印行了他的译著，如拜伦的《青铜时代》、雪莱的《麦布女王》《解放了的普罗米修斯》、盖斯凯尔夫人的《玛丽·巴顿》（与佘贵棠合作）等。上海书店最近又计划影印出版他的《诗二十五首》。诗人在文坛上的地位，慢慢在被肯定。若说人死后有灵魂的话，当可告慰这位命运坎坷的诗人吧。

　　我完全明白了我自己的命运，

　　神仙的宫殿决不是我的住处。

在诗人的那首堪可称为代表作的《洵美的梦》里，有这么两句诗。1968 年造反派的"神仙"们，自然容不得诗人的存在。"啊，我不要做梦，我要醒，我要醒！"诗人终于没有醒来，带着一腔恨梦，永远睡去了。

不久前，盛佩玉老人寄来了一张当年的订婚照，弥足珍贵，今借《香港文学》篇幅，请以鬯先生容纳发表，以飨读者。

谨以此短文，纪念诗人邵洵美逝世二十周年。

（原刊《香港文学》1988 年 8 月号）

马一浮先生二三事

6月2日，是一代大儒马一浮先生的忌日。马老生前是全国政协第四届委员，浙江省文史馆首任馆长。

马一浮，名浮，一浮是他的字，少年县试时，曾用名福田，中年以后号"湛翁"，晚年号"蠲叟"或"蠲戏老人"。他是浙江绍兴人，因父亲曾在四川当过县令，幼年寄居四川，故而说话带有浓重的四川口音。他生于清光绪九年（1883），自幼好学，聪颖异常，被称为神童。五岁时即能背诵《唐诗三百首》，家里给他请了位举人为家庭教师，但教了两年，即请求辞去。其父不解其故，以为儿子不听教诲，或家中人有怠慢之处，再三挽留。这位举人才吐实情，原来孩子样样知晓，作为教师已无可再教。其父后来自教，证实了这位举人所说，始为惊叹。

1898年（戊戌），马老十五岁时在会稽县参加县试。当年全县应试的童生不下五六百人，他名列榜首。当时以应试者每五十人的名字写成一个圆圈为一图，共十一图，鲁迅名列第三图第三十七名，周作人为第十图第三十四名。

本世纪初，世界新潮流激荡着中国，西方文化被大量地介绍进来，马老十八岁时，被清廷派赴美国参加世界博览会，旋即留学日本，并游学美、英、法等国，谙熟多种文字。马老长期寓居杭州，当年杭州旧书商搜求到的各种外文书，均求助于他鉴别。他在二十岁时就读过马克思

《资本论》原著。

马老同乡的一位乡绅，辛亥革命时曾任浙江省都督的汤寿潜（蛰仙），非常赏识他的好学不倦，即将女儿相许。订婚后，因父亲患病，马老与汤女拜堂冲喜，但不同房。父亲不久病亡，马老因大孝在身，三年内不能完婚，岂料汤女也于此期间患病亡故。自此，马老坚贞不渝，终身不娶，孑然一世。由一位患心脏病而不宜配偶的内侄女，照顾马老生活起居，直到马老逝世。马老自认为孤独一生，是不祥之人，将自己的生日定为"禊日"，含有除去不祥之意。

1939年，马老在四川协同诸友好，创办了复性书院。他要求书院环境适静，故设在岷江岸边的乐山县，借乌尤寺为院址。这地方群峰环绕、江水滔滔，风景秀美无比。不少求学者前往请教，更多的是函授。抗战胜利后，马老委托沈尹默等先生将复性书院迁回杭州，以西湖葛荫山庄为院址，支撑一时，乃因物价飞涨，财力不支而停办。马老在复性书院的讲稿，后印成《尔雅台答问》正续编与《复性书院讲录》传世。

马老知识渊博，集书法家、文学家、哲学家于一身。他的著作，除《尔雅台答问》正续编、《复性书院讲录》外，还有《辟寇集》《蠲戏斋诗前集》及《编年集》等多种，台湾广文书局在1963年曾陆续影印出版。有人称他的著作"熔铸六经，炉锤百代"，"文字之美，内容之纯，可上比朱元晦、陆象山诸大儒而毫无愧色者"，谓"中国历史上大学者阳明之后，当推马先生"，被称誉为"现代朱子"，评价极高。

马老的书法自成一家，秀丽之中含挺拔之势。他章、草、行、篆无一不精。抗战前，有人评当代书法大家，首推马老。他的字，见过的都认为是，"一望而知为满腹诗书之余绪所流露而写成"。他常以书法来维持生活，但在润例中写明，那些祠墓碑志、寿序寿联、市招、征寿启、讣告、题签、"时贤"作品，一概不应，故而生活相当清苦。

马老不逐名利，自甘淡泊。民国初年，蔡元培任北大校长时，曾电请他前去任教，马老以"古闻来学，未闻往教"而谢绝。

马老在新中国成立前交游甚广，名声极大。但他对当时的黑暗政治十分痛恶，对官场中人不屑一顾。抗战时，蒋介石为表示尊贤，曾约马老相见。他以为马老会恭维他一番，可是双方见面略作寒暄后，马老即起身辞出。复性书院由国民党教育部经办，当时部长陈立夫曾经帮忙。抗战胜利后，马老回到杭州，一次陈立夫到寓所拜访，要拜马老为师而遭马老拒绝。

新中国成立后，马老历任全国政协第一届特邀委员、第三、四届委员，第二届浙江省人大代表，中央文史馆副馆长，浙江省文史馆馆长等职。足可称道的是，他将平生保留的书法精品一百余件赠送给文化部，全国政协曾公开陈列展览。

马老与沈尹默、梁漱溟、熊十力等先生最为友善，相交莫逆。有一次，陈毅同志曾戏问沈尹默先生，你为什么如此佩服马一浮？沈先生回答说，他的学问比我好，真可说是泰山北斗。周总理、陈毅同志对马老亦非常敬重。陈毅同志每次到杭，必访马老。有一年，周总理、邓颖超陪苏联伏罗希洛夫到杭州，就安排了时间一起到蒋庄访问马老。"文革"中，马老受到冲击，周总理闻讯后，表示关切，通知加以保护。马老于1976年6月2日去世，享年八十五岁。1980年6月10日，有关单位在杭州为马老开了隆重的追悼大会，当时挽联、唁诗多不胜收。其中一联，可概括马老的一生：

耆龄宿学，久为人师，书法垂名为余事，

讲经论文，晚主馆席，诗篇鸣盛有新声。

（原刊《古旧书讯》1987 年第 5 期）

钱歌川曾想落叶归根

1990 年 10 月 13 日凌晨，钱歌川在纽约谢世，至今已整整十年了。

钱歌川是众所熟悉的作家和翻译家。他生于 1903 年，因是湖南湘潭市郊苦瓜原散诞的人，故而自号"苦瓜散人"。他用笔名"味橄"写的大量极富情趣的散文，最使人称道。另一个笔名"秦戈船"，则是他名字的谐音。他八十四岁时，出版回忆录《苦瓜散人自传》，当时他已年迈，记忆力退减，且久居海外，可查证的史料不多，书中颇多误记的地方。

钱歌川自幼喜欢诗文、书法、篆刻。五四前一年入湖南益阳桃花仑中学，毕业后，于 1920 年东渡日本自费留学。两年后考入东京高等师范学校文科三部（英文系），遂成为湖南省的公费生。1926 年在日本与学习音乐的凌琴如（丽茶）结婚，赵景深说过："凌女士很漂亮，在我的朋友们妻子中间，像这样具有丰仪的女性是很少的；歌川的肤色也很白皙，略为隆起的希腊式的鼻子，与丽茶真是一对璧人。"两人曾一起编译出版过《世界名歌选》。钱歌川在结婚的当年从高师毕业，偕新婚夫人回国，在长沙明德中学等学校任教。次年，他还投笔从戎参加北伐，随后与妻子前往上海，任职浦东中学。他到上海后，为支持章锡琛创办的开明书店，出资成为股东之一。

真正踏上文坛的钱歌川，时间应在 1929 年。该年 2 月上海立达学园出版的《一般》杂志上，发表了他"生平第一次的作品"——短篇小说《圣诞日》；5 月 5 日出版的第 369 期《文学周报》上，发表了他第一篇文学评论《关于哈代的翻译》；同月 19 日该刊第 371 期上，发表了他第一篇翻译作品法国腓力普的《访问》，同年出版的第一本书是英汉对照英国哈代的《娱妻记》。第二年经夏丏尊荐介，到中华书局任职，列名《辞海》编辑之一，负责新文学名词的解释。1933 年 1 月，任中华书局创办的综合性期刊《新中华》半月刊文艺栏主编。

当年钱歌川在上海文坛上是相当活跃的。创办《新时代》月刊的曾今可，突发异想，在 1933 年 2 月出版的该刊"词的解放运动专号"上提倡"解放词"，发表《新年词抄》，其中《画堂春》一首中，竟将"国家事，管他娘，打打麻将"之类卑劣油滑的语言入词。钱歌川看了感到实在不像话，撰文怒斥其轻薄，使一些进步作家从此不为该刊写稿。1933 年 8 月，他与茅盾、田汉、韬奋等署名发表《中国著作家欢迎巴比塞代表团启事》；1935 年 6 月，与叶圣陶、赵家璧等署名发表《我们对于文化运动的意见》；12 月，与马相伯、沈钧儒等署名发表《上海文化界救国运动宣言》；1936 年 6 月，与郭沫若、郁达夫、郑振铎等署名发表《中国文艺家协会宣言》。这期间，出版《北平夜话》《詹詹集》等。

在 1936 年 8 月，钱歌川获中华书局有薪假期一年，赴欧洲游历。先后在意大利、法国、英国生活了两年。此时，欧洲战云密布，钱歌川于 1938 年夏回国，途经新加坡时，《南洋商报》郁树锟竭力挽留，任《南洋年鉴》编辑，妻凌琴如任《南洋商报》之《妇女园地》栏目主编。这期间，出版《流外集》《观海集》等。1939 年 4 月，经越南到昆明，后至重庆，任教于四川大学、武汉大学，后在美国对外经济事务局经济情报分析处任翻译、中心译员直到抗战胜利。当时他曾主编《世说》周刊、《中华英语》，在《中华英语》上，以英汉对照方式，连载所译茅盾的长篇小说《蚀》。1945 年 2 月，与郭沫若、茅盾、巴金、老舍、冰心等在重庆《新华日报》上署名发表《文化界对时局进言》，督促国民党政府"及早实现民主"，"组织战时全国一致政府"。抗战胜利后，任盟国对日委员会中国代表团秘书主任。这期间，出版《偷闲絮语》《巴山随笔》等。

应台湾大学之聘，1946 年 8 月，钱歌川任该校文学院院长。在任内，请许寿裳为中文系主任，范寿康为哲学系主任、涂序瑄为历史系主任，饶余威为外文系主任。后移居台南，在台南工学院（成功大学前身）等校任教。1964 年 6 月，应聘前往新加坡，先后在义安学院、新加坡大学、南洋大学任教。1972 年退休后直飞美国定居。这期间，出版《淡烟疏雨集》《三台游赏录》《西笑集》《罕可集》《虫灯缠梦录》《竹头木屑集》《狂声集》《搔痒的乐趣》等。

1974 年 4 月，钱歌川偕夫人回国探亲参观，因"文革"尚未结束，仅到广州、杭州、上海、北京四地。1978 年 9 月，偕夫人第二次回国观光，有幸出席由华国锋主持的国庆宴会，并到西安、桂林游览。1982 年 6 月，作第三次国内之行。妻凌琴如已在上一年去世，此次是由两个女儿及两个外孙陪同而来。他三次回国，曾打算落叶归根。这有他 1979 年 10 月 14 日写给上海一位老友的信为证：

别来四十四年，最近从施蛰存兄处获知尊址，又在纽约爱国报纸上拜读《节日随想》，使我不免往事萦怀，急于提起笔来写这通邮简，以当青鸟，代传积愫。

我在 1936 年离沪赴英，1939 年返国，到四川乐山武汉大学任教。抗战胜利后，到日本去扬眉吐气了一下，就去了台湾创办台大文学院。以后一直在台教书，由北而南教了十七年，始应聘去新加坡教书（已由外文系改行到中文系），三个大学也搞了近十年，年达七十，非退不可。退下来新加坡是不能居留的，只好来纽约喝西北风，成为纽约一闲人又快到七年了。我已回国过两次，可惜不知地址无法拜访。我想在上海的老朋友一定很多吧。我很想知道别后的尊况和著作。北京杨宪益兄劝我落叶归根，我也有此打算，但恐前方还有所待……

字里行间，深怀对故土对朋友的眷恋之情。有趣的是，在此信的信封上，他于这位老友的名字后写上了"同志"这个称呼。这是他两次回国学到的"新名词"的实际运用吧。可惜他不等"前方还有所待"解决，终在异国驾鹤西去。

他居美期间，出版了《秋风吹梦录》《客边琐话》《篱下笔谈》《赢壖消夏录》《浪迹烟波录》《楚云沧海集》《云容水态集》及《论翻译》等。

钱歌川翻译过俄国托尔斯泰，英国萧伯纳、高尔斯华绥、吉布斯，美国辛克莱、史坦贝克、爱伦波、奥尼尔等人的长篇小说。他一生的著译，如包括英、日语文法，用词法，会话，发音法等基础翻译读物，有近百种之多，可称得上是现代文学史上的多产作家之一。

（原刊《山西文学》2001 年 11 月号）

关于胡秋原八十寿辰演讲会

著名政论家、文学家胡秋原先生，于 5 月 24 日在台北病逝，享年九十五岁。

1910 年生于湖北省黄陂县的胡秋原先生，虽被称为政论家，但他的名字在 20 世纪 30 年代的中国文坛上并不陌生。当年左联领导的革命文学运动，对一些作家提出的"民族主义文学"展开斗争时，1931 年 12 月，胡秋原先生在他主编的《文化评论》创刊号上，发表了名篇《阿狗论文艺》，自称"自由人"参加论战。继而连续撰文批判双方，还得到一群作家的响应，因此成了"第三种人"。1933 年他在白色恐怖中保护过瞿秋白，1942 年积极营救被关在上饶集中营里的冯雪峰。他一生写了两千多万文字，涉及面广泛，传媒称他是当代中国学术界、思想界的重要人物。

胡秋原先生晚年做的最惊人的一件事，是在 1988 年 9 月，他不顾台湾当局的禁锢政策，毅然访问大陆，轰动一时。

6 月 2 日《中华读书报》上，刊登了秋石先生的长文《胡秋原："两岸破冰第一人"》，作者用丰富的资料，勾勒了胡秋原先生充满传奇的一生。文中一处写道：

1990 年 5 月 27 日，于台北师范大学举行的胡秋原 80 寿辰演讲会上，面对来自岛内各地的上千名与会者，91 岁的陈立夫先生特别地赞扬了胡秋原的爱国精神，以及肯为民族大义勇敢奉献的精神。立夫先生面带微笑，道出了他对小他 11 岁的胡秋原的肺腑之言。立夫先生说："秋原这个人很勇敢！有浩气，他觉得海峡两岸今天应该讲和，不能再互相攻击，结果，他就不管三七二十一，一个人忽然跑到北京去了……"

立夫先生话音刚落，会场内顿时爆发出了雷鸣般的掌声。

陈立夫先生在参加演讲会的次日，曾有一信给胡健中先生（笔名蘅子，30 年代杭州《东南日报》社长，与郁达夫关系甚笃），记述了演讲会的一些情况，更写有他给胡秋原先生的十四句四言赞词，读者或感兴趣，现按存于箧内的信札原件抄录：

健中吾兄：

日昨承嘱参加胡秋原兄之八秩诞辰讲演会，并致词。到者约一百二三十人，而寿星迟半小时始到，殊为不当。弟除报告其以往所编之报纸刊物十种、著作及译著二十种、任公职约十种外，并以弟对胡兄之所认识者述之如下："浩气善养，至大至刚；议坛论政，为国为民；为学诲人，不厌不倦；立身处世，我行我素；据理雄辩，不屈不挠；为求和平，独来独往；遐龄硕健，以颂以祝"，并写立轴以赠之。最后以立以自己按摩术报告听众，最后以"养身在动，养心在静"八字为赠，听众似甚喜悦。

谨此报告，并颂

　　近祺！

弟陈立夫

七、廿八

　　我不知陈立夫先生信中说的这次演讲会，是否就是秋石先生文中说的那一次。因信尾写明日期是 1990 年 7 月 28 日，演讲会在上一天，系7 月 27 日而非"5 月 27 日"；又，参加演讲会的人数"一百二三十人"，而非"上千名与会者"。亟盼知者有以指教。

（原刊《书友》2004 年第 67 期）

从纪念洪昇引起的联想

三百年前的康熙四十三年（1704），著名戏曲家洪昇（昉思）在湖州南浔落水而亡。

一曲《长生殿》，使洪昇名扬大江南北，也使他晚年潦倒至死。1688年剧本写成后在京中盛演不衰，万人空巷，以得一票为荣。正在得意之际，被小人告了一状，言孝懿皇后去世不过百日，国丧间演剧为大不敬，应按律治罪。康熙爱看戏且惜才，只将洪昇作了削去官职的最轻处理，从此流落江南。康熙四十三年农历六月初一日，在南浔夜醉归舟，老仆落水，洪昇提灯相救，俱亡。

今年初，曾向有关机构建议，借此史实，似可搞一次几乎不花钱的纪念洪昇逝世三百周年的活动。一是请上海或省里的昆剧团来演出几场《长生殿》，让市民亲听这列入世界文化遗产的雅音；二是举办一场通俗的洪昇与《长生殿》的讲座；三是洪昇落水何处，出事不久就至少有四种不同说法（其中两说在当时的吴兴县），约请近边沪杭宁三市的少量文史研究专家，举办一次学术讨论会，专题论证，明确地点。一年将过，时间已失，殊感可惜。因这种能在海内外产生深远影响的文化活动的机会，不是年年都有的。洪昇生于顺治二年（1645）农历七月初一日，出乎预料，杭州却在本月底前已推出纪念他诞生三百六十周年的活动。

于是联想到西郊的西塞山。十多年前，也有一座西塞山的湖北黄石市，已在积极开发其为风景区，将张志和的关系硬拉过去。整理据说是张志和垂钓的钓台和避风雨的桃花古洞，请了楚图南、赵朴初、舒同等名家题字刻石，其中自然突出了那首有名的《渔父词》。然而在脑海中无论如何想象不出，张志和坐在高高的山上，在滔滔长江里垂钓鳜鱼是怎样一幅图景。不必与之争论，但我们湖州的西塞山不可不作自我宣传。其实花不了几个钱，选择几件史实点缀其间，定可一震天下。最近西塞山的四周生态环境已严加保护，市民无比欣慰。

千余年来，湖州积淀了深厚的地方文化，只待如何加以保护和多视角来积极利用罢了。不是吗？世人都稀奇杭州虎跑泉水能高于盛器沿口而不外溢，还能驮硬币。尊敬的读者，你如有兴趣去云巢古梅山庄，试试那里的水，一样的。

（原刊《湖州晚报》2004 年 12 月 29 日）

何公超二三事

　　因孤陋寡闻，以前只知何公超是儿童文学家。最近读了几种书刊，方知他的一生同时贡献给了文化出版事业。张伟在他的史料甚丰的新著《沪渎旧影》里，还称他是我国"第一个拓荒影坛的共产党人"。

　　何公超（1905—1986），又名昧辛。他原名王鍼生，幼时改从外祖父姓何，取名福良。祖籍江苏松江（今属上海），早年曾在钱庄当学徒，1922年进商务印书馆，为总务处文书股书记，业余就读文生氏英文专修学校。何公超在1921年已开始在《小说月报》《小说世界》《妇女杂志》等刊物上发表文学创作，用过何慧心、王立、王鍼、于贞一等多个笔名。1924年参加中国共产主义青年团（次年转为共产党员），在《民国日报》主编《平民之友》周刊，后又编辑该报文艺副刊《杭育》。这一年11月，在《杭育》上辟《电影周刊》，约同汤笔花共同编辑。他本人发表了数量不少的有关电影的文章。1925年五卅运动后，他受共产党委派，与瞿秋白、沈泽民、郑超麟一起编辑《热血日报》，同时担任上海总工会宣传部代理主任，参加过上海工人三次武装起义。1927年"四一二"政变后，何公超与党组织失去联系。在此期间，他先后在江宁公学、民智中学任教，做过春潮书局营业部主任，担任过《儿童日报》总编辑、《儿童世界》主编。1930年出版描写底层百姓生活的小说《柴米夫妻》，还翻译了最早描写苏联十月革命的报告文学《震撼世界的十日》。1938 年何公超在汉口新亚书店任编辑。1942 年至 1949 年，他在重庆大江印务局、晨光书局、重庆上海《儿童世界》社等处供职。1949 年重新加入中国共产党。1950 年在上海任联通书店编辑部主任、大东书局编辑科长，1951 年调上海少年儿童出版社，为该社副总编辑。

何公超出版过多种童话、寓言、民间故事方面的作品，如《快乐鸟》《丑小鸭》《兽国记》《河神娶妻》《农夫和蚯蚓》《外国妖莲》等，还出版过一本《鲁迅和陶行知的轶事》。他有大量的作品未能结集出版。他生前是上海市文联委员、作协上海分会理事、上海市政协委员。

在 1949 年 7 月 24 日，中华全国文学工作者协会（简称全国文协）在已解放的北平成立，上海不久也成立了分会。上海分会出过《文协通讯》，其中有何公超的一些报道，如今知之者估计是不多了。

何公超分在民间文学组。据 1950 年 9 月 16 日出版的《文协通讯》第 1 期，该组与设在上海的华东人民电台合作，每星期日晚上九时半至十时播讲民间故事，何公超在电台讲过《苏联民间故事》，其他还有赵景深、秦瘦鸥、周煦良、金近、谷斯范等多人。

为配合当时华东地区的土地改革，上海市文联成立了土改工作委员会，不少文协会员积极报名，分批安排参加土改工作团。据《文协通讯》第 1 期与 1951 年 3 月 31 日出版的第 4 期报道，何公超被安排在第 3 期，于 1950 年 12 月 25 日同邓散木、孙福熙、罗洪、金近等十五人，赴绍兴农村，直到第二年 2 月 15 日回上海。接着，上海近郊土改计划于 4 月初全面展开，文联土改工作委员会又相应成立工作组与参观组，何公超又报名参加了工作组，再次去农村。

1950 年 10 月，文协会员响应劝募寒衣运动，何公超不单本人捐献，并"经募"多人。该年 11 月 16 日出版的《文协通讯》第 3 期上，有一份名单和所捐实物的记录，何公超名下包括他"经募"的数量最大，计棉衣五件、皮衣一件、棉裤三条、单裤五条、单衣三件、卫生衫裤两件、鞋九双，还有代金十五万元（旧币，下均同）。这里附带一笔值得记的，以个人而言，胡风夫人梅志捐物的数量为最多，计棉衣四件、单衣八件、单裤六条、鞋一双、袜两双、手套一副、围嘴一个。当年百废正待俱兴，生活都很困难，实属不易。

第二年为了支援志愿军在朝鲜打美军，上海文艺界开展各种活动进行捐款，在纪念鲁迅逝世十五周年，诞辰七十周年时，仅两个月，就捐献了"鲁迅号"战斗机两架。文协会员纷纷解囊，《文协通讯》第4期上有一份名单及捐款数字，其中何公超捐了十四万九千二百元，又是由他"经募"，施瑛竟捐出一百二十九万四千二百八十元，柯槐青捐出十九万八千九百元。这份名单中，超十万元的，有方令孺（十万零五百元）、靳以（十五万元）、冯雪峰（十五万元）、吴秾（十万元）、王士菁（十万元）、巴金（十五万元）、孙福熙（十五万元）。

以上几件事似乎可以说明，当年上海的作家对人民政府的号召非常主动积极响应，而何公超尤见热情。

何公超谢世已十六年。像他那样一生敬业的作家和文化工作者，文学史上未必能提到他们的名字，但没有他们的存在，却难产生文学史。写些文字来说说他们，应是我辈读书人的一种责任吧。

2002 年 11 月 8 日写于湖州人间过路书斋

（原刊《开卷》2003 年 12 月第 4 卷）

《浮生六记》后两记是王均卿假托

　　清代沈复自传体的《浮生六记》，叙述作者夫妇间平凡的家居生活与浪游见闻，展示了当年的世态人情，文笔细腻，感情真挚，恻恻动人。前人评其"幽芳凄绝，读之心醉"。俞平伯称它"俨如一块纯美的心晶，只见明莹，不见衬露明莹的颜色；只见精微，不见制作精微的痕迹"。林语堂将它译成英文，至今已另有法、德、俄译本。作者无意，却成了中国文学史上占有一席的文学名著。

　　作者沈复（1763—1832），字三白，江苏苏州人。《浮生六记》的手稿残本，道光年间被杨引传在苏州冷摊购得，缺后两记《山中记历》与《养生记道》。杨引传，原名延绪，字醒逋，号苏补、老圃、松滨老圃，是在香港主编过《循环日报》的王韬的内兄，生平已不可考。藏书甚富，室名独悟庵。同治十三年（1874），香禅精舍近僧为手稿作序。光绪三年（1877）杨引传交上海申报馆作聚珍版排印出版《独悟庵丛钞》时，收入《浮生六记》残稿四记，本人又作一序，王韬写跋。《独悟庵丛钞》于次年出版，《浮生六记》从此见世。光绪三十二年（1906），黄人（摩西）在苏州主编《雁来红丛报》（周刊），转登《浮生六记》，亦为四记。1915 年王均卿编印《说库》时，收入《浮生六记》，同为四记。俞平伯在 1923 年将上述几种版本进行校订，由朴社出版校点本《浮生六记》，同样也为四记。而在 1935 年，上海世界书局出版的《美化文学名著丛刊》

中，突然冒出了一部足本，说是搜求到了后两记的钞本，补全了《浮生六记》，轰动一时，读者都信以为真。过了近半个世纪，经不少专家学者考证，以确凿的证据说明，这足本里的后两记是伪作。

伪作者是谁？当年世界书局出版足本时，郑逸梅先生有一段亲历。他在《〈浮生六记〉佚稿之谜》一文中回忆说，在主编《金钢钻报》时，有一位年长的特约撰述王均卿常来晤叙。王均卿迁居苏州后，每次到上海必要与他见面。一次王均卿很高兴地告诉他，在苏州一乡人处，发现了《浮生六记》的全钞本，并已与乡人商妥借来付印，以广流传。他也极喜爱读此书，听后非常兴奋。过了一个月左右，王均卿又去他处，说前次所谈足本，因乡人变卦，奇货可居不肯借用了。但已同世界书局讲妥出版事宜，如今失信，说不过去，想请他仿做后两记以搪塞。他当然不愿做。但过了不久，就见到了世界书局这部足本。此书出版于1935年11月，王均卿在同年去世。郑先生文中随后说："那么这遗佚的两记，是否由他老人家自己动笔，或委其他同文作伪，或那乡人获了厚利重复允许供印，凡此种种疑问，深惜不能起均卿丈于地下而叩问的了。"不论怎么说，世界书局出版这部补有后两记的足本，王均卿是关键人物。

王均卿（1867—1935），原名承治，号文濡，别署竹毓、天壤王郎、吴门老均、学界闲民、新旧废物等，是有名的国学家，湖州南浔镇人，先祖从安徽广德迁来。幼时聪明好学，为光绪九年（1883）癸未科秀才，时年十六岁。次年即补博士弟子员。戊戌变法时，拥护维新，伏阙上书，多指斥之词。慈禧见后大怒，令巡抚刘澍堂查办，几遭不测。义和团被平定后，事得缓解。1902年与沈知方等在上海创办国学扶轮社；1909年南浔乡绅李维奎提倡新学，创办明理学社，邀其回乡主持校务，兼授课浔溪书院，同年加入南社。后受上海出版界之聘，先后在商务、中华、大东、文明、进步、鸿文、乐群等出版机构任编辑或总编，主持大东书局编辑所时间最长。其间，在1914年与创办上海中国体操学校的同乡徐一冰（诗人徐迟之父）合编过月刊《体育杂志》；与同乡张蓂荪（廷华）编印过多种新式教科书，很受各校欢迎，风行一时；与同乡沈伯经（熔）等编印出版加评注的历代诗文、尺牍等近五十种，对普及国学起到很大推动作用。晚年移居苏州，著有《诗学入门》《蠨屈馆笔记》等。

在1986年，获知王均卿的女婿季小波先生健居上海。为解谜团，冒昧给这位前辈写信求证。那一年季先生已八十七岁高龄，揣度不会有回音，可是季先生寄来了一封长信。内容均具难得史料，全信照抄：

徐重庆同志：

你的信已收到多天，最近，由于高血压，即每日看报也放弃了，迟复，甚歉。

关于我岳父的事所知不多，但他的所有著作我都读过。有些，即使在今天，还值得一读的。《浮生六记》后两记实际是我岳父所作，沈三白的闺房乐趣吸引了他。在他所编的一套《香艳丛书》中，能找到他生活的迹象。而所谓"香艳"，不能冠以"黄色"，仅充满了男女之情而已。晚年交一情妇，诗甚艳，为中年人，但爱岳父诗。因了"忘年赠爱"（指"赠爱"这个辞），是我赠给岳父的。岳父作骈文工且美，后爱朴学，并经常嘱咐小辈，批评诗文的华而不实的，浪费精力，匠人之作的不可取。时以他所爱的文章作介绍。当时，我在潘公展的

《晨报》工作，编画报之外，兼为此报的几个附刊作规划（除姚苏凤的《每日电影》外），与岳父见面的机会极少。在他的新居竣工后（苏州北寺塔旁的沙湖塘），我去住了一个相当的时期，他的藏书也在此时机读了不少。其中有不少他与友人往来的书信，不少是当时知名之士。大作所举的他的著作，他嘱我保存的。岳父只此一女，因之，他对我这个比较好学而并无不良嗜好的女婿，还是满意的。他颇善理财，他为侄子王之廉（音同）搞的"维罗广告公司"赚钱后，又赞助这个侄儿与人经营"信谊药厂"（现在还在，已成大厂了），大东书局主人是吴兴人（南浔人），他也投资。晚年还与友人搞过一个"银团"等等。可惜多年经营，自己无缘享受。中风后，生活寂寞。续弦是文盲，只为生活而设的一位女性，温存是谈不上的。而对岳父的积蓄，只不放弃一分钱。病中曾几次向我表示，只能作安慰而已。

抗战时苏州危急，我一家迁居南浔。南浔有岳父故旧，还办过"国学专修馆"（大概是此名），我有照顾，正拟返苏把他的藏书运到南浔时，苏州已在炮火中矣。

现在岳父还有一位老友在南京，中医叶桔泉，已近九十了，是农工民主党中央委员。但在胜利后我从未见过。秋凉时我很想去南京拜望这位老先生。据说他的地址近我女婿的南京工学院（前中央大学）。叶老先生是我岳父介绍给我的，看来他是深知我岳父的。

胡怀琛是教我诗歌的老师，陈望道是教我中国文学的。（民盟）胡老师和我师生感情深，之后又是同住在虹口公园对面的一个里弄的前后弄，印象极深。我一直在想念他们。很巧，上海《政协报》刊过胡道静同志的访问记，便由这个机会，我又找到了胡老师的道静同志，欣喜是可想而知的。一生，只一瞬间耳。生命只有一次，虽属晚年，我还是想自找麻烦，做点有益的事。衰老难抗拒，头脑还管用的。信很匆忙，不恭乞谅！

　　《申报》漫画是商品，后因老板亏本而停止，前后一年左右，并不可惜。

　　此致

敬礼

季小波谨复

86.8.26

　　季小波先生是现代著名漫画大家，生于1900年，江苏常熟人，曾就读于上海私立艺术师范学校。十八岁时即任苏州《正大日报》编辑，1929年主编过《学校生活》。先后担任过上海晨光艺术研究会函授部主任、"大中华百合"和"新人"两家电影公司的美工师、上海《晨报》漫画版主编等。1927年与叶浅予、鲁少飞等发起成立漫画会，创办早期漫画刊物《三日画刊》。1985年被聘为上海文史馆馆员，于2000年去世，享年一百零一岁。

　　季先生在信中明确"《浮生六记》后两记实际是我岳父所作"，也就是王均卿的作品。王均卿假托此两记时，季先生已三十多岁，同住在苏州新居，且在信将他岳父的可以说是一些隐私事也直言相告，所说是绝对可信的。《浮生六记》的后两记是王均卿假托，七十多年来的谜团可以解开了。

谨以此文，纪念季小波先生逝世十周年。

2010 年 7 月 31 日写于湖州人间过路书斋

（原刊《香港文学》2010 年 11 月号）

沈老的一件小事

　　沈雁冰（茅盾）同志的为人和作品，世上早有公论，无须多说。我现在要谈一件小事。1979年初，湖州影剧院即将竣工，有关单位希望他能为剧院题名。过后，一位同志说，公函寄出多天，不见回复，要我写信去问。我觉得此事颇以为难，因按沈老的地位和声望，给一家兼为营业的影剧院题名似不合适，况且我只是个向他求教问题的无知青年而已。几经踌躇，在第二天，也为了自己写作上的一些事，终于写出一信。14日那天，即收到他的复信："来信悉，湖州剧院事，公署并无公函来过。……"我立即与有关同志联系，知公函确已寄出，就又去信，并代为提出了书写格式等要求。不久，即收到他23日的复信：

　　　　二月十五日信收到了，公署来的公函也收到了，只是公函上让题"湖州剧院"四字，而您信上所写是"湖州影院"，不知究竟是剧院还是影院，请来信告知。……待天气放晴，即可写了寄出。

　　向有关同志问明情况后，我当天又寄出一信。不久，"湖州影剧院"这清秀而挺拔的字，被放大架立在影剧院的门厅上，为湖州增添了光彩。沈老办事如此认真，为人如此热情和诚恳；在身体欠佳和百忙中，他对小小地方上的文化生活也如此关心，闻之谁不感动呵！

（原刊《经济生活报》1981 年 4 月 11 日）

梁羽生先生的赠书

日前，收到上海古籍出版社寄来的一包书。我与他们没有什么联系，感到很疑惑。拆开后，见是一部该社刚刚出版的梁羽生先生的《名联谈趣》。扉页左下角端正地盖着一颗"作者赠书"的大红印章，原来是羽生先生所送。

记得在 1986 年 1 月，香港《广角镜》月刊登载了我写的《陈英士焚尸记》。此时，羽生先生正在为香港《大公报》撰写《联趣》专栏。他在《于右任挽陈英士联》《蔡元培挽陈英士联》两文中，均提到了小文。我读到后，觉得还有不少名人当年挽陈英士的联语可供他参考，遂抄了一份寄去。不久，他就将发表的《补录挽陈英士联》寄我，之外还送了一部有他签名的修订新印的《萍踪侠影录》。拳拳雅意，一直感怀着。

细读了《名联谈趣》，上述三篇，均在其内。全书九百零二题，谈及古今中外（有的流传于海外）对联二千二百多副。文笔流畅，挥写自如。一般读者，都只知羽生先生是写新武侠小说的高手，殊不知他的古典文学根底之深厚，知识之渊博，有几人能企及？一部《名联谈趣》是可以为证的。

前几年，羽生先生去了澳大利亚，我与他断了联络，只是能常常从香港的报刊上获悉他的生活起居，过着淡泊宁静的日子。羽生先生为人厚道，极重情谊。我与他隔断音讯七年之后，他还想到我而再赠书，这也是可以为证的。

（原刊《湖州日报》1993 年 11 月 27 日）

南京的《文艺报》

喜欢文学的读者，大凡都知道现在北京出版的《文艺报》。

追溯该刊的历史，最初创办于 1949 年。这一年 3 月 24 日，中华全国文学艺术工作者代表大会筹委会，在已经解放的北平召开第一次会议，推选出郭沫若为筹委会主任，茅盾、周扬为副主任组成的领导机构后，主办的试版周刊《文艺报》随即于 5 月 4 日出刊。7 月 2 日全国第一次文代会开幕（6 月 30 日举行预备会议），历时十八天，在 7 月 19 日闭幕的当天，宣布中华全国文学艺术界联合会（简称全国文联）正式成立。接办大会筹委会主办的《文艺报》，改为半月刊，遂于 9 月 25 日创刊，到 1953 年再由中国作协主办。此刊后来还曾改过周刊，亦改过几次版式，1966 年 6 月，因"文化大革命"开始而停刊，1978 年 7 月复刊。可以说，《文艺报》是现仍在继续出版的一份历史最久的综合性文学刊物。

同在 1949 年，刚解放的南京亦出版过一种《文艺报》。知道的读者恐怕为数不多了。

1949 年 4 月 23 日，人民解放军攻克南京，宣告南京解放，时在南京的全国文协会员（为团结文艺界人士一致抗日，1938 年 3 月 17 日在汉口成立了中华全国文艺界抗敌协会。抗战胜利后，1945 年 10 月 14 日该协会在重庆召开理、监事联席会议，决定更名中华全国文艺界协会，简称全国文协）以激动的心情，仅仅筹备了三十九天，于 6 月 1 日出版了创刊号《文艺报》。该刊八开四版，发行兼编辑者署名"文艺报社"，地址在南京市户部街五号，向南京市军管会登记的证书是"临字四号"。

创刊号第一版上，用一篇《庆祝南京解放宣言》替代了创刊词，《宣言》有十五名全国文协在南京的会员署名，排列依次为：方光焘、王维镐、丘琴、吉罡、吴组缃、亚克、沈蔚德、陈中凡、陈瘦竹、路翎、赵瑞蕻、郑造、肖亦五、肖蔓若、罗荪。他们在《宣言》中写道："我们是几个在南京的文艺工作者，我们今天看见了久所渴望的人民解放军解放了南京，也就是拯救了南京，我们的欢欣鼓舞，是和全南京的人民，全中国的人民相同的。我们深知在整个人民解放事业当中，自身力量的渺小，我们认识新中国建设工作的艰巨，但是我们一定坚持我们的信念，谨守我们的岗位，一方面更加紧的向人民学习，一方面更努力的为人民效忠：我们将投身在人民的洪流中，和所有南京的从事于文艺的工作者，团结在同一的目标底下，彻底的为了支援并拥护人民解放军的革命进行到底，消灭不肯投降的国民党反动匪帮的最后的残余力量，以达成新民主主义的完全的与彻底的胜利。"第一版另有丘琴庆祝南京解放的新诗《四·二四》、罗荪的《关于文艺工作的二三问题》。同期刊出的还有路翎的小说《车夫张顺子》，赵瑞蕻 4 月 23 日的日记《前夜》，陈瘦竹、吴组缃、肖蔓若、肖亦五观看三十五军文工团演出歌剧《白毛女》的感想及亚克的《战后苏联文学》等。赵瑞蕻这一天的日记，记录了作者迎接解放的心情。当天电灯通宵明亮，他认为是一个奇迹，也使他确信人民解放军已占领了下关接管了发电厂，"我不禁对着远处的路灯欢呼，对将要来到的光明欢呼，对创造光明的人们欢呼"！

这份《文艺报》原计划出周刊，因限于人力定为旬刊，但到 6 月

20 日才出版第 2 号。该期刊有赵瑞蕻的新诗《毛泽东》和肖蔓若的《庆祝》、路翎的《对文艺工作的一点感想》、王维镐的《在一个工厂里》及亚克的《论苏联文学的党性》。为纪念 6 月 6 日普希金诞生一百五十周年，还刊登了吴组缃翻译的《我们的普希金》并配了普氏的照片。在《文坛备忘录》一栏中记载了当年南京赴北平参加第一次文代会的代表共十二人，罗荪为团长，路翎为秘书。

因该刊的负责人和主要撰稿人都将北上出席文代会，故在第 2 期《编后》中向读者说明暂停出版，待会后继续。照此分析，南京的这份《文艺报》仅出版了这两期，因全国文联的成立，全国文协自动解散，且全国文联主办的《文艺报》正式出版，在南京不可能再办一份同名的刊物。是否正确，有请知情者指正。

（原刊《香港文学》2002 年 8 月号）

被扼杀在胎中的《光慈全集》

在1980年6月杭州召开的浙江省文代会上，我与蒋光慈的夫人吴似鸿相遇。谈到50年代初北京人民文学出版社出版的《蒋光慈诗文选》，她说光慈三十一岁英年早逝，当年一时竟找不到照片，卷首印上的是她在光慈去世一年前画的一幅素描像。

蒋光慈的诗歌激情奔放，爱憎分明，具有强烈的感染力；他的小说都能摄取有重大社会意义的生活题材，塑造的人物形象也达到了较高的艺术水平。蒋光慈的为人，诚如胡山源回忆所说："他那淳朴的语言和外表，叫大家喜欢。"郁达夫也说："以他的热情，他的技巧，他的抱负，一定可以大成。"可惜驰骋文坛只有短暂的八年，但成就非常醒目。无论从哪一角度来写中国现代文学史，蒋光慈作为诗人、小说家，必占一席。

蒋光慈原名如恒，又名侠生、侠僧，用过光赤、华西里等笔名。1901年出生在安徽六安，1917年考入安徽省立第五中学。受新文化的影响，五四运动时积极参加学生运动，主编校刊《自由魂》，任芜湖学生联合会副会长。1920年到上海，通过同乡陈独秀的关系，进中国共产党上海发起组创办的外国语社学习俄语，第二年与刘少奇、任弼时等赴苏联莫斯科东方共产主义劳动大学学习。1924年，已成为中国共产党党员的蒋光慈回国，到上海大学社会学系执教，并投身于革命文学活动。他将留苏期间写的新诗结集为《新梦》在次年1月出版。这是他的第一本创作集，也是我国最早的一部歌颂十月革命的诗集。1928年，他与阿英（钱杏邨）、孟超等发起成立太阳社，出版《太阳月刊》；1929年主编《新流月报》；1930年主编《拓荒者》，这一年他被选为左联常务委员会候补委员。阿英说他"八年如一日的，不为任何所屈，从事文艺运动工作"。1931年8月31日，过早地被病魔夺走了年轻的生命。

蒋光慈出版《新梦》时，就受到广泛的重视，随后他出版的创作和翻译及所编的作品，有十七八种之多，在社会上都具一定的鼓吹革命作用，因此几乎每出一种即遭当局查禁一种。他生活贫困，又患严重的肺病，靠卖文度日。上海北新书局明知他的作品遭禁，为增加他的收入，先后出版了他的诗集《战鼓》（1929年6月，系《新梦》《哀中国》增删后的合集）、长篇小说《冲出云围的月亮》（1930年1月）、翻译苏联里别津斯基的长篇小说《一周间》（1930年1月），约他主编《中国新兴文学短篇创作选》中的《失业以后》（1930年5月）、《两种不同的人类》。北新还冒极大的风险，决意出版他的全集，因1931年3月被查封，《光慈全集》被扼杀在胎中。

对于北新书局这一次查封事件，至今史家和研究者都略而不述。1930年已任北新总编辑的赵景深，亲历其事，在70年代初写过一份回忆：

> 1931年3月，上海北新书局门市部代售进步书籍。伪警备司令部军法处长兼伪上海市党部常务委员范争波派人来抄去进步书籍二十余种，即将北新门市部查封。范争波手下王某到北新货栈来恐吓，如果不缴出三千元给他，他就要封货栈。写

作者李赞华与范争波相识，就陪我去看过范争波一次。我还携带三千元钞票，到"一品香"约定的房间里去看王某。王某鬼鬼祟祟地怕人窥破地将这笔钱收下。后来这案件便由警备司令部移交法院。法院判决门市部经理徐孟若徒刑五年，缓期执行，交保释放，北新门市部启封。北新在惊恐之余，曾将蒋光慈著译的单行本、打好纸版的《光慈全集》以及所有进步的书籍存货全部销毁。（抄自赵景深公子赵易林兄提供的手稿。）

这次查封事件，亦为北新创始人、主持者李小峰的胞侄李中法所亲见。他在《关于李小峰》一文中的叙述，可与赵师的回忆相印证：北新"第二次封门是 1931 年 3 月在上海，原因是出版了鲁迅的著作和蒋光慈的《冲出云围的月亮》《失业以后》《两种不同的人类》，冯雪峰的《新俄的戏剧与跳舞》等书……一天，只见李小峰指挥着同仁，从三楼书库把鲁迅、蒋光慈等的著作成捆成捆地往后院天井扔，然后举火焚烧，火光彻夜不绝。我们家眷也都把箱子细软放在自己房门口，等淞沪警备司令部派人来封门时，可以拿起就走"。足以说明北新是因印售进步书刊而遭查封。赵师曾见告，这部打好纸型的《光慈全集》，包括了蒋光慈已出版的全部著作外，还将连载发表在《拓荒者》上、尚未出过单行本的长篇小说《咆哮的土地》也一并收入。北新被查封发生在 3 月，蒋光慈于同年 8 月 31 日去世，如北新不遭这次查封，蒋光慈完全可以在生前见到自己出版的《光慈全集》。

2003 年 4 月 11 日写于湖州人间过路书斋

（原刊《香港文学》2003 年 7 月号）

关于左联成立时的两点史实

1930 年 3 月 2 日在上海成立的左联，是我国广大革命文艺工作者，在革命最艰苦的年代里，竖起的一面鲜艳夺目的红旗。它是我国现代文学史上的一座丰碑。为了更好地学习"左联"的战斗业绩，尽可能完整无误地记录它光辉的历史，现补正两点在它成立时的史实。

关于左联成立大会上通过成立的研究会

在 1930 年 3 月 2 日左联成立大会上，共通过了十七件提案。国内较有影响的王瑶同志的《中国新文学史稿》、丁易同志的《中国现代文学史略》、刘绶松同志的《中国新文学史初稿》等，在谈及这十七件提案时，都说其中通过成立的研究会只有三个，即马克思主义文艺理论研究会、国际文化研究会、文艺大众化研究会。1930 年 5 月 1 日出版的《大众文艺》第 2 卷第 4 期"新兴文学专号"下册中，有署名"记者"的一篇题为《左翼作家联盟成立了！》的报道。在这篇报道中，除提到上述三个研究会外，还有成立漫画研究会这第四个研究会。

用漫画来宣传无产阶级革命，当时的革命文化工作者都很重视，左联领导的刊物中，刊登过不少革命漫画。《萌芽》月刊在《扩充篇幅及确定今后内容启事》中，也指明从第 3 期起，着重"社会和时事漫画"的介绍。1930 年 5 月 1 日出版的《萌芽》月刊 1 卷 5 号上，有《左翼作家联盟消息》一篇，其中谈到为纪念"五一"，"左翼作家联盟除派代表参加五一筹备总会，一方面组织分会以外，并发动以下种种纪念五一活动：一、召集上海各左翼杂志联合杂志出版纪念五一的号外；二、发表五一宣言；三、漫画研究会出版五一画报；四、制作五一歌"。大会通过的十七件提案中，成立研究会的提案至少是四个。漫画研究会不单是在左联成立大会上通过提案成立的一个研究会，而且是展开过活动的一个组织。

关于左联机关杂志《世界文化》

新中国成立后国内出版的各种现代文学史，凡谈到左联创办机关杂志时，都说在 3 月 2 日的成立大会上，通过了定名为《世界文化》的提案。并还说"首先出版的杂志是《世界文化》"。左联成立大会上通过创办联盟机关杂志，是十七件提案之一。但在当天大会上已定名为《世界文化》是不确的。左联成立大会召开于 3 月 2 日，参加大会又是三人主席团之一的鲁迅，却在 3 月 17 日的日记中记道："午后议泰东书局托办杂志事，定名曰《世界文化》。"倘若鲁迅等这一天所议的是另外一种杂志，也绝不会取刊名与大会上通过的相同。这就很可能是在大会上通过出版机关杂志的提案，但没有定名，直到 3 月 17 日才由鲁迅等议定。5 月 1 日出版的《大众文艺》上，已说在成立大会上通过了创办联盟机关杂志《世界文化》的提案，也可能是事后补上了刊名。因《大众文艺》与鲁迅联系甚密，3 月 17 日议定刊名，书在 5 月 1 日出版。新中国成立后，上海文艺出版社影印的这期《世界文化》，也不见印有出版书店。

《世界文化》仅出一期，在 9 月 10 日出版。1930 年 6 月 1 日出版的《新地月刊》（即《萌芽》第 6 期）上，有《左翼作家联盟的两次大会记略》一文，记 4 月 29 日一次大会，仅对联盟刊物的编辑方法，开展了讨论。到 5 月 29 日的一次大会上，才有报告"编辑部召集了二次上海各'左'倾杂志联席编辑会议，计划了机关杂志《世界文化》的编辑方案"。《世界文化》的出版比同是左联的机关杂志，如在 4 月 11 日创刊的《巴尔底山》等迟，并不是"首先出版"。它是左联第一个大型机关杂志，但不是第一个出版的机关杂志。

（原刊《新文学史料》1979 年第 5 期）

第六辑

鲁迅研究

鲁迅室名"西湖之避暑吟诗堂"的由来

1931 年 8 月 12 日，鲁迅在写《〈肥料〉译后附记》一文时，下署"洛文记于西湖之避暑吟诗堂"。查《鲁迅日记）1931 年 8 月 9 日，记有"夜译短篇《肥料》讫"。四天后写"译后附记"，在时间上是完全吻合的。可是，在这几天里，鲁迅并没有离开过上海，也就没有到过杭州西湖。为此，这"西湖之避暑吟诗堂"，一直来被人认为是不知所指。

这个室名是鲁迅的有意臆造实属无疑，而这有意的臆造，却是针对向培良而发的。

向培良，湖南黔阳人，狂飙社的主要社员。他在北京求学时，曾是鲁迅的学生，得到鲁迅的帮助，常在《莽原》上发表文章。鲁迅编印"乌合丛书"时，为他选定、校字，出版了他的短篇小说集《飘渺的梦》。事隔不久，向培良以怨报德，与高长虹等人一起，写文章恶毒攻击鲁迅，后来变为"民族主义文学"的走卒。

1929 年，向培良在上海主编《青春月刊》，提倡所谓"人类的艺术"。他还写了《人类的艺术》一书，于 1930 年 5 月由南京拔提书店出版。鲁迅在 1931 年 5 月 23 日写的《一八艺社习作展览会小引》一文中，对他作了批评，说："现在有自以为大有见识的人，在说'为人类的艺术'。然而这样的艺术，在现在的社会里，是断断没有的。看罢，这便是在说'为人类的艺术'的人，也已将人类分为对的和错的，或好的和坏的，而将所谓错的或坏的加以叫咬了。"向培良在过去的一篇《论孤独者》中，曾说过，青年们"愤怒而且嗥叫，像一个被追逐的狼，回过头来，露出牙……"所以鲁迅说他是在"叫咬"。

可是，向培良并不迷途知返，仍自以为是。为此，鲁迅在 1931 年 7 月 20 日，应上海科学研究会去作题为《上海文艺之一瞥》的讲演时，再次严厉地批评了他。鲁迅说："还可以举出向培良先生来。在革命渐渐高扬的时候，他是很革命的；他在先前，还曾经说，青年人不但嗥叫，还要露出狼牙来。这自然也不坏，但也应该小心，因为狼是狗的祖宗，一到被人驯服的时候，是就要变而为狗的。"并又说："这样的翻着筋斗的小资产阶级，即使是在做革命文学家，写着革命文学的时候，也最容易将革命写歪。写歪了，反于革命有害，所以他们的转变，是毫不足惜的。"鲁迅的这篇讲演稿，在 1931 年 7 月 27 日和 8 月 3 日的《文艺新闻》第 20 期、21 期连载发表。向培良见到后，立即匆匆忙忙写了《答鲁迅》一文，发表在 1931 年 8 月初南京出版的《活跃周报》第 13 期。文中除了对自己进行了虚弱的辩解外，还肆无忌惮地恶毒攻击谩骂鲁迅，说鲁迅在学"阿 Q 式的反抗"。他在文尾写道："此地晴则苦执，雨则苦湿，我处在被雨漫塌了的房子里，正陷湿热之际，得如坐蒸笼里。（这种生活，应不如鲁迅所'豢养'的'狗'。呜呼，小资产阶级！）而我也天天有应做的事，本没功夫和鲁迅斗闲气。"鲁迅早就说过，对高长虹，向培良之流，则要采取"拳来拳对，刀来刀当"（《两地书》）。在写《〈肥料〉译后附记》时，也就针对上引向培良《答鲁迅》文尾的一段话，臆造了"洛文记于西湖之避暑吟诗堂"，给了向培良一个无情的讽嘲。

（原刊《杭州师范学院学报（社会科学版）》1980 年第 1 期）

《鲁迅日记》中的夏丏尊

夏丏尊与鲁迅结识较早，时在 1909 年的 8 月间。夏丏尊当时叫夏铸，在杭州的浙江两级师范学堂任日语教员，并兼任教育学的日本教员中桐确太郎的翻译，一度还担任过斋务员。鲁迅这时由许寿裳介绍，任该校化学和生理学教员，兼任动物学的日本教员本多原二郎的翻译。夏丏尊与鲁迅是绍兴同乡，又都是留日学生，又一起在该校参加过反对以道学家自命的监督（校长）夏震武的"木瓜之役"，两人感情甚好。鲁迅逝世后，夏丏尊在 1936 年 12 月 1 日出版的《文学》第 7 卷第 6 号上，发表了《鲁迅翁杂忆》一文，记叙了当年共事时鲁迅的工作与生活情况，是研究鲁迅的珍贵史料。

夏丏尊与鲁迅在该校同事一年左右，后来直到 1926 年秋才又见面。以下所辑是《鲁迅日记》中有关夏丏尊的记载，次数虽不多[①]，但可以看到他们之间诚挚的友谊。日记原文后的按语是笔者所加。

1926 年 8 月 30 日：下午得郑振铎柬招饮……座中有刘大白、夏丏尊、陈望道、沈雁冰、郑振铎、胡愈之、朱自清、叶圣陶、王伯祥、周予同、章雪村、刘勋宇、刘叔琴及三弟。夜大白、丏尊、望道、雪村来寓谈。

按：鲁迅受厦门大学的聘请，同月 26 日由北京乘车南下，29 日上午抵达上海。郑振铎于第二天就邀请鲁迅在消闲别墅聚餐，作陪的全是文学研究会中人。夏丏尊在《鲁迅翁杂忆》中，记到了这次相会："（鲁迅）衣服是向不讲究的，一件廉价的羽纱——当年叫洋官纱——长衫，从端午前就着起，一直要到重阳。一年之中，足足有半年看见他着洋官纱。这洋官纱在我记忆里很深，民国十五年初秋他从北京到厦门教书去，路过上海，上海的朋友们请他吃饭，他着的依旧是洋官纱。我对了这二十年不见的老朋友，握手以后，不禁提出'洋官纱'的话来。'依旧是洋官纱吗？'我笑说。'呃，还是洋官纱！'他苦笑着回答我。"

当天晚上，夏丏尊等还到鲁迅下榻的孟渊旅社去聚谈。

　　1927 年 10 月 5 日：章锡箴、夏丏尊、赵景深、张梓生来访，未遇。

按：鲁迅这一年结束了在南方的生活，从广州转道香港、汕头，于同月 3 日到达上海。夏丏尊当时已任上海开明书店的总编辑，得知鲁迅已来上海，隔了一天，就与开明书店同仁去共和旅馆看望。章锡箴（锡琛）当时是开明书店经理，赵景深是开明书店的第一任编辑。不巧鲁迅被北新书局经理李小峰请去外出吃晚饭，未遇。

　　1927 年 10 月 12 日：访章锡琛，遇赵景深、夏丏尊。

按：这是鲁迅对 10 月 5 日夏丏尊等来访未遇的回访。会见地点是在开明书店。

1927 年 10 月 30 日：上午得夏丏尊信。

按：夏丏尊给鲁迅信，未见复信记载，可能是与约请鲁迅 11 月 6 日的讲演有关。

1927 年 11 月 6 日：上午丏尊来邀至华兴楼所设暨南大学同级会演讲并午餐。

按：讲题不明，讲稿今佚。夏丏尊先后两度在该校任教。

1928 年 5 月 15 日：午后夏丏尊来。……陈望道来，同往江湾实验中学校讲演一小时，题曰《老而不死论》。

按：这天夏丏尊去鲁迅家，可能与当天鲁迅去江湾实验中学讲演一事有关。鲁迅去讲演，事前亦无约请记载，疑是夏先去联系，后由陈陪同前往。夏、陈当时同在江湾立达学园任教。

1933 年 9 月 16 日：下午得韦丛芜信，附致章雪村、夏丏尊笺。

按：这是韦丛芜寄章雪村、夏丏尊的信，由鲁迅转交。韦丛芜欠未名社款，未名社结束后，交开明书店代理余事。未名社欠鲁迅与曹靖华的版税，约定由开明书店在收购未名社的存书和韦丛芜在该店出书的版税中偿付。章是开明经理，夏是总编辑，韦丛芜给他们的信，与此事有关。

1934 年 9 月 16 日：得夏丏尊信。

按：夏丏尊写信给鲁迅，是为受鲁迅之托，寻购印《十竹斋笺谱》的用纸事。鲁迅 1934 年 9 月 24 日致郑振铎信："开明买纸事，因久无消息，曾托夏丏尊去问，后得来信，谓雪村赴粤，此外无人知其事云云。"

1934 年 9 月 28 日：寄夏丏尊信。

按：信今佚。但在同日鲁迅致郑振铎的信中有记："午前持'罗甸纸'问纸铺，多不识，谓恐系外国品，然则此物在南方之不多见，亦可知矣。看纸样，帘纹甚密，或者高丽产亦说不定。现已一面以样张之半寄夏丏尊，托其择内行人再向纸铺一访……"鲁迅是为印《十竹斋笺谱》而在觅求一种黄色罗纹纸。

1934 年 10 月 8 日：得丏尊信，即转寄西谛。

按：同日上午鲁迅致郑振铎信中说："丏尊尚无信来，黄色罗纹纸事，且稍待后文罢。"发信后即收到夏丏尊来信，下午鲁迅又致郑振铎信一封，写有："顷得丏尊回信，附上备览。"《十竹斋笺谱》系鲁迅与郑振铎所编，夏丏尊从中也给予不少帮助。

1936 年 10 月 2 日：下午《海上述林》上卷印成寄至，即开始分送诸相关者。寄章雪村信。

按：所说"诸相关者"，夏丏尊亦属其中。同日，鲁迅寄章雪村信并附去《海上述林》上卷七本，托其分送，在信中注明给夏丏尊皮脊精装本（最好的本子）一册。

　　《海上述林》是鲁迅编辑的瞿秋白烈士的遗著，由上海开明书店的美成印刷厂排字打成纸型，再托内山书店的关系到日本印制。鲁迅赠《海上述林》给夏丏尊，表明他也是做了不少工作的。

（原刊《文教资料简报》1981 年第 3 期）

台静农编《关于鲁迅及其著作》

在中国现代文学史上，最早的一本研究鲁迅生活、思想和作品的专集，要推台静农编的《关于鲁迅及其著作》。该书最初在 1926 年 7 月由未名社出版，为"未名社丛书"十六种之一。1933 年 12 月，开明书店曾再版发行。

《关于鲁迅及其著作》，共收文十四篇，以鲁迅的《自叙传略》开卷，景宋（许广平）的《鲁迅先生撰译书录》压轴。五篇是谈鲁迅生活、思想的，分别为曙天女士《访鲁迅先生》、张定璜《鲁迅先生》、尚钺《鲁迅先生》、陈源《致志摩》、马珏《初次见鲁迅先生》；七篇是谈鲁迅作品的，分别为雁冰《读〈呐喊〉》、Ｙ生《读〈呐喊〉》、成仿吾《读〈呐喊〉的评论》、冯文炳《呐喊》、玉狼《鲁迅的〈呐喊〉》、天用《呐喊》及孙福熙《我所见于〈示众〉者》。鲁迅的短篇小说集《呐喊》于 1923 年 8 月面世后，报刊上出现了不少评论文章，较重要的几篇均收在该书。这些评论文章，当年散见在较有影响的《京报副刊》《晨报副刊》《现代评论》《文学》《创造季刊》《时事新报·学灯》上。

《关于鲁迅及其著作》，附有照片插图四帧。两张是鲁迅分别摄于 1903 年、1912 年的照片；一张是 1926 年陶元庆为鲁迅手绘的那幅最传神的素描；一张是林语堂手绘的发表在 1926 年 1 月 23 日《京报副刊》上的《鲁迅先生打叭儿狗图》。书由司徒乔作封面。

　　这本书所收的文字，诚如编者台静农在 1926 年 6 月 20 日写的序中所说："这里面有揄扬、有贬损、有谩骂"。在编写的过程中，得到鲁迅本人的审阅，并亲自校订。编者最初要编入书中的，另有法国罗曼·罗兰对法译本《阿 Q 正传》的评语，《阿 Q 正传》俄文译者王希礼给曹靖华的一封信、日本清水安三在《支那的新人及黎明运动》一文中关于鲁迅的一段评价及美国马特勒特访问鲁迅时的重要谈话。这些都属"揄扬"的文字，鲁迅都劝编者抽去了，同时却又嘱他补进关于"贬损""谩骂"的陈源的《致志摩》，从中也可窥见鲁迅的谦逊与博大的心怀。

　　当年未名社的成员与鲁迅交往最为密切，无所不谈。收入《关于鲁迅及其著作》中的评论文字，鲁迅在结成书前大都是读过的。李霁野写《在北京时的鲁迅先生》一文中曾回忆："鲁迅先生有时也谈到别人对他的批评。他不喜欢不中肯的赞誉，也不重视不相干的指责。真能了解他的作品的文章，他感到喜悦，仿佛是遇到了知己。误解了他的精神的评语，往往使他叹息。我记得他说孙福熙关于《示众》的短文，写得是中肯的。张定璜说他的特色'第一个是冷静，第二个是冷静，第三个还是冷静'，他提起来就摇头。"

　　被鲁迅认为是写得中肯的孙福熙关于《示众》的短文，就是收入《关于鲁迅及其著作》中的那篇《我所见于〈示众〉者》，最初发表在 1925 年 5 月的《京报副刊》。现不妨摘录几段："鲁迅先生是人道主义者，他想尽量的爱人；然而他受人欺侮。而且因为爱人而受人欺侮……他受了欺侮，所以想复仇，他看人受欺侮，所以想代人复仇。然而，他在日本专制了拿回来复仇的短刀可曾沾过谁的血了呢？我知道没有。或者，他可曾用无论哪一种方法毒害过他的仇人呢？我知道也没有。大家看起来，或者连他自己，都觉得他的文章有凶狠的态度，然而，知道他的生平的人中，谁能学出他的凶狠的行为？他实在极其和平的。"又说鲁迅的作品"究竟他用什么艺术使人如此爱看呢？我的意思，第一个条件是崭新，他用字造句都尽力创造。他的这把'德国式'的解剖刀，虽然没有雕琢，没有藻绘，却极光亮整饰而锐利，这一点也够使人催眠而乐于被割了。加以他手术的敏捷与判断患处的准确，虽不用麻醉药，也使人不加反抗——因为原来痛痒已极的，刺进去反觉凉爽畅快了。（鲁迅先生用文章所刺的疮是中国人大体的疮，所以大家都感觉到的。）"孙福熙在文中还说，看过《社戏》的，都可知作者除解剖刀一般的坚硬铁笔以外，"还有生动的画笔"。这样的评论，至今看来也确实是使人佩服的。

台静农所编的《关于鲁迅及其著作》出版到现在，已整整六十年了。在这半个多世纪里，出版有关鲁迅生活、思想及其作品评论的书，已多得很难统计。但台静农所编这本书中的一些文字，例如孙福熙的这篇评《示众》的，曾与鲁迅发生过龃龉的尚钺的《鲁迅先生》等，对研究者来说，也似乎还是较陌生的。同时，从这本专集中可见到当年评论界对鲁迅及其作品的论述，而且都是最早的，因此值得重视。

编者台静农先生，字伯简，安徽霍邱人，1903 年生。为五四时期的小说家，未名社社员。他早年曾在北京大学国文系旁听，后转该校研究所国学门半工半读。抗战前，他先后在北京辅仁大学、齐鲁大学、山东大学、厦门大学任教授兼中文系主任；抗战胜利后，任台湾大学中文系教授兼主任至今。台静农与鲁迅交往甚密，1927 年韦素园因病休养后，他与李霁野同为未名社的社务主持人，与鲁迅联系更多。他在创作和生活上都得过鲁迅的帮助。1934 年夏，台静农在北京被捕，鲁迅曾设法营救。1935 年间他往厦门任教，路过上海时，曾几次拜访鲁迅。

鲁迅对台静农的人品极为称赞。台静农非常敬崇鲁迅，他钦佩鲁迅的顽战精神。他在《关于鲁迅及其著作》的序中就说过："我觉得，在现在的专爱微温，敷衍，中和，回旋，不想急进的中国人中，这种精神是必须的，新的中国就要在这里出现。"

《关于鲁迅及其著作》是鲁迅与台静农深厚友谊的结晶之一。

（原刊香港《读者良友》1986 年 10 月号）

"阿Q"其名的来源

鲁迅的中篇小说《阿Q正传》自1922年问世后，立刻传颂一时，且经久不衰，在我国现代文学史上立下了一块丰碑。"阿Q"，也因此成了几乎是无人不知的人物，足见影响之深广。

在鲁迅研究领域中，"阿Q"这个名字，自然要引起众多学者的注意。有的从"Q"的读音上下功夫，说它应读为"桂"音；有的从象形上来论证，说"Q"是光头上拖了一条辫子，乃主角阿Q的形象；有的从字面上作分析，认为"Q"是取了"Quixete"（问题）的第一字母，全篇小说是向读者提出了一个"？"。若将研究《阿Q正传》的论文单独汇编，恐怕要有厚厚数巨册吧。

鲁迅取"阿Q"这个名字，我认为是受了西班牙塞万提斯的《堂·吉诃德》的启迪。《堂·吉诃德》英文为"Don Quixote"，阿Q则取了"Quixote"（吉诃德）之第一字母。在《阿Q正传》中，他还塑造了一个叫小Don的，就是那个"小D"，此名则又取之于"Don"（堂）。鲁迅在《寄〈戏〉周刊编者信》里带有暗示性地说："小D大约是小董罢？并不是的。他'小同'，大起来，和阿Q一样。"其实，阿Q与小D，均从"Don Quixote"而来，小D大起来自然和阿Q一个模样了。

《堂·吉诃德》这部世界名著，早在20世纪初，已由林琴南与陈家麟用《奇侠传》为名翻译到中国。鲁迅在学生时代对林译名著就已很感兴趣。周作人曾经说过："在南京的时候豫才就注意严几道的译书……其次是林琴南。自《茶花女遗事》出后，随出随卖，我记得最后一部是在东京神田的中国书村买的《黑太子南征录》，一总大约有二三十种罢。"因此，当年鲁迅完全有接触《奇侠传》一书的可能，况且那时日译本亦早已问世。尽管在那段时间里，中译的《堂·吉诃德》出了数种，且将"堂·吉诃德"译作"当块克苏替""唐夸孝""唐克特"这样不同的名字，然其英文名的字母却是改动不了一个的。

鲁迅在《真假堂·吉诃德》里说过一段话："中国的江湖派和流氓种子，却会愚弄吉诃德式的老实人，而自己又假装着堂·吉诃德的姿态。……真吉诃德的做傻相是由于自己愚蠢，而假吉诃德是故意做些傻相给别人看，想要剥削别人的愚蠢。"我们在读《阿 Q 正传》时，是否有阿 Q 与吉诃德何其相似的感受？

（原刊香港《新晚报》1992 年 7 月 19 日）

《胡适的日记》中的鲁迅

　　胡适有一部分日记原稿，现尚收藏在北京。中国社会科学院近代史研究所中华民国史研究室加以编注、冠题《胡适的日记》，曾由北京中华书局出版。

　　五四时期，胡适与鲁迅（豫才）同在北京大学执教，又同是《新青年》的编委，交往过从。后团伙解散，分道扬镳，然在1921年至1922年，两人仍有往还，感情依然，胡适在记日记的这两年里，对此有五条记载。

1921年6月24日

　　胡适这天上午去扶桑馆访日本作家芥川龙之介。芥川是日本近代文学史上的"鬼才"，大正时期最重要的作家之一。当天胡适在日记中记有：

> 　　芥川是一个新派小说家，他的短篇小说，周作人先生兄弟曾译过几篇。前几天，周豫才先生译的《罗生门》，也是他的。

　　《罗生门》系是芥川的代表作之一，鲁迅的译文发表在同月16日、17日的《晨报》上。该报5月11日至13日，还刊登过鲁迅译的芥川另一代表作《鼻子》，可见胡适对鲁迅的译述是颇留意的。

1922 年 2 月 27 日

俄国盲诗人爱罗先珂住在八道湾周宅（鲁迅、周作人（启明）合住），因蔡元培邀他讲演，并要胡适做他的英文翻译。这一日，胡适去周宅探望爱罗先珂。该日日记中，胡适记有：

> 与豫才、启明谈。
>
> 爱罗先珂又为世界语学者，由胡愈之的联系，才从上海到北京，后任北大世界语讲习班讲师。鲁迅译过他作品多篇，结集为《爱罗先珂童话集》。这年十月写的《鸭的喜剧》也是艺术展现了盲诗人的形象，表达了对他的真挚友谊与怀念。

1922 年 3 月 4 日

胡适又去周宅与爱罗先珂谈次日讲演事，又与鲁迅、周作人畅谈翻译问题。交谈中，鲁迅对胡又有规劝。胡适当天日记记有：

> 豫才深感现在创作文学的人太少，劝我多作文学。我没有文学的野心，只有偶然的文学冲动。我这几年太忙了，往往把许多文学的冲动错过了，很是可惜。将来必要在这一方面努一点力，不要把我自己的事业丢了来替人家做不相干的事。

可惜，胡适后来并没有实行诺言，不然，他在文学史上的地位还会更高些吧。

1922 年 8 月 11 日

胡适在周作人处吃饭，鲁迅外出归来，与之长谈。胡适当天日记有记：

> 周氏弟兄最可爱，他们的天才都很高，豫才兼有赏鉴力与
> 创造力，而启明的赏鉴力虽佳，创作较少。

他对鲁迅的评价是很高的。那天，周作人说了件他们祖父的逸事。祖父是前清翰林，做梦曾梦见一个已死的负恩的朋友，身穿昂贵的大毛皮外套，对其曰：今生不能报答你了，只好来生再图之。此后，祖父每次吃肉，都疑心是这位朋友的报答。周作人说祖父之滑稽极似鲁迅，胡适也觉得极是。那天胡适在日记中记了这些谈话，还记到鲁迅考一次、周作人考三次都没能中状元而感到奇怪。他实在佩服周氏弟兄的天赋。

1922 年 8 月 14 日

这一天，胡适大约还与鲁迅谈到《西游记》的考证，这才有鲁迅同月 14 日、21 日致胡适的那两封信。这两封书信的原件，胡适粘贴在 14 日日记上：

> 豫才送来关于《西游记》的材料五纸、信两纸（21 日信系
> 后来附入）。

只是随前一信附抄去的五页有关《西游记》的材料被人剪走，不知现在还存人间否？

（原刊香港《大公报》1991 年 6 月 30 日）

鲁迅与芥川龙之介

　　鲁迅一生中，非常注重和赞扬优秀的日本文学。他曾经翻译过多种日本小说和文艺理论著述，芥川龙之介的作品就是其中之一。1921年夏天，鲁迅先后译出了芥川的代表作《鼻子》和《罗生门》，登载在北京出版的《晨报》上。

　　芥川龙之介（1892—1927），这位被称为日本近代文学史上的"鬼才"，是大正时期（1912—1926）最重要的作家之一。1913年2月，他就读于东京帝大英文系时，与友人一起重新出版了两起两落的帝大同人杂志《新思潮》，后来他和菊池宽、久米正雄等，都成为日本近代文学史上的重要流派——"新思潮"派的代表人物。芥川在创作初期，深受森鸥外和夏目漱石的影响，也得到武者小路实笃的启发。他基础深厚，文字洒脱，一开始发表作品就具有一种日本古典形式的完美性，并且带着这种独特的艺术风格迈进文坛。1915年11月，在《帝国文学》上发表了《罗生门》，却未引起人们的重视，次年2月，在《新思潮》上发表了《鼻子》，立即受到日本文坛的广泛注意，尤为已经名扬遐迩的夏目漱石的赏识。1919年3月，他入大阪每日新闻社工作。1921年以该社海外特派记者身份到中国十多个城市游览，回国后写了《主海游记》《江南游记》等书。后来《罗生门》虽为国内外读者所注目，但不及《鼻子》面广。待到日本著名电影编剧桥木忍和著名电影导演黑泽明根据他发表于

1920 年 12 月的另一篇小说《筱竹丛中》改编成电影时，片名改作"罗生门"。当这部故事影片荣获世界电影奥斯卡导演奖时，这篇名作的流传也更其广泛了。至于《鼻子》，至今已有好几国文字的译本，早已列入世界短篇佳作之林。

由芥川等参加的新思潮派作家，有着明确的目标：努力将自己锻炼成为真正的艺术家。所以，在创作态度上是十分谨严的。他们保持着一种明智的写作风格，题材大都选取普通俗事，并且以一些历史人物的生活为主线，有意识地结合现实来加以解释，用理智来压抑感情，从而表现出自己的写作特色。芥川在这些方面的成就尤其显著。他在创作上始终严谨认真，在艺术上耐心琢磨，几乎每部作品都有形式上的探讨和改进，芥川在他三十五年短促的生命中，就写了一百四十八篇中短篇小说，给丰富瑰丽的日本文学宝库，增添了一份极其珍贵的遗产。

鲁迅翻译的《鼻子》和《罗生门》，都刊登在《晨报》上。前者分三次刊于 1921 年 5 月 11 日至 13 日，后者分两次刊于同年 6 月 16 日至 17 日。鲁迅在发表《鼻子》和《罗生门》译文的同时，还分别撰写《〈鼻子〉译者识》和《〈罗生门〉译者前记》。在《〈鼻子〉译者识》里，鲁迅称芥川是"日本新兴文坛中一个出名的作家"，说"他的作品所用的主题，最多的是希望已达之后的不安，或者正不安时的心情，这篇便可以算得当适样本"。在《〈罗生门〉译者前记》里，鲁迅赞誉《罗生门》是芥川的"佳作"，"取古代的事实，注进新的生命去，便与现代人生出干系来"精辟地阐发了芥川小说的特色和风格。

1923 年 6 月，鲁迅与周作人合译的《现代日本小说集》，由上海商务印书馆作为"世界丛书"之一出版。这本小说集，内收鲁迅翻译的芥川龙之介、夏目漱石、森鸥外、有岛武郎、江口涣、菊池宽等六位作家的作品十一篇。芥川名下就收《鼻子》和《罗生门》两篇。鲁迅还为这该书的"附录"撰写了上述六位作家的简况、文艺主张和创作特色。关于芥川的一节，鲁迅是综合了《〈鼻子〉译者识》和《〈罗生门〉译者前记》的主要内容写成。文中着重指出芥川的"复述古事并不专是好奇，还有他的更深的根据：他想从含在这些材料里的古人的生活当中，寻出与自己的心情能够贴切的触著的人或物，因此那些古代的故事经他改作之后，都注进新的生命去，便与现代人生出干系来了"。鲁迅深知芥川在作品中所用借古事寓今意的手法，是他针对当时日本的现实社会，对穷苦人民怀着深切的同情。鲁迅给我国读者介绍芥川的这两篇"样本"和"佳作"，不单使大家扩大了眼界，诚如他在《〈木刻纪程〉小引》中说的"采用外国的良规，加以发挥，使我们的作品更加丰满是一条路。"这就进一步为新文学作者的成长提供了有益的养料，增添了前进的力量。

当芥川见到这本《现代日本小说集》后，曾经以《中国翻译的日本小说》为题，写了一篇评介性质的文章，发表在1925年3月1日出版的《新潮》杂志第42卷3月号上，对这本小说集的翻译给予公允而确切的评价。芥川在文中说："在翻译上，以我本人的作品为例，译文是非常准确的，同时地名、官名、道具名等，也都作了正确的注释。"又说："书末作为附录还附有关于各个作家的简单的介绍。应该说，这些介绍是很得要领的。"芥川最后认为"这本小说集和现在流行于日本的欧洲文艺翻译书相比，也绝不过分逊色，如果我再详细作介绍，谅必会更有风趣"。芥川的这些评述，恰恰说明了鲁迅翻译他的作品的准确和成功，同时也表达了作者对译者的感激之情。

鲁迅对芥川的早死分明是惋惜的。为了纪念这位优秀的日本作家，当年12月，开明书店出版了鲁迅等译的《芥川龙之介集》，重新编入

《鼻子》《罗生门》两篇小说。1930 年鲁迅在《文艺研究》的编辑例言中指出："《文艺研究》的倾向，在究明文艺与社会之关系。"第一期就编入侍桁译的唐木顺之作的《芥川龙之介在思想史上的位置》，同时还选登了方善境刻的一幅芥川木刻像。这恐怕是鲁迅对芥川的另一种纪念。

一个有成就的作家，总会接受中外著名作家的影响，像鲁迅这样伟大的作家也不例外。鲁迅曾多次谈过自己的创作方法，1933 年 8 月 13 日在致董永舒的信中说："我所取法的，大抵是外国的作家。"芥川的创作方法，无疑亦为鲁迅所"取法"。鲁迅在 1921 年夏翻译了芥川的小说，第二年，即 1922 年冬，他完成了第一篇以中国古代神话为题材的短篇小说《不周山》（收入《故事新编》时改名《补天》）。在《故事新编·序言》中，鲁迅写道："那时的意见，是想从古代和现代都采取题材，来做短篇小说，《不周山》便是取了'女娲炼石补天'的神话，动手试作的第一篇。"写《不周山》时，正值五四运动的风暴卷起了我国反帝反封建的浪潮，可是封建残余势力并不甘心失败，他们勾结了帝国主义进行猖狂反扑。鲁迅为了现实斗争的需要，对一些广泛流传于民间的，为人们所熟悉的历史故事进行了认真的选择，加以生发和创造，赋予时代精神，使其具有强烈的批判性和战斗性。《故事新编》就是这样的产物。这本全收历史题材的小说集，从创作《不周山》开始到 1935 年编成全书，前后相距十三年。虽然成书时间较晚，但鲁迅写作这几篇小说的计划是早就确定了的。在该书的序言中，他说写成《不周山》后，是想"仍旧拾取古代的传说之类，预备足成八则《故事新编》"的。1935 年 1 月 4 日，他在致萧军、萧红的信中说："近几时我想看看古书，再来做点什么书，把那些坏种的祖坟刨一下。"鲁迅在这里道尽了《故事新编》的写作意图。《故事新编》中的八篇小说，鲁迅熔古铸今，对这些古典题材赋予了现实斗争的新生命。这同他评价芥川的作品是"取古代的事实，注进新的生命去，便与现代人生出干系来"是完全一致的。再说，鲁迅在《〈鼻子〉译者识》一文中，曾指出芥川的这篇小说，具有"谐味"，并且与我国的"所谓滑稽小说"作了比较，而鲁迅在一些文章和致友人的书信中，多处说自己的《故事新编》"油腔滑调""内容颇有些油滑"，等等。尽管鲁迅在《准风月谈·"滑稽"例解》中说"油滑，轻薄，猥亵之类，和真的滑稽有别"，但这里的"油滑"，属于"嬉笑"的一种，运用又甚巧妙和得当，并且富有思想性和积极的社会效果。因此，《故事新编》也具有"谐味"的特色。在语言风格、文字的凝练上，鲁迅也是吸收了芥川的可取之处。可以说，鲁迅《故事新编》的创作方法，多少接受了芥川的影响，而这种影响似乎比之其他作家对鲁迅作品的影响尤为明显。

对鲁迅《故事新编》的成就，茅盾在《玄武门之变·序》中说得好："用历史事实为题材的文学作品，自五四以来，已有了新的发展。鲁迅先生是这一方面的伟大的开拓者和成功者。他的《故事新编》，在形式上展示了多种多样的变化，给我们树立了可贵的楷式。但尤其重要的，是内容的深刻，——在《故事新编》中，鲁迅先生以他特有的锐利的观察，战斗的热情，和创作的艺术，非但'没有将古人写得更死'，而且将古代和现代错综交融，成为一而二，二而一。"茅盾的这段中肯的评价，更加使人领略芥川作品对鲁迅写作《故事新编》的启迪和借鉴。

此外，在上海参加过左翼文学活动，听过鲁迅讲演，并得到鲁迅关于文学创作的复信的沙汀同志，对芥川的小说也是用非常敬佩的。应该说，这是鲁迅推荐和评价芥川作品的积极成效，也是对五四以来革命文学优良传统的继承和发扬。

去年六月日本《亚洲季刊》第 12 卷第 2 期、3 期合刊上，登载了日本京都产业大学副教授坂井东洋男的《芥川龙之介与鲁迅》一文，从比较和分析的角度，对照芥川的《受难者》（或译作《信邪教的吉助》）和鲁迅的《药》之间的某些情节的关联和场景的异同，借以证明鲁迅所受芥川作品的影响。这是很有启发的。然而，在我国却少有这方面的专论发表。其实，鲁迅与芥川的关系，正是我国现代文学汲取外来文化的实例之一，也可用以探索五四以来新文学发生和发展的轨迹和行程。

（本文与能融合署；原刊《东北师大学报
（哲学社会科学版）》1982 年第 3 期）

关于鲁迅1907年在东京作的一首佚诗

据周遐寿《鲁迅的故家》一书载，鲁迅 1907 年在日本东京时，曾作过一首八句五言诗。原诗今已失传，我们现在只能知道其中的两句是："敢云猪叫响，要使狗心存。"① 鲁迅作这首诗，是讽刺一个叫蒋观云的。

蒋观云，又名智由，是清末的一个负有盛名的维新人物。他早年主张反清革命，1902 年在上海，就协同蔡元培、章太炎等发起过中国教育会，积极开展反清活动。开始时，鲁迅很尊敬他，把他当作师长。这情况，许寿裳曾回忆说："他居东京颇久，我和鲁迅时常同往请教的，尤其是在章先生上海入狱的时候。"② 章太炎在 1904 年因在上海国学社讲学，为邹容所著《革命军》作序，在《苏报》上发表《驳康有为论革命书》，引起了清朝统治阶级惊恐，勾结了英帝国主义，将他逮捕入狱。这一年鲁迅在东京弘文学院读书，已积极参加了反清的革命活动。在课余"赴会馆，跑书店，往集会，听讲演"③，写了《斯巴达之魂》，描述斯巴达武士反侵略斗争的事迹，来激励人民的爱国热情；写了《中国地质略论》，反对侵略，歌颂革命，提出了"中国者，中国人之中国"的爱国主张。在这段时间里，鲁迅还经常与许寿裳讨论怎样才是最理想的人性、中国国民性中最缺乏的是什么、它的病根何在等问题。鲁迅探索着革命真理，寻找革命的师友。蒋观云当时与一些著名的革命党人交往密切。章太炎在上海狱中写的《狱中赠邹容》《狱中闻沈禹希见杀》等四首诗，就是寄给蒋观云后，由许寿裳索来刊登在《浙江潮》的。蒋观云本人也善写诗文，立意清新。那首赠陶成章（焕卿）的《送陶耳山人归国诗》，鲁迅颇为欢喜，经常诵读。全诗为：

> 亭皋飞落叶，鹰隼出风尘。
>
> 慷慨酬长剑，艰难付别尊。
>
> 敢云吾发短，要使此心存。
>
> 万古英雄事，冰霜不足论。

但是蒋观云毕竟是一个资产阶级改良派，一度狂热鼓吹反清革命的热情，没有多久就开始冷了下来，思想渐趋倒退。有一次，鲁迅同许寿裳去看望他。蒋观云谈到了服装问题，说红缨帽有威仪，而他自己的西式礼帽则无威仪。[④]鲁迅、许寿裳听了，感到很奇怪，在回来的路上，鲁迅马上敏锐地觉察到，对许寿裳说："观云的思想变了。"事后并给他取了个绰号"无威仪"。从此两人再也不去找他了。

1907年7月，光复会的革命首领徐锡麟，于6日那天在安徽安庆制发《光复军告示》，刺杀了巡抚恩铭，率领巡警学堂的学生攻占军械局。但起义失败，徐锡麟和陈伯平、马宗汉等一起被杀害。烈士遇害的消息传到日本，在东京的绍兴同乡举行了集会。鲁迅等具有革命思想的学生坚决主张发通电，声讨清政府的滔天罪行。

蒋观云当时也参加了集会，也赞成发电报。但是对电报的内容，却产生了原则分歧。鲁迅等要坚决痛斥"清政府的无人道"[⑤]，革命立场鲜明。但蒋观云却要以乞求的口气，发电给清政府，"要求不再滥杀党人"[⑥]。相互间引起了争论。蒋观云加以强辩，将猪被宰时的哀叫来作比喻。鲁迅严正指出人被杀，不能用猪的叫一样了事。为此，与蒋观云展开了针锋相对的斗争。蒋观云的那首赠陶成章的诗，是鲁迅所熟悉的，鲁迅当即模仿了他这首诗，作了一首八句五言诗来讽刺他。"敢云吾发短，要使此心存"一联，改作"敢云猪叫响，要使狗心存"，充分揭露了蒋观云自食其言，对革命前途悲观失望，向清政府屈膝求饶的丑恶嘴脸。

不出所料，蒋观云当时已同梁启超组织政闻社，与国内清政府伪预备立宪相呼应。1907 年 10 月，由蒋观云主编的政闻社机关报《政论》在上海创刊，公开主张"改造政府""实行国会制度，建设责任政府"。该刊第一期上，就有蒋观云写的《"政论"序》《变法后中国立国三大政策论》等文，竭力宣传改良主义，反对同盟会的革命主张。他后来退出光复会⑦，逃避革命斗争的锋芒，成了清政府的帮凶，革命的绊脚石。

鲁迅作的这首讽刺蒋观云的五言诗，可惜在今天已无法知道它的全诗内容。但从仅知的两句诗来看，鲁迅虽然在讽刺一个人，但揭露的却是中国资产阶级在政治上的软弱性和革命的不彻底性。这也为我们研究鲁迅的前期思想，提供了一个较好的可靠史料。

注：
① 周遐寿《鲁迅的故家》。
② 许寿裳《亡友鲁迅印象记》。
③ 鲁迅《因太炎先生而想起的二三事》。
④ 许寿裳《亡友鲁迅印象记》。
⑤ 鲁迅《范爱农》。
⑥ 周遐寿《鲁迅的故家》。
⑦ 沈瓞民《记光复会二三事》，刊《辛亥革命回忆录》第 4 集。

（原刊《湖南师院学报（哲学社会科学版）》1978 年第 3 期）

关于《关于许绍棣叶溯中黄萍荪》

《鲁迅全集》第八卷《集外集拾遗补编》中，收有一篇由编者加题的未刊稿《关于许绍棣叶溯中黄萍荪》：

> 当我加入自由大同盟时，浙江台州人许绍棣，温州人叶溯中，首先献媚，呈请南京政府下令通缉。二人果渐腾达。许官至浙江教育厅长，叶为官办之正中书局大员。有黄萍荪者，又伏许叶喉使，办一小报，约每月必诋我两次，则得薪金三十。黄竟以此起家，为教育厅小官，遂编《越风》，函约"名人"撰稿，谈忠烈遗闻，名流轶事，自忘其本来面目矣。"会稽乃报仇雪耻之乡"，然一遇叭儿，亦复途穷道尽！

刻下勿论许绍棣与叶溯中。关于黄萍荪，我查遍当年杭州出版的大小报刊，均无鲁迅文中提及的这样一种小报。显然，是听而闻之。今年1月，黄萍荪先生的来信，亦证实这一点：

> 庆兄：
>
> 函悉。月旦人物，诚匪易易，我只能借用太史公《仲尼弟子列传》后语："以誉者或过其实，毁者或损其真。"弟于迅翁

亦然，取誉毁参半论之。当然，这样的态度在誉者视之，定为"大不敬"，是无可非议的。那篇引而未发之文，臆度之缺乏"罪证"为主因。一是指不出许、叶所办之刊的刊名；二是诟其之文以何为题，有道是"捉贼捉赃，企奸捉双"，贼与双莫得而致，缘是网开一面，"刀下留人"了。这不怪迅翁，怪青蝇之无能制造伪证耳。经过如此，兄可思之过半矣。此类隔年黄历，无须再拨死灰，使之复燃，要知打草惊蛇，不必，不必！

《南社研究》未与联系，因未见赠刊故。

陈翁寄来《九十忆往》有两册，兹以多余者供兄在去芜存精的观点下参研。

兄不来湖上走走，是何道理？草草，只祝

撰祺。

弟萍荪

一月八日

至于鲁迅文中提及的《越风》，确为黄萍荪所编，在杭州出版。创刊于 1935 年 10 月 16 日，至 1937 年 4 月 30 日终刊。共出版两卷，第 1 卷 24 期（其中 22 期、23 期、24 期系合刊），1937 年出的第二卷，由原来的半月刊改为月刊，仅出四期。黄萍荪当年通过《东南日报》社社长胡健中的关系，得到当时任国民党宣传部部长邵力子的赞助。在《越风》上撰稿的"名人"，除郁达夫常有诗文发表外，还有蔡元培、柳亚子、章太炎、俞平伯、丰子恺、夏丏尊、吴晗、经亨颐、叶圣陶、弘一法师（李叔同）、陈子展等。

黄萍荪经郁达夫的关系，在 1933 年 6 月，得到过鲁迅写的"禹域多飞将，蜗庐剩逸民。夜邀潭底影，玄酒颂皇仁"手书一幅。该条幅在日寇侵占杭州时失落。1956 年，鲁迅夫人许广平访问日本时，竟然见到了这幅手迹。她后来在写《鲁迅在日本》一文时说："凡有青年的要求，鲁迅是尽可能替他们办的。待到寄出不久，鲁迅的字就被制版做杂志的封面了。而这杂志，是替蒋介石方面卖力的，当时鲁迅看到如此下流的人这样地利用他的字来蒙骗读者，非常之愤恨。这愤恨之情，至今还深深刻印在我的脑海中。"鲁迅给黄萍荪的这幅手书，确被制版登在《越风》的封面上。鲁迅在 1936 年 10 月 19 日去世，而在封面上刊登这幅手书的第 21 期《越风》是在 1936 年 10 月 31 日出版。鲁迅在生前是不会看到的。

《关于许绍棣叶溯中黄萍荪》一文，因鲁迅审事严谨，故在生前不予发表。

（原刊香港《新晚报》1992 年 7 月 19 日）

徐锡麟被杀，鲁迅是否不主张发通电？

——兼答龚济民同志

　　我在拙作《关于鲁迅1907年在东京作的一首佚诗》里，谈到1907年7月，徐锡麟刺杀清朝安徽巡抚恩铭后惨遭杀害，在日本东京留学的绍兴同乡闻讯，立即举行了哀悼会。鲁迅在会上坚决主张发通电，以声讨清政府的滔天罪行。随后，拜读了龚济民同志的商榷文章《也谈1907年鲁迅的一首佚诗》。济民同志在文中引证了周遐寿（作人）于《鲁迅小说里的人物》里的叙述，并用同一作者写的《知堂回想录》里说的加以印证，说明当时"鲁迅与范爱农的立场乃是相同的"，即都"不主张发电报"。

　　鲁迅究竟是坚决主张还是不主张发通电，多年来，实在已是鲁迅研究中的一件悬案。到目前为止，大约也只有在周作人的回忆中，才能找到鲁迅不主张发通电的记载。鲁迅在《范爱农》一文中自己道明："我是主张发电的。"诚然，如济民同志所说，《范爱农》"并非严格的自传，而是回忆性散文"（以下引文均见龚文）。但说"在不影响大关节的真实性的前提下，为了行文的方便，对某些细节作点艺术加工是无可非议的"，以此来断言本是鲁迅不主张发电，而是为了陪衬范爱农才写"我是主张发电的"。此种分析我不敢苟同。因为主张发不发通电，是一个有影响的历史大关节问题，绝不是"某些细节"或者是"为了行文的方便"。况且，鲁迅在《朝花夕拾·小引》中说过，《范爱农》等"这十篇就是从记忆中抄出来的，与实际内容或有些不同，然而我现在只记得是这样"。主张发不发通电，是截然不同的态度，是决不会包括在"与实际内容或有些不同"里的。

近承绍兴鲁迅纪念馆的同志协助，我见到了一份胡孟乐的回忆稿。我以为这份回忆稿，已将问题澄清，并证实了周作人所说之不确。现将此稿摘录如下：

> 我与鲁迅虽有戚谊，但未到东京以前，彼此并未谋面。自在府同乡会会见后，一见如故，始相过从。但次数不及和何燮侯、陈公猛、徐伯荪、马子畦（宗汉）、陈伯平（墨峰、渊）等的多。徐刺恩铭后（见《朝花夕拾·范爱农》篇），清政府惩凶无人道，同乡会拟电北京诘责。鲁迅在会场与范爱农争论时，我亦在座。当时我任府会书记，撰稿本分内事。因自愧拙于文，故推人主稿，明知鲁迅善作文章，颇不直他之推诿。

胡孟乐是当时亲在会场的人。回忆稿中证明了鲁迅为发不发通电，与范爱农有争论。同时，电报的撰稿，胡孟乐也曾想过请鲁迅来做的。如果鲁迅不主张发通电，胡是决不会想到这一层的。这应是非常清楚的事。

关于胡孟乐，《鲁迅日记》中对他有七条交往记载，时在1912年到1914年。

胡孟乐的这份回忆稿中，还谈到自己1901年正月，往东浦，从徐锡麟受业；1905年入日本早稻田大学；1909年夏毕业回国，入绍兴府校教书，时范爱农为该校监学；1912 年，任教育部普通教育司第三科主事；1913 年，升视学，赴豫、晋等地视察学务，曾将所得石刻画像，悉数送给鲁迅；1914 年夏，离开北京，遂与鲁迅失去联系。

(原刊《湖南师范大学社会科学学报》1981 年第 2 期)

新版《鲁迅全集》注释中两位人物的卒年

藏书者似都喜置初版本，只是以常备书而言，觉得修订本更具实用价值。2005 年人民文学出版社推出十八卷本新版《鲁迅全集》时，王世家兄为我留了一张可打折的优惠购买券，我请他赶快另外送朋友。新版全集约请多位专家学者对注释做了大量极可颂扬的工作，不尽如人意之处恐怕还是在所难免，不妨留待日后修订本出来再购。世家兄很是惠顾，遂送我全集的第十七、十八两卷，当属工具书。17 卷系《日记》人物书刊注释；十八卷系附录：鲁迅著译年表、全集篇目索引、全集注释索引。日前偶检第十七卷，想看看一些熟悉人物作如何介绍，却见蔡漱六、李希同的卒年都是一个"？"。查新出版的《鲁迅大辞典》（人民文学出版社 2009 年 12 月版），蔡漱六的卒年仍是一个"？"，李希同则失收。这使我自信不买初版的理由可以成立。

为行文方便，录入《全集》对两人的注释。

蔡漱六（1900—？）原名漱艺，改名漱六，笔名林兰，日记又作小峰夫人、蔡女士、林兰、李太太，江苏无锡人。1924 年初与李小峰结婚后到北京，次年 3 月后协助李经营北新书局，1927 年 4 月随李至沪。费慎祥离北新书局后，大多由她

代表北新与鲁迅联系。(《全集》十七卷，246 页)

蔡漱六卒于 1992 年 1 月 11 日。

蔡漱六是北新书局创办人、出版家李小峰（荣第）的夫人，无锡著名中医蔡寿山次女，毕业于苏州女子师范学校。李小峰 1918 年考入北京大学哲学系，旋即参加新潮社，负责《新潮》的编印出版工作。1923 年毕业后继续留京，事实上成了"新潮文艺丛书"出版发行的专职人员。1924 年初蔡漱六与李小峰结婚后，已协助李小峰、孙伏园等筹办《语丝》，该年 11 月 17 日《语丝》创刊，因此她（林兰女士）能与鲁迅、钱玄同、孙伏园、林语堂、周作人等同为十六名撰稿人。蔡漱六在《语丝》上没有发表过文章，专做联络、校对等事务性工作。1925 年 3 月，李小峰在鲁迅的支持下创办了北新书局（"北新"乃含继续北大与新潮精神之意），蔡漱六成了得力助手。

1927 年 4 月 6 日，李大钊等遭奉系军阀逮捕。此前李小峰已经李大钊介绍准备参加共产党，闻讯后于 14 日走大连海路仓皇逃离北京到上海。蔡漱六两个月后才南来。不久北京的北新书局总店被查封，夫妇俩则将上海的分店改为总店继续营业，恢复被禁的《语丝》。

在 1938 年，蔡漱六还随李小峰去广州北新书局办事处，共同策划编辑出版了一套"战时儿童文学丛书"。

到 1948 年，北新书局股东已多至 145 名，其中包括于赓虞、刘小惠（其父刘半农创办时就入股）、汪静之等。从原先合伙经营正式定为"北新书局股份有限公司"，在临时召开的股东大会上，蔡漱六与李希同、刘小惠被选为监察人。1951 年北新书局重估财产，蔡漱六是检查人之一。

《鲁迅日记》里记蔡漱六有三十一次之多。注释中说："费慎祥离北新书局后，大多由她代表北新与鲁迅联系。"查同卷"费慎祥"条（185页）："1932年时为上海北新书局职员，1933年在鲁迅帮助下成立野草书屋。"说明费慎祥在北新书局只有两年时间。就是从费慎祥离开北新的1933年算起，到1936年鲁迅去世四年间，"日记"中出现蔡漱六仅七次，注释中的那段文字似可斟酌。

蔡漱六一生没有生育，去世后葬于无锡青龙山公墓，与丈夫李小峰同穴。她写有《北新书局简史》（刊《出版史料》1991年第2期），是研究北新书局的重要文献。

李希同（1901—？）江苏江阴人。李小峰之妹，赵景深夫人。（《全集》十七卷，95页）

李希同卒于1995年4月14日。

李希同在《鲁迅日记》里记有一次，1930年4月19日："下午雨。李小峰之妹希同与赵景深结婚，因往贺，留晚饭，同席七人。夜回寓。"同席七人除鲁迅、许广平夫妇外，还有郁达夫、王映霞夫妇。这天鲁迅从下午一直逗留到晚上才回去，想必心情是愉快的。

1925年3月李小峰在北京创办北新书局时，与李希同等同胞兄妹五人，不惜变卖了江阴老家多间临街店面房子来充实资金，这在当年可算是冒大风险的惊人之举。李希同也就成了最早的合伙股东之一。当时还有孙伏园、谢冰心、刘半农等。

1927年4月14日李小峰从北京逃到上海后仅月余，于5月30日写信给赵景深，诚邀他到北新帮忙。因赵景深经郑振铎等人介绍有约在

先而到开明书店任编辑。李小峰不肯放弃，努力了三年，赵景深终于在
1930年进北新任总编辑。赵景深为人敦厚，工作又认真负责，熟悉的
人也多，被文学界戏称为"甘草"（味甜，在中药处方里均可搭配）。赵
景深的妻子马芝宝已在1929年12月病故，蔡漱六很看中这个老实人，
有心将小姨李希同介绍给他，经章衣萍从中撮合成功。1943年上海租
界也已沦陷，李小峰不肯为日寇统治下的伪政府效力，率北新同人去安
徽立煌（今六安市金寨县），专门编印发行教科书。李希同留守上海，
并组织货源支援内地，因此遭日寇宪兵司令部抵押一个多月。

李希同在北新一直管理财务，还与胞兄在上海创办国光口琴厂，乃
是我国第一家口琴厂。在1953年与李小峰代表北新书局资方，同广益、
东方、人世间（后退出，由大中国图书加入）合并组成新通联出版社，
后改为四联出版社。1955年公私合营时成为上海文化出版社（上海文
艺出版社前身）。李希同在上海文艺出版社退休，一生没有生育。葬于
无锡青龙山公墓，与丈夫赵景深同穴。

北新书局对现代文学的贡献有目共睹，蔡漱六与李希同从中也有一
份劳绩。

（原刊《鲁迅研究月刊》2010年第11期）

"旷远"小议

——谈鲁迅《阻郁达夫移家杭州》诗中的一条注释

钱王登假仍如在，伍相随波不可寻。

平楚日和憎健翮，小山香满蔽高岑。

坟坛冷落将军岳，梅鹤凄凉处士林。

何似举家游旷远，风波浩荡足行吟。

据《鲁迅日记》1933 年 12 月 30 日载："午后为映霞书四幅一律云：钱王登假仍如在……"为此可以确知，这首脍炙人口的《阻郁达夫移家杭州》诗，系作于当天无误。

郁达夫在 1935 年 1 月 24 日写的《雕刻家刘开渠》一文中曾说："前年五月，迁来杭州。"为此，他移家杭州的时间是在 1933 年 5 月。鲁迅写这首诗送他，其实已是在郁达夫带了妻子王映霞，以"避席畏闻文字狱"，离开了上海到杭州之后的事情了。

郁达夫早年与郭沫若等组织过有名的创造社。他与鲁迅交往甚密，一起编过《奔流》杂志，还与宋庆龄等发起民权保障自由大同盟。因参加左联及中国民权保障同盟，积极为左翼的刊物撰写文章，成了国民党反动派黑名单上要暗害掉的人物之一。当反动派加紧反革命的文化"围剿"时，郁达夫为了逃避罗网，遂从上海移家杭州，去过隐逸闲谈的生活。鲁迅以坚定的革命战士的立场，热诚地写了这首诗送他。从杭州历史上的一些政治典故，自然环境及某些历史人物的结局来劝导郁达夫，说明杭州西湖虽美，但不是久留之地。上海的反动派在杀人，杭州的反动派同样会杀人。"何似举家游旷远，风波浩荡足行吟"，诗的尾联点出了阻郁达夫移家杭州的旨意。

对于这两句诗，到目前为止基本上有三种不同的解释。其一为还不如把全家搬到更空旷、更远的地方去，在那风波广阔的所在，尽可像屈原那样行吟，不会受到反动派的高压。这显然是照字面附会的解释，未免牵强。鲁迅在诗中旨在说明杭州同上海的反动派都是一样的会杀人，同在反动派的血腥统治下，难道更远、更空旷的地方就能容纳革命的歌者而不受到迫害吗？其二为鲁迅在鼓励郁达夫要做革命的文学家，到更广阔的地方去，到革命的大风大浪中去，用锋利的笔为革命"行吟"。这种解释也觉失当，广阔的地方指何处？即劝郁达夫不要留居杭州，他有妻室儿女，总得要有安憩之地。革命的大风大浪又在何处？鲁迅在诗中已道明杭州的反动派会杀人，如在鼓励郁达夫要做革命的文学家，不是在杭州也可以和反动派展开斗争吗？何故又要阻他移家去呢！单就革命的大风大浪而言，难道就不包括杭州在内的革命与反革命的斗争？其三为鲁迅要郁达夫投身到偏僻的革命根据地去，从事革命斗争。这种解释是脱离实际的。鲁迅了解郁达夫，称他为"知友"，深知他的思想与性格。郁达夫是个浪漫气质十分浓厚的人，当时还摆脱不了革命的小资产阶级知识分子的个人主义思想。他畏见上海反动派的血腥统治而移家避居杭州，就这件事而论，鲁迅也绝不会苛求他携妇将雏去革命根据地。况且国民党反动派的军事"围剿"，匪军层层封锁包围着根据地。1934 年 1 月瞿秋白进入苏区，也连他的妻子杨子华都不能同行，更何况是已有三个孩子的郁达夫和王映霞。

看来这三种解释都是欠妥的，而且每种解释都避开不谈鲁迅在诗中用一"游"字的含义。

照鲁迅那天写这首诗的日记来看，这首诗一共写了四幅，其中的一些词语互有出入。拿日记所记的与后来收在《集外集》中的相比，日记记的"登遐""风沙"后均改成"登假""风波"。和郁达夫相熟的一些老前辈，至今还有的能清楚记忆得起，当年"风雨茅庐"中挂着装裱好的鲁迅手迹，"旷远"是写作"北地"的。

鲁迅在写这首诗的上一年，即1932年，为林克多的《苏联见闻录》作过序，热情洋溢地介绍了苏联在无产阶级革命导师列宁和斯大林的领导下所取得的伟大成就，痛斥了那些诽谤苏联的帝国主义和国内国民党反动派，阐扬了无产阶级必胜的信念。同年秋天，在莫斯科的国际革命作家联盟邀请鲁迅去苏联观光（见鲁迅1932年9月11日致曹靖华信）；1934年1月，苏联的革命作家团体也邀请鲁迅去参加世界作家大会（见鲁迅1934年1月17日致肖三信）。在这段时间里，鲁迅考虑着如何能去游历一次苏联的问题。前一次因生病，在致曹靖华的信中才说："倘须旅行，则为期已近，届时能否成行，遂成了问题了。"同日在致肖三信中也说："这回的旅行，我本决改为一个人走，但上月底竟生病了。"鲁迅原打算是带家属一起去的，后一次在给肖三的信中写明："大会我早想看一看，不过以现在的情形而论，难以离家，一离家，即难以复返，更何况发表记载。"郁达夫与鲁迅的地位、处境不同，但在国外也有一定的影响。鲁迅在左联成立时，就主动提名郁达夫为发起人之一。如今郁达夫移家杭州，逃避现实的斗争，当然，鲁迅是很希望他能去苏联游历一段时间，让他增进无产阶级能够战胜一切黑暗的信念，拿起笔来，继续参加革命文艺战斗的行列。鲁迅对他抱有这个希望，所以才要他"举家游旷远"。这里的"旷远"也就不应解释为空旷、偏僻，而应与段玉裁在《说文》中的下注相同，为"广大之明也"。诗中所指，系当时遥远的光明的斯大林时代的苏联，这和有前辈见到过的写作"北地"的手迹是联系得起来的。

30 年代斯大林领导下的苏联，是列宁创建的世界上第一个无产阶级当家作主的国家，一切欣欣向荣，足以尽情放歌。鲁迅阻郁达夫移家杭州，根本目的是向郁达夫指出了，在国民党反动派的残酷统治下，无论上海或杭州都不能偷安逸而生活。郁达夫是一个有才华的优秀作家，鲁迅希望他举家去苏联游历一次，那里"风波浩荡"，足以"行吟"，同时也更能看清反动统治者的狰狞面目，从而增强革命的感情，继续积极为中国广大劳苦人民的解放而"行吟"。

上述解释，不敢自以为是，希望研究鲁迅的同好批评指正。

1978 年 10 月于浙江吴兴

（收入中共安徽阜阳市委宣传部鲁迅作品学习小组、
阜阳师范学院中文系编：《鲁迅诗歌研究（下）》，1979 年）

鲁迅论苏曼殊

　　迄今为止，大约也只有增田涉在他的《鲁迅的印象》一书中，提到了苏曼殊是鲁迅的朋友。增田涉回忆鲁迅对他说起这件事的经过时写道："他说他的朋友中有一个古怪的人，一有了钱就喝酒用光，没有钱就到寺里老老实实地过活，这期间有了钱，又跑出去把钱花光。与其说他是虚无主义者，倒应说是颓废派。"又说"他是我们要在东京创办的《新生》杂志的同人之一"。增田涉问那是谁时，鲁迅回答"就是苏曼殊"。

　　鲁迅留学日本时，1907 年夏寻得了几个志同道合的人，筹办《新生》文艺志，想以此来提倡革命文艺运动，目的也就是要改变中国人的精神，使他们从昏睡中醒悟过来。但是，后来计划失败，其原因，鲁迅在《呐喊·自序》中说："《新生》的出版之期接近了，但最先就隐去了若干担当文字的人，接着又逃走了资本，结果只剩下不名一钱的三个人。"当事人之一许寿裳在《亡友鲁迅印象记》中有过说明：这剩下的"不名一钱的三个人"，是鲁迅、许寿裳、周作人。① 周作人在《鲁迅的故家》里所说与许寿裳大致相同，只是还提到另一个属于"隐去了若干担当文字的人"，乃是袁文薮。② 他们都没有提到其中曾有苏曼殊在内。

　　增田涉治学谨严，他的回忆当然是极为可靠的。鲁迅在那一年筹办《新生》失败后，同年 12 月即在日本出版的《河南》杂志上写了《人间之历史》（收入《坟》时，改题为《人之历史》）、《摩罗诗力说》等文章。《河南》杂志的编辑是刘师培（申叔），他是苏曼殊当时最接近的朋友。据柳无忌在《苏曼殊年表》中说，在 1907 年，苏曼殊正在日本与刘师培夫妇一同创办《天义报》。③ 这为苏曼殊参与鲁迅筹办的《新生》杂志一事，提供了可以追寻的线索。鲁迅于 1932 年 5 月 9 日致增田涉的信中说："曼殊和尚的日语非常好，我以为简直像日本人一样。"④ 这也证实了两人之间有过交往。还值得一提的是，1928 年春，有人假冒鲁迅之名，在杭州孤山苏曼殊的坟上题了一首文句不通的诗，附有跋语云："鲁迅游杭，吊老友曼殊句。"鲁迅在《在上海的鲁迅的启事》一文中声明指出，题此诗者是另外一个"鲁迅"，与己无关。但文中并没有提出这个假"鲁迅"在跋语中称苏为"老友"是作伪之证。⑤ 从这一点来揣测，也证明了增田涉回忆的可靠。苏曼殊在筹办《新生》一事中，不是"逃去了资本"的人，也就是"隐去了若干担当文字的人"之一。鲁迅是记得他的，只是在文字中不曾提及。鲁迅与他的交往，大约也仅仅在筹办《新生》这一件事上。《新生》的流产，鲁迅极为痛苦，这结果使他"如置身毫无边际的荒原，无可措手的了，这是怎样的悲哀呵"⑥。他对"逃去了资本"的人及"隐去了若干担当文字的人"，是引以为遗憾的。

在 1936 年至 1927 年，同鲁迅关系密切的《语丝》上，连续刊登介绍苏曼殊生世和回忆苏曼殊的文章，但鲁迅只字未写，看来他是不想卷入这种"曼殊热"的。

柳亚子编辑的《曼殊全集》（共五集），1936 年初由上海北新书局陆续分册出版。《鲁迅日记》1928 年 8 月 12 日记有："下午小峰赠蒲陶一盘，《曼殊全集》两本。"同月 19 日又记有"下午收小峰所送《语丝》及《曼殊全集》等。"同一天还记有："晚柳亚子邀饭于功德林，同席尹默、小峰、漱六、刘三及其夫人、亚子及其夫人并二女。"⑦这一次柳亚子邀请鲁迅吃饭，自有他的缘故。他所编的《曼殊全集》，前三集为苏曼殊的著作，后两集为"附录"，均收苏曼殊友人的哀悼之作，及后人研究苏曼殊的文章。柳亚子邀请除鲁迅外，只有承印《曼殊全集》的北新书局经理李小峰夫妇，为该集题签的沈尹默，及苏曼殊的朋友刘三及其夫人（《曼殊全集》共收苏曼殊信札一百十七封，致刘三却占五十三封），后两集"附录"于次年出版，集内未见鲁迅新作。

增田涉说："因为关于《新生》的事情，在《呐喊》序文里写有，但没有提到过曼殊，在其他任何地方，一直都没有看见他提到曼殊。"鲁迅在文章中虽未提及与苏曼殊相识，但在收入《坟》中的《杂忆》里，却有一段对苏曼殊的评论："苏曼殊先生也译过几首（指译拜伦的诗），那时他还没有做诗'寄弹筝人'，因此与 Byron 也还有缘。但译文古奥得很，也许曾经章太炎先生的润色的罢，所以真像古诗，可是流传倒并不广。后来收入他自印绿面金签的《文学因缘》中，现在连这《文学因缘》也少见了。"⑧鲁迅对增田涉所讲的，与这一段里评论的，是极其精当的。《杂忆》发表于 1925 年 6 月，三年后的 1928 年，初次印入柳亚子编的《曼殊全集》里。1909 年（己酉）4 月苏曼殊致刘三的信中，自己道明了："前译拜伦诗，恨不随吾兄左右，得聆教益，今蒙末底居士为我改正，亦幸甚矣。"⑨这位"末底居士"就是章太炎。

苏曼殊（1884—1918），近代诗人，小说家，原名戬，学名玄瑛，字子谷，小名三郎，还用过燕子山僧、苏非非、苏湜等笔名，广东中山人。出身于商人家庭，母亲是日本人，且生于日本，六岁时归国。青少年时期就受到留日学生中爱国主义思潮影响，倾向于资产阶级革命。十二岁时入广州长寿寺为僧，此后即以僧俗之间的身份，往来于日本、南洋诸地。1903 年任《国民日报》翻译，所译雨果的名著《悲惨世界》，引起鲁迅对雨果作品的兴趣。[⑩]苏曼殊是我国最早用古体诗翻译拜伦作品的人之一。像《赞大海》《哀希腊》《去国行》等都译成中文，介绍到中国来。年青时代的鲁迅酷爱拜伦的诗，对其评价甚高，在 1907 年写的《摩罗诗力说》中赞曰："迨有裴伦，乃超脱古范，直抒所信，其文章无不函刚健抗拒破坏挑战之声。"他认为拜伦的诗"大都不为顺世和乐之音，动吭一呼，闻者兴起，争天拒俗，而精神复深感后世人心，绵延至于无已"[⑪]。苏曼殊是近代文学团体南社的社员。南社的命名，是意谓"操南音不忘本"。南社社员曾积极用诗文鼓吹过反清革命，产生过广泛影响。苏曼殊还与革命党人交游，甚至想枪杀保皇派首领康有为。在早期发表的作品里，也表现了一个爱国青年的雄心壮志。如《以诗并画留别汤国顿》七绝二首之一："蹈海鲁连不帝秦，茫茫烟水着浮身；国民孤愤英雄泪，洒上鲛绡赠故人。"[⑫]同在这一时期，他把拜伦的诗歌翻译介绍到中国，在社会上起过一定的积极作用。这正如鲁迅所说的："那时 Byron 之所以比较的为中国人所知，还有别一原因，就是他的助希腊独立，时当清的末年，在一部分中国青年的心中，革命思潮正盛，凡有叫喊复仇和反抗的，便容易惹起感应。"[⑬]鲁迅对苏曼殊从事翻译拜伦诗的工作是给了充分的肯定的。

苏曼殊虽然接触过不少有名的革命党人，但一边也追求着腐朽庸俗的享乐生活。辛亥革命失败后，他开始悲观、失望，所写的作品日渐颓唐自伤，孤吟欲绝。鲁迅说的"那时他还没有做诗'寄弹筝人'"，这《寄调筝人》七绝三首，发表在 1910 年 12 月出版的《南社》丛刊第三集上，自谓"东海飘零二十年"，悲叹着"雨笠烟蓑归去也，与人无爱亦无嗔"，已经是"相逢莫问人间事，故国伤心只泪流"了（《东居杂诗》）。

在1914年写给友人的信中，竟在信尾署上"宣统六年"字样。⑭尽管有人认为这是他对袁世凯辛辣的嘲讽，但也可视作他倒退的痕迹。这同以前翻译拜伦诗，判若两人。苏曼殊的意志消沉，最后终于成为一个颓废派的角色。南社社员的分化，苏曼殊是十分显著的典型。他的落伍，反映了辛亥革命失败后，一部分资产阶级、小资产阶级对革命前途的悲观与失望。鲁迅后来曾经指出："在我们辛亥革命时也有同样的例，那时有许多文人，例如属于"南社"的人们，开初大抵是很革命的，但他们抱着一种幻想，以为只要将满洲人赶出去，便一切都恢复了'汉官威仪'，人们都穿大袖的衣服，峨冠博带，大步地在街上走。……民国成立，情形却全不同，所以他们便失望，以后有些人甚至成为新的运动的反动者。"⑮鲁迅一生疾恶如仇，爱憎分明，所以那个假鲁迅，在苏曼殊坟上题诗，"待到它年随公去"时，鲁迅严肃地指出："去'随'曼殊，却连我自己也梦里都没有想到过。"⑯

当然，苏曼殊在短暂的一生中，能运用英文、日文和梵文写作，又兼工诗画，表现了多方面的才能。他的诗风别致，写的小说情节生动曲折，在社会上有一定的影响，在近代文学史上仍有他的地位。苏曼殊于1916年用文言在《新青年》上发表小说《碎簪记》，鲁迅在《〈中国新文学大系〉小说二集序》里，还提上一笔。在1934年9月12日致增田涉的信中也说："研究曼殊和尚一定比研究《左传》、《公羊传》等更饶兴味。"在同一信中，则又对当时那种不加区分、胡乱吹捧苏曼殊的现象感叹万分，指出："此地的曼殊热，最近已略为下降，全集出版后，拾遗之类，未见出现。"⑰这不单是对日本人的增田涉为研究中国文学所作的指导，也是对所有研究我国文学的人的一种指导。

毛泽东同志说："学习我们的历史遗产，用马克思主义的方法给以批判的总结，是我们学习的另一任务。"⑱ 在我国近代文学史上，存在着坚持革命、前进，与反动、倒退两类复杂的文学现象。具体地分析和研究这个时期的作家与作品，还得与鲁迅那样褒贬分明，诚如他所说的："在这混杂的一群中，有的能和革命前进，共鸣；有的也能乘机将革命中伤，软化，曲解。左翼理论家是有着加以分析的任务的。"⑲

注：

① 许寿裳：《亡友鲁迅印象记》，人民文学出版社 1977 年版，第 21 页。

② 周退寿：《鲁迅的故家》，人民文学出版社 1981 年版，第 182 页。

③ 柳亚子编：《曼殊全集》第 1 卷，北新书局 1928 年版，第 14 页。

④ 《鲁迅全集》第 13 卷，人民文学出版社 1981 年版，第 482 页。

⑤ 参见鲁迅：《三闲集》。

⑥ 《鲁迅全集》第 1 卷，人民文学出版社 1981 年版，第 417 页。

⑦ 《鲁迅全集》第 14 卷，人民文学出版社 1981 年版，第 723 页。

⑧ 《鲁迅全集》第 1 卷，人民文学出版社 1981 年版，第 220 页。

⑨ 同③，第 223 页。

⑩ 知堂：《鲁迅在东京时的文学修养》，收入邓珂云编：《鲁迅手册》，博览书局 1948 年版。

⑪ 《鲁迅全集》第 1 卷，人民文学出版社 1981 年版，第 66、73 页。

⑫ 同③，第 42 页。

⑬ 同⑧，第 220—221 页。

⑭ 同③，第 303 页。

⑮ 鲁迅：《对于左翼作家联盟的意见》。

⑯ 同⑤。

⑰ 《鲁迅全集》第 13 卷，人民文学出版社 1981 年版，第 597 页。

⑱ 毛泽东：《中国共产党在民族战争中的地位》，《毛泽东选集》第 2 卷，人民出版社 1991 年版，第 533 页。

⑲ 鲁迅:《又论"第三种人"》。

　文内所引增田涉语,均来自增田涉著、钟敬文译《鲁迅的印象》,湖南人民出版社1980年版。

（本文与陈梦熊（上海社科院文学所）合署；为纪念
柳亚子先生诞辰一百周年学术讨论会而作,1987年）

鲁迅向包蝶仙索画

鲁迅曾托人向包蝶仙索画，在 1913 年 2 月 15 日的日记中有记："前乞戴芦舲画山水一幅，今日持来，又包蝶仙作山水一枚，乃转乞所得者，晴窗披览，方佛见故乡矣。"包蝶仙送鲁迅这幅山水，无人提过画上题识：

溪山着秀草木乍苏漓毫写此似觉春信从楮墨间来也

豫才先生方家指正

癸丑元月包公超

戴芦舲系杭州人，与鲁迅同在北京教育部供职，善画，常和鲁迅鉴赏书画，交往甚密。包蝶仙居杭州，以 2 月 15 日是农历正月初十时间上揣测，可能戴芦舲去杭州老家过春节，顺便帮鲁迅索得此画带回北京。鲁迅见画引发感慨又落笔于"日记"，殊为少有，侧显五四前夜寂寞心境。

湖州人包蝶仙与鲁迅曾共事一年，自然相识。包蝶仙传统守旧，思想意识上两人差距极大。1909 年 8 月，鲁迅结束日本留学生活回国；次月到杭州浙江两级师范学堂，任初级化学和优级生理学教员，兼植物学日本教员翻译。包蝶仙任教图画。该校当年是浙江省最高学府，教员大多为日本留学生，具民主思想。新学监（校长）夏震武头脑封建，施事硬袭孔孟礼节，引起教员强烈不满。鲁迅等以罢教相对抗，乃有名的"木瓜之役"，当时传媒称"大风潮"。二十五名罢教教员，湖州籍占五名：杨乃康（生物）、张宗绪（植物）、张孝曾（舍监）、沈灏（英语）、许秉坤（数学）。逐次商量对策也都在黄醋园湖州同乡会馆。目前尚无史料可证包蝶仙参与此事。

包蝶仙（1876—1943），名公超，正式谱名敦善，字迪先。"蝶仙"从"迪先"谐音变得。包蝶仙家学渊源，祖父包虎臣（锟），清道光、咸丰年间著名书画篆刻家，富有收藏。幼年随堂兄、名书画篆刻包承善（缵甫）习画。绘技圆熟，唯少创新。单就送鲁迅这幅画而言，还是仿玉池山樵（吴儁）笔法。一生不甚得志，长年在杭州一些学校教图画，今已很少再有人说及他了。

2009年3月15日写于湖州人间过路书斋

（原刊《芳草集》2009年第4期）

鲁迅在《新青年》分裂时的态度

在 1920 年底到 1921 年初，《新青年》侧重论政，较多地介绍马克思学说，在专栏《俄罗斯研究》里，还不时刊登当时苏联的政治、经济、文化建设及妇女解放等消息文章，这引起了胡适的不满。他分别写信给在北京的《新青年》同人，要求对他的改办《新青年》的主张逐一表态，企图变换议论政治的《新青年》的性质。这一情况，后来被人称为《新青年》的分裂（分化）。鲁迅在这场分裂中持何态度？他对那一段时间里出版的《新青年》作什么看法？一直来，凡涉及这段史实的文章，尽管在措辞上有些出入，但基本精神是一致的。如有一位作者写道："一九二○年十二月，胡适致信《新青年》诸同人，攻击迁至上海的《新青年》宣传马克思主义的'色彩太浓'，说什么'北京同人的抹淡的工夫决赶不上上海同人染浓的手段之神速'，污蔑'今《新青年》差不多成"Soviet Russia"（《苏俄》）的汉译本'。提出发表宣言'声明不谈政治'、'暂时停办'、另办'哲学文学'杂志等办法，妄图改变《新青年》的方向，'抹淡'马克思主义的色彩。鲁迅一九二一年一月三日的复信，坚决反击了胡适篡改《新青年》性质的阴谋。也明确表示：'至于发表新宣言，说明不谈政治，我却以为不必'，给了胡适当头一棒。"① 另有一位作者写道："在接受或者反马克思主义这个关键问题上，新青年社的分裂已经无法避免。……他（鲁迅）支持把《新青年》杂志迁到上海出版，作为中国共产党上海发起组的机关刊物。他还指出:《新青年》的趋势是倾向于分裂的，不容易勉强调和统一，所以索性任它分裂倒还好一点。"② 这些叙述，给人的印象是鲁迅完全站在当时出版的《新青年》一边的，是主张让胡适分裂出去的。事实果真如此吗？有必要在尊重历史事实的基础上搞清鲁迅当年的思想，对这场分裂重新进行实事求是的评价。

1919 年夏，《新青年》的主要编辑陈独秀被段祺瑞政府逮捕，囚禁三个月，由同乡联名保释出狱后，昼夜受到监视，行动不便。他于 1920 年 2 月、3 月间秘密到上海，《新青年》也就由他从北京带到上海继续编辑出版。现在的一些文章，均说当时《新青年》移沪出版的第 1 期是第 8 卷 1 号，时在 1920 年 5 月。这个说法是错的。第 8 卷 1 号是在 1920 年 9 月出版的。陈独秀在 1920 年 4 月 26 日在上海写给李大钊、胡适、钱玄同等十二个在京的《新青年》同人的一封信中说:"《新青年》七卷六号稿已齐（计四百页），上海方面五月一日可以出版，到京须在五日以后。"③ 据此，可以肯定，至少 1920 年 5 月 1 日出版的《新青年》第七卷六号，已是由陈独秀在上海组稿出版的。据茅盾回忆，1920 年初陈独秀到上海后，为了筹备在上海出版《新青年》，约了茅盾、陈望道、李汉俊、李达谈话。④ 同年 5 月，陈独秀、李汉俊、李达、陈望道等人在上海发起了共产主义小组与马克思主义研究会。茅盾同志不久亦参加了共产主义小组。《新青年》从 1920 年 9 月出版第 8 卷 1 号时，可以说已是上海共产主义小组的机关刊物。1920 年 12 月 16 日夜，陈独秀应广东陈炯明之邀，去广州办教育。临行前，他在给鲁迅、李大钊、胡适等九个在京《新青年》同人的信中说:"弟日内须赴广州，此间编辑事务已请陈望道先生办理，另外新加入编辑部者，为沈雁冰、李达、李汉俊三人……"⑤《新青年》当时在上海是已经成立了一个新的编辑、写稿班子。而在北京的旧的《新青年》同人，也有自己的圈子。

《新青年》的北京同人，大多数都不愿谈政治。杂志由陈独秀带到上海出版后，连同新加入的编辑部的共产主义小组成员，决定《新青年》要谈政治，谈马克思主义，加强革命的宣传鼓动。在1920年9月出版的《新青年》第8卷1号上，陈独秀就以首篇发表了《谈政治》一文，说："本志社员中有多数人向来主张绝对不谈政治，我偶然发点关于政治的议论，他们都不以为然。但我终不肯取消我的意见。"从第8卷1号起，《新青年》大量刊登了陈独秀、李大钊、李汉俊、沈雁冰等著、译的政论文。在每一期上，差不多都辟了《俄罗斯研究》专栏，发表了如《俄罗斯苏维埃政府》《苏维埃共和国产妇和婴儿及科学家》《苏维埃的平民教育》《俄国职工联合会发达史》《劳农协会》等文章。新加入《新青年》编辑部的李汉俊等，写的一些观点鲜明的政论，当时连陈独秀的思想也赶不上。1920年12月16日，陈独秀离沪去广州那一天，《新青年》第8卷4期出版。他写信给在京的胡适、高一涵说："弟今晚即上船赴粤。此间事都已布置了当。《新青年》编辑部事有陈望道君可负责，发行部事有苏新甫君可负责。《新青年》色彩过于鲜明，弟近亦不以为然，陈望道君亦主张稍改内容，以后仍以趋重哲学文学为是。但如此办法，非北京同人多做文章不可。近几册内容稍稍与前不同，京中同人来文太少，也是一个重大的原因，请二兄切实向京中同人催寄文章。"异常明显，陈独秀所说的"《新青年》色彩过于鲜明"，乃是上海的编辑同人的战斗成绩。胡适接到陈独秀这封信后，专在"《新青年》色彩过于鲜明"这一句话上大做文章。他不满上海编辑同人，又乘陈独秀离沪之际，写信给陈独秀，企图夺取编辑大权。他提出了几点《新青年》今后的编辑办法，公开打响了分裂《新青年》的第一炮。

现将胡适这封 1920 年 12 月底写给陈独秀的信，照录如下：

仲甫：十六夜你给一涵的信，不知何故，到廿七夜始到。

《新青年》"色彩过于鲜明"，兄言"近亦不以为然"，但此是已成之事实，今虽有意抹淡，似亦非易事。北京同人抹淡的工夫决赶不上上海同人染浓的手段之神速。

现在想来，只有三个办法：

1. 听《新青年》流为一种有特别色彩之杂志，而另创一个哲学文学的杂志，篇幅不求多，而材料必求精。我秋间久有此意，因病不能作计划，故不曾对朋友说。

2. 若要《新青年》"改变内容"，非恢复我们"不谈政治"的戒约，不能做到。但此时上海同人似不便做此一着，兄似更不便，因为不愿示人以弱。但北京同人正不妨如此宣言。故我主张趁兄离沪的机会，将《新青年》编辑的事，自九卷一号移到北京来。由北京同人于九卷一号内发表一个新宣言，略根据七卷一号的宣言，而注重学术思想艺文的改造，声明不谈政治。

3. 孟和说，《新青年》既被邮局停寄，何不暂时停办，此是第三办法。但此法与新青年社的营业似有妨碍，故不如前两法。

总之，此问题现在确有解决之必要。望兄质直答我，并望原谅我的质直说话。

此信一涵，慰慈见过。守常，孟和，玄同三人知道此信的内容。他们对于前两条办法，都赞成，以为都可行。

　　余人我明天通知。

　　　　　　　　　　　　　　　　　　　　适。

　　抚五看过。说"深表赞同"。

　　　　　　　　　　　　　　　　　　　　适。

　　此信我另抄一份，寄给上海编辑部看。

　　　　　　　　　　　　　　　　　　　　适。

　　胡适在这封信中，提出解决《新青年》的三种办法，件件都是针对在上海的编辑同人的。《新青年》的分裂，事实上是北京同人和上海同人之间的分裂。

　　胡适信中说："余人我明天通知。"《鲁迅日记》1921 年 1 月 3 日有记："午后得胡适之信，即复。"鲁迅在当天的复信中，谈了自己对胡适所提三种办法的看法：

　　　　适之先生：寄给独秀的信，启孟以为照第二个办法最好。他现在生病，医生不许他写字，所以由我代为声明。

　　　　我的意思以为三个都可以的。但如北京同人一定要办，便可以用上两法而第二个办法更为顺当。至于发表新宣言说明不谈政治，我却以为不必。这固然小半在"不愿示人以弱"，其实则凡《新青年》同人所作的作品，无论如何宣言，官场总是头痛，不会优容的。此后只要学术思想艺文的气息浓厚起来——我所知道的几个读者，极希望《新青年》如此——就好了。

在信中，鲁迅说明了胡适所提的三种办法都可以实行，"而第二个办法更为顺当"。采用这第二个办法，鲁迅同胡适有原则上的差距，就是鲁迅认为不必发表宣言"声明不谈政治"。鲁迅的态度是同意《新青年》编辑部移北京，从而使出版的《新青年》，"此后只要学术思想艺文的气息浓厚起来——我所知道的几个读者，极希望《新青年》如此——就好了"。这一点可以说明，鲁迅当时对上海出版的《新青年》也并不是赞同的。

陈独秀在接到胡适的这封信后，坚决反对他的意见，不同意将编辑部移北京，北京同人要另创哲学文学的杂志，也声明"此事与《新青年》无关"；同时，最反对的一点是胡适的那"宣言不谈政治"之说。这样就陷入僵局。胡适开始让步，他于 1921 年 1 月 22 日再次写信给在北京的《新青年》同人，征求意见，要他们作第二次的表态。在给鲁迅、李大钊、钱玄同等八人的信中，胡适除将陈独秀的反对意见的信传示各人外，并补充说明：

……

第一，原函的第三条"停办"办法，我本已声明不用，可不必谈。

第二，第二条办法，豫材兄与启明兄皆主张不必声明不谈政治，孟和兄亦有此意。我于第二次与独秀信中曾补叙入。此条含两层：1. 移回北京。2. 移回北京而宣言不谈政治，独秀对于后者似太生气，我很愿意取消"宣言不谈政治"之说，单提出"移回北京"一法。理由是：《新青年》在北京编辑或可以多逼迫北京同人做点文章。否则独秀在上海时尚不易催稿，何况此时在素不相识的人的手里呢？岂非与独秀临行时的希望——"非北京同人多做文章不可"——相背吗？

　　第三，独秀对于第一办法——另办一杂志——也有一层大误解。他以为这个提议是反对他个人。我并不反对他个人，亦不反对《新青年》。不过我认为今日有一个文学哲学的杂志的必要，今《新青年》差不多成"Soviet Russia"的汉译本，故我想另创一个专关学术艺文的杂志。今独秀既如此生气，并且认为反对他个人的表示，我很愿意取消此议，专提出"移回北京编辑"一个办法。

胡适所作的一些退步，仅仅是在他与陈独秀的个人关系问题上，而并非实质性的。他已公开宣称"今《新青年》差不多成'Soviet Russia'（在美国出版的《苏俄》进步杂志）的汉译本"，把在上海的《新青年》编辑同人称为"素不相识的人"。胡适始终要将《新青年》的编辑权，从上海同人手中夺过来，移北京出版。陈独秀等自然不答应，分裂也就越来越不可避免。

　　胡适的这封信，查《鲁迅日记》，是1月25日夜收到的，签了意见后，于26日转钱玄同。鲁迅当时与周作人同住在八道湾。周作人因病，他的意见也就由鲁迅代签。对胡适前信所提三种办法，再次表态。鲁迅代周作人签的意见是：

　　赞成北京编辑。但我看现在《新青年》的趋势是倾向于分裂的，不容易勉强调和统一。无论用第一、第二条办法，结果还是一样，所以索性任它分裂，照第一条做或者倒还好一点。

鲁迅接着在下面签了自己的意见：

与上条一样，但不必争《新青年》这一名目。

这就是说，鲁迅赞成胡适的《新青年》移北京编辑的办法。因上海同人的主张同在北京的同人差距太大，分裂在即，"不容易勉强调和统一"。胡适提出的三种办法，第一条是"另创一个哲学文学的杂志"；第二条是移北京编辑"而注重学术思想艺文的改造"。据此，鲁迅认为这两条的结果"还是一样"。上海同人反对移北京编辑，在议政问题上不肯让步。鲁迅也就表示"索性任它分裂"，而"照第一条做或者倒还好一点"，这就是"另创办一个哲学文学的杂志"。鲁迅自署的一条说得更清楚，指明了另外创办一个哲学文学的杂志，还"不必争《新青年》这一名目"。胡适的这封信，鲁迅签了意见转到钱玄同手里后，钱接着签的意见是："玄同的意见，和周氏弟兄差不多，觉得还是分裂为两个杂志好。"该信转到李大钊手里后，他在给胡适的信中也提到："起明，豫材的意见，也大致赞成第一办法，但希减少特别色彩。"

《新青年》的这次分裂，虽然北京同人对胡适的三种办法，持有几种不同的意见，但赞成将它移到北京编辑，基本上态度是一致的。《新青年》的上海同人，将它编得"色彩过于鲜明"，北京同人对此有看法，这是这场分裂的根本原因之所在。而鲁迅在这场分裂中持何态度？史实很明白，他是要在不发表新宣言声明不谈政治的情况下，或将《新青年》移北京编辑，"此后只要学术思想艺文的气息浓厚起来"；或是让《新青年》成为一种有"特别色彩之杂志"，分裂出来，在北京再"另创一个哲学文学的杂志"。1920 年 12 月 14 日，在《新青年》发生分裂的前几天，鲁迅在致日本学者青木正儿的信中写道："中国的文学艺术界实有不胜寂寞之感，创作的新芽似略见吐露，但能否成长，殊不可知。最近《新青年》也颇倾向于社会问题，文学方面的东西减少了。"⑥这几句话，也可以作为鲁迅在《新青年》分裂时所持态度的印证。他当时对由上海共产主义小组成员编辑的"色彩过于鲜明"的《新青年》持有看法，这是史实。

在《新青年》的分裂中，要将《新青年》移北京编辑，加强它的"学术思想艺文的气息"；或者让"《新青年》成为一种有特别色彩之杂志"，分裂出来，在北京再"另创一个哲学文学的杂志"，这是鲁迅与胡适的态度有某些一致的地方。但这只是一个方面。另一方面，他们的态度却有明显的区别：首先，鲁迅反对胡适的发表不谈政治的宣言。胡适在遭到陈独秀的坚决反对后，虽然退一步取消了发表不谈政治的宣言的办法，但仍然企图通过将《新青年》移北京编辑的办法，夺得《新青年》的领导权。因而其次，鲁迅又针锋相对地提出"不必争《新青年》这一名目"，而这一区别则是至关重要的。

反对《新青年》谈政治，是胡适一贯的反动主张。这由当时的"问题与主义之争"可以证明。他自己也说过："七年（1918）的《新青年》杂志是有意不谈政治的。不谈政治而专注意文艺思想的革新，那是我的主张居多。"⑦他对移上海出版的《新青年》极尽污蔑。如他在《我的歧路》一文中说："中国的舆论界仍然使我大失望。一班'新'分子天天高谈基尔特社会主义与马克思社会主义，高谈'阶级战争'与'赢余价值'……拿那马克思、克鲁泡特金、爱罗先珂的主张来做挡箭牌，掩眼法！"他是把鲁迅翻译介绍爱罗先珂的作品的工作也算了进去的。据陈望道回忆，当时他们在上海接编《新青年》后，胡适写过一张明信片给他，说他并不反对陈望道个人，而是反对以《新青年》为赤化的工具。[8]他完全站在反马克思主义的立场上，来反对上海出版的《新青年》的。由于胡适坚持这种倒退、投降的立场，《新青年》的分裂是必然的、无可挽回的，主要责任在于胡适。当时鲁迅已经看清了这一必然的趋势，所以说"不容易勉强调和统一"。

鲁迅虽然赞成《新青年》迁回北京编辑，加强它的"学术思想艺文的气息"；或者在北京再"另创一个哲学文学的杂志"，但是他反对胡适发表宣言、不谈政治的做法。他并不反对《新青年》谈政治，宣传马克思主义。1921 年 6 月 1 日《新青年》9 卷 2 号上，刊登了陈独秀的三篇《随感录》，即《下品的无政府党》《青年的误会》《反抗舆论的勇气》，仍然引起了鲁迅极大的高兴。他在同年 8 月 25 日致周作人的信中说："《新》九的（此字乃日文——作者按）二已出，今附上，无甚可观，惟独秀随感究竟爽快耳。"[9]他一如既往地为在上海的《新青年》供稿，关注它的命运。无可讳言，当时的鲁迅还不是马克思主义者，甚至如他在1934 年《答国际文学社》中回忆所说的那样："先前，旧社会的腐败，我是觉了的，我希望新的社会起来……待到十月革命后，我才知道这'新的'社会的创造者是无产阶级，但因为资本主义各国的反宣传，对于十月革命还有些冷淡，并且怀疑。"但是当时彻底的革命民主主义者的鲁迅，对改革旧社会，则是极其坚定的。在 1920 年 5 月 4 日致宋崇义的信中说："中国一切旧物，无论如何，定必崩溃"，急切希望能"采用新说，助其变迁"。对腐败的旧中国能"助其变迁"[10]的"新说"，鲁迅在当时一直苦苦在探索，在追求。鲁迅以其彻底的不妥协的反帝反封建的革命精神和辉煌战绩，成为当时五四新文化运动的主将，并且终于成为一个伟大的马克思主义者。正因为如此，鲁迅与胡适在《新青年》

的分裂中以及在分裂以后，各自走着截然相反的道路。

再则，鲁迅在《新青年》分裂时，不赞成迁上海之后的《新青年》色彩过分浓厚，在客观上可能还有一层较为重要的原因。他在《中国新文学大系·小说二集序》中曾说："五四事件一起，这运动的大营的北京大学负了盛名，但同时也遭了艰险。终于《新青年》的编辑中枢不得不复归上海。"《新青年》在北京出版时遭禁，移上海出版后，在北京仍然遭禁，一些书店卖《新青年》，也只是偷偷地一个来者卖一本，不肯多出示，以免被没收。如将《新青年》再从上海重归北京编辑出版，色彩过分浓厚，是肯定无法发行的。鲁迅一向主张"壕堑战"，反对许褚式的赤膊上阵。这恐怕也是他采取当时这一态度的一个原因吧。

澄清鲁迅在《新青年》分裂时所持态度的史实，对我们了解鲁迅思想的发展过程，实事求是地评价鲁迅的一生，无疑是有益的。

注：

① 孙玉石：《鲁迅与〈新青年〉》，见山东师院聊城分院中文系图书馆编：《鲁迅在北京》（二），1978 年。

② 陈漱渝：《北京时期鲁迅与文艺社团的关系》，见《南开大学学报（哲学社会科学版）》1977 年第 2 期。

③ 中国社会科学院近代史研究所中华民国史组编：《胡适来往书信选》（上），中华书局 1979 年版。

④ 茅盾：《复杂而紧张的生活学习与斗争》（上），见《新文学史料》1978 年第 4 辑。

⑤ 山东师院中文系现代文学教研组编：《鲁迅主编及参与或指导编辑的杂志》，1976 年，下引各信，未注出处的，均同此。

⑥ 《鲁迅书信集》（下），人民文学出版社 1976 年版。

⑦ 胡适:《纪念五四》, 见中国社会科学院近代史研究所编:《五四运动回忆录》 (上), 中国社会科学出版社 1979 年版, 第 170 页。

⑧ 宁树藩、丁淦林:《关于上海马克思主义研究会活动的回忆——陈望道同志生前谈话纪录》, 见《复旦学报 (社会科学版)》1980 年第 3 期。

⑨《鲁迅书信集》(上)。

⑩《鲁迅书信集》(上)。

1980 年 7 月初稿, 12 月改稿于湖州

(收入浙江省文学学会编:《文学欣赏与评论》,

浙江人民出版社 1981 年版)

抓紧"现在"战斗，创建光明"将来"

——鲁迅新诗《人与时》试解

在五四运动的前夜，我国新诗的倡导时期，鲁迅就以建筑大厦的一石一木的姿态积极写过新诗。虽然为数不多，但同作者当时的小说、杂文一样，揭露了黑暗的旧中国社会的弊病。鲁迅以他掌握的各种武器、各种战术，向着敌对的势力，尤其是封建势力，进行了顽强坚决的斗争。

鲁迅这一时期所写的六首新诗，全都发表在当时攻击封建势力最有影响的《新青年》杂志上。1918 年 7 月出版的《新青年》5 卷 1 号上，鲁迅以唐俟的署名发表了两首新诗，其中一首为《人与时》：

> 一人说，将来胜过现在。
>
> 一人说，现在远不及从前。
>
> 一人说，什么？
>
> 时道，你们都侮辱我的现在。
>
> 从前好的，自己回去。
>
> 将来好的，跟我前去。
>
> 这说什么的，
>
> 我不和你说什么。

鲁迅在这短短八句诗里，集中概括了我国当时思想文化界"左""中""右"三种人对时代的看法，深刻揭示了"人"与"时"的关系。这是鲁迅早期作品中值得重视的一首新诗，作者在诗中阐明了自己鲜明的观点和立场。

辛亥革命的失败，表现了中国资产阶级的软弱性与妥协性。袁世凯篡夺了人民革命的果实之后，在帝国主义、封建地主阶级的支持下，进行帝制恢复活动，接踵而来的，又是张勋勾结保皇党康有为等人，把宣统推上皇位，演出复辟丑剧。南北大小军阀相继打起了更加激烈的争权夺利的混战，所谓"民国"只存下空名。军阀政权政治上的反动和经济的崩溃，把中国拖向了死亡的边沿。鲁迅在《自选集·自序》中说："见过辛亥革命，见过二次革命，见过袁世凯称帝，张勋复辟，看来看去，就看得怀疑起来。"那些无耻的官僚政客、封建余孽，为袁世凯的恢复帝制、张勋的复辟寻找统治根据，大肆宣扬孔孟学说，把集封建思想之大成的孔教定为"国教"，列入宪法；西方各式各样的治国理论，也像潮水一样泛滥到中国来。与帝国主义有着密切联系的资产阶级"学者"们，诸如胡适之流，为了适应帝国主义在中国进行统治的需要，也乘机把现代最腐朽、最反动的唯心主义各哲学流派的东西，塞进思想文化市场。马克思主义虽然当时亦被介绍到中国，但由于中国社会条件的不具备，又多被误解和歪曲，所以，中国人民在这时候还不能找到真正的、科学的马克思主义。"国家的情况一天一天坏，环境迫使人们活不下去。怀疑产生了，增长了，发展了。"

1917 年，"十月革命一声炮响，给我们送来了马克思列宁主义。十月革命帮助了全世界的也帮助了中国的先进分子，用无产阶级的宇宙观作为观察国家命运的工具，重新考虑自己的问题，走俄国人的路——这就是结论"。伟大的十月社会主义革命的成功，点燃了鲁迅心中希望的火焰。就是在这样的时代背景下，鲁迅写下了《人与时》，迸发出了创建光明未来的革命战斗心声。

鲁迅在《人与时》诗中，首先提到了说"将来胜过现在"的那些言论被称为"过激主义"的人。这种人代表了当时思想文化界的左翼。由于历史的局限性，这种人只能归属于资产阶级知识分子的范畴。在这种人中间，有很大一部分是"空谈革命家"。他们脱离时代，无视"现在"，抹杀阶级斗争，空想"将来"。"坐在客厅里谈谈社会主义，高雅得很，漂亮得很，然而并不想实行的。这种社会主义，毫不足靠"（《对于左翼作家联盟的意见》）。无视"现在"的战斗，要有胜过"现在"的"将来"也成了一句空话。鲁迅在《现在的屠杀者》一文中指出："杀了'现在'，也便杀了'将来'。"所以诗里"时间"认为这些人也在"侮辱我的现在"。

在《人与时》诗中，鲁迅提到了第二种人，就是那些说"现在远不及从前"的人。这种人代表了当时思想文化界的右翼。这些封建余孽，为了复辟他们失去的天堂，借"保存国粹"为由，抬出了孔子"幽灵"，紧密配合地主官僚阶级的复辟活动，妄图把历史的车轮倒拖回去，重新建立封建王朝。鲁迅在反封建复辟的斗争中，旗帜鲜明，立场坚定，运用文艺这一锐利武器，对这些高喊"现在远不及从前"的封建复辟派，展开了猛烈的进攻。他在《现在的屠杀者》一文中愤怒指出："明明是现代人，吸着现在的空气，却偏要勒派朽腐的名教，僵死的语言，侮蔑尽现在，这都是'现在的屠杀者'。"在《人与时》刊登前三个月，鲁迅发表了我国现代文学史上第一篇反封建的白话小说《狂人日记》。小说中淋漓尽致地刻画出了封建统治阶级的嘴脸，剥去了"仁义道德"的画皮，显露了"人吃人"的真面目；指出了"将来容不得吃人的人，活在世上"，号召广大劳动人民起来斗争，推翻这"黑漆漆，不知是日是夜"的封建社会。但是，当时维护封建势力的复辟派还是大有人在，逆历史潮流而动。"可见我们蔑弃古训，是刻不容缓的了"（《北京通信》）。鲁迅在诗里，借"时间"之口，无情地斥责了这些人，轻蔑地说了一声"从前好的，自己回去"吧。

在《人与时》诗中提到的第三种人，是不信"将来胜过现在"，也不认为"现在远不及从前"的所谓中间派。这些人思想模糊，在当时思想文化界里占有很大比例。他们不关心政治，不关心社会的前途，一味躲在书斋里搞所谓"纯学术"研究。这些人多半是有了名利地位，以"现在"为满足，无论社会上出现多么尖锐的问题，总是哼一声"什么"了事，虽不想倒退，但也不想前进。其实这中间道路是行不通的，也是没有的。"维持现状说是任何时候都有的，赞成者也不会少，然而在任何时候都没有效，因为在实际上决定做不到。"（《从"别字"说开去》）他们处在历史的大动荡中还没有醒悟时，"时间"明确指出了"从前好的，自己回去"，"将来好的，跟我前去"，这些人还昏昏然反问"这说什么的"，所以"时间"只有采取"我不和你说什么"，让他们在阶级斗争中去自然分化，目睹"现在"，从前好的或将来好的，随他们选择倒退或前进的道路。

《人与时》一诗的积极意义，是在于鲁迅清楚地看到反帝反封建的潮流是历史的主流，广大劳动人民中间蕴藏着不可估量的革命潜在力量。十月社会主义革命的胜利，使鲁迅看到了"新世纪的曙光"。这个"将来"是没有人剥削人的无产阶级世界。但是要获得这个美好光明的"将来"，必须抓紧"现在"进行战斗。十月社会主义革命的胜利，已是一个先例。所以鲁迅深感，要有胜过"现在"的光明"将来"，应坚决地反对诗中第二、三种人的思想，排除空想，足踏现实，积极斗争。"倘是蝎子，要他不撩尾，'希望'是不行的，正如希望我之到所谓'我们的新时代'去一样，惟一的战略是打杀。"（《新的世故》）鲁迅在诗中借"时间"之口，欢迎这种不侮辱它的实际革命者，表示"将来好的，跟我前去"。"我以我血荐轩辕"，鲁迅光辉战斗的一生，实现了这样的豪语壮言。

新诗《人与时》是一声战斗的号角。

鲁迅在 1918 年 1 月参加《新青年》的编辑工作，与马克思列宁主义的传播者李大钊结成了战斗的友谊。李大钊在 1918 年 4 月出版的《新青年》第 4 卷 4 号上，发表过一篇题为《今》的文章，他在文中说："吾人在世，不可厌'今'，而徒回思'过去'，梦想'将来'，以耗误'现在'的努力。又不可以'今'境自足，毫不拿出'现在'的努力，谋'将来'的发展，宜善用'今'，以努力为'将来'之创造。"鲁迅最早以新诗的艺术形式，在《人与时》中表达了相同的见解与观点。这也证明在《新青年》时代的鲁迅与李大钊是同一战壕里的战友。

《人与时》是鲁迅在十月社会主义革命影响下写成的新诗，是在探索革命的道路上，追求马克思主义而积极进行反帝反封建的歌。在许多研究鲁迅诗歌的著作中，都认为这首诗表达了鲁迅早期进化论的思想。1976 年第 3 期《文史哲》上，陈金淦同志的《鲁迅前期与马克思主义》一文，给我们提供了鲁迅在日本留学时代到五四运动以前已接触了不少有关马列主义著作和俄国革命书刊的史实。马克思主义影响和启示了鲁迅思想的发展，尤其是在十月社会主义革命胜利的消息传到中国后。在《人与时》同一时期所发表的随感录中，鲁迅就号召过广大人民以十月社会主义革命为榜样，起来战斗，"他们因为所信的主义，牺牲了别的一切，用骨肉碰钝了锋刃，血液浇灭了烟焰，在刀光火色衰微中，看出了一种薄明的天色，便是新世纪的曙光。"（《热风·随感录五十九·"圣武"》）。为了迎接这"新世纪的曙光"，鲁迅"愿中国青年都摆脱冷气，只是向上走，不必听自暴自弃者流的话。能做事的做事，能发声的发声。有一分热，发一分光"（《热风·随感录四十一·唐俟》）。鲁迅希望在中国出现"炬火"，出现"太阳"，并要赞美这"炬火"和"太阳"，"因为他照了人类"（同上）。鲁迅这种抓紧现实战斗的革命精神，同《人与时》诗中的主题是完全一致的，用这两段话来解释《人与时》也是最恰当不过的。

在与《人与时》一同发表的另一首新诗《他们的花园》里，鲁迅也就用比喻的手法，描叙了"用尽小心"得到的那一朵"又白又光明"的"百合"花，用以暗喻马克思主义。稍晚在 1919 年 4 月发表的新诗《他》里，同样用比喻的手法，也将"他"暗指马克思主义。诗中有志之士，冒着大风大雪去寻找"他"，为了寻求革命的真理，全力以赴。这是当时鲁迅自己的写照。十月社会主义革命胜利后不久的鲁迅，思想已有了明显的转变。他在 1918 年 8 月 20 日给许寿裳的信中写道："历观国内无一佳象，而仆则思想颇变迁，毫不悲观。"1919 年 1 月 16 日又在给许寿裳的信中重提："仆年来仍事嬉游，一无善状，但思想似稍变迁。"仔细阅读鲁迅这一时期写的作品，鲁迅受马克思主义的影响而使原来的进化论思想有了"变迁"，也是无可辩驳的事实。像《人与时》诗里，已融入了马克思主义的阶级论因素，鲁迅用"从前好的，自己回去"来衬托"将来好的，跟我前去"。前者的复辟倒退，如鲁迅说的"他们之所谓复古，是回到他们所记得的若干年前，并非虞夏商周"（《而已集·小杂感》)，所以诗中的主题，绝不是单纯的进化论所能够解释的。

恩格斯说得好："当我们深思熟虑地考察自然界或人类历史或我们的精神活动的时候，首先呈现在我们眼前的，是一幅由种种联系和相互作用无穷无尽地交织起来的画面，其中没有任何东西是不动和不变的，而是一切都在运动、变化、产生和消失。"(《社会主义从空想到科学的发展》)鲁迅努力寻求革命的真理，探索革命的道路，追求着马克思主义，但在五四运动前，中国还没有诞生无产阶级的政党，科学的马克思主义不可能得到广泛传播和直接实践。现实的阶级斗争，使鲁迅深深感到，要彻底推翻这个旧社会，迎接"新世纪的曙光"，必须首先着眼基本点，揭露"旧社会的病根"。这一时期鲁迅所写的小说、杂文，清楚地体现了他这种不屈不挠的革命精神。待到五四运动的爆发，也就更震撼了鲁迅的心，从艰难和苦闷中看到了中国的希望和光明。这正是因为"在五四以后，中国产生了完全崭新的文化生力军，这就是中国共产党人所领导的共产主义的文化思想，即共产主义的宇宙观和社会革命论"。鲁迅在同形形色色的敌人的斗争中，勤奋地学习马列著作，在这个文化新军中，终于成为伟大领袖毛主席所评定的"最伟大和最英勇的旗手"。

(收入中共安徽阜阳市委宣传部鲁迅作品学习小组、

安徽师范大学阜阳分校中文系编:《鲁迅诗歌研究（上)》，1977 年)

第七辑
作序题跋

"世纪老人" 章克标

在 1985 年 8 月，我应邀去富阳参加"纪念著名作家郁达夫烈士殉难四十周年学术讨论会"，包里带着一份极有分量的手稿，这就是章克标先生回忆郁达夫的《孙伯刚·王映霞·郁达夫》。

在会上，几位见到手稿的学者，第一句对我说的话，几乎都发出惊奇的疑问："什么，章克标还活着？"从日本专程赶来参加会议的学者铃木正夫，将手稿拿去，在招待所里用了一个晚上把它读完。章先生与郁达夫的友谊非同寻常，单说在 1928 年春，夏衍与郁达夫的相识，就是他的介绍。这份回忆录的史料价值，可想而知。后来，我将手稿寄给了在香港的前辈刘以鬯先生，刘先生马上在他主编的《香港文学》月刊上刊出，传颂一时。因此之缘，章先生至今还在不断为《香港文学》撰稿。

章先生 18 岁时毕业于浙江省立第二中学，翌年赴日本留学，入东京高等师范学校专攻数学。毕业回国后，在上海立达学园、暨南大学执教，并开始文学创作。1927 年与方光焘、滕固等创办《狮吼》。他崇尚新奇，倾向唯美主义。

他先后又在上海开明书店、金屋书店、时代图书公司任编辑，编过《一般》《时代画报》《十日谈》《人言》等刊物，还与林语堂等合办过著名的《论语》。他著作甚丰，有长篇小说《银蛇》《一个人的结婚》，短篇小说《恋爱四象》《蜃楼》，小品文集《风凉话》《文坛登龙术》，还翻译过日本作家武者小路实笃、菊池宽、谷崎润一郎、夏目漱石、横光利一等多种小说和剧本。

　　章先生最引人注目的著作，是出版于1933年的《文坛登龙术》，被人称为奇书。他以幽默闲适的笔调，对当年文坛的各种丑行冷嘲热讽，给予了充分的揭示。鲁迅先生也曾写过《文摊秘诀十条》，一书一文，异曲同工。《文坛登龙术》这本书，使章先生的名声大振。据我所知，近七八年来，章先生的著作已有三种被重印出版：

　　（1）《文坛登龙术》收入"开放丛书"——"思想文化系列"；

　　（2）《银蛇》收入"中国现代言情小说大系"；

　　（3）《风凉话与登龙术》收入"海派小品集丛"。

　　这三本书的重印，章先生事前都不知道。一家有名的晚报介绍《风凉话与登龙术》，印出封面作宣传，在说明中将作者误为"张克标"。

　　说章先生被人遗忘，然而又并不全是。1988年9月，几位友好人士和有关单位（其中包括现在为章先生出版这本回忆录的上海书店出版社）为他举办过祝贺九十寿辰暨从事文学活动七十周年茶话会。政府也没有忘记他，请他当海宁县政协委员，聘他为浙江省文史馆馆员。

　　章先生生于1900年。这位与世纪同龄的前辈，历尽坎坷。1957年从上海回到海宁老家后，一直过着默默无闻的清淡生活。80年代起，才又开始发表了大量文章。他今年高龄九十七，仍然记忆惊人，思路敏捷，笔耕不断，写信作文从不假他人之手。他年青时用过"岂凡""许竹园""杨恺"等笔名，如今他用真名外，又取了一个将真名三个字各拆出半个的"辛古木"。你如见到这个署名的文章，它就是章先生的大作。

　　最近，章先生将他十多年来写的回忆文章加以整理，选出一小部分编定为《文苑草木》。书中所及，有"巨树"，也有"小草"，其生命亦有长短，但在现代文学这个百花园里，都曾开过色彩不同的花，结过各自的果，而其中不少是读者所陌生的。章先生本身就是同生存者，如今，他只是如实地叙述了当年四周这些"草木"的姿态，不加修饰，非常珍贵。四十多年来，至今尚无一部立意公允、经纬全面、资料丰富的现代文学史面世，而章先生的这本《文苑草木》，是可以稍补一些缺憾的。

这是章先生五十年来的第一本新著。为保存和传播这些难得的史料，上海书店出版社积极出版此书，功德无量。

（收入章克标：《文苑草木》，代序，上海书店出版社 1996 年版）

关于黄萍荪先生

黄萍荪先生去世已五年。

目前，萍荪先生的女儿文玉来信，告我福建人民出版社对其父遗作《前辈风流》甚感兴趣，争取尽快出版。消息让人欣喜。

关于萍荪先生，恐怕大部分读者对他都不很了解。在 1996 年底，上海《文汇读书周报》陆续刊登过几篇谈他某一方面的文章。当时我觉得有向读者介绍他生平的必要，写了篇《我所知道的黄萍荪》，发表在 1997 年 8 月 2 日该报上。

前不久的《文汇读书周报》上，连续刊登了几篇有关黄萍荪与鲁迅的文章。在黄萍荪的晚年，我与他通信往还十余年，略知他的生平一二，现简述如下：

黄萍荪 1908 年农历十一月廿六日出生于杭州。祖父平子为前清举人，父寿清卒业于上海中西书院。母洪氏在他周岁时就因病去世。黄寿清受过刺激，因精神失常而早逝。黄萍荪是由姑母抚养成人的。1922 年，姑母去世，无力升学。因爱好京剧，从师任长海，随任的剧团在杭嘉湖一带演出。1923 年在上海考入明星电影公司演员训练班，卒业后曾在该公司当过临时演员。1925 年，他经沈尔乔介绍，入杭州《民声报》任副刊编辑，并经常写稿在沪、杭报刊上发表。从此与写作结缘。后因报社工资不能保证，1927年到龙游县政府做办事员。1930年经钱家治（均夫）介绍，回杭州入浙江省立图书馆任掌书员。在1932年，因常为杭州《民国日报》（后更名《东南日报》）副刊写稿，结识该报社长胡健中，得胡的器重，任该报记者，从事社会新闻的采访。1935年又兼南京《中央日报》特派驻杭记者。这一年，上海杂志公司经理张静庐到杭州时与他谈起，钱塘是人文荟萃之地，如能约名家撰稿，办一与上海出版的《逸经》《论语》相类似的刊物，销路定不恶，在上海也可每期包销两千份。黄萍荪即与胡健中商量，胡写信给当时在南京任国民党宣传部部长的邵力子，请其支援。黄萍荪持胡的信到南京，邵力子批准每月由部津贴六百元，半年为限。于是，这一年11月由黄萍荪主编的《越风》在杭州创刊。《越风》为文史性刊物，各地名家均撰文供其刊登，如柳亚子、郁达夫、叶圣陶等。茅盾谈学生时代的《辛亥年光头教育与剪辫运动》亦发表在该刊。1936年，黄萍荪还助编浙江省教育厅的《浙江青年》。我查过30年代杭州出版的各种报刊，并询问过黄萍荪本人，除上述之外，他并没有编过另外任何小报。

抗战军兴，黄萍荪避居金华，1938年在当地创办"新阵地图书社"，编发《新阵地》旬刊。次年，他又兼只拿薪金、无须上班的浙江省政府参议。1940年他受《东南日报》之约，扮成商人从金华到"孤岛"上海采访，所见所闻，以特刊形式披之报端。1942年在福建省建阳任"阵中出版社"社长，编印《阵中日报》，次年任福建省教育厅秘书。1944年在福建永安创办《龙凤》双月刊，以文史为中心，旁涉掌故、诗词，性质类似《越风》。是年冬，又改任福建省政府参议。

1945 年日寇投降后，他到上海筹备《东南日报》上海版。次年任该报上海版特派员。

1947 年在上海创办子曰出版社，主编类似《越风》的《子曰》双月刊。

1949 年上海解放，子曰出版社申请执照获准继续营业。他着手编辑《四十年来之北京》《北京史话》等书。第二年，《四十年来之北京》发行一至三辑，《北京史话》上编亦出版。因《北京史话》上编收有胡先骕的《庚子赔款和中国科学人材之兴起》一文，受到读者的批评，认为作者与出版社负责人崇美思想严重，要求主管部门作出应有处理。上海市军管会新闻出版处处长张春桥约他谈话，予以严斥，《史话》毁版，登报收回已售出的，并吊销出版社营业执照。黄萍荪从此开始失业。1952 年春，他通过赵朴初和周而复，由华东局统战部保送华东人民革命大学政治研究院学习。此期间，全家人的生活全靠上海市统战部和所住区人民政府救济。

1954 年 6 月 20 日，上海卢湾区公安局以"反革命"案将黄萍荪逮捕，同年 10 月由上海军管会军法处判刑四年，押安徽农场劳改。1958 年刑满前数月，又以"无理申诉"为由加刑五年。1963 年刑满后留农场就业。

党的十一届三中全会后，黄萍荪鼓起勇气，又向上海市高级人民法院提出申诉，被受理。法院作了大量的认真细致的复查工作，于 1982 年 6 月下达了"沪刑复字第一七九号"《裁定书》，撤销 1954 年对他的宣判，交卢湾区人民法院再审。同年，卢湾区人民法院也下达了"卢刑申三九八号"《刑事判决书》："现经本院再审查明，原判在认定事实与适用法律上确实不当。据此，特判决如下：对黄萍荪宣告无罪。"当年黄萍荪被捕时无职业，落实政策后，就无处领取退休金或生活费用。他从农场出来后，每月得二十四元退休金，被女儿接往衢州同住。后因女儿一家迁到杭州，1990年亦将他接来。这一年，黄萍荪被浙江省文史馆聘为馆员，受到各方照顾。

1993年6月8日黄萍荪发病，住进省人民医院，被诊断为脑梗塞。病重期间，省文史馆的领导曾去探望，他住院两月余，巨额的医药费全部由省文史馆揽下。后由其子接去龙游养病，9月1日去世。

黄萍荪从获得自由到去世的十二年间，写作非常勤奋，在国内外报刊上发表的文史掌故文章数百篇，连长篇在内，总有百多万字，连载于甘肃《飞天》上的谈郁达夫的长篇回忆录《风雨茅庐外纪》，经我荐介，1985年由香港三联书店出版单行本，叶浅予绘封面，许杰写了序。另有未刊长篇《从贵公子到苦行僧——李叔同传》。他与李叔同有交往，故而这本传的内容相当丰富，可惜至今还找不到出版的地方。他生前曾将一些发表过的文章加以挑选，结集为《前辈风流》，亦未见出版。他计划要写一部谈苏东坡的系列，只是完成《苏东坡在海南》，草成《苏东坡与杭州》的一部分，因去世而未能如愿。

黄萍荪到了晚年方才过到几年安定的生活，受到政府的照顾，他对党是非常感激的。他的历史问题，人民法院也已判他无罪，在文化领域中，总不能称他为敌人吧。

1997年1月16日写于湖州人间过路书斋

《冬去日记》自序

人到中年，多善忆旧。叹岁月流去不再复回，忧来年时光日短。回忆，往往是很辛酸的。

在世一生，有欢乐，亦有苦痛；有爱，亦有恨。随着年龄的增长，一切都已趋平淡，青年才有的锐气早已无存。回首当年往事，好在每天都留有实录，无须苦思。翻卷披览，五味齐来。只是没有"前不见古人，后不见来者"所产生的"独怆然而涕下"的感受。天堂与地狱，只隔一层纸，恶魔与女神，可同时存在于一个人的心里的。

郁达夫在《日记文学》中说过，日记，"无论什么话，什么幻想，什么不近人情的事情，全可以自由自在地记叙下来，人家不会说你在说谎，不会说你在做小说。因为日记的目的，本来就是在给你自己一个人看，为减轻你自己一个人的苦闷，或预防一个人的私事遗忘而写的"。这部日记，从 1968 年 8 月 24 日起，至 1978 年 8 月 24 日止，整整十年。毫无思想，也毫无议论，纯粹是每天的记事而已。为留其真，不加整理。其中连每天所用的菜肴都有细载，相信遗漏是不会有的。仅可取的，是它淡现了这个暴风雨年代里，一个角落的形形色色，书局乐意要承印，原因也在于此。

读者心里各有衡量真、善、美的尺码，褒贬自在情理之中。所涉人物，无论生者与死者，均一律姑隐其名。我深知，要感谢的，他们不需报答；要憎恨的，他们知我无能。在我戴的帽子下，甘露与芒刺，人为天意，偶然与必然的交叉永远不会也不愿竖起眼镜。我念及隔代的儿孙辈，或因此夸耀其祖上，或羞愧其上代竟是如此阴鸷。后世若有人非要考订，那已是没法阻拦的了。一千年后，恐怕还会有人用京剧的脸谱来定人格的吧。阴冥中是否也有，谁也不知。

这部日记，我称它为"冬去"。因这寒冷得使人发颤的冬天已经过去了，现在是阳光明媚的春天，男人、女人、老人、小人，都向往的春天。

（1987 年 9 月写于浙江湖州）

《莒花浮雪集》序

　　世态浮躁，钱铸人心，高雅如收藏，遂成生财手段。纵览流势，富户权贵，喧嚣呼应，浩浩荡荡，众口一词，曰：难得精品，价值几何。绝无他语。全不知一物之文化内涵。唯炫其资产，附庸风雅而已。

　　此道秉烛，却不乏星星亮点。以案头藏品，作求知为目的者是也。择类收藏，研究考证，撰文心得，乃真藏家。金荣荣先生属其中一位，这有他的《莒花浮雪集》为证。书中介绍部分原始旧物，在富户权贵，自然不屑一顾，实是存世孤品，弥足宝贵。荣荣先生逐加梳理，旁征博引，犹：食笋而去其箨，颇费心力。首次披露鲜为人知的史料，提供平时稀见的文物，甚具价值。虽文字不多，则远胜文抄公拼凑的所谓专著。作者辛苦，相信乐在其中。

　　秦砖汉瓦，当年家家无数，何止千万。《莒花浮雪集》涉及的一些人与事，未必有大影响，然都存在于历史长河里，不应湮灭。

　　《莒花浮雪集》是作者近来研究文章的结集，几篇游记，亦与收藏有关。文字质朴，图文并茂，篇篇堪读，类归学术随笔。

　　亟望有识藏家，能效仿荣荣先生，发掘史料，刊布新说，以丰富越来越远去的历史，也盼荣荣先生有新著接续面世。

　　　　　　　　　　　　　1997 年 10 月 8 日写于湖州人间过路书斋

小记蒋启韶兄

——《画家蒋山青》序

已有多年没见启韶。

我与启韶的相识，是有缘分的。大约是在十六年前吧，接到启韶从家乡平湖的来信。我读他的信，觉得知识面非常广，细看他写的字，铁画银钩，颇具个性。我以为他的年龄至少同我差不多，或比我更大些。在前我已在报刊上读过他写的多篇文章，想来他也是中年学者了。过了不久，启韶专程来湖看我。他自报家门时，使我大为惊叹，原来还只是个二十出头一点的小青年。我们交上了朋友，因为都喜欢研究现代文学，爱好书画艺术，坐拥藏书。这就是我说的缘分。启韶极为刻苦，当年收入微薄，但节衣缩食，买的书已有足足好几架。他不单陆续发表有关现代文学的文章，且能潜心治印，刀法古朴。他为我刻过多方印章，至今还一直在钤用。我周围的朋友见我用的印刻得好，常托我转请启韶为之。他刻成后连印石也奉送。

启韶为研究现代文学，结识了不少文坛前辈，诸如老作家章克标、艺术大师钱君匋、郁达夫的前妻王映霞、诗人邵洵美的夫人盛佩玉、30年代名刊《论语》的后期主编林达祖……这使他掌握了大量的第一手资料，写起文章来自然以史带论，有血有肉了。其中尤其是章克标，可以说是被启韶"发掘"出来的。章老50年代起，就一直蛰居海宁庆云乡下，过着与世无争的淡泊生活，文艺界中人都以为他早已不在人世间。是启韶最早投其门下，讨教文坛往事。我拜读过章老《九十自述》（又名《挥手一世纪》）回忆录稿本。从中我看到，启韶在生活上对章老非常照顾。也是启韶的策划发起，在章老九十大寿时，上海书店特为他举办了一个隆重的祝寿会。

启韶作文是多面手。他除写研究文章外，还写过不少散文。使我印象最深的，是一篇《乌篷船》，犹如一幅白描水墨山水画。在20年代，现代散文大家周作人亦写过一篇《乌篷船》，六十年后启韶写的与他立意不同，文字却是一样的清淡隽永，百读不厌。

启韶在家乡没有发挥他艺术才华的环境。当经济改革浪潮刚刚开始扬波时，他决意南下创业。我收到他的来信时，很感突然，心里不踏实，因为我辈虽是平民，却是有只"铁饭碗"的。我竭力劝阻，同时也写信给章老，请他老人家也加以"阻拦"，而启韶还是南下了。他到广州、珠海、深圳等地，最后在珠海站住了脚，开了一家高雅的画廊，大力发展文化艺术事业。后来我看到的现实，不得不承认我的思想的保守。启韶在南方又结识了不少艺术家，与香港、澳门的文化界著名人士也相处得很熟。他来信不时告诉我好消息，寄我近作。他的篆刻无论刀法、布局都已到了炉火纯青的地步，颇得多位大师的好评。一次，他寄来一幅《红梅图》，墨色淋漓，别具风味，启韶还能画！我实在佩服他的多才多艺。

启韶的成功，是他的天赋加勤奋的结果。我熟悉不少与启韶年龄差不多的人，但像他那样有广泛艺术造诣的，实在是凤毛麟角。

去年启韶出了一本《蒋启韶篆刻集》，这是他一部分作品的选集，反响甚佳。他说还要编一本更精当的，祝其早日面世。

　　启韶将自己的"艺术大本营"的中心，已从珠海移到深圳。深圳是块空地，云集了一大群有成就的文学艺术家。我以为，文学艺术家们对深圳的视角应与众不同，不是前来开发宝藏，而是将自身作为"珍宝"，使这块宝地更具含藏量，去吸引世界各地的"探宝者"来采掘，不知启韶和深圳的艺术家们以为然否？我相信，启韶的事业必能更加发扬光大。

　　具备现代方便的通信工具，不时可通通电话，相互往还的信札，当以成捆计。但不知何日能与启韶见面，作揖互道久违、久违，在暗淡的灯光下，饮一杯清茶共忆快乐的往事。

　　　1998 年 1 月 27 日（丁丑除夕夜）写于浙江湖州人间过路书斋

　　　　　（原刊《画家蒋山青》，世界华人艺术出版社 1998 年版）

《蒋启韶书信集》序

20 世纪 80 年代中期，社会上出现了一个生了锈而擦新的热门名词，叫"下海"。早在 30 年代，此词在红灯绿酒的上海滩曾风行一时，指的是男女舞客勾肩搭背下舞池。五十年后，词的含义却大大异化，"海"已从舞池改指商海，"下海"变作了指经商。有多少人，手拎皮包，满口商品信息，生意无论成功与否，好像大老板，在街上迈着八字方步，气势夺人，让人羡煞。鸿儒谈笑，弹指一挥二十年，回头一顾，有的沉没被拖上岸，有的几近溺毙被救上岸，有的呛了水上岸，有的赤脚刚遇水吓得逃上岸，不一而足。其实，社会的分工何止三百六十行，自不必都去做商人的。当年，启韶也毅然抛掉"铁饭碗"下海的，不过他所下的海非商海，乃是"艺术之海"。他早已谙熟水性，下海只是为了去体现自身的价值，去应付各种挑战，去刷新不同的驾潮技能的成绩。为了看一看那些在世界上已流传多时却非常陌生的事物。走上海，探珠海，闯深圳，求师访友，蓄势待发。不出几年，敢说到了"任凭风吹浪打，胜似闲庭信步"的境界。启韶编辑出版了多种高品位的名家书画作品，不落俗套，耳目一新，人见人爱。出版了一部《书画集》和一部《篆刻集》，表现了深厚的功力，颇得好评。一本散文随笔结集亦将付梓，这本《书信集》又先与读者见面。

查了多种类似《文学辞典》的书，在介绍文学作品的种类和体裁中，都无"书信"条目，使人大惑不解。从司马迁的（《报任少卿书》，到《鲁迅书信集》，不知有多少书信广泛流传，成为千古之作。再说书信，在写书信人的意识中，一般都不曾想到要发表见之于世的，所以很真率，要比经过刻意加工的小说、散文、诗歌之类来得坦白、自然，因此更受史家重视。启韶与师友间的书信往还，数量之多殊难统计，此集选了百名，其中有如章克标、沈柔坚、钱君匋、王元化、刘知侠、施叔青、吴青霞、董桥、方增先、石虎这样的海内外文学大师和艺术大师，也有极为普通的朋友。探讨学术，钩沉文史，讲风土人情，拉家常问候起居，好比执清茶一杯相对细语，无比亲切。在启韶来说，辑印此集，是为在艺海中的拼搏留下一点印记，与众师友交往留下一份情感，但从中亦体现启韶的为人。

随着通信科技的迅猛发展，书信是日显越来越被人少用。"烽火连三月，家书抵万金"，千百余年前战乱时一封书信何等具有分量。如今现代化的通信工具普及，电报、电话、传真、电子邮件，都可代替书信，书信正在逐步走向消亡。可以预测，不要到本世纪末，书信将不复存在。任何写字的用笔，将送进历史博物馆。届时，一个三岁的稚童，试用手指沾水一尘不歪歪斜斜写出人、大、小这样的字，也一定会被称作书法家。

书信会像 20 世纪消亡长袍马褂那样在本世纪消亡？如若不消亡，启韶这本书信集则是它滚滚长河中的一滴水；如若消亡，则是它干涸河床里的一粒沙，终归存世。

2000 年 3 月 21 日写于浙江湖州人间过路书斋

读陈达农《淙淙泉声》

陈达农继由北京中华书局出版专著《古钱学入门》后，最近又推出一本《淙淙泉声》。陈达农是我的老师，高龄已近九十，如此执着，如此勤奋，成果频出，我等不长进的学生自感汗颜。

陈师潜心搜集古钱币六十余年，见多识广，研究堪深，乃著名古钱币鉴定专家。《淙淙泉声》是部分心得的结集，见解独到，内容丰厚，是"古钱学"中一本有价值的学术随笔。陈师积聚稀珍钱币甚多，且拥孤品，书中一枚一议，旁征博引，论述精辟。对过眼的各种"钱谱"，谈其得失，补其疏漏，凸显功力，也非他人所能企及。他同时对湖州地区陆续出土的古钱币，有较详的记载，为研究地方金融历史提供了可靠物证。他对湖州、杭州、嘉兴、宁波的钱币收藏家亦如数家珍。这些经世人物，未必能入地方志，陈师逐一录出，当为地方文化历史一角。

陈师极重感情，书中"追念故人"散文一辑，缅怀十位逝者，其中有考古学者慎微之，收藏家陈左夫、郑德涵等。回忆交往，扬其品德。尤其是对年轻的钱币爱好者飞舟、"春山"的不幸过早去世，非常惋惜，师生之情，溢出纸面。

喜爱收藏研究古钱币的，留意地方文化历史的，有分量的《淙淙泉声》都不可不读，从中能领略不少其他书中不能见得的知识。

去年上海筹办出版该市唯一谈收藏、鉴赏文化的《博古》杂志，主编来信约为创刊号撰文，本想一写陈师和他收藏的稀珍罕见古钱币，奈因对此道不曾有所接触而易题。在我看来，中国现代于钱币收藏之丰，研究鉴定之精的，陈师是可与方地山、袁寒云、丁福保、马定祥诸位齐名的。

　　天地不陨，"泉声"无止，谨祝陈师健康长寿。

（原刊《湖州晚报》2004 年 7 月 30 日）

《羡慕自己》序

与朋辈围坐小桌，饮茶抽烟，仰望闪烁群星，笑谈古今。突然，地心失去引力，于是，这个制造贫富、痛苦与欢乐的小球上的一切所有，向乌黑的夜空倾泻而去……天有底吗？没有底的底在何处？谁也回答不出。人类的知识实在有限得可怜，且还自以为是，将不可知的都归入了迷信与神话。

天地间自从有了人类，一刻也没有太平过。遂此，从观察事物而产生了各种思想。孔孟提倡仁义道德，强调美善兼具，无邪归正；老子道法自然，无为而治；墨子尚用节用；庄子齐万物，一生死；荀子天行有常；韩非子信赏必罚。不一而足。彼等之所以被称为思想家，仅是最早比常人较有系统地说出了自己对生活的感受而已。

世界上任何一个人，都有天生运用自己的感官，去感受和判断外界事物的权利。其所感所想都是各人生命中无法舍弃的。圣人如是，平常百姓一样如是。社会在变革，恶行借时尚之名无端冲撞传统。尤其是各类人性，如时装模特纷纷登台亮相。以资产来衡量人的生存境地已成为指标，个个想达标，个个想敛财，社会的人际关系殊难恢复正常。世情、亲情、友情、风情、物情的秩序完全混乱。组建共荣共存的温情而从容的和谐社会属当务之急。如何看待万花筒般的生活，国强将他的所感所想，用洒脱的文笔，推出了这本《羡慕自己》。

　　大约是作者的职业关系，观察社会、思考人生、撰文的切入点，若同摄影师选择角度，捕捉主体，目光敏锐。能小中见大，表现明确。文章或以理胜，或以情胜，或以智胜，或以趣胜，或以辞胜，从中更可窥国强的精神境界。

　　写成一篇文章，只要其中一点感想能得到读者共鸣，就属成功。如书中的《江南雅音湖州话》，作者认为"每种方言都是传统文化的重要组成部分，而传统文化是和谐文化的一部分"。这就向社会提出了如何将湖州话传承下去的问题。目前一位国家语委会副主任、教育部语言司司长有言："不能进电脑的语言，在二十一世纪都要处于衰亡的境地。"最近，用国际音标标注的《上海话大词典》已经出版，湖州不应落后。作者在书中有诸多类似的文章，足以启迪读者。

　　诚然《羡慕自己》也有可议之处。同以《江南雅言湖州话》为例，文中所举"讥糟"应是"薹糟"（后又有俗语"鸡早"），语出明代冯梦龙编的《山歌》："小人家一味糟无出息，大人家博学有商量。""跪人"的"跪"字应作"睔"（音 gùn），字出宋代陈彭年等撰《广韵》，是大的意思。一声"睔人"含有尊敬之意，有"礼"在内的。这些微疵，当无损全书旨义。

　　国强是爱憎分明的，有所追求，有所唾弃；国强是有个性的，不说假话，坚持做人的基本准则；国强是乐观的，受挫折而倍增发奋进取；国强是现实的，知足且常乐；国强是勤奋的，这一本《羡慕自己》，只是他业余写作的部分文章的结集，数量已很可观。

　　国强刚步入中年，往后的道路还很长。"每有所思，必有所记"，随着年龄的增长，对生活的感受会愈来愈深刻。以他的勤奋，相信能不断为读者提供新著。天高云淡，阳光灿烂。登上道场山顶，眼见最高的豪华大楼，不过如香烟蒂头；104 国道上慢似龟爬的最贵重的轿车，不过如小指甲；踏方步行走的权贵，不过如尖头蚂蚁。俯视天下，何等舒畅矣！做人应该有这样的气度。但同时还要怀有自知的心态，明白山上人看山下人，与山下人看山上人的大小是同等的。情通天地，心拥成实。敬爱的读者，你如具有这种气度和心态，那么，携手登山去！

（原刊《湖州晚报》2008 年 7 月 26 日）

读《儿时江湖》

哲人有言：人的力量，只是生长的力量。从帝王到乞丐，任何职业无非就是维持生长，一切冠冕堂皇的话是不必说的。万物生长，基础至关重要，人亦如此。幼时生活，足以影响一生。"少年不识愁滋味"，乃诗人呓语。家庭有贫富，有和睦或不幸。20 世纪 50 年代，又添阶级划分，一成异类，徒增阴霾，少儿虽不谙世事，却不免感受，岂可一概而论。

人到中年，历尽沧桑，顿悟生长艰辛。初以心热如火，遂至眼冷似灰。回忆无拘束的幼时生活，已属享受。时光流逝，往事似烟。比喻稍欠妥帖。即便无风，烟自散尽无迹。凡正常人，何有不记得往事者？无论欢乐，无论苦痛。

十分佩服国建的记忆力，居然能回想起这么多幼时的碎屑景象。这是平凡天真少儿眼中的世界，当年社会的真实缩影。任何民族都有自己独特的文化，不仅体现在上层建筑，衣食住行，无所不在。《儿时江湖》描述的，似长卷风俗图，凸显融于生活中的民族文化。可叹仅四十年，倒是化烟散尽无迹了，因此很属珍贵。

国建幼时生活在 20 世纪 60 年代，而于 50 年代度过的读者，会惊奇发现境地竟然一个模样，游戏与玩具几乎都不花分文。目下的少儿，定会觉得父祖辈幼时的寒酸与滑稽，说明五六十年代发展的滞缓。

　　国建业余撰文，改正尽善，方出以示人，从不苟作。写过不少小说，惜未结集，《儿时江湖》沿承文字洗练的风格。《易经》有言，"吉人之辞寡"，为文自有惜墨如金。短文难写，无功底不成。知堂前辈连千字文也嫌长，竭力删削。自古文人好相凌掩，写长篇宏文的，或许不屑一顾，可又不能为之。王安石诗云："看似寻常最奇崛，成如容易却艰辛。"是也。文笔历代受世人称颂，大都短文作家，毋庸置疑。是书言词风趣，渗入大量行将消亡的湖州方言口语，前人不曾留意钩稽，极其特色。

　　人生品尝五味，始在娘胎。国建为人乐观，《儿时江湖》弃辛酸，只记欢快，情文并茂，读来无任亲切，让人仿佛回到早已逝去的少儿时代，真想再一试滚铁环，却已难觅此物了。

　　　　　　　　　　　2008 年 7 月 24 日写于湖州人间过路书斋

《舍得集》序

日前，自牧兄寄赠新著《存素集》，并告知又将出版《舍得集》。

前人造词，不离道德。以"舍得"而言，舍，是放下、舍弃；得，是与"失"相对的得到。组合"舍得"，为愿意割舍，不吝惜。先舍而后得，绝不组成"得舍"。因无舍而得，都属不仁不义，且其所得亦决不会有所舍。这似是一条铁律，世人的权力、地位、名誉、财富乃至知识，都可用此去衡量。

在读书写作界，自牧兄所舍实在太多。人生若以九十年计，为延续生命，睡眠三十年；为维持生计，工作三十年。余下三十年，包括了生活中的一切杂项，诸如煮饭、就餐、洗衣、清洁卫生、社交、旅游、娱乐……直至患疾卧床等等。屈指一算，用在读书写作上又有几何？自牧兄矻矻孜孜，坚持每天读书、记日记、撰文作诗、写书信……已出版文集十余种。《论语》有言："博学而笃志，切问而近思，仁在其中矣。"可以说，他舍其生命中最宝贵的时间，在追一个"仁"字。自牧兄还编印书刊百余种，给他人作嫁衣裳。从《日记报》到《日记杂志》，破费甚多。单就寄该刊送各地师友的邮资，累计也绝非小数。可以说，他舍其囊中不多的金钱，在释一个"义"字。欧阳修称"君子之学，或施之事业，或见于文章"，乃自牧兄写照也。

社会浮躁，读书写作界亦甚。丑态百出，思想、信仰、操守、修养荡然无存，列举污笔。德在民间，不屑与之为伍者，纷纷创办民间刊物，自牧兄倾力的《日记杂志》（前身《日记报》），创刊较早，独树一帜。目下，民刊似雨后春笋，虽经费短缺，却都固守阵地，摸索提高质量，令人感佩。诸多可敬前辈支持关爱，传播读书种子，影响愈来愈大。地域纵横交叉，刊风各具特色，已成规模。鲁迅老夫子能"横眉冷对千夫指"，也能"躲进小楼成一统"。我辈都有或大或小的书室，谓之"象牙之塔"，让求知的灵魂有清静的栖息之所。我辈拥有的众多的民刊，谓之"十字街头"。人气旺盛，闹而不喧。自牧兄属领军人物之一，漫步其中，互相探讨读书心得，陶冶情操，其乐无穷。对日趋浮躁的读书写作界，民刊起到"扶危持颠"的作用吧。曾对自牧兄言，当今民刊，日后在期刊史上必留一席。统观一部《中国现代文学期刊汇编》，内有几种为"官刊"？乞请识者有以赐教。世上没有何种力量可折断这条历史的。

与自牧兄神交多年，受益无数。前年 10 月，湖州师范学院举办"皕宋楼暨江南藏书文化国际研讨会"，自牧兄应邀，偕夫人与女儿前来，一见如故。夫人贤惠善良，知书达理。女儿纯情可爱，很有见识。但问耕耘，莫问收获，自牧兄多年所舍，有夫人与女儿的一份的。其所得，只是我辈读书人对他全家的尊敬和感谢。

魂兮，归来，归来，那读书写作界的传统道德。自牧兄心里定在这么呼唤。舍得，舍得，相信"内有德智，外有胜行"的自牧兄会继续去舍得，舍得。

2009 年 4 月 14 日写于湖州人间过路书斋

《张智勇作品集》序

　　闲聊中国现代书画艺术，书者极显孤独与无奈。与白话无缘、与简体字无缘、与文字从左往右横排无缘、与标点符号无缘，更无法借鉴西方文字艺术，固守着一份传统。画则不然，油画、水彩等西画，因相互都有统一、均匀、变化的原则共识，可以融会贯通。不同处，仅绘画所用材质而已。

　　智勇兄从事绘画创作近六十年。幼时受一聋哑前辈影响，喜爱作画。中学毕业，投考上海行知艺术学校，名登榜首，得俞云阶、杨祖述、朱怀新等名师指导。后转入上海第一师范，再考入上海戏剧学院深造，侧重西画，技法日趋熟练。毕业后从事舞台美术工作，参与过传统昆剧《西厢记》《三关罢宴》《西园记》，现代剧《山花烂熳》《首战平型关》《豹子湾战斗》等背景设计创作。每一部剧本的演出，设计创作背景都必须熟悉剧本。了解剧情，这使智勇兄学得了不少古今中外的文化知识。调入湖州师范学院执教后，智勇兄方有条件开始探索表现手法。

　　创作西画，不仅要有西方文化的修养与技巧，还要有中国传统文化的底蕴。唯此，才能达到完美的艺术形式。无论书或画，均有法则。大师以破坏既有法则而名，也因创造新法则而立。此与天赋有关，与勤奋无涉，艺术表现属于自我，展示的是自己的生命与人格。能领悟这一点，已具高度。

　　智勇兄重现对生活的感受，强调事物色彩的生活真实，同时努力表现个性和创造性，捕捉瞬间的传神细节，用国画的写意神似笔法，融入西画，写实与写意结合，求达韵的境界，将写生对象升华为表现对象，以显个人情感，追求完美的探索。这本作品集选择不多的画作就是部分脚印。

　　智勇兄为人敦厚，处世低调，从不张扬，无意与人一争高低。在浮躁炫耻、争奢斗富的社会里十分吃亏。参加过不少省级以上的画展，亦办过个人画展，颇获好评。这自然是对智勇兄的肯定。嵇康歌曰："目送归鸿，手挥五弦。俯仰自得，游心太玄。"顾恺之以此作画，搁笔而叹："画'手挥五弦'易，'目送归鸿'难。"手挥五弦，有形可写，目送归鸿，心想眼随，意在象外，则大不易也。世上有多少画家，笔触能传象外之意耶！展望未来，还有不少路要走，智勇兄定会有更大的成就的。

　　一个文化人，应勿去想你为现在做了些什么，而要考虑你为历史留下了什么吧。

　　恰逢"七七"，今夜的卢沟桥头，不知明月当空否？

2010 年 7 月 7 日深夜写于湖州人间过路书斋

《白云悠悠》序

与文忠相识，缘自章克标先生。章老常有文稿寄来嘱为荐介，而老人对文忠兄信任有加，不少事都托他办理，于是也有了通信往还。记得文忠兄当时刚入九三学社，又是同志。他先到湖州来看我，为人温和敦厚，面容却饱经风霜。相见甚欢，遂成知己。屈指算来已有二十余年。

文忠兄要学写旧体诗，只是写诗大不易。早在唐代杜荀鹤就有言："辞赋文章能者稀，难中难者莫过诗。"况且如今已被视为古董，为之者寥寥，极其孤寂。然诗乃中华文化之精髓，总不应在我辈一代失传消亡。文忠兄知难而进，自当竭力鼓励。他一上手就不俗，无论格式立意，都很到位且具悟性，真可谓无师自通。他结交了几位造诣颇深的诗友，如邱鸿炘、嵇发根诸大家，点拨唱和，日显成熟，渐入佳境。数量越写越多，不无为而作，均有目的，均有意义。诗风朴实，音韵可击。可见文忠兄如切如磋、如琢如磨的勤奋。

日前，文忠兄寄来《白云悠悠》词稿一集，不意他可用词来写其平生。诗可咏史、咏志、咏物，或抒情，或叙事。用一首词来记某一事，串全篇而成个人履历，或许是孤陋寡闻，却是从来没有见到过。这是诗的回忆录、词的自传，这创意就让人惊叹。文忠兄大学攻的是矿产专业，写诗与之毫无关联，能达到这样的境界，实在很钦佩。

学者不患才之不瞻，而患志之不立。文忠兄志甚坚矣！颜之推在

《家训》中比喻:"夫学者,犹种树也,春玩其华,秋登其实。"文忠兄二十余年耕耘诗坛,甘苦唯自知也。如今硕果累累,丰收还在后面。

不懂诗,更不能作诗,但凭感受尚可辨诗之优劣。文忠兄的《白云悠悠》将付梓,一定要写几句,为之同乐。

2012 年 4 月 9 日写于湖州人间过路书斋

《花鸟画小品集》序

历代社会凡遇转型，世风必迷惘浮躁。标新立异，尔虞我诈，秉烛觅道。

尝有阿毛择国道左侧、捡废洋铅皮数张，架一小棚，用不规则之长条木屑板，大红漆书店招曰：阿毛国际轮胎修补店。见之当或窃笑，却难言窃笑之所以然。于阿毛之说，任何国家出产之机动车、均有可能过国道而坏胎，店招名副其实。综观天下，阿毛何其多耶。

当书画艺术沦为唯一用金钱来衡量标准时，实在已与阿毛之轮胎修补店无甚差异，只是经营范围不同而已。

外邑一友人曾来电话垂询刘宁，彼诗书画金石俱精，且富收藏。不时穿梭各地，专一参观各类书画展。其评刘宁技法圆熟，作品耐看有味，如美丽女子林立之中，独具风韵气质而出跳入眼，前途无量。其言谔谔。与刘宁交往不多，知其处事低调，不做作张扬，无视店招。经友人一置评，遂加留意，果然不虚。意境与审美观之形成，同画家之学养密不可分。仅以此册《花鸟画小品集》而言，传统中见创新，线条与笔法飘逸中甚具刚劲，用墨层次分明，设色艳而不俗。画面清爽，布局独具匠心，画意溢出纸外。无画处皆有妙境，寂寞感中突透简朴静穆。尝鼎一脔，已无须多述。清笪重光《画筌》有言："空本难图，实景清而空景现。神无可绘，真境逼而神境生。"刘宁达此境界矣。书画艺术无捷径可行，必重视传统而多加积累。师古人之笔墨规矩，求神韵之精粹，自开丘壑蹊径。世上无有不学而得其神妙者，无有不遵古法而能超越前贤者。

历史仅是各路英雄之记事本。当今我辈在创造历史，须知后代人要书写当今历史。将自身融入历史，领会后代人会如何写尔，方有俯视天下之气概。"尔曹身与名俱灭，不废江河万古流"也，"江山代有人才出，各领风骚数百年"也，无论逝者与生者，各有归属。刘宁在不断探索进取，超名外之身心追求，自会再上一层楼。

癸巳（2013 年）秋月写于湖州人间过路书斋

珍宝归来记

2012 年 10 月末，赵景心先生从北京来电，说已年迈，一些身边事需要帮他处理。赵老与夫人黄哲是心仪前辈，自当尽力。

赵老高龄九十五，然身体硬朗，兴致来时，还会自驾轿车，唯耳略重听。遂约定，凡来电有事商量，当晚即将看法写成书信，次日交顺丰速运投送。赵老知情达理，对父母、对姐姐感情至深，为人诚恳、豁达，能接受晚辈意见。诸如劝他将父亲赵紫宸、姐姐赵萝蕤的墓迁来故乡，今后自己也应叶落归根。家人生前一起生活，在天国亦不要散居，都被首肯。

赵老夫妇早就立下遗嘱，将身后财产全部捐献国家。这自然包括拍卖行曾估底价九千万，已守护了五十余年的父亲、姐姐与姐夫陈梦家留下的二十三件明清黄花梨木家具。得知情况后则请赵老仔细琢磨，届时会有什么机构来接收、谁来经手、拿走后是实物保存还是被拍卖变现金、是否会有多家机构分割接收；如保存原物，安全措施又如何；遇到心怀叵测者调包又怎么办。一切均不可预料。况且目前京、沪已有多家机构深度关注。既然珍宝生前身后都是捐献国家，还不如现在自主心愿，选一最理想去处。赵老也觉得确可商议。再帮他剖析这批珍宝凡可去之处的利弊后，赵老也感到无一处可行。最终，试给赵老提一设想，是否可考虑捐献故乡湖州市人民政府，交由市博物馆整体收藏，以这批珍宝为主体，在博物馆内设一赵氏家族纪念馆，向公众长年展示；另再建一赵氏墓园。这同样是捐献国家，博物馆的安全措施又足以绝对可靠永久保存，还能传承赵家与故乡的深厚情缘。

因设想牵涉政府和文化部门，断不敢自图主意。故而同时告知平时常来嘘寒问暖、无话不谈的市文广新局宋捷局长。商量后认为，如赵老同意此设想，尽可提出所有要求，地方政府能承受的，都可承诺。于是底气大增，连续致信赵老，介绍近年来故乡政府对文化的高度重视与市博物馆的安全设备和严格的管理制度。12月20日晚上，赵老打来让人惊喜的电话，说已与老伴及京中多位友人商讨，认为此设想很好。全权委托并叮嘱速同市政府联系，将二十三件家具悉数无偿捐赠。于21日写情况汇报一份，次日呈宋捷局长，乞向市政府领导禀告，以作最后定夺。金长征市长了解前后经过情况后说，这是件好事。一语定乾坤矣！

2013年1月7日，陪同市文广新局局长宋捷一行持市政府介绍信，去往北京。8日上午9时到赵老家洽谈，听取要求。赵老仅提出，只要有绝对安全措施，整体保护好，长年向公众展示。以设家族纪念馆形式展示及建赵氏墓园还是帮他提出。为感谢赵老夫妇的义举，一一承诺，顺利衔接捐赠。赵老颇欢快，11时半告谢辞出。下午赵老就来电，说上午叙谈非常高兴，完成了父亲、姐姐与姐夫的遗愿，心上最大的一件事得落实，并说来人都很尊老，都是年轻有为的干部，要尽快将家具运往湖州。同月21日，市文广新局和市博物馆分别派员再次陪同赴京，正式办理捐赠移交手续。第二天中午12时半到赵老家，文广新局联系京中最讲诚信的华协国际珍品货运服务公司的运输车亦同时到达。天亦助人，京中不是风雪就是雾霾，是日竟蓝天朵云，阳光灿烂。经赵老同意后，逐将家具搬至别墅外宽阔空地，清数、编号、丈量尺寸、登记、摄影、包装上车。赵老在京正在筹办的"赵紫宸·赵萝蕤公益基金会"副理事长张所、秘书长黄宗英也来现场，均表示赵老此举是最理想的选择，并非常乐意在捐赠移交清单上以“见证人”身份签名。赵老再三关照路上千万要小心，注意安全。2 时稍过，向赵老鞠躬道别。车一出别墅区大门，即电话告知宋捷，为市政府所办之事已顺利完成。2012 年 12 月 22 日呈上情况汇报，2013 年 1 月 22 日完成捐赠交接，仅历一月，日期又如此巧合。24 日下午 2 时，华协运输车准点平安抵达市博物馆，在现场立即电话告诉赵老，珍宝已如数安全运到。市博物馆现场摄影多张，也马上用电脑传给张所（赵老隔邻），让赵老尽快见到实况。

后续工作在金长征市长、胡菁菁部长、闵云副市长的肯定下，得市财政局、市民政局的大力支持，经文广新局精心安排，有序实施。分别请省文物鉴定审核办公室专家柴眩华、故宫博物院专家胡德生来湖鉴定文物级别。金长征市长、闵云副市长还亲至北京慰问感谢赵老。市博物馆立即着手设计纪念馆布展方案，查找资料，约请湖州专业摄影师肖二拍摄家具，制作图册，极为负责。枫树岭陵园从选地块、墓园布局，到制作铜像、石雕等，非常认真。相关单位还专程赴京，为纪念馆与墓园的设计方案征求赵老意见。赵老对后续工作十分满意。

珍宝得以顺利归来，乃是赵老夫妇对桑梓的一片深情，湖州市委、市政府的高度重视，金长征市长谙熟文化，高瞻远瞩，市文广新局、市博物馆诸位的尽任守职，市财政、市民政等部门的倾力配合。

赵景心、黄哲夫妇“裸捐”值亿珍宝，当世罕有。高风亮节，众所仰望。造福一方，青史可载。

2013 年 4 月 16 日写于湖州人间过路书斋

（收入宋捷编：《湖州市博物馆藏明清古典家具》，后跋，

河北教育出版社 2013 年版）

附 记

我大哥的文集出版了，湖州师范学院图书馆龚景兴馆长要我写几句话。

写什么呢？

我坐在电脑前，一时无法在键盘上敲出一个字，心里是悲喜交加。喜的是，湖州师院的领导一如既往地重视和关心我大哥的事情。龚馆长更是在严防"新冠"疫情的社会环境下，为我大哥的文集出版忙前忙后。悲的是，我大哥离开我们已有五年有余，如岁月静好，他能见到自己的文集出版，看到精美的书籍，闻着浓浓的油墨香味，他的脸上一定会露出欣慰的笑容。

我们有姐弟六人，两个姐姐最大，我上面是两个哥哥，下面一个弟弟，重庆是我的大哥。几十年来，大哥对我们都是一视同仁，但他与我感情很深。这在许多年前，我写的一篇短小的拙文《手足情》中可见一斑。

端午节，大哥邀我喝酒。黄昏时分，在家门口，摆一张小圆桌，数碟小菜，好酒一瓶，边饮边聊。

"我刚从苕梁桥回来，看到河水涨得蛮高了。"邻居王伯伯端着饭碗走来对我们说。

　　苕梁桥，多么熟悉的桥名。30年前，一幕难忘的情景又清晰地浮现在我的眼前——

　　那是1969年盛夏，"文革"正烈。大哥和几位书友只因平时聚在一起看看书，就被造反派扣上莫须有的罪名，关进"牛棚"隔离审查，数月后，又被下放到电影放映船上监督劳动。我们虽然在同一个城市，却犹如隔着一道无形的高墙，见不到面。

　　那时，我已在苕梁桥堍一家运输装卸单位工作。一天下午，当我卸完一批货物后，惊喜地看到大哥在河对岸的放映船上，两人不露声色地望了一眼后，大哥走进船舱。一会儿，他出来了，避开监视人的目光，朝我努努嘴，把一个小纸团扔进河里，又闪身进了舱里。

　　我一边假装擦着身上的汗水，一边对同事们说道："天真是太热，要汰个浴了。"说完，跳入水中，慢慢地游了过去，一把抓着小纸团，迅速地放进嘴里，然后又游了一圈爬上岸，直奔家中。到了家里，拿出小纸团，小心翼翼地摊开，字迹虽然被河水、口水弄得有点模糊了，但仍然看得清楚：我很好，勿念。短短的一句话，使全家老小平时忐忑不安的心情得到了一点安慰。我换上干净的衣服，又回到单位，见大哥坐在船艄上，两人隔河会心地一笑……

　　"30年前，在苕梁桥河里传递纸条的事情，你还记得吗？"我端起酒杯问大哥。他含笑点点头，说道："仿佛就像昨天。"酒杯轻碰，发出清脆、悦耳的声音，杯中的酒荡起一阵涟漪，融进了深深的手足之情。

　　这篇短文刊登在 1999 年 7 月 21 日的《湖州日报》晚报上。当我把报纸拿给他看时，他只是赞许地对我点点头，然后，微笑着递给我一支烟。深深的手足之情是无须用言语表达的呀！

　　我大哥为人低调，只是默默地研究他的近现代文学史。几十年里，他与曾任中国文化部部长的茅盾、上海复旦大学教授赵景深、著名作家郁达夫的妻子王映霞等知名人士有着书信往来。他从不炫耀自己写的文章。直到有一天，他送我一册《文苑散叶》。细读之后，才得知他在近现代文学史的研究上有其独特的观点和见解，得到众多学者和读者的好评。

　　大哥不喜应酬，不善言谈，深居简出，但他的朋友很多。在他的家里，能经常见到认识或不认识的人去拜访他。特别是每个星期六的下午，他的许多朋友都会不约而同地到他家里品茗闲聊，他总是坐在书桌前，微笑着听大家聊天，偶尔也会插上一两句幽默的话，引得大家哈哈大笑……

　　在大哥最后的十多年时间里，除了继续从事研究近现代文学史外，更是把精力放在湖州的文化事业上。经他"牵线搭桥"，先后引进"赵紫宸·赵萝蕤父女纪念馆"、沈行楹联艺术馆、包畹蓉京剧服饰艺术馆、赵紫宸·赵萝蕤·赵景德家族纪念馆（明清古典家具陈列馆）。每引进一个馆，他都要四处奔跑，八方沟通。他做这些事情，完全是出于他对湖州文化事业的热爱和对家乡的一片赤诚之心。

　　时间如白驹过隙，一晃几十年过去了。谁知在 2014 年 10 月 20 日，他突发脑卒中（脑溢血），在医院里，他与病魔抗争了 2 年又 103 天，但无情的病魔还是夺去了他的生命。湖州市委市政府、湖州师范学院的一些领导和朋友们都说他走得太早了，如能再给他十年、二十年……然而，天不假年，人不遂愿，奈何！奈何！

大哥走后，湖州师范学院为他建起徐重庆藏品馆。站在他的遗像前，我总是这么想，人只有一次生命，一次人生旅途，大哥能活得如此"精彩"，足矣！

在大哥文集出版之际，我代表我们大家庭所有成员，向湖州师范学院的领导、龚馆长以及我大哥的许多朋友表示衷心的感谢！

徐　湖

2022 年 5 月 12 日